诗 国 游 弋

肖瑞峰 著

浙江大学出版社
ZHEJIANG UNIVERSITY PRESS

目　录

第四辑　门外谭艺

第五辑　书山览胜

第一辑　唐苑拾翠

论李白安史之乱初期的诗作

一

历时八年的安史之乱，是唐王朝由盛而衰的转折点。它无情地将史学家所津津乐道的盛唐气象扫荡殆尽，而将整个唐代社会推入血雨腥风之中。然而，"国家不幸诗家幸，赋到沧桑句便工"[①]。从另一种意义上说，这场变乱却给唐代诗坛的双璧——现实主义巨匠杜甫与浪漫主义大师李白带来了焕然一新的创作风貌。

历史是公正的，但评说历史的人有时却不那么公正。杜甫因为在安史之乱期间写有"三吏""三别"等名篇佳制，理所当然地获得了后人奉献的一顶顶桂冠。而李白写于同一时期的许多诗歌，长期以来却屡遭非议，其中尤为后人所诟病的又是李白写于战乱初期的《猛虎行》《扶风豪士歌》等诗。罗大经《鹤林玉露》云：

> 李太白当王室多难、海宇横溃之际，作为歌诗，不过豪侠使气，狂醉于花月之间耳。社稷苍生，曾不系其心膂。其视杜少陵之忧国忧民，岂可同年语哉？

囿于成见，当代一些学者，包括扬李抑杜的学者，也对李白安史之乱初期的诗作时有微词。《李白与杜甫》一书中有云：

① 赵翼《题遗山诗》。

他即使不能西向长安,为什么不留在中原联络有志之士和人民大众一道抗战?而却"窜身南国",还要胡乱享乐,自鸣得意!李白在这时实在是糊涂透顶了!

但揆之情理,诸如此类的批评似欠平允。细检李白安史之乱初期①的全部诗作,不难得出有异于此的结论。

二

诚然,李白《猛虎行》中的"有策不敢犯龙鳞,窜身南国避胡尘",《扶风豪士歌》中的"我亦东奔向吴国","来醉扶风豪士家"等语,表明李白在战乱初起时曾消极避难,但如果循着历史的因果链条加以考察,则可以看到:李白采取这样的态度,是经历了一个曲折的思想演变过程的——这一过程似可追溯到安史之乱发生以前。

长安见逐后,李白并没有放弃"申管晏之谈,谋帝王之术"的理想,并没有放弃为实现理想所做的努力。天宝十一年(752)末,诗人漫游了安禄山屯兵的幽燕一带。《自广平乘醉走马六十里至邯郸登城楼览古书怀》一诗有云:"日落把烛归,凌晨向燕京。方陈五饵策,一使胡尘清。"显然,诗人此行的目的是"思献灭胡之策"。诗人是怎样积极地在寻找着报国的机会啊!但这时的安绿山已在磨刀霍霍。诗人在写于乾元二年(759)的《经乱离后天恩流夜郎忆旧游书怀赠江夏韦太守良宰》一诗中追忆了当时所见的情景:"十月到幽州,戈鋋如星罗。君王弃北海,扫地借长鲸。"兵戟林立,叛势已成,而"太平天子"唐玄宗却耽于逸乐,拒不纳谏。这以后,诗人便陷入幻灭后的矛盾和痛苦中:一方面痛恨唐玄宗荒淫误国、养虎遗患,想撒手国事,独善其身;一方面又

---

① 这里所谓"安史之乱初期",是指自安史之乱爆发至李白从永王李璘东征前的那一段时间。

深深地忧虑着国家的命运和前途,情不自禁地向人们披露潜伏的严重危机。写于天宝十二年的《远别离》中有云:

> 君失臣兮龙为鱼,权归臣兮鼠变虎。
>
> 或云:尧幽囚,舜野死,九疑联绵皆相似。

诗人把安禄山比作一只有恃无恐、觊觎国柄的恶虎,谆谆告诫唐玄宗:如不励精图治,势必导致被悍臣囚禁或放逐的结局。萧士赟《分类补注李太白集》于诗下注云:"太白熟视时事,欲言则惧祸及己,不得已而形之诗,聊以致其爱国忧君之志。"这不失为知者言。写于同一年的《古朗月行》一诗,陈沆《诗比兴笺》也以为是"忧禄山将叛时作"。《唐宋诗醇》更指明诗中"蟾蜍以比禄山,阴精以刺太真"。此外,写于安史之乱爆发后的《古风》其五十三中"果然田成子,一旦杀齐君"等语,也足证这次叛乱早为李白所料及。

对国事的隐忧甚至使李白诗中失去了过去的那种"天生我材必有用"①的豪情和"兴酣落笔摇五岳"②的壮采,而代之以如泣如诉、哀婉欲绝的歌吟。写于安史之乱爆发前夕——天宝十三年的《秋浦歌十七首》,就充满了人生失意的感慨和国事危殆的哀痛:"愁作秋浦客,强看秋浦花"——"强看"二字,蕴含着几多伤感?"空吟白石烂,泪满黑貂裘"——以诗人之桀骜不驯,若非伤心到极点,又何至于挥泪如雨?"白发三千丈,缘愁似个长。不知明镜里,何处得秋霜"——诗人明知故问,用笔曲折,令人始而奇,继而怜,终而愤。

李白多想把战乱的危险直接指示给朝廷!然而他又深知正沉湎于声色犬马的唐玄宗根本不会听信他这个"非廊庙器"③的逐臣的劝谏。这更使诗人感到一种欲言不能、欲罢不忍的深哀巨痛。在诗中,

---

① 《将进酒》。
② 《江上吟》。
③ 孟棨《本事诗·高逸》。

他一再剖白心迹。《远别离》即云:"我纵言之将何补?皇穹窃恐不照余之忠诚。"《梁甫吟》复云:"我欲攀龙见明主,雷公砰訇震天鼓。"《经乱离后天恩流夜郎忆旧游书怀赠江夏韦太守良宰》更云:"心知不得语,却欲栖蓬瀛。"报国无门,尽忠无路,诗人只有向前贤披肝沥胆,一敞襟抱。"揽涕黄金台,呼天哭昭王"[①],"未作仲宣诗,先洒贾生涕"[②]。"贾生涕",岂不是昭示我们:他已和贾谊一样发现了暂时还潜藏着的战乱的危险,并正为自己没有能力祛除这一危险、使亿万生灵免遭涂炭而肝肠寸断?历史是不应割断的,尤其是复杂的人的情感的历史。当我们评价李白的《猛虎行》《扶风豪士歌》等诗作时,如果能对李白安史之乱前夕的这些思想轨迹和感情波澜加以更多的注意,或可避免产生某种偏颇。

三

当然,据此还不足为李白"正名"。应当指出的另一事实是:《猛虎行》和《扶风豪士歌》既不是李白安史之乱初期的全部诗作,也不是战乱发生后最早创制的诗作——这之前,诗人的一系列诗作,不仅仍然充满爱国热情,而且这种在国家存亡之际激发起的爱国热情还比以往来得更为强烈。在《胡无人》一诗中,诗人昂扬地写道:"天兵照雪下玉关,虏箭如沙照金甲。云龙风虎尽交回,太白入室敌可摧。"尽管李白的预测未能兑现,而只成为对平叛将士的一种鼓舞、鞭策和激励,但这样的鼓舞、鞭策和激励,在当时不也十分可贵吗?

是的,诗人并没有"西向长安",也没有主动从军。但个中实有极微妙的原因。李白是自视甚高的,他不愿"屈己""干人",只愿"一鸣惊

---

① 《经乱离后天恩流夜郎忆旧游书怀赠江夏韦太守良宰》。
② 《答高山人兼呈权顾二侯》。

人，一飞冲天"①。他要做的是像谢安那样的"谈笑遏横流"②的风云人物，而且，他希望朝廷委他以重任时，像刘备礼遇诸葛亮那样"三顾草庐"。后来，李璘召他入幕时，他便直待"辟书三至"，才"扶力一行"③。现在，唐玄宗并没有派人给他送来一纸诏书，而他又恰恰有过一段被唐玄宗放逐的惨痛经历，极度自负的诗人怎么肯轻易出山，去"毛遂自荐"呢？我们无妨惋惜诗人被不恰当的自尊心和虚荣心缠住了本来可以踏上救国征途的步履，却不应呵斥他"不念社稷苍生"，"糊涂透顶"。

李白自己虽然未去从军，却写下了《送外甥郑灌从军二首》，鼓励郑灌以身报国、奋勇杀敌："丈夫赌命报天子，当斩胡头衣锦回。"诗人这时甚至消释了对唐玄宗的宿怨，而把平叛的希望寄彼一身。《春于姑熟送赵四流炎方序》有云："然自吴瞻秦，日见喜气。上当攫玉弩，摧狼狐，洗清天地，雷雨必作。"赤诚而又天真的诗人以为，唐玄宗虽然以前"亲小人，远贤臣"，但这惊天动地的"渔阳鼙鼓"，总该将他震醒，使他振作。诗人尽管已经对唐玄宗失望过多次，可这一次，他却仍然执拗地怀着最后的一线希望，虔诚地等待着、观望着唐玄宗的动作。然而诗人热烈怀抱着的这最后一线希望，也终于被现实的巨掌击为齑粉。诗人没听到唐玄宗御驾亲征的消息，却传来了东都洛阳失陷的噩耗。可以想见，这对一心等待着胜利捷报的诗人该是多大的打击！"人非圣贤"，在极度的失望和愤懑之际，诗人一时失去理智的控制，做出一些他自己也始料不及的事情，又有什么不可原谅的呢？《猛虎行》和《扶风豪士歌》就是在这样的情况下愤而写成的，难怪它们的格调与诗人安史之乱初期的其他诗作不大相同。

---

① 范传正《唐左拾遗翰林学士李公新墓碑》。
② 《登金陵冶城西北谢公墩》。
③ 《与贾少公书》。

四

那么,《猛虎行》《扶风豪士歌》两诗是否真是"胡乱享乐、自鸣得意"之作?对诗中流露的"行乐"思想又该怎样认识呢?

我认为,如果仅拈取其中的只言片语来加以引申,那么,即使更严厉几倍地谴责李白亦不为过。可是,如果我们不采用这种摘句论文的方法,而"顾及全篇"的话,则不难发现,即使在《猛虎行》和《扶风豪士歌》两诗中,所谓"行乐"思想也绝非诗的主旨。且看《猛虎行》:

朝作猛虎行,暮作猛虎吟。

肠断非关陇头水,泪下不为雍门琴。

旌旗缤纷两河道,战鼓惊山欲倾倒。

秦人半作燕地囚,胡马翻衔洛阳草。

一输一失关下兵,朝降夕叛幽蓟城。

巨鳌未斩海水动,鱼龙奔走安得宁。

颇似楚汉时,翻覆无定止。

朝过博浪沙,暮入淮阴市。

张良未遇韩信贫,刘项存亡在两臣。

暂到下邳受兵略,来投漂母作主人。

贤哲栖栖古如此,今时亦弃青云士。

有策不敢犯龙鳞,窜身南国避胡尘。

宝书长剑挂高阁,金鞍骏马散故人。

昨日方为宣城客,掣铃交通二千石。

有时六博快壮心,绕床三匝呼一掷。

楚人每道张旭奇,心藏风云世莫知。

三吴邦伯多顾盼，四海雄侠皆相推。

萧曹曾作沛中吏，攀龙附凤当有时。

溧阳酒楼三月春，杨花漠漠愁杀人。

胡人绿眼吹玉笛，吴歌白纻飞梁尘。

丈夫相见且为乐，槌牛挝鼓会众宾。

我从此去钓东海，得鱼笑寄情相亲。

全诗始终笼罩在一种惨淡、悲凉的氛围里，掩卷沉思，留在我们脑海里的是一个为国家的残破和人民的苦难，也为自己的怀才不遇、报国无门而慷慨悲歌的抒情主人公形象，他毫不掩饰地将一颗因久经压抑而稍稍有些变态的赤子之心袒露给我们。

再看《扶风豪士歌》：

洛阳三月飞胡沙，洛阳城中人怨嗟。

天津流水波赤血，白骨相撑如乱麻。

我亦东奔向吴国，浮云四塞道路赊。

东方日出啼早鸦，城门人开扫落花。

梧桐杨柳拂金井，来醉扶风豪士家。

扶风豪士天下奇，意气相倾山可移。

作人不倚将军势，饮酒岂顾尚书期。

雕盘绮食会众客，吴歌赵舞香风吹。

原尝春陵六国时，开心写意君所知。

堂中各有三千士，明日报恩知是谁。

抚长剑，一扬眉，清水白石何离离。

脱吾帽，向君笑。饮君酒，为君吟。

张良未逐赤松去，桥边黄石知我心。

诗的主旨与《猛虎行》恰相仿佛。所谓"行乐"思想在诗中只占极小的比重，并始终和缅怀前贤、渴求用世的积极态度交织在一起，因而充其量不过是"白璧之微瑕"而已。而且，即便对这"微瑕"，我们也应全面观照和深入剖析。龚自珍在《最录李白集》中曾这样概括李白复杂的世界观："庄屈实二，不可以并，并之以为气，自白始；儒仙侠实三，不可以合，合之以为心，亦自白始也。"诚然如此。儒家"兼济天下"的思想驱使李白一生都在为建功立业而奋斗，但挫折却始终如影相随。而每当遇到挫折时，放浪形骸的道家思想便乘虚而入，和他身上固有的游侠精神结合起来，左右他的行动。一方面使他愤世嫉俗，敢于笑傲王侯，以不屈不挠的叛逆精神去冲击黑暗现实；另一方面也使他流露出"人生如梦"的孤独、消极情绪，而不自觉地纵酒，行乐，自我麻醉。在这种情况下，诗人"行乐"，往往并不是因为真的觉得欢乐，而只是努力想从自己身上唤起欢乐的情绪，驱散包裹着自己的浓重的愁云。在这短暂的"欢乐"之后，诗人必须偿还加倍的郁闷和惆怅。正如诗人自己在《宣州谢朓楼饯别校书叔云》中所说的那样："抽刀断水水更流，举杯浇愁愁更愁。"这样，当诗人在扶风豪士家"脱吾帽，向君笑"，或在溧阳酒楼"槌中挝鼓会众宾"时，内心能有几分真正欢乐的成分呢？如果他真的觉得欢乐，又何至于对着美酒嘉宾，唱出"杨花茫茫愁杀人"的悲歌呢？可以说，诗人的"欢"，是强颜为欢；诗人的"乐"，是苦中作乐。这种虚假的"欢乐"本身就是对黑暗现实的一种控诉，它只能激起我们对压抑诗人情志、扭曲诗人心灵的封建专制制度的强烈憎恨！

五

值得我们注意的是，就在《猛虎行》和《扶风豪士歌》成诗的同时或稍后，李白还写下了《北上行》这篇足可称为史诗的作品：

北上何所苦，北上缘太行。

磴道盘且峻，巉岩凌穹苍。

马足蹶侧石，车轮摧高冈。

沙尘接幽州，烽火连朔方。

杀气毒剑戟，严风裂衣裳。

奔鲸夹黄河，凿齿屯洛阳。

前行无归日，返顾思旧乡。

惨戚冰雪里，悲号绝中肠。

尺布不掩体，皮肤剧枯桑。

汲水涧谷阻，采薪陇坂长。

猛虎又掉尾，磨牙皓秋霜。

草木不可餐，饥饮零露浆。

叹此北上苦，停骖为之伤。

何日王道平，开颜睹天光。

诗人有层次地刻画了难民们“北上缘太行”的艰难历程和痛苦心境，向我们展示了一幅幅离乡背井、风餐露宿的生活画面。画面上涂抹的不再是浪漫主义的浓墨重彩，而是严峻的现实主义的惨淡颜色；融入画面的也不是诗人个人的身世之感，而是广大下层人民盼望早日平定叛乱、返回家园的共同思想感情。以往，诗人往往将自己怀才不遇的不幸和国家、人民的苦难糅合在同一首诗中。现在，诗人的笔触则完全脱离了个人的感伤忧愤，而伸向广阔的现实世界，集中反映国家和人民的苦难。这比起《猛虎行》和《挟风豪士歌》既是长足的进步，同时也说明上述两诗中流露出的“纵酒”“行乐”的消极情绪，毕竟不是一直缠绕着诗人的。诗人奋力一振，便能像掸落一身灰尘似的，把它抛在一边。这样的诗作，就其现实意义而言，差可比肩于杜甫的“三吏”“三别”。

由于请缨无路，诗人准备"避地剡中"，与世隔绝了。然而，曾经力图用世的诗人又是多么不愿遗世独居啊！《古风》其十九披露了诗人的这种矛盾心理。诗人借游仙以写意，虚构了一个美丽而又缥缈的仙境，以反衬现实社会的黑暗和动乱。从诗人汹涌的感情活动中，我们至少可以推知一点：当他试图脱略红尘，到"非人间"的"别有天地"去寻求安逸时，他是怎样的缠绵悱恻、步履维艰啊！看得出，诗人思想上正苦苦地进行着出世和入世的斗争，《古风》其十九正是诗人这种心态的艺术表现。

六

毋庸词费，通过对李白安史之乱初期的思想与创作的全方位追踪和考察，我们的结论是：李白以他诗人的敏锐目光，早已洞察了战乱的危险，并曾因此而忧心如焚。战乱发生后，诗人则热情满怀地为平叛将士而歌唱，希望能早日翦灭祸乱，重整金瓯。直至洛阳失陷，诗人才因国事无望而情绪稍变。这以后，在他的诗作中便回荡着凄楚、哀婉的旋律，间或也杂有几个不和谐的音符。但可贵的是，诗人并非仅仅哀悼着个人怀才不遇的不幸，纳入他的广阔视野，并被表现在错综交织的诗笔下的，更多的是整个国家民族的灾难和广大人民的共同痛苦。诚然，诗人一直受着出世还是入世这一问题的困扰，一直无力解决思想深处的矛盾，并曾一度走上隐居道路。但诗人始终食用着人间烟火，注视着人间风云，承受着人间的忧患和哀愁，他并没有真正出世。在现实的百般刺激和打击下，诗人也产生过"且为乐"的思想苗头，但它很快便被诗人内心闪烁着的不灭的爱国主义火焰烧为灰烬。在李白的复杂的思想活动中，它只是最终被甩脱的一个环节，一种稍纵即逝的浮光掠影。倘若进而挖掘其社会根源，则会发现，这种"行乐"的消极情绪,不仅是那个黑暗社会的压抑和逼迫所造成的,而且诗人也需借助它与那无边的黑暗和纷至沓来的压迫相抗衡。它是一种病态,却不是诗人的先天的痼疾,而是由时代传染给诗人的后天的症状——一个有理想有抱负的人因正当要求和合理愿望得不到最低限度的满足而必然产生的一种特殊症状。它带着那个特定时代的折光。据此而指责李白"社稷苍生,曾不系其心膂","胡乱享乐,自鸣得意",于情于理,似皆不合。

原载于《北方论丛》1987 年第 2 期

春来花鸟莫深愁

——杜甫花鸟诗探微

前人每以"浑浩汪茫，千汇万状"^①和"地负海涵，包罗万汇"^②等语来评论杜诗。确实，杜诗既有"翡翠兰苕"的清幽，又有"碧海鲸鱼"的壮丽。举凡花鸟草木，风云雷电，无不被纳入杜甫那巧夺天工的笔底，并且无不穷形尽相，异彩纷呈。本文谨拈出杜甫描写花鸟的若干诗句，稍加论析，借此略窥杜诗的艺术功力。

一、感时花溅泪　恨别鸟惊心

花鸟，本是雅俗共赏的美好景物，有着怡情悦性的作用。可是，在杜甫笔下，它们却往往被用来表现诗人忧国思家的思想感情。于是花开鸟鸣，不仅无复为赏心乐事，反而成为触发诗人一腔愁绪的媒介：

感时花溅泪，恨别鸟惊心。

——《春望》

花近高楼伤客心，万方多难此登临。

——《登楼》

丛菊两开他日泪，孤舟一系故园心。

——《秋兴八首》

---

① 《新唐书》。
② 胡应麟《诗薮》。

诗人写作"感时花溅泪,恨别鸟惊心"这一联时,正被安史叛军羁系于沦陷后的长安。虽然春光仍然像往年那样绚丽,但"风景不殊,正自有山河之异"①。诗人触景生情,忧思遄飞——那盛开的春花,使诗人想到"花好月圆"的大好时光已一去不返,"鲜花著锦"般的盛唐气象也已成为历史的陈迹。这样,诗人怎能不为之"溅泪"?那飞鸣的春鸟,则使诗人想到,自己身陷长安,恰似鸟入樊笼,再不能自由翱翔。这样,诗人又怎能不为之"惊心"?法国哲学家库申在《论美》中说过:"一个沉溺在痛苦中的心灵,美对它不起什么作用。"景色愈美,伤心愈甚。这多么反常,又多么正常!清人王夫之《姜斋诗话》有云:"以乐景写哀,以哀景写乐,一倍增其哀乐。"杜甫是深谙这一艺术真谛的,因而他每每独出机杼地采用"加一倍写法"②,以花开鸟鸣之乐景反衬自己忧念家国之哀情,从而把这种哀情表现得更强烈、更深刻,收到了以少胜多、事半功倍的艺术效果。

因为怕花鸟勾起内心的隐痛,诗人有时竟视花鸟为"畏物":

> 苦遭白发不相放,羞见黄花无数新。
>
> ——《九日》
>
> 即今蓬鬓改,但愧菊花开。
>
> ——《九日五首》
>
> 随意簪葛巾,仰惭林花盛。
>
> ——《早发》

国难未已,疮痍满目。诗人早已因此而白发苍然,衣冠不整。那艳丽的鲜花只能使诗人百感交集!当然,诗人也曾努力试着去寻芳拾翠,借以暂时排泄胸中的郁闷,但不幸得很,结果却是:

---

① 《世说新语·言语》。
② 施补华《岘庸说诗》。

采花香泛泛,坐客醉纷纷。

——《九日五首》

巡檐索共梅花笑,冷蕊疏枝半不禁。

——《舍弟观赴蓝田取妻子到江陵喜寄三首》

诗人强颜为欢,欲共梅花一笑,然而笑犹未了,那"冷蕊疏枝",那泛泛"花香",便撩拨起他的身世之感,使他潸然泪下。诗人以赏花始,以自伤终。旧愁未去,新忧又到;十分烦恼,复添十分。情形既如是,诗人对花鸟自然只能"避之唯恐不远"了。显然,诗人写"花鸟不畏人,人自畏花鸟",同样是为了抒发自己忧国思家的思想感情,从艺术上看,这是"以乐景写哀"的又一表现形式。

诗人用笔是独运匠心、曲折多变的。有时,他只是纯客观地将花鸟与自己两相对照,并不明言哀痛,而哀痛自在其中:

残年傍水国,落日对春华。

——《入乔口》

鬓毛垂领白,花蕊压枝红。

——《上巳日徐司录林园宴集》

别宴花欲暮,春日鬓俱苍。

——《送韦郎司直归成都》

多么鲜明的对比啊!以衰朽残年而置身花侧,心底会油然生出一种什么样的感情,读者自不难思而得之。这真是"不著一字,尽得风流"。

更见用笔深微的是,诗人自己有时并不在诗中出现,只给他所要描写的花鸟系上一个"自"字,便神奇而又自然地使诗句别具深意。宋人葛立方在《韵语阳秋》中已指出,杜诗"多用一自字"。需要补充的是,杜诗还多把"自"字用在与花鸟有关的场合,如:

山花相映发，水鸟自孤飞。

——《送何诗陶归朝》

腊日巴江曲，山花已自开。

——《早花》

故园花自发，春日鸟还飞。

——《忆弟二首》

愁眼看霜露，寒城菊自花。

——《送怀》

盘涡鹭浴底心性，独树花发自分明。

——《愁》

一个"自"字，表达出诗人深深的遗憾和惋惜：花鸟虽美，非为我设。它的生息荣衰，都与我了无干涉。这就暗示出，伤心人正别有伤心事在。郭知达《九家集注杜诗》引赵次公语："曰'花自发'，曰'鸟还飞'，则言方春之至，草木禽兽各得其所，而不预人事。"这不为无见。花鸟只能徒自鲜妍或巧啭，皆因人无观赏的闲情逸致；而人对如此美好的景物也缺乏兴趣，又是因为身逢乱离，忧患万端。一个"自"字，蕴含着浓重的物是人非的今昔之感，有力地突出了诗人内心的愁苦。这当然也是"以乐景写哀"，但写法却又有所不同。

二、岸花飞送客　樯燕语留人

杜甫笔下的花鸟往往是人格化了的花鸟。它们不仅具有人的意识、人的情感，而且直接登上现实生活的舞台，演出了一幕幕"卷舒风云之色"的活剧。如果说，前面分析的，或隐或显，都是触景生情的话，那么，这里，我们所要讨论的则是移情于景了。

诗人不得已而回避花鸟，花鸟却主动亲近诗人：

岸花飞送客,樯燕语留人。

——《发潭州》

山雉迎舟楫,江花报邑人。

——《送赵十七明府之县》

当诗人将要离去时,"岸花"蹁跹起舞,似表欢送之情;"樯燕"也殷勤与语,如致挽留之意。此情此意,不能不使诗人深受感动。这里,多情的与其说是花鸟,不如说是诗人自己。诗人自己眷眷然不忍离去,却不从正面说破,而将自己的感情赋予"岸花"和"樯燕"。于是,无知的"岸花""樯燕"便变得如此深情缠绵。这幅生意盎然的"送客图",实际上只是诗人的主观意识外化后而产生的某种幻象。

杜诗中的花鸟常常还具有更深的寓意。诗人运用比兴手法,借花鸟以寄讽,言约意微,诗思高远:

影遭碧水潜勾引,风妒红花却倒吹。

吹花困癫傍舟楫,水光风力俱相怯。

——《风雨看舟前落花戏为新句》

碧水暗中勾引,狂风明里摧残。可怜的花儿畏水复畏风,只有紧紧地傍着舟楫来祈求保护,使卑微的生命暂得延续。这样的描写能说是单纯咏物,而没有融入深刻的现实内容和诗人的人生经验吗?花儿的处境不正是现实生活中所有弱小者(包括诗人自己)的处境?

飞鸟数求食,潜鱼何独惊。

——《早行》

飞鸟自觅其食,与潜鱼本不相干,潜鱼却胆战心惊,这不正与人间不必要的猜忌和防范相似?

未有开笼日，空残旧宿枝。

世人怜复损，何用羽毛奇。

——《鹦鹉》

鹦鹉有一身可炫耀于同类的漂亮羽毛，它是幸运的。然而它却因此而被锁入囚笼，这又多么不幸！材奇见伐，羽奇见羁。这条规律不是也可以用来解释人类社会的许多不平现象吗？

有鸟名鸱鸹，力不能高飞逐走蓬。

肉味不足登鼎俎，胡为见羁虞罗中。

——《冬狩行》

遭殃的原来并不只是鹦鹉。统治阶级竭泽而渔，以鸱鸹之凡庸，也见羁虞罗，他们何等贪得无厌！诗人对孤雁的吟咏同样寄兴深微：

欲雪违胡地，先花别楚云。

却过清渭影，高起洞庭群。

塞北春阴暮，江南日色曛。

伤弓流落羽，行断不堪闻。

——《归雁二首》其二

孤雁不饮啄，飞鸣声念群。

谁怜一片影，相失万重云。

望断似犹见，哀多如更闻。

野鸦无意绪，鸣噪自纷纷。

——《孤雁》

诗人借吟咏孤雁来反映广大下层人民在战乱中的痛苦遭遇。"伤

弓流落羽,行断不堪闻。"难民们负创跋涉的凄惨情状如在目前。而
"谁怜一片影,相失万重云。望断似犹见,哀多如更闻",既饱含着对失
群者的孤危处境的同情,又深刻地写出了失群者对同伴的无限思慕和
渴求以及求慕不得的悲哀。浦起龙《读杜心解》解析道:"惟念故飞,
'望断'矣而飞不止,似犹见其群而逐之者;惟念故鸣,'哀多'矣而鸣不
绝,如更闻其群而呼之者。写生至此,天雨泣矣。"

　　特别耐人寻味的是,诗人还借吟咏花鸟来揭露最高统治阶层荒淫
无耻的行径。《丽人行》末云:"杨花雪落覆白萍,青鸟飞去衔红巾。"萧
涤非先生《杜甫诗选注》诠释说"这里杜甫采用了南朝民歌的双关语的
办法,用杨花双关杨氏兄妹","世说杨花入水化为浮萍","故以杨花覆
萍影射兄妹苟且"。敢于揭露、即便是非常隐晦地揭露"炙手可热势绝
伦"的杨国忠与其妹虢国夫人淫乱宫闱的丑行,在当时也是需要很大
的勇气的。诗人温厚,却并不怯懦。在需要的时候,他就毫不犹豫地
给花添上尖刺、给鸟安上利喙。

　　诗人以花鸟况人,也以花鸟自况。有时他把自己比作"过鸟":"余
生如过鸟,故里今空村"①。这是自伤余生无几,故里难寻。有时他把
自己比作"沙鸥":"飘飘何所似,天地一沙鸥。"②这是自伤天涯孤旅,穷
愁潦倒。有时他把自己比作"鸿雁":"洞庭秋欲雪,鸿雁将安归。"③有
时他又把自己比作"笼中鸟""水上萍":"日月笼中鸟,乾坤水上萍。"④
这是自伤生意寥落,垂老飘零,正知王嗣奭《杜臆》所诠释的:"日月照
临之下身如笼鸟;乾坤覆载之中,迹若浮萍。此垂老飘零之状。"诗人
还曾自托为"朱凤":

----

①《贻华阳柳少府》。
②《旅夜书怀》。
③《北风》。
④《衡阳送李大夫七丈赴广州》。

君不见潇湘之山衡山高，山巅朱凤声嗷嗷。

侧身长顾求其群，翅垂口噤心劳劳。

下愍百鸟在罗网，黄雀最小犹难逃。

愿分竹实及蝼蚁，尽使鸱枭相怒号。

——《朱凤行》

建安诗人刘桢《赠从弟·其三》云："凤凰集南岳，徘徊孤竹根。岂不长勤苦，羞与黄雀群。"杜甫显系取其意而反用之。诗人笔下的"朱凤"，虽然孤栖失志，却同情更不幸的"百鸟"，特别是最弱小的"黄雀"的命运，愿意倾其所有来帮助它们。这只"朱凤"无疑就是诗人自己的象征，而"鸱枭"则是影射虐民害物的贪官污吏。诗中表现了"宁苦身以利人"的人道主义精神，和《茅屋为秋风所破歌》有异曲同工之妙，而其讽世意味似乎比《茅屋为秋风所破歌》还更浓些，虽然前者是托物见志，后者是直抒胸臆。

杜甫赋予花鸟人的思想和感情，淋漓尽致地写出了其精神形态，这是达到了咏物的极致的。而更有意义的是，杜甫还充分发挥花鸟的象征作用，使它们为自己鸣不平，为人民诉苦情，并向统治阶级发出声讨和抗议。高尔基《论文学》认为，"在象征里面可以注入很大的思想内容"。证以杜甫的花鸟诗，不正是这样的吗？

三、江碧鸟逾白　山青花欲燃

杜甫描写花鸟的手法自然不止拟人一端。杜诗中的花鸟富有艺术魅力，自然也不只是因为人格化了的缘故。为了使笔下的花鸟给人以充分的审美感受，真正起到"移人性情"的作用，诗人运用多方面的艺术技巧，对它们进行精雕细刻。

叶梦得《石林诗话》曾举"细雨鱼儿出，微风燕子斜"和"穿花蛱蝶深深见,点水蜻蜓款款飞"两联来说明杜诗"缘情体物,自有天然工巧而不见其刻削之痕"。值得注意的是,叶氏所激赏的这两联都写到了花鸟。由此可以看出,体物入微,正是杜甫花鸟诗在艺术上的一个重要特点。

体物入微,首先表现在能用最简洁的笔墨刻画出花鸟的最显著的特征。如:

林花著雨胭脂湿,水荇牵风翠带长。

——《曲江对雨》

著叶满枝翠羽盖,开花无数黄金钱。

——《秋雨叹三首》

风含翠筱娟娟净,雨裛红蕖冉冉香。

——《狂夫》

圆荷浮小叶,细麦落轻花。

——《为农》

细动迎风燕,轻摇逐浪鸥。

——《江涨》

云晴鸥更舞,风逆燕无行。

——《冬晚送长孙渐舍人归州》

水花分堑弱,巢燕得泥忙。

——《乘雨入行军六弟宅》

"林花"一联用"胭脂湿"三字写出了雨中"林花"那特有的色彩:芳靡带雨,正如胭脂被水沾湿了一般的鲜艳,令人情不自禁地想起古诗词中"胭脂面""泪痕湿"一类的形象来。而"著叶"一联把菊花比作"翠羽盖""黄金钱";"风含"一联以"娟娟净"状"翠筱","冉冉香"状"红蕖";"细动"一联以"细动"状迎风燕,"轻摇"状"逐浪鸥",也都准确、生动地将花鸟在不同情境下的特征揭示了出来。尤其值得称道的是，诗人常常恰到好处地选用一些能够既经济又贴切地表现花鸟特征的动词，如写花常用"隐"字：《春宿左省》云"花隐掖垣暮"，《溪上》云"秋竹隐疏花"，《薄暮》云"寒花隐乱草"；写燕常用"斜"字：《入乔口》云"江泥轻燕斜"，《春归》云"轻燕受风斜"，《水槛遣兴四首》云"微风燕子斜"。看上去平朴无奇，但细一琢磨，却觉得只有这"隐"字、"斜"字适用于此情此景，简直没有其他任何字眼可以取代它们。

体物入微，其次表现在能勾勒出花鸟活动的特定背景，并让这一背景起到烘云托月的作用。如"江碧鸟逾白，山青花欲燃"。飞翔于一江碧波之上，始更觉鸥白如玉；开放在满山翠叶之中，方倍感花红似火。诗人给花鸟设置碧江和青山这一背景，正是为了烘托其白、其红。又如"两个黄鹂鸣翠柳，一行白鹭上青天"。以翠柳映衬黄鹂，以青天烘托白鹭，既为黄鹂和白鹭提供了便于歌唱或飞腾的环境，又使得其色彩分外鲜艳夺目。另如"风急天高猿啸哀，渚清沙白鸟飞回"（《登高》）、"霜黄碧梧白鹤栖，城上击柝复乌啼"（《暮归》），无不具有同样的妙趣。

体物入微，还表现在能抓住花鸟的一些不易为人注意的情状加以描绘，并由此生发出独特的联想。如《曲江二首》有云："一片花飞减却春。"这里的"一片"是"一瓣"的意思。诗人敏锐地捕捉到"一片花飞"这一人们或许根本不会留心的现象，由它生发出"减却春"的联想，因为这"一片花飞"正透露了春天渐将逝去的消息。这不能不说是独具只眼的。自然界的春天快要逝去了，唐王朝的"春天"也快要逝去了。这"减却春"的联想中又包含着诗人多深的感慨？又如《风雨看舟前落花戏为新句》有云："吹花困癫傍舟楫，水光风力俱相怯。"落花轻傍舟楫，若有所求，这也是人们一般注意不到、也不会注意的。杜甫却不仅注意到了，而且由自身的遭际，联想到这是落花害怕"水光风力"的缘故。于是，这一寻常的现象便具有了发人深省的不寻常的意义。

杜甫是熟精诗律诗法,并以此自矜的。刘熙载《艺概·诗概》指出:"少陵《寄高达夫》诗云:'佳句法如何。'可见句之宜有法矣。然欲定句法,其消息未有不从篇法章法来者。"所谓"句法""章法",我以为不单指遣词造句和布局谋篇,也包括调动各种艺术手段,特别是运用相反相成的艺术辩证法,为刻画形象、深化主题服务。而这体现在杜甫的花鸟诗中,便又形成了这样一些特点。

一是虚实结合。诗人常寓实于虚,以虚写实。如:

> 山鬼迷春竹,湘娥倚暮花。

——《祠南夕望》

湘娥倚身花丛,暮而忘归,这纯系虚拟之笔,但湘娥对花儿的迷恋,正见出花儿的婀娜娇艳,这又虚中有实。又如:

> 青云羞叶密,白雪避花繁。

——《甘园》

这当然也是从虚处着墨,但由"青云羞叶""白雪避花"这一虚景,却可以看出"花繁胜雪""叶密过云"这一实情。再如:

> 紫萼扶千蕊,黄须照万花。
> 忽疑行暮雨,何事入朝霞。

——《花底》

"行暮雨",极言花之润;"入朝霞",极言花之鲜。虽是虚拟之辞,却不仅没有游离花的实体,反而把它更逼真地推到了读者眼前。这就避免了实写的平板和枯涩。

二是动静结合。有时化静为动。如:

> 红入桃花嫩,春归柳叶新。

——《奉酬李都督表丈早春作》

着一"入"字,便使得桃花的鲜嫩,不再是自然的形态,而成为在外力——"红"的作用下,逐渐演变、进化的结果。这就写出了客体给予主体的流动感,显示了静景的蓬勃动态。又如:

> 寒花隐乱草,宿鸟探深枝。

——《薄暮》

薄暮时分,花鸟都将偃息了,这本来也是寂静的。但一经诗人加上"隐""探"两字后,便化静为动了:"寒花"隐身于乱草,似有所畏;而"宿鸟"探首于深枝,则若有所盼。这一"隐"一"探",给寂静的黄昏带来了飞动的生意。有时以动写静:如《题省中壁》云"落花游丝白日静"。"落花""游丝"都是动景,但在这丽日晴天下,四望无人,只有花在轻落,丝在轻游,却又显出了其静。有时动静相映:如《上牛头寺》云"花浓春寺静,竹细野池幽。何处啼莺切,移时独未休"。一边是浓花无语、细竹屏息的幽寂;另一边则是黄莺长啼、经久不休的喧闹,一静一动,相映成趣。

三是浓淡结合。《文心雕龙·物色篇》云:"凡摛表五色,贵在时见;若青黄屡出,则繁而不珍。"有鉴于此,杜甫描写花鸟时,重视颜色的调配,常以浓衬淡,以淡映浓,使浓淡相间,各得其宜。如《曲江对酒》云"桃花细逐梨花落"。桃花红,梨花白,一浓一淡,间见杂出,才更显得"淡中有浓郁之味,浓中有清淡之气"。另如"多事红花映白花"[1],"黄鸟时兼白鸟飞"[2],"沙村白雪仍含冻,江县红梅已放春"[3]等,也都是浓淡结合、色彩可人的佳句。

四是诗画结合。晁补之《和苏翰林题李甲画雁二首其一》有云:"诗传画外意,贵有画中态。"杜甫描写花鸟时,和王维一样,善于将诗

---

① 《曲江对酒》。
② 《江畔独步寻花七绝句》。
③ 《留别公安太易沙门》。

情画意熔于一炉,勾勒出一幅幅境界清幽、情致宛然的画面。如:

> 迟日江山丽,春风花草香。
>
> 泥融飞燕子,沙暖睡鸳鸯。

——《绝句二首》

第一句写春日迟迟,江山明丽;第二句写春风拂面,花草含熏;第三句写春泥初融,燕子得筑巢之便;第四句写春沙乍暖,鸳鸯呈慵睡之态。一句一意,一句一景,分开来可以单独成画,合起来又是一幅五光十色、充满生机的春景图。而诗人的欣喜欢愉之情则洋溢于其中,起着胶接画面和熔铸意象的作用。

正如前人所指出的那样,杜甫的花鸟诗"有声有色,有气有骨,有味有态;浓淡深浅,奇正开阖,各极其则"①。而能做到这一点,成功地运用上述的各种艺术辩证法,不能不说是一个极其重要的因素。

"老去诗篇浑漫与,春来花鸟莫深愁。"这是杜甫在《江上值水如海势聊短述》一诗中的"夫子自道"。仇兆鳌《杜少陵集详注》引赵次公注云:"将愁字属花鸟说,盖诗人形容刻露,花鸟亦应愁怕。"原来,花鸟"深愁",是因为怕被诗人捕捉到那"形容刻露"的笔底。如果这样的解释无悖杜甫本意的话,那么,杜甫说"春来花鸟莫深愁",大概既是对花鸟的安慰,同时也隐隐有那么点儿自负吧?后来,姜夔称赞杨万里"年年花鸟无闲日,处处山川怕见君"②,意思正与此相仿佛。

原载于《草堂》(后更名为《杜甫研究学刊》)1984 年第 1 期

---

① 胡震亨《唐音癸签》引弇州语。
② 《送〈朝天续集〉归诚斋》。

李杜诗论新探

作家的艺术见解往往与其创作个性相联系，这是为中外文学发展的历史验证过无数回的真理。唯其如此，当李白、杜甫这两位独具灵光的诗坛巨擘阐发他们的诗学观时，必然从不同的视点着眼、不同的角度入手，从而形成一定的差异，尽管这种差异也许并不构成实质性的冲突。

诚然，李白和杜甫并不是职业的诗论家，但创作之余，他们都曾留下深具会心的"说诗晬语"。李白的诗论主要见于《古风》其一、其三十五，以及《江夏赠韦太守良宰》《大猎赋序》《泽畔吟序》等诗文。杜甫的诗论则主要见于《戏为六绝句》《解闷十二首》《偶题》《同元使君春陵行序》等诗文。其中，有对诗旨诗源的探求，有对诗艺诗法的切磋，有对诗人诗作的品评，而更多的则是创作甘苦的"夫子自道"。"吉光片羽，弥足珍重。"千百年来，李白、杜甫的诗论和他们的诗作一样，启迪与沾溉着后人。

作为一种被普遍运用的研究方法，"比较"当然不是文学研究的专利品。但比较文学的历史已向我们表明：文学或文学思想的比较，有助于我们把握作家们各自的艺术个性，完成对纷纭复杂的文学思潮和文学现象的抽绎，并在此基础上做出理性的概括。如果将李杜诗论加以比照并观，我们可以发现其主要差异在于以下几点。

其一，李白更多地注重"逸兴"，杜甫则更多地强调"诗律"。

"逸兴"一词，屡见于李诗，它或谓登山临水、观览胜境的蓬勃情致,如"三山动逸兴,五马同邀游"(《与从侄杭州刺史良游天竺寺》);或谓创作激情的萌发和诗思的奔涌,如"作诗调我惊逸兴,白云绕笔窗前飞"(《醉后答丁十八以诗讥予捶碎黄鹤楼》)。后者实际上是与"灵感"相通的,它来自现实生活和自然风景的感发鼓舞,对作家的创作过程起着一定的制导作用。李白认为,有了"逸兴",才能"笔走群象,思通神明"(《冬日于龙门送从弟京兆参军令问之淮南觐省序》),使佳句联翩而至,意象纷沓而来。所以,他主张"俱怀逸兴壮思飞"(《宣州谢朓楼饯别校书叔云》)。而杜甫则对"诗律"特别重视。如同白居易在《与元九书》中所概括的那样,他以"贯穿古今,覙缕格律"为己任,自许"晚节渐于诗律细"(《遣闷戏呈路十九曹长》),"遣辞必中律"(《桥陵诗三十韵》),"觅句新知律"(《又示宗武》),又称赞别人"律中鬼神惊"(《敬赠郑谏议十韵》)。在他看来,熟谙诗律,是作诗的重要门径之一,应从容于法度之中,而神明于规矩之外。或许,李杜诗风之所以形成浪漫主义和现实主义的分野,与他们一重"逸兴"、一重"诗律"也不无关系吧?

其二,李白更多地注重"批判",杜甫则更多地强调"继承"。

这主要表现在他们对待汉赋和六朝诗歌的态度上。李白立论时对汉赋和六朝诗歌多有所鄙薄与抨击。在《古风》其一中,他指斥"扬马激颓波,开流荡无垠",把形式主义文风的泛滥归咎于汉赋的导源。对六朝诗歌,他更以"自从建安来,绮丽不足珍","一曲斐然子,雕虫丧天真"等语,表现出一种毅然决然的批判态度。杜甫则有异于此。一方面,他也"恐与齐梁作后尘"(《戏为六绝句》);另一方面,他又对汉赋和六朝诗歌多所汲取与借鉴。他认为:"后贤兼旧制,历代各清规。"(《偶题》)正因为他善于考察诗体、诗风的递嬗演变之迹,所以能清醒地认识到:六朝毕竟是诗歌发展史上的一个重要阶段,可供后人借鉴、继承者甚多,而不独是其"清词丽句"和声调格律;在六朝诗人中,也有

"凌云健笔意纵横"者,如瘐信。基于这一认识,杜甫对有成就的汉魏六朝作家十分推崇,往往以他们自况或况人,如"赋料扬雄敌,诗看子建亲"(《奉赠韦左丞丈二十二韵》)、"草玄吾岂敢,赋或似相如"(《酬高使君相赠》)、"赋诗何必多,往往凌鲍谢"(《遣兴·忆孟浩然》)、"高岑殊缓步,沈鲍得同时"(《寄彭州高三十五使君适、虢州岑二十七长史参三十韵》)、"绮丽玄晖拥,笺诔任昉骋"(《八哀·故相张九公龄》)、"阴何尚清省,沈宋欻连翩"(《秋日夔府咏怀奉寄郑监、李宾客一百韵》),等等。杜甫所以能"尽得古今之体势,而兼人人之所独专"(《杜工部墓志铭》),注重"继承",应当是原因之一。

其三,李白更多地注重"创造",杜甫则更多地强调"学习"。

这里所谓"创造",是与模拟相对而言的。创造意味着发展,意味着进步,而模拟则只能带来僵化和雷同。因而李白论诗力主独创。在《古风》其三十五中,他以"丑女来效颦,还家惊四邻。寿陵失本步,笑却邯郸人"这两则寓言讽刺了那种机械模拟、亦步亦趋的做法。李白认为,在初学写诗时,模拟诚然是不可免的,但模拟的目的在于创新,如一味拟古、泥古,不扬己所长,推陈出新,最终只能像"丑女效颦"和"邯郸学步"一样,失却本真,贻笑大方。这是很有见地的。杜甫则更多地强调学习的重要性,他主张"转益多师",即"无所不师而无定师",广为请益,博采众长。所以,他时而说"摇落深知宋玉悲,风流儒雅亦吾师"(《咏怀古迹五首》),时而又说"李陵苏武是吾师,孟子论文更不疑"(《解闷十二首》)。他认为,"学习"是"创造"的基础,只有"读书破万卷",才能"下笔如有神"(《奉赠韦左丞丈二十二韵》)。因而他要求自己的儿子"熟精文选理,休觅彩衣轻"(《宗武生日》)。凡此,都显示出与李白的差异。

探讨李杜诗论形成差异的原因,自然要比胪举差异的现象远为棘手。笔者以为,形成上述差异的原因,首先在于他们不同的创作个性。

其一重"逸兴"、一重"诗律",就说明了这一点。按照时下较流行的说法,李白的性格是"外向型"的,杜甫的性格则是"内向型"的。胡应麟《诗薮》早已指出,李白"才高气逸而调雄","如星悬日揭,照耀太虚";杜甫"体大思精而格浑","如海涵地负,包罗万汇"。正因为这样,前者必不喜为"诗律"所缚,后者亦当鲜能为"逸兴"所遣。

其次在于他们不同的时代使命。其一重"批判"、一重"继承",即根源于此。从诗歌发展史的角度看,李白在诗风颓靡、积重难返之际登上诗坛,不取如此激烈的"批判"态度,便不能扭转一代风气。矫枉过正,势不可免。事实上,李白对汉魏和六朝文学并未一概摒弃。他少时诵读司马相如的《子虚赋》,曾"私心慕之"(《秋于敬亭送从侄耑游庐山序》);对六朝诗人谢朓更是衷心折服,乃至清人王士禛谓其"一生低首谢宣城"(《论诗绝句》)。这说明他还是注意博采众收的。他最为擅长的七言歌行就颇得力于号为"元嘉三大家"之一的鲍照。而杜甫,活动年代较李白稍晚,当他在诗坛取得自己的地位时,陈子昂、李白等人为之呐喊、呼吁的诗文革新运动已奏廓清摧陷之功,这时更需要的已不是"破"和"批判",而是"立"和"继承"。这样,清楚地意识到时代所赋予自己的历史使命的杜甫,在论诗时便对"继承"问题格外垂青。

第三在于他们不同的立论角度。作为后学奉为楷模的巨匠和大师,李白和杜甫都希望度人以金针,示人以法门。抱着同样的目的,自求所论能互相补充、互相发明。而李白既然对"创造"问题论证已多,杜甫则没有重复的必要,否则难免有学舌之嫌。于是,杜甫便别出机杼,转而特别强调"学习"问题。因此,他们论诗一多及"学习"、一多及"创造",乃各有侧重所致。正如李白强调"创举"却并不排斥"学习"一样,杜甫强调"学习"也并不排斥"创造"——他反对"递相祖述",而"递相祖述"意即因袭成风。因此,我们既不能无视李杜诗论的差异,也不能把这种差异夸大到无限的地步。

对李杜诗差异性的论列,并非我们研究的全部目的。科学的研究方法,要求我们依循事物的对立统一规律,在精当地剖析李杜诗论的差异性的同时,以同样敏锐的洞察力,准确地把握其同一性。作为互相推许的诗友,李白和杜甫有着接近的审美情趣;作为志在澄清天下的同道,他们更有着基本一致的政治理想。正因为这样,在比照并观中,我们便不能不发现,李杜诗论在一些重要的基点上往往能互相叠印或复合。

一是对诗的社会功用的认同。

李白和杜甫都重视诗歌的社会功用,主张继承现实主义诗歌传统。李白直承初唐四杰和陈子昂之后,当仁不让地肩负起了诗文革新的历史重任。他曾经豪迈地说:"将复古道,非我而谁欤?"(见孟棨《本事诗·高逸》)《古风》其一既是他复古的宣言,也揭示了他复古的内容和实质,这就是恢复业已沦亡的现实主义诗歌传统。诗云:

> 大雅久不作,吾衰竟谁陈?
>
> 王风委蔓草,战国多荆榛。
>
> 龙虎相啖食,兵戈逮狂秦。
>
> 正声何微茫? 哀怨起骚人。
>
> 扬马激颓波,开流荡无垠。
>
> 废兴虽万变,宪章亦已沦。
>
> 自从建安来,绮丽不足珍。
>
> 圣代复元古,垂衣贵清真。
>
> 群才属休明,乘运共跃鳞。
>
> 文质相炳焕,众星罗秋旻。
>
> 我志在删述,垂辉映千春。
>
> 希圣如有立,绝笔于获麟。

在这首诗中,李白以高屋建瓴之势,对中国诗歌的发展历程作了鸟瞰式的勾勒,他将富于讽刺精神、广泛反映社会生活的"王风"和"大雅"标举为"正声",并因这种"正声"的衰微和沦亡而深致叹惋,这实际上是肯定了《诗经》"饥者歌其食,劳者歌其事"的现实主义精神,希望它能得到发扬光大。同时,李白也对以屈原为代表的"骚人"予以高度评价,把他们视为"正声"之继。"哀怨起骚人"一语,言近旨远,不仅说明"屈平辞赋"都是牢愁痛苦的结晶,而且点出了现实生活对诗人的感召和刺激作用。与此相联系,对"彩丽竞繁,而兴寄都绝"的齐梁诗风,李白则作了猛烈的抨击。为了廓清这种绵延不绝的颓靡诗风,李白昂扬地表示自己愿意追攀前贤,"志在删述",以期恢复古道,垂辉千春。由此可知,李白的"复古"实即"革新"。不仅如此,李白还主张发挥诗歌移风易俗的功用。他认为:"文可以变风俗。"(《为宋中丞自荐表》)这就是说,文学既是社会生活的反映,同时又对社会生活具有一定的反馈作用。在当时的条件下,能注意到这一点,不能不说是难能可贵的。或许,李白称道产生于"世积乱离,风衰俗怨"之际的建安诗歌,将它与"蓬莱文章"相提并论,正是基于这一认识吧?与李白相比,杜甫并没有明确提出复古或革新的口号,但他同样主张以风雅为旨归。这不仅表现在他曾经宣称要"别裁伪体亲风雅",而且还表现在他以此作为品评前代或当代的诗人诗作的基本原则。他极为崇仰唐代诗文革新运动的先驱陈子昂,赞扬他说:"有才继骚雅,哲匠不比肩。公生扬马后,名与日月悬……千古立忠义,感遇有遗篇。"(《陈拾遗故宅》)这里,杜甫把陈子昂忧国伤时的"感遇诗"与"骚雅"联系起来,肯定它是"骚雅"的后劲,可以传之不朽,这正可以看出杜甫对《诗经》《楚辞》以来我国进步诗歌密切联系现实的优良传统的重视。而当他晚年在夔州看到元结的《舂陵行》和《贼退示官吏》这两首揭露横征暴敛、民不聊生的社会现象的诗作时,更是击节称赏。他既在《同元使君舂陵行序》

中着以"比兴体制,微婉顿挫之词"的赞语,又在诗中写道:"吾人诗家流,博采世上名。粲粲元道州,前圣畏后生。观乎《舂陵》作,欻见俊哲情。复览《贼退》篇,结也实国桢。贾谊昔流恸,匡衡尝引经。道州忧黎庶,词气浩纵横。两章对秋月,一字偕华星。感彼危苦词,庶几知者听。"杜甫称许元结的这两首诗已臻于诗的极致,可与"秋月""华星"争光,无非因为它们是讽兼比兴、不可多得的反映现实之作。"感彼危苦词,庶几知者听",这正是杜甫称许元结的苦心之所在:他希望当时及后代的诗人都能像元结一样以诗歌来为民请命,多写讽兼比兴的"微婉顿挫之词"。对诗歌的社会功用,杜甫也做了充分的肯定:所谓"文章千古事,得失寸心知"(《偶题》),实由曹丕《典论·论文》中的"文章经国之大业,不朽之盛事"这一著名的论断脱胎而来,表明杜甫是以致用的观点来指导自己的诗歌创作的;"文章憎命达"(《天末怀李白》),则说明了诗人的现实遭遇与创作的关系,为后人所说的"诗穷而后工""穷苦之言易好"开了先声。

二是对诗的审美规范的认同。

李白和杜甫都主张情辞相副、文质兼胜,即诗歌的内容与形式达到和谐的统一。正因为坚持这一审美规范,一方面他们反对内容空洞、舍质求文的形式主义倾向,另一方面他们也反对不重形式、质木无文的创作态度。李白曾经指出:"白以为赋者古诗之流,词欲壮丽,义归博远。不然,何以光赞盛美,感天动地?"(《大猎赋序》)这里,李白把"词欲壮丽"和"义归博远"联系起来,看作一个事物的两个方面。"词欲壮丽"是就形式而言,"义归博远"则是就内容而言。李白认为,这二者是相辅相成、不可或缺的,只有将它们完美地结合起来,才能起到"兴观群怨"的作用。因此,他强调应做到"文质相炳焕"(《古风》其一),即使内容与形式相映生辉,以增强作品的艺术魅力。而杜甫,虽未直接谈及内容与形式的关系,却以一系列诗句表明自己对两方面都没有偏废。所谓"思飘云物动,律中鬼神惊"(《敬赠郑谏议十韵》),正是内容与形式完美结合后所达到的最高境界。在杜甫看来,要达到这一境界,固然必须注重"比兴体制",托言以讽,同时也应当在形式和技巧方面下一番工夫,做到"颇学阴何苦用心"(《解闷》),"语不惊人死不休"(《江上值水如海势聊短述》)。显然,在这一点上,杜甫也是李白的同调。

三是对诗的语言风格的认同。

李白和杜甫都倡导清新、质朴的语言风格,反对镂玉雕琼、属辞绮丽。"清水出芙蓉、天然去雕饰。"(《江夏赠韦太守良宰》)这是李白对诗的语言风格的要求,它兼概清新和质朴两方面的内容。在李白看来,诗歌以妙造自然、风韵天成取胜,而不能专事藻绘,玩弄拙劣的文字游戏。因而,他特别赞赏六朝诗人谢朓,既云"诺谓楚人重,诗传谢朓清"(《送储邕之武昌》),复云"蓬莱文章建安骨,中间小谢又清发"(《宣州谢朓楼饯别校书叔云》)。这里所谓"清",即指"清新"而言。这正是李白"一生低首谢宣城"的原因。"圣代复元古,垂衣贵清真。"(《古风》其一)这里的"清真",则既包括清新,也包括质朴。李白认为,所谓"复元古",即由华趋实、由朴返真。在《泽畔吟序》中,李白还提出了"微而彰,婉而丽"的要求,这或可视为"清新"的具体内涵。杜甫在论诗时则更多地着眼于"新",如"新诗句句好"(《奉赠严八阁老》),"新诗锦不如"(《酬韦韶州见寄》)。但杜甫这里所说的"新",实际上是"清新"的省称。"新"乃由"清"而来,所以杜甫又说"诗清立意新"(《奉和严中丞西城晚眺十韵》)。对友人李白,杜甫曾着以"清新庾开府"(《春日怀李白》)的评语,可知"清新"也是杜甫对诗的语言风格的重要要求之一。而"清新"总是与"质朴"相联系的,"清新"意味着不着脂粉,洗尽铅华。因此,杜甫倡导"清新"的同时必然也主张"质朴",自不待言。

形成李杜诗论同一性的原因似乎也毋庸词费。不难看出,李白诗论中能够复合或叠印的部分恰恰是对诗歌的根本创作宗旨和基本美学形式的认识。在这些问题上,非独李白、杜甫,任何进步的优秀的诗人都不会发生分歧、产生对立。因为作为一个进步诗人,他们必须顺应时代的要求,赋予诗歌美刺之旨;作为一个优秀诗人,他们又必然注意内容与形式的完美结合。因而,形成这种同一性,是自然而又合理的。同一性与差异性的并存,使李杜诗论既同具宏旨,又各呈风采。它们清楚地显现出作家的创作共性与个性之间的关系。一方面于异中求同,以更好地发挥诗歌的社会功用;另一方面于同中存异,以更多地释放诗歌的美感效应。这大概可以说是我们从李杜诗论的比较中得到的启示之一。

原载于《杭州师范学院学报》(社会科学版)1995 年第 4 期

白居易三题

一、"风情"解

关于《长恨歌》的主题思想，近年不少学者撰文做了新的有益探索，颇能给人以启发。然而，他们似乎没有充分重视白居易自己对《长恨歌》的评论，而这本来是可以给我们的探索以很大帮助的。白居易曾经在《编集拙诗，成一十五卷，因题卷末，戏赠元九、李二十》一诗中不无深意地告诉人们说："一篇长恨有风情，十首秦吟近正声。""有风情"三字实际上正是白居易自己对《长恨歌》主题所做的精辟概括和巧妙提示。因此，只要我们求得了"风情"的正确解释，随之也就求得了《长恨歌》的真实主题。那么，"风情"究竟是指什么呢？本文着重探讨的便是这一问题。

"风情"是古代诗文中习用的词语。在不同的语言环境下，它似乎有着不同的含义。李清照《浣溪沙·闺情》云："一面风情深有韵，半笺娇恨寄幽怀。"这里的"风情"犹风韵。《晋书·袁宏传》云："曾为咏史诗，是其风情所寄。""风情"是泛指志趣。而李煜《赐宫人庆奴》云："风情渐老见春羞。""风情"则是指男女相爱的情怀。

即使在白居易集中，"风情"的含义也非尽同。如"不唯忘肉味，兼拟减风情"①,指闲情。"欲送残春招酒伴,客中谁最有风情"②,指雅兴。"闻说风情筋力在,只如初破蔡州时"③,"风情"在此又是风采、风神之意。因此,"一篇长恨有风情"应当如何解释,还须从《长恨歌》本身及与此相联系的有关方面来考察。

我以为作者这里所说的"风情"的"风",意同"风、雅、颂"之"风";"有风情"就是有诗经中的风诗的情致,亦即"美刺"二字。一篇《长恨》,正可以此二字概之。

《长恨歌》是否有"刺",历来聚讼纷纭。其实"刺"还是有的,只是不像有些人所说的那样通篇皆"刺"。如"春宵苦短日高起,从此君王不早朝","遂令天下父母心,不重生男重生女","缓歌慢舞凝丝竹,尽日君王看不足"等语,能说没有"刺"吗?但这种"刺"不是镶在硬邦邦的棍子上,而是裹在扑朔迷离的言辞中。即如"遂令天下父母心,不重生男重生女"两句,意在谴责唐玄宗宠幸杨妃后滥赏杨氏兄弟姊妹,使得举国怨声鼎沸。但作者却只从"天下父母心"的变异轻轻着笔,措辞委婉,并没有直接亮出"刺"来。如果读者粗心,也就会不觉其有"刺"了。而且,这所谓"刺"在诗中又是和"美"并存的。根据表现主题的需要,作者在讽刺唐玄宗、杨贵妃荒淫误国的同时,又以饱含同情的笔调,称扬他们对爱情的忠贞不渝。像"夕殿萤飞思悄然,孤灯挑尽未成眠","唯将旧物表深情,钿合金钗寄将去","在天愿为比翼鸟,在地愿为连理枝"等语,写得何等荡气回肠、情意缠绵!其中分明是包含称扬之意的。因此,"一篇长恨"是"刺"和"美"的统一,的确绰有风诗的情致。

这样解释,根据有六。

---

① 《酬梦得以予五月长斋 延僧徒 绝宾客 见戏十韵》。
② 《湖上招客送春泛舟》。
③ 《待中晋公欲到东洛,先蒙书问,期宿龙门、思往感今,辄献长句》。

第一，风诗所担负的任务是"以一国之事，系一人之本"，"化下"，"刺上"，"美教化"，"移风俗"，一如《诗大序》所提示的那样。从风诗中的具体作品看，既有"刺上"的《邶风·新台》《鄘风·墙有茨》等，又有"化下"的《鄘风·柏舟》《郑风·女曰鸡鸣》等。即既有对统治阶级荒淫行为的讽刺和鞭挞，又有对青年男女纯真爱情的赞美和歌颂。但其目的都是为了"美教化""移风俗"。而《长恨歌》恰恰也写了这样两方面的内容：既对唐玄宗荒淫误国的事实有所揭露，又对李杨之间的真挚爱情有所称扬。这与风诗宗旨正相一致。只是爱情的主角不是风诗中的普通青年男女，而是被作者理想化平民化了的孤独失意的帝王和代人受过的妃子。因此，《长恨歌》也负有"刺上""化下"的双重使命。为了"刺上"，作者必须遵循现实主义原则，不能讳言主人公荒淫误国的事实；为了"化下"，作者又不能不给主人公的爱情涂上理想主义的色彩。

第二，《长恨歌》写于白居易踌躇满志、一心"陈力以出，兼济天下"的盩厔县尉任期。这时他的诗歌理论虽未完整化系统化，却已经开始全面萌芽。而他这时期的诗作虽然不像后来那样"质而径""直而切"（《新乐府序》），以致使"权豪贵近者相目而变色"，"执政柄者扼腕"，"握军要者切齿"，却也已标榜风雅，把诗歌创作与"美教化""移风俗"结合起来，用它来"裨补时阙"，"泄导人情"（《与元九书》）。这在《长恨歌》中得到了鲜明的体现。其"刺上"部分，属于"裨补时阙"，"化下"部分则属于"泄导人情"，完全合乎以风雅为宗的诗歌主张。从这一点看，"风情"作为白居易的"夫子自道"，也应解释为风诗的情致。

第三，众所周知，白居易的《长恨歌》与陈鸿的《长恨歌传》体裁虽异，却可看作互为补充的姊妹篇。陈寅恪先生经过详密的考证得出这样的结论："《长恨歌》为具备众体体裁之唐代小说中歌诗部分，与《长恨歌传》为不可分离独立之作品。故必须合并读之，赏之，评之。"①因此，《长恨歌传》的观点即便不能全部代表，也能部分代表白居易的意见。而《长恨歌传》在叙述了《长恨歌》的成诗背景后写道："乐天因为《长恨歌》。意者，不但感其事，亦欲惩尤物、窒乱阶，垂于将来也。"这尽管是臆测，却可以说"虽不中，不远矣"。否则，白居易即便当时不便提出异议，以后也多少会在诗文中做出些更正表示的。这里，"惩尤物，窒乱阶"是小说家的夸大其词，不足为训。值得注意的是"垂于将来也"，意即告诫和昭示后人。而昭示的主要内容就是上面所说的那两个方面。这也说明，白居易在写作《长恨歌》时，是有意识地追步风诗的。而"有风情"，正是他事隔数年后追忆《长恨歌》的创作，自觉深得风人之致而发出的一种无限欣慰的快语。

第四，白居易将《长恨歌》与《秦中吟》相提并论："一篇长恨有风情，十首秦吟近正声。"这对我们不无启示。前者作于元和元年，后者作于贞元、元和之际。写作时间接近，写作意图亦颇相似。"正声"是指诗经中的雅诗。《诗大序》云："雅者，正也，言王政之所由兴废也。"李白《古风》第一首亦云："大雅久不作……正声何微茫。"可知"正声"乃雅诗异称。雅诗中不乏用以补察时政的政治讽刺诗。白居易的《秦中吟》正是创造性地继承雅诗的优良传统。"正声"既然指"雅者之声"，和它相提并论的"风情"当然也就只能指"风人之情"了。两句参读，正可看出作者以风雅继承者自命之意。自然，作者也曾说过"今仆之诗，人所爱者，悉不过《杂律诗》与《长恨歌》已下耳。时之所重，仆之所轻"②，似乎对《长恨歌》并不及对《秦中吟》《新乐府》等看重。这是因为《长恨歌》成诗于前，《秦中吟》等成诗于后；前者只是婉而寄讽，后者则是锋芒毕露；前者取材于前代帝王的故事，后者则以披露时弊和民

---

① 陈寅恪《元白诗笺证稿·长恨歌》。
② 《与元九书》。

瘦为主;所以,后者也更有现实意义。这样,作者更看重后者势所必然。但在流传过程中,《长恨歌》更为人们所喜闻乐见。因为它是爱情题材,又用笔空灵,摇曳多姿,不像《新乐府》等作品那样直率浅露。这使作者殊感意外。加上有些读者但见其"情",不见其"风",忽略了它的"美刺"作用。有鉴于此,作者故意在《长恨歌》与《秦中吟》《新乐府》之间有所轩轾,以提高后者在人们心目中的地位。因此,"所重""所轻"云云,只是在某种特定情境下相比较而言,并不说明作者对《长恨歌》的一贯态度。作者编集时,仅举《长恨歌》和《秦中吟》为代表加以评鉴,这本身就是对《长恨歌》的重视。而评鉴时又着以"有风情"三字,岂非暗示"一篇长恨"亦乃"刺上""化下"之作,读者自当作风诗来读。

第五,诚然白居易把自己的诗作分为"讽喻""感伤""闲适""杂律"四类,《长恨歌》被系于感伤诗类。但作者的分类并不科学,这是显而易见的事实。闲适、杂律类姑且不谈,即便讽喻、感伤两类中,间见错出的现象也不一而足。这就是说,讽喻类中有感伤的作品,感伤类中也有讽喻的作品——"讽喻"和"感伤"本来就不是对立的,一篇作品何妨既是一首讽喻诗,又是一首感伤诗。关键在于从什么角度来观察它。从它的写作宗旨看,可以说它是讽喻诗;从它的感情基调看,也可以说它是感伤诗。当然,有的作品以讽喻为主,有的作品则以感伤为主。或许,白居易在斟酌归类时,就是将他认为以讽喻为主的作品归入讽喻诗,以感伤为主的作品归入感伤诗。因此,他的讽喻诗往往带有感伤的色彩,感伤诗也往往带有讽喻的成分。正因为这样,有的学者以《长恨歌》系于感伤诗类为理由来否定它具有讽喻诗的"美刺"作用,似嫌根据不足。我们不妨再看一看白居易自己在《与元九书》中给感伤诗下的定义:"又有事物牵于外,情理动于内,随感遇而形于咏叹者一百首,谓之感伤诗。"可知感伤诗也是"感于哀乐,缘事而发",和用来自娱的闲适诗是大相径庭的。既然如此,联系他"文章合为时而著,歌诗合为事而作","惩劝善恶之柄,执于文士褒贬之际焉;补察得失之端,操于诗人美刺之间焉"的文学主张,便可断言,他的感伤诗决不会仅止于感伤,而必求"有补于事"。事实上,感伤诗中的《江南遇天宝乐叟》《放旅雁》《长恨歌》等篇便都是感而兼讽的作品。《秦中吟》序云:"贞元、元和之际,予在长安,闻见之间,有足悲者。因直歌其事,命为《秦中吟》。"《秦中吟》虽属讽喻诗,但序中述写作缘由似与感伤诗相近,都是"闻见""感遇"之间,情动于中而形于言。区别只在《秦中吟》等讽喻诗是"直歌其事",无所忌讳,而《长恨歌》等许多感伤诗则用了曲笔,寄讽的方式有异罢了。

第六,"风情"解作风诗的情致,不止"一篇长恨有风情"一例,在白居易集中可以找到许多旁证。如:"年长风情少,官高俗虑多。"①"志气吾衰也,风情子在不?"②"良时光景常虚掷,壮岁风情已暗销。"③把玩其意,似乎这里的"风情"都是指风诗之致、风人之情。只是它已经不再是自诩,而是晚年历尽坎坷,"奉身而退"后的无可奈何的慨叹。白居易的挚友元稹、刘禹锡也曾在诗文中不止一次地提到"风情"二字,如:"常欲得思深语近,音律调新,属对无差,而风情宛然。然而病未能也。"④"眼前名利同春梦,醉里风情敌少年。"⑤元氏把"思深语近","风情宛然"等作为诗的极致,努力想达到这样的境地,却又很有些心余力拙的苦恼。刘氏则是说,自己乃劫余之人,已觉万事皆空,不复关心于社会现实如何了。只有"醉里"还能依稀唤起少年时的那种"品覈时政"的"风情"。这里的"风情",似乎也都宜训为风诗之致、风人之情。

---

① 《忆梦得》。
② 《想东游五十韵》。
③ 《三月三日忆微之》。
④ 元稹《上令狐相公诗启》。
⑤ 刘禹锡《春日书怀寄东洛白二十二、杨八二庶子》。

此外,清人翁方纲《石洲诗话》评白居易《柳枝词》中"小树不禁攀折苦,乞君留取两三条"等句说:"于咏柳之中,寓取风情,此当为《杨柳枝》本色。"显然,他也是把"风情"理解为风诗之致、风人之情,以为这首词是婉而多讽的。

综上所述,"一篇长恨有风情"的"风情"在特定语言环境中有着特定的含义。无论从《长恨歌》本身,还是从与此有关的其他方面来考察,它都以释为风诗的情致比较合适。正因为作者给"一篇长恨"赋予了风诗的情致,所以它集"美刺"二任于一身,刺其所欲刺,美其所宜美,以"厚人伦","移风俗"。从这个意义上说,《长恨歌》的主题并不矛盾。

我认为,《长恨歌》作为以风诗为范的鸿篇巨制,作为白居易"陈力以出"时的"有为"之作,其主题思想包括既对立又统一的两个方面:一方面试图通过唐玄宗淫逸误国的事实来告诫后代的帝王,尤其是当时正在执政的唐宪宗,应躬亲朝政、励精图治,而不当沉湎女色,酿成祸乱;另一方面又试图通过李杨之间的真挚爱情来昭示世人,尤其是青年男女应两情依依,白头偕老,而不当见异思迁,始乱终弃。前一方面用以"刺上",后一方面用以"化下"。这样,从结构上看,《长恨歌》便也可以"君王掩面救不得,回看血泪相和流"两句为转折点分为两个部分。这两个部分既相互联系又各有侧重。作者在组织经营时是煞费苦心的:前一部分以"刺上"为主,因而采用现实主义的委婉叙述,多客观摹写其动作;后一部分以"化下"为主,因而采用浪漫主义的生动描绘,多主观悬想其心理。两副笔墨,双重主题,写来色彩斑斓,风情绰然。以为它"一味地歌颂",是忽略了前面"刺上"部分;以为它"单纯地揭露",则是忽略了后面"化下"部分,而归根结底,是没有把它视为深藉"风情"的作品或没有弄清"风情"在这里的确切含义。最近,《人文杂志》1982 年第 4 期所刊《〈长恨歌〉主题思想新探》一文又提出"婉惜主题"说，以为《长恨歌》主要是表达"对唐玄宗晚节不终的深切婉惜"，以告诫唐玄宗应"慎始善终"。虽然足备一说，却未免把作品的主题理解得太狭隘了。其实，白居易曾经在《新乐府序》中明确指出他的作品都是"为君、为臣、为民、为物、为事而作"，可知他是希望"君"和"民"都成为读者的。据《与元九书》记载，当时曾有一位妓女夸口说："我诵得白学士《长恨歌》，岂等他妓哉！"这说明《长恨歌》问世后，是在社会下层广泛流传的。而它能得到那些担心"这人折了那人攀，恩爱一时间"的不幸女子的喜爱，不正是因为它除了暴露和讽刺外，还称扬了天长地久的爱情，才使她们能从中觅得某种心理上的安慰吗？

二、"樊蛮"考

"樱桃樊素口，杨柳小蛮腰"，这是唐代诗人白居易的著名诗句。它首见于孟棨《本事诗》，而不为白居易本集所收。《本事诗·事感》云：

> 白尚书姬人樊索善歌，小蛮善舞。尝为诗曰："樱桃樊素口，杨柳小蛮腰。"

范摅《云溪友议》所记略同：

> 居易有妓，樊素善歌，小蛮善舞，尝为诗曰："樱桃樊素口，杨柳小蛮腰。"

但计有功《唐诗纪事》却只言樊素，不及小蛮：

> 乐天妓樊素，善歌杨柳枝，人多以曲名名之。

而白居易又曾在寄刘禹锡诗"还携小蛮去,试觅老刘看"①二句下自注道:"小蛮,酒榼也。"于是,后人便屡疑樊素、小蛮实为一人。清人蔡立甫《红蕉诗话》曾举"十年贫健是樊蛮""春随樊子一时归""犹有樊家旧典型"等句来证明"白集中不见有小蛮名",人们以小蛮为居易妓乃"沿本事之误"。

笔者研习白诗之际,翻检有关材料,窃以为樊素、小蛮皆实有其人,蔡氏等所云不足征信,白氏自注也颇有奥妙。试为考辨如次。

一、樊素、小蛮为白居易宠妓事,载于《旧唐书·白居易传》:

> 初,乐天罢杭州,归洛阳,于履道里得故散骑常侍杨凭宅,竹木池馆,有林泉之致。家妓樊素、蛮子者,能歌善舞。

> (开成)四年冬,得风病,伏枕者累月,乃放诸妓樊、蛮等。

这两段记载至少告诉我们三点。

(一)樊素、小蛮似是大和四年(830)白居易以太子宾客分司东都洛阳后,始为其家妓。白居易这时已由热衷于"兼济天下"而转为"独善其身",只求"尽风光之赏,极游泛之娱"②了。他曾自我表白说:

> 本之于省分知足,济之以家给身闲,文之以觞咏弦歌,饰之以山水风月。此往不适,何往而适哉?兹又重吾乐也。

> ——《序洛诗》

这"重吾乐"中,当然也包括声色之乐。樊素、小蛮或许正是这时为白居易所得。旁证如下。

(1)刘禹锡《寄赠小樊》诗云:"花面丫头十三四,春来绰约向人时。"刘禹锡于大和六年(832)冬由礼部郎中集贤学士改任苏州刺史,赴任途中特意弯经洛阳过访白居易,首见樊素当在此时。而诗云"花

---

① 《晚春酒醒寻梦得》。
② 《三月三日祓禊洛滨》。

面丫头十三四"，则樊素其年尚幼，似从白居易未久。

（2）白居易《不能忘情吟序》云："妓有樊素者，年二十余。"此序作于开成五年（840），后刘禹锡诗八年，而所云樊素年龄，恰与刘禹锡诗相合。

（3）白居易《杨柳枝二十韵》一诗云："小妓携桃叶，新歌蹋柳枝……口动樱桃破，鬟低翡翠垂。枝柔腰婀娜，荑嫩手葳蕤。"由"口动樱桃破"等语可知"小妓"即樊素。而作者却于题下自注云："《杨柳枝》，洛下新声也。洛之小妓，有善歌之者。"既然称其为"洛之小妓"，则其时樊素尚未被白居易蓄为己有。

（二）樊素、小蛮不仅颜色娇妍，而且俱"能歌善舞"。《本事诗》以"善歌"属樊素，"善舞"属小蛮，这当是误解了白居易诗"樱桃樊素口，杨柳小蛮腰"的缘故。其实，白居易的这两句诗乃互文见义，亦可说成"樱桃小蛮口，杨柳樊素腰"。根据是，白居易《对酒有怀，寄李十九郎中》诗于"去岁楼中别柳枝"句下注云："樊蛮也。"显然，诗人也曾以柳枝来形容樊素。而《不能忘情吟序》中更明言樊素"绰绰有歌舞态"。则樊素亦当婀娜善舞，一如小蛮亦当婉啭善歌。

（三）樊素、小蛮等于开成四年冬为白居易遣归。遣归的原因是，白居易这时"得风病，伏枕者累月"，自度已不能纵声色之欲，遂生怜香惜玉之心。作为《病中诗十五首》之一的《杨柳枝》写道：

> 两枝杨柳小楼中，嫋娜多年伴醉翁。
> 明日放归归去后，世间应不要春风。

白居易以"杨柳"喻樊、蛮，屡见于本集。这里，"两枝杨柳"无疑即指樊素、小蛮。因而《旧唐书》所记确凿。只是遣归的具体时间尚可商榷：《杨柳枝》作于开成四年冬，而诗中说"明日放归"，显然其时将放未放。而《春尽日宴罢感事独吟》一诗中说："病共乐天相伴住，春随樊子一时归。"题下自注:"开成五年三月三十日作。"则遣樊素、小蛮的时间实当为开成五年春。作于开成六年的《对酒有怀,寄李十九郎中》一诗中说"去岁楼中别柳枝",也证明这一点。

二、白居易集中确实多言樊素,少及小蛮,但这并不能证明无小蛮其人。这样说的根据如下。

(一)白居易《天寒晚起,引酌咏怀,寄许州王尚书汝州李常侍》诗云:"四海故交唯许汝,十年贫贱是樊蛮。""许汝"是许州王尚书与汝州李常侍的合称,而"樊蛮"与之对举,亦当也是樊素、小蛮的合称,而不是指樊素一人。参以白居易的其他诗文,作者如只提樊素,往往径以"樊素"称之,如"妓有樊素者"①,等等。

(二)白居易《杨柳枝》诗明明说"两枝杨柳小楼中,袅娜多年伴醉翁"。而《种柳三咏》诗也说:"仍教小楼上,对唱杨柳枝。"既然是"两枝",是"对唱",则白居易所宠爱的歌舞伎分明为樊、蛮二人。

(三)《旧唐书》称小蛮之名为"蛮子",这是不无原因的。疑小蛮又名蛮子。因而,"春随樊子一时归"中的"樊子"或许也是樊素、小蛮的合称——不称"樊蛮",而称"樊子",是拘于诗的平仄之故。

(四)白居易在"还携小蛮去"一句下自注:"小蛮,酒榼也。"其中有何奥妙,容当后辨。这里要说的是,如果白居易真有一只酒榼也叫作小蛮的话,那么他在这里注云"酒榼",正是为了与宠妓小蛮区别开来,以免引起读者的误解,而这也恰从反面说明小蛮实有其人。

(五)唐代名妓虽然大多歌舞器乐兼擅,但在具体表演时往往分工明确。这由白居易《小庭亦有月》等诗可知。而白居易描写声色之乐的诗句往往场面颇大,并以歌舞并举。如《青毡帐三十韵》云"侧置低歌座,平铺小舞筵";《小庭亦有月》云"红绡信手舞,紫绡随意歌";《把

---

① 《不能忘情吟序》。

酒思闲事二首》之二云"掌上初教舞,花前欲按歌";《洛桥寒食日作十韵》云"舞腰那及柳,歌舌不如莺";《与牛家妓雨夜合宴》云"歌脸有情凝睇久,舞腰无力转裙迟";等等。又是"歌座",又是"舞宴",偌大的场面不是樊素一人应付得了的。当是樊素掌歌座,而小蛮主舞宴,两人各有所司。

(六)不仅《旧唐书》《本事诗》《云溪友议》载有小蛮之名,宋人的诗句中也每将樊素、小蛮相提并论。如苏轼《送程懿叔》云:"我甚似乐天,但无素与蛮。"黄庭坚《子瞻去岁春夏侍立延英》之四亦云:"只欠小蛮樊素在,我知造物爱公深。"苏轼对白居易之"出处"推崇备至,又读书万卷,精于考辨,而黄庭坚则是"以才学为诗"的江西诗派的开山大祖,谅二人皆不至盲从《本事诗》之说。

因此,小蛮之为白居易宠妓,并非孟棨、范摅等人的附会,而是应当确认的事实。白居易多言樊素,只说明一点,这就是:在樊素、小蛮二人中,更得宠爱的又是樊素。

三、樊素、小蛮离去后,白居易对她们思念殊深。《杨柳枝》中说:"明日放归归去后,世间应不要春风。"《春尽日宴罢感事独吟》中也说,"春随樊子一时归",大有"同心一人去,坐觉长安空"之意。在其他诗作中,白居易也常忆及樊素、小蛮当年载歌载舞的情景,如《追欢偶作》中说:"石楼月下吹芦管,金谷风前舞柳枝。"并注道:"芦管、柳枝以下,皆十年来洛中之事。"《听都子歌》中说:"都子新歌有性灵,一声格转已堪听。更听唱到嫦娥字,犹有樊家旧典型。"听的是都子新歌,想的却是樊家旧韵,这自是不能忘情的缘故。

樊素、小蛮被遣后,归宿如何,史无明载。从有关诗文看,这以后白居易便与她们失去了联系。《前有〈别柳枝〉绝句,梦得继和……又复戏答》一诗中说:"柳老春深日又斜,任他飞向别人家。谁能更学孩童戏,寻逐春风拈柳花。"似乎作者虽念之甚烈,却因年事已高,不愿去

寻找她们,复为拈花惹柳的风流韵事了。值得注意的是,时人卢贞在一首和白居易《杨柳枝》的诗中说:

> 一树依依在永丰,两枝飞去杳无踪。
>
> 玉皇曾采人间曲,应逐歌声入九重。

诗的题目较长,实犹诗序。其中有"永丰坊西南角园中,有垂柳一株,柔条极茂。白尚书曾赋诗,传入乐府,遍流京都。近有诏者,取两枝植于紫苑"云云。诗很像是咏樊素、小蛮事,而从诗题及"玉皇曾采人间曲,应逐歌声入九重"两句看,似乎真实情况是:白居易咏樊素、小蛮的诗篇渐而传入宫禁,闻于九重,于是风流帝王颁下诏令,征樊素、小蛮入官,以充梨园。如果真是这样的话,白居易不愿"寻逐春风拈柳花",也就很自然了。而他不明言樊素、小蛮之归宿,则带有为君讳的因素。

四、"樱桃樊素口,杨柳小蛮腰"这两句诗不见于白居易本集,或许因为它是白居易的即兴之作,一时脱口而出,过后并没有连缀成篇。自大和六年始,白居易曾任河南尹三年。河南尹治所在洛阳,其官府中有一株结子繁茂的樱桃树。白居易《宴后题府中水堂,赠卢尹中丞》一诗自注:"府西有樱桃厅,因树为名。"而附近的"永丰坊西南园中,有垂柳一株,柔条极茂"。白居易常张乐设宴于这两处。因而,"樱桃樊素口,杨柳小蛮腰",很可能是就眼前取景,而吟成于觥筹交错之际。零珠碎玉,自己并不怎么珍重。在座的其他人却深觉其以眼前景状眼前人,天然工巧,大为赞赏。于是,这两句诗便不胫而走,广为流传,终为《本事诗》和《云溪友议》所载。

五、细审诗意,《晚春酒醒寻梦得》一诗中"还携小蛮去"之"小蛮",如为酒榼,似与后面"试觅老刘看"一句不合。而"小蛮"如系家妓,不仅诗意贯通,而且与唐人喜携妓出游的习惯相符。证以他诗,如白居易《秋霖中,奉裴令公见招,早出赴会,马上先寄六韵》有云:"续借桃花马,催迎杨柳姬。""杨柳姬"指代樊素、小蛮。显然,不仅白居易喜携樊素、小蛮出访,以壮行色,而且,与白居易交往的名绅显宦也乐招樊素、小蛮赴会,以佐清欢。这里,裴度唯恐樊素、小蛮不与盛宴,竟至"催迎"了。而刘禹锡自开成元年始亦以太子宾客分司东都,与白居易同居洛阳,意气相投。白居易《赠梦得》一诗描写二人放浪不羁的情景说"放醉卧为春日伴,趁欢行入少年丛","闻道洛城人尽怪,呼为刘白二狂翁"。二人既狂放若是,小蛮又非内眷,白居易当然也就不辞携之过访了。

那么,白居易为什么又要自注为"酒榼"呢?我们知道,刘禹锡亦有声色之好。孟棨《本事诗·情感》载:

> 刘尚书禹锡罢和州,为主客郎中、集贤学士。李司空罢镇在京,慕刘名,尝邀至第中,厚设饮馔。酒酣,命妙妓歌以送之。刘于席上赋诗,曰:"鬌髻梳头宫样妆,春风一曲《杜韦娘》,司空见惯浑闲事,断尽江南刺史肠。"李因以妓赠之。

计有功《唐诗纪事》则作:

> 禹锡赴吴台,扬州大司马杜公鸿渐,开宴命伎侍酒,禹锡诗曰:"鬌髻梳头宫样妆……"

二书所记,虽是得之传闻,未必可信,卞孝萱先生已辨其妄,却非空穴来风。从《寄赠小樊》一诗看,刘禹锡对白居易的宠妓樊素也曾流露过艳羡和渴慕之意。诗的后两句是:"终须买取名春草,处处将行步步随。"竟毫不掩饰地想买下樊素来,将她改名为春草,好与自己朝夕相伴,形影相随。自然,这只是一时的冲动,过后,刘禹锡并没有真的设法去夺人所爱。但这一意念,白居易是知道的。因而白居易这里"还携小蛮去,试觅老刘看",会不会是想以桃代李,了却一笔风流债呢？而他后来在诗末加注"酒槛"，又会不会是"故施狡黠"呢？因无确据，不敢妄说，谨陈疑窦，以俟方家教正。

三、"孤灯"辨

这是一个陈旧的题目。但其中不乏可供寻绎的新意；同时，这种寻绎本身或许也不无趣味。

众所周知，白居易的《长恨歌》以其特有的艺术魅力赢得了古往今来无数读者的由衷喜爱。但由于"形象几乎永远大于思想"，关于其主题的聚讼也是历久不衰，愈演愈烈。新中国成立后，50年代末、80年代初，学术界曾围绕《长恨歌》的主题进行过两次热烈的争鸣。几年间，报纸期刊发表论文数百篇，规模之大、范围之广，远逾前代，至今犹余波震荡。自然，争鸣的目的是繁荣学术、探求真理。这，当是注意捕捉古典文学研究信息的读者所熟知的。不过，也许并非所有的读者都了解：在历史上，除了对《长恨歌》的主题众说纷纭外，对诗中的具体描写也曾发生过一些有趣的诉讼。其中，有不少直接关涉到诗学理论问题。因而，从中拈取数例加以辨析、评议，对读者领悟诗家三昧，或许多少有所裨助。

其一，关于"回眸一笑百媚生，六宫粉黛无颜色"。

这两句以勾魂摄魄之笔、烘云托月之法，极写杨妃的美艳和娇媚，颇为传神。但清人龚自珍却对它痛加指斥。张祖廉《定盦先生年谱外纪》录其语云：

> "回眸一笑百媚生"，乃形容勾栏妓女之词，岂贵妃风度耶？白居易直千古恶诗之祖。

这真叫人啼笑皆非！以龚自珍所持的标准来衡量，雍容大方而又仪态万千,这才是贵妃实际应有的风度。白居易这样写,未免将贵妃的身份等同于勾栏妓女,这是绝对不能容许的败笔。很明显,龚氏是完全站在封建卫道者的立场上来进行这番散发着陈腐气息的指斥的。殊不知白居易这两句诗原有所本。宋人吴曾《能改斋漫录》早已指出,这两句盖用李白应制《清平乐》词:"女伴莫话孤眠,六宫罗绮三千。一笑皆生百媚,宸游教在谁边。"这就是说,即便"回眸一笑百媚生",果真带有勾栏妓女况味的话,始作俑者也非白居易,斥之为"千古恶诗之祖",与史实不合。这犹为次,更重要的是,白居易写作《长恨歌》的主观意图,据陈鸿《长恨歌传》推测是"惩尤物,窒乱阶,垂于将来也",即试图通过李、杨荒淫误国的事实告诫后世的帝王应躬亲朝政,励精图治,而不能耽于女色,酿成祸乱。唯其如此,白居易在刻画杨妃的形象时,不能不着力表现她的妖冶迷人。而"回眸一笑百媚生"云云,正将杨妃的妖冶迷人渲染得恰到好处。因而,这是有机服务于全诗宗旨的精彩笔墨。龚氏的指斥,乃出于对封建礼教的维护,既有悖史实,又有乖情理,今天应为我们所不取。

其二,关于"六军不发无奈何,宛转蛾眉马前死"。

这两句所吟咏的是:安史之乱爆发后,唐玄宗仓皇出逃。行至马嵬坡,六军哗变。为情势所迫,玄宗只好将杨妃赐死,以息众怒。于是,一代红颜,转瞬间香消玉殒。从描写技巧的角度看,这两句同样语少意足,得传神之妙。但宋人魏泰《临汉隐居诗话》对它的责难却比龚氏更为激烈:

> 此乃歌咏禄山能使官军叛,逼迫明皇,明皇不得已而诛杨妃也。岂特不晓文章体裁,而造语蠢拙,抑亦失臣下事君之礼。老杜则不然,其《北征》诗曰:"忆昨狼狈初,事与古先别……不闻夏殷盛,中自诛褒妲。"乃见明皇鉴殷商之败,畏天悔过,赐妃子以死,官军何预焉?

明眼人都能看出,这一责难偏离真理就更远了。在满脑袋封建正统思想的魏泰看来,"无奈何"三字太贬低了唐玄宗——这不是变成唐玄宗无力约束部下,不得已才将杨妃作了替罪羊吗?应该像杜甫的《北征》诗那样,写成玄宗"自我觉悟",主动舍弃杨妃这一尤物。这是公然要求前代诗人在封建帝王脸上涂脂抹粉。如果站在今天的高度来审视魏泰对白居易和杜甫诗所做的不同评判,那就不难得出如下的结论:恰恰是白居易以其严肃而又空灵的现实主义诗笔,披露了事实的真相,曲折有致地刻画出唐玄宗遭变之际对杨妃弃之不忍、留之不能的矛盾心理,并在一定程度上触及封建帝王自私自利的本质,从而打破了"为尊者讳"的清规戒律。(当然,《长恨歌》中也有"为尊者讳"的笔墨,如"杨家有女初长成,养在深闺人未识",便将一幕"新台"丑剧轻轻遮掩过去。)相形之下,倒是杜甫为传统的儒家诗教所束缚,对唐玄宗作了不必要的美化和拔高。因而,虽然从总体上看,反映在杜诗中的现实主义精神绝不稍逊于白诗,但在这里,却是白居易站得高、看得准、写得深。魏泰对白居易的责难,除了说明他的浅薄外,更暴露出一副可憎复可笑的封建卫道者的嘴脸。不过,在古代,固然不乏与魏泰同声相应者,如惠洪《冷斋夜话》;却也有力排众议,为白居易辩护的,如汪立名在《长庆集》卷十二《长恨歌》后所加的评语:

> 此论为推尊少陵则可,若以此贬乐天,则不可。论诗须相题,《长恨歌》本与陈鸿、王质夫话杨妃始终而作……自与《北征》诗不同。若讳马嵬事实,则长恨二字便无着落矣。读书全不理会作诗本末,执片词肆议古人,已属太过,至谓歌咏禄山能使官军云云,则尤近乎锻炼矣。宋人多文字吹求之祸,皆酿于此等议论。若唐人作诗,本无所忌讳,忠厚之风,自可慕也。

这一看法比魏泰自然要高明许多，尤其是指出"宋人多文字吹求之祸，皆酿于此等议论"，更可以说是知者言。但仅仅从诗的作意着眼来为白居易开脱，似乎还没有完全搔着痒处。由他煞费苦心地作调和之论，只言白诗之是，不言杜诗之非，可以看出他终究没能跳出封建礼法的窠臼。

其三，关于"峨嵋山下少人行，旌旗无光日色薄"。

这两句移情于景，描写玄宗因痛惜杨妃之死，幸蜀途中心情惨淡，郁郁寡欢。它也曾引起诉讼，首先发难的是沈括《梦溪笔谈》：

> 峨嵋在嘉州，与幸蜀路全无干涉。

范温《潜溪诗眼》所见略同：

> 白乐天《长恨歌》，工矣，而用事犹误。"峨嵋山下少人行"，明皇幸蜀，不行峨嵋山也。当改云剑门山。

这显然是站在考订家的角度，以生活的真实为出发点对白居易加以苛求。诚然，峨嵋山并不是玄宗幸蜀时的必经之地，但它却是蜀境内风光最美、声名最著的山峰。如果要从蜀境内拈取一件具有代表性的风物作为蜀境的代称的话，那么，非峨嵋山莫属。这里，白居易正是以峨嵋山泛指蜀境。对于读者来说，剑门山既不及峨嵋山来得熟悉，也不像峨嵋山那样容易触发对蜀境风物的诗意联想。因而，大可不必易"峨嵋"为"剑门"。沈、范二氏不懂得这是为艺术规律所容许的诗家之伎，批评白居易错用了地名，未免过于迂板，过于拘泥。有趣的是，前两年，曾有人撰文对沈、范之说进行反驳。文中列举若干条证据，力证白居易诗中的"峨嵋"，不是指世人所熟知的位于嘉州的"大峨嵋"，而是指四川某县境内的"小峨嵋"，它适当玄宗幸蜀之途，所以白诗"用事无误"。细加推究，这实际上是以谬误来反对谬误，虽然结论不同，出发点却毫无二致——他们都在生活的真实与艺术的真实之间画上了等号。

其四，关于"夕殿萤飞思悄然，孤灯挑尽未成眠"。

无独有偶，对这两句诗的争议也导源于对艺术真实的不同理解。今天，或许大多数读者都认为这两句诗将玄宗晚年的凄楚和感伤表现得十分真切。但宋代的一些带有冬烘习气的评论家却使用着别一副怀疑和挑剔的眼光，硬是从中找出了破绽。邵博《闻见录》质问道：

> 宁有兴庆宫中，夜不烧烛油，明皇帝自挑灯者乎？

张戒《寒堂诗话》更斥责说：

> 此尤可笑！南内虽凄凉，何至挑孤灯耶？

其实，真正可笑的是他们自己，因为他们把生活的真实和艺术的真实当成了一回事，枉费心机地用凝固的生活常识来检验和拘囿生动的艺术形象。大家都知道鲁迅有一段名言："诗歌不能凭仗了哲学和智力来认识。所以，感情已经冰结的思想家，对于诗人往往有谬误的判断和隔膜的揶揄。"[①]这是十分精辟的论断。它启示我们，诗歌主要是靠鲜明、生动的形象显现，诉诸读者的感情，因而它与诉诸读者理智的科学论文及常识课本判然有别。在塑造形象的过程中，诗人们绝不能满足于对生活现象作机械地搬用或简单的录像，也不能处处拘泥于科学常识和生活真实，胶柱鼓瑟，作茧自缚。相反，缪斯赋予他们在生活经验的基础上大胆地进行艺术想象和艺术加工，将生活表象提炼为艺术形象，将生活真实升华为艺术真实的权利和义务。所以，在生活中是真实的，在艺术中却未必真实；在艺术中是真实的，在生活中却又往往不那么真实。正因为这样，"诗歌不能凭仗了哲学和智力来认

---

① 《集外集拾遗·诗歌之敌》。

识"。明乎此,我想,对邵、张二家批评的谬误就可以看得很清楚了。固然,在实际生活中,唐玄宗绝不至于自挑孤灯,白居易也绝不至于对此一无所知。既然如此,就值得我们根据诗歌的特性来加以深思——原来,诗人是试图通过唐玄宗独挑孤灯、辗转难眠这一"余味曲包"的细节,凸现他晚年失去皇位、幽居深宫时心境的凄凉与孤独,同时,也凸现他对杨妃的思念的强烈与深切。试想,如果按照生活实有的样子,将"孤灯挑尽"改为"红烛高照",那就带上了人人都能感觉到的富贵色彩和喜庆气息,哪里还能收到如此撼人心魄的艺术效果?又有什么诗味可言?所以,白居易虽然违背了生活的真实,却达到了更高层次的艺术的真实。如果说上一例中提到的沈、范二家的指摘可以视之为"谬误的判断"的话,那么,这里,邵、张二家的斥责大概算得上是"隔膜的揶揄"吧?值得注意的是,上引诸家谬说,多出自宋人,这不是偶然的。有宋一代,封建文化的全面高涨,带来了学术与文学在一定程度上的融合。宋代理学深于思辨,宋代史学精于考订,濡染于诗,便助长了宋人"以才学为诗""以议论为诗"的倾向。而诗歌评论与诗歌创作总是密切联系着的。宋人结撰的诗话、笔记之所以喜欢矜才炫学,习惯于将生活真实和科学常识当作衡量、评判诗歌优劣的准绳之一,正与其时代风尚有关。当然,也有能自拔流俗的,如王楙《野客丛谈》对这两句诗便独持异议:

> 正所以状宫中向夜萧瑟之意,使言高烧画烛,贵则责矣,岂复有长恨等意邪?观者味其情旨,斯可矣。

这与我们今天的看法完全吻合,在头巾气甚重的宋代,实在是很难得的。

其五,关于"七月七日长生殿,夜半无人私语时"。

明人杨慎《升庵诗话》对这两句诗的批评也属于上一类型。杨氏曾援引并发挥范元实《诗眼》说：

> 长生殿乃斋戒之所，非私语地也。华清宫自有飞霜殿，乃寝殿也，当改"长生"为"飞霜"则尽矣。按郑嵎《津阳门诗》："金沙洞口长生殿，玉蕊峰头王母祠。"则长生殿乃在骊山之上，夜半亦非上山时也。

不言而喻，杨慎的批评也难以成立。这不仅因为"长生殿"是中晚唐诗人吟咏宫廷生活时通用的殿名，如元稹《胡旋女》诗有"妖胡奄到长生殿"句，李商隐《骊山有感》诗亦有"平明每幸长生殿"句；而且，更因为以"长生"与"长恨"相照应，还构成一种绝妙的讽刺：玄宗与杨妃欲求长生，却终成长恨！如果改为"飞霜"，岂复有此深意？熟谙文学掌故的读者可能记得，宋代大诗人王安石曾批评李贺《雁门太守行》中的"黑云压城城欲摧，甲光向日金鳞开"两句说："此儿误矣，方'黑云压城'之时，岂有'向日'之'甲光'也？"对此，杨慎极为鄙薄，斥为"宋老头巾不知诗"。但事实却表明，他自己对诗有时也是一知半解，至少在生活真实与艺术真实的关系问题上是这样。即便他在《升庵诗话》中对王安石的反批评，教条味也很浓："予在滇，值安凤之变，居围城中，见日晕两重，黑云如蛟在其侧，始信贺之诗善状物也。"可知他赞许李贺，仅仅是因为他确曾看到过这种景象，却不知敌军来犯，未必真有黑云压城；守军御敌，也未必真有日光映甲；诗中的黑云和日光，只是诗人用来造境写意的手段；为了造境写意的需要，诗人完全可以呼风唤雨，驱雷驭电。因而，杨慎的反批评与王安石的批评在本质上并没有什么区别，我们很难说谁在谬误的道路上走得更远。

通过对以上各例趣讼的辨析、评议，我们可以得到怎样的启发呢？我想，启发之一是，在批评的原则上，应以维护道统者为戒，不能以正统思想和儒家诗教来非难古代作家作品。启发之二是，在批评的方法上,则应以恪守教条者为戒,不能以生活真实和科学常识来苛求古代作家作品。而关键是要认识诗歌这一文艺样式的特殊规律,了解"诗家之方外,别有三昧"。这正是前二例和后三例所分别囊括的内容,也正是我奉献这篇小文的意图。

第一题"风情解"原载于《齐鲁学刊》1983 年第 4 期,第二题"樊蛮考"原载于中华书局《学林漫步》第十集,第三题"孤灯辨"原载于《古典文学知识》1986 年第 9 期

白居易与日本平安朝诗坛

　　对白居易其人其诗的影响,学术界所推重的几种文学史著作已详加评述。但令人略感遗憾的是,它们大多只进行了纵向的追踪,即仅仅从时间(历史)的角度探讨其人其诗对后世的影响,致力于辨析前后代之间的传承关系,而没有进行横向的扫描,即从空间(地理)的角度探讨其人其诗对邻国的影响,致力于辨析左右邻之间的借鉴关系。由这种非立体化的考察方式所得出的结论,纵然有可能是精粹的,却无论如何不可能是全面的。如果我们能够将视野拓展到曾经覆盖东亚地区的汉字文化圈,将衍生与演变于这一汉字文化圈的海外汉诗也作为接受影响的对象加以观照,那就不会仅仅着眼于簇拥在他周围的"元白诗派"的成员,也不会仅仅注目于宋初以徐铉、李昉、王禹偁为代表的白体诗人,而且还会高度重视日本平安朝诗人奉白居易为偶像、奉白居易诗为楷模的一系列实例,并从中寻绎出其不同寻常的意义——这正是本文所要谈论的话题。

一

　　如同人们所熟知的那样,在中国文学史上,曾有不少大师或名家成为后代某一诗派学习、模仿的偶像,如杜甫之于江西派、李商隐之于西昆派等。但无论杜甫还是李商隐,都未能成为影响一代风气、被所有的属诗者无一例外地顶礼膜拜的人物。换言之,他们只是在有限的时空内被奉为偶像。而在日本平安朝时期,瓣香白居易的热潮竟能席卷诗坛的每一个角落,将所有的诗坛中人都裹挟入其中!虽然白居易在他生活的中唐时代也曾极为"摩登",但充其量也就摩登了二十年左右——元稹《白氏长庆集序》说白诗"二十年间,禁省观寺邮堠墙壁之上无不书,王公妾妇牛童马走之口无不道"。这已是一种殊荣,但比起白居易在日本平安朝所受到的长达四百年的尊崇,又似乎不足挂齿了。

有别于李白、杜甫,白居易生前曾多次对自己的诗文进行整理、编辑,并誊写数本,分藏各处,从而使它们得以《白氏文集》《白氏长庆集》《白香山集》等集名流播遐迩。据《白氏长庆集后序》,此集在白居易生前即已传入日本。序云:

> 白氏前著《长庆集》五十卷,元微之为序;后集二十卷,自为序;今有续后集五卷,自为记;前后七十五卷,诗举大小凡三千八百四十首。集有五本:一本在庐山东林寺经藏院,一本在苏州南禅寺经藏内,一本在东都胜善寺钵塔院律库楼,一本付侄龟郎,一本付外孙谈阁童。各藏于家、传于后。其日本、新罗诸国及两京人家传写者,不在此记。

这篇序文乃作者自撰,时在会昌五年(845),即作者去世的前一年。而序文中称,日本、新罗已有其文集的传写本,这当是根据从日本、新罗方面反馈回来的消息,而绝非意在抬高身价的"虚词诳语"。征诸日本史传,仁和天皇承和五年(838),即唐文宗开成三年,太宰少贰藤原岳守对唐人货物进行海关检查,因发现其中有"元白诗笔",便奏于天皇。天皇大悦,擢其爵位为"从五位上"。事见《文德实录》。所谓"元白诗笔",即白居易与元稹的诗文集。这是正史中有关《白氏文集》传来的最早记载。其时间要远远早于白居易自撰序文的会昌五年,足证白氏序文所记无讹。此外,由《江谈抄》所记录的有关嵯峨天皇的一则轶闻,也可以推知《白氏文集》传入日本的时间不仅是在白居易生前,而且不会迟于承和五年:嵯峨天皇秘藏《白氏文集》,轻易不肯示人,而私下把玩、规摹之。行幸河阳馆时,将"闭阁难闻朝暮鼓,登楼遥望往来船"一联示小野篁。小野篁以为是天皇即兴所得之句,便奏曰:倘易"遥"字为"空"字,则益佳。天皇叹道:卿之诗情同于乐天也。原来,这本是白居易的诗句,天皇只改动了其中的一个"空"字;如果按照小野篁的意见再改回去,那就完全恢复了白氏原句的面貌。而小野篁是在并未见过白氏原句的情况下提出上述建议的,这就使天皇惊叹其诗思与白居易暗合了。嵯峨天皇于承和元年(834)退位、承和九年(842)逝世。因此,几乎可以肯定这是承和五年以前的事。而如果当时《白氏文集》尚未传入,天皇也就无从秘藏了。

必须说明,在平安朝前期,传入日本的唐人诗集为数众多,《白氏文集》只不过是其中最受推崇、从而也流传最广、影响最大的一种而已。日人林鹅峰《本朝一人一首》卷十有云:

> 文选行于本朝久矣。嵯峨帝御宇,白氏文集全部始传来本朝。诗人无不效文选、白氏者。然桓武朝僧空海熟览王昌龄集,且其所著秘府论,粗引六朝之诗及钱起、崔曙等唐诗为例。嵯峨隐君子读元稹集。菅丞相曰:"温庭筠诗集优美也,公任、基俊所采用。"宋之问、王维、李颀、卢纶、李端、李嘉祐、刘禹锡、贾岛、章孝标、许浑、鲍溶、方干、杜荀鹤、杨巨源、公乘亿、谢观、皇甫曾等诸家尤多。加之李峤、萧颖士、张文成等作,久闻于本朝,然则当时文人,涉汉魏六朝唐诸家必矣。藤实赖见卢照邻集,江匡房求王勃、杜少陵集,且谈及李谪仙事,则何必白香山而已哉!

《白氏文集》以外传入日本的唐人诗集当然不止林氏所标举的这

些，如空海归朝时曾进献《刘希夷集》四卷、《贞元英杰六言诗》三卷、《杂咏集》四卷、《朱书诗》一卷、《朱千乘诗》一卷、《王智章诗》一卷、《刘廷芝诗》四卷等；藤原佐世的《本朝见在书目录》则著录有当时流入的杨炯、骆宾王、沈佺期等集名。既然如此，则传入日本的唐人诗集的数目甚是可观。这些唐人诗集，比较普遍地为缙绅诗人们所喜吟乐诵。如菅原道真在《梦阿满》一诗中称其亡子七岁时即"读书谙诵帝京篇"，句下且自注道："初读宾王古意篇。"可知缙绅诗人们所喜吟乐诵者同样不只是《白氏文集》。进而也就可以说，对他们的汉诗创作产生影响的也绝不只是《白氏文集》。然而，从另一角度看，最受日本推崇、流传最广、影响最大的又毕竟是《白氏文集》；白居易及《白氏文集》在平安朝诗人心目中的地位是其他任何唐人唐集都难以企及的；即使是成就高出于白居易的李、杜也无法在平安朝诗人的祭坛上与他相颉颃。

二

平安朝诗人对白居易及《白氏文集》的推崇几乎达到了无以复加的地步：醍醐天皇在《见右丞相献家集》一诗中自注道："平生所爱《白氏文集》七十五卷是也。"具平亲王在《和高礼部再梦唐故白太保之作》中自注道："我朝词人才子，以白氏文集为规摹，故承和以来言诗者，皆不失体裁矣。"藤原为时则在同题之作中自注道："我朝慕居易风迹者，多图屏风。"这三条自注已足以说明问题，但却不是我们所能搜寻到的全部实例。翻检有关文献，类似的实例随处可觅，如都良香《都氏文集》卷三收有《白氏天赞》，中云"集七十卷，尽是黄金"；小野美材将《白氏文集》书写于屏风之上，并识曰："太原居易古诗圣，小野美材今草神。"这是白氏在故国所未能赢得的赞誉。又如藤原公任编纂《和汉朗咏集》时，于本朝诗坛取 51 人，中国诗坛取 31 人。其中，日本诗人入选佳作数为:菅原文时 49 首,菅原道真 34 首,源顺 32 首,大江朝纲 27 首;中国诗人入选佳作数为:元稹、许浑各 11 首,谢观 8 首,公乘亿、章孝标各 7 首,独白居易达 142 首之多。这种不平衡也昭示了平安朝诗人对白居易其人其诗的推崇之甚。

确实,在平安朝时期,白居易及《白氏文集》具有无与伦比的权威性。因为天皇及太子都耽读《白氏文集》,以致出现了侍读《白氏文集》的专业户——大江家。大江匡衡《江吏部集》卷中有记:"近日蒙纶命,点文集七十卷。夫江家之为江家,白乐天之恩也。故何者?延喜圣主,千古、维时,父子共为文集之侍读;天历圣代,维时、齐光,父子共为文集之侍读;天禄御宇,齐光、定基,父子共为文集之侍读。爰当今盛兴延喜、天历之故事,而匡衡独为文集之侍读。"玩其语意,颇以大江家独占侍读《白氏文集》之专利而自豪。

在当时,有不少诗人对白居易思慕至极而夜寝成梦。最早将梦境记录下来的是高阶积善,其《梦中谒白太保元相公》一诗云:

> 二公身早化为尘,家集相传属后人。
> 清句已看同是玉,梦中不识又何神。
> 风闻在昔红颜日,鹤望如今白首辰。
> 容鬓宛然俱入梦,汉都月下水烟滨。

细味此诗,与其说是实写梦中情形,不如说是托言梦境,以更深一层地抒发作者对白居易、元稹的仰慕之忱。诗成后,一时奉和者甚众。不过,具平亲王与藤原为时等人在和作中已将元稹撇至一边,而仅在虚构的梦境中向白居易倾诉衷肠。这表明,绝大部分平安朝诗人都不认为元、白可以并称。具平亲王所作云:"古今诗客得名多,白氏拔群足咏歌。思任天然沉极底,心同造化动同波。中华变雅人相惯,季叶颓风体未讹。再入君梦应决理,当时风月必谁过。"这实际上表达了平安朝诗人们的共同心声。

　　既然奉白居易为偶像，必然不仅规摹其诗，而且也仿效其生活情趣。以平安朝诗坛的冠冕菅原道真为例：他在仕宦得意时期热衷于"游宴"，即完全是因为白居易晚居洛阳时以"游宴"作为日常生活内容之一。对此，其《暮春见南亚相山庄尚齿会》一诗说得很明白："风光借得青阳月，游宴追寻白乐天。"白居易曾经视琴、酒、诗为"三友"。他的《北窗三友》诗有云："今日北窗下，自问何所为？欣然得三友，三友者为谁？琴罢辄举酒，酒罢辄吟诗。三友递相引，循环无已时。"而一心步白氏后尘的道真也在《九日后朝，同赋秋思应制》一诗中袒露了同样的情趣："不知此意何安慰？饮酒听琴又咏诗。"此外，道真晚年还作有《读乐天北窗三友诗》，重申了自己与琴、酒、诗的至死不渝的交谊。白居易有"诗魔"之称。在《与元九书》中，他自道："知我者以为诗仙，不知我者以为诗魔。何则？劳心灵，役声气，接朝连夕，不自知其苦，非魔而何？"至于道真，虽无"诗魔"之谥，却也曾自觉形近"诗魔"。其《秋雨》一诗有句："苦情唯客梦，闲境并诗魔。"贬居太宰期间，他不仅每日吟诵《白氏洛中集》十卷，而且闭门绝户，呕心沥血地创制汉诗新篇，所作所为，纯属"诗魔"之行径。因为处处仿效与追步白居易，道真对白氏生平的一点一滴都极为留意，并常常顺手将其撷拾到诗中，如《诗草二首，戏视田家两儿……予不甚感激，重以答谢》一诗有云："我唱无休君有子，何因编录命龟儿。""龟儿"，是白居易嫡侄小字，白居易曾命其编录唱和集。道真对白氏生平行事之熟谙，由此可见"一斑"。而在整个平安朝时期，又岂独道真如此？说到底，道真只是白居易的崇拜者和模仿者中最为出类拔萃的一个而已。

三

当然,平安朝诗人们更多模仿的毕竟还是《白氏文集》中的诗歌作品。模仿的角度是千差万别的:有效其诗之风格者,有袭其诗之辞句者,有蹈其诗之意旨者,有摹其诗之情境者,也有鉴其诗之章法技巧者。具体例证,不仅充斥于被誉为"本朝之白乐天"的菅原道真等诗坛名家的别集,而且在一些知名度不高的诗人的作品中也俯拾皆是。如释莲禅的《听妓女之琵琶有感》:

> 琵琶转轴四弦鸣,妖艳帘中薄暮程。
>
> 清浊未分空侧耳,弛张始理自多情。
>
> 飞泉溅石逆流咽,好鸟游花商韵轻。
>
> 萧瑟暗和风冷晓,松琴谁玩月秋晴。
>
> 不思客路入胡曲,无饱妓窗激越声。
>
> 肠断何唯溢浦畔,夜舟弹处乐天行。

即使不在篇末点出"乐天"二字,读者也一眼便能看出这是由白居易的《琵琶行》翻转而来,因为不仅描写对象相同、情感指向相近,而且几乎每句都能在《琵琶行》中找到出处:"琵琶转轴四弦鸣",是融合了《琵琶行》中的"转轴拨弦三两声"与"四弦一声如裂帛";"弛张始理自多情",是脱胎于《琵琶行》中的"未成曲调先有情";"飞泉溅石逆流咽",是来自《琵琶行》中的"幽咽泉流水下滩";"好鸟游花商韵轻",是本于《琵琶行》中的"间关莺语花底滑",如此等等。尽管作者进行了一定的再创造,但全篇却是以模仿与蹈袭的成分为主。

再看三宫(辅仁亲王)的《见卖炭妇》:

卖炭妇人今闻取，家乡遥在太原山。

衣单路险伴岚出，日暮天寒向月还。

白云高声穷巷里，秋风增价破村间。

土宜自本重丁壮，最怜此时见首斑。

虽然不便说这完全是模仿白居易的《卖炭翁》，但至少可以肯定它在题材与构思方面受到了《卖炭翁》的启发。同时，稍加寻绎，在诗中也能发现某些脱化于《卖炭翁》的痕迹，如"衣单路险"一句，便极易使人联想到《卖炭翁》中的"可怜身上衣正单"等语，而自然地推测它们之间有着渊源关系。说得刻薄些，作者只不过采用了改头换面术，将一个中土的穷老汉变成了有几分怪异的东洋老妪而已。如果说它还有那么一点生新之处的话，那就是没有让穷老汉被宫中太监抢劫一空的遭遇在东洋老妪身上重演。至于藤原敦光的《卖炭翁》，则完全是对白氏原作的缩写，已臻机械模仿之极致：

借问老翁何所营？伐薪烧炭送余生。

尘埃满面岭岚晓，烧火妨望山月程。

直乏泣归冰冱路，衣单不耐雪寒情。

白衫宫使牵车去，半匹红纱莫以轻。

继此诗之后，又有《和李部大卿见卖炭翁愚作所赠之佳什》一诗，再次对白氏原作进行了"缩写练习"；而他的《缭绫》一诗，也是根据白氏新乐府中的同题之作改制而成的"袖珍本"。

上述作品所模仿的都是《白氏文集》中的名篇，非名篇者也同样能激起平安朝诗人模仿的热情。如白居易喜咏蔷薇，源时纲、释莲禅、藤原敦光等人便争相仿效，迭相赓和，并且唯恐读者不明其渊源有自。源时纲故意在《赋蔷薇》诗中注明："白氏有蔷薇涧诗。"释莲释则在同题之作中强调："昔日乐天吟丽句，此花豪贵被人知。"又如白居易有题咏牡丹之作数种,大江匡房、藤原通宪等平安朝后期诗人便也纷起效尤,大咏牡丹。藤原通宪《赋牡丹花》诗起首云:"造物迎时尤足赏,牡丹载得立沙场。卫公旧宅远无至,白氏古篇读有香。"明言是读"白氏古篇"后有感而作。既然如此,作品本身也就很难摆脱与白氏原诗的干系了。再如白居易有《三月三十日题慈恩寺》诗。诗云:"慈恩春色今朝尽,尽日徘徊倚寺门。惆怅春归留不得,紫藤花下渐黄昏。"仅由其末句化出者,就有藤原敦光《三月尽日述怀》中的"紫藤昔咏心中是,红杏晚妆眼中非";藤原明衡《闰三月尽日慈恩寺即事》中的"丹心初会传青竹,白氏古词咏紫藤";惟宗孝言同题之作中的"白氏昔词寻寺识,紫藤晚艳与池巡";等等。凡此种种,都不失为模仿白居易诗的实例。模仿到极处,甚至连白居易对诗友的评语也一并袭用。《古今著闻录》载有庆滋保胤品骘天下诗人语,其中评大江匡衡曰:"犹数骑披甲胄,策骅骝,过淡津之渡。其锋森然,少敢当者。""其锋"二句原本就是白居易在《刘白唱和集解》中对诗豪刘禹锡的品评。

由于诗贵独创,模仿,尤其是机械的模仿,无疑是不足称道的。但对于平安朝诗人们来说,即使是模仿,也非易为之事。要惟妙惟肖地模仿和左右逢源地借鉴,首先必须对《白氏文集》烂熟于心,随时可以从中攫取所需的蓝本加以翻版。而要烂熟于心,除了勤研苦习外,别无捷径。于是,缙绅诗人们有的"闲咏香炉白氏诗"(菅原在良《山家寻深,径路已绝……》),有的"白乐天诗披月验"(藤原基俊《秋日游云居寺》),有的"闲披白氏古诗吟"(藤原茂明《夏日言志》),有的"讴吟白氏新篇籍"(菅原道真《客舍书籍》)。在勤研苦习的过程中,缙绅诗人们既增进了对白居易诗的熟谙程度,也提高了对白居易诗的鉴赏水准。这方面最具说服力的例子是:村上天皇曾命被称为"菅江一双"的菅原文时与大江朝纲选呈《白氏文集》中最优秀的一首诗作。二人不谋而合,都选了《送萧处士游黔南》:

能文好饮老萧郎，身似浮云鬓似霜。

生计抛来诗是业，家园忘却酒为乡。

江从巴峡初成字，猿过巫阳始断肠。

不醉黔中争去得？磨围山月正苍苍。

此诗是白氏七律的压卷之作，情韵悠远，气象老成。"菅江一双"在众多的作品中选中它，说明他们有着相近的审美标准和不凡的识见。而这应当是有助于他们的模仿的——至少能使他们在模仿时"取法乎上"。

四

《白氏文集》盛行于平安朝时期，并被缙绅诗人们作为主要模仿对象，当然不是偶然的，而有着多方面的原因。

首先，白居易的作品在唐朝亦属流传最广者。白居易在《与元九书》中自道：

> 自长安抵江西三四千里，凡乡校、佛寺、逆旅、行舟之中，往往有题仆诗者。士庶、僧徒、孀妇、处女之口，每每有咏仆诗者。

而元稹也曾在《白氏长庆集序》中谈及白居易诗的流传情形：

> 然而二十年间，禁省观寺邮堠墙壁之上无不书，王公妾妇牛童马走之口无不道。至于缮写模勒，炫卖于市井，或持之以交酒茗者，处处皆是。

可以说，古今诗人生前成名之速、得名之盛，以白居易为最，而其作品流传之广、影响之大，至少在当时也是无人堪与比并的。诚然，在白氏作品中得到广泛流传的主要是反映都市生活的艳体诗。由于这部分作品糅合了市民化文人的庸俗和文人化市民的轻薄,可以最大限度地迎合与满足市民阶层的低俗的审美趣味,所以才不胫而走,为三教九流所喜爱。这意味着,当时使白居易享有盛名的实际上并不是今天的文学史著作所推崇的讽喻诗,而是他与元稹"迭吟递唱"的艳体诗。元稹在《白氏长庆集序》中早已暗示了这一点:"乐天《秦中吟》《贺雨》讽喻等篇,时人罕能知者。"白居易在《与元九书》中颇为自得地描述作品行世的盛况时,也不得不承认"今仆之诗,人所爱者,悉不过杂律诗与《长恨歌》以下耳",并不无愤激地声明:"时之所重,仆之所轻。"不过,在白氏作品中得到读者阶层最广泛的欢迎和最普遍的喜爱的作品究竟是哪一类,毕竟无关乎我们既定的话题,我们只想强调白居易诗在唐代亦属流传最广者这一点。而强调这一点的目的,则是意在说明:《白氏文集》盛行于日本诗坛,在一定程度上是受唐朝风气的波及。

其次,白居易诗的语言平易流畅,见之者易谕,闻之者易晓,因而特别适合平安朝时期的缙绅诗人的口味。据惠洪《冷斋夜话》载,白居易写诗时为求"老妪能解"而不惜反复修改。这即使有些言过其实,它所揭示的白诗的通俗化、大众化倾向却是无可怀疑的。唯其如此,它才能不仅在中国,同时也在日本赢得最广大的读者。这也就是说,《白氏文集》盛行于平安朝时期,重要的原因之一是,由于它平易、流畅,缙绅诗人们感觉不到太多的解读上的困难,一下子便能把握住它的精义,加以其中大部分作品的情调又都与他们生命的律动相合拍,《白氏文集》便理所当然地会风靡于世,成为缙绅诗人们学习、模仿的主要对象了。相反的方向说,假如白居易诗文字艰深,语言奥僻,那么,纵然它在唐朝广为流传,也不致盛行于日本。

再次,白居易晚年于佛教浸染殊深。在《苏州南禅院白氏文集记》中,他自称:"乐天,佛弟子也,备闻圣教,深信因果,惧结来业,悟知前非。"在《醉吟先生传》中,他也自道闲居洛阳时"栖心释氏,通学小中大乘法，与嵩山僧如满为空门友"。这样，其集中便不乏谈禅语佛之作。而在平安朝时期，奉佛之风亦弥漫于朝野间。缙绅诗人们不仅俱崇佛教，而且悉通佛学。如菅原道真便曾藻心于佛，自称为"菩萨弟子菅道真"。（《忏悔会，作三百八言》）而其父祖师友，也无一例外地耽读佛典。因此，可以说，于佛教"有染"，是白居易与平安朝时期的缙绅诗人的共通点。当然，对佛教的共同信仰，绝非《白氏文集》得以盛行的全部原因，甚至也不是最主要的原因。否则，便很难解释同样笃信佛教，且有"诗佛"之誉的王维及其作品何以在日本诗坛并不摩登。

<h1 style="text-align:center">五</h1>

　　平安朝诗人对白居易及《白氏文集》的学习、模仿，是既有"得"，也有"失"的。上文曾经引录具平亲王的总结之辞："我朝词人才子，以《白氏文集》为规摹，故承和以来言诗者，皆不失体裁矣。"简单地说，这就是其"得"（或曰其"利"）。至于其"失"（或曰其"弊"），则主要有二。

　　一是不适当地将白居易神化，以致歪曲了白氏的真实形象、丢弃了白诗的批判精神。或许正因为对白居易崇仰过甚的缘故，缙绅诗人们自觉或不自觉地将白居易奉若神明，并因此而衍生出种种类似神话的荒诞传说。高阶积善《梦中同谒白太保元相公》一诗便有"高情不识又何神"句，且于句下自注："白太保传云：太保者是文曲星神。"成篑堂文库藏镰仓期古抄本《作文大体》的卷头载有源通亲的《中我水亭记文》，文中亦云："少年读白乐天之传，其身为文曲星所化。"这里所谓"白乐天之传"，未悉是否即高阶积善所得见的"白太保传"。但在中国，似乎并没有白居易乃文曲星所化的传说。这就值得深思了。大胆一些，也许可以说这是平安朝诗人的一种善意的附会；附会的目的是将白居易神秘化、偶像化。而神秘化、偶像化的结果，是抹杀了白诗的现实性——本来,白居易是一位用作品积极干预现实、反映现实的诗人,他不仅倡导"文章合为时而著,歌诗合为事而作",而且强调"以诗补察时政","以歌泄导人情"(《与元九书》)。他曾经称赞张籍"风雅比兴外,未尝著空文"(《读张籍古乐府》),其实,他早年"陈力而出"时又何尝不是如此?后来仕途受挫,他才将创作重心转向闲适诗与艳体诗。但在平安朝时期,既然他被神化,那部分扎根于现实生活的土壤、"为君为臣为民为事"而作的讽喻诗必然遭到忽略,体现在其中的执着的入世、用世精神也必然被彻底丢弃。事实上,在整个平安朝时期,继承了白居易的现实主义传统、在作品中贯以"风雅比兴"之旨的诗人,严格地说,只有一位菅原道真,而且,即便菅原道真也仅仅是在谪守赞州、仕宦失意期间追步早年的白居易及其作品。其他诗人所模仿和效法的则是晚居洛阳时的那个优游岁月、闲适自足、超然物外的白居易及其作品。这就不能不说是学白而未得其正、反效其偏了。此其一也。

二是白居易诗原有"好尽之累",平安朝诗人以白诗为规摹,难免在不失体裁的同时产生言繁语冗之弊。清人翁方纲《石洲诗话》认为:"诗自元、白,针线钩贯,无所不到,所以不及前人者,太露太尽耳。"元、白是否"不及前人",固然可以进一步商榷,但"太露太尽",确实是元、白诗在艺术方面的缺陷。白居易自己也曾意识到这一点,而努力"删其繁以晦其义",但收效甚微,因而他晚年特别推崇刘禹锡,诚如近人陈寅恪在《元白诗笺证稿》中指出的那样:"大和五年,微之卒后,乐天年已六十,其二十年前所欲改进其诗之辞繁言激之病者,并世诗人,莫如从梦得求之。乐天之所以倾倒梦得至是者,实职是之故。盖乐天平日之所蕲求改进其作品而未能达到者,梦得则已臻其理想之境界也。"他在《刘白唱和集解》中称赞刘禹锡诗"真谓神妙","在在处处,应当有灵物护之"。实际上正是出于一种自愧心理。说到这里,结论已昭然若揭:平安朝时期的缙绅诗人们本来就有先天的语言方面的障碍,又以白居易诗为圭臬,悉心揣摩,刻意模仿,言繁语冗之弊的产生也就在所难免了。在这一时期的汉诗作品中,能找到大量的语言赘疣,虽然不能归咎于白居易,而主要是作者自身方面的原因所造成,但却不能不说与学白也有一定的联系。

六

考察白居易其人其诗对日本平安朝诗坛的影响,我们至少可以从中得到一点启示,那就是,文学史研究在由微观走向宏观、单一走向多元后,有必要从域内走向海外,即把探求的触角和耕耘的犁头伸向海外汉诗这一广袤而又丰饶的领地。

时至今日,对于中国的古典文学研究者来说,"海外汉诗"早已不是一个陌生的概念:包括今天的日本、朝鲜、越南在内的汉字文化圈诸国,在摄取和消化中国文化的过程中,创作了大量的汉诗作品。这些汉诗作品,不仅一遵中国古典诗歌的形式格律,而且具有与中国古典诗歌相类似的历史和文化内涵,因此完全可以视为中国古典诗歌在海外的有机延伸。从文学史研究的角度上看,忽略对海外汉诗的研究,尤其是蔚然可观的日本汉诗的研究,实际上意味着自弃疆土。较之祖先"开边意未已"的精神,或许可以说,这多少有些不肖。反之,如果我们一同奋力开拓这一新的研究畛域,则可以扩大既有的研究半径,在更广阔的范围内对中国文学进行总体把握和全面观照。

研究海外汉诗的意义还在于:随着这一新的研究畛域的拓展,对产生于华夏本土的古典诗歌的认知将可得到进一步的深化。这就是说,研究海外汉诗,不仅可以张大文学史研究的"广度",而且可以拓进文学史研究的"深度"。上文对白居易与日本平安朝诗坛的"双边关系"的缕述旨在提供一个较有说服力的例证。当然,还有其他许多例证,如唐末五代以还,"词为艳科""诗庄词媚"的观念曾经支配着中国封建士大夫的创作,使他们视写诗为"正道"、填词为"薄伎"。于是,在诗中他们不敢稍露的东西,在词中却可以发泄无余,以致后人在阅读欧阳修词时深感"殊不类其为人",而怀疑是"仇家子"所嫁名。与此相仿佛,在日本平安朝时代的缙绅阶层中,则似乎存在着"歌为艳科""诗庄歌媚"的意识。大江千里的《句题和歌序》透露了这一消息:

> 去二年十日,参议朝臣传敕曰:古今和歌,多少献上。臣奉命以后,魂神不安,遂卧薪以至今。臣儒门余孽,侧听言诗,未习艳辞,不知所为。今臣仅枝古句,构成新歌,别令加自咏古今物百廿首。悚恐震慑,谨以举进,岂求骇目,只欲解颐。千里诚恐诚惧,谨言。

这段文字不止一次被日本的汉学家所引用,但他们的注意力几乎都集中在大江千里奉敕撰进句题和歌集这一点上,而我所着眼的则是"臣儒门余孽,侧听言诗,未习艳辞,不知所为"云云。窃以为这寥寥数语颇堪玩味:把和歌称作"艳辞",且强调自己是儒门之后,汉诗得自家传,于和歌则向未染指。这貌似谦恭而实倨傲的表白,多少流露出作者所代表的缙绅阶层对和歌所固有的轻视态度。当我们评议唐末五代以还的正统诗学观念时,以此作为印证,也许可以挖掘出一些深层的东西。而这又岂不是说明,拓展海外汉诗这一研究畛域,可以为文学史研究提供新的材料和新的视野,从而丰富我们既有的研究成果,提高我们既有的研究水准,推动文学史研究在更浩瀚的空间内实现新的跃迁。

原载于中华书局《传统文化与现代化》1998 年第 4 期

论刘禹锡诗的个性特征

探讨刘禹锡诗的个性特征,我们不能不注意前人所做的富于启发意义的提示:白居易《刘白唱和集解》、辛文房《唐才子传》皆誉刘禹锡为"诗豪",胡震亨《唐音癸签》更是一再称赞刘禹锡"真才情之最豪者","有诗豪之目"。我认为,他们所拈出的这个"豪"字,庶几搔着了痒处。

在中国文学史上,以"豪"见称的,除刘禹锡外,还有李白、杜牧、苏轼、辛弃疾等人。但细加把玩,其"豪"之内涵却不尽相同。如果说李白的"豪"更多地表现为"兴酣落笔摇五岳,诗成笑傲凌沧洲"①的"豪迈",杜牧的"豪"更多地表现为"十载飘然绳检外,樽前自献自为酬"②的"豪爽",苏轼的"豪"更多地表现为"莫听穿林打叶声,何妨吟啸且徐行"③的"豪旷",辛弃疾的"豪"更多地表现为"了却君王天下事,赢得生前身后名"④的"豪雄",那么,刘禹锡的"豪"则更多地表现为"马思边草拳毛动,雕眄青云睡眼开"⑤的"豪劲"。因此,胡震亨所谓"梦得骨力豪劲",适可概括刘禹锡诗的主要个性特征。刘禹锡诗正是以迥异于他人的豪劲骨力在中唐诗坛别树一帜。

诗是以言志抒情为主的文学形式,诗人往往作为抒情主人公直接

---

① 李白《江上吟》。
② 杜牧《念昔游》三首其一。
③ 苏轼《定风波》(莫听穿林打叶声)。
④ 辛弃疾《破阵子·为陈同甫赋壮词以寄》。
⑤ 刘禹锡《始闻秋风》。

在诗中"亮相",而由他的一系列亮相,又可以清楚地窥见其胸襟气魄,因此,有无"骨力",或"骨力豪劲"与否,既是衡量诗歌格调高低的重要标准,也是评判诗人胸襟是否壮阔、气魄是否雄伟的重要依据——尽管不是唯一的标准和依据。刘禹锡的抒情诗之所以不同凡响,就在于作者本人是"其锋森然,少敢当者"①的一代"诗豪",他以壮阔的胸襟和雄伟的气魄发为歌诗,必然一扫前人的陈词滥调,以"骨力豪劲"独擅胜场。

"骨力豪劲",在刘禹锡诗中的突出表现有三。

其一,不畏"衰节",唱出意气豪迈的秋歌

悲秋,是封建士大夫的共同心理和他们诗歌中的传统主题。从宋玉的"悲哉秋之为气也"②,到汉代无名氏的"秋风萧萧愁杀人"③,再到杜甫的"万里悲秋常作客"④,陈陈相因,鲜能例外。因而胡应麟《诗薮》云:

> "袅袅兮秋风,洞庭波兮木叶下",形容秋景入画;"悲哉秋之为气也,憭慄兮若在远行,登山临水兮送将归",模写秋意入神。皆千古言秋之祖。六代、唐人诗赋,靡不自此出者。

那么,在那秋风萧瑟、秋气肃杀之际,刘禹锡又是怎样抒写他的情怀的呢?《学阮公体三首》之二云:

---

① 白居易《刘白唱和集解》。
② 宋玉《九辨》。
③ 汉代佚名《古歌》。
④ 杜甫《登高》。

> 朔风悲老骥，秋霜动鸷禽。
>
> 出门有远道，平野多层阴。
>
> 灭没驰绝塞，振迅拂华林。
>
> 不因感衰节，安能激壮心？

诗人借"老骥"和"鸷禽"的形象以自况。尽管朔风凛冽，阴云密布，道路遥艰，"老骥"和"鸷禽"却一无所畏。它们或踏上"远道"，扬蹄疾驰，或冲破层阴，展翅迅飞。这种昂扬奋发的精神正与诗人相仿佛。"不因感衰节，安能激壮心"。这一"显志"之笔，既深蕴骨力，又饱含哲理："衰节"诚然会给人某种压抑之感，然而，若非"衰节"见迫，人们又怎能倍思奋励呢？这真是惊世骇俗、振聋发聩之笔！《始闻秋风》云：

> 昔看黄菊与君别，今听玄蝉我却回。
>
> 五夜飕飗枕前觉，一年颜状镜中来。
>
> 马思边草拳毛动，雕眄青云睡眼开。
>
> 天地肃清堪四望，为君扶病上高台。

衰飒之节又逢衰朽之年，诗人的境况是凄凉的。然而，那"飕飗"而来的秋风，并没有使他悲观颓唐。他仍然自托为唯思边草、振鬣欲驰的骐骥和但盼青云、凝眸欲飞的鸷鸟，暗示自己壮心未减，雄风犹在，很想为国事尽力。诗人对"衰节"有他的独特感觉：在这秋高气爽的时节，不是正可以极目远眺，将万里河山一览无余吗？于是，诗人不惜抱病登台，以答谢秋风的厚意。在《秋声赋》中，诗人曾呼出同样炽热的心声："骥伏枥而已老，鹰在韝而有情！聆朔风而心动，盼天籁而神惊。力将痑兮足受绁，犹奋迅于秋声。"可与此参读。"风物清远目，功名怀寸阴。"(《和武中丞秋日寄怀简诸僚故》)在这"始闻秋风"之际，诗人是怎样地跃跃欲试啊！

为了祛除人们的"悲秋""畏秋"心理，诗人有意在"春朝"和"秋日"

之间有所轩轾。如《秋词二首》：

其一

自古逢秋悲寂寥，我言秋日胜春朝。

晴空一鹤排云上，便引诗情到碧霄。

其二

山明水净夜来霜，数树深红出浅黄。

试上高楼清入骨，岂知春色嗾人狂。

前诗以明快的议论起笔，思接千载，视通万里。诗人先点出古人的悲秋，作为反衬。然后逼出诗的正意，以响遏行云的一声断喝，推翻了悲秋的传统主题。接着又勾勒出一幅壮丽的秋景图：在那一碧如洗的寥廓高天，一只白鹤腾空而上，直冲九霄。目击此情此景，怎能不使人惊喜和感奋？于是，诗人的豪情逸兴也随之升华到碧空之中，而情不自禁地拨动心中的琴弦，让那明朗、欢快的音符飘出壮阔的胸襟——这其实是对"秋日胜春朝"的形象说明。后诗仍将抒情、写景、议论熔于一炉。那漫山红黄相间的枫叶是对第一首中绘就的秋景图的巧妙点缀和生动补充。如果说前诗主要着笔于高空的话，这里则主要落墨于地上。秋日登楼，让那清气徐徐沁入肌骨，可以使人清醒、理智，而那烂漫的春光则只能使人昏醉、轻狂。这样，又何必"逢秋"而"悲"呢？诗人在春与秋的对比中，独具只眼地发现了秋日的佳处，从而唱出这意气豪迈的秋歌。当然，诗人抑春扬秋，并不表明他对"春朝"怀着某种偏见，而恰恰是为纠正前人对"秋日"的偏见。"岂知春色嗾人狂"，这铿锵有力的吟唱向我们袒露了诗人旷达、乐观的生活态度和不畏"衰节"的情怀。

其二,不惧"播迁",唱出正气凛然的壮歌

播迁,更易引起封建文人的忧愁悲伤。以李白之豪放,长流夜郎时尚且吟出"平生不下泪,于此泣无穷"①的低回旋律。而韩愈的《左迁至蓝关示侄孙湘》一诗中,"欲为圣明除弊事,肯将衰朽惜残年",固然不乏正言直谏的勇气,但"知汝远来应有意,好收吾骨瘴江边",却又何其凄楚。至于柳宗元《登柳州城楼寄漳汀封连四州》一诗,就更是充满了对时事的忧伤和险恶处境的嗟叹,字字含悲,哀婉欲绝。相形之下,刘禹锡写于迁谪时期的一些诗作显得何等下笔不凡!如《浪淘沙词九首》之八:

> 莫道谗言如浪深,莫言迁客似沙沉。
>
> 千淘万漉虽辛苦,吹尽狂沙始到金。

诗人以真金自喻,对谗言报以凛如秋霜般的蔑视,并于自我慰勉中透露出决不会永远遭受沉埋的信心,暗示最终被历史长河中的大浪淘去的将是那些"狂沙"般的进谗者。全诗情辞慷慨,掷地有声。又如《学阮公体三首》之一:

> 少年负志气,信道不从时。
>
> 只言绳自直,安知室可欺。
>
> 百胜难虑敌,三折乃良医。
>
> 人生不失意,焉能暴己知?

诗中洋溢着不以挫折为意、自期东山再起的高昂斗志和祸福相因的朴素辩证法思想。诗人通过对自身政治经历的回顾和反省,悟出:

---

① 《江夏别宋之悌》。

过去直道而行,涉世未深,难免为政敌的鬼蜮伎俩所欺。但"吃一堑,长一智",过去的挫折可以作为今后再战时的鉴戒。最后,诗人以反诘语气昂扬地表示,要从失意中认识自我,发现有待改善的薄弱环节,以便投入新的斗争。在同时写下的《砥石赋》中,诗人则把自己比作因"土卑而隱""锐气中锢""雄芒潜晦"的宝刀,坚信终将"拭寒焰以破眦,击清音而振耳。故态复还,宝心再起"。他认为"既赋形而终用,一蒙垢焉何耻"!因此,应当"感利钝之有时兮,寄雄心于瞪视"。正与此诗同意。

诚然,刘禹锡贬居巴山楚水期间,也曾写下一些情调悲凉的作品,但他却悲而不失气骨,悲而不易志节。他的高标拔俗,正在于没有成为悲的奴隶,而以乐观者的姿态雄踞其上,既作悲语,亦作愤语,更作壮语。尤其值得称道的是,诗人从不把迁谪当作沉重的包袱背在身上伛偻前行。当新的生活在他眼前展示出那即便十分微弱的光亮时,他便毅然和昨天告别。试看《尉迟郎中见示自南迁牵复却至洛城东旧居之作,因以和之》:

> 曾遭飞语十年谪,新受恩光万里还。
> 朝服不妨游洛浦,郊园依旧看嵩山。
> 竹含天籁清商乐,水绕亭台碧玉环。
> 留作功成退身地,如今只是暂时闲。

这首诗是诗人元和十年(815)自朗州承召回京经由东都洛阳时所作。"新受恩光万里还",诗人的心情显然是开朗的。旧地重游,固然也曾引起他"曾遭飞语十年谪"的些微感伤,然而,诗人并没有因此而颓靡不振。相反,他倒因那段苦难生活终已成为过去而更加渴望建功立业。篇末,诗人明确表示:如今只是作踏上新征途前的小憩,只有等到澄清天下、大功告成之后,自己才有权利在这青竹扶疏、绿水萦绕的

"洛浦"安身立命。

诗人还能用发展进化的观点来看待一己的困厄,深信未来必胜于现在,即便自己会成为时代的落伍者,时代车轮却必然会被不断涌现出来的新生力量推向前行。在《酬乐天扬州初逢席上见赠》一诗中,诗人虽因长期见逐,不免流露出较深的感慨,但随即便从怀旧悼亡之情的纠缠中奋力挣脱出来,吟出了"沉舟侧畔千帆过,病树前头万木春"的千古名句。他庄严地向世人宣告:自己理想的航船虽然沉没了,但却为尾随而至的"千帆"指示了正确的航道。这样,一己的沉浮或荣枯又算得了什么呢?另如《乐天见寄伤微之、敦诗、晦叔三君子,皆有深分,因成是诗以寄》,虽为伤逝而作,但诗人却从对生与死的冷静分析中,悟出了"芳林新叶催陈叶,流水前波让后波"这一规律。是啊,任何事物都是在新陈代谢中发展的,何必因老友故交之逝而过分悲苦呢?篇末,诗人于婉转抒情中向白居易发出了"向前看"的呼吁。上述这两首诗都写在厄运逆转之后,却仍不失播迁时的凛然正气和赤子之心,虽不是什么"洪钟巨响",却自有一种撼人心魄的力量。

其三,不服"老迈",唱出朝气蓬勃的暮歌

年属老暮,人们往往会锐气衰竭,意志消沉,发出"甚矣吾衰矣"的无奈喟叹。然而,毕竟也有"不知老之将至者"在。曹操《龟虽寿》中"老骥伏枥,志在千里;烈士暮年,壮心不已"的诗语就表现了一种不服老迈、自强不息的精神。这种精神在刘禹锡晚年的许多诗篇中则表现得更为突出。诗人发自肺腑的暮歌和他的秋歌、壮歌一样慷慨动人:

初服已惊玄发长,高情犹向碧云深。

——《酬淮南廖参谋秋夕见过之什》

诗人虽自觉鬓掺"二毛",却高情不减当年,所向往的仍是像雄鹰那样展翅高飞。

> 闻说功名事,依前惜寸阴。
>
> ——《罢郡归洛阳闲居》

诗人壮志未酬,始终憾然于心,为求在垂暮之年还能有所作为,他格外珍惜这稍纵即逝的时光。

> 早岁忝华省,再来成白头。
> 幸依群玉府,有路向瀛洲。
>
> ——《早秋集贤院即事》

这里的"瀛洲"不是指虚无缥缈的海上仙山。据《新唐书·褚亮传》:唐太宗李世民为网罗人才,建文学馆,号杜如晦、房玄龄等为"十八学士"。以后,"凡入选者,皆为天下所慕向,谓之登瀛洲"。这里的"向瀛洲",意即本此。诗人重临"华省",已成一介白发老翁,却仍为功名有望而感到欣幸,真可谓"穷且益坚,不坠青云之志;老当益壮,宁移白首之心"。

刘禹锡的"暮歌"有相当数量是与白居易的唱和之什,却表现了迥异于白诗的情调和识度。《赠乐天》有云:"在人虽晚达,于树似冬青。"诗人不以"晚达"为憾,但求身如冬青,沐风栉雨,不改苍翠之色。白居易酬以《代梦得吟》中云,"不见山苗与林叶,迎春先绿亦先枯",似有不胜宦途荣悴之感。于是,刘禹锡又写下《乐天重寄和晚达冬青一篇,因成再答》一诗,对老友再致慰勉:

> 风云变化饶年少,光景蹉跎属老夫。
> 秋隼得时凌汗漫,寒龟受气饮泥涂。
> 东隅有失谁能免,北叟之言岂便诬?
> 振臂犹堪呼一掷,争知掌下不成卢?

诗人指出,年少者叱咤风云,老暮者蹉跎光阴,这诚然是一般的规律。但也不尽然。要从不利条件中看到有利的因素:衰秋和寒冬不是反倒为善假于物的雄鹰和神龟提供了翱翔或饮食之便吗? 这番理论确是独具卓见。《酬乐天咏老见示》一诗题旨略同:

> 人谁不顾老,老去有谁怜?
>
> 身瘦带频减,发稀帽自偏。
>
> 废书缘惜眼,多炙为随年。
>
> 经事还谙事,阅人如阅川。
>
> 细思皆幸矣,下此便翛然。
>
> 莫道桑榆晚,为霞尚满天。

其时,刘、白同为眼病和足疾所苦。白居易在《咏老赠梦得》一诗中有"与君俱老也,为问老如何? 眼涩夜先卧,头慵懒未梳"等语,隐隐流露出老病见迫、心志已灰的悲观情绪。刘的酬答并不否认老病会使人心力交瘁,也不讳言"顾老"是人之常情。然而,他更辩证地看到了老年人的得天独厚之处:他们阅历丰富、深谙世故。刘禹锡认为,只要想想这些,便能破忧为喜、翛然自乐了。"莫道桑榆晚,为霞尚满天。"诗的结句大有"烈士暮年,壮心不已"之概。胡震亨《唐音癸签》云:

> 刘禹锡播迁一生,晚年洛下闲废,与绿野、香山诸老,优游诗酒间,而精华不衰,一时以诗豪见推。公亦有句云:"莫道桑榆晚,为霞尚满天。"盖道其实也。

胡氏将刘禹锡"以诗豪见推"的原因归结为"精华不衰",这是很有见地的。在《答乐天所寄咏怀,且释其枯树之叹》一诗中,刘禹锡还写道:

> 骊龙颔被探珠去,老蚌胚还应月生。
>
> 莫羡三春桃与李,桂花成实向秋荣。

骊龙老蚌,尚且怀珠;桂子秋日飘香,胜过三春桃李。因此,何须作老年枯树之叹?诗人借物寓志,委婉、含蓄而又光英朗练,骨力刚健。豪气如此。"香山诸老"的确有所不及。

刘禹锡诗的豪劲"骨力"便渗透在这样一曲曲"音韵洪畅,听之慨然"的"秋歌""壮歌"和"暮歌"中。诗人不畏"衰节"的豪迈意气、不惧"播迁"的凛然正气和不服"老迈"的蓬勃朝气,何其令人感佩!但"骨力豪劲"的表现,似乎还远远不止这些。即以对"早行"的吟咏而言,刘禹锡所抒发的情怀也迥异于流俗。我们试将温庭筠的《商山早行》与刘禹锡的《秋江早发》略作比较:

晨起动征铎,客行悲故乡。

鸡声茅店月,人迹板桥霜。

槲叶落山路,枳花明驿墙。

因思杜陵梦,凫雁满回塘。

——《商山早行》

轻阴迎晓日,霞霁秋江明。

草树含远思,襟怀有余清。

凝睇万象起,朗吟孤愤平。

渚鸿未矫翼,而我已遄征。

因思市朝人,方听晨鸡鸣。

昏昏恋衾枕,安见元气英。

纳爽耳目变,玩奇筋骨轻。

沧洲有奇趣,浩荡吾将行。

——《秋江早发》

温诗写于宣宗大中十三年(859)诗人由国子助教贬为隋县尉时。

这是一曲哀婉的游子吟。诗中充满了独自颠沛于山路之上、转徙于风霜之中的怨尤。颔联为千古名句，系由刘禹锡《秋日送客至潜水驿》中的"枫林社日鼓，茅屋午时鸡"脱胎而来，虽然比原诗更为工致，融入其中的情感却是那样凄怆！欧阳修《六一诗话》评曰："道路辛苦、羁旅愁思，岂不见于言外乎？"这虽是称赞其含蓄蕴藉，却也告诉我们，这首诗所抒写的只是"道路辛苦"和"羁旅愁思"，如此而已。刘诗写于穆宗长庆四年（824）诗人由夔州迁移和州时。同样是作为黜臣而孤身远行，刘禹锡却不仅没有悲叹，而且反倒因独自领略到大自然的壮丽晨景而感到欣幸。是的，他也不免有些微的"孤愤"，但它很快便在"朗吟"声中为"渚鸿未矫翼，而我已遄征"的豪情所取代。面对自然界的蓬勃生机，他只觉心旷神怡、耳聪目明、体健身轻，从而吐出了"昏昏恋枕衾，安见元气英"这一前无古人的快语。全诗洋溢着浩荡而行、一往无前的英伟气概和不以"道路辛苦"为意的亢奋情调，恰与温诗形成鲜明的对照。岂止是温诗，其他所有诗人的"早行"之作相形之下，都显得"精锐不足"。《瓯北诗话》称杜牧为诗"多作翻案语"，其实，刘禹锡和杜牧一样好为"翻案之什"。不过，杜牧的翻案之什，主要致力于对某一历史事件或历史人物做出自己的重新评价，如《乌江亭》等。刘禹锡的翻案之什，则主要致力于改变历代诗人递相沿袭的抒情旋律，化低回哀婉之音为慷慨激昂之韵。可以说，这正是刘禹锡诗的个性特征之所在，也正是同时代的其他诗人所难以企及的地方。

刘禹锡诗之所以能以"骨力豪劲"见长，决定性的因素，当然是诗人自身的较为进步的世界观。刘禹锡和柳宗元都是唐代杰出的朴素唯物论者，但刘禹锡的哲学思想中却含有更多的辩证法的成分。他在《天论》中所提出的"天与人交相胜"说，不仅是朴素唯物主义的哲学命题，而且闪烁着朴素辩证法的思想火花，因而达到了柳宗元的《天说》所没能达到的认识高度。他的另一组哲学论文《因论七篇》则着重从事物的两个相反方面探讨其相互关系和发展变化,更集中、更系统地阐述了朴素辩证法的观点。这里,我们不拟对刘禹锡的哲学思想作全面评述,而仅仅想指出:正因为其哲学思想表现为朴素唯物论和朴素辩证法的一定程度的结合,他很少孤立地、静止地来看待问题,包括一己的困厄和衰老,而善于对纷纭复杂的事物作全面、深入的观察和思考。检索其诗作,《乐天见示伤微之敦诗晦叔三君子皆有深分因成是诗以寄》有云"芳林新叶催陈叶,流水前波让后波";《秋扇词》有云"莫道恩情无重来,人间荣谢递相催";《汉寿城春望》有云"不知何日东瀛变,此地还成要路津";诸如此类,都是他经过哲理思索而得出的充满辩证观点的精粹认识。在朴素辩证法思想的指导下,他往往能从消极现象中看到积极成分,从不利条件中找出有利因素,并以之慰勉和激励自己。这样,他就不至于像同时的柳宗元和白居易那样因播迁或衰老而过多地怅叹。面对衰秋,他可以唱出"不因感衰节,安能激壮心"的秋歌;身遭贬黜,他可以唱出"人生不失意,焉能暴己知"的壮歌;年届老暮,他也可以唱出"莫道桑榆晚,为霞尚满天"的暮歌。

刘禹锡诗的"骨力"(或曰"气骨")的形成,也与诗人的气质及性格有关。刘禹锡气质豪犷、秉性刚强,敢于坚持真理,勇往直前。他在诗中屡屡提示这一点,《谒柱山会禅师》云"我本山东人,平生多感慨","勉修贵及早,狃捷不知退";《学阮公体三首》其二有云"少年负志气,信道不从时";《武陵书怀五十韵》有云"结友多心契,驰声气尚吞"。在《上杜司徒书》中,他也曾说自己"少年气粗"。这种气质和性格,使他不会因所遭遇的不利局面而降心辱志、改弦易辙。同时,刘禹锡还比较豁达。《云溪友议·中山诲》记其语云:"浮生谁至百年,倏尔衰暮,富贵穷愁,实其常分,胡为叹惋。"这种豁达虽然带有儒家"乐天知命"和道家"委运乘化"思想的痕迹,却使他不喜作颓丧语,因而对形成其诗的"豪劲骨力"也不无裨益。

当然,"骨力豪劲",似乎更多地代表着刘禹锡诗的内容特征,还不足以概括刘禹锡诗的全部创作个性。较之同时代的其他诗人,刘禹锡在艺术上也有自己的独特追求:由《董氏武陵集纪》中的"夫子自道"可知,他为诗务求"坐驰可以役万景,片言可以明百意",务求"境生于象外"。对此,笔者另有专文论述,限于篇幅,兹不赘及。

原载于《文学评论》1987 年第 1 期

刘禹锡与洛阳"文酒之会"

在唐代开成至会昌年间,汇聚于东都洛阳的一批朝廷命官频繁地以"文酒之会"的形式举行集体创作活动。政治上的相对边缘化,使他们得以将更多的才情倾注于诗歌创作,而对文酒之会表现出浓厚的兴趣。对这批纵横诗坛多年的官员,当代学界习惯上称其为"刘白诗人群"。作为这个创作群体的翘楚人物之一,刘禹锡与洛阳文酒之会有着不解之缘。他与白居易同为文酒之会当仁不让的主角,而他们的唱和诗也是脱颖于其间的最具艺术生命力和影响力的成果。

一、彼此依存:洛阳文酒之会对刘禹锡的接纳

大和五年(831)至开成元年,刘禹锡先后出牧苏州、汝州、同州,暂时得以远离政治漩涡的中心。但随着"甘露之变"的发生,即使在漩涡的边缘,也已难免为朋党倾轧的惊涛骇浪所袭扰。政治生态的日趋恶化,彻底摧毁了刘禹锡待机重返朝廷的幻想,而不得不和裴度、白居易一样急流勇退。于是,开成元年(836)秋天,他托言足疾发作,终得朝廷批准以太子宾客分司东都,直至会昌三年(843)辞世。

刘禹锡刚回到洛阳,东都留守裴度便为他举办了旨在表达欢迎之忱的文酒之会。白居易即席感吟《喜梦得自冯翊归洛兼呈令公》一诗:

> 上客新从左辅回,高阳兴助洛阳才。
>
> 已将四海声名去,又占三春风景来。
>
> 甲子等头怜共老,文章敌手莫相猜。
>
> 邹枚未用争诗酒,且饮梁王贺喜杯。①

诗中故意以羡极生妒的口吻叙写禹锡赢得"四海声名"后,又来窃占"三春风景",以吟赏烟霞为乐。而其内心深处则庆幸日后有了校短量长、一决雌雄的对手。"文章敌手莫相猜",在这亲切的调侃中,流溢出的是同气相求、两"老"无猜的坦诚。诗末巧妙化用"邹枚"和"梁王"的典故,再度抒发诗逢劲敌的欣悦之情。

刘禹锡当即回赠《自左冯归洛下酬乐天兼呈裴相公》一诗,呼应白居易及裴度的脉脉深情:

> 新恩通籍在龙楼,分务神都近旧丘。
>
> 自有园公紫芝侣,仍追少傅赤松游。
>
> 华林霜叶红霞晚,伊水晴光碧玉秋。
>
> 更接东山文酒会,始知江左未风流。②

诗人自道目前的处境是籍在朝堂而身近故间,既可食俸,又得安闲,如果撇开政治诉求,其实倒是体面而又实惠的隐退方式。"紫芝""赤松"指代自己隐退后从游的俦侣,暗示他们不仅贤良方正,而且高蹈出尘,饶有仙风。而若非赋闲洛阳,又岂能与之为伍,尽享枕石漱流之自由?这是再次肯定自己眼下的生活状态。而眼下的生活内容中,最让他心醉神迷的则是裴度主办的"东山文酒会"。过去他是"虽不能至,然心乡往之"③,而今,终得厕身其间,并成为艺惊四座、技压群雄的

---

① 谢思炜撰:《白居易诗集校注》,中华书局 2006 年版,第 2522 页。
② 刘禹锡著,瞿蜕园笺证:《刘禹锡集笺证》,上海古籍出版社 1989 年版,第 1223 页。
③ 司马迁撰:《史记》,中华书局 1959 年版,第 1947 页。

核心人物,其情何极,其乐何限!这一"更"字,将诗人对生活现状的餍足之情又推进一层。为了强调"东山文酒会"的引人入胜之处,刘禹锡特意把时人艳羡的"江左风流"作为参照系,断言与前者相比,东晋王羲之等人的"兰亭修禊"根本不足当"文采风流"之誉。这里,诗人绝非存心贬抑"江左风流",扬此抑彼的目的仅在于擢升裴度主办的文酒之会的历史地位,表达自己躬逢盛会、"幸甚至哉"的达人情怀。

刘禹锡就这样被簇拥在裴度身边的东都诗人群所欣然接纳,而他对文酒之会的渴求也日趋强烈。他在《酬乐天请裴令公开春嘉宴》一诗中写道:

> 高名大位能兼有,恣意遨游是特恩。
>
> 二室烟霞成步障,三州风物是家园。
>
> 晨窥苑树韶光动,晚渡河桥春思繁。
>
> 弦管常调客常满,但逢花处即开樽。①

"嘉宴"又作"加宴"②,"加宴"者,原有的例行游宴不变,另设名目增加宴饮次数也。在诗人看来,"加宴"的结果,应当是"弦管常调客常满",即几乎不间断地在丝竹声中推杯换盏和舞文弄墨,而且,无须固定游宴场地,雁行出游之际,但逢花盛之处,便可共同举杯。要形成这种局面,非"加宴"不可,因此刘禹锡不惟呼应白居易的恳请,而且加高调门、踵事增华,一心推动文酒之会向"即兴""即时""即地"的方向转型。这样,刘禹锡与裴度主办的"文酒之会"(或曰诗宴)之间便形成一种相互依存的关系:刘禹锡需要文酒之会来娱情遣兴,而文酒之会也需要禹锡来增光添彩。于是,他便以颓放而又不无亢奋的姿态放歌洛阳,直至终老。

---

① 刘禹锡著,瞿蜕园笺证:《刘禹锡集笺证》,上海古籍出版社 1989 年版,第 1230—1231 页。
② 彭定求等编:《全唐诗》,中华书局 1960 年版,第 4072 页。

二、冠盖兰亭:洛阳文酒之会的总体风貌与盛衰轨迹

开成二年(837)春,裴度不负前约,如期举办文酒之会。与会者甚众,而刘禹锡与白居易是当然的主角。席间赋诗的应当不止他们三人,但留下联句的却只是他们三人,似乎当时这三位高手在众目睽睽下进行了一次联句的示范表演。联句诗的序言由裴度所撰:

予自到洛中,与乐天为文酒之会,时时构咏,乐不可支。则慨然共忆梦得,而梦得亦分司至此,欢惬可知,因为联句。[①]

寥寥数语,不仅述及欢会始末与联句缘起,而且抒发了三人终得同聚洛阳、联句赋诗的"欢惬"之情。因过于沉湎于这种欢惬之情,他甚至不顾及其他与会者的感受,而忘情地投入"三人行"的文字游戏。将他人视同助兴与喝彩的观众。他率先吟道:

成周文酒会,吾友胜邹枚。

唯忆刘夫子,而今又到来。[②]

将今日之欢聚比作"成周文酒会",既见出裴度对自己一生功业的自信,又渲染了这次聚会的规格之高和场面之盛。因为此前白居易曾以"邹枚"来喻指自己与刘禹锡,裴度便继续以这两位前贤作为准绳来衡量他们,结论是他们远胜"邹枚"。这又显示了裴度对这两位拔乎众侪的诗友的期许之高和称扬之盛。在刘、白之间,裴度本无意轩轾,但因为刘禹锡刚刚加盟,有必要再度抒写欢迎之忱,所以,接下来,裴度特别强调"唯忆刘夫子,而今又到来"。洋溢于内心的巨大喜悦使他无暇亦无意修润辞句,唯求以白话的形式将此时此刻的心情一吐为快。

---

① 刘禹锡著,瞿蜕园笺证:《刘禹锡集笺证》,上海古籍出版社 1989 年版,第 1242 页。
② 刘禹锡著,瞿蜕园笺证:《刘禹锡集笺证》,上海古籍出版社 1989 年版,第 1242 页。

白居易的联句紧承裴度语意,亦以欢庆刘禹锡回归和称赞他的才干为主旨:

> 欲迎先倒屣,入座便倾杯。
>
> 饮许伯伦右,诗推公幹才。①

"倒屣",用东汉蔡邕"闻粲在门,倒屣迎之"②的典故,极表对禹锡迎之唯恐不及的热诚。"伯伦",指名列"竹林七贤"的刘伶。"公幹",指位居"建安七子"的刘桢。前者善饮,后者擅诗。以之比拟禹锡,既模写出禹锡在酒宴上开怀畅饮、千杯不醉的豪放情态,又刻画出禹锡在联句时才华横溢、"高风跨俗"③的俊逸形象。按照顺序,刘禹锡是最后一位联句者,面对裴、白二人的盛情,他除了称谢,便只有称美了。经过几个回合的迭相吟唱,在联句诗的最后,他以称美裴度作结:

> 洪炉思哲匠,大厦要群材。
>
> 他日登龙路,应知免曝腮。④

他把裴度称为"哲匠",盛赞其汲引人才、撑持大厦之功,庆幸自己因有裴度庇护,得以脱危解困。过去如此,今后亦复如此。这里,诗人活用了"曝鳃龙门"这一典故。有些学者认为,刘禹锡此处是"希望有朝一日裴度能够重新出山,扶危定倾,自己也能一展报国素志"⑤。其实,在经历了太多的劫难后,禹锡虽不至心如槁木,对政局的逆转却已不抱任何幻想,不可能再怀有如此不切实际的"希望",所谓"他日"云云,只是一种意在擢高裴度地位与作用的场面话,重心是寄望于裴度继续为他遮风挡雨。

---

① 刘禹锡著,瞿蜕园笺证:《刘禹锡集笺证》,上海古籍出版社 1989 年版,第 1242 页。
② 陈寿撰,陈乃乾校点:《三国志·魏书·王粲传》,中华书局 1959 年版,第 597 页。
③ 钟嵘著,曹旭集注:《诗品集注·魏文学刘桢诗》,上海古籍出版社 1994 年版,第 110 页。
④ 刘禹锡著,瞿蜕园笺证:《刘禹锡集笺证》,上海古籍出版社 1989 年版,第 1243 页。
⑤ 吴汝煜:《刘禹锡传论》,陕西人民出版社 1988 年版,第 140 页。

　　以他们的这次联句活动为标志,迅速形成了一个新的诗歌唱和群体。这个诗歌唱和群体以裴度为龙头,而以刘、白为中心。学界称其为"刘白诗人群",是从创作成就和创作影响的视角着眼,并不意味着抹杀或忽略裴度对这个群体的创作活动的推进作用。

　　先后加入文学史意义上的"刘白诗人群"的有崔玄亮、李德裕、牛僧孺、令狐楚、裴度、李绅、王起等兼涉政坛与诗坛的名宿。如果进而溯其源头,那么,也许可以说,"刘白诗人群"集体交游酬唱的序幕早在大和三年(829)便已拉开:当时,白居易以太子宾客身份分司东都洛阳,崔玄亮以秘书少监改曹州刺史,辞病不就,亦归洛阳闲居。白、崔二人都酷爱诗酒,于是经常相约"游山弄水携诗卷,看月寻花把酒杯"①。这实际上已酿就后来的文酒之会的雏形。大和七年(833),崔玄亮逝世,结束了与白居易的交游酬唱生活,白居易曾赋《哭崔常侍晦叔》,以庄周与惠施、子期与伯牙比拟自己与崔玄亮的交谊,既哀悼知音凋零,更痛惜失去了文酒之会的主角之一。但转年,即大和八年(834),随着裴度以东都留守身份退居洛阳,新的更有影响力的主角及时填补了崔氏的空缺,文酒之会也得以在原有基础上扩大规模和增加频率。待到开成元年秋天,原先只能隔空传音的刘禹锡在众人的翘首企盼下正式加入这一群体,"刘白诗人群"这一文学史概念得以最终形成并定名。

　　对这个成员时有交替、边界殆难厘清的诗歌唱和群体中,刘、白二人不仅成就最高,而且历时最长——后者应当也是以"刘白诗人群"来命名这一群体的重要原因。这个群体的唱和活动从开成三年到会昌六年,前后绵延十八年左右,与唱和活动相伴始终的只有白居易一人,而刘禹锡参加活动的时限大致从开成元年到会昌二年,延续将近七

---

　　① 谢思炜撰:《白居易诗集校注》,中华书局 2006 年版,第 2099 页。

年,是除白居易以外时间跨度最大的成员。再加上诗才、诗艺、诗品方面的因素,他理所当然地会成为这个群体的核心人物。

对"刘白诗人群"的活动情形,史书及当事人的诗文都有所描述。据《旧唐书·裴度传》记载:"(裴度)视事之隙,与诗人白居易、刘禹锡酣宴终日,高歌放言,以诗酒琴书自乐,当时名士,皆从之游。"①其活动内容、活动形式、活动规模可见一斑。值得注意的是"当时名士,皆从之游",可知只要是贤达名流,无不以从游为乐,即便"叨陪末座",也"与有荣焉"。刘禹锡为悼念李绅而作的《祭兴元李司空文》也有类似记录:"削去苛礼,招邀清闲。广陌联镳,高台看山。寻春适野,醉舞花间。"②"广陌联镳",见出同游者之众;"寻春适野",见出游览地之广;"醉舞花间",则见出与会者之狂放。

如果说这两则文献尚嫌简略的话,那么,白居易《三月三日被禊洛滨并序》则叙录得较为详尽了:

> 开成二年三月三日,河南尹李待价以人和岁稔,将禊于洛滨。前一日,启留守裴令公。公明日召太子少傅白居易、太子宾客萧籍、李仍叔、刘禹锡、前中书舍人郑居中、国子司业裴恽、河南少尹李道枢、仓部郎中崔缙、司封员外郎张可续、驾部员外郎卢言、虞部员外郎苗愔、和州刺史裴俦、淄州刺史裴洽、检校礼部员外郎杨鲁士、四门博士谈弘谟等一十五人,合宴于舟中。由斗亭,历魏堤,抵津桥,登临泝沿,自晨及暮,簪组交映,歌笑间发,前水嬉而后妓乐,左笔砚而右壶觞,望之若仙,观者如堵。尽风光之赏,极游泛之娱。美景良辰,赏心乐事,尽得于今日矣。若不记录,谓洛无人,晋公首赋一章,铿然玉振,顾谓四座继而和之,居易举酒抽

---

① 刘昫等撰:《旧唐书》,中华书局1975年版,第4432页。
② 刘禹锡著,瞿蜕园笺证:《刘禹锡集笺证》,上海古籍出版社1989年版,第1540页。

毫,奉十二韵以献。

> 三月草萋萋,黄莺歇又啼。
> 柳桥晴有絮,沙路润无泥。
> 禊事修初毕,游人到欲齐。
> 金钿耀桃李,丝管骇凫鹥。
> 转岸回船尾,临流簇马蹄。
> 闹於杨子渡,踏破魏王堤。
> 妓接谢公宴,诗陪荀令题。
> 舟同李膺泛,醴为穆生携。
> 水引春心荡,花牵醉眼迷。
> 尘街从鼓动,烟树任鸦栖。
> 舞急红腰凝,歌迟翠黛低。
> 夜归何用烛,新月凤楼西。[①]

这次文酒之会由河南尹李待价提议并承办,但事先不仅请示过裴度,而且与会者也都系裴度亲自邀请,连裴、李在内总计十七人,阵容颇为壮观。他们宴饮的地点是"舟中",宴饮的时间是"自晨及暮",一路"尽风光之赏,极游泛之娱"。但既然是"文酒之会",岂能无诗?所以,他们宴饮时的陈设是"左笔砚而右壶觞",一厢饮酒,一厢赋诗,氤氲出好一派文采风流的场面!而且,他们并不是单纯的自娱自乐,既有歌妓陪侍,又有市民围观,庶几成为一起轰动全城的娱乐新闻。不是吗?序中已云"前水嬉而后妓乐",诗中复云"妓接谢公宴",可知歌妓是他们宴饮赋诗时不可或缺的角色。她们除了侑酒外,还须载歌载舞,刺激他们的感官,诱发他们的诗兴。如果说"舞急红腰凝,歌迟翠

---

① 谢思炜撰:《白居易诗集校注》,中华书局 2006 年版,第 2547—2548 页。

黛低"二句是刻画她们歌舞时的形态的话，那么"水引春心荡，花牵醉眼迷"二句则是描写他们听歌观舞时的生理及心理反应了。他们似乎也并不顾忌市民对官员集体娱乐事件的围观。"望之若仙，观者如堵"云云，作为一种真实记录，非但不见身涉奢靡享乐之风的自省与自愧，反倒流露出吸引公众眼球的自得与自豪。那一时代的官员毕竟要少一些禁忌。

这群风流自赏的政坛耆老和诗坛名宿，自以为此日之盛会比当年王羲之等人的兰亭修禊有过之而无不及，他们无意效仿"曲水流觞"的老套游戏，而采用红颜佐欢、舟中放歌的方式。率先献声的仍是裴度，"四座继而和之"，于是众声喧哗，群音鸣啾，亦可谓"彬彬乎其盛矣"。刘禹锡所作为《三月三日与乐天及河南李尹奉陪裴令公泛洛禊饮各赋十二韵》：

> 洛下今修禊，群贤胜会稽。
>
> 盛筵陪玉铉，通籍尽金闺。
>
> 波上神仙妓，岸傍桃李蹊。
>
> 水嬉如鹭振，歌响杂莺啼。
>
> 历览风光好，沿洄意思迷。
>
> 棹歌能俪曲，墨客竞分题。
>
> 翠幄连云起，香车向道齐。
>
> 人夸绫步障，马惜锦障泥。
>
> 尘暗宫墙外，霞明苑树西。
>
> 舟形随鹢转，桥影与虹低。
>
> 川色晴犹远，乌声暮欲栖。
>
> 唯馀踏青伴，待月魏王堤。①

---

① 刘禹锡著，瞿蜕园笺证：《刘禹锡集笺证》，上海古籍出版社 1989 年版，第 1236 页。

　　开篇即断言裴度领衔的洛下修禊远胜王羲之主盟的会稽宴集。然后以略带夸饰的笔触,对这次文酒之会做全方位的显影。其中,除了以"波上神仙妓"着色外,还以"翠幄连云起"造势。其排场之大、铺张之甚,由此或可窥知一二。在这样的氛围里,尊卑之序、穷达之别、荣辱之分,甚至恩仇之界,暂时都被泯灭,至少都被模糊,大家唯一的身份是诗坛中人,唯一的兴趣是以诗会友。所以,此时受到推崇的必然是诗才拔群者,而刘、白二人正是这样的诗才拔群者。

　　开成元年是"刘白诗人群"创作最为活跃的一年,不仅参与活动的人数最多,相互间的酬唱也最为频繁,白居易与裴度、李绅,刘禹锡与令狐楚、李德裕等人时相赠答,各有歌咏,均表现出旺盛的创作热情。但次年五月,裴度奉诏移镇太原,任北都留守、河东节度使,不得不离开洛阳,离开他乐于兴办的文酒之会,而"刘白诗人群"不仅因此减少了一位极具号召力和凝聚力的成员,其活动载体也失去了强有力的后援。同年出现的不利因素还有令狐楚的逝世。这样,开成二年五月以后,"刘白诗人群"便告别了创作的巅峰状态,而滑落为平缓运行的局面。开成三年冬,裴度乞归洛阳养老,再度回到他心驰神往的诗歌唱和群体中来,但未及重新发挥他振臂一呼、应者云集的领袖作用,为刘、白二人推波助澜,翌年三月,他即与世长辞。而这也就预示了这一唱和群体将不可避免地渐趋式微,而洛阳既往的大型文酒之会也将黯然收场。

三、超然局外:文酒之会所促致的刘禹锡的创作转型

　　沉溺于文酒之会的刘禹锡,对黑暗现实和邪恶势力的抗争意识渐趋淡薄,而明哲保身的观念越来越成为主导其行为方式的不二准则。"甘露之变"后,他便开始以阅尽沧桑的目光对朝廷中白云苍狗的变化

冷眼旁观。退归洛阳后,他更是完全采取静水深流、超然局外的处世态度,坐看云起云飞、花开花落。《酬乐天醉后狂吟十韵》一诗说:

> 散诞人间乐,逍遥地上仙。
>
> 诗家登逸品,释氏悟真诠。
>
> 制诰留台阁,歌词入管弦。
>
> 处身于木雁,任世变桑田。
>
> 吏隐情兼遂,儒玄道两全。
>
> 八关斋适罢,三雅兴尤偏。
>
> 文墨中年旧,松筠晚岁坚。
>
> 鱼书曾替代,香火有因缘。
>
> 欲向醉乡去,犹为色界牵。
>
> 好吹杨柳曲,为我舞金钿。①

"木雁"一典,出自《庄子·外篇·山木》,昭示了庄子的与世态度:只有介乎有才与无才之间,才能全身远祸。禹锡决意"处身于木雁",表明在经过痛苦的反思和艰难的抉择后,他已认同了庄子的处世哲学,准备跳出政治迷局,远离是非,静观时变了。"任世变桑田",语意更趋显豁——不管政局如何动荡、时势如何变化,他都将以不变应万变,保持既定的超脱姿态,安于"散诞"、"逍遥"、与世无争的生活。"散诞人间乐,逍遥地上仙。"这是他对自己日后的生活角色的定位。他极言目前的生活状态之惬意:"吏隐情兼遂,儒玄道两全。"意即这种亦官亦隐、亦儒亦道的"混搭"方式,折冲于入世与出世之间,既可满足自己作为世俗之人对物欲的追求,又可挣脱世俗的羁绊、规避政治的风险,实现烹金馔玉与全身远祸的双重收益。这时的诗人倒真的是大彻大悟了,但他在这里所表现出的过分的清醒与冷静,却不能不让我们稍

---

① 刘禹锡著,瞿蜕园笺证:《刘禹锡集笺证》,上海古籍出版社1989年版,第1266—1267页。

感陌生。从其人生态度的这种嬗变中,我们自然也能感受到那一时代的政治气候的严酷,品味出诗人对世道人心的绝望,但它究竟是一种进化抑或退化,却很难衡定。

《咏庭红柿子》一诗也是自抒怀抱之作,折射出刘禹锡在残酷现实的挤压下已多少有些扭曲和裂变的心态:

> 晓连星影出,晚带日光悬。
> 本因遗采掇,翻自保天年。①

诗人采用托物寄意的传统手法,庆幸自己因多年遭受冷遇、不得显位而没有被卷入朝廷内部的激烈党争,在诸多旧朋新友罹祸亡身的情况下,独能从顺天命,安享晚年。在诗人精心塑造的"红柿子"的形象中,分明叠印着他自己的身影。但如果以为随着政治态度和创作倾向的转变,诗人真的已经弃绝忧愁与烦恼,达到了身心的和谐与宁静,那就未免在低估了其情感世界的复杂性的同时,高估了其调节情绪、制衡心理的能力。事实上,诗人一方面以"散诞"和"逍遥"自期,渴望日夜与欢乐相伴、与痛苦绝缘,另一方面欢乐却往往稍纵即逝,而痛苦却始终如影随形。何以如此? 原因或许在于:从本质上说,这种转变是一种有意识的调整,一种受制于生存环境的迫不得已的选择。在退居洛阳之初,刚刚体验到"吏隐情兼遂,儒玄道两全"②的绝佳处时,他确实是惬意的,但最初的喜悦与满足感消散之后,他却无法不触及内心的伤痕,将思绪拉回到既往的苦难岁月。这种回忆是很难让诗人感到快乐的,而此时使诗人不快的又绝不仅仅是回忆。对于一直志在用世的诗人来说,为求自保而被迫选择超然局外、静观时变的处世态度,这又怎么可能让他快乐呢? 这样,在既有的理想受挫、壮志成空、年华

---

① 刘禹锡著,瞿蜕园笺证:《刘禹锡集笺证》,上海古籍出版社 1989 年版,第 780 页。

② 刘禹锡著,瞿蜕园笺证:《刘禹锡集笺证》,上海古籍出版社 1989 年版,第 1267 页。

虚掷的悲伤失意中,应该又糅合着人格分裂、精神异化的无奈与感怆。因此,可以说诗人这一时期的创作心态其实是欢快其外而悲苦其内。试看《岁夜咏怀》一诗:

> 弥年不得意,新岁又如何?
>
> 念昔同游者,而今有几多?
>
> 以闲为自在,将寿补蹉跎。
>
> 春色无情故,幽居亦见过。①

除旧迎新之际,诗人产生的是"弥年不得意"的憾恨,并没有终日欢饮、其乐何极的快慰。而且,瞻望新岁,他似乎也不敢有苦尽甘来的预期。"又如何"的质疑,透露了他对未来的极端不自信。而勾引起他的憾恨之情的则是对昔日同游者的怀念。旧侣凋零而一己独存,在对王叔文、柳宗元等一同参与永贞革新而先后谢世的革新志士的感怀中,传达出其内心知音寥落的痛楚。此时的诗人显然是孤独寂寞的,迥别于文酒之会上神采飞扬、不胜欢忻的表现。

的确,文酒之会上的刘禹锡与孑然独处时的刘禹锡简直判若两人。尽管前者并非假象,但后者却更接近真相。或者说,前一场合的刘禹锡往往戴上社交时不可缺少的面具,有所掩饰或遮蔽;后一场合的刘禹锡才是毫无伪装、更显真实的。于是,在后一场合他便总是无法抑制孤独寂寞之感。《酬乐天小台晚坐见忆》一诗说:

> 小台堪远望,独上清秋时。
>
> 有酒无人劝,看山只自知。
>
> 幽禽啭新竹,孤莲落静池。
>
> 高门勿遽掩,好客无前期。②

---

① 刘禹锡著,瞿蜕园笺证:《刘禹锡集笺证》,上海古籍出版社 1989 年版,第 1263 页。
② 刘禹锡著,瞿蜕园笺证:《刘禹锡集笺证》,上海古籍出版社 1989 年版,第 1258 页。

独上小台,举杯自酌,这本亦不失逍遥,但"有酒无人劝,看山只自知",却分明是寂寞自伤、惆怅自怜之语。李白《敬亭山》一诗表现他的孤独无依以及对尘世的厌倦说:"众鸟高飞尽,孤云独去闲。相看两不厌,只有敬亭山。"①这里所谓"看山只自知",恰好浓缩了李诗之意,而措辞较李诗更为婉曲。此外,诗中出现的"幽禽""孤莲"等意象也无不烘染出一种寂寥、凄清的氛围。

尽管欢快其外而悲苦其内的刘禹锡决意缄口政事、不论是非、但求欢娱,文酒之会上的他确实也严格遵从了这一创作宗旨,然而,在独自援笔时,他有时还是会不自觉地将沉沦憔悴之感融入其中。如《秋中暑退赠乐天》:

> 暑服宜秋著,清琴入夜弹。
>
> 人情皆向菊,风意欲摧兰。
>
> 岁稔贫心泰,天凉病体安。
>
> 相逢取次第,却甚少年欢。②

深夜独自抚琴,固然表现了诗人的雅兴,但追索其动因,又何尝不是为了自解孤独、自慰寂寞? 他的万千心事无法明言,只有借助跌宕起伏的琴声加以倾诉。所以,这一举动实有其深意。"人情皆向菊","向菊",是因为崇尚菊花傲霜开放的性格特征。这似乎又是在写照自己的节操了。但寄托更深的还是"风意欲摧兰"一句,它令人联想起诗人创作于贬居朗州期间的《萋兮吟》中的"穷巷秋风起,先摧兰蕙芳"③二句。后诗以秋风摧折兰蕙比喻保守势力恣意迫害革新志士,显示出鲜明的政治倾向。时隔三十余年,已入老境且锐气大减的诗人再度将这一意象镶嵌入诗,很难说是一种偶然的巧合,更合理的解释是顾思

---

① 李白著,王琦注:《李太白全集》,中华书局 1977 年版,第 1079 页。

② 刘禹锡著,瞿蜕园笺证:《刘禹锡集笺证》,上海古籍出版社 1989 年版,第 1238—1239 页。

③ 刘禹锡著,瞿蜕园笺证:《刘禹锡集笺证》,上海古籍出版社 1989 年版,第 576 页。

前事,微言寄慨。诗人试图远离是非,但内心却没有淡忘恩仇。一旦有合适的契机和载体,他还是会让旧日恩仇在诗中留下痕迹。

刘禹锡这类作品,大多运用比兴手法,以极为含蓄的只言片语隐现胸中丘壑,并不直接说破。有时它以"伤春"或"悲秋"的方式,曲折点出心底的郁积。如《酬皇甫十少尹暮秋久雨喜晴有怀见示》:

> 雨馀独坐卷帘帷,便得诗人喜霁诗。
>
> 摇落从来长年感,惨舒偏是病身知。
>
> 扫开云雾呈光景,流尽潢污见路歧。
>
> 何况菊香新酒熟? 神州司马好狂时。①

首句推出"独坐卷帘帷"的自我形象,已见其无可排解的寂寞。次句回应皇甫少尹"久雨喜晴"的吟咏,却一笔带过,并不顺势抒写自己的欢欣,反倒接续以"摇落从来长年感"的悲颓之辞。"长年感",说明他的"摇落"之悲不是秋风萧瑟之际方才产生,而是常年相伴的。这就点出其所悲者乃"身世飘摇",而非"草木摇落"也。"扫开云雾呈光景",似有"喜晴"之意,但"流尽潢污见路歧",则又转为迷茫,令人难测旨归了。如此措笔,至少表明在友人"喜晴"之际,他无法唤起自己同样的情绪。又如《早秋雨后寄乐天》:

> 夜云起河汉,朝雨洒高林。
>
> 梧叶先风落,草虫迎湿吟。
>
> 簟凉扇恩薄,室静琴思深。
>
> 且喜火前别,安能怀寸阴。②

传写秋凉时分的身心感受,虽也有"且喜火前别"之类的庆幸酷热不再的语句,但更为触目的还是"簟凉扇恩薄"的慨叹和"室静琴思深"

① 刘禹锡著,瞿蜕园笺证:《刘禹锡集笺证》,上海古籍出版社 1989 年版,第 1388 页。
② 刘禹锡著,瞿蜕园笺证:《刘禹锡集笺证》,上海古籍出版社 1989 年版,第 1258—1259 页。

的写照。"扇恩薄",语本班婕妤《团扇歌》(又名《怨歌行》),后人以团扇见弃比喻君恩断绝。这里,"簟凉扇恩薄",显系援班氏之余绪。它绝不只是描写一种夏秋交替之际必然出现的自然生活现象,而是寄托了诗人不满朝廷寡恩的政治怀抱。与"扇恩薄"相对应的是"琴思深",二者之间的逻辑关系应该是:因为触发了"扇恩薄"的感慨,才进而滋生了幽邃的琴思,像往常一样通过琴声来诉说心中的不满与不平。强迫自己"且喜"的诗人这时其实并不快乐。

唯其如此,他才需要适时举办的文酒之会来为他驱散无法根除的愁云;在没有文酒之会时,才需要独自沉湎于醉乡,用酒这一公认的"忘忧物"来消释内心的痛苦。《吴方之见示独酌小醉首篇乐天续有酬答皆含戏谑极致风流两篇之中并蒙见属辄呈滥吹益美来章》一诗说:

> 闲门共寂任张罗,静室同虚养太和。
> 尘世欢虞关意少,醉乡风景独游多。
> 散金疏傅寻常乐,枕麹刘生取次歌。
> 计会雪中争挈榼,鹿裘鹤氅递相过。[1]

"独酌"何如"共饮"? 遗憾的是,人在江湖,各如返梗萍飘,岂能日日欢聚? 因而终究共饮时少,独酌时多。但独酌总胜于独坐,毕竟它能把人导入"醉乡风景",宠辱皆忘,而独坐则只能使人浮想联翩,暗自伤怀。此诗开篇即言"闲门共寂",直指心灵深处之寂寞。诗人多么希望能领略到盛唐山水田园诗人津津乐道的闲适之趣! 然而,他的状态却一直闲而非适——既然驱逐不了一个"寂"字,则何适之有? 他不想让这个"寂"字长久地窃据自己的心灵,便只有以独酌的方式与之抗衡了。

---

[1] 刘禹锡著,瞿蜕园笺证:《刘禹锡集笺证》,上海古籍出版社1989年版,第1227页。

四、"精华不衰"：刘禹锡有别于文朋诗侣的雄豪之风

在文酒之会上纵饮高歌的刘禹锡其实是借酒浇愁！当年贬居时如此，如今闲居时亦复如此。因为闲居与贬居相比，生活待遇虽不可同日而语，怀才不遇、壮志难酬的痛苦却毫无二致。彼时尚能径直袒露痛苦，甚至可以呼天抢地；此时却只能隐晦其辞、曲折其意，努力将痛苦的心结藏掖得不见踏痕。这就更费心力了！也就更需要借助酒力了！

无疑，转型后的刘禹锡已不似当年铁骨铮铮，宁折不弯，直面现实，疾恶如仇。但这并不是一种脱胎换骨式的蜕变，也不是一种改弦易辙式的嬗替，从本质上看，他依然忠于既定的政治理想，对当年的所作所为没有丝毫追悔之意，只不过在表现形式上，因为越来越清醒地意识到理想的实现已经渺茫无期，他才三缄其口，保持沉默——有时，沉默本身也是一种坚守！换言之，此时的禹锡，面貌虽异，而"我心依旧"，哪怕此心已是伤痕累累。所以，在试图自保自全的同时，他实际上并没有放弃自持自守。正如欢快其外与悲苦其内构成其创作转向后的矛盾心曲一样，诗人通过讳言现实的特殊方式实现了自保自全和自持自守这看似抵牾的双重旨归的融通。

而且，刘禹锡此时锋芒虽匿，而气骨犹在。与同样年届老暮的白居易相比，他依然不失雄豪之风，表现出远较常人达观的生命意识。这也是白居易以"诗豪"[1]许之的原因。《酬乐天感秋凉见寄》一诗说：

---

[1] 刘昫等撰：《旧唐书》，中华书局 1975 年版，第 4212 页。

庭晚初辨色,林秋微有声。

槿衰犹强笑,莲迥却多情。

檐燕归心动,韝鹰俊气生。

闲人占闲景,酒熟且同倾。①

中间两联以"槿""莲""燕""鹰"四种物象,从不同侧面抒写自己秋凉时分的感受,虽然已无复当年高声断喝"我言秋日胜春朝"②的超迈气概,却也不作低回哀婉的悲秋之辞。如果说"槿衰犹强笑"尚带有一丝强颜为欢的无奈的话,那么,"莲迥却多情"则归于情思绵绵却波澜不惊的坦然平静。而"檐燕归心动,韝鹰俊气生",更将传统的悲秋主题荡涤一空,赋予全诗新的高度和力度,表现了诗人面对"衰节"而力图振作的情怀。它与诗人早期作品《始闻秋风》中的"马思边草拳毛动,雕盼青云睡眼开"③,取象有别而旨归无异。在历尽沧桑,且老境已至后,诗人犹能情调不隳,把悲颓语、感伤音逐之篇外,是何等难能可贵!

比较一下刘、白二人的咏老之作,或许可以更清楚地看出刘禹锡的"骨力豪劲"④、不同凡响之处。年过花甲后,老病缠身的白居易不时作"甚矣吾衰也"⑤的迟暮之叹,表现出对衰老的恐慌。《咏老赠梦得》一诗说:

与君俱老也,自问老何如?

眼涩夜先卧,头慵朝未梳。

有时扶杖出,尽日闭门居。

① 刘禹锡著,瞿蜕园笺证:《刘禹锡集笺证》,上海古籍出版社 1989 年版,第 1251 页。
② 刘禹锡著,瞿蜕园笺证:《刘禹锡集笺证》,上海古籍出版社 1989 年版,第 829 页。
③ 刘禹锡著,瞿蜕园笺证:《刘禹锡集笺证》,上海古籍出版社 1989 年版,第 739 页。
④ 胡震亨:《唐音癸签》,古典文学出版社 1957 年版,第 83 页。
⑤ 程树德撰,程俊英、蒋见元点校:《论语集释》,中华书局 1990 年版,第 441 页。

懒照新磨镜，休看小字书。

情于故人重，迹共少年疏。

唯是闲谈兴，相逢尚有余。[①]

因"眼涩"而改变夜读的习惯，提前入眠，这倒不失为应对老境来临的一种积极举措，但早晨慵于梳洗乃至蓬首垢面，那就是近于自暴自弃的一种消极行为了。至于闭门独居、不愿外出、羞于照镜，就更是自我禁锢、自我摧残的一种非理性方式了。白居易在这里真实地袒露了自己不敢直面老境的心声，题为"咏老"，实为"叹老"。刘禹锡以《酬乐天咏老见示》一诗相应答：

人谁不顾老，老去有谁怜？

身瘦带频减，发稀帽自偏。

废书缘惜眼，多炙为随年。

经事还谙事，阅人如阅川。

细思皆幸矣，下此便翛然。

莫道桑榆晚，为霞尚满天。[②]

当时，刘、白同为眼病和足疾所苦。针对白居易老病见迫、心志已灰的悲观情绪，刘禹锡的酬答并不否认老病会使人心力交瘁，也不讳言"顾老"是人之常情。但他更辩证地揭示了老年人的得天独厚之处：他们经历过悲喜人生，对人间的是非曲直、人世的荣辱沉浮、人心的善恶忠奸有着更深刻的体会和更清醒的判断。诗人认为，只要细细思量这些，就能破忧为喜、翛然自乐了。篇末借绚丽的晚霞为喻，对白居易予以深情的慰勉：谁说桑榆晚景无足观赏，那灿烂的红霞铺散开去、弥满天际，不也是一种可以炫人眼目的奇异景观吗？识见如此超凡，既

---

① 谢思炜撰：《白居易诗集校注》，中华书局 2006 年版，第 2488 页。

② 刘禹锡著，瞿蜕园笺证：《刘禹锡集笺证》，上海古籍出版社 1989 年版，第 1261。

体现了诗人善于从不利局面中寻找到有利因素的辩证思想，也映射出其不服老迈、力图振作的壮阔胸襟。有不少学者认为，这首诗表现了诗人自强不息、奋进不已的精神，大有"烈士暮年，壮心不已"[1]之概。这或许有些言过其实。结合诗人的现实处境和思想状况来看，只怕已无建功立业的"奋进"之心，有的只是不服老迈的"振作"之态。即便如此，也已经比白居易要通达和乐观得多了。明人胡震亨《唐音癸签》指出：

> 刘禹锡播迁一生，晚年洛下闲废，与绿野、香山诸老，优游诗酒间，而精华不衰，一时以诗豪见推。公亦自有句云："莫道桑榆晚，为霞尚满天。"盖道其实也。[2]

胡氏将"莫道"二句视为可以验证刘禹锡"精华不衰"的典范之作。如果没有这类弥漾着雄豪之风和刚劲之气的作品，刘禹锡与寄意诗酒的同侪实在没有明显的差异，幸赖有了这类作品，且它们前后勾连、彼此呼应，一脉贯通，刘禹锡才能成为公推的"精华不衰"的"诗豪"。

五、知己相酬：文酒之会内外的刘、白唱和

作为"刘白诗人群"的中坚，刘、白二人既有共同的交际圈，又有各自的人脉网。尽管他们都与数量庞大、成分复杂的人群在各种场合进行诗酒唱酬，但彼此都把对方视为关系最为密切、往还最为频繁的唱酬者。所以，除了参加覆盖整个诗群的大型文酒之会外，他们还经常各尽东道，举办只对彼此开放的小型文酒之会。

早在"扬州初逢席上见赠"[3]之前，他们就是闻声相思，且不时以鸿

---

① 曹操：《曹操集》，中华书局 1974 年版，第 20—21 页。

② 胡震亨：《唐音癸签》，古典文学出版社 1957 年版，第 225 页。

③ 刘禹锡著，瞿蜕园笺证：《刘禹锡集笺证》，上海古籍出版社 1989 年版，第 1047 页。

雁传情的诗友了。扬州把酒言欢之后,彼此奉和赠答的频率日渐加快。但其时元稹尚在,刘禹锡充其量只是白居易乐于唱酬的诗友之一,双方又"相去万余里,各在天一涯"①,鱼雁往来多有不便,赠答之作的数量终究有限。如今,他们一同闲居洛阳,不仅过去制约他们唱酬之乐的时间和空间障碍已不复存在,而且在旧日齐名并称的元稹亡故之后,刘禹锡成为白居易唯一心息相通和旗鼓相当的诗友。于是,他们也就过从甚密、唱酬极频了。

白居易《赠梦得》一诗曾述及他们见面之勤:"前日君家饮,昨日王家宴。今日过我庐,三日三会面。当歌聊自放,对酒交相劝。"②当然不可能常年如此,比如每逢斋戒月时,白居易就闭门谢客,暂时中断所有的交游,包括与刘禹锡的交游。但即使在无法谋面的日子里,诗鸿也会适时翩翩降落在他们的案头。且看刘禹锡《乐天少傅五月长斋广延缁徒谢绝文友坐成睽闲因以戏之》一诗:

> 五月长斋戒,深居绝送迎。
>
> 不离通德里,便是法王城。
>
> 举目皆僧事,全家少俗情。
>
> 精修无上道,结念未来生。
>
> 宾阁田衣占,书堂信鼓鸣。
>
> 戏童为塔象,啼鸟学经声。
>
> 黍用青菰角,葵承玉露烹。
>
> 马家供薏苡,刘氏饷芜菁。
>
> 暗网笼歌扇,流尘晦酒铛。
>
> 不知何次道,作佛几时成?③

---

① 萧统编,李善注:《文选》,上海古籍出版社1986年版,第1343页。
② 谢思炜撰:《白居易诗集校注》,中华书局2006年版,第2724页。
③ 刘禹锡著,瞿蜕园笺证:《刘禹锡集笺证》,上海古籍出版社1989年版,第1248页。

在白居易"五月长斋戒"时，充塞其门庭的只有僧徒，包括刘禹锡在内的文友都被拒之门外。不仅举家食素，而且摈弃了一切世俗的享乐方式，以至于家中出现了"暗网笼歌扇，流尘晦酒铛"的萧瑟景象。如此礼佛，不可不谓虔诚，却加剧了文友们的相思之苦。刘禹锡虽曾以"饷芜菁"的方式给白居易的斋戒提供物质支持，内心却希望白氏能早日结束斋戒，与他重续"杯酒论文"之欢。"不知何次道，作佛几时成?"在这带有几分戏谑与调侃意味的询问中，渗透着诗人对白氏何时能与文友聚首的关切。

一旦斋戒期满，白居易便马上向刘禹锡等诗友发出共饮的邀约。《斋戒满夜戏招梦得》一诗说：

> 纱笼灯下道场前，白日持斋夜坐禅。
>
> 无复更思身外事，未能全尽世间缘。
>
> 明朝又拟亲杯酒，今夕先闻理管弦。
>
> 方丈若能来问疾，不妨兼有散花天。[1]

在斋戒期满的当天晚上，白居易就迫不及待地邀请刘禹锡明日前来赴宴，而此夕他已着手为第二天的宴饮进行必要的准备了。"今夕先闻理管弦"，宴饮不可没有丝竹之乐，而因为斋戒的缘故，已多日疏离管弦，所以，今夜必须先行调理。看来，在白居易心目中，佛教世界与世俗世界的边界十分清晰。斋戒期间，他潜心于佛教世界，"白日持斋夜坐禅"，"无复更思身外事"，恪守佛教的清规戒律，不敢生一丝妄念。但他并没有真的灭绝原有的世俗欲望，那灯红酒绿、纸醉金迷的世俗世界依然对他具有无法抵御的吸引力，所以，在一脚跨出佛教世界之际，他内心是为终于结束了苦行僧般的斋戒生活而感到欣幸的。也许可以说，他栖身佛教世界，更多的是出于理智，出于对精神支柱的

---

[1] 谢思炜撰：《白居易诗集校注》，中华书局 2006 年版，第 2523 页。

敬畏;投身世俗世界,则更多的是出于本能,出于对感官享受的追逐。这样,对于他来说,斋戒只是一种不可缺少、也不可亵渎的仪式,仪式结束后,便可以不再受任何戒条的束缚,彻底返回世俗生活的轨道,在诗酒酬唱和轻歌曼舞中尽情挥洒尚存的生命活力。因此,后者才使他更加眷恋、更加惬意。无怪他会如此急切地招饮了。刘禹锡奉答以《和乐天斋戒月满夜对道场偶咏怀》一诗:

> 常修清净去繁华,人识王城长者家。
>
> 案上香烟铺贝叶,佛前灯焰透莲花。
>
> 持斋已满招闲客,理曲先闻命小娃。
>
> 明日若过方丈室,还应问为法来耶。①

内容本乎白居易原唱,而用笔半凭经验,半凭想象。"案上"一联渲染礼佛的氛围,对偶工整,状物贴切,造境生动。"持斋"一联将"招闲客"与"命小娃"相对举,承白氏原意进一步表现其招饮之热情。而"命小娃",又点出奉命理曲的都是娉娉婷婷的歌儿舞女。在同一首诗中,佛教仪式的庄严与世俗享乐的轻佻彼此兼容,并不构成本应难以避免的冲突,在刘、白等人眼里也没有荒诞和乖张之处,这正映现出当时的封建士大夫们致力调和思想深处的矛盾而达到的一种圆融的境界。

自然,刘、白二人唱和的内容并不限于寄意山水和纵情诗酒。追忆旧游也是他们唱和的主题之一。白居易《与梦得偶同到敦诗宅感而题壁》一诗写道:"山东才副苍生愿,川上俄惊逝水波。履道凄凉新第宅,宣城零落旧笙歌。园荒唯有薪堪采,门冷兼无雀可罗。今日相随偶同到,伤心不是故经过。"②竭力渲染崔群(字敦诗)故居的荒凉,借以

---

① 刘禹锡著,瞿蜕园笺证:《刘禹锡集笺证》,上海古籍出版社 1989 年版,第 1226 页。

② 谢思炜撰:《白居易诗集校注》,中华书局 2006 年版,第 2539 页。

寄托伤逝悼往的凄苦情怀。刘禹锡奉和以《乐天示过敦诗旧宅有感一篇,吟之泫然,追想昔事,因成继和,以寄苦怀》一诗:

> 凄凉同到故人居,门枕寒流古木疏。
>
> 向秀心中嗟栋宇,萧何身后散图书。
>
> 本营归计非无意,唯算生涯尚有余。
>
> 忽忆前因更惆怅,丁宁相约速悬车。①

起笔即点出"凄凉"二字,为下文的抒情奠定基调。但后续的笔墨并不直抒胸臆,让凄凉之情充彻于字里行间,而通过"向秀"和"萧何"的典实,曲折披露了崔群身后的萧条以及自己物伤同类的嗟叹。由崔群因劬劳国事而不能寿享天年,诗人痛感应珍惜余生,一遵先前的约定,尽快摆脱羁绊、彻底归隐。

刘禹锡与白居易的唱酬是全方位的,也是全天候的。无论春秋代序,阴晴晦明,他们都了无间断地向对方献出心底的歌吟,并及时得到对方一往情深的和鸣。每当新岁来临时,他们免不了要相互造访,举杯为贺。且看刘禹锡《元日乐天见过因举酒为贺》一诗:

> 渐入有年数,喜逢新岁来。
>
> 震方天籁动,寅位帝车回。
>
> 门巷扫残雪,林园惊早梅。
>
> 与君同甲子,寿酒让先杯。②

残雪未融,早梅已绽。在新年来临时,这两位同龄且同心的诗友相互举杯祝寿,盛入酒杯的既有一元复始、万象更新的欣喜,又有老境见迫、来日无多的忧虑。

春光乍泄时,他们当然也会以唱酬的方式互致问候,让温馨的友

---

① 刘禹锡著,瞿蜕园笺证:《刘禹锡集笺证》,上海古籍出版社 1989 年版,第 1231—1232 页。

② 刘禹锡著,瞿蜕园笺证:《刘禹锡集笺证》,上海古籍出版社 1989 年版,第 1264 页。

情交融于"沾衣欲湿杏花雨"①和"吹面不寒杨柳风"②。刘禹锡《洛中早春赠乐天》一诗说：

> 漠漠复霭霭，半晴将半阴。
>
> 春来自何处？无迹日以深。
>
> 韶嫩冰后水，轻盈烟际林。
>
> 藤生欲有托，柳弱不自任。
>
> 花意已含蓄，鸟言尚沉吟。
>
> 期君当此时，与我恣追寻。
>
> 翻愁烂熳后，春暮却伤心。③

在这阴晴相间、乍暖还寒的早春时节，轻烟漠漠，芳意浅浅，新藤抽孽，弱柳扶风。诗人欲待与白居易相约追寻春天的足迹，期望春光能早日烂漫，却又担心转瞬之后花事凋零，落红成阵，触发伤春怀抱。这就曲尽其致地表现了诗人"惜春长怕花开早"④的特殊心理，更深一层地揭示了诗人对春光的珍爱与眷恋。

夏日来临，他们酬唱的热情不减，攫入笔端的题材却转为"新蝉"和其他夏日景象。刘禹锡《谢乐天闻新蝉见赠》一诗说：

> 碧树有蝉后，烟云改容光。
>
> 瑟然引秋风，芳草日夜黄。
>
> 夹道喧古槐，临池思垂杨。
>
> 离人下忆泪，忠士激刚肠。
>
> 昔闻阻山川，今听同匡床。

---

① 北京大学古典文献研究所：《全宋诗》，北京大学出版社 1991 年版，第 27690 页。
② 北京大学古典文献研究所：《全宋诗》，北京大学出版社 1991 年版，第 27690 页。
③ 刘禹锡著，瞿蜕园笺证：《刘禹锡集笺证》，上海古籍出版社 1989 年版，第 1244 页。
④ 辛弃疾撰，邓广铭笺注：《稼轩词编年笺注》，上海古籍出版社 2007 年版，第 68 页。

> 人情便所遇,音韵岂殊常?
>
> 因之比笙竽,送我游醉乡。①

诗人所要表现的主题或许是:年年闻蝉,感觉各有不同;人人闻蝉,感受亦自有别。是啊,往年与白居易山川阻隔、天各一方,蝉声带给他们的多为欲断还续的相思之苦;而今同处东都舒适的"匡床"之上,蝉声则如同宴会时助兴佐欢的"笙竽"般将他们送入醉乡。环境的差异,导致了闻蝉心境的差异。这是诗人所要表达的一层意思。另一层意思是,身份的区别,同样会造成闻蝉心情的区别。"离人下忆泪,忠士激刚肠",便是对此的艺术再现。诗人由此得出的结论是:"人情便所遇,音韵岂殊常?"意即蝉声本无殊异,只因人们闻蝉时的处境及身份有异,感受才千差万别。这就不仅见出诗人体察之深刻,而且具有某种哲理意味了。

秋高气爽时,他们聚饮更勤、过访更频,彼此间唱酬的作品数量也就更多了。就中,刘禹锡首唱的有《新秋对月寄乐天》:

> 月露发光彩,此时方见秋。
>
> 夜凉金气应,天静火星流。
>
> 蛩响偏依井,萤飞直过楼。
>
> 相知尽白首,清景复追游。②

中间四句刻画秋夜景色,以"月露"作为画面的中心视点,而依次烘托以"金气""火星""蛩声""萤光"等物象,申足题意。篇末对月怀人,虽无新警之处,却也意到笔随,不失章法。

刘禹锡这类吟咏晚秋的唱和之作,虽不免展示秋景的萧索,从总体上看,却用笔闲淡,力避衰飒之气,表现出远比常人豁达与开朗的胸

---

① 刘禹锡著,瞿蜕园笺证:《刘禹锡集笺证》,上海古籍出版社 1989 年版,第 1256 页。
② 刘禹锡著,瞿蜕园笺证:《刘禹锡集笺证》,上海古籍出版社 1989 年版,第 1257 页。

襟。如《和乐天早寒》：

> 雨引苔侵壁，风驱叶拥阶。
>
> 久留闲客话，宿请老僧斋。
>
> 酒瓮新陈接，书签次第排。
>
> 翛然自有处，摇落不伤怀。①

苔藓侵壁，黄叶拥阶，而这又是"雨引""风驱"的结果。景色本身是萧瑟、甚至有点凄凉的。但面对这一景色的诗人却气定神闲，殷勤待客，潇洒饮酒，轻松读书。"翛然自有处，摇落不伤怀"。"翛然"，形容无拘无束的样子，出自《庄子·大宗师》："翛然而往，翛然而来而已矣。"②诗人自感已脱略精神羁绊，找到心灵的安顿处，所以不会因"草木摇落"而悲伤。这即便不是一种具有写实意味的自述，也是一种带有理想色彩的自励。

冬日风雪肆虐时，他们自也唱和不辍，因为这也是一种抱团取暖的方式。《和乐天洛下雪中宴集寄汴州李尚书》一诗说：

> 洛城无事足杯盘，风雪相和岁欲阑。
>
> 树上因依见寒鸟，座中收拾尽闲官。
>
> 笙歌要请频何爽，笑语忘机拙更欢。
>
> 遥想兔园今日会，琼林满眼映旗竿。③

岁末宴集雪中，别有一种况味。诗人以"相和"形容风雪，表明他当时的心情并不孤寂、并不枯涩。而以树上的"寒鸟"与坐中的"闲官"两相映照，不仅衬托出宴会的热烈气氛，而且增添了一种特别的谐趣。"笙歌"二句更是略无叹惋流年、自伤老暮的悲颓情绪，相反倒喜气流

---

① 刘禹锡著，瞿蜕园笺证：《刘禹锡集笺证》，上海古籍出版社1989年版，第1074页。

② 郭庆藩撰，王孝鱼点校：《庄子集释》，中华书局1961年版，第229页。

③ 刘禹锡著，瞿蜕园笺证：《刘禹锡集笺证》，上海古籍出版社1989年版，第1239页。

溢、笑语荡漾,与室外朔风凛冽、天寒地冻的景象形成极大的反差。"频何爽""拙更欢",通过程度副词的巧妙连缀,将诗人陶然于这类频繁再现的"宴集"的爽快心情袒露无遗。

可以说,当禹锡晚年放歌洛阳时,白居易始终以他略带苍老、疲惫却不失圆润、婉转的歌喉为其发出和谐的共鸣。他们不断转换角色,互为对方伴奏,互为对方喝彩,互为对方充当难抑仰慕之情的听众,在诗与诗的交流中,促进了心与心的交融,不仅共同成为"刘白诗人群"的翘楚人物,而且为洛阳文酒之会平添一段令后人不胜欣羡的佳话。

原载于《社会科学战线》2015 年第 7 期

第二辑　宋圃掇英

重评《西崑酬唱集》中的杨亿诗

　　任何一个文学流派,在它盛极而衰后,总难免受到后人的指摘;但像宋代的西崑派那样被痛加鞭挞的,似属罕见。自石介《怪说》首事讨伐后,对西崑派发难者代不乏人。而杨亿作为西崑派的"首席代表",自然是首当其冲。新中国成立以来编写的几部文学史,在抨击西崑派的同时,也对杨亿诗从内容到形式,作了全面的否定。应该承认,其中的有些批评确是有的放矢,深中肯綮。但也有些说法则不太符合杨亿诗的实际,难以令人信服。有鉴于此,本文拟对《西崑酬唱集》中的杨亿诗做一番再评价的工作。

一

　　《西崑酬唱集》共收杨亿、刘筠、钱惟演、李宗谔、陈越、李维、刘骘、丁谓、刁衎等十七人的五七言律诗二百五十首。其中,归于杨亿名下的为七十五首。的确,杨亿这七十五首诗,没有一首写及人民的苦难和忧患,因而与王禹偁后期的现实主义诗作似不可同日而语。但从客观上看,这与杨亿的生活经历不无关系。据《宋史》《太宗实录》及《古今诗话》等书记载,杨亿十一岁便因"富有文华""神采俊爽"而被"送入阙下"。太宗召试便殿,"深加赏异",破格授予他秘书省正字的官衔。年方垂髫便步入仕途,自不免为凡夫俗子所艳羡,然而,这在杨亿,其实是一种不幸。这以后,他便被禁锢在宫廷和台阁的狭小圈子里,几乎与世隔绝开来。因而,并不是他对人民的苦难熟视无睹,而是人民的痛苦呼声根本无法穿过那重重高墙深院,传入他的耳膜。这样,下层人民的生活在他诗中一无反映,虽是无可讳言的缺陷,却也情有可原。问题是,能不能根据这一点便断言杨亿这七十五首诗"毫无现实意义"呢?

窃以为不能。杨亿从小便受到儒家"达则兼济天下,穷则独善其身"的思想的熏染。他是希望当一名"直臣",为国尽忠、为民效力的。十一岁那年,他便在《喜朝京阙》一诗中满怀豪情地自誓:"愿秉清忠节,终身立圣朝。"①以后,他多次以"少年之贾谊"自比,匡国之志,溢于言表。显然,他并不甘以文学侍从终此一生。正因为这样,他对国事至为关切。虽然他的目光不可能直接扫视到社会底层,将尖锐的社会矛盾一览无余,但他却在草制的过程中,了解到国家内政外交方面的危机。同时,他日夕侍于真宗之侧,真宗施政的缺失及日渐显露的"逸豫"思想,他也有所察觉。而作为一名直臣,他对此不可能保持沉默。在收入《西崑酬唱集》的诗作中,他就曾多次流露自己对国家局势的忧虑,并暗寓对真宗的规讽。如《汉武》:

> 蓬莱银阙浪漫漫,弱水回风欲到难。
>
> 光照竹宫劳夜拜,露溥金掌费朝餐。
>
> 力通青海求龙种,死讳文成食马肝。
>
> 待诏先生齿编贝,那教索米向长安。

"汉武"乃一代英主,功业煌煌,可形于歌诗者众矣!但杨亿却只拈出他晚年为长生之说所惑、祀神求仙的史实来吟咏,其用心是良苦的。景德元年(1004),宋真宗与辽国订立了丧权辱国的"澶渊之盟"。这使宋王朝的威望一落千丈。为了迷惑黔首,挽回影响,大中祥符元

---

① 见《湘山野录》《孔氏谈苑》《古今诗话》等。

年(1008),宋真宗信从佞臣王钦若之说,玩弄伪造天书、东封泰山的鬼把戏,并赶造"玉清昭应宫",以供祭祀之需。这与"汉武"当年颇有几分相似。对此,杨亿是和寇准一样持反对态度的。在他起草的东封诏中,原有"不求神仙,不为奢侈"等语,后为真宗删去。虽然《汉武》一诗写于前此二年的景德三年(1006),自然不可能是专为谏阻东封而作。但其时,真宗的佞神思想实已露其端倪。因而,细味杨亿此诗,显然有借古讽今,以防患于未然之意。正因为诗以讽今为旨归,作者不求全面评价"汉武"的功过,而有意采取这种"攻其一点,不及其余"的做法。《中山诗话》称赞诗的后四句"义山不能过也",正是着眼于此。

如果说《汉武》意在劝谕真宗休生佞神之念的话,那么,《明皇》则意在规讽真宗莫纵声色之欲:

> 玉牒开观检未封,斗鸡三百远相从。
>
> 紫云度曲传浮世,白石标年凿半峰。
>
> 河朔叛臣惊舞马,渭桥遗老识真龙。
>
> 蓬山钿合愁通信,回首风涛一万重。

"忧劳可以兴国,逸豫可以亡身。"杨亿是懂得这一道理的。因而,他很不满于真宗的专宠后宫、沉湎酒色。大中祥符五年(1012)十二月,真宗想册立刘氏为皇后,命杨亿草制,杨亿却辞不奉诏。据《续资治通鉴长编》记载,丁谓劝他说:"大年勉为此,不忧不富贵。"他义正词严地拒绝说:"如此富贵,亦非所愿也。"表现了一个直臣应有的刚正态度。叶梦得《石林诗话》曾称赞他"与寇莱公力排宫闱,协定大策,功虽不终,其尽力于国者,亦可以无愧也"。《明皇》也写于景德三年。当时,刘、杨二妃已得真宗盛宠,宫廷内外,颇有沸沸扬扬之势。诗中写明皇宠信善为"紫云"妙曲的杨妃,终致酿成河朔之叛,仓皇逃往蜀境;而他与杨妃也卒为蓬山所阻,"山盟虽在,锦书难托"。这绝非泛泛咏史,而显系有所为而发,即向真宗披示这一应引以为戒的前车之鉴。

杨亿以诗文名世,其政治眼光却比一般的诗文家要敏锐得多。由他对真宗的告诫,有时很能看出他的识见。《成都》一诗云:

> 五丁力尽蜀川通,千古成都绿酊醲。
>
> 白帝仓空蛙在井,青天路险剑为峰。
>
> 漫传西汉祠神马,已见南阳起卧龙。
>
> 张载勒铭堪作戒,莫矜幽谷一丸封。

值得玩味的是最后两句。张载,晋人,其父张收曾任蜀郡太守,张载随之入蜀,作《剑阁铭》,中云"世浊则逆,道清斯顺","兴实在德,险亦难恃"。这里,杨亿强调"张载勒铭堪作戒"是有其深意的。北宋初期,表面上天下承平,万户笙歌,其实,各种社会矛盾却在一天天激化。太宗淳化四年(993),王小波、李顺在蜀境首举义旗。接着,真宗成平三年(1000),王均也于成都揭竿而起。农民起义的浪潮猛烈地冲击着宋王朝统治的基础,这使杨亿不无忧虑。于是他向最高统治者谆谆告诫说:应当恪守"世浊则逆,道清斯顺"的古训,修明政治,宽厚待民,这样才能长治久安。自然,他是站在统治阶级的立场上的。但他把人民造反的原因归结为"世浊",却无疑是替统治阶级引咎自责;而他强调兴亡系于人事而不系于地形,也堪称识见不凡。

作为文学侍从之臣,收入《西崑酬唱集》的杨亿诗中却没有一句诸如"皇恩浩荡"之类的颂圣之语,有的只是真宗未必感到顺耳的讽谏、规劝、告诫。这不能不说是难能可贵的。不仅如此,作者还在诗中大胆地披露自己所能观察到的不合理的社会现象,并因自己无力改变它们而深致慨叹。如《公子》:

夹道青楼拂彩霓，月轩宫袖案前溪。

锦鳞河伯供煎鲤，金距邻翁学斗鸡。

细雨垫巾过柳市，轻风侧帽上铜堤。

珊瑚击碎牛心热，香枣兰芳客自迷。

宋王朝公开鼓励朝臣及时行乐。宋太祖曾要石守信等"多积金帛田宅以遗子孙，歌儿舞女以终天年"。在这种风气影响下，必然产生一批骄奢淫逸的纨绔子弟。杨亿诗中写到的"公子"便只知托庇于先人余荫，成日斗鸡走马，夸豪竞富，而于经术一窍不通。作者寓褒贬于客观叙述，虽未直接对他们进行指斥，厌恶之意却流露在字里行间。自然，作者无法做出更激烈的表示，因为那既为他的身份所不许，也与他力主的"雍容和雅"的诗风相乖背。

与此形成鲜明对照的是，作者对那些为朝廷所遗弃的"旧将"则表现出真切的同情。《旧将》云：

平生苦战忆山西，抚剑临风气吐霓。

戟户当衢容驷马，髯奴绕帐列生犀。

新丰酒满清商咽，武库兵销太白低。

髀肉渐生衣带缓，早朝空听汝南鸡。

当年，他们驰骋沙场，是那样威武雄壮。如今却只能徒然闻鸡起舞，在日甚一日的寂寞中，"髀肉渐生"，形容渐瘦。作者显然是替他们感到不平的。而他们被投闲置散，又是因为边备废弛的缘故。这样，作者对他们今昔不同境遇的感叹中，也隐隐约约地夹杂着对宋王朝基本国策的不满。

应该说，以上征引的这些作品还是纳入了一定的社会内容，有其现实意义的。作者在这些作品中流露出的对宋王朝命运的关切和系念，与后来的王安石、苏轼等毫无二致。因而应当予以肯定。诚然，唱和诗往往依题限韵,赓相叠和,容易束缚思想,使作者不能畅所欲言。但如果因此而认定,凡唱和诗便都"内容单薄""感情虚假",似也过于武断。刘禹锡的唱和诗《酬乐天扬州初逢席上见赠》《酬乐天咏老见示》等便证明,只要作者确有"情动于中",即便是唱和之什,也能立意高远,属辞真切。而一个不可忽视的事实是:杨亿作为当时的文坛领袖,往往是唱者,而不是和者。这意味着诗题往往由他拟定,这就比别人有更大的自由驰骋的余地。其实,由《萤》诗可知,杨亿唱和的本来目的就是"思所以补益国事也"①。基于这一目的,其诗虽因生活视野狭窄,不可能切中时弊,却频频征引史实,以古鉴今,庶几可裨补时阙。只是杨亿表达时过于讲求"婉曲",很少直接揭破题旨;有时又故意炫博,连篇累牍地玩弄辞章典故,以致其真意反为所掩。这样,人们误解乃至指责它,似也无足为怪。

除收入《西崑酬唱集》的七十五首唱和诗外,杨亿另有《武夷新集》二十卷。其中的许多作品写于他谪守外郡时。这时,作者的眼界和诗境都比在秘阁唱酬时要开阔得多。由《初至郡斋即事》《己亥年郡中夏旱遍祷群望喜有甘泽之应》《郡中即事书怀》《中春喜雨》《春郊即事》《闻北师克捷喜而成咏》等诗可以看出,他的忧乐是与郡人相通的;他努力造福于郡人,郡人也"相率为斋以报"。这与那些不惜以民血染红自己的"朱绶"的地方官是迥异的。

二

许多论者都认为,《西崑酬唱集》中的杨亿诗主要写其"优游岁月的生活"和"富贵得意之态"。然而,再三研读原作,我们却得不出这样

---

① 王仲荦《西崑酬唱集注》。

的印象。相反,我们的直觉倒是杨亿所一再抒写的除了上面所说的对
国事的关心外,便是忧谗畏讥、彷徨失路的危机感。可以说,杨亿的大
多数唱和诗都为这种危机感所深深地浸润。《受诏修书述怀三十韵》
是《西崑酬唱集》的开卷之作,它清晰地传导出杨亿这一时期心脉的搏
动,其中有云:

> 抚己惭鸣玉,归田忆荷锄。
>
> 池笼养鱼鸟,章服裹猿狙。
>
> 圜府惭尸禄,天阍愧弊裾。
>
> 虚名同郑璞,散质类庄樗。
>
> 国士谁知我,邻家或侮予。
>
> 放怀齐指马,屏息度羲舒。
>
> 寡妇宜忧纬,三公亦灌蔬。
>
> 危心惟鷇觫,直道忍蘧蒢。
>
> 往圣容巢许,生儒美宁蘧。
>
> 晨趋叹劳止,夕惕念归欤。
>
> 秦痔疏杯酒,颜瓢赖斗储。
>
> 如谐曲肱卧,犹可直钩鱼。
>
> 矫矫龟衔印,翩翩隼画旟。
>
> 一麾终遂志,阮籍去骑驴。

这就是杨亿的所"怀"所"感"。没有得侍"日边"的自豪,也没有沐
浴皇恩的欣慰,反倒流露出无人可通心志的寂寞和"众女嫉余之蛾眉"
的忧患。"危心惟鷇觫,直道忍蘧蒢。"这一作者的内心独白,有多少曲
折?《诗经·邶风·新台》郑玄注:"蘧蒢,口柔貌,常观人颜色而为之
辞。"作者直道而行,忍能为此?然而,不如此又岂能自保?于是作者
不免时有"夕惕"之叹和归田之思,深觉自己此时此境,犹如鸟入樊笼、

鱼处涸池。这不正是我们所说的"危机感"吗？这种危机感不是随生随灭的，也不是时隐时现的，而是荡漾于杨亿全部唱和诗中的不断变奏的主旋律。作者几乎无时不与这种危机感相伴：

> 阶前槁叶惊寒雨，天际孤鸿答回砧。
> 欹枕便成鱼鸟梦，岂知名路有机心。
>
> ——《直夜》

> 翘本蕊佩谒明光，禁御多年费稻粱。
> 只美泥涂龟曳尾，翻嫌雾雨豹成章。
>
> ——《偶作》

> 露畹荒凉迷草带，雨墙阴深长苔衣。
> 终年已结南枝恋，更美高鸿避弋飞。
>
> ——《因人话建溪旧居》

机弩四伏，防不胜防。作者反复咏叹，再三致意，无非希望远离政治斗争的漩涡和向人们剖白自己不愿同流合污的心迹。其中隐含着作者许多不便明言的苦衷。那么，这里，他是不是故意无病呻吟，以博取读者的廉价同情呢？

还是让事实来回答吧！由于在东封泰山、册立刘妃等重大事件中，杨亿都站在真宗的对立面，因而他在政治上是很不得志的。同时，据《宋史·杨亿传》，他"性耿介，尚名节"，直道事人，疾恶如仇，即便对"至尊"，也不肯稍做媚态，这就难免树敌和筑怨。《东山谈苑》云：

> 杨亿在翰苑日，有新幸近臣，欲扳入其党。因间语亿曰："君子知微知章，知柔知刚。"亿正色厉声答曰："小人不耻不仁，不畏不义。"

如此刚直，实在是很难得的。然而，树敌、筑怨既多，其处境也就很有点不妙。不仅其政敌王钦若、陈彭年等"屡抉其失","相与毁訾"①，真宗也几次向他发难。《归田录》云：

> 杨文公以文章擅天下，然特刚劲寡合，有恶之者以事谮之。大年在学士院，忽夜召见于一小阁，深在禁中。既见，赐茶，从容顾问久之，出文稿数箧以示大年，云："卿识朕书迹乎？皆朕自起草，未尝命臣下代作也。"大年惶恐不知所对，顿首再拜而出，乃知必为人所谮矣。

后来，真宗又"召臣僚赴后苑"，宣示御制书记若干，"笑谓近臣曰：'虽不至精优，尽是朕亲撰，不假手于人。'"②再次对杨亿进行旁敲侧击，逼得他只好"佯狂，奔于阳翟"。③对此，《金坡遗事》《独醒杂志》《闻见录》《有宋佳话》《画墁录》《邻几杂志》《谈苑》等书皆有记载，恕不具引。处境若此，杨亿诗中充满忧谗畏讥、彷徨失路的危机感，又有什么奇怪呢？因此，我们认为，杨亿这里抒写的都是自己的真情实感，并不是故作"穷苦之言"，虽然他也许知道"欢愉之辞难工，穷苦之言易好"的道理。

杨亿抒写他的危机感时，惯于采用托物寄兴的方法，将咏物与咏怀揉为一体。如《鹤》：

> 怅望青天碧草齐，帝乡归路阻丹梯。
> 露浓汉翰宵犹警，雪满梁园昼乍迷。
> 瑞世鸾皇徒自许，绕枝乌鹊未成栖。
> 终年已结云罗恨，忍送西楼晓月低。

又如《禁中庭树》：

---

① 《宋史·杨亿传》。
② 《湘山野录》。
③ 《归田录》。

直干依金阊,繁阴覆绮楹。

累珠晨露重,嘒管夜蝉清。

霜桂丹秋路,星榆北斗城。

岁寒徒自许,蜀柳笑孤贞。

作者借"鹤"和"禁中庭树"以自况,曲折婉转地传达了内心的款曲。孤鹤在漫天大雪中迷离失所、恓惶无依的痛苦情状岂不正是作者的孤危处境的形象写照? 而"岁寒徒自许,蜀柳笑孤贞",一方面不乏傲视衰节的正气,另一方面又包含着忠而见谤、不为时知的无限惆怅和辛酸。它是自诩、自赏,也是自嘲、自伤。

处在这种危机感的牵制下,每当风晨雨夕,作者便思绪翻卷,不寒而栗;发为歌吟,也便分外凄婉。如《即目》:

急雨度前轩,池荷相对翻。

峰奇云待族,蹊暗李无言。

掩鼻生愁咏,披襟爽醉魂。

一廛今已废,犹恋汉庭恩。

"即目",谓就目前所见而成咏也,乃取钟嵘《诗品》"思君如流水,既是即目;高台多悲风,亦惟所见"之意。作者由眼前"急雨"摧残"池荷"的情景,联想到处身于政治斗争漩涡的危险,而情不自禁地生出一种莫名的恐怖。"一廛今已废,犹恋汉庭恩。"篇末,作者于深沉慨叹中表达了《孟子》所曰"愿受一廛而为氓"的愿望。确实,杨亿这一时期颇有辞官归隐、放浪林泉,以洁身守志之意。反映在诗中,像《直夜》中的"误濯尘缨成底事,岩阿千古有遗文";《偶作》中的"归计未成芳节晚,更忧禽鹿顿缨狂";《偶怀》中的"平生林壑志,误佩吕虔刀";等等,都是这种意愿自然而然的流露。

纵观《西崑酬唱集》中的杨亿诗,作者抒写最多的便是自己的孤危处境和恓惶不安、欲归山林而不可得的痛苦心理。这说明,他决非"优游岁月"、醉生梦死者流;他与刘筠等人在秘阁唱酬时,内心一直是充满痛苦和忧愤的。或许他唱酬的目的,本来就是想借"赓相叠和"的机会,将这难以直泄的痛苦和忧愤稍稍排遣一二。某些论者把杨亿诗说成是"点缀升平"之作,以这种充满痛苦和忧愤的文字来"点缀升平",不是颇有点滑稽吗?

诚然,杨亿所抒写的痛苦和忧愤都是他个人的,而"任何一个诗人"都不可能靠描写"个人的痛苦"而"显得伟大"①,但应当指出,杨亿的这些痛苦和忧愤都是他直道而行、刚正不阿、与恶势力抗争所带来的。这就不同于一般的仕宦失意。如果他肯稍微改变一下自己的政治立场和处世态度,也许这些痛苦和忧愤便都可以避免。但他偏不愿这样做,这就只能与痛苦和忧愤相始终了。从这一意义上说,他与屈原、陶渊明不也是一脉相承的吗?尽管屈原和陶渊明都要比他伟大得多。自然,我们无意夸大杨亿这些作品的思想价值和社会意义,但它确实起着暴露统治阶级内部黑暗的作用。它使我们看到,统治阶级不仅容不得敢于起来反抗的奴隶,也容不得他们内部敢于挑刺的正直之士;在他们的压抑和排斥下,那些正直之士是怎样地彷徨失路、进退维谷!

三

在艺术上,杨亿等人是以学习李商隐相标榜的。对此,贬斥者固有之,褒扬者亦有之。葛立方《韵语阳秋》云:"杨文公在至道中得义山诗百余篇,至于爱慕而不能释手。公尝论义山诗,以谓包蕴密致,演绎平畅,味无穷而炙愈出,镇弥坚而酌不竭,使学者稍窥其一斑,若涤肠

---

① 参见《别林斯基选集》俄文版第 2 卷。

而洗骨，是知文公之诗，有得于义山者为多矣。"清《四库全书总目》云"其诗宗法唐李商隐，词取妍华，而不乏气象"，"要其取材博赡，练词精整，非学有根柢，亦不能熔铸变化，自名一家，固亦未可轻诋"。《四库全书简明目录》亦云"所作皆尊李商隐，大抵音节铿锵，词采精丽"，"其组织工致、锻炼新警之处终不可磨灭"。综合诸家之说，可知杨亿虽未能登堂入室，深得李商隐之壸奥，却也已"历其藩翰"；而他学习李商隐，主要着眼于李商隐诗的"词采精丽"和"组织工致"。

所谓"词采精丽""组织工致"，自与使典用事有关。杨亿诗的使典用事，屡为后人所诟病。的确，喜摭拾、堆砌典故，乃至把某些作品搞成诗谜，这是杨亿诗的一大弊端。究其原因，或许是因为《西崑酬唱集》中的杨亿诗都写在作者修撰《册府元龟》时。由"集序"可知，杨刘等人乃于工作之余，"历览遗编，研味前作，挹其芳润，发于希慕"。既然如此，不尽量摭拾典故入诗，便无以显示其"取材博赡"，"学有根柢"。欧阳修《六一诗话》早已指出，其"多用故事"，"自是学者之弊"。事实上，《武夷新集》中的许多作品就没有这样浓的书卷气。同时，杨亿要在诗中描写的许多内容，如对真宗的规讽、对国势的担忧以及对统治阶级内部黑暗的感愤，等等，都是不能直接表露的，作者只能"借古人酒杯，浇胸中块垒"，把它们掩藏在一系列意蕴丰富的典故中。平心而论，《西崑酬唱集》中的杨亿诗，有些确因用典太多、太杂，"读起来支离破碎，味同嚼蜡"，如《泪二首》；有些则能灵活驱遣"经史子集"为揭示题旨服务。作者才高学博，读书万卷，因而具有驾驭各种辞章典故的熟稔技巧，每每能随意挥洒，左右逢源。如《此夕》：

此夕秋风猎败荷，玉钩斜影转庭柯。

鲛人泪有千珠迸，楚客愁添万斛多。

锦里琴心谁涤器，石城桃叶自横波。

程乡酒薄难成醉，带眼频移奈瘦何。

看得出，"败荷""玉钩""鲛人""楚客""琴心""桃叶""程乡酒薄""带眼频移"等，皆系用典，但不是搬用，而是化用。因此，除颔、颈二联痕迹稍著外，其余一如自出机杼，无复依傍。即便颔、颈二联也下过一番推陈出新的功夫。如颔联中的"鲛人泪有千珠迸"一句，典出《博物志》所载"鲛人泣珠"的传说，而作者又融合白居易诗"大珠小珠落玉盘"，韩愈诗"潺湲泪交迸"，加以变化改造，使之别开生面，浑然天成，并更与自己"此夕"磊落不平的心境相惬。这就是前人所谓"组织工致"。顺带说及，在杨亿诗中也有一些虽经锻炼，却"不用故事"的佳句。欧阳修《六一诗话》就曾标举其"峭帆横渡官桥柳，叠鼓惊飞海岸鸥"一联，以反诘语气赞扬说："其不用故事又岂不佳乎？""此盖其雄文博学，笔力有余，故无施而不可。"

杨亿作诗讲究"词采精丽"，"组织工致"，却也未曾忽略全篇立意。把玩其诗，我们看到，作者间或亦能以奇思妙想，拓开诗的胜境。如他描写"七夕"的两首诗：

> 兰夜沉沉鹊漏移，羽车云幄有佳期。
> 应将机上回文缕，分作人间乞巧丝。
>
> ——《戊申年七夕五绝》之二

> 清浅银河暝霭收，汉宫还起曝衣楼。
> 共瞻月树怜飞鹊，谁泛星槎见饮牛。
> 弄杼暂应停素手，穿针空待觊明眸。
> 匆匆一夕填桥苦，不及人间有造舟。
>
> ——《七夕》

前一首以寓实于虚的笔法，将神话与现实熔于一炉。一二两句渲染环境气氛，尚平平。三四两句则以惊人意表之语使奇境陡开，新意顿出。后一首主要写牛郎织女的相见之难,却不直接道破,而从"飞鹊"落笔,做侧面烘托。"共瞻月树怜飞鹊",一个"怜"字,表达了作者的无限同情,为一篇之"眼"。"匆匆一夕填桥苦",正作者之所以"怜"。而结句"不及人间有造舟",复将神话与现实沟通起来,以人间的交通之便反衬飞鹊的填桥之苦,于是,牛郎织女的相见之难也不言自明。由此可见,《西崑酬唱集》中的杨亿诗,在艺术上还是表现出一定的创造性、并非毫不足取的。虽然有时不免"弄斤操斧太甚",以致像《珊瑚钩诗话》所批评的那样,"七日而混沌死",但有时却也能做到包蕴密致、演绎平畅、意新语工,给人回味的余地。因而,我们似不应以偏概全,一笔抹杀,而应以马克思主义艺术论为指导,从作品实际出发,实事求是地分析其艺术上的成败得失。

在中国文学史上,杨亿的名字是和"西崑派"连在一起的。那么,究竟应该怎样看待杨亿在文学史上所起的作用及以他为代表的西崑派的出现呢?一个传统的看法是:西崑派"直承晚唐五代的浮靡诗风",曾"独霸宋初文坛近半世纪之久",而杨亿乃始作俑者。

其实,西崑派的出现和繁盛,均在真宗一朝,而在他们之前风靡了近半个世纪(包括太祖、太宗两朝)的诗风,则是以当时的文坛巨子李昉、徐铉及后起的王禹偁为代表的白居易体。在李昉、徐铉等人的带领和提倡下,白体唱和诗大行于世,流风所及,"甚至连一些武人鄙夫,也附庸风雅,以能哼几句酬唱诗为荣"。[①] 这必然导致诗歌创作的庸俗化、鄙俚化。以杨亿为代表的讲求藻饰、多用故事的西崑派在这时出现,一方面固然是宋初唱和诗"发展到登峰造极的产物",另一方面又何尝不是对这种鄙俚、浅近的唱和诗风的有意地反动?《蔡宽夫诗话》云:

---

① 详见陈植锷:《试论王禹偁与宋初诗风》,《中国社会科学》1982 年第 2 期。

宋初沿袭五代之余，士大夫皆宗白乐天诗，故王黄州主盟一时。祥符、天僖之间，杨文公、刘中山、钱思公专喜李义山，故崑体之作，翕然一变。

田况《儒林公议》亦云：

杨亿在两禁，变文章之体。刘筠、钱惟演辈皆从而效之，时号杨刘，三公以新诗更相属和，极一时之丽。

可知杨亿等人是以变革诗风为己任的，而他们号召学习李商隐，正是为了纠宋初盛行的白体唱和诗之偏。西崑派出现的意义便在这里。由于杨、刘等人的唱和之作，具有"组织工致""锻炼新警"等特点，与白体唱和诗相比，当然要脍炙人口得多，因而在当时发生了很大的影响。欧阳修《六一诗话》有三处谈到这一点：

盖自杨刘唱和，《西崑集》行，后进学者争效之，风雅一变，谓"西崑体"。由是唐贤诸诗集几废而不行。

杨大年与钱刘数公唱和，自《西崑集》出，时人争效之，诗体一变。

是时天下学者，杨刘之作，号为时文，能者以取科第，擅名声，以夸荣当世。

由这三段记载看，《西崑酬唱集》的问世，在很大程度上扭转了当时诗坛的风气。而它之所以一经问世，便为"时人争效之"，正说明鄙俚、浅切的白体唱和诗已为人们所不满，诗坛内外，普遍存在改革的愿望；同时也说明，那些处在文化高潮中的"时人"，已开始在创作和欣赏中，追求诗歌的形式美，而杨刘等人的作品正好符合他们的审美趣味。因此，"杨刘风采，耸动天下"，绝不是偶然的。

然而，"物极必反"。杨亿学习李商隐，虽然更多地着眼于其形式上的特点,却也继承了他关心时政的精神,写出了不少借古讽今、有一定现实意义的作品。而"时人""后进"学习杨亿,则仅仅汲取其组织辞章、驱遣典故的技巧,而置思想内容于不顾,一味讲求形式的华美、典雅,这就完全本末倒置,难免把西崑体领入一条既不可进、又不可退的死胡同,一天天地僵死了。于是,欧阳修不得不再以"优游坦夷之途矫而变之",一方面"有取于崑体"①,另一方面则大力革除崑体流弊,把诗歌创作引上健康发展的道路。前人早就看出这一点,一再强调说:

> 效之者渐失本真,惟工组织,于是有优伶掯扯之讥。
>
> ——《四库全书总目》
>
> 效之者雕琢太甚,渐失本真,于是有优伶掯扯之讥。
>
> ——胡鉴《沧浪诗话注》

因而,我们只能归咎于那些"渐失本真"的"效之者",而不能把责任统统推到杨亿身上。正如杨亿学习李商隐的"用事深密",遂致有些诗堆砌过甚,这不能由李商隐负责一样,"效之者"学习杨亿的"组织工致""锻炼新警",却堕入以字谜为诗的恶趣,终使诗道颓坏,这也不能由杨亿负责。这里,自有功过是非之分。我们应对具体情况作具体分析,还历史以它的本来面目。

在历代对杨亿的批评中,石介的《怪说》和《与君贶学士书》是最为激烈的。《怪说》云:

> 今杨亿穷妍极态,缀风月,弄花草,淫巧侈丽,浮华纂组,刻锼圣人之经,破碎圣人之言,离析圣人之意,蠹伤圣人之道。

《与君贶学士书》复云:

> 自翰林杨公唱淫调哇声,变天下正音四十年,眩迷盲惑,天下

---

① 《明嘉靖玩珠堂刻本西崑酬唱集序》。

聩聩晦晦，不闻有雅声。尝谓流俗益弊，斯文遂丧。

这两段话经常为今人所引用，并被看成讨伐西崑派的第一篇檄文，石介也因此成了变革浮靡诗风的有功之臣。但这两段话本身是有些破绽的：首先，"淫巧侈丽""唱淫调哇声"云云，便与杨亿诗不甚相符。细检《西崑酬唱集》中的杨亿诗，似并无淫靡之处。其次，"缀风月，弄花草"，其实是与西崑派约略同时出现的以魏野、九僧为代表的晚唐派之所为。他们效法贾岛、姚合，"区区于风云草木之类"，曾为欧阳修所批评。石介把"缀风月，弄花草"记在杨亿账上，是张冠李戴了。难怪苏轼会在《评杜默诗》一文中鄙薄他说："甚矣，介之无识也！"今天，我们评价杨亿及其作品，似不应满足于对石介的话作一番笺释。

原载于《文学遗产》1984 年第 1 期

苏诗时空艺术论

几乎所有的诗论家都认为：腾挪多变、姿态横生，是苏诗的主要艺术特征之一。叶燮《原诗》指出："苏轼之诗，其境界皆开辟古今之所未有。天地万物，无不鼓舞于笔端，而适如其意之所欲出。"这实际上是说苏诗不主故常，而又挥洒自如。可惜作为一种直觉式的把握，今天读来终觉有语焉未详之憾。

在我看来，要观照苏诗的上述艺术特征，可以凭借若干个聚光点；其中的一个聚光点便是苏诗对时间与空间的独特表现，通过这一聚光点，苏诗腾挪多变、挥洒自如的艺术特征灼然可见。

一

"时间是物质运动的持续性"，"空间是物质运动的广延性"，各种版本的哲学辞典都这样明明白白告诉我们。这固然是绝对精确的定义，但我们所说的作为苏诗艺术构架之一的时间与空间，含意却似乎还要生动、丰富得多。夸张一点说：正如任何文学作品都必然涉及时间与空间一样，几乎每一首苏诗，都显示出作者巧妙处理时空关系的娴熟技巧和精深功力。恩格斯说过："一切存在的基本形式是空间和时间，时间以外的存在和空间以外的存在，同样是非常荒诞的事情。"①这一精辟论断，既可以在苏诗中得到印证，同时也为我们指出了探寻苏诗艺术壶奥的入口——入口内是那样宽广的一片艺术天地！

且看《出颖口初见淮山，是日至寿州》一诗：

> 我行日夜向江海，枫叶芦花秋兴长。
> 长淮忽迷天远近，青山久与船低昂。
> 寿州已见白石塔，短棹未转黄茅冈。
> 波平风软望不到，故人久立烟苍茫。

这似乎还算不上苏诗中的名篇，但它对时间与空间的处理已见不凡："我行日夜向江海"一句，"日夜"，就时间着笔；"向江海"，就空间落墨——作者正夜以继日地向着既定的空间目标"江海"进发。"枫叶芦花秋兴长"一句写作者沿途观赏到的火红的枫叶与雪白的芦花引起他悠长的秋兴，实际上是空间感生发出时间感，或者说由空间意义上的显现转化为时间意义上的描述。"长淮忽迷天远近，青山久与船低昂"二句表现由于空间的位移所造成的错觉，并通过这种空间错觉，恰到好处地抒写了乘舟穿行于波浪之中时那种不知天之远近、山之低昂的特殊感受。这固然主要是致力于空间描写，但句中着以"忽迷""久与"二词，则又从时间的两极上使作者的感受得到进一步的烘托和强化。相形之下，《六月二十七日望湖楼醉书》其二中的"水枕能令山俯仰，风船解与月徘徊"二句虽然更见工巧，但因仅着力于空间描写，意蕴便不及上一联丰厚。"寿州已见白石塔"一句是作者视野中的空间，"短棹未转黄茅冈"一句则是作者实际身处的空间。前者显然要比后者广阔得多。而作者之所以将视野中的空间与实际身处的空间放在一起加以描写，其意正在将空间拓宽。末句"故人久立烟苍茫"，作为对首句

---

① 《马克思恩格斯选集》第 3 卷第 91 页。

的呼应,同样是从时空两方面铺展笔墨:"久立",见出时间之长;"烟苍茫",见出空间之广。不过,这里的时空乃作者想象得之。一边是作者不舍昼夜地向着江海迸发,一边则是故人在江海处不舍昼夜地凝眸伫望。彼此间的缱绻深情岂不正从这种时空的对应描写中流溢而出?很明显,诗中所有的物象,都处于作者所精心设计的时空关系中,并按照既定的时间序列或空间序列进行着魔方般的组合,以适应作者抒情写意的需要。这正是叶燮所说的"天地万物,无不鼓舞于笔端,而适如其意之所欲出"。

当然,在苏集中也能找到不少仅仅致力于时间描写或仅仅致力于空间描写的例子。如《立秋日祷雨,宿灵隐寺,同周徐二令》一诗:

> 百重堆案掣身闲,一叶秋声对榻眠。
>
> 床下雪霜侵户月,枕中琴筑落阶泉。
>
> 崎岖世味尝应遍,寂寞山栖老更便。
>
> 惟有悯农心尚在,起占云汉更茫然。

其实,只需攫取诗的前四句,就足以看出作者构置空间的技巧:从"百重堆案"到"一叶秋声",不仅空间的位置已进行了由此及彼的转移,而且空间的容积也发生了由大到小的变化;伴随着这种空间的转移与变化的,则是作者心境的转移与变化:由案牍劳形的慨然自叹到卧听秋声的恬然自安。但更堪玩味的还是"床下"两句:从修辞学的角度看,这是不着痕迹的譬喻——月光洒落在床前,犹如雪霜般皓洁;泉声传送到枕边,好似琴筑般悠扬。但如果仅仅是譬喻,纵然精妙到极点,也许还不足令人刮目相看,何况以"雪霜"喻月光。李白的《静夜思》早开其端:"床前明月光,疑是地上霜。"比李白更早,梁简文帝已有"夜月似秋霜"(《玄圃纳凉》)、"影类九秋霜"(《望月》)等句。然而,它却并不仅仅以譬喻见长,从另一角度看,它更显示了作者善于构置立体化空间的手段。就前一句而言，假使径直落笔于"床前月"，那么，诗中所具有的只是由"床"和"月"这两种物象构成的二维空间；在"月"前加上"侵户"二字，便由二维空间变成了三维空间；在"侵户"前再加上"雪霜"一词，则又成为四维空间。后一句亦复如此。这种立体化的多维空间，较之李白诗中那种平面的二维空间，自然包蕴了更多的意象因子，从而为读者的审美触角提供了更大的回旋余地。不仅如此，细予品味，"雪霜""琴筑"这两个词组在句中是作为喻体出现的，它们不是得自作者的视觉，而是摅自作者的感觉。这又意味着句中的多维空间是作者将物理空间与心理空间糅合为一后才构成的。这里几乎看不到刀削斧凿的痕迹，因为这是大匠运斤。虽然将"惨淡经营"之类的字眼安在这位思如"万斛泉源，不择地而出"的天才诗人身上，未免不伦；但如果要我说出自己的实感，那么，我觉得，至少在时空处理方面，他的所作所为也是应了"意匠惨淡经营中"这句老话的。

这样说，并不等于肯定时空艺术乃"此老之独谐"。正如时空观念早在上古时期便萌芽于先民们混沌初开的脑瓜里一样，几乎从诗歌诞生于民间的那一刻起，时空艺术便成为包容在诗歌艺术这个大系统中的一个子系统，而不断地被后代那些或习惯于"通俗唱法"或擅长于"美声唱法"的诗人们所认知、充实和发展。远的不说，就以苏轼一方面深为服膺，另一方面又力图与其争雄的唐代诗人而言，他们所表现出的调配时空位置、处理时空关系的深厚功力，已经很有些使苏轼瞠乎其后、殆难超越。不妨略作比较：

窗含西岭千秋雪，门泊东吴万里船。

——杜甫《绝句四首》其三

南堂独有西南向，卧看千帆落浅溪。

——苏轼《南堂》其一

　　客来梦觉知何处？挂起西窗水接天。

——苏轼《南堂》其三

　　看得出杜诗与苏诗都运用中国园林所特有的"借景法"，以小空间来映现大空间。要论空间的辽阔。也许苏诗中所展示的那种千帆飘落、水天相接的景象更有气势。同时，"卧看千帆落浅溪""挂起西窗水接天"两句，每句都有两个动词，即除了致力于捕捉景物的动态外，还显示出抒情主人公的动态，而杜诗不仅每句只有一个动词，而且这唯一的动词所表现的也是一种相对静止的动态。这样，苏诗所展示的空间似乎也更具有艺术的流动感。但说到时空的交融，尽管在苏轼的其他作品中也许不乏比杜诗更出色的描写，然而在这一回合的比赛中，老杜却要棋高一着：以"千秋雪"与"万里船"对举，便从时间与空间的交融中拓展了诗的意境。相形之下，苏诗未免显得单调了些、也单薄了些。再如：

　　君问归期未有期，巴山夜雨涨秋池。

　　何当共剪西窗烛，却话巴山夜雨时。

——李商隐《夜雨寄北》

　　他时夜雨困移床，坐厌愁声听客肠。

　　一听南堂新瓦响，似闻东坞小荷香。

——苏轼《南堂》其二

　　如果说上一番较量，苏轼虽处于劣势，却还互有胜负的话，那么，这回李商隐则似乎占足了上风。在七言绝句中，由于篇幅的限制，诗人们往往就一时而写空间之殊异，或者就一地而写时间之变迁。而李诗却将时间与空间的变化交织起来，以更其错综复杂的时空关系进行布局：先写今夜自己在巴山而念长安，妻子在长安而思巴山；后写想象中他日两人同在长安，共话巴山夜雨时各自的思念。从而既写出了空间之殊异，又写出了时间之变迁；更重要的是，还从时空关系的回环变化中，写出了人的悲欢离合。作者泯却了时间与空间的阻隔，由今夕而望来日，又由来日而及今夕。在意念的推移往复中，诱导作者转换欣赏的角度，从不同的空间、时间去反复体味，从而把现实的痛苦（今昔的"巴山夜雨"）与幻想的欢乐（来日的"西窗剪烛"）糅合在一起。再看苏诗：苏轼集中有两"南堂"，这里所写的是黄州的"南堂"。《施注苏诗》引《临安拾遗记》云："夏澳口之侧，本水驿，有亭曰临皋。郡人以驿之高坡上筑南堂，为先生游息。"诗所要抒发的便是作者迁居南堂后的怡悦情怀。在结构上，作者巧妙地将昔日居于他处的心境与今日居于南堂韵心境加以比照：昔日他处听雨，愁肠寸断；今日南堂听雨，则兴味盎然——从那雨打断瓦的响声中，作者仿佛闻到了荷花的清香。显然，这里也有时空的转移与变化，但却没有形成李诗那样的错综回环的时空结构，因而充其量也就只是淋漓尽致地写出了自己对南堂新居的喜爱（这种喜爱，一半是出于对"郡人"厚爱的感戴），而缺乏李诗那样深广的容量和巨大的魅力。说得干脆点，这一仗苏轼简直要大败而归了。或许，唯一能使他聊以自慰的是，在诗的后两句中他使用了李诗中所没有的"通感"的手法，而且使用得非常顺手。

自然，进行这番比较，本意并不是在杜、苏或李、苏之间强加轩轾，而只是想说明：侧重探讨苏诗的时空艺术，并非以排斥和贬抑其他诗人的时空艺术为前提。因此，这番比较的目的实际上是试图确立另外一个前提，即苏轼构置时空的技巧纵然高明之至，也离不开对前人的继承，当然，不仅仅是继承，还有发展。唯其如此，才能引起我们观照的兴趣。

二

和杜甫、李商隐等善于打破时空界限的诗坛高手一样,苏轼构设时间与空间时百试不爽的一种手法是,将时间描写与空间描写结合起来,造成时间与空间的错综交织。如:

> 不见便同千里远,退归终作十年游。
>
> ——《次韵答邦直、子由》

> 万里春随逐客来,十年花送佳人老。
>
> ——《和秦太虚梅花》

> 朝见吴山横,暮见吴山纵。
> 吴山故多态,转折为君容。
>
> ——《法翠寺横翠阁》

> 水光潋滟晴方好,山色空濛雨亦奇。
> 欲把西湖比西子,淡妆浓抹总相宜。
>
> ——《饮湖上初晴后雨》

以上各例,或时空并举,或时空相融,或时空杂糅,都不失为一副笔墨写出两种物质运动属性的范例。即以后两例而言:在《法翠寺横翠阁》一诗中,"朝""暮"显示了时间的变化;"横""纵",显示了空间的变化;而吴山的多姿多态正是从时空的交错中体现出来。《饮湖上初晴后雨》一诗,首二句一写"水光潋滟",一写"山色空濛",着笔的空间不同;一写"晴",一写"雨",落墨的时间也不同。唯其如此,才曲折有致地展现出西湖不为时空所限的"天生丽质"——如此说来,将时间描写与空间描写结合起来,妙用无穷矣!

或许,正是明确意识到这一点,苏轼才无所不用其极地糅合时空,力图使之互生互济、相辅相成：

> 诗来使我感旧事，不悲去国悲流年。
>
> ——《和子由蚕市》
>
> 深谷留风终夜响，乱山衔月半床明。
>
> ——《七月二十四日，以久不雨，出祷磻溪……》
>
> 故人适千里，临别尚迟迟。
>
> 人行犹可复，岁行那可追。
>
> 问岁安所之？远在天一涯。
>
> 已逐东流水，赴海归无时。
>
> ——《岁别》

这些，都是从苏轼诗集中随手拈来的例子，未必十分典型，却亦可寻绎：第一例中，"去国"乃就空间言，"悲流年"乃就时间言，在时空并举中更深一层地托出作者久滞他乡、老大无成的嗟叹之情。作者另诗有句"不恨故园隔，空嗟芳华徂"，命意恰与此相仿佛。"不恨"，"空嗟"云云，虽然用的是一反一正、一是一非的笔法，却并不表明作者仅有时间意义上的芳华流逝之嗟，而绝无空间意义上的故园阻隔之恨，实在是因为对于此时此际的作者来说，芳华流逝之嗟较故园阻隔之恨更甚。空间的阻隔或者还可以跨越，时间的流逝却永远无法挽回。换句话说：故土难返，终或可归，犹可忍；华年一去，即成长逝，实难奈。于是，便取"尤能感发己意者"以抑扬、顿挫之笔加以抒发。至于第二例，如果说"终夜响"是从时间上写风声的经久不绝，将"深谷留风"的"留"字落到了实处的话，那么，"半床明"则是从空间上写月光照射的范围，把"乱山衔月"的"衔"字巧妙点出——正因为一轮明月为乱山所"衔"，不得自由舒展，它在室内照亮的空间才只有"半床"。而第三例，"故人"句与"临别"句、"人行"句与"岁行"句，都是一写空间,一写时间,既有两两相形之妙,又有错综回环之致。"问岁安所之"以下四句则将时间与空间揉为一体,以辽阔的空间为背景,表现出时间的流动。

赵翼《瓯北诗话》认为,苏轼胸罗万卷,"足以供其左旋右抽,无不如志"。体现在诗中,便是善于点化前人,尤其是唐人诗句。对此,论者大多所见甚明。但人们似乎还没有充分注意到:在点化过程中,当苏轼自觉难以在命意等方面出唐人之右时,便着力从时空方面加以拓展,以期张大诗境、压倒唐人。如《留别释迦院牡丹呈赵倅》一诗:

> 春风小院初来时,壁间惟见使君诗。
>
> 应问使君何处去? 凭花说与春风知。
>
> 年年岁岁何穷已,花似今年人老矣。
>
> 去年崔护若重来,前度刘郎在千里。

后四句各有所本。"年年岁岁何穷已"二句乃化用刘希夷《代悲白头翁》"年年岁岁花相似,岁岁年年人不同"诗意;"去年崔护若重来"一句是由崔护"人面桃花"的故事脱化而来;"前度刘郎在千里"一句则语本刘禹锡游玄都观诗"玄都观里桃千树,尽是刘郎去后栽","种桃道士归阿处,前度刘郎今又来"。虽然语言已基本"换班",命意却未脱前人窠臼,算不得十分高明。但既经点化,境界终究与原作不同:刘希夷原作以"年年岁岁"与"岁岁年年"对举,上下句在时间上是均衡的(作者正是试图通过时间的均衡反衬出花容与人颜之间的不均衡,抒发人生几何的感慨。);而这里"年年岁岁何穷已,花似今年人老矣"二句,虽然命意毫无二致,其上下句在时间上却已由均衡变为不均衡:一边是"年年岁岁"的无限,一边是"今年"的有限,与前者同无限的是"花容",与后者同有限的则是"人颜"。这实际上是通过时间的不均衡来映衬花容与人颜之间的不均衡,手法显然与原作有异。"去年崔护若重来"二句,不仅将本不相干的"崔护"与"刘郎"强行牵合到一起,扩大了诗的潜在信息网络,而且在时空处理上也更具匠心:上句于"崔护"前缀以"去年"二字,便造成了时间的延伸,使读者由今日景追想起往昔情;下句于"刘郎后"补以"在千里"三字,则造成了空间的延伸,使读者由此地景触发起他境情。这样从时空两方面加以拓展,岂不是使诗的境界变得更加弘阔?

苏轼糅合时空的手段往往是收发自如、了无痕迹的,因而是高明的;苏轼糅合时空的手段往往又是变化多端、无方可规的,因而也是丰富的。当然,其中最常见的还是这样两种情形:其一是从时间的意义上使空间得到立体化的展示。如:

> 清风卷地收残暑,素月流天扫积阴。
>
> ——《答仲屯田次韵》

孤立地看,"清风""素月",纵然也能给人一种空间感,其占有的空间终究有限。如今分别加上"卷地"和"流天"这两个动宾结构,其空间范围顿时变得浩浩无垠了。这犹为次,更重要的是,"残暑""积阴"本属时间概念,作者用"收""扫"二字将它们与"清风""素月"联结起来,固然是为了表现霁月光风的奇特功效,但客观上不也造成时空交融的立体感,于不经意处显露出作者善于"嫁接"的手段? 如果说这一例子还不够"典型"的话,那么,《游金山寺》一诗中的描写则要"典型"得多了:

> 我家江水初发源,宦游直送江入海。
> 闻道潮头一丈高,天寒犹有沙痕在。
> 中泠南畔石盘陀,古来出没随涛波。
> ……

"潮头一丈高",其势虽有些骇人,空间却还不算广阔。于是,作者便从时间上对这一奇观进行必要的补充：直到天寒地冻时，仍然可以看到"潮头"在沙滩上留下的痕迹。显然，正是通过对时空的交替描写，作者才将"潮头"的声威表现得如此栩栩如生。"古来出没随涛波"，若无"古来"二字，尚属单纯的空间描写，而今加上它，便使"出没随涛波"这一景象成为一种横亘古今的历史延续，它同样显示了作者糅合时空以造境写意的高超技巧。

顺带说及，以时空交错的笔法来表现水势与水速，实在是苏轼的"惯伎"之一。几乎在所有需要描绘水势和水速的场合，他都熟练地挥舞起时空艺术这一魔杖。如广为传诵的《百步洪二首》其一：

> 有如兔走鹰隼落，骏马下注千丈坡。
>
> 断弦离柱箭脱手，飞电过隙珠翻荷。

这几句诗用比兴手法描写百步洪来势之迅疾，是屡为修辞学家所称引的所谓"博喻"。不过，似乎还很少有人指出，作者在取譬时，其实是从时间与空间两方面着眼来选择和熔铸意象的。即以"骏马下注千丈坡"一句而言，它所体现的时间极其短暂，空间却异常辽阔。而在短暂的时间里穿越过辽阔的空间，不正见出百步洪来势之迅疾吗？显然，在这里，时空之间在不断地转换、不停地映衬。离开了时空的相互配合，这组譬喻也就失去了它的全部生命力，殊难为修辞学家所垂青。与此同理的另一例子是《望湖楼晚景五绝》其一："海上涛头一线来，楼前指顾雪成堆。"原来极其狭窄的"一线"，指点顾盼之间便化为千堆积雪。不仅写出了在短暂的时间过程中所发生的空间变化，而且借空间变化之速，写出了涛头来势之猛。

其二是从空间的意义上使时间得到形象化的显现。如：

> 去国光阴春雪消，还家踪迹野云飘。
>
> ——《和孙莘老次韵》

"春雪消"是形容"去国光阴"之易逝，正如"野云飘"是形容"还家踪迹"之难觅。"去国光阴"本是时间概念，一经况以"春雪消"这一意象，同时也就成为空间概念，使时空合二为一。又如：

> 欲知垂尽岁，有似赴壑蛇。
>
> 修鳞半已没，去意谁能遮？
>
> 况欲系其尾，忽勤知奈何。
>
> ——《守岁》

如果仅仅以"蛇"喻"岁"，那么，无论作者如何穷形尽相地描绘它的"修鳞"之类，说到底，也不过是将抽象的时间概念化为了生动而又形象的画面。那样，固然也不失高明，给人的审美感受终究不是立体的。值得庆幸的是，作者的高明远不止于此。"欲知垂尽岁，有似赴壑蛇。"在"蛇"前修饰以"赴壑"二字，便造成一种空间效应，使时间与空间交错开来，既给人以时间的纵深感，又给人以空间的广延感。

三

苏诗的时空艺术当然不仅仅表现在巧妙地糅合时空，在时空的错综交织中强化诗的意象功能和审美效应。更能见出作者横溢的才情和着笔成春的创造性的，也许还是他对时空进行的种种合乎艺术辩证法的"变形处理"。试择数端，觇缕如下。

一、微观时空与宏观时空的比照

苏诗不仅常常将空间任意放大或缩小、时间任意延长或减短，而且往往将放大、延长了的时空作为一方，缩小、减短了的时空作为另一方，在极鲜明的比照中凸现二者的反差。苏轼《轼在颍州与赵德麟同治西湖……》一诗有句："太山秋毫两无穷,巨细本出相形中。"正可作为这种艺术现象的注脚。此即所谓"微观时空与宏观时空的比照"。说得具体些,在空间方面,是大小并置、多寡并置。如:

谁言一点红,解寄无边春。

——《书鄢陵王主簿所画折枝二首》其一

蒲莲浩如海,时见舟一叶。

——《与王郎昆仲及儿子迈,绕城观荷花……》

身行万里半天下,僧卧一庵初白头。

——《龟山》

卧看落月横千丈,起唤清风得半帆。

——《慈湖夹阻风》

五岭莫愁千嶂外,九华今在一壶中。

——《壶中九华诗》

溪上青山三百叠,快马轻衫来一抹。

——《自兴国往筠,宿石田驿南二十五里野人舍》

以末例而言,如果仅仅是"溪上青山",也许空间还不够宏观。但此处的"青山"既然有"三百叠"之多,则空间何其辽阔矣!然而,被作者点缀在这辽阔的空间里的却只是"一抹"轻衫快马,大小又何其不侔!这种空间的强烈对比,不仅恰到好处地烘托出跑马看山之轻快,而且平添了浓郁的诗情画意。

在时间方面,则是长短并置、今昔并置。如:

且为一日欢,慰此穷年悲。

——《别岁》

宫中美人一破颜,惊尘溅血流千载。

——《荔支叹》

前例通过"一日"与"穷年"这两个长短、悬殊的时间概念的比照，点出欢乐终究是短暂的，而悲愁却始终如影相随，尽管眼前这难得的欢乐不失为对"穷年悲"的一种可怜的慰藉。末例则利用"一破颜"与"流千载"在时间上的逆反，突出了统治阶级穷奢极欲所带来的严重后果，增强了作品的批判力量。

二、静态时空与动态时空的转换

把相对静止的时空转化为相对活动的时空，使读者感到一种"生龙活虎般的腾踔节奏"，也是苏轼对时空的"变形处理"之一。这在空间构置方面表现得尤为明显。不妨比较一下中唐诗人张志和与苏轼的两首属于同一题材的作品：

> 西塞山前白鹭飞，桃花流水鳜鱼肥。
> 青箬笠，绿蓑衣，斜风细雨不须归。
>
> ——张志和《渔父》其一
>
> 斜风细雨到来时，我本无家何处归。
> 仰看云天真箬笠，旋收江海入蓑衣。
>
> ——苏轼《西塞风雨》

张氏的这首《渔父》诗亦作《渔歌子》词。它在秀丽的水乡风光和理想化的渔人生活中，寄托了作者爱自由、爱自然的情怀。画面明丽，笔调清新，颇耐寻味。苏轼曾以其成句用入《鹧鸪天》《浣溪沙》二词，但据清人刘熙载《艺概》看来，苏轼"所足成之句，犹未若原词之妙通造化也"。不过，以上标举的这首《西塞风雨》诗却颇有些"青胜于蓝"，至少较之原作是别开生面。宋人赵次公《集注分类东坡先生诗》卷十二早已指出这一点："今先生用其说而高一着。以为不必言'不须归'，本自无家也。又以天为笠，不特以箬为笠；当往江海,不必只在西塞之下,此诗人之妙耳。"这实际上已不自觉地接触到空间问题。的确,一以"箬"为笠,一以"天"为笠;一以"西塞"为归,一以"江海"为归;后者的空间显然要辽阔得多,因而境界也要深广得多。不仅如此,二诗的差别还在于:张志和所感受和构置的是一种静态的空间,苏轼所感受和构置的则是一种动态的空间。不是吗? 张诗中的抒情主人公只是悠然自得地观赏着西塞山一带的画山秀水,表现出一种"静如处子"的安闲气度;而苏诗中的抒情主人公则"仰看云天""旋收江海",表现出一种"动如英豪"的俊朗神情。或许,苏轼正是着意将原作的静态空间转化为动态空间,以求翻新出奇。

化静态空间为动态空间,在苏轼往往易如反掌。其关键在于他总是能随心所欲地遣用合适的动词。如:

> 游人脚底一声雷,满座顽云拨不开。
> 天外黑风吹海立,浙东飞雨过江来。
>
> ——《有美堂暴雨》

"天外"二句,上下句本身都是由三种物象构成的多维空间,从而使诗的意境显得极为壮阔。但它给予读者的立体感和动态感特别强烈,原因不仅仅在于化二维为多维,还在于作者所遣用的动词都服务于构置立体空间和动态空间的需要。"天外黑风吹海立",如果说"黑风吹"是从横向加以描状的话,那么,"海立"则是从纵向进行显现。与此相反,"浙东飞雨过江来"一句,"飞雨"主要表现为一种纵向的降落,"过江来"则主要表现为一种横向的推移。两句都是一横一纵,却恰好颠倒其序。这就形成空间的纵横交错,同时也就将平面空间化为立体空间、静态空间化为动态空间。可知遣用精当的动词来连缀意象,是苏诗化静态空间为动态空间的途径之一,尽管它也许还不是主要途径。

三、物理时空与心理时空的交融

所谓"物理时空",一言以蔽之,是指作为物理现象的时空;同样,所谓"心理时空",则是指作为心理现象的时空。将物理时空与心理时空融合为一,可以扩大时空的容量和张力,也有助于深化诗的情感内涵,并在一定程度上反映出作者潜移默化在其中的心理机制。验之苏诗,正是如此。如:

> 西南归路远萧条,倚槛魂飞不可招。
> 野阔牛羊同雁鹜,天长草树接云霄。
> 昏昏山气浮山麓,汛汛春风弄麦苗。
> 谁使爱官轻去国?此身无计老渔樵。
>
> ——《题宝鸡县斯飞阁》

"倚槛"一句写身在槛中而魂飞天外,已将物理空间与心理空间融合为一。"野阔"一联表现因空间辽阔而产生的错觉,写出心理空间对物理空间的感应——当然是一种逆向的感应。"谁使"一联,"去国"乃就物理空间着笔,是已然之事;"老渔樵"则就心理时间着笔,是未然之念。不言而喻,体现在这首诗中的时空是由物理时空与心理时空交融而成的。又如:

> 岐阳九月天微雪,已作萧条岁暮心。
> 短日送寒砧杵急,冷官无事屋庐深。
> 愁肠别后能消酒,白发秋来已上簪。
> 近买貂裘堪出塞,忽思乘传问西琛。
>
> ——《九月二十日微雪,怀子由弟二首》其一

时仅九月,已萌萧条之感、岁暮之心,不是心理时空又是什么?

"屋庐深",并非说屋宇重叠、幽邃,而是因为"独在异乡为异客"的作者百无聊赖,愁思日深,移情于物,屋宇便也变得深曲起来。下句接云"愁肠",正是暗示这一点。因此,"屋庐深"所反映的实在也是一种心理空间。

在苏轼诗中,心理时空有时是作为对物理时空的一种补充或补偿,有时则干脆取物理时空而代之。正是由于心理时空的介入,苏诗才能"在在处处"给读者强烈的时空感。即如《九日袁公济有诗、次其韵》一诗中的"平生倾盖悲欢里,蚤晚抽身簿领间"二句:"悲欢"原本不具空间感,"簿领"原本也只具有极微弱的空间感;但一经作者点化,其空间感却顿然变得强烈而显著。这里的空间与其说是物理空间,当然不如说是心理空间。给本来不具时空感,或只具有极微弱的时空感的事物赋予极强烈、极显著的时空感,这便是心理时空的妙用。

已经有人提及,苏诗善于寓大予小、小中见大。这是不错的。但还可以补充一点:在这样的场合,所体现的往往是物理时空与心理时空的交融。如:

> 水天浮白屋,河汉落酒樽。
> ——《九月十五日观月听琴西湖示坐客》
> 我持此石归,袖中有东海。
> ——《文登蓬莱阁下石壁千丈……》
> 竹中一滴清溪水,涨起西江十八滩。
> ——《赠龙光长老》
> 欲识潮头高几许?越山浑在浪花中。
> ——《八月十五日看潮五绝》其二

所谓"越山浑在浪花中",意思是说潮势颇为壮观,它所卷起的浪花几乎高与山齐。但这一意思,作者却不愿意直接点破,而通过物理空间与心理空间的交融曲曲折折地将其揭出。于是,偌大的越山便为一朵小小的浪花所包容。浪花的物理空间本来极为有限,一旦将心理空间楔入其中,便由有限变为无限。从这里,我们不难引申出一个小小的结论:由于物理时空与心理时空的交融,往往带来有限时空与无限时空的勾通;而有限时空与无限时空的勾通,岂不也是苏诗对时空进行的种种"变形处理"中的一种?

原载于《杭州大学学报》1991 年第 4 期

苏轼诗中的西湖镜像

苏轼一生两度仕杭：熙宁四年（1071）至七年（1074）任杭州通判倅杭；元祐四年（1089）至六年（1091）任杭州知州守杭。合计仕杭约五年，而前后相隔十五年。仕杭期间，他不仅忠于职守，疏浚与整治西湖，为杭州百姓留下彰显其政声的一湖好水，而且以出神入化的诗笔描画与摹写西湖，将发轫于唐代的西湖文学推向难以逾越的巅峰。考察苏轼诗中的西湖镜像，我们既可以触摸到他的文化性格、政治品格及其身世投影，也可以领略到他凌轹前贤、雄视百代的艺术功力。

一、文化性格：苏轼摄录西湖镜像的独特视角

作为列名于世界文化遗产目录的风景名胜，西湖的独特魅力也许就在于自然景观与人文景观的完美融合。"淡妆浓抹总相宜"[①]的湖光山色固然令人赏心悦目，点缀于湖光山色间的众多文化遗迹也常常使人流连忘返，而非物质形态的西湖文学则不仅让有幸亲临其境者切身体会到它那经久不衰的艺术魅力，而且让暂时还无缘涉足西湖的人也能从中获得身心为之一快的审美感受，并不自觉地把这种感受延伸到作品以外。不知有多少人是通过文学中的西湖镜像来认知西湖，从而渴望能早日饱览它的旖旎风光的。从这一意义上说，西湖的美名是有

---

① 王文诰辑注，孔凡礼点校：《苏轼诗集》卷九，中华书局1982年版，第430页。

赖于西湖文学才不胫而走,蜚声整个人类世界的。

"水光潋滟晴方好,山色空濛雨亦奇。"①西湖的天生丽质是不受时空限制的,而西湖文学同样具有穿越时空的美感效应。诚然,西湖文学是附丽于西湖的。没有了西湖,也就没有了西湖文学。但如果没有了西湖文学,西湖又该会怎样黯然失色? 事实上,它们是互相依存、互相辉映的。西湖文学发轫于唐代。唐以前的西湖只是被称作"武林水",犹如一位"养在深闺人未识"②的小家碧玉,虽说荆钗布裙难掩国色,却只能徒自"沉鱼落雁"和"闭花羞月",不免自怜幽独。正是凭借白居易等人创作的西湖文学的揄扬,它才声誉渐著,终至成为倾国倾城、甚至艳惊异邦的大家闺秀。而苏轼《饮湖上初晴后雨》一诗中那妙绝千古的譬喻,更将它的美誉推向极致。所以,也许可以说,是西湖酿成了西湖文学,而西湖文学又反哺西湖,造就了它的百代盛名。

诚然,苏轼仕杭期间创作的诗歌并不局限于描写西湖;同时,苏轼描写西湖的作品也并不局限于诗歌。但本文则拟将论述范围锁定于苏轼的西湖诗,对苏轼诗中的西湖镜像进行多元关照。苏轼诗中的西湖镜像是五花八门的,也是五光十色的,却都经过诗人的筛选与过滤。熙宁八年(1075)苏轼在密州作《怀西湖寄晁美叔同年》,首四句谓:"西湖天下景,游者无愚贤。浅深随所得,谁能识其全。"③既然不能"识其全",当然也不可能"记其全",只能择其最能感发己意者走笔。事实上,诗人摄录西湖镜像时主要聚焦于湖畔人物与湖上风景。湖上风景姑置不论,就湖畔人物而言,被他摄入镜头的多为清寂持守、不染俗尘的高僧大德。这正是其文化性格使然。

苏轼西湖诗的创作始于《腊日游孤山访惠勤惠思二僧》:

---

① 王文诰辑注,孔凡礼点校:《苏轼诗集》卷九,第 430 页。
② 谢思炜撰:《白居易诗集校注》卷一二,中华书局 2006 年版,第 943 页。
③ 王文诰辑注,孔凡礼点校:《苏轼诗集》卷一三,第 644 页。

天欲雪，云满湖，楼台明灭山有无。

水清石出鱼可数，林深无人鸟相呼。

腊日不归对妻孥，名寻道人实自娱。

道人之居在何许？宝云山前路盘纡。

孤山孤绝谁肯庐，道人有道山不孤。

纸窗竹屋深自暖，拥褐坐睡依团蒲。

天寒路远愁仆夫，整驾催归及未晡。

出山回望云木合，但见野鹘盘浮图。

兹游淡薄欢有余，到家恍如梦蘧蘧。

作诗火急追亡逋，清景一失后难摹。[1]

惠勤、惠思二僧，卜居于世俗之人不愿筑庐的孤山深处，这本身就是高蹈尘外的一种行为。"道人有道山不孤"，既是对两位高僧的道行加以赞美，又何尝不是"吾道不孤"的自我写照？"纸窗竹屋"，点出其居所之简朴，但简朴中深蕴暖意。这也恰好吻合诗人的审美情趣。而"拥褐坐睡"这一余味曲包的细节，则表现了二僧对戒律的持守。至于此前的"水清石出""林深无人"云云，显然是渲染环境的清幽，为塑造主人公的形象预做铺垫。诗人最后强调"兹游"虽然"淡薄"，却带给自己无尽的欢乐，见出他对其境其人是何等心契！无怪他抵杭未久便来此寻访了。

在这首初试牛刀的西湖诗中，诗人取景的镜头分明是受其文化性格左右的。论者多以为其文化性格的主要特征是旷达、诙谐、圆通。这当然是不错的。但除此而外，在苏轼的文化性格中似乎还有崇真、尚朴等元素，并且在经历宦海风波后，思想深处总是无法化解出处矛盾，即使在入世之际，也心存出世之想。唯其如此，在为高僧大德们传

---

① 王文诰辑注，孔凡礼点校：《苏轼诗集》卷七，第316—319页。

神写照时,他便更多地凸现其守真、持戒、卫道、遗世的一面。与此相应,被他摄录到笔下的湖上风景,自也不是"丽景"而是"清景"了。"清"字虽未直接现于纸面,却是贯穿全诗的一条红线。此诗在朋友圈发布后,和者甚众,但在我看来,只有苏颂的《次韵苏子瞻学士腊日游西湖》最接近其精神风貌,诗中多处嵌入了苏轼所激赏的"清"字,既云"腊日不饮独游湖,如此清尚他人无"[1];复云"最爱灵山之僧庐,彼二惠者清名孤"[2]。

再看苏轼的《僧惠勤初罢僧职》一诗:

> 轩轩青田鹤,郁郁在樊笼。
>
> 既为物所縻,遂与吾辈同。
>
> 今来始谢去,万事一笑空。
>
> 新诗如洗出,不受外垢蒙。
>
> 清风入齿牙,出语如风松。
>
> 霜髭茁病骨,饥坐听午钟。
>
> 非诗能穷人,穷者诗乃工。
>
> 此语信不妄,吾闻诸醉翁。[3]

在诗人看来,肩负"僧职"时的惠勤,和身在官场的自己一样,都属于"为物所縻",犹如仙鹤受羁于樊笼。而今,惠勤罢去僧职,则一无羁绊,也就不再心存顾忌,所赋新诗便洗尽"外垢",显得格外清新了。诗人将自己的读后感形容为"清风入齿牙",刻意强调其"清";又以此来印证欧阳修"穷者而后工"[4]的论断,其中当寓有对惠勤的慰勉之意——用世俗的眼光看,不复为僧官的惠勤或难免陷入穷困潦倒的境

---

① 北京大学古文献研究所:《全宋诗》卷五二二,北京大学出版社1991年版,第6330页。
② 北京大学古文献研究所:《全宋诗》卷五二二,第6330页。
③ 王文诰辑注,孔凡礼点校:《苏轼诗集》卷一二,第576—577页。
④ 欧阳修:《梅圣俞诗集序》,李逸安点校《欧阳修全集》卷四三,中华书局2001年版,第612页。

地。"清风"这一意象在写于同时的《上元过祥符僧可久房,萧然无灯火》一诗中再度出现:"门前歌舞斗分朋,一室清风冷欲冰。"①同样蒙其垂青的还有"清香""清妍"等,如《书双竹湛师房二首》其一"羡师此室才方丈,一灶清香尽日留"②;《八月十七日,天竺山送桂花,分赠元素》"破衲山僧怜耿介,练裙溪女斗清妍"③。

除了高僧大德外,诗人着力描写的湖畔人物就是高人隐士了。在刻画他们的形象时,诗人往往突出其清高脱俗,并把风景描绘与人物塑造结合起来,以"清景"作为"高人"的铺垫与衬托,从而形成"美美与共"、独具特色的西湖镜像。如《书林逋诗后》:

> 吴侬生长湖山曲,呼吸湖光饮山绿。
>
> 不论世外隐君子,佣儿贩妇皆冰玉。
>
> 先生可是绝俗人,神清骨冷无由俗。
>
> 我不识君曾梦见,瞳子瞭然光可烛。
>
> 遗篇妙字处处有,步绕西湖看不足。
>
> 诗如东野不言寒,书似留台差少肉。
>
> 平生高节已难继,将死微言犹可录。
>
> 自言不作封禅书,更肯悲吟白头曲。
>
> 我笑吴人不好事,好作祠堂傍修竹。
>
> 不然配食水仙王,一盏寒泉荐秋菊。④

这首诗作于元丰八年(1085),并非诗人仕杭期间的作品,却是严格意义上的西湖诗。全诗从林逋的人品、气节,说到诗歌、书法,而着眼点和落墨处则是他最令诗人感佩的"绝俗"。诗人将他置于湖光山

---

① 王文诰辑注,孔凡礼点校:《苏轼诗集》卷九,第427—428页。

② 王文诰辑注,孔凡礼点校:《苏轼诗集》卷一一,第524页。

③ 王文诰辑注,孔凡礼点校:《苏轼诗集》卷一二,第578页。

④ 王文诰辑注,孔凡礼点校:《苏轼诗集》卷二五,第1343—1345页。

色中加以观照,先写吴人生长在湖畔山曲,呼吸湖光,啜饮山色,不止是高人隐士,即便"佣儿贩妇",也都冰清玉洁。在此背景下推出林逋,毋费一辞,其"神清骨冷"的形象已跃然纸上。"神清骨冷无由俗",点出林逋绝俗的根本原因在于"神清骨冷"。在这样的笔墨中,无疑透射出诗人文化性格的折光。

被诗人显影的湖畔人物当然也包括他自己。或者干脆说,诗人摄录的西湖镜像中,更多地活跃着的是他自己的身影。作为抒情主人公亮相的诗人总是那样真率、那样本色、那样超尘拔俗。试看《湖上夜归》:

> 我饮不尽器,半酣味尤长。
>
> 篮舆湖上归,春风洒面凉。
>
> 行到孤山西,夜色已苍苍。
>
> 清吟杂梦寐,得句旋已忘。
>
> 尚记梨花村,依依闻暗香。
>
> 入城定何时,宾客半在亡。
>
> 睡眼忽惊矍,繁灯闹河塘。
>
> 市人拍手笑,状如失林麞。
>
> 始悟山野姿,异趣难自强。
>
> 人生安为乐,吾策殊未良。①

这是熙宁六年(1073)诗人倅杭期间所作。在微醺的状态下,诗人从湖上归来,得与州民相遇,把臂言欢。"清吟杂梦寐,得句旋已忘"二句自状似醉非醉、亦梦亦醒的"半酣"之态,固然是神来之笔;"睡眼忽惊矍,繁灯闹河塘"二句写入城后骤见灯火通明而猛然惊醒、醉意顿消,也很生动传神。同时,"繁灯"云云,又不经意地暗示了其治下市井

---

① 王文诰辑注,孔凡礼点校:《苏轼诗集》卷九,第440—441页。

繁华、生民安乐的景象。但更耐人寻味的还是"市人拍手笑"以下四句,杭城百姓与本应高高在上的"通判"之间竟然全无拘束!目睹后者的窘态,前者不是赶紧回避,或伏地礼敬,而是放肆地拍手大笑,仿佛邻里般不计尊卑、亲密无间。这该经历怎样的磨合才能臻此境地?诗人毫不掩饰地形容此时的自己"状如失林麕",无处躲藏,也无从遮羞,或许唯有憨笑而已。这也就意味着,他对"市人"笑话自己的态度非但不以为忤,反而自惭失态,贻羞州民。这就披示了其坦荡的胸襟和文化性格中推崇平等率真、不失童心童趣的一面。

二、淑世情怀:苏轼注入西湖镜像的民生之忧

这种平等观念,或曰平民意识,在苏轼的西湖诗中不能说触目皆是,但有心者却随处可以捕捉。它不仅表现为与杭城百姓毫无隔膜及违和之处,更衍化为注入西湖镜像中的民生之忧。诗人无论穷达都保持着的淑世情怀,驱使他一如既往地关心民生疾苦,把改善民生、造福百姓视为责无旁贷的使命。

元祐四年(1089)七月,苏轼重临杭州,西湖风光依然引人入胜,但别具只眼的诗人徜徉之际,却察见了湖水淤积、州民困顿的严峻现实。创作于下车伊始的《去杭州十五年,复游西湖,用欧阳察判韵》一诗写道:

> 我识南屏金鲫鱼,重来拊槛散斋余。
>
> 还从旧社得心印,似省前生觅手书。
>
> 莳合平湖久芜漫,人经丰岁尚凋疏。
>
> 谁怜寂寞高常侍,老去狂歌忆孟诸。[1]

---

① 王文诰辑注,孔凡礼点校:《苏轼诗集》卷三一,第 1646 页。

前四句抚今思昔,或有"重临事异黄丞相"①之感。但感慨更深的还是五六两句:"葑合平湖久芜漫,人经丰岁尚凋疏。"阔别西湖十五年之久,本以为应当年丰时稔,百姓富足。谁知不然。"久芜漫""尚凋疏",烘托出诗人深深的忧思,是透过画山绣水的写实之笔。汪师韩《苏诗选评笺释》分析说:"芜没凋疏,人地依然如故,而俯仰已成今昔,感怆何限。轼自再至杭,值水旱迭逢,饥疫并作,于是免上供米,粜常平义仓,作饘粥,设病坊,浚二河,完六井,去葑田,筑湖堤,凡所惠养杭民者至周且备,而芜没者使之通,凋疏者令之起。此其为君子之用心,不徒寄之感叹者也。"②汪氏这样说是有事实依据的:元祐五年(1090)四月二十九日苏轼上《杭州乞度牒开西湖状》,五月五日复上《申三省起请开湖六条状》。《杭州乞度牒开西湖状》中说:"杭州之有西湖,如人之有眉目,盖不可废也。……自国初以来,稍废不治,水涸草生,渐成葑田。熙宁中,臣通判本州,则湖之葑合,盖十二三耳。至今才十六七年之间,遂堙塞其半。父老皆言十年以来,水浅葑横,如云翳空,倏忽便满,更二十年,无西湖矣。"③从中既可体会到诗人对西湖及州民的深厚感情,更可触摸到诗人保境安民的沉甸甸的责任感和使命感。这两篇奏状或可作为苏轼此诗的注脚。重游西湖,无一字抒发寄情山水、忘怀世事的心旷神怡之感,而只是袒露了他直面现实疮痍的勇气以及油然而生的疏浚西湖、赈济州民的决心。他对西湖的大力整治正由此发端,而体现在诗中的淑世情怀也融注于他的其他许多西湖诗中。

早在熙宁年间通判杭州时,苏轼便对贫病交加的弱势群体表现出

① 刘禹锡:《再授连州至衡阳酬柳柳州赠别》,刘禹锡著,瞿蜕园笺证《刘禹锡集笺证》外集卷七,上海古籍出版社 1989 年版,第 1426 页。

② 《苏文忠公诗集》卷三一,曾枣庄主编:《苏诗汇评》,四川文艺出版社 2000 年版,第 1313 页。

③ 孔凡礼点校:《苏轼文集》卷三〇,中华书局 1986 年版,第 864 页。

深切的同情和救济的愿望,而不惜冒"煞风景"之险,在登山临水、纵览胜境时将他们牵引入诗。如《游灵隐高峰塔》:

> 言游高峰塔,蓐食治野装。
>
> 火云秋未衰,及此初旦凉。
>
> 雾霏岩谷暗,日出草木香。
>
> 嘉我同来人,久便云水乡。
>
> 相劝小举足,前路高且长。
>
> 古松攀龙蛇,怪石坐牛羊。
>
> 渐闻钟磬音,飞鸟皆下翔。
>
> 入门空有无,云海浩茫茫。
>
> 惟见聋道人,老病时绝粮。
>
> 问年笑不答,但指穴藜床。
>
> 心知不复来,欲归更彷徨。
>
> 赠别留匹布,今岁天早霜。①

秋凉之时,与志趣相投的友人同游"灵隐高峰塔",本来有诸多奇绝的风景可以攫入笔端,事实上,诗人也出以"雾霏岩谷暗,日出草木香""古松攀龙蛇,怪石坐牛羊"等笔墨,试图摹写出其境之清幽与奇妙。但最后八句,诗人却撇开尚可继续铺陈的景物描写,将洞烛幽微的目光掠过重重叠叠的寺院,落在一位老病的僧人身上,连续给他多个特写镜头:不惟耳聋,而且生活已窘迫到"绝粮"的地步!但他却不作悲颓状和忧伤语,依然以极其友善的态度笑对来客的问询。诗人"欲归更彷徨",却非流连光景,而是因为爱心勃发,想要为他提供力所能及的帮助。仓促之际,只能留下"匹布"为他御寒。结句"今岁天早霜",与其说是"景语",莫如说是"情语"——其中蕴蓄着诗人对饥寒交

---

① 王文诰辑注,孔凡礼点校:《苏轼诗集》卷一二,第577—578页。

迫的老僧的几多担心？以闲游之兴开篇，而以民生之忧结穴，如此经营结构，不正是本于诗人的淑世情怀吗？

即使在貌似更为纯粹的观景诗中，有时也会渗透进诗人对民生的忧念，见出他一刻不敢淡忘为州民祛灾造福的职守。如《八月十五日看潮五绝》其四、其五：

> 吴儿生长狎涛渊，冒利轻生不自怜。
>
> 东海若知明主意，应教斥卤变桑田。
>
> 江神河伯两醯鸡，海若东来气吐霓。
>
> 安得夫差水犀手，三千强弩射潮低。①

中秋观潮，是钱塘盛事之一，从宽泛的意义上说，也是西湖镜像的延伸与拓展。诗人侧身观潮人群之中，既是出于对奇景盛事的本能向往，又何尝没有与民同乐之意？但乐在其中时，仍不免忧从中来。前一首中，目睹弄潮儿与潮水相狎的壮举，诗人不是赞赏其英勇无畏、身手不凡和履险如夷，反倒生出一种悲悯之情。"冒利轻生不自怜"，这是诗人深切体察弄潮儿的生存境遇和心理状态后发出的叹惋。彼不自怜而我独怜！这不是淑世情怀又是什么？诗人当然能够想到，弄潮儿"冒利轻生"，是为生计所迫，这才生出"东海若知明主意，应教斥卤变桑田"的幻想。"斥卤"指盐碱地。《吕氏春秋·乐成》："终古斥卤，生之稻粱。"②吴曾《能改斋漫录·辨误》："咸薄之地，名为斥卤。"③这里则似以"斥卤"泛指薄田。诗人幻想东海边所有颗粒难收的薄田都能变成五谷丰登的良田，那样，杭城百姓就可以免却冻馁之苦，弄潮儿也就不必从事这罹险的营生了。这是观潮之际的幻想，从后续动作

---

① 王文诰辑注，孔凡礼点校：《苏轼诗集》卷一〇，第 484—486 页。
② 吕不韦著，陈奇猷校释：《吕氏春秋新校释》卷一六，上海古籍出版社 2002 年版，第 1000 页。
③ 吴曾撰：《能改斋漫录》卷五，上海古籍出版社 1960 年版，第 104 页。

看,也是诗人观潮之后施政的一个方向。后一首也从想象落笔。诗人自注:"吴越王尝以弓弩射潮头,与海神战,自尔水不近城。"①"安得"二句意谓:怎么能够召来吴王夫差当年统帅的强兵劲弩,猛射潮头,迫其低首? 这实际上是以反诘的方式表达诗人阻断江潮以利生民的宏愿。诚然,在当时的历史条件下,这也许只是一种脱离现实的幻想,但这一理想愿景本身却映现出诗人志在改造自然、改善民生的淑世情怀。

三、身世投影:西湖镜像在苏轼诗中的阶段性嬗变

两度仕杭,苏轼的心境有明显的差异,或者说前后的变化有迹可循。这也反映在他的创作,包括西湖诗的创作中。

苏轼任杭州通判前两年,正值王安石在宋神宗的全力支持下开始变法。苏轼与其政见多有不合,自感难为新派所见容,便避其锋芒,自请外任,于是得以通判杭州。据叶梦得《石林诗话》记载,赴任时,文同曾赠诗劝诫说:"北客若来休问事,西湖虽好莫吟诗。"②这是因为此前苏轼"数上书论天下事,退而与宾客言,亦多以时事为讥诮"③,文同"极以为不然,每苦口力戒之,子瞻不能听也"④。但文同的临别箴言并没有引起他的重视。倅杭期间,他总共作诗三百三十六首,西湖诗与政治诗大约各占其半。而这些讥评时弊、锋芒毕露的政治诗,后来成为政敌们制造"乌台诗案"的重要罪证,导致他锒铛入狱。这对他不啻是一个深刻的教训。

再仕杭州,已是在经历了有宋一代最大的文字狱并流徙黄州、汝州等地之后。在朝中新旧党争纷纭排挞的政治背景下,惊魂未定的苏

---

① 王文诰辑注,孔凡礼点校:《苏轼诗集》卷一〇,第486页。
② 叶少蕴:《石林诗话》卷中,何文焕辑《历代诗话》,中华书局1981年版,第417页。
③ 叶少蕴:《石林诗话》卷中,何文焕辑《历代诗话》,第417页。
④ 叶少蕴:《石林诗话》卷中,何文焕辑《历代诗话》,第417页。

轼虽被起用为翰林学士、知制诰，却"犹复畏避，不敢久居。得请江湖，如释重负"①。辞别亲友时，文彦博再三叮嘱说："愿君至杭少作诗，恐为不相喜者诬谤。"②这一告诫他记住了，并且也遵循了。守杭期间合计作诗一百三十六首，较前数量减少了许多。而更重要的是，从结构比例看，可以定义为政治诗的作品几近销声匿迹，绝大部分作品都专注于摄录西湖镜像。黄庭坚《与王立之承奉直方》第十六简说："翰林出牧余杭湖山清绝处，盖将解其天羧，于斯人为得其所。"③的确，杭州的清绝湖山不失为苏轼全身远祸、清心洗脑的最佳去处。不过，纵然可以在现象上与政治情势保持适度的距离，无法消弭的身世之感却不能不在他熔铸的西湖镜像中留下或清晰或模糊的投影。

自然，倅杭时的西湖诗中也有身世的投影，但与守杭时相比，不仅有浓淡之别，亦有深浅之分。正因为身影投影的差别，苏轼诗中的西湖镜像呈现出阶段性的嬗变轨迹，读者可以从中咀嚼出不同的况味。

先看倅杭时创作的《李杞寺丞见和前篇，复用元韵答之》：

兽在薮，鱼在湖，一入池槛归期无。

误随弓旌落尘土，坐使鞭棰环呻呼。

追胥连保罪及孥，百日愁叹一日娱。

白云旧有终老约，朱绶岂合山人纡。

人生何者非蘧庐，故山鹤怨秋猿孤。

何时自驾鹿车去，扫除白发烦菖蒲。

麻鞋短后随猎夫，射弋狐兔供朝晡。

---

① 苏辙：《辞翰林学士札子》，苏辙著，曾枣庄、马德富校点《栾城集》卷四七，上海古籍出版社1987年版，第1038页。

② 张耒撰：《明道杂志》，朱易安、傅璇琮等主编《全宋笔记》（第二编）第七册，大象出版社2006年版，第12页。

③ 《宋黄文节公全集・续集》卷一，刘琳、李勇先、王蓉贵校点：《黄庭坚全集》，四川大学出版社2001年版，第1914页。

> 陶潜自作五柳传，潘阆画入三峰图。
>
> 吾年凛凛今几余，知非不去惭卫蘧。
>
> 岁荒无术归亡逋，鹄则易画虎难摹。①

这是一首唱和诗。如果说"兽在薮"是由想象起笔的话，那么，"鱼在湖"则是由眼前取景。续以"一入池槛归期无"，则变为一种比兴，自喻宦海泛梗，欲归无期了。接下来"误随"云云便申足此意，极言自己对官场的厌倦与不适。"坐使"句或用高适《封丘县》"鞭挞黎庶令人悲"②之意，旨在引逗出下文的辞官归隐之想。"白云旧有终老约，朱绶岂合山人纡"，意谓自己的素志本是做一位终生与白云为伴的山人，对仕途并不热衷。其后编织入诗的"蓬庐""故山""鹿车""麻鞋"等意象，无不带有隐逸色彩，负载着诗人对返璞归真生活的向往。进而又让"陶潜"与"潘阆"在诗中亮相，以进一步坐实自己向往隐逸的初衷。陶潜虽与杭州无干，却是苏轼所心仪的隐逸之宗。潘阆则曾久寓杭州，放怀湖山，诗风闲逸疏淡，所赋《酒泉子·长忆西湖》是西湖文学中的经典作品。苏轼让他与陶潜同时登场，是为了更切合眼前的西湖风光。但诗人在这里所抒写的隐逸之思，固然有其真切之处，不同于刘勰所批评的"志深轩冕，而泛咏皋壤；心缠几务，而虚述人外"③者流，因为与新政的乖隔不合以及日复一日的案牍劳形，确使他对自由闲散的隐逸生活充满向往。但这并不意味着他对仕途与官场已经彻底绝望，当然也并不意味着他真的要就此改变自己的人生轨迹。就像高适虽然在《封丘县》的结尾说"转忆陶潜归去来"④，似乎要弃官而去，结果却依然弄潮于宦海，最终成为唐代优秀诗人中仕途最为显达者之一。苏

---

① 王文诰辑注，孔凡礼点校：《苏轼诗集》卷七，第319—320页。
② 高适著，刘开扬笺注：《高适诗集编年笺注》，中华书局1981年版，第230页。
③ 黄叔琳注，李详补注，杨明照校注拾遗：《增订文心雕龙校注》卷七，中华书局2000年版，第416页。
④ 高适著，刘开扬笺注：《高适诗集编年笺注》，第230页。

轼这里只不过借以表达他对现实处境心有慊慊而已。其中或许也或多或少地融入了身世之感,从总体上说却淡如轻烟。

的确,这种辞官归隐的想法往往是因杂务缠身、终日碌碌而一时念起。《和蔡准郎中见邀游西湖三首》其一或可为证:

夏潦涨湖深更幽,西风落木芙蓉秋。

飞雪暗天云拂地,新蒲出水柳映洲。

湖上四时看不足,惟有人生飘若浮。

解颜一笑岂易得,主人有酒君应留。

君不见钱塘游宦客,朝推囚,暮决狱,不因人唤何时休。①

"钱塘游宦客"显系诗人自谓。"人生飘若浮",还只是感叹此生漂泊不定,没有上升到"人间如梦"②的高度清醒、高度冷峻状态。这里的身世之感同样是比较稀薄、比较浅淡的。

在感叹人生漂泊的同时,诗人抒发的另一种相近的情绪就是人生易老了。如《望海楼晚景五绝》其五:

沙河灯火照山红,歌鼓喧呼笑语中。

为问少年心在否? 角巾敧侧鬓如蓬。③

在灯火璀璨、鼓声喧天、一片欢腾的氛围里,诗人却有些黯然神伤,因为他忽然发现自己已鬓发"如蓬",转而反省"少年心"尚存与否。李贺《致酒行》有句"少年心事当拏云"④,"少年心"或本于此。那么,诗人在这里该是慨叹年华老大而功业未成了。这无疑是身世之感,但在未曾遭遇仕途重大挫折之前,它依然缺少厚重的内容,只是文人士大

---

① 王文诰辑注,孔凡礼点校:《苏轼诗集》卷七,第337—338页。
② 苏轼:《念奴娇·赤壁怀古》,邹同庆、王宗堂《苏轼词编年校注》,中华书局2002年版,第399页。
③ 王文诰辑注,孔凡礼点校:《苏轼诗集》卷八,第370页。
④ 李贺著,王琦等评注:《三家评注李长吉歌诗》卷二,上海古籍出版社1998年版,第87页。

夫习用的一种泛泛的近于公式化的笔墨。类似的慨叹也流露在作于熙宁六年正月的《法惠寺横翠阁》中："雕栏能得几时好，不独凭栏人易老。"①

与辞官归隐之念、人生易老之叹相偕行的则是乡关之思。如《六月二十七日望湖楼醉书五绝》其三、其四、其五：

> 乌菱白芡不论钱，乱系青菰裹绿盘。
> 忽忆尝新会灵观，滞留江海得加餐。

> 献花游女木兰桡，细雨斜风湿翠翘。
> 无限芳洲生杜若，吴儿不识楚辞招。

> 未成小隐聊中隐，可得长闲胜暂闲。
> 我本无家更安往，故乡无此好湖山。②

视野中由"乌菱""白芡""青菰"的西湖镜像，让诗人浮想联翩，忆及当年蒙圣上恩宠"尝新会灵观"的情景，而今外放出京，虽系自请，终究远离政治中心，乃不得已而为之，亦可以算作宦途失意，这才有"滞留江海"的感伤。这里的身世之感比较明显，但还算不得深哀巨痛，也没有对前途灰心绝望，努力"加餐"，还是一种励志的表现。"吴儿不识楚辞招"，有论者以为这是诗人以惨遭流放的屈原自况，哀叹无人为己招魂。这未免刻意求深，夸大了诗人此际的心灵悸痛。其实，诗人当是由"无限芳洲生杜若"的镜像，联想起"湘人"在酷似的场景中为屈原招魂的情形，感慨吴地与湘地习俗有别而已。诗人企求"长闲"而不可得，只好聊作"中隐"，暂且寄身并栖心于大好湖山之中。"我本无家更

① 王文诰辑注，孔凡礼点校：《苏轼诗集》卷九，第 426 页。
② 王文诰辑注，孔凡礼点校：《苏轼诗集》卷七，第 340—341 页。

安往",这该是无家可归的乡关之思了。而"故乡无此好湖山",既是欲归不得的诗人的自我安慰,也是对西湖胜景的由衷赞美。

相形之下,苏轼守杭期间的西湖诗虽然就风格而言并没有太多的改变,但融注在其中的身世之感却较前有些沉重了,人生易老的寻常感叹嬗变为人生如梦的深刻感喟。如《与莫同年雨中饮湖上》:

> 到处相逢是偶然,梦中相对各华颠。
>
> 还来一醉西湖雨,不见跳珠十五年。①

诗人倅杭时曾作《六月二十七日望湖楼醉书五绝》,起首说:"黑云翻墨未遮山,白雨跳珠乱入船。"②时隔十五年,"跳珠乱入船"的景象依然如故,诗人的心境却在历尽宦海风波后非同往昔了。深潜于诗中的感慨不只是岁月倏忽,还有人生如梦。"梦中相对各华颠",非独渲染旧友重逢时的如梦似幻之感,更是把整个人生都视同梦幻。此前,诗人在作于黄州的《念奴娇·赤壁怀古》中已发出"人间如梦"③的浩叹,此处,则是同一感悟的另一种诗意表达。而"到处相逢是偶然",则似与"人生到处知何似?应似飞鸿踏雪泥"④的名句属于同一种哲学思考:人生飘忽无定,带有极大的偶然性,因而何必执一而求?这可以说是一种彻悟后的通达,又何尝不可以说是一种因人生坎坷多难而产生的失望与悲怆呢?

与此相联系,苏轼这时摄录的西湖镜像常常会染上一层霜色,显得有点清冷、甚至清寒。如《寿星院寒碧轩》:

> 清风肃肃摇窗扉,窗前修竹一尺围。
>
> 纷纷苍雪落夏簟,冉冉绿雾沾人衣。

---

① 王文诰辑注,孔凡礼点校《苏轼诗集》卷三一,第1647页。
② 王文诰辑注,孔凡礼点校《苏轼诗集》卷七,第340页。
③ 邹同庆、王宗堂:《苏轼词编年校注》,第399页。
④ 苏轼:《和子由渑池怀旧》,王文诰辑注,孔凡礼点校《苏轼诗集》卷三,第97页。

> 日高山蝉抱叶响，人静翠羽穿林飞。
>
> 道人绝粒对寒碧，为问鹤骨何缘肥？①

这是一首拗律体纪游诗。既然轩名"寒碧"，诗人便致力将"寒碧"之意皴染开来。"清风"本无太多寒意，但叠加以"苍雪"，就寒意逼人了。诗人复以"肃肃"形容"清风"，"纷纷"修饰"苍雪"，则使得寒意弥漫于纸上。虽然"寒"字在诗中并没有直接出现，却由字里行间一气盘旋而出，直透读者脏腑。但这种"寒"不是酷寒，而是清寒，"修竹""山蝉"等意象无不呼应首句中的"清风"，具有"清"的品质。最后两句出以戏谑之语，既是调侃僧人，也是自我揶揄。《唐宋诗醇》卷三九评点说："语语兀傲自喜，拔俗千寻。"②在我看来，"兀傲"容或有之，"自喜"则何从说起？调侃与揶揄不等于"自喜"，在这种调侃与揶揄的骨子里，软埋着的正是清寒的基调。还是《纪昀评苏文忠公诗集》看得透彻："前六句有杜意，后二句是本色。"③所谓"本色"是指其幽默诙谐，所谓"杜意"则是说它近于杜甫的"沉郁顿挫"了。如果没有浓重的身世之感如淡水著盐般融化于其中，又怎么可能形成"沉郁顿挫"的美感效应呢？

值得我们特别注意的一个艺术现象是，苏轼倅杭时创作的咏花诗，所咏者除了莲花、桂花外，较多的是牡丹。如《吉祥寺赏牡丹》："人老簪花不自羞，花应羞上老人头。醉归扶路人应笑，十里珠帘半上钩。"④此诗以谐趣胜，一副风流倜傥的名士做派。赏花之际的诗人是忘情的，并没有被盛开的牡丹撩拨起身世之感。直到守杭时，林逋所工于吟咏的梅花才出现在苏轼笔下；而一旦出现，便连篇累牍，一发而

---

① 王文诰辑注，孔凡礼点校：《苏轼诗集》卷三二，第 1684—1685 页。
② 《苏文忠公诗集》卷三二，曾枣庄主编：《苏诗汇评》，第 1340 页。
③ 《苏文忠公诗集》卷三二，曾枣庄主编：《苏诗汇评》，第 1340 页。
④ 王文诰辑注，孔凡礼点校：《苏轼诗集》卷七，第 331 页。

不可收了。这不能不说是很有意味的。是否可以说,在亲身体验了官场升黜、宦海沉浮的况味后,诗人开始对凌霜傲寒的梅花情有独钟,觉得它更能写照自己的品性?

苏轼笔下的梅花往往翩然现身于湖边、月下,是构成西湖镜像的重要元素之一。但诗人并不刻意突出梅花的玉骨冰肌和不畏霜寒的精神气质,机械而又生硬地比附自己。他很少对梅花作正面观照与刻画,更不屑为它贴上前人描画已久的标签。题咏梅花,这本身已昭示了一种态度。因此,他的咏梅诗多以梅花起兴,或将它作为背景,借以抒情写意——其中常常掺和着对身世的自怜自伤。如《次韵杨公济奉议梅花十首》其二、其三:

> 相逢月下是瑶台,藉草清樽连夜开。
> 明日酒醒应满地,空令饥鹤啄莓苔。

> 绿发寻春湖畔回,万松岭上一枝开。
> 而今纵老霜根在,得见刘郎又独来。[①]

纵饮之时,却担心明日酒醒后梅花凋谢、满地落英。在宣示自己的爱花、惜花心理的同时,也透露了诗人对未来命运的某种忧惧。"而今纵老霜根在,得见刘郎又独来",罕见地既以梅花自托,又以"刘郎"自况。"刘郎",指久滞巴山楚水却不忘初心、永葆贞节的唐代诗豪刘禹锡。刘禹锡《元和十一年自朗州承召至京戏赠看花诸君子》有句"玄都观里桃千树,尽是刘郎去后栽"[②];《再游玄都观绝句》复有句"种桃道士归何处?前度刘郎今又来"[③]。"刘郎"在后代遂成为不幸而又不屈的典型。苏轼以"刘郎"自况,身世之感已呼之欲出。

---

① 王文诰辑注,孔凡礼点校:《苏轼诗集》卷三三,第 1735—1736 页。
② 刘禹锡著,瞿蜕园笺证:《刘禹锡集笺证》卷二四,第 702 页。
③ 刘禹锡著,瞿蜕园笺证:《刘禹锡集笺证》卷二四,第 703—704 页。

还有情辞更为凄婉的咏梅之作，似为陆游的《卜算子·咏梅》开启先声。如《再和杨公济梅花十绝》其四、其六、其八：

> 人去残英满酒樽，不堪细雨湿黄昏。
>
> 夜寒那得穿花蝶，知是风流楚客魂。
>
> 莫向霜晨怨未开，白头朝夕自相催。
>
> 斩新一朵含风露，恰似西厢待月来。
>
> 湖面初惊片片飞，樽前吹折最繁枝。
>
> 何人会得春风意，怕见梅黄雨细时。①

此时此际的诗人似乎情绪特别低落、心理特别脆弱，既失去了抗颜世俗的勇气，也不见了笑看人生的豁达，而表现出畏风畏雨、亦惊亦惧的非正常、非理性状态。"不堪细雨湿黄昏"，"莫向霜晨怨未开"，"怕见梅黄雨细时"，诸如此类，与陆游词中的"已是黄昏独自愁，更著风和雨"②何其相似乃尔！这从一个侧面表明，苏轼并不总是那样超脱、那样通达，我们应该允许并且理解他也有凡人对政治风雨的恐慌。当然，这也就说明，苏轼守杭期间创作的西湖诗，融入了更为强烈的身世之感。将他两个不同时期的作品加以比照并观，我们可以清楚地看到西湖镜像的阶段性嬗变。

四、艺术功力：苏轼摄录西湖镜像的卓绝技巧

苏轼的西湖诗独具风韵，有时还别饶深旨，特别耐人讽咏，不仅仅

---

① 王文诰辑注，孔凡礼点校：《苏轼诗集》卷三三，第1747—1748页。

② 陆游：《卜算子·咏梅》，夏承焘、吴熊和笺注《放翁词编年笺注》下卷，上海古籍出版社1981年版，第124页。

是因为诗人所摄录的西湖镜像往往带有其文化性格的烙印、淑世情怀的折光以及身世之感的投影，所以内涵显得格外丰富、格外深刻，而且还因为从艺术的角度看，诗人摄录西湖镜像的技巧是卓绝天下、凌轹古今的。可以毫不夸张地说，他的西湖诗的创作水准已达到登峰造极的地步，不仅前无古人，而且迄今为止尚"后无来者"。

初盛唐时期仅有少量的描写西湖的作品问世，且大都落笔于西湖周边的寺庙，如宋之问的《灵隐寺》、李白的《与从侄杭州刺史良游天竺寺》、崔颢的《游天竺寺》等。对西湖作持久的全景式描写，实际上是从白居易开始的。这当然与他杭州刺史的身份有关。白居易的诗笔几乎已触及西湖的角角落落，在题材领域并没有给苏轼留下多少可以拓展的空间。苏轼只有在艺术上进行新的探索，不断丰富与提升摄录西湖镜像的技巧，才能实现对包括白居易在内的前代诗人的全面超越。

无可否认，白居易为西湖诗史树立起了第一座丰碑，他的《钱塘湖春行》等作品气韵生动，情辞兼胜，十分脍炙人口。但撇开内容的厚薄、思想的深浅、情感的浓淡不论，仅就艺术技巧而言，白居易实在应当像欧阳修那样感叹："老夫当避路，放他出一头地也。"①白居易在诗中显现西湖镜像时主要采用白描手法，如《孤山寺遇雨》中的"水鹭双飞起，风荷一向翻"②；《湖亭晚归》中的"松雨飘藤帽，江风透葛衣"③；《湖上夜饮》中的"郭外迎人月，湖边醒酒风"④；等等。即便是被奉为经典之作的《钱塘湖春行》，其最受称道的颔联和颈联，技法也是白描："几处早莺争暖树，谁家新燕啄春泥？乱花渐欲迷人眼，浅草才能没马蹄。"⑤我们不能不佩服诗人体物之细微和状物之精当，但同时却也因

---

① 欧阳修：《与梅圣俞四十六通》（三十），李逸安点校《欧阳修全集》卷一四九，第 2459 页。
② 谢思炜撰：《白居易诗集校注》卷二〇，第 1627 页。
③ 谢思炜撰：《白居易诗集校注》卷二〇，第 1625 页。
④ 谢思炜撰：《白居易诗集校注》卷二〇，第 1628 页。
⑤ 谢思炜撰：《白居易诗集校注》卷二〇，第 1614 页。

其笔法的单调平实而稍感遗憾。

读苏轼的西湖诗,则完全没有这样的遗憾。当然,其倅杭时所作与守杭时所作,艺术水准也有高下之分。王文诰《苏文忠公诗编注集成》指出:"公凡西湖诗,皆加意出色,变尽方法。然皆在《钱塘集》中。其后帅杭,劳心灾赈,已无复此种杰构,但云'不见跳珠十五年'而已。"①"此种杰构",指《饮湖上初晴后雨二首》。的确,《饮湖上初晴后雨二首》其二最能体现苏轼西湖诗的艺术风貌和艺术成就:

> 水光潋滟晴方好,山色空濛雨亦奇。
>
> 若把西湖比西子,淡妆浓抹总相宜。②

没有谁会否认这是古今西湖诗中的登顶之作。后人大多激赏后两句:南宋武衍《正元二日与菊庄汤伯起归隐陈鸿甫泛舟湖上》说:"除却淡妆浓抹句,更将何语说西湖。"③查慎行《初白庵诗评》说:"多少西湖诗被二语扫尽。"④陈衍《宋诗精华录》说:"后二句遂成为西湖定评。"⑤这是毫无疑义的。不过,论者往往着眼于诗人的设譬新奇以及发语的自然天成,而没有充分注意到诗人对时空艺术的巧妙运用。从时空艺术的视角看,诗的前两句也颇具匠心:一写"水光潋滟",一写"山色空濛",着笔的空间不同;一写"晴",一写"雨",落墨的时间也不同。唯其如此,才曲折有致地展现出西湖不为时空所限的"天生丽质"。

苏轼西湖诗的卓绝的艺术成就,表现在许多方面,比如腾挪多变,挥洒自如;想落天外、荡人神思;幽默诙谐,蕴含理趣;等等。但这种种

---

① 《苏文忠公诗集》卷九,曾枣庄主编:《苏诗汇评》,第 318 页。
② 王文诰辑注,孔凡礼点校:《苏轼诗集》卷九,第 430 页。
③ 北京大学古文献研究所:《全宋诗》卷三二六九,第 38978 页。
④ 《苏文忠公诗集》卷九,曾枣庄主编:《苏诗汇评》,第 317 页。
⑤ 《苏文忠公诗集》卷九,曾枣庄主编:《苏诗汇评》,第 318 页。

艺术特征和艺术技巧,都离不开诗人为西湖镜像所构置的特定时空,都是在诗人精心设计的时空关系中呈现的。即使以理趣著称的《赠刘景文》也可以看出诗人无时不存、无处不在的时间意识和空间意识:

> 荷尽已无擎雨盖,菊残犹有傲霜枝。
> 一年好景君须记,最是橙黄橘绿时。①

诗所描写的时间是秋尽冬来之际。这一时间概念是通过形神兼备的景物刻画来揭示的。"荷尽""菊残",这是秋末冬初才会出现于西湖的景象,以之入诗,时间已不言而喻。这还不够,末句又用"橙黄橘绿时"加以强化。在凸现时间感的同时,诗人也致力营造空间感。"荷尽已无擎雨盖",这已构成一幅画面,只是色彩有几分萧瑟和枯淡。接着叠加进"菊残犹有傲霜枝",不仅顿见气骨,而且使画面得到了延伸,造成更加明显的空间感。最后再将"橙黄橘绿"嵌入画面,让多种物象共生共济,把画面进一步撑开,而空间的密度与广度也得以增加。时空艺术在这里以一种相对隐秘的方式发挥着营造画面并烘托理趣的作用。

在苏轼的西湖诗中,这或非上乘之作,但它已足以昭示诗人出类拔萃的艺术功力,昭示他对时空艺术的娴熟驾驭和精妙运用。毋论其他,仅此一端,苏轼摄录西湖镜像的技巧已令人叹为观止。

原载于《文学遗产》2018 年第 5 期

---

① 王文诰辑注,孔凡礼点校:《苏轼诗集》卷三二,第 1713 页。

论淮海词

在宋词发展史上，秦观及其《淮海词》是较为引人注目的。当苏轼大胆地对词的内容和形式进行革新，终于"一洗绮罗香泽之态，摆脱绸缪婉转之度"时，秦观却执着地将自己禁锢在狭小的生活圈子里，汲取"花间""尊前"遗韵，吟唱出比"花间""尊前"更为"绸缪婉转"的歌声。为了坚持自己的艺术个性，不惜与恩师背道而驰、分庭抗礼，这说明秦观也不乏一个不愿"随人作计"的艺术家的勇气。

作为"婉约之宗"的秦观，其词所涉猎的题材领域是狭窄的，既远逊苏轼，亦不及柳永。他把词当作陶写一己性灵的工具，绝不肯赋予它别的使命。因而，"言情"和"述愁"几乎构成了淮海词的全部内容。本文便拟从"情"和"愁"入手，对淮海词略做探讨。

一

诚然，淮海词中的"情"每每是指狭隘的男女之情。如果仅从对男女之情的连篇累牍的表现看，淮海词确未能越出"花间""尊前"的藩篱。然而，如果我们不为皮相之见所囿，而深入探究作者心灵深处的奥秘的话，那就不难发现，出现在秦观笔下的"情"有着很难用流俗的观点来解释的丰富内涵，它虽然不可避免地带有浓重的阶级色彩和显著的时代特征，却更鲜明地打上了作者自己的个性烙印。倘若用两个字来概括，那便是"清婉"。胡应麟《诗薮》释"清婉"曰："清者，超尘绝俗之谓也,非专于枯寂闲谈之谓也;婉者,深厚隽永之谓也,非一于软媚纤靡之谓也。"这正可用以概括淮海词。

"清婉"的重要标志之一是,秦观所讴歌的"情"很少带有色情和猥亵的成分。唐末五代以还,在"词为艳料""诗庄词媚"的传统观念支配下,封建士大夫都把写诗当作"正道",填词视为"薄伎"。在诗中他们不敢稍露的东西,在词中却可以发泄无遗。尤其是北宋前期,天下承平,朝廷对士大夫优礼有加,公开鼓励他们纵情声色。于是,官妓、营妓、家妓等便应运而生,秦楼楚馆也纷纷出现。这等于为艳词提供了滋生的温床。在一些文人手里,词成了他们的猥亵心理的记录和纵欲过程的摄影。然而,细检淮海词,却很难找到不堪入目的描写。可以说,较之前代婉约词人的言情之作,淮海词有其"绸缪婉转之度",却少其"绮罗香泽之态"。作者所着力表现的是心灵的感应和共鸣,而不是色相的迷恋和追求;是两情相契,历久弥坚,而不是朝欢暮乐,翻云覆雨。如:

> 纤云弄巧,飞星传恨,银汉迢迢暗度。金凤玉露一相逢,便胜却人间无数。
>
> 柔情似水,佳期如梦,忍顾鹊桥归路? 两情若是久长时,又岂在朝朝暮暮?
>
> ——《鹊桥仙》

较之《古诗十九首》中的"迢迢牵牛星"和曹丕的《燕歌行》、李商隐的《辛未七夕》等同样表现牛郎织女故事的作品,秦观这首词堪称独辟蹊径,立意高远。词的上阕,作者先以空灵摇曳之笔为牛郎织女的会合渲染环境气氛,并揭示他们久别重逢前的那种欣喜、急切而又不无惊悸的心情。接着便以精湛的议论点出自己的爱情理想:他们虽然难得相聚,却心心相印,息息相通。词的下阕,作者先宕开一笔,写他们临别前眷眷然不忍遽去,然后再掉转笔锋,结合自己的切身感受,对他们致以深情的慰勉:"两情若是久长时,又岂在朝朝暮暮。"经过作者的精心提炼和巧妙构思,古老的题材在词中化为闪光的笔墨,迸发出耀眼的思想的火花,既照亮了作者那颗坦荡、真挚的爱心,也使所有平庸的言情之作黯然失色。自然,这样的格高调新的作品,即便在淮海词中也是不可多得的。

和柳永一样,秦观所寄情的对象大多是沦落风尘的薄命女子。狎妓,在封建士大夫看来,本是一件风流韵事。步入仕途前,他们肆无忌惮地和市井无赖一样出入于秦楼楚馆,乐此不疲。步入仕途后,又凭借他们所掌握的权势与金钱,蓄养家妓,照样混迹于脂粉队中,流连于歌舞场上。尽管他们经常与那些不幸女子耳鬓厮磨,却仅仅把她们当作泄欲或遣兴的玩具。应该说,他们和她们之间只存在侮辱与被侮辱、损害与被损害的冷酷的阶级关系。因而,他们词中的"情"往往只是一己的赤裸裸的情欲。在这一方面,秦观的态度也是迥异于流俗的。他不仅将所交往的妓女当作真正的人,置于与自己平等的地位,而且多次以饱含同情的笔触,描写她们的凄凉境况和哀怨心情,为她们发出郁积已久的不平之鸣。如:

愁鬓香云坠,娇眸水玉裁,月屏风幌为谁开?天外不知音耗百般猜。

玉露沾庭砌,金风动琯灰。相看有似梦初回,只恐又抛人去几时来。

——《南歌子》

蛩声泣露惊秋枕,罗帏泪湿鸳鸯锦。独卧玉肌凉,残更与恨长。

阴风翻翠幔,雨涩灯花暗。毕竟不成眠,鸦啼金井寒。

——《菩萨蛮》

在秦观笔下,她们决非水性杨花、见异思迁者流,而是深于情、专于情的坚贞女性。她们渴望得到别人的理解与爱怜,一旦遇到可心的人儿,便把一切都托付给他。她们最担心的便是他"又抛人去"。因而,每当别后得不到他的消息时,她们便免不了百般猜测,坐卧不安。可是,"落花有意,流水无情",她们痴心等待的"伊人"早已另觅新欢。尽管她们也已意识到旧梦难温,却不能把负心的他从心底抹去,仍然苦苦地祈求和盼望"天外"能传来缥缈的福音。读着这些如泣如诉的文字,谁能不和作者一样感其真情、哀莫不幸呢?又如:

> 杨花终日飞舞,奈久长难驻。海潮虽是暂时来,却有个堪凭处。　　紫府碧云为路,好相将归去。肯如薄幸五更风,不解与花作主。

> ——《一落索》

上阕三四两句系翻用李益《江南曲》"早知潮有信,嫁与弄潮儿",既是感叹幸福无望,佳期难觅,也隐含对负心人的幽怨和谴责。这已不同凡响。但更有意义的还是结尾两句:"肯如薄倖五更风,不解与花作主。"这实际上是作者的自誓,他自誓愿意"与花作主",即愿意尽自己微薄的力量给那些如花似玉的不幸女子以有限的保护。可以想见,即便心余力拙的词人并不可能改变她们受侮辱、受损害的命运,甚至也不可能稍稍改善她们的现有处境,但词人呼出的这一质朴的心声,却会给她们多大的安慰,使她们怎样地感激涕零啊!

淮海词中的"情"也往往表现为铭心刻骨的殷切相思。作者为征管逐弦而寄身青楼,固未能免俗。可是,当他与那些被迫堕入风尘,受尽人间风刀霜剑逼迫的不幸女子深入接触以后,却发现她们中的许多人原来有着十分可贵的品质:善良,纯真,爱才若渴,疾恶如仇,堪称"出淤泥而不染"。在她们身边,他能呼吸到在污浊的官场中绝对呼吸不到的清新气息。于是,在互相尊重的基础上,在相濡以沫的过程中,他们产生了真挚的爱情。这种爱情不是偷香窃玉式的,却比偷香窃玉式的来得光明;也不是明媒正娶式的,却比明媒正娶式的来得热烈。然而,如同恩格斯在《家庭、私有制和国家的起源》一文中所指出的,这种爱情毕竟只能造成以"体态的美丽、亲密的交往、融洽的旨趣等等"条件为前提的"婚外自愿结合"。他们之间并没有缔结正式的婚姻关系,必然不得长相厮守,白头偕老。这样,离别的痛苦和别后的相思便都是不可免的了。因此,作者所抒写的离别相思之情,归根结底,乃是在提倡"父母之命,媒妁之言"的封建制度下,"人们对爱情的正当要求的不正当表现",秦观对自己心中的偶像一往而情深,挥泪作别后,他曾多少回为她们而柔肠百转,相思成疾。如《江城子》:

> 西城杨柳弄春柔,动离忧、泪难收。犹记多情曾为系归舟,碧野朱桥当日事。人不见,水空流。

那"弄春柔""系归舟"的丝丝杨柳,勾引起作者当年与意中人相会于"碧野朱桥"的温馨回忆。可是,往事已矣!如今,只有碧水空流,再无"惊鸿照影"。于是杨柳丝丝,又牵引出作者"剪不断,理还乱"的一腔愁绪,使他终因"不见去年人"而"泪湿春衫袖"。旧地重游,睹物伤怀,这固然是人之常情,但作者却为一个被压在社会最底层的妓女系念和倾倒若此,这就绝不是一般的薄幸子弟所能望其项背的了。

值得注意的是,在秦观的言情之作中还往往融有仕途蹭蹬的身世之感。他是在官场上无辜达到种种打击和迫害、自知功名无望后,才转向红巾翠袖中来寻求安慰,企图借此摆脱仕途上的忧愁烦恼,建立起一个小小的自我意识上的自由世界,虽然他仍然生活在尘世之中。这与学道求仙在本质上并没有什么区别。这样,作者在"言情"时,往往自觉或不自觉地绾入官场失意的愤懑和不平。如:

山抹微云,天粘衰草,画角声断谯门。暂停征棹,聊共引离尊。多少蓬莱旧事,空回首,暮霭纷纷。斜阳外,寒鸦万点,流水遶孤村。 销魂,当此际,香囊暗解,罗带轻分。漫赢得青楼薄幸名存。此去何时见也?襟袖上空惹啼痕。伤情处,高城望断,灯火已黄昏。

——《满庭芳》

周济《宋四家词选》以为这首词"将身世之感,并打入艳情,又是一法"。这是很有见地的。词中的"蓬莱"实指秘阁。秦观曾在秘阁担任"黄本校勘",官卑职微,本已满腹牢骚,偏又不幸被卷入党争的漩涡。哲宗绍圣元年(1094)作者于新党得势之际,外调为杭州通判,不得不与心上人挥泪而别。这首词即写于此时。词中那"山抹微云,天粘衰草"的凄迷景色正象征着作者恍然若有所失的心境。此时此际,有多少辛酸的"旧事"如烟似雾般地弥漫在他心头,却不便直陈。他只能将无限愤懑和不平包蕴在一声"漫赢得青楼薄幸名存"的余味无穷的喟叹中。正因为离情别绪和身世之感交织、融合在一起,全词显得婉约而又凝重,浑灏而又深沉。从词的宗旨看,与其说作者是在"言情",莫若说是在"抒愤"——借言情以抒愤。这与一般的描写艳情的作品自有淳薄之分、深浅之别。

二

除"言情"而外,淮海词所专注的另一内容便是"述愁"。如果说其言情之作的特点是"清婉"的话,那么其述愁之作的特点则是"深曲"。

然而,"述愁"却和"言情"一样,给淮海词招来了非议。如果说"言情"易被指摘为"香"的话,那么,"述愁"则易被指责为"软"。在某些论者看来,词确乎是被秦观弄到了又香又软的境地。自南宋胡仔以来不断有人批评淮海词气格"纤弱",甚至秦观自己也以"华弱为愧"①。那么,淮海词中那过于浓重的感伤色彩,真的只能归咎于作者个性的软弱吗?

诚然,作者有着诗人的多愁善感的气质,我们无意讳言这一点。然而,如果本着知人论世的态度,把淮海词放在"一定的历史范围内"加以考察,那就会清楚地看到:作者的"愁"和"恨",既有内因可究,更有外因可寻。这"外因"便是他所生活的那个黑暗时代对他的打击和迫害。从某种意义上说,这是淮海词中的"愁"和"恨"的更主要的来源。我们不妨读一读《宋史·秦观传》中的记载:

> 秦观,字少游。一字太虚,扬州高邮人。少豪隽,慷慨溢于文词。举进士,不中。强志盛气,好大而见奇。读兵家书,与己意合。见苏轼于徐,为赋《黄楼》,轼以为有屈宋才。又介其诗于王安石。安石亦谓清新似鲍谢。轼勉以应举为亲养,始登第,调定海主簿、蔡州教授。元祐初,轼以贤良方正荐于朝,除太学博士,校正秘书省书籍,迁正字,而复为兼国史院编修官。上日有砚、墨、器币之赐。绍圣初,坐党籍,出,通判杭州。以御史刘拯论其增损实录,贬监处州酒税。使者承风望指,候伺过失。既而无所得,则以谒告写佛书为罪。削秩,徙郴州,继编管横州,又徙雷州……

原来,我们在词中所看到的那副"凄凄惨惨戚戚"的样子,并不能反映作者早年的精神面貌。他也曾有过"豪隽""慷慨""强志盛气""好大见奇"的时代,也曾为"治国平天下"而研究兵家方略,并四出干谒。得到苏轼的赏识和汲引,这是他一生中的重大转折。他因此而步入仕途,也因此而被卷入党争的漩涡。绍圣年间,执政的新党一次次罗织

---

① 见李廌《师友杂记》。

罪名陷害、贬斥他,仅仅因为他出于苏轼门下,为"苏门四学士"之一。如果说苏轼还曾真的反对过新法,因而他的被贬还勉强可以说成是"自取其咎"的话,那么,秦观则是地地道道的党派斗争的牺牲品,他是什么过错也没有的。既然是无辜遭到打击和迫害,且打击得那么狠,迫害得那么久,而他性格本身又比较忧郁,既不能像前朝的刘禹锡那样以自强不息的气概来蔑视挫折,也不能像本朝的苏轼那样以旷达不羁的胸襟来自我解脱。这就难免在作品中流露出彷徨失路、人间何世的深深的悲哀。正因为这样,淮海词的感伤,决不同于那种涉世未深的少年的"为赋新词强说愁",也不同于优游岁月的达官贵人的无病呻吟。它是一个身遭不幸的弱小无辜者的"正常的忧郁",有着深刻的时代内容。因此,作者"述愁",总是紧密结合自己的身世之感,絮絮地向人们倾诉其蒙受压抑而不能自解的忧伤。

在作者的笔下,表现较多的是离别之愁,羁旅之愁和迁谪之愁。离别之愁,前已论及,兹不赘述。且看羁旅之愁:

> 遥夜沉沉如水,风紧驿亭深闭。梦破鼠窥灯,霜送晓寒侵被。无寐、无寐,门外马嘶人起。
>
> ——《如梦令》

> 湘天风雨破寒初,深深庭院虚。丽谯吹罢小单于,迢迢清夜徂。 乡梦断,旅魂孤。峥嵘岁又除。衡阳犹有雁传书,郴阳和雁无。
>
> ——《阮郎归》

似乎仅仅是在作客观写照,但行役人客况的凄凉和心境的愁苦却于词中深深自见。前一首写驿舍夜宿的情景,以所见("鼠窥灯")表现驿亭的荒凉和破败,所感("寒侵被")表现节令的萧条和严酷,所闻

("马嘶人起")表现行役的匆迫和忙乱,而其中一以贯之的则是作者辗转流徙的无限怨恨和惆怅。后一首仍是叙述旅况,无一字道及愁,无一字不含愁:"风雨"敲窗,一重愁;"庭院"空虚,二重愁;闻曲兴感,三重愁;乡梦又断,四重愁;客中除岁,五重愁;无雁传书,六重愁。包裹在这么多的愁里,不求解脱,也无法解脱,作者真可以算得上是"天涯断肠人"了。宋代不乏写羁旅之愁的作品,但读来皆不及秦观的动人,原因不仅在于他技巧高明——虽然技巧是重要而且必要的——更在于他的羁旅之愁是由身世之恨和沦落之感中派生出来的,因而,发为歌诗,必然比一般的离愁别恨要深刻得多。

然而,表现得更为凄苦的还是迁谪之愁,是无辜遭受迫害的冤屈,是理想在现实面前碰壁的忧愤:

> 天涯旧恨,独自凄凉人不问。欲见回肠,断尽金炉小篆香。黛蛾长敛,任是春风吹不展。困倚危楼,过尽飞鸿字字愁。
>
> ——《减字木兰花》

> 水边沙外,城郭春寒退。花影乱,莺声碎。飘零疏酒盏,离别宽衣带。人不见,碧云暮合空相对。　忆昔西池会,鹓鹭同飞盖,携手处,今谁在?日边清梦断,镜里朱颜改。春去也,飞红万点愁如海。
>
> ——《千秋岁》

在封建专制社会里,执政者可以随心所欲地排挤、打击与自己意见不合的人,而受排挤打击的人却不仅不能有丝毫不满的表示,还得装出一副承恩受惠的样子,否则更大的迫害便会接踵而来。宋代虽然文网不及后代严密,但也曾发生过"乌台诗案"等文字狱,而乌台诗案的罹祸者正是秦观的恩师苏轼。有这一前车之鉴,秦观往往不敢在词中直接表露自己的迁谪之愁,而只能采用"言在此而意在彼"的曲折方式。这两首词便是这样。前一首"为美人以怨王孙",以女主人公的被遗弃隐喻自己的被贬斥。"天涯旧恨",写其内心的不平;"独自凄凉",写其处境的孤危;"黛眉长敛",写其情绪的落寞;而"困倚危楼,过尽飞鸿字字愁",则写其盼望遇赦回京或量移内地却不可得的愁闷。笔调如泣如诉,哀婉欲绝。后一首托言相思,通过今昔不同处境的鲜明对比,表现了对昔日"鹓鹭同飞盖"的京城生活的无比眷恋和今日"飘零疏酒盏"的贬居生活的不胜厌弃。"日边清梦断",暗用伊尹故事,可见作者理想未泯。然而,现实若此,理想毕竟已是无法实现了。这样,作者怎能不吐出"飞红万点愁如海"的极度伤心语呢? 拂去愁云恨雾,我们还是能看到闪烁在他心灵深处的火花的,虽然这火花是那样微弱、那样飘忽。

自然,我们不能说淮海词中的"愁"都是仕途上的坎坷带来的,但仕途上的坎坷无疑强化了作者"愁"的烈度,也加快了作者"愁"的频率。贬谪前,作者虽然也有些风花雪月之愁,却没有浓到不可消释的地步,像"自在飞花轻似梦,无边丝雨细如愁"等,词境还是凄婉的。随着贬谪生涯的开始,作者的"愁"便渐渐由"细如雨"变成"深如海",词境也渐渐由"凄婉"一变而为"凄厉"。王国维《人间词话》云:"少游词境,最为凄婉。至'可堪孤馆闭春寒,杜鹃声里斜阳暮',则变而凄厉矣。"这正如鲁迅在《准风月谈·难得糊涂》中所指出的那样:"风格和情绪、倾向之类,不但因人而异,而且因事而异,因时而异。"如《踏莎行》:

> 雾失楼台,月迷津渡,桃源望断无寻处。可堪孤馆闭春寒,杜鹃声里斜阳暮。　　驿寄梅花,鱼传尺素,砌成此恨无重数。郴江幸自绕郴山,为谁流下潇湘去?

这首词写于郴州贬所。作者登高远眺,但见一派雾气弥漫、月色凄迷的朦胧世界,不能不产生归路茫茫之感。他想逃避这忧患无已的人世,可是,哪里有他所殷殷向往和孜孜以求的世外"桃源"?有的只是令人"伤心惨目"的"孤馆""春寒""杜鹃""斜阳"。曰"孤馆",其孤苦、寂寞之情已见;而"孤馆"为"春寒"所锁,则又添了几多幽冷、几多凄凉?更那堪这时又听到杜鹃的阵阵悲啼,看到夕阳无可奈何地西沉!这样,友人愈是来信慰解,其心中的千愁万苦便愈是难以排遣。结尾两句埋怨江水无情,不为愁人而留,稍慰寂寞,沉痛已极。据说苏轼绝爱这两句,尝自书于扇云:"少游已矣,虽万人何赎。"[1]全词音调之凄厉,犹如萧瑟秋风中飞折了翅膀的孤鹤的哀唳。有人以为淮海词"不慑不怒,不茹不吐,其音和,其气静,其神穆",其中"很难找到一句愤激话、不平话"。其实,作者脆弱却并不静穆,淮海词中,愤激和不平都还是有的。"砌成此恨无重数",这"恨"当然是迁谪沦落之恨,只不过没有明言罢了。因此,我们更赞成淮海词"体制淡雅"而"气骨不衰"(张炎《词源》)的说法。

作者也曾做过排愁遣闷的努力,并且,有时在麻醉了自己后,他也能得到片刻的解脱。如《醉乡春》:

> 唤起一声人悄,衾冷梦寒窗晓。瘴雨过,海棠开,春色又添多少。　　社瓮酿成微笑,半破瘿瓢共舀。觉倾倒,急投床,醉乡广大人间小。

词调下标明是"谪藤州作"。作者避世不得,便想遁迹醉乡。他以为只要喝得酩酊大醉,就会把人间的一切看得轻、看得淡了,因而故作"最好挥毫万字,一饮拼千钟"(《望海潮·广陵怀古》)、"最好金龟换酒,相与醉沧州"(《望海潮·广陵怀古》)之类的豪放语。这或许可视

---

① 《诗人玉屑》引《冷斋夜话》。

为淮海词的另一面。然而,酒精的刺激和麻醉作用毕竟是有限的,它不可能使作者始终昏昏然地耽于那个虚无的世界,与忧愁苦恼绝缘。作者自己也意识到这一点,而情不自禁地发出"漫道愁须殢酒,酒未到,愁已先回"(《满庭芳》)的浩叹。事实上,只要迁谪生活不告结束,深埋在作者心田里的"愁"根便无法拔去,他所做的任何排遣愁闷的努力也便都会归于失败。"举杯浇愁愁更愁",古往今来,哪一个失意文人不是如此呢?

我们不否认淮海词中的"愁"是消极的低沉的,用今天的观点来看,也是不健康的。但它却在一定程度上概括了旧时代的知识分子的共同遭遇,并折射出他们的共同的病态心理。它虽然不可能引导和激励我们冲破黑暗前进,却向我们披示了日趋没落的封建统治阶级内部的纷争和倾轧以及这种纷争和倾轧给一个弱小无辜的受害者所带来的痛苦,从而足以激起我们对产生这一黑暗现象的封建社会的愤慨。这就是我们对淮海词中的"愁"的总的评价。曾季狸《艇斋诗话》中说:"秦少游词云'春去也,飞红万点愁如海',今人多能歌此词。"可知秦观的述愁之作当时就曾得到人们的普遍喜爱,并引起他们不同程度的共鸣。

三

如果说淮海词中的"情"和"愁"终究属于过去的那个时代,今天已多少有些陈腐的话,那么,淮海词言情述愁的技巧,对于我们则是一笔应当认真发掘和继承的珍贵遗产。历代的词论家对淮海词气格的纤弱虽然时有微词,但对它的艺术造诣却无不推崇备至。沈雄《古今词话》引蔡伯世语云:"子瞻辞胜乎情,耆卿情胜乎辞,情辞相称者,唯少游一人而已。"《四库全书总目提要》云:"观诗格不及苏黄,而词则情韵兼胜,在苏黄之上。"夏敬观《映庵手校淮海词跋》云:"少游词清丽婉约,辞情相称,诵之回肠荡气,自是词中上品。"以为秦观出苏轼、柳永之右,也许是他们的偏爱,但他们交口称赞淮海词言能副意,辞能称情,却搔着了痒处。确实,秦观抒情写意,已形成自己的独特风格,既不像苏轼那样"大气磅礴",也不像温庭筠那样"摛金布绣"、柳永那样"尽情发泄",而是平易含蓄,淡雅轻柔,犹如"初日芙蓉晓风杨柳"(况周颐《蕙风词话》),给人以清新、温婉、情韵悠远之感。

首先,淮海词中颇多"以我观物,故物皆著我之色彩"(王国维《人间词话》)的"有我之境"。这就是说,作者每每融情于景,将"情景打成一片"。自然,情与景会,本是中国古典诗歌的艺术传统,非独秦观熟稔于此。秦观的独到之处在于,他惯于用凄迷之景,写凄苦之情。因而,在淮海词中我们几乎看不到"乱石崩云,惊涛裂岸"的壮阔之景,也几乎看不到"宝函钿雀""翠屏金凤"的绮丽之景,看到的只是与他的心情相惬的"斜阳""寒鸦""腻云""残雨""阴风""乱红""衰草"。仅写到"斜阳"的,就有"回首斜阳暮"(《点绛唇》)、"雨余芳草斜阳"(《画堂春》)、"绿荷多少斜阳中"(《虞美人》)、"杜鹃声里斜阳暮"(《踏莎行》)、"过尽斜阳院"(《水龙吟》)、"更春共斜阳俱老"(《迎春乐》)、"斜阳外寒鸦数点"(《满庭芳》),等等。作者便用这些富有象征意义的景物构成一个惨淡、迷蒙的境界,而自己则如痴如醉地流连、吟唱于其中,洒出一串串哀婉的音符。在作者笔下,不但景是因情而设的景,情是因景而生的情,而且往往"情景互藏其宅","妙合无垠"(王夫之《姜斋诗话》)。如《八六子》:

> 倚危亭,恨如芳草,萋萋刬尽还生。念柳外青骢别后,水边红袂分时,怆然暗惊。　　无端天与娉婷。夜月一帘幽梦,春风十里柔情。怎奈向、欢娱渐随流水,素弦声断,翠绡香减,那堪片片飞花弄晚。蒙蒙残雨笼晴。正销凝,黄鹂又啼数声。

张炎《词源》曾经称赞这首词说："离情当如此作,全在情景交融,得言外意。"作者先写自己登临送目,触景生情,深觉离愁别恨恰似视野中的萋萋芳草一样易生而难灭。接着追忆旧日情事,以"夜月""春风"渲染环境,衬出人情之欢愉。然后再转入现实,写晚风之中落花纷纷,乍晴之后残雨濛濛,这已够使自己感到难堪,而这时黄鹂又偏在耳旁叫得那样凄切,这就更令人不胜烦恼。全词以情语起,以景语结,而有情中景,景中情,确乎做到了"情融乎内而深且长,景耀乎外而远且大"(谢榛《四溟诗话》)。

其次,作者不仅让自己的"情"和"愁"渗透在撷自自然界的兴象、意象里,而且将它倾注在抒情主人公的形象中,通过塑造饱和着自己的审美理想和艺术情趣的抒情主人公形象来传神写意。这气韵生动、呼之欲出的抒情主人公形象有时是作者自己,更多的则是作者的意中人。如:

> 心耿耿,泪双双,皎月清风冷透窗。人去秋来宫漏永,夜深无语对银缸。
>
> ——《捣练子》

> 落红铺径水平池,弄晴小雨霏霏。杏园憔悴杜鹃啼,无奈春归。　　柳外画楼独上,凭阑手撚花枝。放花无语对斜晖,此恨谁知?
>
> ——《画堂春》

显然,作者不屑于对她们作"鬓云欲度香腮雪"之类的精细的形貌刻画,而重在以勾魂摄魄之笔,点染其神态,揭示其心理。因而,在她们身上绝无令人生腻的脂粉气。她们的形貌若何,对我们也许永远是一个无须解开的谜,但她们的复杂、微妙心理却清晰地袒露在我们面前,引起我们的思考和同情。在表现手法上,这两首词都是先为抒情主人公布置一个凄清、衰飒的环境,略作渲染和铺垫,然后再在这一背景上推出一个传神的特写镜头:前一首是"夜深无语对银缸",后一首是"放花无语对斜晖"。仅此一笔,便将主人公的寂寞之感和相思之情披露无余。

第三,作者言情述愁的语言往往不假雕饰、洗尽铅华,而自有浑灏流转,一唱三叹之致。李清照《词论》曾批评秦观"专主情致,而少故实"。其实,不以堆砌"故实"为工,而独出机杼,自铸新辞,用温婉和平、明白如活的"淡语""浅语"荡人心魄,与其说是少游之短,莫若说是少游之长。这种"淡语""浅语"也许不及那种"镂玉雕琼""翦红刻翠"式的语言典雅、华丽,却比它们清新、生动。如"不似寻常忆,忆后教人,片时存济不得"(《促拍满路花》)、"莫怪为伊、抵死萦肠惹肚,为没教、人恨处"(《河传》)、"无奈归心,暗随流水到天涯"(《望海潮·洛阳怀古》)、"衡阳犹有雁传书,郴阳和雁无"(《阮郎归》),等等,既无僻典,也无冷字,却都是发人之所未发,不仅有九曲柔肠盘旋于中,能使读者品味再三,低回无已,而且显得那样活泼、流畅、富于生活气息。这就是冯煦《宋六十一家词选例言》所津津乐道的"淡语皆有味,浅语皆有致"。作者的笔犹如挥洒自如、无施不可的魔杖,人人所常历之境,人人所欲言而不能者,他信手拈来,不敷粉,不着色,只稍加锻炼,便轻灵隽永,一笑百媚。偶尔,他也融化古人诗句入词,却能做到浑然一体,令人不觉。《苕溪渔隐丛话》引《艺苑雌黄》云:

> "寒鸦万点,流永绕孤村"之句,人皆以为少游自造其语,殊不知亦有所本。　　予在临安,见平江梅知录隋炀帝诗云:"寒鸦千万点,流水绕孤村。"少游用此语也。

袭用而不见袭用之痕,就因为它已化为词中的血肉,且毫无深奥之处,以至"虽不识字人,亦知是天生好言语"(《茗溪渔隐丛话》引晁无咎语)。

第四,作者不仅习用"淡语""浅语",以求不工之工,而且驱遣"奇语""妄语",以求无理之理。适应言情述愁的需要,作者常常进行创造性的想象和夸张,使所状之景、所抒之情更其鲜明突出,而不是处处为生活真实所拘,满足于对生活作简单的录像。即如"若说相思,佛也眉儿聚"(《河传》)、"名缰利锁,天还知道,和天也瘦"(《水龙吟·赠娄东玉》)、"人人尽道断肠初,那堪肠已无"(《阮郎归》)、"便做春江都是泪,流不尽、许多愁"(《江城子》)、"春去也,飞红万点愁如海"(《千秋岁》),等等,用科学常识来衡量,皆属无理之谬语。然而,正如鲁迅在《集外集拾遗·诗歌之敌》中所指出的,"诗歌不能凭仗哲学和智力来认识",唯其作如是的奇想和夸饰,才能化无形为有形,凸现作者此时此境的相思之苦和忧愁之烈。作者背离了生活的真实,却达到了艺术的真实。"无理之理",即此谓也。自然,对此很不理解的也代不乏人。宋人程伊川就曾责问作者,"上穹尊严,安得易而侮之"[①]。

第五,作者善于驾驭长调这一更自由的抒情形式,而不像晏殊、欧阳修那样局限于小令一途。柳永创制慢词,而词之堂庑始大。秦观直承其后,又加发扬蹈厉,以细腻的笔触、秀美的风姿,使长调、慢词另开清丽幽雅一境。和柳永一样,他的慢词也有铺叙详赡、细密尽情的特点,却比柳永更重回环照应,因而每能做到"清丽中不断意脉"(张炎《词源》)。如《望海潮》:

> 梅花疏淡,冰澌溶泄,东风暗换年华。金谷俊游,铜驼巷陌,新晴细履平沙。长记误随车,正絮翻蝶舞,芳思交加。柳下桃蹊,乱分春色到人家。　　西园夜饮鸣笳,有华灯碍月,飞盖妨花。

---

① 见袁文《甕牖闲评》。

兰苑未空,行人渐老,重来是事堪嗟。烟暝酒旗斜。但倚楼极目,时见栖鸦。无奈归心,暗随流水到天涯。

词为怀旧而作,因而"暗换年华"是一篇主旨之所在,深蕴物是人非的今昔之感。从结构上看,乃由抚今而思昔,因思昔而伤今。虽不从过片处换意,脉络却一目了然。除写景抒情皆"两两相形。以整见劲"(周济《宋四家词选》)外,上下片收束处各以一"到"字作眼,形成连环回转之势。全词一气贯注,"旋断仍连",显得空灵荡漾而又摇曳多姿,收到了"语尽而意不尽。意尽而情不尽"(毛滂《清波杂志》)的艺术效果。

托尔斯泰在《论艺术》中指出:"艺术的感染力的深浅,决定于下列三个条件:(1)所传达的感情具有多大的独特性;(2)这种感情的传达有多清晰;(3)艺术家的真挚程度如何,换言之,艺术家自己体验他所传达的那种感情的力量如何?"几百年来,淮海词能深深地感染读者,乃至流传不衰,不正因为它具备了这三个条件吗? 当然,和许多流传至今的优秀古代作品一样,淮海词也存在精芜杂陈的现象。除其情调本身不那么健康外,庸俗的笔墨也非绝不可见。因而,正如陈廷焯《白雨斋词话》早就提醒人们的那样,阅读淮海词时"去取不可不慎",尤其要谨防不自觉地跟着作者走进那"情天恨海"中去。

原载《词学》第七辑

论陆游诗的意象

一

　　这也许并非一无依凭的臆断：读陆游诗，人们不仅能与回荡于其间的炽烈如火的爱国主义激情发生和谐的共鸣，而且能从诗人所熔铸的意象中获得程度不同的美感效应。诚然，时下流行的接受美学理论告诉我们，作为信息的接受者和反馈者，读者在欣赏过程中往往依据自己的生活经验和审美情趣，进行艺术的再创造，从而有可能做出大相径庭、甚至与作者本意相忤的想象和评判。即如：由"醉中拂剑光射月"（《楼上醉歌》）这一意象，有人感受到诗人的雄豪，以为这是其凌云志向和报国丹心的一种折射；有人却触摸到诗人的忧愤，视之为英雄失路、宝刀徒老的悲歌；还有人则但觉其"壮浪纵恣，摆去拘束"，看成是诗人狂放性格的写照。但如果撇开具体而微的审美心理，对陆游所熔铸的诗歌意象的美学功能，人们大概不会有太多的疑问。

　　在近代的某一个时期，人们曾经把意象一词误会成西学东渐的舶来品。后来，敏而好古的学者不仅从先贤那里找到了它的本源和运用的实例，而且不无自豪地发现：二十世纪初的英美意象派诗人也曾经受到中国古典诗歌意象的沾溉。近几年，随着思想禁锢的解除，人们对意象这一概念津津乐道起来，不仅从内涵到外延、从源头到流变，对它进行严格的界说，而且开始细致地分析它在诗中的组合方式及其美学意蕴。但也许是由于"宋人多数不懂形象思维"这一观点的潜移默化的影响,一提到意象,人们总是习惯于标举唐诗,不厌其烦地证以唐诗的实例,对宋诗则鲜有所及。这样,便无形中造成一种印象,似乎意象是唐诗的专利品,以才学、议论、文字为诗的宋代诗人从未染指。实际上,意象与宋代诗人既未久违,也无隔膜。虽然为了在唐诗盛乎难继的情况下,另辟蹊径,自开户牖,宋代的许多诗人似乎更注重诗的"筋骨思理",而表现出骋才使气、议论风发、瘦硬通神等倾向,但他们对唐代诗人的卓越的艺术创造、包括熔铸意象的手法,并没有全盘排斥,恰恰相反,一些优秀的宋代诗人都曾自觉地从唐诗中吸取丰富的艺术技巧,再加以融合改造,即以陆游而论,其诗既和杜诗一样被誉为"诗史",他本人也有"小李白"之称。因而,仅仅将意象与宋诗挂钩,未免失之偏颇。意象作为中国古典诗歌的审美范畴之一,应当是历代诗人,包括唐宋诗人的共同的艺术创造。其中,也融合了陆游的一份贡献。

二

凭艺术直觉感知这一点并不难,难的是在此基础上做出理性的说明。我们不妨先对陆游诗的意象进行类型分析。

意象理论告诉我们,作为构成意象的二元之一的客观之象既然为诗人的主观之意所统摄,那么,诗人在取象时,必然受到其审美心理和表意趋向的调制。这样,观察一下诗人取象的特征,对于探寻诗人融注在意象中的深层意识,是不无裨益的。倘若从取象的角度着眼,陆游诗的意象大致可分为以下三种类型。

第一类取象雄阔。即诗人攫来表现一己意念的物象,多为崇山峻岭、怒涛狂潮、铁甲雕鞍,等等。如《风雨中望峡口诸山奇甚,戏作短歌》：

> 白盐赤甲天下雄，拔地突兀摩苍穹。
>
> 凛然猛士抚长剑，空有豪健无雍容。
>
> ……

在陆游笔下，"白盐""赤甲"二山是那样伟岸、那样豪壮，犹如猛士抚剑雄踞，蓄机待发。联系诗人"铁马秋风大散关"（《书愤》）的从军经历和"思为君王扫河洛"（《弋阳道中遇大雪》）的政治思想，不难看出，诗人取以为象的"白盐""赤甲"，正是其扫荡强虏、重整金瓯的雄心壮志的物化。

又如《出塞曲》：

> 佩刀一刺山为开，壮士大呼城为摧。
>
> 三军甲马不知数，但见动地银山来。
>
> ……

同样以夸张手法对所取之象恣意渲染，使其显得奇兀而又雄壮，而寄寓在其中的无疑是诗人出塞杀敌的坚强决心。由此，我们得到这样的启迪：每当诗人抒写自己的报国豪情和平虏壮志时，他总是煞费苦心地攫取那些弘阔、雄奇的景物来熔铸意象，以求与自己的情志相惬。陆游《长歌行》自云："岂其马上破贼手，哦诗长作寒螿鸣。"的确，诗人的"气吞残虏"之概、"弯弓跃马"之思，岂是"虫吟草间""鸟鸣花丛"之类的景象所能涵盖和表现？诗人内心"真力弥满"，一寓之诗，必然对雄阔之象格外垂青。细检陆游诗，取象雄阔的诗句，随处可见：

> 九轨徐行怒涛上，千艘横系大江心。
>
> ——《度浮桥至南台》

酒为旗鼓笔刀槊,势从天落银河倾。

——《题醉中所作草书卷后》

饮罢别君携剑起,试横云海翦长鲸。

——《野外剧饮示座中》

千群铁马云屯野,百尺金蛇电掣空。

——《南桥遇大风雨》

豪情与壮景契合为既雄且阔、底蕴丰厚的意象,使读者感受到其内在的力度与热度。唯其如此,陆游诗才有别于石湖的"边幅太窘"、四灵的"景象太狭"、后村的"思致太纤"而独享"出奇无穷"之誉。

第二类取象衰飒。和前一类相反,诗人寄意的这一类物象多为夕阳衰草、孤灯寒雨、断雁啼鸦,等等。如:

晚潮又泊淮南岸,落日啼鸦戍堞空。

——《晚泊》

寒雨似从头上滴,孤灯偏向枕边明。

——《不寐》

急雨打窗心共碎,危楼望远涕俱流。
岂知今日淮南路,乱絮飞花送客舟。

——《送七兄赴扬州帅幕》

显然,在"晚潮""落日""啼鸦""寒雨""孤灯""危楼""乱絮"等令人伤心惨目、忧思遄飞的物象中,渗透着诗人的某种愤懑和怅惘。如果说仅仅拈举一二联还难以指实诗人究竟因何而愤、又因何而怅的话,那么,引录其全诗则可以清楚地窥得诗人愤懑和怅惘的缘由,以及他布置这般凝重的氛围、熔铸如是衰飒的意象的本旨:

太息复太息，吾行无终极。

冰霜迫残岁，鸟兽号落日。

秋砧满孤村，枯叶拥破驿。

白头乡万里，堕此虎豹宅。

道边新食人，膏血染草棘。

平生铁石心，忘家思报国。

即今冒九死，家国两无益。

中原久丧乱，志士泪横臆。

切勿轻书生，上马能击贼。

——《太息》

这首诗写于诗人从军蜀中时期。诗人多么渴望"上马击狂虏，下马草军书"的戎旅生活！然而，"和戎诏下十五年，将军不战空临边"（《关山月》）。由于南宋统治集团畏敌如虎，但求苟安，不恤国计，诗人只落得"壮图空负胆轮囷"（《夜登千榭峰》）。这怎能不使他拊膺长叹、忧愤无已？处于这种心态下，他听构设的意象又怎能不带有衰飒之气、抹上冷峻之色？"冷饭杂砂砾，短褐蒙霜露；黄叶满山邮，行人跨驴去"（《路旁曲》）——披文入情，一个身世潦倒、天涯飘零的失意者的形象灼然可见。显然，诗人借助这些萧瑟、凄凉的物象，抒写的是英雄失路、报国无门的悲慨。

第三类取象清丽。既有别于第一类的阔大雄奇，壮怀激烈；也不同于第二类的衰飒阴冷，低回掩抑；而是清极丽绝，有说不尽的恬淡和温馨。这样，清风霁月、画山秀水、鸣蛙啼莺等便成为这一类物象的代表。如：

一弯画桥出林薄，两岸红蓼连菰蒲。

——《思故山》

山重水复疑无路,柳暗花明又一村。

——《游山西村》

野水交流自满畦,芳池新涨恰平堤。

花藏密叶多时在,莺占高枝尽日啼。

——《雨后集湖上》

热情洋溢的诗笔,生动而又逼真地渲染了自然景色的明媚和田园风光的秀丽,袒露了诗人爱真爱美的一片赤子之心。诚然,"卧读陶诗未终卷,又乘微雨去锄瓜"(《小园》)的田园生活并不能使矢志恢复的诗人彻底忘怀国事、敝屣功名。杨万里《跋陆务观剑南诗稿》二首之一称其"尽拾灵均怨句新",可知前人即已看出,他晚年闲居山阴农村时有意学陶而终近骚。然而,当他神会于真淳、宁静的自然景色和田园风光时,他毕竟能得到片刻的陶醉。不言而喻,在这些"清丽之象"中,融入了诗人热爱自然的情怀。

由此似乎可以得出一个并不难推导的结论——陆游在熔铸意象时,往往以意役象,象因意迁:借雄奇阔大之象,寄报国杀敌之志;托衰飒凄凉之象,示英雄失路之愤;凭清新明丽之象,寓放浪林泉之情。从而使意与象之间如水乳交融一样取得高度的和谐。陆游诗意象的这三种不同类型,呈现出独创性与丰富性的统一,昭示了诗人善于多方生发的艺术才能和不专一格的审美趣味。在这三种不同类型的意象中,尤以第一类意象出现的频率最高。这是因为诗人把驱逐金兵、收复中原作为一生孜孜以求的神圣目标,老而弥坚,死犹未已。"夜阑卧听风吹前,铁马冰河入梦来。"(《十一月四日风雨大作》)诗人以衰朽之躯僵卧孤村时尚能创造出这样的豪气干云的意象,这本身便多么令人振奋!

三

如果说运用归纳、演绎法对陆游诗的意象作简单的类型分析尚属易事的话，那么，探讨陆游诗意象的组合、结构方式及其合理性，则要棘手得多了。

意象是刹那间形象和意念触发性的复合体，因而，在意象的生成过程中。作为创造主体的诗人除了应当善于"神与物游""神会于物"，即善于用内在的主观意念去捕捉或感应外在的客观形象外，还必须以独特的方式将神与物糅为一体、情与景熔于一炉。这样，一旦产生触发的契机，便从容裕如而又不蹈故常地将它们复合为具有"定向指义"的意象。相比之下，后一种能力尤为可贵。因为前者仅需借助艺术直觉和艺术想象，而后者则需要多种艺术手段的综合运用。令人欣慰的是，这后一种能力，陆游也不匮乏。

说到意象的组合、结构方式，人们极易想起李贺、李商隐等唐代诗人惯用的"意象叠加法"。所谓"意象叠加法"，即利用艺术想象的跳跃性，将两种或两种以上本不相干的物象叠印在一起，造成时间与空间的交叉和延伸，给人境界的重迭感和深邃感。如"天寒白屋念娇婴，古台石磴悬肠草"(《老夫采玉歌》)、"沧海月明珠有泪，蓝田日暖玉生烟"(《锦瑟》)之类皆是。此外，杜甫的"细草微风岸，孤樯独夜舟"(《月夜》)，刘禹锡的"枫林社日鼓，茅屋午时鸡"(《秋至潜水驿送别》)，温庭筠的"鸡声茅店月，人迹板桥霜"(《商山早行》)，等等，也可用"意象叠加法"来作出透辟的解释。这种手法。陆游当也不陌生，《书愤》中的"楼船夜雪瓜洲渡，铁马秋风大散关"即是一个突出的例子：犹如现代电影中的蒙太奇一般，这两句各自通过三种物象的叠加，契合为一幅精光四射、英风逼人的画面。从中我们不仅触摸到诗人浴血疆场、甘茹苦辛的战士情怀,而且对其从军经历也可粗知梗概。这就是"意象叠加法"的妙用;它略去了中间的过渡性词语,看似脱节,其实读者完全可以发挥自己的想象来加以补充和完善。从而既增加了诗的容量和张力,又给读者留下再创造的余地。陆游是深谙这一点的。然而,较之李贺、李商隐等人,"意象叠加法"毕竟不是陆游所擅长的手段,陆游所习用的是意象的"比照法""拟喻法"和"逆反法"。所谓意象的"比照法",即在前后勾连的两句或几句诗中,设置两种以上在某一点上有所抵悟的景象,使之形成深刻、鲜明的映照;必要时也不惜使用一二关联词语稍加轩轾,从而曲折有致地表露自己的思想倾向。如:

少携一剑行天下,晚落空村学灌园。

——《灌园》

朱门沉沉按歌舞,厩马肥死弓断弦。

——《关山月》

钧天九奏萧韶乐,未抵虚檐泻雨声。

——《秋旱方甚,七月二十八夜忽雨,喜而有作》

运用比照法,不仅造成一种作用于读者的视觉和知觉的反差效果,强化了意象的内在功能,而且在不动声色的比照中,凸现了诗人的主观意图,分外清晰地传导出其心脉的搏动。如果说第一例通过携剑出游、纵横天下的少年形象和潦倒空村、转事力耕的老年形象的比照,强烈地抒发了诗人"志士凄凉闲处老""老却英雄似等闲"的感慨的话,那么第二例则同样在冷峻的比照中让意象本身释放出批判的讽刺的力量:一边是手握重兵的将军们在高楼深院中观赏轻歌曼舞,醉生梦死,风流自赏;另一边则是其战马徒增肥膘于厩栏、其战弓枉蚀劲弦于流尘。这惊心动魄、令人发指的情景,岂不正是对南宋统治集团的和戎政策的有力挞伐? 至于第三例,由诗人对"虚檐泻雨声"和"钧天萧韶乐"的异乎寻常的褒贬（前人所谓"反常合道"者），不难感触到他那颗与农人息息相通的火热的诗心——在诗人心目中，这秋雨简直是洒向人间的甘霖，有着世界上最美的色彩和声音。显而易见，诗人只有通过意象比照，才能给予读者如此形象化的启示。

自然，这种意象的"比照法"的发明权并不能归属于陆游。在前代诗人那里，它的妙用早已被发挥得淋漓尽致。从孟子的"厩有肥马，野有饿莩"（《孟子·梁惠王》），到杜甫的"朱门酒肉臭，路有冻死骨"（《自京赴奉先咏怀五百字》），再到苏轼的"宫中美人一破颜，惊尘溅血流千载"（《荔枝叹》），已一而再、再而三地显示了前代诗人驱遣它的娴熟技巧。但较之前代诗人，陆游对这种手法似更为偏爱，因而它在陆游诗中往往重见迭出，连篇累牍。不仅如此，在具体运用时，陆游还注意到自出机杼，变化生新。例如前人往往在两句中进行比照，陆游则将比照的篇幅扩大到四句、六句乃至八句，造成更宽广的思维空间和回旋余地：

> 前年脍鲸东海上，白浪如山寄豪壮；
> 去年射虎南山秋，夜归急雪满貂裘。
> 今日摧颓最堪笑，华发苍颜羞自照。
> 谁知得酒尚能狂，脱帽向人时大叫。
> ……
>
> ——《三月十七日夜醉中作》

意象的转换陡峭而自如，比照亦鲜明而深刻。由昔日脍鲸东海、射虎南山的壮举与今日华发苍颜的衰况的比照，见出诗人的"摧颓"——这摧颓当然是南宋统治集团打击和迫害的结果；而由酒前不敢揽镜自照的羞意与酒后"脱帽向人时大叫"的狂态的比照，又见出诗人毕竟豪情未泯——如果准其请缨北伐，仍能"气吞万里如虎"。像这样在八句诗中精心构设四种意象,辗转进行比照,以更生动、更简洁、更形象地表情、达意、传神,或许可以说是陆游的创造。

所谓意象的"拟喻法",顾名思义,即让意象本身带有拟喻性,从表面上看,似乎诗人只是在单纯地状物写景,然而如果"探过一步",透视其深层结构,就可以看出,那都渗透着诗人的情思,是对某种精神状态的写照。这就需要将攫入笔端的物象人格化,赋予它们一定的象征意义,使物我交融,惝恍难分。如:

> 瓶花力尽无风堕,炉火灰深到晓温。
> 空橐时时闻鼠啮,小窗一一送鸦翻。
>
> ——《晓坐》

> 孤鹤从西来,长鸣掠沙汀;
> 亦知常苦饥,未忍吞膻腥。
>
> ——《吾庐》

前诗乍看似是一幅并无深意的"晓坐即景图",唯状物工巧、写景生动而已。其实,"瓶花""炉火"都是拟喻性的意象,有着耐人寻味的象外之致。如果说"瓶花"句是诗人面对"风刀霜剑严相逼"的政治环境发出的难以自保的叹息的话,那么,"炉火"句则是诗人处身于高压下的旦旦信誓:爱国之情,千古永炽;报国之志,万劫莫夺。后诗的象征意义更为明显:孤鹤宁可饥肠辘辘,也不愿吞食腥膻之物的拔俗操守,分明是借喻以诗人为代表的爱国志士"富贵不能淫,威武不能屈,贫贱不能移"的高风亮节。无须讳言,这种意象的拟喻法在前代诗人的作品中亦非鲜见。陆游有所翻新的是:在诗的一联中,展示两种拟喻性的意象,其一着墨于"人",另一则落笔于"物"。它们之间的关系是:前者是对后者的摹拟,后者又是对前者的比况。这样,前后互喻,连环回转,妙趣无穷。如:

快鹰下韝爪觜健,壮士抚剑精神生。

——《声秋》

志士凄凉闲处老,名花零落雨中看。

——《病起》

这里,简宜分不清诗人究竟是在以物拟人,还是在以人况物,但觉人因物显,物由人彰,两两相形,气韵生动。这大概可以说是陆游对传统的意象拟喻法的一点小小的改革。

至若意象的"逆反法",则尤能显示陆游组合、构设意象的卓异才能。所谓意象的"逆反法",即根据矛盾逆折的一般规律,在同一诗句或连贯而下的两行诗句中,将多寡悬殊或正反矛盾的两种物象紧密结合在一起,使两种力量构成顺逆相荡、富于张力的冲击,并将其导向相反相成、互生互济的渠道。从而使读者产生深刻的印象,获得新颖的美感。这在某些方面略同于比照法,但其表现形式却较比照法远为丰富。如:

五更风雨梦千里,半世江湖身百忧。

——《北窗》

一枝筇杖疏篱外,占尽千岩万壑秋。

——《舍北晚眺》

起倾斗酒歌出塞,弹压胸中百万兵。

——《弋阳道中遇大雪》

一身报国有万死,双鬓向人无再青。

——《晚泊水村》

万里羁愁添白发,一帆寒日过黄州。

——《黄州》

或者在短促的时间内纳入辽阔的空间和高效的频率,构成时间与空间的逆反及时间与数量的逆反;或者让有限的物体去占据无限的境界,释放出无穷的能量,形成多与寡的对立。从而有力地冲击读者的鉴赏心理,使其始而惊异,继而沉吟,终而领悟到个中的"不谐之谐""非齐之齐""无理之理"。

这里,同样需要说明的是,这种多与寡的艺术辩证法,在前于陆游的不少诗人的作品中都有生动、丰富的表现,李白《答王十二寒夜独酌有怀》中的"吟诗作赋北窗里,万言不值一杯水"即为一例。对此,当代的一些著名学者已作过精辟的论析。[①]但陆游所擅长的"逆反法"并不仅仅表现为意象构成因子中多与寡的对立,同时他还推衍出其他种种一反均衡、对称律的"扭曲"形式。如有时大小不等:"拔地青苍五千仞,劳渠蟠屈小诗中"(《过灵石三峰》);有时强弱不均:"怒虎吼山争雪刃,惊鸿出塞避雕弓"(《忆江南》);有时刚柔不称:"塞上长城空自许,镜中衰鬓已先斑"(《书愤》);有时正邪不合:"中原麟凤争自奋,残虏犬羊何足吓"(《送辛幼安殿撰造朝》);有时雅俗不叶:"兜鍪蝉冕俱扫空,雨笠香新织青箬"(《日晚散步湖上遇小雨》);有时美丑不伦:"二月莺花满阆中,城南搔首立衰翁"(《南池》);有时喜忧不协:"酒渴喜闻疏雨滴,梦回愁对一灯昏"(《枕上偶成》)。无须一一胪举,凡此已足以说明陆游在运用意象的逆反法时是怎样得心应手、游刃有余,又是如何灵光独运、出奇制胜。诚然,从一般的意义上说,古典诗歌要求具有平衡、对称、整齐一律之美,但如果一无参差错落、对立转化,未免显得单调、呆板,运用意象的逆反法,可以"在平衡与不平衡、对称与不对称、整齐与不整齐之间达到一种更巧妙的新的结合",从而更好地表现蕴藏在其中的种种生活、思想、感情上的矛盾,产生使读者"耸神荡目"的特殊艺术效果。这正是陆游"乐此不疲"的原因。

清人袁枚《遣兴》诗有云:"夕阳芳草寻常物,解用都为绝妙词。"验

---

① 参见程千帆先生《古典诗歌描写与结构中—一与多》,始载于《古代文学理论研究》第七辑,后收入上海古籍出版社 1984 年 12 月出版的《古诗考索》一书。

以陆游的诗歌创作实践,确是如此。诗人的笔犹如无施不可的神奇的魔杖,杂乱、纷繁的人间万物一经其点化,便幻变为五彩缤纷、光怪陆离的美妙意象,凸现出诗人思想的轨迹,映射出诗人心灵的光波。陆游对自己组合、结构意象的功力是很有些陶陶然的。《九月一日夜读诗稿有感走笔作歌》一诗中云:"天机云锦用在我,剪裁妙处非刀尺。"这当是自得、自许之词。

四

毫无疑问,陆游诗在意象的熔铸和运用方面显示了赫赫的劳绩,其才不可诋,其功不可没。但正如瑜、瑕总是令人不胜惋惜却又无可奈何地并存于璞玉之中一样,陆游诗在意象的熔铸和运用方面也存在着种种缺陷。否认前者,固然偏执;否认后者,又何尝平允?

缺陷之一是意象的因袭和重复,这曾经招致不少有识之士的批评。见朱彝尊《曝书亭集》卷四十二、赵翼《瓯北诗话》卷六及钱锺书《谈艺录》等。诚然,意象本身具有递相沿袭性,前代诗人所创造的富于活力和魅力的意象往往被后代的诗人在不同的作品中反复袭用。这样,经过历史的积淀,某些意象便成为表达某种固定的思想和情绪的习惯用语。像陆游《秋兴》诗"起行百匝几叹息,一夕绿发成秋霜"中的"秋霜",《沈园》诗"伤心桥下春波绿,曾是惊鸿照影来"中的"惊鸿",虽系蹈袭前人,却亦堪玩赏品味。如果陆游诗意象的因袭仅限于此,尚不足为病。然而可惜的是,陆游有时连意象的组合方式也难免因袭前人。如《遣兴》中的"得酒不妨开口笑,学人时作捧心颦"之于黄庭坚《用子瞻韵和赵伯充团练》中的"家酿可供开口笑,侍儿工作捧心颦",《春近山中即事》中的"人事自殊平日乐,梅花宁减故时香"之于陈师道《次韵李节推九日登南山》中的"人事自生平日意,寒花只作去年香",

等等,不唯有蹈袭之嫌,简直贻人以剽窃之讥。当然,陆游在袭用前人诗中的意象时,往往也加以点化,如《初夏闲步村落间》中的"绿叶忽低知鸟立,青萍微动觉鱼行",显系自谢朓《游东田》中的"鱼戏新荷动,鸟散余花落"及储光羲《钓鱼湾》中的"潭清疑水浅,荷动知鱼散"脱胎而来,却又自成面目,不无新趣,从中见出江西诗派"点铁成金""夺胎换骨"的功夫。这是陆游曾经出入江西诗派的佐证。姜特立《梅山续稿》卷二谓陆游"不蹑江西篱下迹,远追李杜与翱翔",未免失察。陆游自己对早年效法江西诗派、向故纸堆中觅取灵感和意象的事实倒是供认不讳:《九月一日夜读诗稿走笔作歌》有云"我昔学诗未有得,残余未免从人乞"。

至于意象的重复,则是因袭的并发症,其为弊之深,似乎尤过于因袭。钱锺书先生《谈艺录》因此批评陆游道:"古来大家,心思句法,复出重见,无如渠之多者。"这并非苛责之辞。像《自嘲》中即云"清心不醉猩猩酒,省事那营燕燕巢";《小筑》中又云"生来不啜猩猩酒,老去那营燕燕巢";《感事》中更云"已醉猩猩犹爱屐,入秋燕燕尚争巢"。孤立来看,或许皆可见其"比偶组运之妙"[1]。但如果放置在一起,则不免给人"句法稠叠"[2]之感了。那么,这是否意味着才思的匮乏呢?假如发生在别的诗人身上,当然可以这样说;发生在陆游身上,则当别论,因为陆游的创作量丰富到令人惊讶的地步——"六十年间万首诗"。这一万多篇诗作,不仅记录了陆游生活的足音、心灵的曲线,而且折射出那一时代的风貌。因此,从社会学、历史学的角度看,都弥足珍贵。但如果从文艺学和美学的角度来审视,则未必都是精粹之作,都足以体现其取象、构象等方面的高超技巧了。综合考察陆游现存的全部诗作,我们完全可以做出这样的合理揣测:有时,诗人急于成章,又苦于

---

[1]　钱锺书《谈艺录》:"放翁比偶组运之妙,冠冕两宋。"
[2]　朱彝尊《曝书亭集》卷四十二《书剑南集宋》谓放翁诗"句法稠叠,读之终卷,令人生憎"。

运思,便只好借用于前人诗作或自己旧作中的现成意象和现成思路,勉强敷衍一篇。如是者三,因袭和重复的痕迹便变得十分明显。但尽管如此,仍然无妨陆游成为一代大家,因为陆游也有相当数量的诗作向我们展示了其独创的意象和有所创新的意象组合、结构方式。清人叶矫然《龙性堂诗话》早已指出:

> 放翁诗多至万首,其佳句甚夥,当分别观之。世多诋其俚浅,然实有警处、逸处、造作处。如《感怀》云"故人不见暮云合,客子欲归春草生";《雨霁》云"雨声已断时闻滴,云气将归别起峰"……皆言近致远,有浣花、曲江之遗焉。

这是知者言。如果我们去其芜杂,而仅取菁华,那就绝不会得出陆游才思匮乏的结论。也许正因为这样,钱锺书先生在《谈艺录》中虽对陆游诗颇多微词,却仍肯定他"才大思巧"。

缺陷之二是有时在意象后缀以不必要的议论,试图将一切都点明、说透,以致凭空添出一些"蛇足",虽然便于读者理解,却减却了含蓄的韵味,难以收到"不著一字,尽得风流"的效果。"尽同元白诸人趣"①,此之谓也。今人每每称道陆游兼得李白之飘逸与杜甫之沉郁,这不错;但似乎还应该补充一句:他还兼得白居易之率直。前人也已看出这一点。清人田霶《古观堂集》卷二即谓"放翁意摹香山",袁枚《小仓山房诗集》卷二十五及吴陈琰《葛庄诗钞序》等也将陆游与白居易相提并论。这是很有见地的。和白居易一样,陆游往往追求"透脱",喜欢说尽、写足,结果却是"透"而不"脱",一方面,他熔铸意象的手段往往不失为高明;另一方面,他对意象本身的美学功能又往往认识不足,唯恐读者不能领悟其中的妙谛,而情不自禁地跳出来以议论的方式点拨一番,殊不知这本来大可不必。即便是在一些广为传诵的

---

① 袁宗道《白苏斋诗集》卷五《偶得放翁集快读数日志喜因效其语》。

名篇中,也未免此病。如《关山月》中,由"笛里谁知壮士心,沙头空照征人骨"等意象,已见国人对"和戎"政策的愤慨和不堪金人盘踞中原的痛苦,诗人却偏偏还在其后续以"中原干戈古亦闻,岂有逆胡传子孙"的议论,虽然显得"神完意足",终嫌累赘。此外,由于过低地估计了读者的艺术鉴赏力,诗人还往往以明喻的方式将意象的内涵径自点出。如《夜闻湖中渔歌》:

> 梦回一灯翳复明,卧闻湖上渔歌声。
>
> 呜呜乍低忽更起,袅袅欲断还微萦。
>
> 初随缺月堕烟浦,已和残角吹江城。
>
> 悲伤似击渐离筑,忠愤如抚桓伊筝。
>
> ......

"渐离筑""桓伊筝",这是两个为历代诗人所递相沿袭的意象,其中早已积淀有"悲伤""忠愤"之意,读者自不难品出,因而诗人用"悲伤""忠愤"等字眼直接点破,反而使一篇索然无味。凡此,都是率直的弊端。幸好陆游诗并非都率直如斯,否则该何等地令人遗憾!

这一大篇话,无非为了说明一点:陆游熔铸意象的实践是一种成功与失败兼而有之的实践,然而,无论是成功的经验,还是失败的教训,今天不都值得我们来认真地总结和借鉴吗?

原载于《文学遗产》1988 年第 1 期

宋词中的别离主题

"多情自古伤别离",别离主题当然不会滥觞于宋词——现存的最早的别离文学作品是《诗经》中的《邶风·燕燕》,清人王士禛《分甘余话》称其为"万古送别之祖"。但宋词对别离主题的表现却似乎更为执着,也更为深刻。从开宗立派的词坛巨擘,至独树一帜的词苑名家,无不"刻意伤春复伤别",在别离文学的园地里开拓和耕耘。落魄江湖、坎壈终生的南宋词人姜夔固然多次抒写过"算空有并刀,难剪离愁千缕"(《长亭怨慢》)的深刻体验,即使是以"太平宰相"著称于史、志得意满、优游岁月的北宋词人晏殊也再三倾诉过"一向年光有限身,等闲离别易销魂"(《浣溪沙》)的痛苦心声。可以说,几乎所有的宋代词人都与别离主题有着不解之缘!尤其是婉约词人,更把别离文学视为骋才竞技和抒情写意的理想畛域,倾力而为,乐此不疲,仿佛这是他们作为婉约词人所必须具备的"看家本领"与立身手段。从这一意义上说,考察宋词中的别离主题,也就不失为观照宋词的艺术风貌的一个独特视角。

一

由于词境有异于诗境——作为"狭深文体"和"心绪文学",词境比诗境更加精微窈深,因而,以词的形式来抒发"剪不断,理还乱"的离情别绪,也就更能体贴入微、曲尽其致。且看实例:

尊前拟把归期说,欲语春容先惨咽。人生自是有情痴,此恨不关风和月。　　离歌且莫翻新阕,一曲能教肠寸结。直须看尽洛城花,始共春风容易别。

——欧阳修《玉楼春》

留人不住,醉解兰舟去。一棹碧涛春水路,过尽晓莺啼处。渡头杨柳青青,枝枝叶叶离情。此后锦书休寄,画楼云雨无凭。

——晏几道《清平乐》

车马匆匆,会国门东。信人间、自古销魂处,指红尘北道,碧波南浦,黄叶西风。　　侯馆娟娟新月,从今夜、与谁同?想深闺、独守空床思,但频占镜鹊,悔分钗燕,长望书鸿。

——贺铸《好女儿》

山抹微云,天粘衰草,画角声断谯门。暂停征棹,聊共引离尊。多少蓬莱旧事,空回首、暮霭纷纷。斜阳外,寒鸦万点,流水绕孤村。　　销魂、当此际,香囊暗解,罗带轻分,谩赢得、青楼薄幸名存。此去何时见也?襟袖上、空惹啼痕。伤情处,高城望断,灯火已黄昏。

——秦观《满庭芳》

欧词对离情别绪的抒写是多么深微、隐曲!即以起二句而言:"尊前",本是欢乐的场合;"春容",原是美丽的形象。但"尊前"所要陈说的却是指向别离的"归期",欢乐便烟消云散,美丽也无复意义,取而代之的是动容复伤心的"惨咽"。"拟把""欲语",两句连言,有多少不忍道出的婉转深情?晏词实际上是对欧词中"人生自是有情痴"一句的形象化演绎。作者怀着难以割舍的痴情,对心上人苦苦相留。但痛饮一醉后她却还是解缆而去,作者只能不胜眷恋而又不无沮丧地目送一叶小舟在"碧波春水"中悠悠飘荡,直到它消失于"晓莺啼处"。人已去,情未了。别后作者又久久地徘徊于渡头,于是,渡头那青青杨柳,仿佛叶叶枝枝都浸透着他的离愁别恨。此愁此恨,当然与"风""月"无关。愁恨到极点,作者竟在篇末作决绝之辞:"此后锦书休寄,画楼云雨无凭。"贺词中既饶惜别之情,又富悔别之意。仅由上片末三句也不难窥得其匠心:三句循例作鼎足对。"红""碧""黄"为颜色,"北""南""西"为方位,都属工对;而"北道""南浦""西风"除相互为对外,又与上文"门东"遥相照应。不仅如此,"碧波南浦",既与冠之于前的"红尘北道"相关合,分别指代水路送别和陆路送别,又与缀之于后的"黄叶西风"相比并,分别指代春日送别和秋日送别。因此,清人陈廷焯在《词则·别调集》中称赞这三句及下片末三句"俱有三层意义,不似后人叠床架屋,其病百出也"。秦词写于被视为旧党成员的作者外调为杭州通判时,因此,词中所抒写的离情别绪实际上是与仕宦失意的身世之感交织、融合在一起的。正因为这样,全词显得婉约而又凝重、绵邈而又深沉。最便于观照其身世之感的笔墨是上片中的"多少蓬莱旧事,空回首、暮霭纷纷"二句。"蓬莱旧事",是指他任职秘阁期间的那一段生活!据《宋史》本传载,秦观生性豪隽,且胸怀大志,锐意进取。因而,身居黄本校勘这一卑微职务,已使他产生沉沦下僚的失意之感。如今,他又为党争所累,遭贬外调,不惟理想的实现更加遥遥无期,而且连心上人也不复能长相厮守。这样,在常人所较易感受的离情别绪中,又怎能不深深地渗透进常人所较难体会的身世之感?"暂停征棹,聊共引离尊"。在这把盏同饮、酒酣耳热之际,有多少辛酸的往事如烟似雾般地弥漫在他心头,却不便、也不敢直陈。细加把玩,"空回首、暮霭纷纷",乃妙语双关,既是实写眼中所见之景,又是虚拟心中所感之情。这便是周济《宋四家词选》所说的"将身世之感,打并入艳情,又是一法"。

综观以上四首词作,虽然措辞有别,取径各异,但在抒写离愁别恨时,却都用笔腾挪多变,纡曲有致,将一腔难以言表的愁绪,款款道出。它们都借景抒情,或移情入景,这与寻常诗境无异;但其深婉的笔法却使情景之间更加妙合无垠,而参差错落的句式和宛转流利的声调,也使它们释放出比诗境更能沁人心脾的美感效应,从而表明词体于别离这一永恒的文学主题尤为契合、尤为适宜。

词体尤宜表现别离主题,不仅取决于词体本身的特性,同时还因为词体中的长调慢词比诗体中的律诗绝句有着更大的腾挪空间和屈伸余地。诚然,表现别离主题的诗作中有一些采用了长篇歌行的体制,但更为习见的形式却是五七言律诗与绝句。而且由于七言绝句被视作唐人的抒情歌词,所以,唐人伤离怨别时最得心应手,同时也最乐于驾驭的诗体其实是七言绝句。它的特点是轻便灵活而又风情绰约,适宜于表现生活中转瞬即逝的意念和感受。但这一特点本身已包含了空间偪仄、不易回旋的局限。而宋代词人在抒写离情别绪时,即使不便说他们对屈伸自如的长调慢词更为钟情,至少可以说他们对长调慢词和小令中调同样倾心。事实上,宋词中最为脍炙人口的咏别之作,就其体制而言,多属于长调慢词。如:

> 寒蝉凄切,对长亭晚,骤雨初歇。都门帐饮无绪。方留恋处,兰舟催发。执手相看泪眼,竟无语凝噎。念去去、千里烟波,暮霭沉沉楚天阔。　　多情自古伤离别,更那堪、冷落清秋节。今宵酒醒何处?杨柳岸、晓风残月。此去经年,应是良辰好景虚设。便纵有千种风情,更与何人说?

> ——柳永《雨霖铃》

> 月华收,云淡霜天曙。西征客,此时情苦。翠娥执手,送临岐、轧轧开朱户。千娇面、盈盈伫立,无言有泪,断肠争忍回顾?

> 一叶兰舟,便恁急桨凌波去。贪行色、岂知离绪。万般方寸,但饮恨、脉脉同谁语?更回首、重城不见,寒江天外,隐隐两三

烟树。

——柳永《采莲令》

隋堤路。渐日晚，密霭生烟树。阴阴淡月笼沙，还宿河桥深处。无情画舸，都不管、烟波隔面浦。等行人、醉拥重衾，载将离恨归去。　　因念旧客京华，长偎傍、疏林小槛欢聚。冶叶倡条俱相识，仍惯见、珠歌翠舞。如今向、渔村水驿，夜如岁、焚香独语。有何人、念我无聊，梦魂凝想鸳侣。

——周邦彦《尉迟杯》

河桥送人处，凉夜何其。斜月远堕余辉，铜盘烛泪已流尽，霏霏凉露沾衣。相将散离会，探风前津鼓，树杪参旗。花骢会意，纵扬鞭、亦自行迟。　　迢递路回清野，人语渐无闻，空带愁归。何意重红满地，遗钿不见，斜径都迷。兔葵燕麦，向残阳、欲与人齐。但徘徊班草，唏嘘酹酒，极望天西。

——周邦彦《夜飞鹊》

柳永擅长用长调铺叙男女别情。以上引录的两首词中，前一首以冷落的秋天景物作衬托，精心刻画一对情侣临别之际难舍难分、两情依依的场景，进而想象别后难堪的愁绪离衷。虚实相间，点染结合。而其行文，时而备极回环、顿挫、吞吐之致，时而又大气包举，一泻千里。其中"今宵酒醒何处？杨柳岸、晓风残月"二句不仅虚中有实、虚景实写，而且集中了岸边垂杨、拂晓秋风、天际残月等容易触动离愁的典型景色，给读者留下驰骋想象的宽广天地，不愧为千古佳句。后一首不仅结构与前词相若，极尽跌宕顿挫之妙，而且也多用白描手法进行铺叙。"千娇面、盈盈伫立"云云，不用典、不着色，却写尽痛断肝肠、愁损清眸的惜别深情。

至于以上引录的两首周邦彦词，也充分显示出长调便于纵横驰骋、移步换形的优势。陈洵《海绡说词》评《尉迟杯》一词云："'隋堤'一境,'京华'一境,'渔村水驿'一境,总入'焚香独自语'一句中。"这就是说,作者是在夜宿水驿、焚香独坐时展开对别离情景的追忆的。虽是追忆中事,作者却运以实写之笔,一如即目直寻所得,读来亦宛然若见,这正是清真之绝技。同时,从词中还见出清真另一绝技,那就是善于融化前人诗句。如上片"阴阴淡月笼沙"一句乃融化杜牧《泊秦淮》"烟笼寒水月笼沙"诗意;"无情画舸"以下数句乃融化郑文宝《柳枝词》"亭亭画舸系寒潭,直待行人酒半酣,不管烟波与风雨,载将离恨过江南"诗意;下片"冶叶倡条俱相识"乃融化李商隐《燕台》"冶叶倡条遍相识"诗意。但情景俱真,悉如新构。《夜飞鹊》一词则是作者的自度曲,所以能因声宛转,随意驰骋。诚如《蓼园词选》所指出的那样,全词"自将行至远送,又自去后写怀望之情,层次井井而意致绵密,词采秾深,时出雄厚之句,耐人咀嚼"。显然,只有采用长调慢词的形式,才能如此波澜翻卷,姿态横生,穷尽幽微深曲的离思。作为抒情短章的律诗绝句虽然也能承担同样的使命,却很难达到同样的效果。

即使在"诗庄词媚"的传统观念早已显得陈腐不堪的今天,仍然没有谁能拥有足够的理由断言词体优于诗体;但也许可以说,在表现别离主题时,词体可能优于诗体。而这是否也就意味着:宋词对别离主题的表现要比唐诗更加丰富多彩?

二

与唐诗一样,宋词中的别离主题往往借助某些具有特定情感内涵和文化基因的意象得以生发。作为中国古典诗词的审美范畴之一,意象具有递相沿袭性:某些意象可以被诗词作者不断袭用来表达某种既定的情感。相沿既久,积淀既深,以至于读者不需要借助任何文字,仅由交织在诗词中的意象,也能捕捉到作者的情感趋向。

如"大鹏""鸿鹄"常被用来象征雄心壮志，"青松""翠竹"常被用来写照高风亮节。而与别离文学结缘最深的意象则有"柳""水""月""酒""草""云"，等等。唐诗如此，宋词亦复如此。谨以"柳""月"为例，略加探讨。

在宋代别离词的意象群中，"柳"出现的频率最高，蕴蓄的离思最深，因而也最为引人注目。"柳"者，留也。这一字音上的联系，已足以使柳获得宋代词人的青睐，更何况它那长条依依的体形活脱就是一种款款惜别的天然姿势。"长条故惹行客，似牵衣带话，别情无极。"周邦彦《六丑》即着眼于此。正是鉴于它在字音上和体形上的这些特征，宋沿唐习，柳不仅成为送别时约定俗成的赠物，更成为别离主题赖以生发的主要意象。如：

> 离愁正引千丝乱，更东西、飞絮濛濛。
>
> ——张先《一丛花令》

不说柳丝勾起离愁，反说离愁引乱柳丝，是其用笔深曲处。

> 西城杨柳弄春柔，动离忧、泪难收。犹记多情曾为系归舟。碧野朱桥当日事，人不见，水空流。
>
> ——秦观《八六子》

那"弄春柔""系归舟"的丝丝杨柳，勾起作者当年与意中人相会于"碧野朱桥"的温馨回忆。可是，往事已矣！如今，只有碧水空流，再无惊鸿照影。于是，杨柳丝丝，又牵引出作者的一腔愁绪。

> 探春尽是，伤离意绪，官柳低金缕。
>
> ——周邦彦《瑞龙吟》

虽说春景尽堪伤情，但独于其中指出"官柳"进行特写，柳之深系离怀可明。

> 一溪烟柳万丝垂，无因系得兰舟住。
>
> ——周紫芝《踏莎行》

柳丝绾得住离情，却系不住兰舟，这不免使作者深为叹惋。

> 垂柳不萦裙带住，漫长是、系行舟。
>
> ——吴文英《唐多令》

系得行舟，却又系不得离人，情景固有不同，作者的叹惋却同样沉痛。从中正可以见出宋代词人借助柳这一意象抒写离怀时是如何不拘一格，力求变化生新！

在宋代词人笔下，柳有时以"多情"的形象登场（如秦观《虞美人》），有时又以"无情"的面目亮相（如张耒《风流子》）。但多情也罢，无情也罢，说到底，只不过作者移情的角度有所不同而已。当然，有些场合，柳既非多情种，也非无情物，而仅仅是一种道具、一种媒介。这时，作家们的聚焦点往往在于"折柳赠别"这一习俗本身（如张先《渔家傲》）。凡此种种，其实都未能跳出唐人窠臼——类似的构思模式早在初盛唐诗中即已见其端倪。不同之处在于，这些模式在宋词中繁衍出更多的"变格"，从而呈现出更为绚丽多姿的景观；同时，随着长调慢词的出现，宋人借柳咏别时获得了更为广阔的回旋空间和生发余地，因而也就更能收到一波三折、摇曳生情的艺术功效。如姜夔《长亭怨慢》，词前有小序，序中有意突出桓温种柳、叹柳事："昔年种柳，依依汉南；今看摇落，凄怆江潭；树犹如此，人何以堪。"这是因为此词乃惜别合肥情侣之作，而合肥多柳，故借以起兴。与此相应，词的上片也多落笔于柳色：

> 渐吹尽、枝头香絮。是处人家，绿深门户。远浦萦回，暮帆零乱向何许。阅人多矣，谁得似、长亭树。树若有情时，不曾得、青青如此。

一起写柳老絮尽,似乎已无生发余地,但"阅人多矣",却于山重水复处推出一片路转峰回的新境界,用笔曲折跌宕而又流转自如。人们惯常于长亭折柳送别,因此,长亭柳树确是"阅"尽人间别离惨剧。但在作者意中,它却是那样冷漠无情,因为树若有情,置身在别离的氛围中,也应忧伤憔悴,而不当如是青翠。一提、一顿、复一转,伤离恨别之情尽皆溢出。

至若周邦彦《兰陵王》这般通篇借柳咏别的鸿篇巨制,更是仅见于宋词,并向读者昭示了其更为丰富多变的意象生成和化合方法:

> 柳阴直。烟里丝丝弄碧。隋堤上、曾见几番,拂水飘绵送行色。登临望故国。谁识、京华倦客。长亭路,年去岁来,应折柔条过千尺。闲寻旧踪迹。　　又酒趁哀弦,灯照离席。梨花榆火催寒食。愁一箭风快,半篙波暖,回头迢递便数驿。望人在天北。
>
> 凄恻。恨堆积。渐别浦萦回,津堠岑寂。斜阳冉冉春无极。念月榭携手,露桥闻笛。沈思前事,似梦里,泪暗滴。

词以"柳"为题,主旨却是抒写离愁别恨。词中对柳的描写亦服务于这一主旨。开篇借柳发端,兴起京华孤旅之叹。"柳阴直",点出柳之茂密成行;"烟里丝丝弄碧",见出柳之姿态婀娜。着一"弄"字,似乎是说柳色弄人:自己漫不经心,却使多少人、多少回触目伤情、难以为怀。接以"隋堤上"三句,正为申足此意。作者自己也曾多少回送别于隋堤,而送别必定"折柳"。一句"应折柔条过千尺",包含着多少别离的感伤、多少人生的喟叹啊!

宋代词人抒写离愁别恨时,对"月"这一意象也十分垂青。苏轼《水调歌头》有云:"月有阴晴圆缺,人有悲欢离合,此事古难全。但愿人长久,千里共婵娟。"这段几乎家喻户晓的名言以月之圆缺比喻人之离合,兼具诗情与哲理,曾激起古往今来多少离人的强烈共鸣!

借月咏别,滥觞于南朝作家谢庄的《月赋》:"美人迈兮音尘阙,隔千里兮共明月。"这一飘落天外、匪夷所思的想象,开了借月咏别的先河。不过,南北朝时期,踵武其后者并不多见。月成为别离主题赖以生发的主要意象,同样始于唐诗宋词。唐诗中的"闻道欲来相问讯,西楼望月几回圆"(韦应物《寄李儋元锡》);"多情只有春庭月,犹为离人照落花"(张泌《寄人》);等等,都是独运灵光的借月咏别佳句。而杜甫的《月夜》以月经纬全篇,更是机杼独出,足堪为后人开启法门:题为"月夜",字字都从月光中照出,而以"独看""双照"为一篇之眼。然而,若论发想之奇、构思之巧和融合之妙,宋词似乎后出转精,更胜一筹。试看其例:

> 明月不谙离别苦,斜光到晓穿朱户。
>
> ——晏殊《蝶恋花》

明月的银辉搅得离人彻夜无法入梦;天亮以后,残月的余晖仍斜射房中,不肯罢休,这是因为它不知道别离的痛苦。反用张泌诗意,而各有千秋。

> 当时明月在,曾照彩云归。
>
> ——晏几道《临江仙》

以长在之明月绾合今昔:当年,江月曾经映照彩云般的"小蘋"归去;人既归去,彩云般的恋情也消散无踪;如今,只见当时月,不见当时人。不言惜别,而惜别之情自见。

> 初将明月比佳期,长向月圆时候,望人归。
>
> ——晏几道《虞美人》

月未圆时企盼月圆人亦圆;待到月圆之夜,其人未归,抒情女主人公之哀恨可想而知。"长向",点出以月圆为期而又失其所望者已非一遭；虽然失望而依然痴望，则其情至深，其意至诚。

> 人意共怜花月满，花好月圆人又散。
>
> ——张先《木兰花》

借月盈必亏的道理，说明团圆固然是世人之所盼，但团圆之后，接踵而来的往往便是又一次别离。警示世人，寄慨遥深。

> 不应有恨，何事长向别时圆。
>
> ——苏轼《水调歌头》

是啊，既然明月与世人之间向无怨恨，为什么总是在人们别离时圆满？语本石曼卿"月如无恨月长圆"，而笔势淋漓顿挫。后来，清人陈维崧又点化为"生憎一片江南月，不是离筵不肯明"。

> 多谢相怜，今宵不肯圆。
>
> ——朱淑真《菩萨蛮》

谁说明月不解离愁别恨？在情侣分袂的今宵，它便满怀怜悯，故意不做团圆之态，以免离人触目伤情。这使作者好生感激。

> 怎得人如天上月，虽暂缺，有时圆。
>
> ——周紫芝《江城子》

世人别多合少，甚至一别永诀，而明月则圆缺相间，圆时与缺时大致相等。相形之下，实在是人不如月。难怪作者对明月如此欣羡。

> 不如江月，照伊清夜同去。
>
> ——张孝祥《念奴娇》

同样感叹人不如月，但触发点却是不能像江月那样伴随伊人同行。命意与张先《江南柳》中的"愿身能似月亭亭，千里伴君行"相似，而用笔迥异，颇见神明变化之妙。

在通篇融离情于月色的宋词作品中,吕本中的《采桑子》尤为引人注目,足可与杜甫的《月夜》争胜媲美:

　　恨君不似江楼月,南北东西,南北东西,只有相随无别离。
　　恨君却似江楼月,暂满还亏,暂满还亏,待得团圆是几时?

此词"用常得奇",借譬喻之多边,正反设譬:月,形圆而体明,意蕴甚多,因此,立喻者往往各取所需,举其一边而不及其余。而此词却十分巧妙地把月圆与月明作为譬喻之两边,使之既相互对立,又和谐地统一于同一个艺术整体。词中的思妇对月怀人,亦怨亦慕,时而"恨君不似江楼月",时而又"恨君却似江楼月"。正是借助月光的映照,她那复杂而又纤细的伤离怨别意绪才得以凸现。月,这一别离文学作家递相沿袭的意象,在宋代词人笔下分明焕发出了新的光彩。

三

宋代词人用他们那蕴含着生命真谛的"七色芦笛"吹奏出一曲曲动人心弦的别离乐章。尽管这些乐章由各不相同的音符所组成,但它们的基调却惊人地相似:大多哀怨与愁苦。可以说,哀婉之音与愁苦之韵是宋代别离词的主旋律。江淹在《别赋》中断言:"有别必怨,有怨必盈。"验之宋词,尤其是宋代婉约词,确实大都如此。

当我们刚一涉足宋代别离词的园地,那哀怨凄婉的词句便向着我们的眼帘纷至沓来,继而又通过眼帘将沉郁之气注入我们的心田、悲凉之雾弥满我们的视野。"剪不断,理还乱,是离愁,别是一番滋味在心头。"自从南唐后主李煜在《相见欢》中拈出"离愁"一辞后,宋代的别离词便与"愁"字结下了不解之缘。晏殊《清平乐》既云:"春花秋草,只是催人老。总把千山眉黛扫,未抵别愁多少。"张先《临江仙》复云:"自古伤心唯远别,登山临水迟留,暮尘衰草一番秋。寻常景物,到此尽成愁。"吴文英《唐多令》更云:"何处合成愁,离人心上秋。"当词人们觉得使用"愁""忧""苦""悲"等字眼还不足以形容别离带给他们的感伤程度时,便转而描写自己在身心两方面所受到的严重摧残,于是便又有了"白头""断肠"乃至"断魂"的说法。从情理上讲,因别离而"白头"容或有之,"断肠""断魂"则属于艺术夸张了。但若非如此夸张,又怎能形容内心的愁苦,使别离乐章的主旋律得到强化呢?

作为宋代别离词主旋律的哀婉之音与愁苦之韵,在女词人的作品里显得更为充盈。这或许是因为女词人的心绪更加纤细、柔弱的缘故。如李清照《凤凰台上忆吹箫》:

> 香冷金猊,被翻红浪,起来慵自梳头。任宝奁尘满,日上帘钩。生怕离怀别苦,多少事,欲说还休。新来瘦,非关病酒,不是悲秋。　　休休!这回去也,千万遍阳关,也则难留。念武陵人远,烟锁秦楼。唯有楼前流水,应念我、终日凝眸。凝眸处,从今又添,一段新愁。

尽管作者发语时故意吞吞吐吐,曲曲折折,但哀婉之音与愁苦之韵却还是不可遏止地飘逸在字里行间。开篇写自己慵于梳妆,似乎与离愁无关。其实,这正是因耽于离愁而百事无心的缘故。其意略同于《诗经·卫风·伯兮》所谓:"自伯之东,首如飞蓬。岂无膏沐,谁适为容?"虽然作者自道"欲说还休",但实际上却还是忍不住说出了许多,只是说得较为含蓄而已。譬如"新来瘦"三句:既然新近消瘦得厉害,却又不是因为"病酒"和"悲秋",这岂不是暗示读者她正经受着离愁别恨的折磨吗?它与作者另词《醉花阴》中描写离愁别恨的名句"莫道不销魂,帘卷西风,人比黄花瘦"有异曲同工之妙。结穴处以一个直抒胸臆的"愁"字煞尾,使情感形成由"苦"到"悲"、再由"悲"到"愁"的回环,而词的旋律便在这种回环中变得愈益低沉和哀婉。

"寻寻觅觅,冷冷清清,凄凄惨惨戚戚。"这不独是李清照经历了生离死别后的感受,宋代的其他女词人,又有哪一位抒写离情别绪时能不"凄凄惨惨戚戚"呢?且读聂胜琼的《鹧鸪天》:

> 玉惨花愁出凤城,莲花楼下柳青青。尊前一唱阳关后,别个人人第五程。　寻好梦,梦难成。有谁知我此时情。枕前泪共帘前雨,隔个窗儿滴到明。

起句即披露了作者哀婉欲绝的惜别情怀。"玉""花"乃作者自喻其芳洁的品貌,"惨""愁"乃作者自道其凄苦的心态。四字错互而出,使一位因别离在即而玉颜憔悴、花容失色的"佳人"形象跃然纸上。"莲花"句既可理解为眼见的实景,也可理解为作者心造的意象——别离主题赖以生发的意象。本来,"莲花楼下柳青青"的景色已使作者离愁缭乱,何况共饮离尊之际,又唱起"阳关三叠"这使人心弦欲断的送别曲?终于,一曲唱罢,离人登程,作者唯有泪眼相望,徒吁奈何! 如果说上片着重表现送别时的离异之痛的话,那么下片则着重抒写送别后的思念之苦。一别累月,相见无由,作者只好将深挚的惜别之情寄托于梦境。然而,"寻好梦,梦难成",连在梦中与心上人同叙款曲、对诉衷肠也不可得。这两句既暗示了作者的长夜无眠,也展现出她由寻梦甚切到鸳梦难温、亦即由希望到失望的心路历程。如此用笔,已是如泣如诉,感人至深,但释放出更强烈的情感冲击波,使读者的心灵为之震颤不已的还是篇末"枕前"两句:这种由哀怨情与凄凉景融合成的画面该是何等令人伤心惨目啊! 窗内,珠泪涟涟,坠落于枕前;窗外,阴雨绵绵,飘洒于帘前。仿佛有意一较短长似的,二者都一直滴到天明才稍间以缓。温庭筠《更漏子》有云:"梧桐树,三更雨,不道离情正苦,一叶叶,一声声,空阶滴到明。"作者这里翻为"枕前泪共帘前雨,隔个窗儿滴到明",别出心裁地让泪水与雨水互映、泪声与雨声共鸣,从而将自己的主体活动与雨夜的客观环境融合为一,其精切似尤过于温词。同时,较之温词,也有着更多的哀婉之音与愁苦之韵。

诚然,宋代的别离词大多涂抹着感伤的色彩,弥漫着悲剧的气氛。但并不是所有的别离词都一味作哀婉语、愁苦态。正如即使在乌云布满天空时,偶尔也能看到一抹透过云隙的阳光一样,当我们倾耳聆听那包孕万有的别离乐章时,以凄厉的声波持续不断地撞击着我们耳膜的固然是由哀婉之音和愁苦之韵汇合成的主旋律,但间或也能捕捉到几个高亢、昂扬的音符。如果将这些不连贯的音符组合起来,正好形成一支与主旋律相对立的变奏曲。换言之,极哀婉、愁苦之致的别离词固然占压倒优势,但它却掩盖不了尚有另一些别离词力图以刚健语、旷达态冲破哀婉、愁苦氛围的事实。

也许在人们心目中,既然词有豪放、婉约之分,那么,别离乐章的变奏曲应当多为豪放词人所乐于弹唱。这大致是不错的。但也不尽然。被誉为"婉约之宗"的秦观便也做过变奏的尝试,而且其尝试非常成功:

> 纤云弄巧,飞星传恨,银汉迢迢暗度。金风玉露一相逢,便胜却人间无数。　　柔情似水,佳期如梦,忍顾鹊桥归路。两情若是久长时,又岂在朝朝暮暮。
>
> ——《鹊桥仙》

借牛郎织女的故事,以超人间的方式来表现人间的悲欢离合,古已有之,如《古诗十九首》中的"迢迢牵牛星"、曹丕的《燕歌行》和李商隐的《辛未七夕》,等等。但都跳不出"盈盈一水间,脉脉不得语"的窠臼,格调哀婉,情感凄楚。宋代词人也喜吟咏这一题材。欧阳修《渔家傲》云："一别经年今始见，新欢往恨知何限？天上佳期贪眷恋，良宵短，人间不合催银箭。"柳永《二郎神》云："愿天上人间，占得欢娱，年年今夜。"苏轼《菩萨蛮》云："相逢虽草草，长共天难老。终不羡人间，人间日似年。"都因袭了前人别多会少、欢娱苦短的主题。相形之下，秦观此词则以立意高远、情调开朗独擅胜场。词中致力于"变奏"的笔墨有两处："金风"二句表达作者对别离的独特看法——牛郎织女虽然难得见面，却心心相印，息息相通，而一旦得以欢聚，在那清凉的秋风白露下，他们对诉衷肠、互吐心音，此情此趣岂是尘世间那些同床异梦、貌合神离的夫妻所能企及？"两情"二句则对眷眷然不忍分别的牛郎织女致以深情的慰勉——只要对爱情忠贞不渝，又何必贪求卿卿我我的朝欢暮乐呢？当你独处逆境时，想到在那海角天涯，有一颗坚贞的心始终以同样的频率伴随自己的心跳动时，这不也是一种幸福吗？在作者的精心提炼和巧妙构思下，古老的题材化为词中闪光的笔墨，迸发出耀眼的思想火花，使所有庸常的伤离怨别之作黯然失色。

在宋代别离词，尤其是南宋别离词中，另有"悲壮"一格。即虽也有悲凉之语、沉郁之句，却不掩刚劲之骨、雄壮之气。因而亦可归于"变奏曲"之列。张元干《贺新郎》是其中的显例：

> 梦绕神州路。怅秋风、连营画角，故宫离黍。底事昆仑倾砥柱，九地黄流乱注？聚万落千村狐兔。天意从来高难问，况人情老易悲难诉。更南浦，送君去。　　凉生岸柳催残暑。耿斜河、疏星淡月，断云微度。万里江山知何处？回首对床夜语。雁不到、书成谁与？目尽青天怀今古，肯儿曹恩怨相尔汝？举大白，听金缕。

这是张元干《芦川词》中的压卷之作。词为送别忠而见逐的胡铨

（字邦衡）而作，抒写惜别之情是其"题中应有之义"。但我们听到的不是"执手相看泪眼，竟无语凝噎"（柳永《雨霖铃》）的凄惨之音，也不是"动离忧，泪难收"（秦观《江城子》）的哀怨之语，而是"目尽青天怀今古，肯儿曹恩怨相尔汝"的金石之声——古往今来，有多少爱国者报国无门，却心志不灰，我们既然怀着生死不渝的报国之心，又岂肯像一般的小儿女那样计较个人的恩怨得失呢？这充分体现了作者的高风亮节，正是此词的不同凡响处。全词以共吐心声起，以互致慰勉结，读来忠愤满纸，生气凛然，堪称义薄云天、气贯长虹的爱国主义绝唱。

在金瓯破碎、王室蒙尘的南宋时期，像张元干《贺新郎》这样以悲壮为基调的别离词，数量远较前代与后世为多。这恰好验证了刘勰在《文心雕龙·时序》中说过的话："文变染乎世情，兴废系于时序。"宋末邓剡的《酹江月》是其中的代表作：

> 水天空阔，恨东风不借世间英物。蜀鸟吴花残照里，忍见荒城颓壁。铜雀春情，金人秋泪，此恨凭谁雪？堂堂剑气，斗牛空认奇杰。　　那信江海余生，南行万里，属扁舟齐发。正为鸥盟留醉眼，细看涛生云灭。睨柱吞嬴，回旗走懿，千古冲冠发。伴人无寐，秦淮应是孤月。

此词为送别文天祥而作。邓、文有同乡之谊，又一起兴兵抗元，先后被俘。几经辗转，终得在金陵驿诀别。诀别之际，彼此论心恨晚，既以道义相期勉，复以气节相砥砺。词中倾吐了二人所共有的义不帝元的浩然正气，虽有抒写离愁别恨的笔墨，却为炽烈如火的爱国主义激情所消融。

从美学意义上说，宋代别离词那哀婉、愁苦的主旋律似乎属于阴柔之美，雄健、昂扬的变奏曲则似乎属于阳刚之美。它们表现为不同的审美类型,都能产生强烈而持久的美感效应,因而无须我们扬此抑彼。但从因革体变的角度看,依循前者,不过是因袭传统;选择后者,则是对传统的一种有意识的反拨,而多少具有革新的意义了。

四

考察宋词中的别离主题,我们不能不指出:别离不仅是一种生活现象,而且也是一种生命现象。从本质上说,别离主题最直接的源头便是生命意识。对别离主题的因袭抑或反拨,实际上都离不开生命意识的制导。在宋代的别离词中,我们可以清楚地看到生命意识的潜影。

道理其实十分简单:如果没有意识到生命的可贵与短暂,作家们又如何会产生种种离愁别恨,甚至因别离而痛不欲生呢? 人,作为最高级的灵长动物,它区别于其他动物的一个重要特征便是"能清楚地知晓自己必定死亡"[①]。拥有这样的意识,既是人类的幸福与欢乐,更是人类的痛苦与悲哀:知晓自己必定死亡,意味着同时也就明白了生命有限这一事实;既然生命有限,人们总是希望在短暂的生命旅途中能多一些圆满、少一些缺憾,即更充分地享受生命的乐趣。而别离带给人们的有限的生命的恰恰不是圆满,而是缺憾;这种缺憾在注重人伦孝亲关系的封建宗法社会中又显得尤为深长。因此,对别离的感伤,说到底,是对生命中的缺憾的感伤。

别离文学发展演进到宋代后,生命意识的制导作用更加明显。纵览宋代的别离词,我们不难看到,词人们伤离恨别,恰恰是因为别离损

---

① 见卡尔·萨根《伊甸园的飞龙》中译本 73 页。

害了他们的生命机制,加速了他们短暂的生命旅途的终结。晏殊《浣溪沙》云:"一向年光有限身,等闲离别易销魂。"时光倏忽而生命有限,已使作者枨触万端;又遇无端离别,怎能不让作者黯然神伤? 在这里,对别离的感慨是与对生命的喟叹糅合在一起的。辛弃疾《鹧鸪天》云:"若教眼底无离恨,不信人间有白头。""白头",无疑是衰老的标志,而它正是别离所造成的结果。这意味着在作者看来,是别离使人们的生命过早地趋于衰老。在这里,别离主题与生命意识同样是互相渗透、互相包容的。

如果将视野拓展开去,我们还可以看到,生命意识不仅仍然在冥冥中制导着宋代词人对别离主题的表现,而且还染上了宋型文化的色彩,在词人们笔下被表现得更加深刻与透彻。众所周知,宋型文化作为有异于唐型文化的另一种影响深远的文化范型,是成熟的、理性的,注重内省与反思的。宋代别离词由于题材与体制的特点,当然不可能成为宋型文化的最合适的艺术载体,但却不能不在一定范围内和一定程度上带有宋型文化的上述特征,而对别离这一生命现象进行理性思考——比前人更加深入的理性思考。"月有阴晴圆缺,人有悲欢离合,此事古难全。"苏轼的这几句词之所以被人们奉为名言,除了比喻本身的贴切、巧妙外,便在于它是把别离当作一种亘古长有的生命中的缺憾来进行艺术概括的,其中融入了作者的生命意识和文化性格,因而显得特别深刻,特别精辟,特别发人警醒。同样,正是在这一意义上,宋词中的别离主题才得到新的升华。

如前所述,在五音繁会的别离乐章中,既有哀婉、愁苦的主旋律,也有刚健、昂扬的变奏曲。如果承认别离是一种生命中的缺憾,那么,也许可以说,"主旋律"是对这种缺憾的顺向式感应,而"变奏曲"则是对这种缺憾的逆向式感应。这也就是说,前者的哀婉与愁苦,显示了对生命中的缺憾的被动的消极的喟叹;后者的刚健与昂扬,则表现了对生命中的缺憾的主动的积极的挑战——一种明知如此却不甘如此的挑战。

从这一角度来观照宋词中的别离主题，我们倒是可以得到一些新的感悟和新的解会。

原载于《文学评论》2002 年第 1 期

第三辑　东瀛探骊

且向东瀛探骊珠

——日本汉诗三论

时至今日，人们对日本汉诗这一概念已不再陌生：作为中国古典诗歌在海外的有机延伸，它不仅一遵中国古典诗歌的形式格律，而且具有与中国古典诗歌相类似的历史、文化内涵。仅有的一点区别在于：其作者隶属于日本民族。因此，它既是日本文学的重要组成部分，又可以视为中国文学衍生于海外的一个分支。在历史上，日本汉诗曾经高度繁荣。据《汉诗文图书目录》，从汉诗发轫的近江、奈良时代，至汉诗衰替的明治、大正时代，先后问世的日本汉诗总集与别集达 769 种、2339 册。以每册收诗百首计，作品总数当超过 20 万首。尽管从数量着眼来称道日本汉诗的繁荣，那是一种皮相之见，但如此可观的数量，终究不失为繁荣的标志之一。毋庸置疑，加强对日本汉诗的研究，可以在更广阔的范围内对中国古典诗歌进行总体观照和全面把握，使中国古典诗歌研究的广度和深度都得以拓展。

然而，审视国内学术界对日本汉诗的研究现状，我们却不能不遗憾地指出：虽然有识者早已意识到研究日本汉诗的重要性与必要性，并率先进行了"开边拓土"的尝试，但真正在这一领域中树藩插篱、精耕细作的，迄今犹寥寥无几，这与我们作为泱泱大国所应拥有的学术视野和研究幅度是很不相称的。要改变这一现状，当然有赖于研究者的共同努力。本文就日本汉诗的若干理论问题略陈鄙见，旨在引发研究者拓展这一新的研究领域的兴趣与热情。

一、汉和之争：日本汉诗历史地位的升沉

正如日本语言是汉字与假名的混合物、任谁也不能将汉字排斥在日本语言之外一样，日本诗歌也是由汉诗与和歌共同构成（当然，在后代又加入了俳句），排除了汉诗，日本诗歌发展史便将成为跛足的不健全的历史。今天看来，属于和文系的和歌的总体艺术水准或许要超过属于汉文系的汉诗，但不仅汉诗的历史地位足以与和歌相颉颃，而且似乎可以说，汉诗影响于和歌者远较和歌影响于汉诗者为多。

这里，首先必须揭示的一个事实是：汉诗总集诞生的年代要早于和歌总集。最早的汉诗总集《怀风藻》编成于孝谦天皇天平胜宝三年（751）；后此二十年，最早的和歌总集《万叶集》才着手编纂。虽然和歌与汉诗体貌迥异，但汉诗的种种艺术表现手法（诸如移情入景、托物寄意等等）却直接为和歌所借鉴。不仅如此，即使在形式方面，和歌也未能完全摆脱汉诗的影响。如和歌中的"折句"，便与汉诗中的"字训诗""离合诗"有着一目了然的渊源关系；而"句题和歌"之脱胎于"句题汉诗"，更是日本文学史的研究者所熟知的常识——所谓"句题"，是从前代诗人的作品中摘出佳句作为诗题加以吟咏。这种产生于唐代的近乎文字游戏的风习，曾盛行于日本平安朝时代的宫廷汉诗沙龙，仅宽平年间，所赋句题便有"花鸟共逢春""惜秋玩残菊""天际识宾鸿""烟花曲水红""春先梅柳知"，等等。或许因为"句题汉诗"是地地道道的舶来品，不足以显示艺术创造性，有人便想到：以汉诗佳句作为歌题来赋写和歌，岂不是可以花样翻新？于是，"句题和歌"便应运而生。

这是就创作实践来考察。从创作理论方面来看，诗论对歌论的影响也不可低估：日本诗歌史上最重要的诗论著作——空海的《文镜秘府论》，所引用的图书包括沈约的《四声韵音》、陆善经的《四声指归》、

王昌龄的《诗格》、皎然的《诗式》、崔融的《唐朝新定诗体》、殷璠的《河岳英灵集》、元兢的《诗髓脑》，等等。而最早的和歌理论著作《和歌髓脑》便直接仿效元兢的《诗髓脑》，并且也提倡"四声八病"之说。这种"移植"的合理与否姑置不论，值得我们注意的是，这种"移植"本身显示了诗论曾经启迪与沾溉歌论的事实。

在考察汉诗与和歌的"双边关系"时，我们还可以注意到另一事实，那便是：在日本诗歌史上，许多优秀的作家往往兼擅汉诗与和歌，既称雄于诗坛，又扬威于歌坛，以致很难判别他们究竟对汉诗还是和歌倾注了更多的创作热情。收入《怀风藻》的诗人，有三分之一同时也作为歌人被《万叶集》所载录。山上忆良和大伴家持，在今天是名震遐迩的"万叶歌人"，但想必他们自己并不满意今人仅仅奉献给他们"歌人"的桂冠，因为当时他们在汉诗创作方面也享有盛誉。而王朝诗坛的冠冕菅原道真，同样既是汉诗巨匠，又是和歌大师，《新撰万叶集》便由他编纂而成。在作家方面，颇多汉诗、和歌兼作者；在作品集方面，也不乏汉诗、和歌兼收者。其中，最著名的例子是三条天皇长和元年（1012）藤原公任所编纂韵《和汉朗咏集》：该集既收录汉诗作者80人（日本50人，中国30人）、汉诗佳什690首，亦收录和歌作者80人、和歌佳什216首。其意无非在于表明：汉歌与和歌可以并行不悖、并存不废。

然而，纵览日本诗歌发展的历史，我们又不能不指出，汉诗与和歌毕竟属于不同的文学体系，因而既有互补的一面，又有对立的一面。总的来说，它们处于平行发展的状态；但在某个特定时期，又难免在竞争中此消彼长。我们没有必要否认它们之间的竞争关系，也没有必要讳言：正是这种竞争带来了日本汉诗历史地位的升沉。

在日本汉诗发轫未久的奈良、平安朝时代，由于主宰文坛的缙绅阶层狂热地崇尚汉文化与汉文学，汉诗也就理所当然地被视为正统的雅文学,而和歌则被视为非正统的俗文学,尽管前者袭用的是他民族的文学形式,后者才是本民族的独特艺术创造。有趣的是,在中国,唐末五代以还,"词为艳科""诗庄词媚"的观念曾经支配着封建士大夫的创作,使他们视写诗为"正道"、填词为"薄伎"。与此相仿佛,在日本平安朝时代的贵族阶层中,则似乎存在着"歌为艳科""诗庄歌媚"的意识。大江千里的《句题和歌序》透露了这一消息:当作者奉诏撰进和歌集时,竟然斗胆声明:"臣儒门余孽,侧听言诗,未习艳辞,不知所为。"把和歌称作"艳辞",且强调自己是儒门之后,汉诗得自家传,于和歌则向未染指。这番表白,似谦恭而实倨傲,它多少流露出作者所代表的贵族阶层对和歌所固有的轻视态度。

但和歌从来不甘在汉诗的威压下偏安一隅、俯首称臣。它非但无意让汉诗独占春光,甚至拒绝与汉诗平分秋色。它一直没有放弃与汉诗争夺作者与读者、促使文坛重心向和文学倾斜的努力。换一个角度说,汉诗在它的艰难曲折的发展历程中,始终面对着作为异己力量的和歌的挑战,受到来自和歌的强有力的威胁,并由此而呈现出时盛时衰、时起时伏的发展势态。这里,仅以平安朝时代为例加以说明:早在贞观前后,在大江音人、藤原是善、春澄善绳及都良香等著名诗人活跃于诗坛时,与之相对峙,歌坛上涌现出了声名煊赫的"六歌仙"。所谓"六歌仙",是僧正遍照、在原业平、文室康秀、喜撰法师、小野小町、大伴黑主等六位歌人的合称。经过这批被视为从《万叶集》到《古今集》之间的桥梁的歌人的努力,至延喜时期,令人惊异地出现了和歌复兴的现象。

从侧面帮助和歌崛起的因素有两个。其一是倭绘屏风歌的流行。从根本上说,用和歌来吟咏倭绘屏风其实是对用汉诗来吟咏唐绘屏风的一种模仿。编纂于天长四年(827)的《经国集》中收有嵯峨天皇、菅原清公、滋野贞主等题为《清凉殿画壁山水歌》的诗作。另外,收入《菅家文草》的《郊外玩马》《谢道士劝恒春酒》《卜居》《南园试小乐》《园池晚眺》这五首汉诗,也都是为题"藤原基经五十贺屏风画"而作,属于唐绘屏风诗,即通常所说的题画诗。题画诗在中国起源较早。沈德潜《说诗晬语》有云:"唐以前未见题画诗,开此体者老杜也。"实际上,六朝时代已有画赞,如江淹的《雪山赞》4 首、庾信的《咏画屏风诗》25 首等。而唐代在杜甫之前,更有庐鸿的《草堂十老图》、张九龄的《题画山水赞》、李白的《当涂赵炎少府粉图山水歌》等。因此,准确的说法应当是,大量创作题画诗并借以表达自己的审美情趣和艺术见解,自杜甫始。不言而喻,日本的唐绘屏风诗与中国的题画诗同出一流。而倭绘屏风歌,作为对唐绘屏风诗的模仿,除了语言形式完全不同外,在手法及技巧方面则深受唐绘屏风诗的影响。它诞生及繁衍的场所,是"汉诗教养圈"与"和歌教养圈"相交叉的以"女房"为中心的后宫文艺沙龙,但后来却扩散到了缙绅阶层,形成与唐绘屏风诗争夺作者与读者之势。

其二是歌合及句题和歌的流行。"歌合"这一特殊的作歌方式原本也是由"诗合"脱胎而来。所谓"诗合",是将诗人分成两组,各自联句成篇。由"诗合"发展为"诗歌合"——所谓"诗歌合",即以诗人为左列,歌人为右列,各赋二句,竞奇斗艳。然后又发展为"歌合"。至延喜时期,歌合已和诗合一样风靡于宫廷内外,甚至部分王公贵族对歌合的喜好尤甚于诗合。尽管歌合与诗合之间有着千丝万缕的联系,但此时前者的迅速膨胀,已迫使后者挤出自己原有的地盘。句题和歌的情形与此十分相似:它脱胎于句题汉诗,一旦广为流行,又形成对句题汉诗的威胁。大江千里奉敕撰进《句题和歌》,表明最高统治者对句题和歌颇为垂青。而缙绅阶层的兴趣往往是以最高统治者的好尚为转移的。当他们将原先倾注于汉诗创作的精力的一部分或大部分转移到和歌创作上去时,汉诗又岂能继续保持兴隆? 作为从宽平到延喜之间的过渡期的昌泰年间,和歌似乎已有"夺宠"之势。一个突出的例子是,昌泰元年(898)十月下旬,宇多天皇率臣子离宫狩猎期间,敕令撰进和歌达六回之多,而汉诗却无正式敕令咏进者。仅到达泷田山时,菅原道真积习难捺,口占七绝一首:

> 满山红叶破心机,况遇浮云足下飞。
>
> 寒树不知何处去,雨中衣锦故乡归。

这一典型事例在平安朝汉诗发展史上是值得注意的。这一年距离平安朝汉诗由盛转衰的十世纪已经只有两个年头了。

当历史翻到十世纪这一页后,伴随着平安朝汉诗的渐趋衰颓,和歌,尤其是男女恋歌却呈现出勃兴之势。这在一定程度上反映了时代风气的变迁和人们的喜尚趣味的转移。纪贯之、凡河内躬恒、千牛忠岑等和歌名家奉敕撰成的《古今集》真名序有云:

> 古之天子每际良辰美景,诏侍臣预宴筵者献倭歌。君子之情,由斯可见;贤愚之情,于是相分。所以随民之欲、择士之才也……及彼时变浇漓,人贵奢淫,浮词云兴,艳流泉涌,其实毕落,其华独荣。

世人对和歌的爱好与日俱增,以至酷嗜汉诗的村上天皇也不得不顺乎潮流,"置和歌所",并敕令臣子撰进《后撰集》,企图维系诗、歌二者之间的平衡。与此同时,原先纯而又纯的宫廷诗宴已蜕化为诗宴与歌宴的混合物,汉诗、和歌并作于诗宴的情形在当时屡见不鲜。据《河海抄》引《昌言花宴记》,在举办于南殿的花宴上曾同时"咏古诗,诵新歌",这表明仅凭汉诗或和歌,已满足不了时人日趋丰富的审美需求,同时也就表明汉诗凌驾于和歌之上的优越地位正在丧失,而这又将带来汉诗作者的自我充足感与创作能力的衰减。在这种情势下,兼收诗、歌的《和汉朗咏集》的编纂问世也就是极其自然的事情了。而和歌与汉诗的平分秋色,正可以看作汉诗失去优势、走向衰颓的一种征兆。

除此而外,和文(即假名文)长篇小说的兴起,也对汉诗的读者市场及流行范围构成猛烈的冲击。平安朝前期,无论公文私记都采用汉文,作为国语的和文事实上只有女流之辈使用。但自纪贯之用和文著成《土佐日记》并赢得大量读者后,和文却开始时髦起来,成为男女同竞、雅俗共赏的一种文体,尽管正统的、目不斜视的汉诗文作家仍对它不屑一顾。或许因为和文较汉文易于驾驭的缘故,平安朝后期,用和文写作的女性作家不断涌现:清少纳言著《枕草子》,紫式部著《源氏物语》,赤染右卫门著《荣华物语》。虽然在操纵时论的缙绅大夫心目中,她们始终只是不登大雅之堂的闺房作家,其作品也不过是茶余饭后聊供消闲的闺房文学,但她们及其作品毕竟是不可忽视的存在,毕竟足以转移时人的一部分注意力,从而在客观上有可能加速汉诗的衰颓。就这样,第一个回合的汉和之争终于以汉诗的屈居下风而告结束,直到五山时代来临后,随着缁流阶层的入主诗坛,汉诗才得以复兴,与和歌展开新一轮的角逐与竞争。一方面这种角逐与竞争固然使日本汉诗在发展过程中历尽艰难曲折,另一方面却也使日本汉诗增添了自我完善、自我更新的活力。因此,当我们考察日本汉诗的历史地位时,不能不瞩目于汉和之争。

二、偶像崇拜:诗人主体意识的迷失与复归

偶像崇拜,是日本汉诗发展过程中出现的一种耐人寻绎的现象。由这一现象的形成与嬗变,不仅可以透见诗人主体意识的始而迷失、继而苏醒、终而复归,同时还可以从一个独特的视角来考察日本汉诗的演进轨迹。

自然,偶像崇拜并不是日本诗坛所独有的现象。在中国诗歌史

上,也曾有不少大师或名家成为后代某一诗派学习模仿的偶像,如杜甫之于江西派,李商隐之于西昆派,等等。但无论杜甫还是李商隐,都未能成为影响一代风气、被所有的属诗者无一例外地顶礼膜拜的人物。换言之,他们只是在有限的时空内被奉为偶像。而在日本平安朝时期,瓣香白居易的热潮竟能席卷诗坛的每一个角落,将所有的诗坛中人都裹挟其中。这意味着,就偶像崇拜的时间与空间而言,毗邻的日本诗坛足以使作为其发源地的中国诗坛瞠乎其后。而伴随着这股偶像崇拜之风的则是诗人主体意识的迷失。

平安朝的缙绅诗人们膜拜白居易其人其诗,原因是多方面的,其中的一个重要原因恐怕是白诗较为平易、流畅,缙绅诗人们感觉不到太多的解读上的困难,一下子便能把握住它的精义,因而特别适合他们的阅读口味。由于这无关乎我们既定的话题,兹不详及。我想着重指出的是,缙绅诗人们对白居易其人其诗不只是一般的崇拜,而是将其人当作偶像、其诗当作典范来苦心仿效、刻意模拟。于是,在他们所创作的汉诗中,也就只看到白氏幽灵的游弋,而难以寻觅到创作主体的心灵曲线和情感光波了。①

本来,白居易其人其诗"走红""走俏"于日本诗坛并不是坏事,问题在于缙绅诗人们不适当地将白氏偶像化、白诗典范化。毫无疑问,平安朝时期的缙绅诗人们将白氏当作偶像来倾心崇拜、白诗当作典范来竭力模仿,是缺乏主体意识的表现。由于摹拟成风,在整个平安朝时期,几乎没有一位诗人能用心灵浇铸出一个只属于自己的艺术世界,并在其中打上鲜明而又独特的精神烙印和性格烙印,即使当时的诗坛冠冕菅原道真也是如此。

然而,我们并没有理由因此而轻视平安朝的缙绅诗人们,因为从

---

① 参见本书第一辑中《白居易与日本平安朝诗坛》一文,兹从略。

文学发展史的角度看,当任何一个民族致力于"移植"一种外来的文学样式时,几乎不可避免地都会经历一个机械模仿的初始阶段,有的甚至不免贻人鹦鹉学舌、邯郸学步之讥。但随着技巧的日渐成熟和功力的日渐深厚,最终又必然会从机械模仿的状态中蝉蜕出来,不再视"惟妙惟肖"为艺术至境,转而把独出机杼、变化生新视为更高层次的追求。当然,最终必然摆脱这一状态,绝不意味着最初可以超越这一状态。验之史实,我们完全可以说,日本平安朝的缙绅诗人们膜拜白氏、瓣香白诗是"得"大于"失"、"利"大于"弊"的。具平亲王在《和高礼部再梦唐故白太保之作》中自注道,"我朝词人才子,以白氏文集为规摹,故承和以来言诗者,皆不失体裁矣"。这条感戴之情溢于言表的注解,再清楚不过地说明,在日本汉诗的发轫时期,正是由于刻意摹拟白诗,缙绅诗人们才得以"不失体裁"。有鉴于此,我们一方面应当指出,一味膜拜与模仿白氏其人其诗,这反映了缙绅诗人们主体意识的迷失;另一方面又必须强调:这种迷失,虽然持续了近四百年,对于日本汉诗发展的漫长历史而言,却毕竟只是一个短暂的过程、一种暂时的现象——当日本汉诗演进到五山时代后,偶像崇拜之风尽管未告衰歇,却已不及平安朝时代来得猛烈:白居易已经不再是备受崇拜与模仿的人物,并且没有其他任何诗人能够取代白居易原先的地位被奉为唯一的诗的偶像,杜甫、苏轼、黄庭坚等诗人联袂而起,成为新的楷模。与此相应,盛行于世的也不再是《白氏文集》,而变成了蜀僧松坡的《江湖风月集》、周弼的《三体诗》、刘克庄的《千家诗》、方回的《瀛奎律髓》等一批较多反映宋诗风貌或带有尊杜倾向的诗集与诗话。这意味着此时主宰诗坛的缁流诗人们已不再"独尊一家",而表现出好尚各异、"转益多师"的趋向。这恰好证明:在作为日本汉诗的嬗变、蝉蜕期的五山时代,诗人们曾经迷失了的主体意识业已苏醒,并逐渐复归。

三、"娱兴"与"言志"：两种创作旨归的对立及其演变

"诗言志"，这是中国古典诗歌从它诞生的那一天起便奠定的传统。偏离这一传统，则被视为对诗性精神的违背。因此，无妨说是否依循这一传统，是判别诗歌真与非真、善与非善的准则之一。在中国文学史上，将诗歌当作"娱兴"的手段或工具游戏其间者，固然代有其人，但绝大多数作家都把"言志"当作诗歌的第一要义，用诗歌来抒发胸襟怀抱。换言之，"娱兴"，作为一种创作旨归，只是左右着一小部分人的创作活动，而始终未能居于诗坛的主导地位。有异于此，在日本的奈良、平安朝时代，"娱兴"而作，却几乎成为一种普遍倾向：在许多缙绅诗人手中，汉诗与汉诗创作只是一种崇文尚雅的游戏，一种娱情遣兴的工具，一种沽名钓誉的手段；以汉诗陶写心声、勾画心迹、显现心影者，反倒如凤毛麟角般鲜见于时。

众所周知，日本汉诗滥觞于近江朝。进入奈良朝后，由于最高统治者的倡导，汉诗几乎风靡了整个缙绅阶层。据《续日本纪》"神龟三年（726）九月"条记，因宫内生"玉英"，圣武天皇命朝野道俗赋诗，仅12日间，献诗者即达112人之多。同年，新罗使者来朝，长屋王张宴于私第，互分韵字赋诗，学士大夫预其席者各有咏唱，一时亦传为美谈。下毛麻吕在诗序中盛记其事云：

> 夫秋风已发，张步兵所以思叛；秋气可悲，宋大夫于焉伤志。然则岁光时物，好事者赏而可怜；胜地良游，相遇者怀而忘返。况乎皇明抚运，时属无为，文轨通而华夷翕欣载之心，礼乐备而朝野得欢娱之致……

因为张宴于秋季，所以序文以秋风起兴。虽用张翰、宋玉的故实

相点缀,却并不执着于传统的悲秋主题。相反,其意倒在以古人之萧索反衬今日良宴之欢娱。在这种场合产生的娱兴之作,自难具有充沛的诗情诗思。安倍广庭所赋五律为:

> 山牖临幽谷,松林对晚流。
>
> 宴庭招远使,离席开文游。
>
> 蝉息凉风暮,雁飞明月秋。
>
> 倾斯浮菊酒,愿慰转蓬忧。

一方面,以"转蓬忧"喻写江关万里、漂泊无定的生涯,本无不妥;但用在宴请新罗使者的场合,刚无论喻指对方抑或自己,都有失外交礼仪。说到底,对于当时的大多数缙绅大夫来说,诗往往并非"志之所之者也",有感而发、摅写心愫的场合很少,绝大多数的场合只是为作诗而作诗,即"为文而造情",而非"为情而造文"。这样,他们的诗情就难免显得做作与浮泛。另一方面,他们对创作汉诗这种高雅复高妙的游戏尚未熟谙,仅仅是记住了游戏的一些基本规则,还不能得心应手地加以运用,所以在游戏的过程中又不免手忙脚乱,露出若干破绽,措辞失当也就在所难免了。

作为奈良朝的汉诗结集的《怀风藻》清楚地昭示了横亘于当时诗坛的"娱兴"倾向:全集共收录汉诗 120 首,其中以侍宴从驾和燕饮雅集为题材者竟达 50 余首。这类旨在"悦上媚上"和"自娱自遣"的作品的大量产生,有赖于多种社会条件,但其直接诱因之一却是最高统治者频繁举办各种诗宴。在典章制度、宫廷礼仪乃至生活规范无不刻意仿效华夏文明古国的奈良朝,最高统治者甚重"文治",而倡导汉诗、举办诗宴,在他们看来,正是体现其"文治"的一个重要环节。同时,这又是对中国宫廷的文采风流的一种追步。于是,各种诗宴便借助君臣巧立的名目几无间断地举办于舞榭歌台或花前月下。相沿既久,出席诗宴与即兴赋诗，几乎成为君臣们生活中的不可或缺的内容。如果说在应诏侍宴之初，缙绅大夫们还因担心赋诗不工、难邀圣宠而多少有些战战兢兢的话，那么，在频繁与宴、经验渐丰之后，他们则不仅祛除了恐惧不安的心理，能从容应对、灵活周旋于其间，而且越来越陶醉与迷恋这种皇家诗宴所特有的富贵气息及其绮丽氛围，由衷地希望它能永远接纳自己。因为他们在诗宴上既能获得一次次重新估量与证实自己的才华，并进而向天皇及同僚显示自己的存在价值的机会，又能受到艺术方面的熏染，一点一点地窥见被他们视为人类文化的最高结晶的汉诗的壶奥。因此，在预宴的过程中，他们倒常常确实是欢欣鼓舞的——这种欢欣鼓舞的情绪，与其说更多地来源于太平盛世的开明政治的陶冶，不如说更多地来源于他们对自己春风常度的现实处境的庆幸和未可限量的前程的展望。对诗宴的日益笃好，使缙绅大夫们已不满足于奉诏出席宫廷诗宴，而渴望有更多的饮酒赋诗的场合。这样，私家举办诗宴便逐渐蔚为风气。藤原宇合的《暮春曲宴南池序》或可为证：

> 夫王畿千里之间，谁得胜地；帝京三春之内，几知行乐。则有沉镜水池，势无异于金谷；染翰良友，数不过于竹林……月下芬芳，历歌处而催扇；风前意气，步舞场而开衿。

择"胜地"以"行乐"，在当时是缙绅大夫们的共同愿望。而此"乐"，既包括燕饮之乐，也包括吟咏之乐。所以，用"诗宴"来作为他们的行乐方式的命名，实在是再也贴切不过。由这篇诗序可知，他们颇想仿效西晋石崇的"金谷俊游"，并自觉其声势已不减金谷。就他们政治及经济地位的显赫而言，这倒并非一时豪语。不过，以"竹林"之聚来比拟他们这群"染翰良友"的文场诗会，却似乎有些不伦——他们表面上既不像竹林七贤那样放浪形骸，骨子里更缺乏竹林七贤愤世嫉俗的精神,而令他们所陶醉、所沉迷的"历歌处而催扇""步舞场而开衿"的声色场面也是竹林七贤所不齿的。或许只有一点是与竹林七贤相似的,那就是聚饮赋诗时的怡悦之情。但细细较来,竹林七贤的怡悦更多地表现为出世者的自适,而他们的怡悦则更多地表现为入世者的自得。换言之,竹林七贤意在以诗自遣,他们则意在以诗自娱。这又判然有别了。

在"敕撰三集"①问世的平安朝前期,以"娱兴"为旨归的游戏笔墨的倾向依然如故。尽管在敕撰三集中已有一些倾诉心音的作品属于"情动于中而形于外"者,但大多数汉诗作者对诗的本质仍是缺乏足够的认识的,在很大程度上,他们创作汉诗是为了趋附时尚、标榜风雅或侑佐酒兴。与这一倾向相联系,"探韵""探题"一类带有游戏性质的诗体开始流行。在敕撰三集中,属于"探韵诗"的作品有嵯峨天皇的《春日嵯峨山院探得迟字》《秋日皇太弟池亭赋天字》,淳和天皇的《秋日泠然院新林池探得池字应制》,朝野鹿取的《秋山作探得泉字应制》,桑原腹赤的《春日过友人山庄探得飞字》等数十篇,堪称连篇累牍。如果说"探韵"之风在《怀风藻》中还只是初露端倪的话,那么在敕撰三集中则已是"甚嚣尘上"了。至于平安朝后期,《本朝丽藻》②的作者们孜孜不倦地在"花间""尊前"倾泻其才情,同样是以"娱兴"为旨归。源道济《暮春陪都督大王法兴院,同赋庭花依旧开应教》有句:"芳意宁将前日异,浓妆或有每年新。"这本是咏花,但借用来概括《丽藻》的作者群的创作情形,倒也十分恰切:他们吟风弄月、拈花惹草的"芳意"日日无异,只不过变着法儿浓妆艳抹,力图给读者以新的观感而已。试看藤原公任的《夏日同赋未饱风月思》:

---

① 所谓"敕撰三集"是平安朝前期奉天皇敕命而编纂的三部汉诗总集的合称,包括《凌云集》《文华秀丽集》《经国集》。

② 《本朝丽藻》是一条天皇宽弘七年(1010)前后由高阶积善编纂的一部汉诗总集,计收录作者27人、作品151首。

何事词人未饱心，嘲风弄月思弥深。

嗜殊滋味吹花色，滴似词饥落水明。

翰墨难干萍来浪，襟华常系桂花岑。

一时过境无俗物，莫道醺醺漫醉吟。

吟赏风月，本是一种专属于文人墨客的雅趣，盖"清风朗月不用一钱买"，略无铜臭气息和世俗色彩，最适合文人墨客的风雅情怀和孤高性格。尤其是在国运衰颓、朝政昏暗的时代或一己仕宦失意的时期，吟赏风月更往往成为文人墨客寄托遁世之情和排遣愤世之意的恰当方式。但中国古代的优秀作家尽管也吟赏风月，却没有将吟赏风月当作他们的现实生活和创作生活的全部，当然也并没有为之耗费他们的精力与才智的全部。而《丽藻》的作者群的情形则恰恰相反：除了吟赏风月以外，别无旁骛，别无他求，这就未免偏狭了。况且他们也并没有太多的郁积需要借助吟赏风月来渲染，说穿了，他们吟赏风月的目的除了"娱兴"以外，便是为了证明自己的风雅——其中不乏附庸风雅者。这样，出现在他们笔下的风月、山水、花木、禽鸟等便失去了真正的高人雅士所欣赏的朴素、清纯、高洁、恬淡，而以浓艳、绮丽为其基本特征。本来，山水清景，岂容脂粉玷污？《丽藻》的作者却偏要将粉黛施乎其间。高阶积善《花落掩青苔》一诗有句："琼粉误加妆黛上，新云漫锁碧溪间。"这是其显例。习以粉黛入诗，是因为他们的生活中本来就离不开粉黛，离不开倚红偎翠的感官享受。而归结到既定的话题上，这又正是"娱兴"的创作旨归使然。

然而，奈良、平安朝诗坛毕竟不是"娱兴"之作的一统天下。在这一时期，也曾出现一些充满生命的律动的"言志"之作，成为与"娱兴"之作相对立的艺术存在。在这些或径直言志抒怀或偶咏史咏物以言志抒怀的作品中，有时回荡着向往功业、渴望辅时济世、澄清天下的旋律，有时则飘逸出愤世嫉俗、傲岸不谐的音符。如：

年虽足戴冕，智不敢垂裳。

朕常夙夜念，何以拙心匡？

犹不师往古，何救元首望？

望毋三绝务，且欲临短章。

——文武天皇《述怀》

文藻我所难，庄老我所好。

行年已过半，今更为何劳？

——越智直广江《述怀》

贤者凄年暮，明君冀日新。

周占载逸老，殷梦得伊人。

搏举非同翼，相忘不异鳞。

南冠劳楚奏，北节倦胡尘。

学类东方朔，年余朱买臣。

二毛虽已富，万卷徒然贫。

——藤原宇合《悲不遇》

三诗作者因身份、境遇及思想倾向、与世态度有别，展示在他们笔端的胸襟怀抱也各不相同。文武天皇作为君临天下、励精图治的一代帝王，他所倾吐的是效法先圣以匡补时政、救济黎民的炽热心声。从字里行间，我们触摸到的是一个为国为民而夙夜忧思的抒情主人公形象。越智直广江身为朝廷命官却崇尚老庄清静无为的生活哲学，不愿成日案牍劳形，受名缰利锁的束缚。在"今更为何劳"的自诘中，既隐含着对昔日矻矻碌碌的仕宦生活的不满，也包蕴着及早抽身而退、以悠游余生的愿望。藤原宇合则从一个怀才不遇者的角度来释放其才高见弃、老大无成的不平之鸣，诗在精神实质上与中国古代"感士不遇"的传统主题是一脉相承的。显然,这三首诗所抒写的都是作者的胸臆语,所流露出的都是作者的真性情。又如:

> 干禄终无验,归田入弊门。
>
> 庭荒唯壁立,篱失独花存。
>
> 空手饥方至,低头日已昏。
>
> 世途如此苦,何处遇春恩?
>
> ——上毛野颖人《春日归田直疏》

归田,并非出于对安宁、清静的田园生活的喜爱,而是因为"干禄无验",迫不得已才唱起"归去来兮辞"。当缙绅诗人们普遍在诗中歌颂"皇恩浩荡"之际,作者却弹奏出"何处遇春恩"的反调,是需要一点逆潮流而动的精神的。这种逆反精神在菅原道真的《菅家文草》和《菅家后草》中表现得尤为明显。在我看来,菅原道真在日本汉诗发展史上最突出的贡献便是强化了汉诗的言志抒怀功能,使"言志"在当时成为一种有人恪守的创作旨归。①

当然,"娱兴"与"言志"这两种创作旨归在奈良、平安朝的对立,是一种重轻不侔的对立,诗坛重心无疑偏向"娱乐"这一方。但这种状况并没有一直持续下去。正如对白居易的狂热崇拜一样,它只是日本汉诗还处在最初的"诗体实验"阶段时所出现的一种既可以理解、又可以匡正的偏失。由于汉诗是舶来品,缙绅诗人们将它引进后所致力的是移植与模仿,这就不可能像起源于民间的中国古典诗歌那样在发轫时期呈现出"饥者歌其食,劳者歌其事"的原生状态。同时,当时驰骋诗坛的又多为高层的"翰林中人",养尊处优的生活地位和独领风骚的文

---

① 参见拙著《日本汉诗发展史》第一卷第二编第五章"王朝诗坛的冠冕:菅原道真",吉林大学出版社 1992 年 5 月。

化地位,使他们必然本着"娱兴"的旨归,在燕饮雅集的场合把汉诗创作当作逞才竞巧和崇文尚雅的游戏。难得的是,他们对这种游戏保持着不衰的热情。凭着这股近乎迷狂的热情,经过代代相继的努力,他们不仅掌握了游戏的技巧,而且随着主体意识的复归和诗性精神的增生,开始一点一点地洗去游戏的成分,并最终脱离了游戏的阶段,使汉诗创作真正成为对生命的律动的一种感应、对心灵的曲线的一种扫描。当然,那时把持诗坛、坐啸生风者已由"翰林中人"嬗变为"士林中人",而时代也已推进到被视为日本汉诗的成熟、繁荣期的江户时代——早在五山时代,"言志"之作即已占得半壁江山,具备了与"娱兴"之作相比并的实力;至江户时代,诗坛重心更是完全移至"言志"这一方,彻底改变了原先的力量对比。尤其是天保至庆应年间,值此幕府崩坏、内外多事、维新运动悄然萌芽之际,"娱兴"的创作旨归为人们所共同唾弃,源源不断地涌现的是情辞慷慨、意兴豪迈的感时忧国之作。如:

> 呼狂呼贼任他评,几岁妖云一旦晴。
> 正是樱花好时节,樱田门外血如樱。
>
> ——黑泽胜算《绝命词》

> 爱读文山正气歌,平生所养顾如何。
> 从容唯待就刑日,含笑九原知己多。
>
> ——儿岛草臣《狱中作》

不用说,作者都是"燕赵悲歌"式的爱国志士,他们利用汉诗这一形式来抒写其尊王攘夷、辅时济世之志,并借以鼓舞士气、唤醒民众,读来真有裂金穿石之感。所谓"志士之诗",即于此时扬芳吐蕊。从文久、庆应至明治初年,被陆续纂集的志士之诗有《殉难前草》《殉难后草》《殉难遗草》《兴风集》《正气篇》等数十种,都不折不扣地以"言志"为其旨归。

由奈良、平安朝时代的偏重"娱兴"逐渐演变为江户时代的偏重"言志",这一过程与诗体诗艺向成熟之境的演进是同步的。唯其如此,追踪这一过程,不也可以从一个侧面来揭示日本汉诗的发展轨迹吗?

原载于《文学评论》1994 年第 2 期

中国文化的东渐与日本汉诗的发轫

一

毋庸置疑，日本文化从它诞生的那天起，便处在中国文化的笼盖下。众所周知，日本文字的产生，有赖于汉字的传入。一般认为，汉字是伴随着中国典籍一并传入日本的。根据国史中的明确记载，中国典籍的传入始于日本第十五代天皇——应神天皇御宇时，约公元 300 年。但不少学者认为，中国典籍舶来的时间应当比这更早。于是便产生了"徐福赍书来日"说及"神后征韩收书"说。

徐福乃秦代方士，曾奉始皇之命，入海求"不死之药"。其事见于《史记·始皇本纪》。而日本是所谓"东瀛之国"，恰当其途。后人便据此生发：在后周义楚的《释氏六帖》中已出现"徐福来日"说；在这基础上再加演变，"徐福赍书来日"说便蜕化而出了。宋人欧阳修《日本刀歌》有云：

> 前朝贡献屡往来，士人往往工词藻。
>
> 徐生行时书未焚，逸书百篇今尚存。

日人北畠神房的《神皇正统记》"孝灵天皇"条亦有类似记载，且云："此事载于异朝之书。"比观这两条材料，可知"徐福赍书来日"说流布于世的时间不会晚于五代末或北宋初。但仅以时代远后于徐福的欧阳修的诗歌及《神皇正统记》的记载作为证据,是缺乏说服力的。因而,援为谈资固无不可,视为定论则有欠审慎了。

"神后征韩收书"说本于《日本书纪》。《日本书纪》记神功皇后征韩事曰:

> 遂入国中,封重宝府库,收图籍文书。

一些学者认为这是中国典籍舶来之始。但其间亦有疑问:《汉书·高帝纪》记高祖入咸阳事曰:"封秦重宝财物府库,还军霸上。萧何尽收秦丞相府图籍文书。"用纯汉文写成的《日本书纪》很可能是援其绪而仿其辞,未必真有"收图籍文书"之事;退一步说,即便真有其事,所收之"图籍文书",也可能属于地图户籍及官府公文之类。通读《史记·萧相国世家》及《汉书·萧何传》等即可了然。所以,"神后征韩收书"说似也不足征信。

既然如此,在找到更为确凿的证据以证成上述二说前,似乎还是应当采取审慎的态度,把中国典籍舶来的时间暂时定点在正史所记载的应神天皇御宇时:应神天皇承"神后征韩"之后,绥内靖外,国运渐昌。于是,百济国阿直歧、王仁等携《论语》十卷、《千字文》一卷等中国典籍入朝归化。《古事记》记其事云:

> 百济国照古王,以牡马壹匹、牝马壹匹,付阿知吉师以贡上。亦贡上横刀及大镜。又科赐百济国:若有贤人者贡上。故受命以贡上人名和迩吉师。即《论语》十卷、《千字文》一卷,并十一卷,付是人,即贡进。

这是国史中有关中国典籍传入的最早的记载。《日本书纪》所记略同:

> 十五年秋八月壬戌朔丁卯,百济王遣阿直岐贡良马二匹。阿

直岐亦能读经典。太子菟道稚郎子师焉。于是天皇问阿直岐曰：
"如胜汝博士亦有耶"？对曰："有王仁者，是秀也。"是遣上毛野君
祖荒田别巫别于百济，仍征王仁也。

　　十六年春二月，王仁来之。则太子菟道稚郎子师之。习诸典
籍于王仁，莫不通达。

另，《古语拾遗》一书也记载了应神夫皇御宇时百济国贡王仁事。
因而，王仁的来朝与汉籍的传入皆在此时，是确凿无疑的事情。由于
人们一般都认为，汉字是伴随汉籍而传入的，所以许多日本的历史教
科书便将汉字的传入也定点在应神天皇十六年。

但窃以为这似乎有些不妥。因为汉字实在并不一定非随汉籍传
入不可。尽管汉籍舶来后，日本国的先民才有可能系统地接触汉字；
但这并不能排除另一种可能，那就是：在汉籍舶来前，已有一些汉字零
零星星地传入。据《后汉书·东夷传》载，光武帝中元二年(57)曾赐日
本九州州筑前怡土郡一豪族以封爵金印。日本光格天皇天明四年
(1784)，这颗金印在志贺岛叶崎的石窟中被发掘而得。既为金印，上
面镌有汉字自不待言。又据《魏志·倭人传》载，魏明帝正始元年
(240)曾遣使者赍诏书、印绶赴日，而日方亦曾托该使者答谢恩诏。因
此，汉字的传入要早于汉籍的舶来，应当也是确凿无疑的事情，虽然究
竟要早多少，现在已无从考稽。

不过，零星传入的汉字，在传播中国文化方面所起的作用，当然远
远不及既汇入汉字、又融入汉学的汉籍。从应神朝汉籍传入，到继体、
钦明朝五经博士相继东渡，凡 270 余年间，研习汉字、汉文、汉学，蔚为
风尚。至推古朝圣德太子摄政时，能用汉文写作的，已不只是那些执
教席、掌书记、充史官、任翻译的"外朝归化"者；许多一直生活在日本
本土的人，也已初步掌握了写作汉文的技能。在日本历史上，推古朝
是开辟新纪元的时代，氤氲着活泼、兴旺的气象。从文学史的角度看，

亦复如此。在这革故鼎新的过程中,圣德太子起了关键作用。《日本书纪·推古纪》叙太子事曰:

> 生而能言,及壮有圣智。一闻十人之诉,以勿失能辨。兼知未然。且习内教于高丽僧惠慈,举外典于博士觉哿,悉兼达矣。

《法王帝说》中也有关于其学德之宏大深远的记载。既具有卓异的禀赋,又具有深厚的学殖,加以其摄政时血气方刚、敢作敢为,很快便刷新了政治局面,而日本汉文学亦随之诞生:宪法十七条、外交文书、金石遗文等都于此时问世。

先看宪法十七条。《日本书纪》有云:"十二年夏四月丙寅朔戊辰,皇太子亲肇作宪法十七条。"虽然太子有可能征求过簇拥在他周围的"智囊团"的意见,但十七条主要体现的应当是他自己的旨意。今日研读十七条,可以看出,它完全本乎国民性情,取乎儒家思想,而又益以佛教教义、参以刑名法家学说,其名固与今日之宪法相同,其实亦足垂范后世。没有谁能否认:日本之法制,盖自十七条始。从文学的角度看,十七条文字精练,造语简古,略无骈俪浮华之态。作者广泛取资于《诗经》《尚书》《论语》《孟子》《孝经》《左传》《礼记》《管子》《墨子》《荀子》《韩非子》《史记》《文选》及佛教经典,却又力避蹈袭,变化用之。每条长则 75 字,短则 24 字,言简意明,不务烦冗。其句式以四字句为主:全篇凡 180 句,其中四字句达 144 句,宛然有律语之趣。其风格则简奥奇峭,与法家文风较为接近。

再看外交文书。日本皇室向中国遣送正式的国书,始于推古朝。推古天皇十五年,即隋炀帝大业三年(607),大礼小野妹子奉命遣隋。回国时,隋炀帝派大臣裴世清偕其同归,以行聘礼。裴氏所携除信物外,尚有炀帝手书。裴世清回国后,日方复命妹子为大使、吉士雄成为副使,再度遣隋。中日交换国书,实在此时。日方所奉之二封国书,一见于《北史》《隋书》，而未为《日本书纪》所收；一见于《日本书纪》，而未为《北史》《隋书》所载。前书起笔云："日出处天子，致书日没处天子，无恙云云。"雄大之气自句中溢出。可惜下文今日已不可得见，唯存此吉光片羽。后书据《经籍传后记》及《太子传略》所记，乃圣德太子之御笔：

> 东天皇敬曰西皇帝：使人鸿胪寺掌客裴世清等至，久忆方解。季秋薄冷，尊何如？清想念。此即如常。今遣大礼苏因高（小野妹子）、大礼乎那利（吉士雄成）等往。谨白不具。

起句沉稳、庄重，中间的文字则真挚简率，有六朝尺牍之风范。

至于金石遗文，亦可溯源至推古朝。推古天皇四年（594），圣德太子率惠聪、葛城臣等行幸伊豫的温汤宫，并于汤冈之侧立碑铭文记其事。这便是今存最古老的石文——《伊豫道后温汤碑文》。其文为《伊豫风土记》所收录，属四六体，多用汉魏典故，颇见苦心经营之痕迹。但其风貌虽与齐梁文学相近，却未失尚古倾向。推古朝的金文保存至今的有《元兴寺露盘铭》等六种。其长短各异，雅俗有别。就中，《法隆寺金堂药师佛光背铭》作为准汉文体，最为古奥：

> 池边大宫治天下天皇（用明天皇）大御身劳赐时。岁次丙午年。召于大王天皇（推古天皇）与太子（崇峻天皇）而誓愿赐。我大御病太平欲坐故。将造寺药师像作仕奉诏。然当时崩赐造不堪者。小治田大宫治天下大王天皇（推古天皇）及东宫圣王（圣德太子）。大命受赐而岁次丁卯仕奉。

此铭乃推古天皇十五年，天皇及太子为用明帝造药师像时，刻于其光背之上。形式为汉文，但其中却又交织着日语的句法，因而一般视之为准汉文的滥觞。此外，国史的编辑、佛经的注疏等文化事业也始于推古朝。要言之，推古朝时既有纯汉文，也有准汉文；而纯汉文中又包括散文、骈文等。因此，有理由认为，汉文的诸体早在推古朝即已具备。而汉文的全面发轫，不用说，有助于汉诗的萌生。

推古朝以后，汉文学以一泻千里之势迅猛发展。至近江、奈良朝，已渐趋兴隆。其标志是两部经典式的史书的产生：准汉文国史的嚆矢《古事记》与纯汉文国史的权舆《日本书纪》。斋藤谦在《拙堂文话》中评《古事记》曰："微古典雅，文辞烂然。"又评《日本书纪》曰："虽有模仿史、汉、鸿烈等书处，然叙事有法，用字亦皆合格，与近古老生之文不可同日而语。"同时还产生了日本最古老的地方志《风土记》，其体由纯汉文与准汉文错杂而成。如果说《古事记》与《日本书纪》是中央文学的代表的话，那么，《风土记》则是地方文学的典范。而随着汉文学的日渐兴隆，提高了审美情趣的贵族阶层已不满足于吟讴本土的俚俗歌谣，更欲借助汉诗这一舶来的文学样式，作为新的言志抒情的工具。这样，日本汉诗便应运而生。

稽之史料，这大概是近江朝的事情。天智天皇御宇时，躬亲朝政之暇，常招学士大夫宴饮赋诗，歌咏升平。对此，《怀风藻·序》略有所记：

> 旋招文学之士，时开置醴之游。当此之际，宸翰垂文，贤臣献颂。雕章丽笔，非唯百篇。

可惜天智天皇的御制及其词臣的诗作早已亡佚。因此，连《怀风藻》的编撰者在当时也只能以"非唯百篇"的悬想之词来形容其篇章之盛。所幸弘文天皇的御制《侍宴》尚存，可借以稍窥当时的文采风流：

> 皇明光日月，帝德载天地。
> 三才并泰昌，万国表臣义。

此诗为《怀风藻》所收录。当时的弘文天皇尚为东宫太子，侍宴在侧,故其所作由歌功颂德的文字堆砌而成,并未能跳脱庸常的侍宴之作的窠臼。但其气象之阔大、文笔之典丽,实为庸常之辈所不及。作为日本汉诗萌生之初的作品,尤属难得。因此,后世的诗人每当追溯本国汉诗的起源时,总是对弘文天皇不胜景仰。维新时期的诗人国分青崖的《咏诗》有云:

> 弘文聪睿焕奎章,东海诗流此滥觞。
> 仰诵皇明光日月,于今艺苑祖君王。

既把弘文天皇的这首诗视为日本汉诗的滥觞,更把弘文天皇本人奉为日本诗坛的始祖。

二

事实上,不仅日本汉诗的形成有赖于中国文化的沾溉,而且日本汉诗形成以后,也始终自觉或不自觉地接受中国文化的制约与影响。可以说,日本汉诗能在蜿蜒中发展、迂回中演进,赢得与和歌平分秋色的局面,并一度占据文坛的统治地位,是以中日两国之间日益频繁的文化交流为必要条件的。

一方面,中国文化的传入,加速了日本社会文明化的进程;另一方面,进入文明社会后的日本则更加渴望从中国这一文明古国吸取新的精神养料。圣德太子首张革新之帜时,已明确意识到引进与吸收中国文化的重要,因而他除了亲自从高丽博士觉哿学习汉籍外,还毅然开辟了与隋朝之间的交通,于推古天皇二十二年(612),第一次派出遣隋使及大量的留学生、僧,为后代的统治者开风气之先。叙明天皇二年(630)八月,隋唐易代未久,舒明天皇即命曾任遣隋使的犬上御田锹及药师惠日使唐。这是日本公使遣唐之始。当时的唐王朝已初步奠定贞观之治的局面,国力强盛,声威远震。唐太宗曾在诗中自诩其敦睦四邻、交通万邦的功绩:"指麾八荒定,怀柔万国夷"(《幸武功庆善宫》);"车轨同八表,书文混四方"(《正日临朝》)。难得的是,处在这种局面下,唐王朝的统治者仍能以平等的态度与邻国,包括日本派来的使者相交接。犬上御田锹等归国时,唐太宗特命高表仁为答使陪送之,并派学问僧灵云等从行。其后,中日两国便不时互派使者往访。天智天皇八年,唐使刘德高赴日时,随行者达两千人之众。如此规模的外交使团真可以说是空前绝后了。当然,相较而言,日本使者遣唐的次数更为频繁。至平安朝文德天皇御宇时,前后250年间,共派出遣唐使十七八回,平均十四五年间便有一回。其中,舒明、孝德、齐明三朝尤多,达六回。每回除正副使臣外,还有一批留学生、僧随行。他们抵唐后一方面致力于考察唐王朝的典章制度,以之作为有助于本国的政治、经济改革的"他山之石"(事实上,遣唐归来的南渊请安、高向玄理等人在"大化改新"中发挥了极大的作用,而孝德天皇实行"大化改新"的一个直接原动力也是欲效唐风、以救己弊的强烈的愿望);另一方面则如饥似渴地吸收唐王朝的灿烂文化,包括哲学、宗教及音乐、绘画、舞蹈、诗歌等各种文学艺术。其时,一个"汪洋浩涵,包孕万有"的文化高潮也正席卷着整个中国大地。尤其是诗歌,更进入了它最为璀璨夺目的黄金时代。写诗,在当时已不仅是一种好尚,而且成为跻身仕途和进行社会交际所必不可少的修养。因此,来自日本的使臣及留学生、僧,滞唐期间要进行交往,就必须掌握汉诗的写作技巧,以不致在唱酬之际捉襟见肘。这样,不仅他们本人诗艺日进,归国后还可将在唐时悟得的诗家三昧传授给同道,带来诗艺的普遍提高。同时,由于他们频繁来往于中日之间,许多唐诗中的优秀作品也得以及时流播于日本诗坛,并左右日本诗坛的风会。白居易的诗集在他生前便已传至日本,风靡于日本诗坛内外。这些,无疑对日本汉诗的发展起到了强有力的推动作用。

诚然，至平安朝中、后期，因为本邦典章制度已备，日本使者遣唐的频率较前大为减慢，从行的缙绅子弟也日渐稀落。桓武天皇延历二年（783），藤原葛野麻吕作为大使赴唐时，从行的留学生仅橘逸势一人。仁明天皇承和五年（838）以后，遣唐使制度已名存实亡。醍醐天皇宽平六年（894），更根据菅原道真的奏请，干脆废除了遣唐使制度。但这仅仅表示外交意义上的公使互访业已中止，并不意味着中日两国之间的经济与文化交流也已断绝。实际上，不仅两国的贸易商船从不间断地行驶在浩瀚的洋面上，保持着昔日"弘舸巨舰，千舳万艘，交贸往还，昧旦永日"的盛况，而且许多有志的僧侣也仍然把赴唐留学当作平生理想，必欲付诸实施。据统计，遣唐使制度废止后，赴唐的留学僧反倒较前大为增多。当我们回顾中日两国之间文化交流的历史，包括诗歌交流的历史时，不能不对这些僧侣的胆略、志趣及业绩表示特别的赞赏与钦敬。

佛教传入日本，是在继体天皇十六年（522）南梁司马达等赴日时。后此不久，钦明天皇十三年（551），百济王贡释迦金铜像及经论若干卷，佛教渐盛。敏达朝以降，异邦贡佛像、佛经者史不绝书。因为佛经都用汉文写就（即属于汉译佛经），所以佛经的宣讲，显然也有助于汉文学的兴隆。而通过佛经的研习，僧侣们除了惊叹撰写经论的中国高僧的学殖外，还更加体认到中国文化的博大精深，而亟欲亲赴中国请益求教。这种强烈而迫切地问道的意欲与虔诚的佛教徒所固有的殉道精神结合起来，便驱使他们争先恐后地向大洋彼岸的中国进发。平安朝时代，赴唐的著名高僧有八位，史称"入唐八宗"。即以传教、弘法两大师为首，包括圆行、圆仁、常晓、惠连、宗睿、圆珍等。此外，义真、坚慧、圆载等也名垂史册。这些高僧大多能文善诗，旅唐期间，问道求法之余，每每与文坛或诗坛名流相交结，彼此切磋、唱和。当其回国时,携归的当然不仅仅是佛教经典,也包括唐人的诗文集以及他们自己的汉文学创作。慈觉大师圆仁用汉文记其旅唐行踪,撰成《入唐求法巡礼行记》,与智证大师圆珍的《行历抄》以及后代阿阇梨的《参天台五台山记》,瑞欣的《入唐记》,策彦的《初渡集》《再渡集》,合称为五大纪行书。虽然圆仁并无汉诗存世,但在唐时他却与栖白等诗僧过从甚密,想来其诗才亦非泛泛。圆珍旅唐时也频频以文会友,各地高僧名流所赠诗文积达十卷。其中,清观法师赠句"叡山新月冷,台峤古风清",曾被菅原清公许为"绝调"。圆载留唐39年,既蒙宣宗恩遇,又与诸鸿儒结为方外之交。回国时,陆龟蒙、皮日休等各赋送别诗。陆龟蒙《闻圆载上人挟儒书洎释典归日本国更作一绝以送》云:

> 九流三藏一时倾,万轴光凌渤澥声。
> 从此遗编东去后,却应荒外有诸生。

不幸其所乘商船途中为风浪所没,溺海而死。《本朝高僧传》的作者慨叹道:"若使载公布帆无恙,化导之盛,故土有赖焉。不幸戢化于龙宫海,命乎悲夫。"降及五山时代,赴宋、元留学的僧侣亦络绎不绝,且同样于研修经学之暇,潜心诗道,锐意求进。唯其如此,日本汉诗坛的盟主地位最终归于五山学僧。

还应当指出的是,中日两国之间的文化交流除了采取直接的方式外,有时还通过种种间接的渠道来进行,其中之一便是以渤海国为媒介。渤海国是中国东北方的少数民族鞨鞨人建立的地方政权。自唐武后时建国,迄于五代后唐庄宗,凡229年间,始终受唐王朝的封诏。因此,渤海国与日本之间的经济、文化交流,就其实质而言,应属于多民族的中国与日本之间的交流链条上的一个环节。平安朝的统治者对渤海使臣甚为重视。为迎接渤海使节,不惜耗费财力,对北海道方面的迎宾设施加以扩充,既在贺泽建松原馆、能登建客院,又诏令修缮由登陆地点至京城之间的道路、桥梁。对渤海使臣如此重视，说到底，是出于对唐王朝的敬仰。渤海使臣遣日的次数比日本使臣遣唐的次数更为频繁，且每次从遣人员都在 100 人以上。而日方的接待官则都由深具汉文学修养者充任。这样，交接之际，便往往举办较大规模的诗宴，主宾酬唱为欢。就中，先后出任渤海使臣的裴颋、裴璆父子与先后充任日方接待官的菅原道真、菅原淳茂父子更因此结成两代笔墨深交，传为中日文化交流史上的佳话。菅原淳茂《初逢渤海裴大使有感吟》一诗云：

> 思古感今友道亲，鸿胪馆里话余尘。
> 裴文籍后闻君久，菅礼部孤见我新。
> 年齿再推同甲子，风情三赏旧佳辰。
> 两家交态人皆贺，自愧才名甚不伦。

这种诗酒酬唱的风习，既是当时诗道昌盛的一种表现，反过来，又可以在一定程度上推动汉诗的发展。此外，唐代适应新的时势而不断改编的各种字书、韵书及诗式、诗格之类的诗歌理论著作，也常常通过渤海使臣传到日本。这对日本汉诗的进一步发展自然也不无裨助。

三

日本汉诗的形成与发展，在很大程度上得力于历代天皇对汉诗创作的崇尚与奖掖，而由这种崇尚与奖掖本身，同样可以观照不断东渐的中国文化的潜移默化的影响。

在近江、奈良、平安朝时期，历代天皇都崇尚文学，雅好汉诗。这即便不是模仿唐太宗、唐玄宗等中国帝王的文采风流，也是沿袭他们的流风余韵。试看其例——

天智天皇夙习周公孔子之道,博学多才,诗文兼擅,每每招群臣至内廷宴饮赋诗,备极觞咏之欢。弘文天皇即位前,常与著名的文人学士切磋诗道,并不拘尊卑,联镳出游,其情形有类"邺下风流"。《怀风藻》的编者称他"天性明悟,雅爱博古。下笔成章,出言为论。时议者叹其洪学。未几文藻日新"。当他居东宫时,有《述怀诗》云:"道德承天训,盐梅寄真宰。羞无监抚术,安能临四海。"其典重浑朴,直摩汉魏之垒。天武天皇继先朝之绪业,文武兼修,尤通国史,曾诏川岛皇子等编修帝纪,又诏境部石积等撰《新字》四十四卷。受其沾溉,诸皇子也都酷嗜汉诗。其中,大津皇子临终前犹口不绝吟哦。他的绝命诗载于《怀风藻》:"金乌临西舍,鼓声催短命。泉路无宾主,此夕谁家向。"文武天皇广涉经史,尤重儒教,间亦亲事汉诗创作。《怀风藻》收其御制三首。其中,《咏雪》有句:"林中若柳絮,梁上似歌尘。"江村北海《日本诗史》评之为"齐梁佳句"。又《咏怀》有句:"犹不师往古,何救元首望。"虽有发语拙直之病,济世之心却灼然可见。

更加可圈可点的是村上天皇。他幼习《白氏文集》,即位后追慕前代宇多、醍醐诸帝的文采风流,志在复兴一度衰沦的风骚之道。应和中行幸冷泉院之际,召词臣赋"花光水上浮"诗,命菅原文时作序。临当返舆时,序文始成,中有"谁谓水无心,浓艳临兮波变色;谁谓花不语,轻漾激兮影动唇"等句。村上天皇爱赏不已,便重新呼酒开宴,一毕其欢。又于天德二年举办"殿上诗合",集大江朝纲、大江维时,菅原文时等当代诗坛宿将于一堂,竞技斗胜,风雅冠乎前代。不仅如此,与"年中行事"相应,他还不时举办各种名目的诗会、诗宴,诸如"内宴""子日御游""仲春释奠""梅花宴""钓殿御游""曲水宴""花宴""藤花宴""三月尽""五月五日""纳凉诗宴""七夕""八月十五夜""仲秋释奠""重阳""残菊宴""红叶贺",等等。不用说,在这些诗会、诗宴上,他自己都率先创制新篇,以示范于词臣。除此而外,他还另有御制若干,如《寒叶随风散》《松径露后贞》《令侍臣赋梦吐白凤诗》,等等。由此可知其创作意欲极为旺盛。

说到举办诗会、诗宴,那当然不是村上天皇御宇时期所独有的一种文学现象;历代天皇中,如村上天皇般经常举办诗会、诗宴者甚众。虽然他们所举办的各种诗会、诗宴不管如何花样翻新,都可以在中国找到它的源头,所谓"万变不离其宗";但其频率之高、种类之多,却似较中国犹有过之。其中,最值得注意的是三月三日的"曲水诗宴"与九日九日的"重阳诗宴"。

"曲水诗宴",起源于中国的古代风俗:农历三月上巳日,古人每就水滨宴饮,祓除不祥。后人因引水环曲成渠,流觞取饮,相与为乐。其后,东晋王羲之与友人修禊于兰亭时,流觞之际,又复赋诗相娱。王氏《兰亭序》记曰:"又有清流激湍,映带左右,引以为流觞曲水,列坐其次。虽无丝竹管弦之盛,一觞一咏亦足以畅叙幽情。"这就是曲水诗宴的由来。《文选》中收有南朝作家颜延年与王融的《三月三日曲水诗序》,可知曲水诗宴在南朝时颇为流行。日本的曲水诗宴,形式与中国相仿;不同的是,它往往由帝王亲自举办,规格甚高。自圣武天皇神龟五年(728)以来,连年举办,蔚然成风。平城天皇大同三年(808)始告中断。此后,名义上不再由朝廷公开举办,但实际上朝廷出面举办的曲水诗宴在宽平年间仍不绝如缕。如宽平二年所赋《三月三日于雅院赐侍臣曲水宴》、宽平三年所赋《对雨玩花》、宽平四年所赋《花时天似醉》、宽平六年所赋《上巳樱花》、宽平七年所赋《烟花曲水红》,等等,都是该年曾举办曲水诗宴的明证。

"重阳诗宴",也起源于中国的古代风俗。早在《续齐谐记》中,已有重阳登高以及饮菊酒、采茱萸的记载。唐诗中有不少篇章咏及这一出于辟邪信仰的风俗。日本天皇亲自举办重阳宴,始于天武天皇十四年(688)。将重阳宴发展为重阳诗宴,则始于嵯峨天皇大同四年(809)。不言而喻,它也带有浓郁的"唐风"。纪齐名《九日侍宴赐群臣观菊花应制诗序》有云:

> 往古来今,良宴嘉会,莫不籍野而旷其游,登山以远其望。既谓之避恶,亦宜于延年。采故事于汉武,则茱萸插宫人之衣;寻旧踪于魏文,亦黄花助彭祖之术。今日观古,不其然乎?

明言其仿效中国旧俗之处。细检平安朝时代的汉诗别集与总集,不时可觅得历次重阳诗宴所赋写的诗题。有时,诗宴已散,而主办者兴犹未尽,则于翌日(农历九月十日)另择场所再设诗宴,作为"重阳诗宴"的延续与补充。

至于七月七日的"七夕诗宴",其盛况也绝不亚于"曲水诗宴"与"重阳诗宴"。七夕聚会赋诗,始于圣武天皇天平六年(734)。平城、嵯峨二天皇继之,遂成定例。九世纪后半叶,仅宇多天皇宽平年间,就有《乞巧诗》《七夕秋意诗》《代牛女惜晓更诗》《七夕祥秋穗诗》《七夕诗》等作品传世。

除了每逢传统节会必张诗宴外,历代天皇往往还根据时序与景物的变换而举办各种名义的诗会,如"寒食、三月尽"诗会,"残菊、九月尽"诗会,等等。诚然,在这类诗宴、诗会上产生的汉诗,大多属应景之作,鲜见文质炳焕、气盛言宜、"诚于中而形于外"者,有的一味称颂帝德,甚至有阿谀谄媚之嫌;但帝王亲自举办诗宴并带头创制汉诗这一做法本身,却不失为一种有力的提倡与鼓励。它对于在全国范围内养成爱好并从事汉诗创作的风尚,显然具有积极的作用,从而也就有可能在一定程度上推动日本汉诗的发展,所谓"上有所好,下必甚焉"。当时,亲王及公卿大夫亦经常举办诗宴、诗会。纪齐名《仲秋陪中书大王书阁同赋望月远情多应教诗序》云:"清秋八月,遥夜三更,公卿大夫,十有余辈,乘朝务之余暇,属秋景之半阑,会于中书大王之书阁矣。"橘在列《赋冬日可爱序》则云:"贞观之初,大阶平,寰海静。有丞相开客馆,以延英才……第其高下,随以赏赉。盛哉洋洋之美!虽周公吐哺、魏帝虚席,何以加旃? 相公两子,年皆成童,风度清格,文藻日新。亦预在学士之列。"这都是有关这类诗宴、诗会的记录。

经常主办诗宴、诗会,这只是日本历代统治者重视与提倡汉诗的一个方面。另一方面,他们还采取了一系列有利于汉诗发展的政策、措施,诸如优遇学士、兴办学校、奖励学业及以诗赋取士,等等。尽管其中的某些政策、措施,并非始终延续的,如以诗赋取士的制度便仅在平安朝时代一度实行;但即便如此,它们在汉诗发展过程中所起到的推动作用仍然是不可低估的。

谨以诗赋取士为例略加说明:将诗赋作为科举考试的内容之一,始于嵯峨天皇弘仁十一年(820)。《本朝文粹》卷二所载《太政应补文章生并得业生复旧例事》记云:

> 太政官去十一年十五日符:案唐式,照文、崇文两馆学生,取三品已上子孙,不选凡流。今须文章生者取良家子弟,寮试诗若赋补之。选生中稍进者,省更复试,号为俊士。取俊士翘楚者,为秀才生者。今谓良家。偏据符文,似谓三位已上。纵果如符文,有妨学道。何者? 大学尚才之处、养贤之地也。天下之俊咸来,海内之英并萃。游夏之徒,元非卿相之子;扬马之辈,出自寒素之门。高才未必贵种,贵种未必高才。且夫王者之用人,唯才是贵。朝为厮养,夕登公卿。而况区区生徒,何拘门资? 窃恐悠悠后进,因此解体。又就文章生中,置俊士五人、秀才二人。至于后年,更有敕旨:虽非良家听补之进士者。良家之子,还居下列。立号虽异,课试斯同。徒增节目,无益政途。又依令有秀才、进士二科。课试之法,难易不同。所以元置文章得业生二人。随才学之浅

深,拟二科之贡举。今专日秀才生,恐应科者稀矣。望俊士永从
停废,秀才生复旧号,选文章生,依天平格……

这道官符是身兼中纳言、左近卫大将、春宫大夫等职的安世良峰
于天长四年(827)六月十三日所奏呈。从中可以了解到,以诗赋取士
的制度此前早已实行,但有资格应试者限于位列三品以上者的子弟。
这就在一定程度上堵塞了贤路,使那些具有真才实学的庶族子弟失去
了竞争的机会。因此,安世良峰奏请取消这一限制。取消的结果必然
促使庶族子弟将更多的精力用来钻研诗赋的写作技巧,以期在以诗赋
为主要内容的考试中获胜。官符中还提到"案唐式"。的确,以诗赋取
士,这完全是仿效唐代的制度。后人多以为,唐诗之繁荣,全赖以诗赋
取士,如严羽《沧浪诗话》即云:"或问唐诗何以胜我朝? 唐以诗取士,
故多专门之学,我朝所以不及也。"这固然失之偏颇,但以诗赋取士,对
于唐诗的繁荣,确实"功绩存焉"。而日本的情况也是如此。虽然记录
这一制度所实行的过程的文献已付阙如,因此无法了解其详细情形,
但不难推想,它曾给"文章生"的应试者带来多少悲欢! 有诗为证:

> 穷途泣血几兼秋,今日欢娱说尽不。
>
> 仙桂一枝攀月里,儒风四叶压人头。
>
> 我心似脱重狴苦,君赏胜对万户侯。
>
> 魂若有灵应结草,遗孤继绝岂无由。

——菅原淳茂《对策及第后伊州藏刺史以新诗见贺,不胜恩赏,兼
述鄙怀》

诗中抒写几度被困场屋后终于题名金榜、一遂夙愿的欣喜心情,
其中分明糅合着昔辱今荣的感慨。被誉为"王朝诗坛第一人"的菅原
道真有《绝句十首,贺诸进士及第》,其一云:

无厌泥尘久曝鳃,场中出入十三回。

不遗白首空归恨,请见愁眉一旦开。

由诗意看,被贺者曾十三回应考,白首之年终得一第,这大概也算是"苍天不负苦心人"吧? 而受挫十几回,仍不甘罢休,可知进士试的诱惑力多么难以抵御!

与唐代的情形相仿佛,日本的"应试诗"也有韵字、句数、体式等方面的重重禁忌,因而鲜见佳作,只有小野末嗣的《奉试赋得王昭君》等篇尚堪讽诵:

一朝辞宠长沙陌,万里愁闻行路难。

汉地悠悠随去尽,燕山迢迢犹未弹。

青虫鬓影风吹破,黄月颜妆雪点残。

出塞笛声肠暗绝,销红罗袖泪无干。

高岩猿叫重烟苦,遥岭鸿飞远水寒。

料识腰围损昔日,何劳每向镜中看。

虽然新意无多,情景之间尚能相互融合,而对偶亦较工整,在应试诗中已算是难得的了。此外,中良槻的《奉试咏尘》亦可一读:

康庄飙气起,搏击细尘飞。

晨影带轩出,暮光将盖归。

随时独不竞,与物是无违。

动息如推理,逍遥似知几。

形生范冉甑,色化士衡衣。

欲助高山极,还羞真质微。

不粘不脱,得咏物之致。但借鉴初唐谢偃《尘赋》的痕迹殊为明显。这两首诗,题下都标明"六韵为限"。所谓"六韵为限",即全篇只能有六个韵字，也就是规定全篇的规模为十二句。（这与唐代省试诗的体制完全相同）加以诗题也被限定在极其狭小的范围内，应试者自然很难发挥其创造性与想象力，最终只能心有不甘地归于平庸。但实行以诗赋取士的制度的意义实在远远超过了应试诗本身，那就是，它使汉诗创作不仅成为有志于仕途者的兴趣之所在，同时还成为他们的功名之所系，从而也就使他们不惜为之抛洒心血、耗费精力。而追根溯源，实行这一制度，岂不也有赖于中国文化的东渐？

原载于《文学评论》1998 年第 5 期

浙东唐诗之路与日本平安朝汉诗

剡溪,作为文化意义上的"浙东唐诗之路",曾经吸引与陶醉了多少慕名而来的唐代诗人?"此行不为鲈鱼脍,自爱名山入剡中。"(李白《秋下荆门》)。"我欲因之梦吴越,一夜飞渡镜湖月。湖月照我影,送我至剡溪。"(李白《梦游天姥吟留别》)仅在李白诗中,我们便能多少寻觅到剡中风物的艺术显影!这在今天似乎已经不是一个新鲜的话题。但人们也许还没有充分注意到,"浙东唐诗之路"在当时不仅驰名海内,而且蜚声域外。翻检《日本诗纪》,我们至少可以发现,在日本平安朝时代,剡溪曾经以其汇合了天光水色的自然景观和回响着历史足音的人文景观,赢得无数日本汉诗作者的心驰神往。棹舟"剡溪",访道"天台",寻迹"刘蹊阮洞",是包括诗坛冠冕菅原道真在内的许多日本汉诗作者梦寐以求的赏心乐事——而这恰好可以成为我们观照"浙东唐诗之路"的一个独特视角。

一

在星罗棋布于"浙东唐诗之路"的诸多景观中,最为平安朝汉诗作者所向往的无疑是剡溪的发源地"天台"。披览平安朝后期的汉诗总集《扶桑集》《本朝丽藻》《本朝无题诗》等,情系天台的吟咏不时跃入眼帘。如:

一辞京洛登台岳，境僻路深隔俗尘。

岭桧风高多学雨，岩花雪闭未知春。

琴诗酒兴暂抛处，空假中观闲念长。

纸阁灯前何所听，老僧振锡似应真。

——藤原通宪《春日游天台山》

天台山崄万重强，趁得经行古寺场。

削迹嚣尘寻上界，悬心发露契西方。

鹤闲翅刷千年雪，僧老眉垂八字霜。

珍重君辞名利境，空王门下立遑遑。

——源为宪《奉和藤贤才子登天台山之什》①

作者并非平安朝诗坛上的佼佼者，诗作本身也平平无足称赏——从谋篇布局到遣辞造句，都带有日本汉诗处于发轫阶段时所难以避免的稚拙，但它却传达出关乎我们的话题的信息，那就是在平安朝时期，登临与游历天台，是诗人们乐于吟咏且历久难忘的一种体验。源氏所作题为"奉和藤贤才子登天台山之什"，所谓"藤贤秀才"，是指藤原有国（有国字贤）。《本朝丽藻》及《日本诗纪》录有他的《秋日登天台，过故康上人旧房》一诗，当数原唱。诗云：

天台山上故房头，人去物存几岁周？

行道遗踪苔色旧，坐禅昔意水声秋。

石门罢月无人到，岩空掩云见鹤游。

此处徘徊思往事，不图君去我孤留。

---

① 是二诗分别收录于《本朝丽藻》及《本朝无题诗》，亦见于《日本诗纪》卷三十一、四十二。《本类丽藻》《本朝无题诗》及下文引录的《怀风藻》《凌云集》《文华秀丽集》《经国集》等日本汉诗总集均为日本经济杂志社明治三十八年（1905）翻刻《群书类丛》本；《日本诗纪》则为日本国书刊行会明治四十四年刊印本。下文不再一一注明。

诗以抒发对"故康上人"的怀念之情为主旋律,较多地渲染的是"人去物存"的感怆;展示天台胜迹,表现登临意趣,则非其"题中应有之义",故而笔墨未及。但"秋日登天台"这一举动本身,却分明昭示了天台对作者所具有的吸引力。而此诗一经吟成,即有人奉和,并且在奉和时有意将"过故康上人旧房"这一层意思略去,转而把"登天台"作为诗的主体加以铺展,这也说明"天台"才是其神思之所驰。

的确,以"登天台"为题相唱和,在当时虽未形成一种时尚,却是许多诗人兴趣之所系。《日本诗纪》卷三十一录有大江匡衡的《冬日登天台即事,应员外藤纳言教》一诗,可为佐证:

> 相寻台岭与云参,来此有时遇指南。
> 进退谷深魂易惑,升降山峻力难堪,
> 世途善恶经年见,隐士寒温近日谙。
> 常欲挂冠缘母滞,未能晦迹向人惭。
> 心为止水唯观月,身是微尘不怕岚。
> 偶遇攀云龙管驾,幸闻按雾鹭台谈。
> 言诗谨佛风流冷,感法礼僧露味甘。
> 恩煦岂图兼二世,安知珠系醉犹酣。

这是一首"应教"诗,而所谓"应教",与"应制"一样,属于一种"命题作文"。诗题既云"应员外藤纳言教",则命题者当是官居大纳言兼左卫门督的藤原公任。藤原公任是《和汉朗咏集》的编撰者,兼擅诗文,但今存的十三首诗作中,并无咏及天台者。这只有一种可能,即该诗已经亡佚。这里,需要指出的是,无论藤原公任、大江匡衡,还是藤原有国、源为宪,作为遣唐使制度已遭废止的平安朝后期的缙绅诗人,都没有渡海"遣唐"的经历,自也从未涉足过天台。这就意味着他们诗中所描写的登天台、参佛寺、悟禅机的种种情景,皆为想象之辞。元好问《论诗三十首》有句：“画图临出秦川景，亲到长安有几人。”倒是可以移评这一创作现象。而骋想象于天台，岂不又见出当时的汉诗作者对天台是何等心驰神往？当然，天台是普遍信奉佛教的平安朝诗人所顶礼膜拜的圣地，这决定了他们在想象中演绎其“游历”时，自觉或不自觉地出以庄重之笔，营造出一种近乎肃穆的氛围。于是，我们也就难以在作品中感触到其本当具有的淋漓兴会和酣畅意态了。

二

寻绎与“浙东唐诗之路”相关涉的平安朝汉诗作品，我们可以发现，把持平安朝诗坛的缙绅诗人们不仅对“浙东唐诗之路”的自然景观极为神往，屡屡发出“江郡浪晴沈藻思，会稽山好称风情”[①]之类的由衷感叹，而且熟谙点缀于其间的由历史遗迹、名人逸闻以及神话传说、民间故事等构成的人文景观——后者同样为他们所喜吟乐咏。就中，刘晨、阮肇天台遇仙的传说和严光富春垂钓的故事尤承青睐。

《日本诗纪》卷二十录有菅原道真的《刘阮过溪边二女诗》，这是咏及刘阮传说的汉诗作品中流播较广、影响较大的一篇：

> 天台山道道何烦，藤葛因缘得自存。
> 青水溪边唯素意，绮罗帐里几黄昏。
> 半年长听三春鸟，归路独逢七世孙。
> 不放神仙离骨录，前途脱屣旧家门。

显而易见，此诗粘着于刘阮天台遇仙的本事，而没有过多地生发、拓展开去，因此很难将它推许为“灵光独运”或“别开生面”的作品，尽

---

① 大江朝纲《渤海裴大使到越州后见寄长句，欣感之至，押以本韵》，见《日本诗纪》卷二十五。

管它出自大家手笔。不过,其结构之流转自如,毕竟又显示出一点有别于藤原通宪及大江匡衡等人的大家气象。值得注意的是,这是一首题画诗①,与《卢山异花诗》《题吴山白水诗》《徐公醉卧诗》《吴生过老公诗》同为题写"唐绘屏风"而作——诗前的序文明白揭示了这一点。由此可以推知的是,刘阮传说曾同时作为流行于平安朝的"唐绘屏风"的素材而受到画师的钟爱,而此诗此画流传的过程,从某种意义上说,也就是负载着刘阮传说的"浙东唐诗之路"向海外播扬与延伸的过程。

如果说菅原道真的题咏保持着近乎"实录"式的冷静态度和从容笔法的话,那么,《本朝丽藻》所收录的大江以言的"句题诗"《花时意在山》则染有较为浓烈的感情色彩,庶几可视为摅写心声之作:

> 庐杏绥桃存梦想,刘蹊阮洞系精神。
>
> 万缘不起唯林露,一念无他是岭春。

从既定的视角着眼,引人注目的当然是"刘蹊阮洞"一句:它祖示了作者渴望寻迹刘蹊阮洞的情怀,从而表明作者不仅仅是刘阮传说的域外播扬者,而且对刘阮的艳遇是私心慕之的。稍后于大江以言,藤原实纲的句题诗《远近多花色》,也表达了对刘阮的企慕与欣羡之意:"桃夭刘阮仙家迹,柳絮陆张一水邻。"

在咏及严光富春垂钓故事的平安朝汉诗作品中,则以高丘五常的《三日山居,同赋青溪即是家》最堪把玩:

> 野夫高意趣,云卧几回春。
>
> 独饮南山水,宁蹈北阙尘。
>
> 青溪唯作宅,翠洞□为邻。

---

① 题画诗,在日本平安朝亦称"唐绘屏风诗"。参见拙著《日本汉诗发展史》(吉林大学出版社 1992 年 5 月版)第一卷第二编第一章中的有关论述。

汉曲犹称老,唐朝不要宾。

俗人寻访隔,禽鸟狎来亲。

自业何为□,严陵濑上纶。

题曰"同赋",说明赋写这一诗题的还有其他一些诗人。但除了此诗为《扶桑集》残卷所载录外,其余的作品俱已亡佚。这是何等令人遗憾的事情!此外,由"同赋"还可以推知,这实际上也是一篇具有规定情境的"命题作文"。"同赋"的目的是娱情遣兴和逞才竞巧,这又多少反映了绵延于平安朝诗坛的游戏笔墨的倾向。尽管如此,诗中所表现的隐逸意趣仍不失其真切——至少作者是心契于放浪林泉的隐逸生活的。而归结到既定的话题上来,诗中不仅表示要像严光那样以垂纶为业,而且"青溪""翠洞"等意象似乎也与"浙东唐诗之路"上的景致有着脱不了的干系。当然,此诗的着墨点是自抒怀抱,因而对严光的高风亮节以及与之相惬的青山绿水未作赞美之辞。相形之下,藤原能信的《得吴汉》一诗倒是赞美有加:"富春山月当头白,严子滩波与意清。"

三

自然,平安朝的缙绅诗人们更多地吟咏与思慕的还是"浙东唐诗之路"的载体——剡溪。"隐几情思寻友趣,子道遥棹剡溪舟。"(藤原明衡《秋月诗》)历史上曾经棹舟于剡溪的骚人墨客的流风余韵,是那样振奋着平安朝后期诗人的高情与逸兴,激发着平安朝后期诗人的灵感与藻思。但横亘在两国之间的波涛汹涌的大海以及比大海更难逾越的停止遣唐的政令,却使得他们有心"因之梦吴越",无缘"飞渡镜湖月"。于是,他们便转而寄情于近似剡溪的本地风光,朝夕游赏,聊以消弭内心的憾恨。藤原季纲《月下言志》一诗云:

朔管秋声遥遣思，南楼晓望几伤心。

闲褰帘箔有余兴，何必剡溪足远寻？

所谓"何必剡溪足远寻"，意在强调眼前风光亦极赏心悦目，较之剡溪"未遑多让"。这即便不是自欺之语，至少也是自慰之辞。

有趣的是，每当清风朗月之夜，缙绅诗人们对剡溪的怀想之情便分外强烈，反映在创作中，其表现是热衷于以"玩月"为题驰骋诗思，并往往在篇末引来剡溪相参照。如：

何处月光足放游，寺称遍照富风流。

岁中清影今宵好，天下胜形此地幽。

池水冰封宁及旦，篱花雪压不知秋。

已将亲友成佳会，还笑剡溪昔棹舟。

——藤原明衡《遍照寺玩月》

景气萧条素月生，自然个里动诗情。

秋当暮律初三夜，时及漏筹四五更。

双鬓霜加惊老至，前轩雪袭识天晴。

南楼瞻望虽争影，东阁光华欲此明。

帷幕高褰云敛后，琴歌不断梦残程。

一筋一咏谁能禁，何心剡溪寻友行。

——藤原有信《玩月》

二诗都采用扬此抑彼的笔法，着意揄扬此地此夜的皎洁月色，而对彼时彼地的剡溪风光故作不屑状。个中原因，或许是对于他们来说，棹舟剡溪，始终只是一个美好却遥远的梦，不及眼前月色、身边韵事来得真切。换言之，纵情于眼前月色与身边韵事，对他们也许仅仅是一种无可奈何的选择。事实上，以剡溪为参照，这本身便表明在他们心目中,剡溪独擅天下风光之胜。

以剡溪为中心,缙绅诗人们将视野拓展开去,对整个吴越地区的风光景物及人文胜迹都充满游赏和题咏的热情,"钱塘水心寺"便屡屡闯入他们的梦境和诗境:

> 钱塘湖上白沙头,四面茫茫楼殿幽。
>
> 鱼听法音应踊跃,鸟知僧意几交游。
>
> 春风岸暖苔茵旧,暑月波寒水槛秋。
>
> 已对诗章谙胜趣,何劳海外往相求。
>
> ——藤原公任《同诸知己钱塘水心寺之作》

> 余杭萧寺在湖头,传道水心景趣幽。
>
> 火宅出离门外路,月轮落照镜中游。
>
> 云波烟浪三千里,目想心驰五十秋。
>
> 天外茫茫龄已暮,此生何日得相求?
>
> ——大江匡房《水心寺诗》

应当说,大江匡房在篇末发出的慨叹,才是脱尽夸矜、略无矫饰的真实心音,从中见出作者此生不能往游钱塘的憾恨之深。

四

"浙东唐诗之路"与日本平安朝汉诗之间的不解之缘略如上述。没有谁能否认,"浙东唐诗之路"既牵系着平安朝诗人的情思,也为他们提供了新的题材领域和意象仓廪。但这并不是最终的结论。有必要进一步探讨的问题是:在遣唐使频繁赴唐的奈良朝的汉诗作品中,几乎没有一篇涉及"浙东唐诗之路",与此相反,在遣唐使制度废止后的平安朝中、后期,咏及"浙东唐诗之路"的篇什虽不至于俯拾皆是,却稍觅即得。这里究竟有什么奥秘呢? 如果仅作静态的平面的分析,也许会百思不得其解;然而,只要对奈良、平安朝诗坛的风会变迁加以动态的立体的考察,问题就会迎刃而解。

正如人们所熟知的那样,日本汉诗不仅是在中国古典诗歌的影响下形成的,而且形成以后也一直自觉接受中国古典诗歌的影响,甚至在它已趋成熟和繁荣的江户时代,仍未能摆脱这种影响——如果我们把对中国古典诗歌的摹拟看作一种影响的方式的话。由于中国古典诗歌"代有新变",所以日本汉诗摹拟的对象也就不断发生转移:由六朝诗转移到唐诗,再由唐诗转移到宋诗。这种转移的过程,亦即诗坛风会变迁的过程。但日本诗坛的风会变迁,并不是与中国诗坛同步进行的,而要落后于中国诗坛半世纪或一世纪。于是,中国诗坛上的"昨日黄花",往往成为日本诗坛上的最新标本。而在奈良朝时期,为缙绅诗人们所摹拟并影响着诗坛风会的恰恰是六朝诗而非唐诗。将奈良朝的汉诗总集《怀风藻》与反映六朝风尚的《文选》加以比照并观,可以发现它们从内容到形式都惊人地相似:就形式而言,《怀风藻》所收录的作品中,五言诗占总数的 90％,七言诗占总数的 5.8％;而《文选》所收录的作品中,五言诗占总数的 89％,七言诗占总数的 1.8％。二者比例相近,都是五言诗占压倒优势。同时,《怀风藻》中的作品多用对句而犹欠工整、已重声律而尚未和谐,这与《文选》所大量收录的六朝诗的艺术特征也是一致的。就内容而言,《怀风藻》中的侍宴从驾之作、言志述怀之作、写景咏物之作等,都不过是重复表现收入《文选》的六朝诗所早已表现过的题材和主题。这样,"熟精文选理"的读者,在阅读《怀风藻》时不免产生似曾相识之感。且看其例:

> 虞风载帝狩,夏谚颂王游。

> 春方动辰驾,望幸倾五洲。

山祇跸峤路，水若警沧流。

神御出瑶轸，天仪降藻舟。

万轴胤行卫，千翼汛飞浮。

……

德礼既普洽，川岳偏怀柔。

——颜延年《车驾幸京口三月三日侍游曲阿后湖作》

帝尧叶仁智，仙跸玩山川。

叠岭杳不极，惊波断复连。

雨晴云卷罗，雾尽峰舒莲。

舞庭落夏槿，歌林惊秋蝉。

仙槎泛荣光，风笙带梓烟。

岂独瑶池上，方唱白云天。

——伊与部马养《从驾应诏》

　　前诗见于《文选》卷二十二，后诗见于《怀风藻》。文辞虽不相袭，意境与情调却是毫无二致的，而造境与抒情的手法也如出一辙。这样，二诗便有一种内在的"神似"——如果说外在的"貌似"并不明显的话，而作为蓝本的当然是前诗而非后诗。

　　但进入平安朝以后，诗坛风会却发生了变迁：由摹拟六朝转变为摹拟唐诗。此时被缙绅诗人们奉为摹拟的蓝本的已不是《文选》，而是《白氏文集》。如果说《怀风藻》中更多地看到的是《文选》的影响的话，那么在平安朝前期编撰的"敕撰三集"以及其后编撰的《扶桑集》《本朝丽藻》《本朝无题诗》等汉诗总集中，更多地看到的则是《白氏文集》的影响。对此，笔者另有专文论述，兹不赘及。有必要加以申发的是，除了白居易与《白氏文集》以外，其他许多唐代诗人及其作品也曾成为平安朝诗人所摹拟的对象。当时，通过各种渠道大量流入的唐人诗集恰好为他们提供了摹拟所需的客观条件。嵯峨天皇曾批点《李峤集》，而李峤在唐代诗人中并不属于享有盛名者，这说明他对唐诗的研习范围颇为广泛。确实，检嵯峨天皇所作汉诗，化用或暗合白居易、刘禹锡、张志和、刘希夷等唐人诗意者所在皆有。这里，仅拈出其化用刘禹锡诗意的两篇作品：

> 一道长江通千里，漫漫流水漾行船。
>
> 风帆远没虚无里，疑是仙查欲上天。
>
> ——《河阳十咏·江上船》

> 青山峻极兮摩苍穹，造化神功兮势转雄。
>
> 飞壁嵌嵒兮帖屏峤，层峦回立兮春气融。
>
> 朝喷云兮暮吐月，风萧萧兮雨濛濛。
>
> 乍暗乍晴一旦变，凝烟吐翠四时同。
>
> 神仙结阁，仁智栖托。
>
> 或冥道而宵映，或晦迹以寂寞。
>
> 林壑花飞春色斜，登临逸兴意亦赊。
>
> 甚幽至险多诡兽，离俗远尘绝嚣哗。
>
> 此地邀游身自老，老来茕独宿怀抱。
>
> 夜深苔席松月眠，出洞孤云到枕边。
>
> ——《青山歌》

是二诗均见《日本诗纪》卷二。前诗似由刘禹锡《浪淘沙词》脱化而来。《浪淘沙词》其一有云："九曲黄河万里沙，浪淘风簸自天涯。如今直上银河去，同到牵牛织女家。"细加比勘，二诗措辞虽异，而风调相仿，情韵相若。因而天皇属于遗其貌而取其神的善学者。至于后诗，则借鉴了刘禹锡的《九华山歌》：

奇峰一见惊魂魄，意想洪炉始开辟。

疑是九龙天矫欲攀天，忽逢霹雳一声化为石。

不然何至今，悠悠亿万年，气势不死如腾仚。

云含幽兮月添冷，日凝晖兮江漾影。

结根不得要路津，迥秀长在无人境。

轩皇封禅登云亭，大禹会计临东溟。

乘樏不来广乐绝，独与猿鸟愁青荧。

君不见敬亭之山黄索漠，兀如断岸无棱角。

宣城谢守一首诗，遂使声名齐五岳。

九华山，九华山，

自是造化一尤物，焉能籍甚乎人间。

虽未像《九华山歌》那样着意将伟岸、险峻的青山形象作为作者情志的物化，在一唱三叹中呼出郁积已久的耿介之气，但展现青山姿容时那"腾仚"般的笔法，以及贯注在对青山的规摹和深情礼赞中的宏伟气势，却与刘诗极为相似，令人不能不考虑它们之间的渊源关系。顺带说及，在平安朝前期的缙绅诗人们所模仿、效法的唐代优秀诗人中，刘禹锡是魅力比较持久、影响比较显著的一位。除了嵯峨天皇的这两首诗之外，"敕撰三集"中还有一些作品是以刘禹锡诗为蓝本规摹而成的。如：

河阳风土饶春色，一县千家无不花。

吹入江中如濯锦，乱飞机上夺文沙。

——藤原冬嗣《河阳花》

山客琴声何处奏，松萝院里月明时。

一闻烧尾手上响，三峡流泉坐上知。

——良岑安世《山亭听琴》

刘禹锡《浪淘沙词》其五有云："濯锦江边两岸花，春风吹浪正淘沙。女郎剪下鸳鸯锦，将向中流定晚霞。"这当是前诗所本。而后诗前两句分明脱胎于刘禹锡的《潇湘神》其二："楚客欲听瑶琴怨，潇湘深夜月明时。"不过，和嵯峨天皇一样，两诗作者大体上都做到了师其意而不师其辞，袭其神而不袭其貌，取其思而不取其境。因而绝无捃扯、剽窃之嫌。

当然，在平安朝汉诗中，学习、模仿其他唐代诗人的作品也随处可见，不胜枚举。试看四例：

> 今宵倏忽言离别，不虑分飞似落花。
> 莫愁白云千里远，男儿何处是非家。
>
> ——淳和天皇《饯美州掾藤吉野得花字》

> 今年有闰春犹冷，不解韶光着砌梅。
> 风夜忽闻窗外馥，卧中想得满枝开。
>
> ——淳和天皇《卧中简毛学士》

> 林叶翩翩秋日曛，行人独向边山云。
> 唯余天际孤悬月，万里流光远送君。
>
> ——巨势识人《秋日别友人》

> 时去时来秋复春，一荣一醉偏感人。
> 容颜忽逐年序变，花鸟恒将岁月新。
>
> ——藤原卫《奉和春日作》

熟悉唐诗的读者不知是否都能发现，这四首七言绝句并不是一无依傍的，而可以"沿波探源"，在唐诗中找到其出处。第一首后二句从句式到情调都脱胎于高适《别董大》:"莫愁前路无知己,天下何人不识君。"第二首后二句反用孟浩然《春晓》:"夜来风雨声,花落知多少。"第三首后二句本于张若虚《春江花月夜》:"愿逐月华流照君。"第四首后二句化用刘希夷《代悲白头翁》:"年年岁岁花相似,岁岁年年人不同。"值得称道的是,这四首七绝借鉴与摹拟唐诗的技巧同样是较为圆熟的,虽将其意或其句楔入诗中,却不露太多的痕迹,因为它们都没有采取"生吞活剥"的做法,而致力于"移花接木",至于"花木"赖以成活的土壤则完全是自配自备的。像第二首虽然在构思上受到孟浩然《春晓》的启迪,却从相反方向加以生发,另运巧思,铸为新词,因而完全称得上是一种带有创造性的模仿。这类深得模仿之要领而较见工巧的作品,多为短小精悍、轻便灵活的七言绝句。从诗体演变的角度看,七言绝句在平安朝前期的激增,也昭示了诗坛风会由倾斜于六朝转变为倾斜于唐代的事实。

那么,揭示这一事实,对于我们固有的话题有什么意义呢?其意义也许就在于:既然直至平安朝时期,诗坛风会才由摹拟六朝诗转变为摹拟唐诗,奈良朝的汉诗作品无一咏及"浙东唐诗之路",也就可以理解了。从另一角度说,正因为平安朝诗人刻意摹拟唐诗,包括他们最为崇拜的偶像白居易在内的许多唐代诗人所涉足过的"浙东唐诗之路"才有可能吸引他们的视线,并进而牵系他们的情思——这是我们依据上述事实做出的推断。

五

但问题并没有全部解决。接着需要探讨的是:唐代诗人并非仅仅以"浙东唐诗之路"为活动半径,而有着更为广阔的漫游天地。既然如此,为什么平安朝诗人对唐代其他地区的风景名胜难得涉笔,而唯独钟情于"浙东唐诗之路"呢？在我看来，这大概与"浙东唐诗之路"发端于天台，而天台又是平安朝诗人渴望朝拜的佛教圣地有关。

自从智颙创立"天台宗"后，位于浙东的天台山便声名远播，成为中外奉佛者人人皆欲参谒礼拜的名山胜刹。尤其是中唐时期，游天台、谒高僧，至少在佛教界已成风习，以致产生了数量众多的"送僧游天台""送僧适越"诗。如：

> 曲江僧向松江见，又道天台看石桥。
> 鹤恋故巢云恋岫，比君犹自不逍遥。
>
> ——刘禹锡《送霄韵上人游天台》

> 孤云出岫本无依，胜境名山即是归。
> 久向吴门游好寺，还思越水洗尘机。
> 浙江涛惊狮子吼，稽岭峰疑灵鹫飞。
> 更入天台石桥路，垂珠璀璨拂三衣。
>
> ——刘禹锡《送元简上人适越》

而在络绎不绝地往游天台的僧侣中，当然也包括来自日本的"留学僧"。刘禹锡另有《赠日本僧智藏》诗，起笔即云："浮杯万里过沧溟，遍礼名山适性灵。""天台"无疑会居于智藏所"遍礼"的名山之列。《怀风藻》中收有"纳子智藏"诗二首，但与刘禹锡所结识的这位智藏显然不是一人，因为《怀风藻》早在刘禹锡出生前21年即已撰成。赠予往游天台的日本留学僧的唐诗作品，今存的还有张籍的《赠海东僧》和杨夔的《送日东僧游天台》：

> 别家行万里，自说过扶余。
> 学得中州语，能为外国书。

与医收海藻，持咒取龙鱼。

更问同来伴，天台几处居。

——张籍《赠海东僧》

一瓶离日外，行指赤城中。

去自重云下，来从积水东。

攀萝跻石径，挂锡憩松风。

回首鸡林道，唯应梦想通。

——杨夔《送日东僧游天台》

　　强烈而迫切地问道求法的意欲和虔诚的佛教徒所固有的殉道精神结合起来，便驱使这些日本留学僧争先恐后地向大洋彼岸的中国并进而向中国浙东的天台进发。当时，船舶尚不坚固，而海上风涛多变，"柂折、棚落、潮溢、人溺"等不测之祸时有发生。因此，以往每当遣唐使出征前，朝廷不仅诏令各大寺院念诵海龙王经，祈祷航海安全，而且往往举办盛大的诗宴相饯送。《续日本后记》记曰："承和四年三月甲戌，赐饯入唐大使参议常嗣、副使篁。命五位以上赋春晚陪饯入唐使之题。日暮群臣赋诗。副使同亦献之，然大使醉而退之。"虽没有"易水送别"的壮烈，但一去不返的深忧却是同样萦绕在人们心头的。否则，大使也就不至于"醉而退之"了。这多少昭示了在当时的条件下赴中国进行交流之不易。但许多有志的僧侣却甘冒九险，必欲向天台一行。而为他们"导夫先路"的则是平安朝前期与空海齐名的高僧最澄。

　　无论在佛教史上，还是中日文化交流史上，最澄（767—822）都是值得大书一笔的人物。他于桓武天皇延历二十三年（804）从遣唐使入唐，径赴天台诸寺院受教。后又至越州（今浙江绍兴）龙兴寺修习。翌年携《台州录》102 部、《越州录》230 部等回国，正式创立日本天台宗。在整个平安朝时期，最澄创立的天台宗与空海创立的真言宗并列发展,史称"平安二宗"。这是人们并不陌生的史实。但不知人们注意到没有,在"浙东唐诗之路"向海外传播与延伸的过程中,最澄同样功不可没。之所以这样说,理由有二:其一是他亲自跋涉过"浙东唐诗之路",不仅耳濡,而且目染于其间的自然景观和人文景观,回国后必然在传教的同时,把自己对"浙东唐诗之路"的感受也传达给教徒,诱发起他们的向往之情。其二是自他创立日本天台宗后,留学僧奔赴浙东天台,就具有了寻宗认祖的意味,这样,天台对日本留学僧的感召力与吸引力也就远远超过了其他名山胜刹;而"游天台",势必"入剡中",于是"浙东唐诗之路"便留下了越来越多的留学僧的足迹。

以最澄为首的往游天台的留学僧大多能文善诗,问道求法之余每每与唐代诗人或诗僧相交结,彼此切磋、唱和。当他们回国时,携归的不仅仅是佛教经典,也包括唐人诗集以及他们自己的汉诗创作。最澄虽无作品传世,但他回国时,赋诗为其送别的就有台州司马吴颛、台州录事参军孟光、台州临县令毛涣、进士全济时、天台僧行满等九人,所赋诗题均为《送最澄上人还日本国》(见最澄《显戒论缘起》卷上),想来最澄诗才亦非泛泛。就中,全济时所作有云:

> 家与扶桑近,烟波望不穷。
>
> 来求贝叶偈,远过海龙宫。
>
> 流水随归处,征帆远向东。
>
> 相思渺无畔,应使梦魂同。

如果最澄"稍逊风骚",又焉能使以诗赋为进身之阶的"广文馆进士"如此相思不已?最澄的弟子圆载回国时,赋诗送别者甚至包括诗坛名流皮日休、陆龟蒙等人。而最澄的另一弟子圆珍,旅唐期间所获赠诗达十卷,其中,清观法师赠句"叡山新月冷,台峤古风清",曾被菅原道真许为"绝调"。回国后,他身在"叡山",而心驰"台峤",曾赋诗抒

写其"思天台"之情。该诗今佚,但晚唐诗人李达的奉和之作却著录于傅云龙《游历日本图经》:

> 金地炉峰秀气浓,近离双涧忆青松。
>
> 斫泉控锡净心相,远传法教现真容。

此诗题为"奉和大德思天台次韵","大德"即圆珍。作者将"金地""炉烽""双涧"等天台所特有的景观交织入诗,意在稍慰圆珍对天台的思念之情。而圆珍等人创作的这类汉诗作品在当时既经流传,自也能扩大天台及发端于天台的"浙东唐诗之路"在海外,尤其是东瀛的影响。

诚然,最澄、圆珍等擅长汉诗的"留学僧"并不是平安朝诗坛的把持者,他们的汉诗作品也多已不传,但当时处于诗坛霸主地位的缙绅阶层却与他们过从甚密。这大概是因为前者虽为僧侣,却擅诗;后者虽为缙绅,却奉佛——以菅原道真而言,他不仅终生是佛教的信奉者,有时甚至还以佛门弟子自居,《忏悔会,作三百八言》一诗即云:"可惭可愧谁能劝? 菩萨弟子菅道真。"在"敕撰三集"产生的时代,最澄、空海等诗僧虽然不可能成为以嵯峨天皇为首的宫廷汉诗沙龙的正式成员,但却被这一沙龙奉为座上宾,经常应邀出席沙龙所举办的吟咏活动;与此同时,包括嵯峨天皇在内的所有沙龙成员也不时过访诗僧所在寺院,主动登门与他们研讨禅理和切磋诗艺。这样,彼此间的奉酬唱和也就是常有常见的事情了。仅《文华秀丽集》与《经国集》和"梵门类",即收有这类汉诗作品 59 首。其中,嵯峨天皇的《答澄公奉献诗》《和澄公卧病述怀之作》等篇皆为酬答最澄而创制,且大多提及最澄游谒天台的经历,如《答澄公奉献诗》开篇即云:"远传南岳教,夏久老天台。"良岑安世的《登延历寺拜澄和尚像》一诗亦云:"溟海占杯路,天台转法轮。"在《本朝丽藻》《本朝无题诗》产生的时代,缙绅诗人们同样与擅诗的留学僧保持着密切的交往，源顺的汉诗名篇《五叹吟》其三便为哀悼殉身于浙东天台的诗僧而作：

> 天台山上身遥没，落泪唯闻雅誉残。
> 午后松花随日曝，三衣薜叶与风寒。
> 写瓶辨智独知易，破衣方便□不难。
> 岂计香烟相伴去，结愁长混行云端。

可以说，无缘亲履天台的缙绅诗人们是通过游历天台的留学僧来认识天台并进而认识发端于天台的"浙东唐诗之路"的。不过，一旦获得对天台的全面认识，在他们心目中，天台便不再只是佛教名山，而且成为"造化钟神秀"的风景胜地。桑原腹赤《泠然院各赋一物得瀑布水应制》一诗从侧面反映出这一点：

> 兼山杰出院中险，一道长帛曳布开。
> 惊鹤偏随飞势至，连珠全逐逆流颓。
> 岩头照日犹零雨，石上无云镇听雷。
> 畴昔耳闻今眼见，何劳绝粒访天台。

作者认为"眼见"的泠然院瀑布足以与"耳闻"的天台山瀑布相媲美，正说明天台山瀑布为其神往已久。在这里，天台作为风景胜地的一面得以凸现，作为佛教名山的一面则被淡化。这也就意味着平安朝的缙绅诗人们虽然是以留学僧为媒介来认识天台的，却没有采用奉佛者的观察角度与鉴赏眼光——对天台是这样，对发端于天台的"浙东唐诗之路"又何尝不是这样呢？

原载于《文学遗产》1995 年第 4 期

《怀风藻》:日本汉诗发轫的标志

　　正如巡视中国古典诗歌的发展历程,不能不首先瞩目于孔子删定的第一部诗歌总集《诗经》,并以它为起点来展开追踪与扫描一样,考察日本汉诗递嬗演变的历史,也不能不首先聚焦于日本最早的汉诗总集《怀风藻》,并以之作为观照和探索的基点。诚然,日本汉诗的发轫与《怀风藻》的问世在时间上并不是同步进行的,因为只有在汉诗已形成一定数量的积累的前提下,才能产生《怀风藻》这样的有着明确编纂宗旨的作品总集。所以,汉诗发轫于前、《怀风藻》问世于后,是毋庸置疑的事实。但由于现存文献的匮乏,要探究日本汉诗发轫之初的情形,只能以《怀风藻》作为唯一可依据、可信赖的材料。从这一意义上说,《怀风藻》不失为日本汉诗发轫的标志。

一

　　辑录诗文,以集名之,兴于东汉。对此,《四库全书总目》卷一四八叙之甚详。而在卷首冠以序文,略述编撰此集的缘由、宗旨、体例、时间,等等,则是一般的诗文总集或选集的习惯做法。高明的编撰者更借以阐释自己的文学思想,如梁太子萧统的《文选序》。《怀风藻》的编撰者固不及萧统高明,但该集的序文也足以体现其汉文学修养及驾驭汉文、鉴赏汉诗的功力。兹录序文如下:

　　　　逖听前修,遐观载籍。袭山降跸之世,橿原建邦之时,天造草创,人文未作。至于神后征坎,品帝乘乾,百济入朝,启龙编于马厩;高丽上表,图乌册于鸟文。王仁始导蒙于轻岛,辰尔终敷教于泽田。遂使俗渐洙泗之风,人趋齐鲁之学。逮乎圣德太子,设爵分官,肇制礼义。然而专崇佛教,未遑篇章,及至淡海先帝之受命也,恢开帝业,弘阐皇猷,道格乾坤,功光宇宙。既而以为调风化俗,莫尚于文;泣德光身,孰先于学。爰则建庠序,征茂才,定五礼,兴百度,宪章法则,规摹弘远,夐古以来,未之有也。于是三阶平焕,四海殷富。疏纼无为,岩廊多暇。旋招文学之士,时开置醴之宴,当时之际,宸翰重文,贤臣献颂,雕章丽笔,非惟百篇。但时经乱离,悉从煨烬,言念湮灭,辄悼伤怀。自兹以降,词人间出,龙潜王子,翔云鹤于风笔;凤翥天皇,泛月舟于霞渚。神纳言之悲白鬓,藤太政之咏玄造。腾茂实于前朝,飞英声于后代。余以薄官余闲,游心文囿,阅古人之遗迹,想风月之旧游,遂乃收鲁壁之余蠹,综秦灰之逸文,远自淡海,云暨平都,凡一百二十篇,勒成一卷,作者六十四人,具题姓名,并显爵里,冠于篇首。余撰此文意者,为将不忘先哲遗风,故以怀风名之云尔。于是天平胜宝三年,岁在辛卯,冬十一月也。

由这篇洋洋洒洒的序文,我们至少可以了解到以下几点。

一是日本汉诗形成的过程。编撰者在序文中回顾了由汉籍传入到汉诗产生的历史,并用简练而优美的文笔对它进行了艺术的概括,明确告诉读者,日本汉诗诞生于"淡海先帝",即天智天皇御宇时,而天智天皇及其臣子便是最初的一批诗人。他们的作品多撰于宴饮之际,总数在百篇以上,但几经乱离,如今已荡然无存。

二是日本汉诗演进的情形。自淡海朝汉诗破土而出后,诗人间出,其中包括"龙潜皇子""凤翥天皇"及"神纳言""藤太政"等大臣。他们在日本汉诗发展史上起到了承先启后、继往开来的作用,所谓"腾茂实于前朝,飞英声于后代"也。而且,他们的作品已不限于吟咏风月与颂扬帝德(虽然仍吟咏风月与颂扬扬帝德为主),也有自悲身世、自伤流年者(虽然自悲身世、自伤流年的作品并不多见,从总体上看只是一种点缀)。所谓"神纳言之悲白鬓"也。

三是《怀风藻》编撰者的身份。既以"薄官"自称,则必为朝绅无疑。当然,其官位未必低下,所谓"薄官",很可能只是自谦而已。这位时有"余闲"的"薄官",曾多年潜心文苑,历览坟典。每当追想前朝的文采风流,他总是心驰神往、泪下沾襟,可知他性格沉静而情感丰富,遗憾的是其姓名迄犹未详。

四是《怀风藻》的规模。全集共收入作品 120 首、作者 64 人。这是作者"收鲁壁之余蠹,综秦灰之逸文",即苦心搜取、多方征求的结果。不难想象,他曾为此而倾尽心力。

五是《怀风藻》这一集名的含义。命名为《怀风藻》,是取"不忘先哲遗风"之意,而这也正是那位无名氏编撰该集及撰写这篇序文的宗旨。

六是《怀风藻》撰成的时间。这一时间当是天平胜宝三年,即公元751 年 11 月。

《怀风藻》在编次方面也有着自己的鲜明特色。其中值得称道的是依时代先后决定作者的编排顺序,而不考虑其地位、身份方面的因素,此即编撰者所谓"略以时代相次,不以尊卑等级"。这在当时不能不说是独具胆识的。也许,正因为意识到这样做难免引起固守尊卑等级观念者的非议,作者才故意隐去自己的姓名,以使他们失去攻讦的目标。与此后的《凌云集》及《文华秀丽集》相比较,《文华秀丽集》按照诗的部类加以编排,固然无可厚非;但《凌云集》完全依作者官位高下来确定编排的先后,则显然比《怀风藻》要媚俗多了。说到底,"略以时代相次"虽然是理所当然的做法之一,但在当时,非至公无私、超脱荣辱、不计毁誉者不能为之。

除此而外,另一为人口碑的编次特色是作品前缀有作者小传。这样做,是本乎"知人论世"的原则,使读者于诵其诗之际略知其人,将其人品与诗品比照并观。作者小传的文字长短不等,短则百字左右,长则几近三百字,内容除题其姓名、显其爵里外,还追述其生平梗概、性格特征,间亦略示己意,予以道德评判。如《河岛皇子小传》《太津皇子小传》等,不惟叙事简练有法,而且善于传写人物性格,以寥寥数语,揭示精神风貌,又善对人物处境及结局作辩证分析,所论多剀切之言。虽然,忠君思想是作者对人物作道德评判的出发点,但落实到每个具体人物时,却并不过于迂执。作品文笔凝练、畅达,多用骈语,以见整饬之美。虽系日人操翰,却似中土方家手笔,鲜见扞格、壅塞或拼凑之处。不仅如此,字里行间还充溢着浓烈的感情色彩:对人物的悲剧性结局,往往感慨系之,既怜其不幸,复怨其不争,袒露出一种悲天悯人的情怀。因此,通篇可作史料读之,也可作短小精悍的传记散文细细寻味。

二

审视《怀风藻》中的作品,侍宴应诏之作的连篇累牍,不能不成为我们率先注目的现象。诚然,在这些侍宴应诏之作中,往往包孕着作者探索诗艺的热情,但就诗论诗,终究内容浮泛,品位不高。粗加统计,全集中以侍宴从驾及燕饮雅集为题材者竟达 56 首。这清楚地说明,在当时的贵族文化圈子里,创作汉诗很大程度上是出于"悦上媚上"和"自娱自遣"的需要。抱着"悦上媚上"这一并不高尚的目的,他们不免在作品中堆砌大量的颂扬帝德的文字,并为自己躬逢盛世而欢欣鼓舞——至少从表面上看,洋溢着一种欢欣鼓舞的情绪。试看其例:

惠气四望浮,重光一园春。

式宴依仁智,优游催诗人。

昆山珠玉盛,瑶水花藻陈。

阶梅斗素蝶,墉柳扫芳尘。

天德十尧舜,皇恩沾万民。

——纪麻吕《春日应诏》[①]

玉管吐阳气,春色启禁园。

望山智趣广,临水仁狎敦。

松风催雅曲,莺啭添谈论。

令日良醉德,难言湛露恩。

——巨势多益须《春日应诏》

这两首同题之作想必赋写于阳春烟景、从驾出游之时。这一时间背景本身并不足以说明问题。因为此时此际倘若有若干真情实感挥洒到诗篇中去,未尝不能新警动人。问题在于它们是"应诏"而作,理所当然地必须送呈颁诏的"圣主"浏览,这样,作者便不可能无所顾忌地陶写自己的真实心声,而只能费心揣摩圣主的好尚,并根据圣主的好尚来进行构思。在他们想来,歌功颂德的文字总是圣主所喜闻乐见的。于是,他们便使出全身解数,在诗中镶嵌进各种歌功颂德的文字,当然,都想镶得自然些、嵌得巧妙些,使人看不出刻意逢迎的痕迹。所谓"难言湛露恩""皇恩沾万民"云云,措辞虽异,但说来说去,无非是"皇恩浩荡"这一层意思。这还算是含蓄些的,有的就更露骨了。如:

---

① 本文所征引之汉诗作品,均据杉本行夫《怀风藻注释》(日本弘文堂 1943 年版),并据市河宽斋《日本诗纪》(日本国书刊行会 1911 年版)相校勘。

俯仰一人德,惟寿万岁真。

——万利康嗣《侍宴》

适遇上林会,忝寿万年春。

——田边史百枝《春苑应诏》

叨奉无限寿,俱颂皇恩均。

——大石王《侍宴应诏》

帝德被千古,皇恩洽万民。

——息长臣足《春日侍宴》

皇慈被万国,帝道沾群生。

——背奈王行文《上巳禊饮应诏》

从结构上看,这一类作品有一个固定的模式,那就是先用大半篇幅描写眼前所见景物,不管工切与否,都要搜索枯肠,凑足三联以上,然后"即景兴感",抒发躬逢盛世、普天同庆的感恩戴德之情。造成这种模式的原因,不仅是技巧不够练达、手法不够丰富,更是以媚上取宠为宗旨的侍宴应诏之作所难以避免的。由于当时尚处在汉诗的"实验"阶段,这类侍宴应诏之作在诗体实验方面所做的带有探索意义的努力固然是可贵的,但如果从诗性精神和诗学理想的角度来审视,对它们表现出的思想倾向却不敢违心地加以恭维。

侍宴应诏之作的大量产生,有赖于多种社会条件,但其直接诱因之一却是最高统治者频繁举办各种诗宴。在典章制度、宫廷礼仪乃至生活规范无不刻意仿效华夏文明古国的近江、奈良朝,最高统治者既重"武功",亦重"文治"。而倡导汉诗、举办诗宴,在他们看来,正是体现其"文治"的一个重要环节。同时,这又是对中国宫廷的文采风流的一种追求。基于这样的出发点,他们便乐此而不疲了。于是,各种侍宴也就借助君臣巧立的名目,几无间断地举办于舞榭歌台或花前月下。相沿既久,出席诗宴与即兴赋诗,几乎成为君臣们生活中不可或缺的内容。如果说在应诏侍宴之初,缙绅大夫们还因担心赋诗不工、难邀圣宠而多少有些战战兢兢的话,那么,在频繁与宴、经验渐丰之后,他们则不仅祛除了恐惧不安的心理,能从容应对、灵活周旋于其间,而且越来越陶醉并迷恋这种皇家诗宴所特有的富贵气息及其绮丽氛围,由衷地希望它能永远接纳自己。因为他们在诗宴上既能获得一次次重新估量与证实自己的才华,并进而向天皇及同僚显示自身价值的机会(这种机会是舍此而难逢的),又能受到艺术方面的熏染,一点一点地窥得被他们视为人类文化最高结晶的汉诗壶奥。因此,在侍宴的过程中,他们确实是欢欣鼓舞的——这种欢欣鼓舞的情绪,与其说更多地来源于太平盛世的开明政治的陶冶,不如说更多地来源于他们对自己春风常度的现实处境的庆幸和未可限量的前程的展望。对诗宴的日益笃好,使缙绅大夫们已不满足于奉诏出席宫廷诗宴,而渴望有更多的饮酒赋诗的场合。于是,私家举办诗宴便逐渐蔚为风气。相形之下,私家举办的诗宴似乎更便于他们骋才使气,同时也更利于他们在汉诗的王国里自由竞争。藤原宇合的《暮春曲宴南池序》或许可以证明这一点:

> 夫王畿千里之间,谁得胜地;帝京三春之内,几知行乐。则有沉镜水池,势无劣于金谷;染翰良友,数不过于竹林。为弟,为兄。醉花醉月,包心中之四海;尽善尽美,对曲里之长流。是日也,人乘芳夜,时属暮春。映浦江桃,半落轻锦;低岩翠柳,初拂长丝……月下芬芳,历歌处而催扇;风前意气,步舞场而开衿。虽欢娱未尽,而能叟纪笔,盍各言志,探字成篇云尔。

择"胜地"以"行乐"，在当时是缙绅大夫们的共同愿望。此"乐"既包括燕饮之乐，也包括吟咏之乐，所以，用"诗宴"来作为他们行乐方式的命名，实在是再贴切不过了。由这篇诗序可知，他们颇想仿效西晋石崇的"金谷俊游"，并自觉其实际声势已不减金谷，这便是序中所谓"势无劣于金谷"也。就他们政治及经济地位的显赫而言，这倒并非一时豪语。不过，以"竹林"之聚来比拟他们这群"染翰良友"的文场诗会，则似有些不伦不类——他们表面上既不像竹林七贤那样放浪形骸，骨子里更缺乏竹林七贤愤世嫉俗的精神，而令他们所陶醉、所沉迷的"历歌处而催扇"，"步舞场而开衿"的声色场面，也是竹林七贤所不齿的。或许只有一点是与竹林七贤相似的，那就是聚饮赋诗时的怡悦之情。

不过，统观《怀风藻》中的侍宴应诏之作，又不难发现另一倾向：尽管它们不足以体现儒家诗教——儒家诗教标榜"美刺"之旨，而它们充其量只是贯彻了一个"美"字——但却也以反映儒家思想、融合儒家故实、化用儒家章句为能事。这与整个近江、奈良朝都以儒教为本位的政治思想背景自然不无关系。举例来说，它们在歌功颂德时，往往将天皇比作唐尧、虞舜、殷汤、周文等备受儒家推崇的圣主，如"天德十尧舜，皇恩沾万民"（纪麻吕《春日应诏》）；"帝尧叶仁智，仙跸玩山川"（伊与部马义《从驾应诏》）；"论道与唐侪，语德共虞邻"（比良夫《春日侍宴应诏》）；"错缪殷汤网，缤纷周池萍"（藤原总前《侍宴》）；等等。它们在模山范水时，则习于化用《论语·雍也》中，儒家"智者乐水，仁者乐山"的旨意，如"纵歌临水智，长啸乐山仁"（藤原万里《游吉野川》）；"凤盖停南岳，追寻智与仁"（纪男人《扈从吉野宫》）；"仁山狎凤阁，智水启龙楼"（中臣人足《游吉野宫》）；"山幽仁趣远，川净智怀深"（大伴王《从驾吉野宫应诏》）；等等。而有关儒家始祖孔子的种种故实也常常被它们融入篇中，如藤原万里的《仲秋释奠》："运伶时穷蔡，事衰久叹周。悲哉图不出,逝矣水难留。王俎风萍荐,金垒月桂浮。天纵神化远,万代仰芳猷。"如果说最后两句所表达的是对孔子的万古景仰之情的话,那么,前四名则骡栝了有关孔子的一系列故事:首句慨叹孔子厄于陈蔡的遭际。《论语》中曾多次述及孔子厄于陈蔡事,如《子罕》篇云:"从我于陈蔡者,皆不及门也。"《卫灵公》篇亦曰:"明日遂行,在陈绝粮,从者病,莫能兴。"次句语出《论语·述而》篇:"甚矣吾衰也! 久矣吾不复梦见周公。"第三句本诸《论语·子罕》篇:"子曰:凤鸟不至,河不出图,吾已矣夫。"第四名则是由《论语·先进》篇点化而来:"子在川上曰:逝者如斯夫,不舍昼夜。"这至少表明当时的缙绅阶层对儒家经典是相当熟悉的,对儒家思想也有较深领悟。

模山范水与写景咏物之作在《怀风藻》中也占有较大的比例,其数量达 22 首,仅次于侍宴应诏之作而居于第二位。这个统计数字还只是指以模山范水、写景咏物为宗旨,并始终围绕这一宗旨来铺展笔墨的作品,绝不包括旨在歌咏升平而以若干篇幅描摹山水景物者,也即不包括侍宴应诏之作中涉笔山水景物或以山水景物起兴的篇什。当然,模山范水之作本来可以为写景诗这一概念所包容,因为模山范水乃写景诗的"题中应有之为"。特意标出,盖因为当时的缙绅阶层自以为深得儒家"智者乐山,仁者乐水"之旨,而对游山玩水和模山范水有着浓厚的兴趣,动辄将玩赏过或正在玩赏的山水纳入笔底,加以刻画。这就有必要对它们投以特别的注意力了。且看其中两篇:"暂以三余暇,游息瑶池滨。吹台弄莺始,桂庭舞蝶新。沐凫双回岸,窥鹭独衔鳞。云垒酌烟霞,花藻涌英俊。留连仁智间,纵赏如谈伦。虽尽林池乐,未玩此芳春。"(犬上王《游览山水》)"山上随临赏,岩溪逐望新。朝看度峰翼,夕乱跃潭鳞。放旷多幽趣,超然少俗尘。栖心佳野域,寻问美稻津。"(真人广成《游吉野山》)旨在模山范水并表现游山玩水之乐趣,但成为其主要描摹对象的,实际上并不是山水本身,而是点缀在山水间的其他景物,诸如"弄莺""舞蝶""沐凫""窥鹭""潭鳞""吹台""桂庭""花藻",等等。这是因为作者还缺乏像六朝的大小谢和唐代的王孟李杜等人那样直接表现山水之形态及山水之神韵的功力与技巧,只能避难就易,将相对来说较易把握的山水间的景物作为描写的重点。这样,也就根本谈不上突出山水本身的个性,并在山水中渗透自我,使山水成为人格化的山水了。不仅如此,由于尚不具备体物入微的观察力和牢笼百态的表现力,即便出现在《怀风藻》作者笔下的山水间的景物,也往往是零乱的,而不是和谐的;是割裂的,而不是有机的;是板滞的,而不是生动的。这实际上也是产生于同一时代的其他写景诗的通病。如:"桑门寡言晤,策杖事迎逢。以此芳春节,忽值竹林风。求友莺娇树,含香花笑林。虽喜遨游志,还愧乏雕虫。"(释智藏《玩花莺》)"聊乘休暇景,入苑望青阳。素梅开素靥,妖莺弄娇声。对此开怀抱,优是畅愁情。不知老将至,但事酌春觞。"(葛野王《春日玩莺梅》)一写"花莺",一写"莺梅",都是以花鸟为描写对象,但两诗中直接描写花鸟的笔墨却都只一联——前诗为第三联,后诗为第二联。而具体到这两联,又都是以一句写花,一句写鸟,用笔简略到如此地步。这当然不能解释为惜墨如金,而是出于同样的原因——笔力弗逮。唯其如此,作者才让花鸟略一亮相后便匆匆隐至幕后,而使审美主体玩赏花鸟的过程及感受成为笔墨的主要落点。换句话说,作品所着重显现的不是花鸟的活动,而是抒情主人公自身的活动。因此,在诗题中加上一个"玩"字,倒是十分贴切而不失高明的。否则,便显得太"旁逸斜出"了。从这个意义上看,似乎有理由认为,当《怀风藻》的作者自觉不可能对山水花鸟作穷形尽相的刻画时,便煞费苦心地在诗题中镶嵌进一个"游"字或"玩"字,使笔墨落点有所转移,借以掩饰自己的"技穷"。这样,映现在字里行间的花鸟或山水形象只能是模糊与单调的,而不可能达到栩栩如生、惟妙惟肖、形神兼备的要求。

与侍宴应诏之作及写景咏物之作相比较,述怀言志之作在数量上居于劣势(严格意义上的述怀言志之作只有十篇左右)。但如果从"诗言志"的古训出发把"言志"看作汉诗的第一要义,并据此进行价值评判的话,那么,也许可以说,这一类作品因较为真实地抒写了作者的胸襟怀抱,其成就不仅高出于言不由衷、一意逢迎的侍宴应诏之作,而且也为用笔生涩、颇见拼合与刻削痕迹的写景咏物之作所不及。当然,这并不是说这一类作品在艺术技巧方面如何卓然拔乎同侪,事实上,从纯技巧的角度看,这一类作品同样多有不如人意处,不过,因为所摅写的是"心画心声",相对来说,就显得较为真率自然,而不会给人"为文造情"之感。且看以下三首作品:"年虽足戴冕,智不敢垂裳。朕常夙夜念,何以拙心匡。犹不师往古,何救元首望。望毋三绝务,且欲临短章。"(文武天皇《述怀》)"文藻我所难,庄老我所好。行年已过半,今更为何劳?"(越智直广江《述怀》)"贤者凄年暮,明君冀日新。周占载逸老,殷梦得伊人。捕举非同翼,相忘不异鳞。南冠劳楚奏,北节倦胡尘。学类东方朔,年余朱买臣。二毛虽已富,万卷徒然贫。"(藤原宇合《悲不遇》)三诗作者因身份、境遇及思想倾向、与世态度有别,展示在他们笔端的胸襟怀抱也各不相同。文武天皇作为君临天下、励精图治的一代帝王,他所倾吐的是效法先圣以匡补时政、救济万民的炽热心声。虽然他的语言是拙朴而平直的,但语言方面的缺陷,却无损其感情的充沛与流畅。从字里行间,我们所触摸到的是一个为国为民而夙夜忧思的抒情主人公形象。越智直广江身为朝廷命官却崇尚老庄清静无为的生活哲学,不愿成日案牍劳形,受名缰利锁的束缚,尤其是今日生年过半以后。这里,在"今更为何劳"的自诘中,既隐含着对昔日矻矻碌碌的仕宦生活的不满,也包蕴着及早抽身、悠游余生的愿望。藤原宇合则是从一个怀才不遇者的角度来释放其才高见弃、老大无成的不平之鸣,这在精神实质上与中国古代"感士不遇"的传统主题是一脉相承的。作者胸罗万卷,渴望用世,但却沉沦下僚,不得展其宏图。尽管如此,却不做弃世、遗世之想,而始终执着于用世与济世之初衷。"二毛虽已富,万卷徒然贫"固然是一种慨叹,却不带有任何绝望的色彩。作者之所以一吐心底积郁,未尝不抱着"冀明君之见察"的目的,而这一目的本身,又表明作者仍然期待着建功立业的机会来临。显然,这3首诗所抒写的都是作者的胸臆语,所流露出的都是作者的真性情。唯其如此,它们才比那些矫情匿志的侍宴应诏之作要感发人意得多。

从形式上看,《怀风藻》中的言志述怀之作并不都是直抒胸臆,径吐块垒,一如上引三诗。它们有时以咏怀古迹的形式出现,有时则与写景咏物结合在一起,将景物作为抒情的媒介。前者如藤原万里的《过神纳言墟》二首其二:"君道谁云易,臣义本自难。奉规终不用,皈去遂辞官。放旷遁嵇竹,沈吟佩楚兰。天阍若一启,将得鱼水欢。""神纳言",指持统朝任纳言官的三轮高市麻吕。谏帝勿听,挂冠而去,当时以忠臣称。此诗是作者过其宅墟时有感而作。诗中隐然有以神纳言自况之意。因此,对神纳言心事的忖度以及对神纳言挂冠后清寂生活的悬想,无不染上了作者的主观色彩,可视为作者对今后生活道路的自我设计。一方面学嵇康之"放旷",一方面又效屈子之"沈吟",说明作者始终为用世还是遁世的问题所困扰,既痛感"为臣不易""天阍难启",想急流勇退,过吟啸竹林的放旷生活,又难以忘情国事,舍弃为实现"美政"而上下求索、九死不悔的初衷。这样,他便只有在篇末寄望于"天阍若一启",以求暂时调和思想深处的矛盾了。后者如大神安麻吕的《山斋言志》:"欲知闲居趣,来寻山水幽。浮沉烟云外,攀玩野花秋。稻叶负霜落,蝉声逐吹流。只为仁智赏,何论朝市游。"在作者心目中,"仁智赏"的乐趣远非"朝市游"所能比拟。为了证明这一点,他极力表现山水景物的清幽、秀丽与高朗,赋予它迷人的魅力。这也就是说，其意不在描写山水景物本身，而在通过描写山水景物来显示自己的高洁志趣。正因为这样，诗题才命曰"山斋言志"。

以男女恋情为题材的作品，充彻于同一时代的和歌总集《万叶集》中，而在《怀风藻》中却寥寥无几。这或许是受"诗庄歌媚"这一观念的影响与制约。涉笔于男女恋情的作品只有石上乙麻吕的《秋夜闺情》、荆助仁的《咏美人》及4首"七夕诗"①。本来，"七夕"诗有其规定情境，应当是最适合描写男女恋情的。但收入《怀风藻》的6首"七夕"诗中，著作权分别属于安倍广庭与藤原总前的两首，却只状"七夕"之景，全不及"牛女"之情。藤原史、山田史三方、吉智首的3首也仅仅是在篇末略点题旨，或云"面前开短乐，别后悲长愁"；或云"所悲明日夜，谁慰别离忧"，或云"河横天欲曙，更叹后期悠"。不过"曲终奏雅"而已，并没有展开对牛郎织女离别相思之情的描写，更谈不上对传统主题进行拓展。剩下的1首为百齐麻吕所作，抒情寄怨的成分要多一些："仙期星织室，神驾遂河边。开睑飞花映，愁心烛处煎。昔惜河难越，今伤汉易旋。谁能玉机上，留怨待明年。"但该诗结构支离破碎，倾泻在诗中的情感也苍白而浮泛，不甚切合牛郎织女彼时彼地的心境。因此，统观《怀风藻》中以男女恋情为题材的作品，实在"乏善可陈"。

三

作为日本汉诗发轫期的作品总集，收入《怀风藻》的汉诗作品在形式方面自然带有发轫期所不可避免的稚拙。总括其特点，大约有以下诸端。

其一，以五言八句的体式居多。全集收入五言诗109首，七言诗

①　收入《怀风藻》的七夕诗共6首，但涉及男女恋情的却只有4首。

仅 7 首,前者数量占压倒优势。而在五言诗中,全篇 4 句者 18 首,全篇 8 句者 72 首,全篇 10 句者 6 首,全篇 12 句者 10 首,全篇 16 句者 2 首,全篇 18 句者 1 首。这一统计结果足以说明五言八句是当时流行的诗体。相对而言,较为晚起的七言诗在当时则鲜有问津者。这与中国古典诗歌五言体产生、流行于前,七言体问世、昌盛于后的发展过程恰好相似。再就收诗较多的几位作家来考察:藤原万里与藤原史皆收诗 5 首,并列第 2 位。其中,除藤原史的《元日应诏》1 首为五言十二句外,其余都是五言八句的流行体式。而收诗居第 3 位的石上乙麻吕的 4 篇作品(即《飘寓南荒赠在京故友》《赠椋公之迁任入京》《赠旧识》《秋夜闺情》)则无一例外,都以五言八句为限。当然,收诗最多的藤原宇合是唯一的例外:他为《怀风藻》所载录的 6 篇作品中,《暮春曲宴南池》与《奉西海道节度使》是五言四句,《悲不遇》与《游吉野川》是五言十二句,《在常陆赠倭判官留在京》是七言十八句,《秋日于左仆射长王宅宴》是七言八句——竟无一属于当时流行体式。这可有两种解释:藤原宇合本有《衔悲藻》两卷,作品数量当不在寡,今见于《怀风藻》的 6 首,只是其中的一小部分。这就不能排除以下的可能,即藤原宇合的作品同样以五言八句的体式居多,只不过造化弄人,使他这类趋附时尚的作品全部亡佚,以致后人难以确知他对当时的流行体式究竟偏嗜与否及擅长与否。这是一种解释。另一种解释是:不着力于当时流行诗体,正说明藤原宇合是超乎时流、拔乎时俗的不可多得的诗坛先驱者。

其二,多用对句。全集中没有对句的作品仅两首,那便是葛野王的《游龙门山》与释道融的《阙题》。前诗为五言四句:"命驾游山水,长忘冠冕情。安得王乔道,控鹤入蓬瀛。"后诗为七言四句:"我所思兮在无漏,欲往从兮贪嗔难。路险易兮在由己,壮士去兮不复返。"其形式仿东汉张衡《四愁歌》,而又融入荆轲《易水歌》句意。不用对句,是情理中事。除此而外的其他作品,则或多或少都嵌入了对句。其中颇多通篇皆对者,如藤原宇合的《悲不遇》及《秋日于左仆射长王宅宴》。后诗因属七言体,尤堪注目:"帝里烟云乘季月,王家山水送秋光。沾兰白露未催臭,泛菊丹霞自有芳。石壁萝衣裳犹自短,山扉松盖埋然长。遨游已得攀龙凤,大隐何用觅仙场。"同属七言体而通篇皆对的另有纪古麻吕的《望雪》:"无为圣德重寸阴,有道神功轻球琳。垂拱端坐惜岁暮,披轩塞帘望遥岑。浮云暧靆萦岩岫,惊飙萧瑟响庭林。落雪霏霏一林白,斜日黯黯半山金。柳絮未飞蝶先舞,梅芳犹迟花早临。梦里钧天尚易涌,松下清风信难斟。"作为当时流行的五言八句体式,而通篇皆由对句构成的则俯拾皆是,如大伴掫人的《初春侍宴》:"宽政情既远,迪古道惟新。穆穆四门客,济济三德人。梅雪乱残岸,烟霞接早春。共游圣主泽,同贺击壤仁。"虽然对得不甚工整,但大体上都可归于对句之列。当然,就总的比例而言,通篇皆对的作品毕竟是少数,大多数作品都是部分或大部分篇幅由对句构成。这中间,有各种各样的情形。有的前半对,后半不对,如中臣人足的《游吉野宫》其二;有的前半不对,后半对,如大神安麻吕的《山斋言志》;有的首尾不对,中腹对,如藤原总前的《七夕》;有的除尾联不对外,其余皆对,如比良夫的《春日侍宴应诏》;有的除第二联不对外,其余皆对,如藤原总前的《侍宴》;有的仅首联对,余皆不对,如石上乙麻吕的《赠椽公之迁任入京》;有的仅第二联对,余皆不对,如大津连首的《春日于左仆射长王宅宴》;有的仅第三联对,余皆不对,如纪男人的《扈从吉野宫》;有的则第一、第三联对,第二、第四联不对,如上刀利宣令的《秋日于长王宅宴新罗客》。多用对句,表明当时的汉诗作者已有意识地模仿新体诗(即永明体)的格律,追求语言的整饬美(或曰骈偶美)。虽然因功力不足、经验未稔而时见拼凑痕迹,并常常显得生硬、造作、呆板、拙劣,却已符合对偶的基本要求,具备了对句的基本形态,而且其中也不乏较为工巧、灵动者,如知名度并不太高的释弁正的《在唐忆本乡》:"日边瞻日本,云里望云端。远游劳远国,长恨苦长安。"全诗不仅两两相形,以整见劲,而且颇具语言的回环宛转之美,在当时不失为独具灵光之作。

其三,平仄多有未协。与多用对句的倾向相适应,当时的汉诗作者已注意到永明体以来渐趋细密的声律要求,并开始有意识地根据这近乎严苛的声律要求进行创作。但正如后代的斋藤竹堂所感叹的那样,"拟将汉语学吟哦,犹觉牙牙一半讹"。由于既受到先天条件的限制,后天的实践又暂付阙如,所以全集中完全合乎近体声律的作品仅两首,一为石上乙麻的五言律诗《飘寓南荒赠在京故友》,一为藤原宇合的五言绝句《奉西海道节度使》。其余作品的字声平仄则都有不协律处,如宋部连大隅的《侍宴》:"圣衿爱韶景,山水玩芳春。椒花带风散,柏叶含月新。冬花消雪巅,寒境泮冰津。幸陪滥吹席,还笑击壤民。"其字声平仄为:仄平仄仄仄,平仄平平平;平平仄平仄,仄仄平仄平;平平平仄仄,平仄仄平平;仄平仄平平,平仄平仄平。与五言律诗既定的平仄格式相去较远。又如山田史三方的《三月三日曲水宴》:"锦岩飞曝激,春岫晔桃开。不惮流水急,惟恨杯迟来。"其字声平仄为:仄平平仄仄,平仄仄平平;仄仄平仄仄,仄仄平平平。不协律处也甚多。虽然取意尚可,终非合格的五言绝句。再如黄文连备的《春日侍宴》:"玉殿风光暮,金墀春色深。雕云遏歌响,流水散鸣琴。烛花粉壁外,星灿翠烟心。欣逢则圣日,束带仰韶音。"其字声平仄为:仄仄平平仄,平平平仄平;平仄平平仄,平仄仄平平;仄平仄仄仄,平仄仄平平;平平仄仄仄,仄仄仄仄平。同样不协声律。其他作品与此相类,稍加寻绎,即可发现其中至少有一处或几处不合律。这种与业已固定的声律形式的乖违,并非熟谙个中三昧后为求出新而故意打破常格,一如杜甫创造出"拗律"以矫圆熟之弊。恰恰相反,倒是声律未熟、运用未娴所致。

其四,用韵雷同。全集中押仄声韵的作品只有 5 首。它们是大友皇子的《侍宴》,押去声四寘韵;同氏的《述怀》,押上声十贿韵;大津皇子的《春苑宴》,通押去声十三问、十四愿韵(韵字"闻"属去声十三问","苑""远""论"属去声十四愿);同氏的《临终一绝》,通押去声廿三漾、廿四敬韵(韵字"向"属去声廿三漾,"命"属去声廿四敬);释道兹的《在唐奉本国皇太子》,通押去声廿六宥、上声廿五有韵(韵字"春"属去声廿六宥,"久"属上声廿五宥)。值得注意的是,这五首作品中,除了释道慈的一首外,其余四首都系于卷首,是全集中作年最早的篇章。据此,也许可以得出以下的推论:在汉诗"东渐"的最初阶段,包括大友皇子、大津皇子在内的一批始作俑者对押仄声韵还是平声韵并不特别在意,或者说并不存重平轻仄、厚此薄彼之心。到后来,随着汉诗的律化,用韵的情形才发生了向平声韵的倾斜,平声韵字承欢日甚,仄声韵字则尽失其宠——似乎只有这样推断,才能解释《怀风藻》中的作品除上述五首都押平声韵这一胜于雄辩的事实。如果做进一步的考察,又可发现全集中几乎没有平声韵与仄声韵通押者,像释道慈的《在唐奉本国皇太子》那样,上声与去声通押或上平声与下平声通押的也极为罕见。但与此同时,用韵雷同的现象却又令人深感汉诗创作在当时无论如何是一门充满遗憾的艺术:全集中押上平声十一真韵者多达 32 首。就中,"新""春""尘"等韵字出现的频率尤高,几乎可以说是连篇累牍。如藤原史的《元日应诏》:"年花已非故,淑气亦惟新。鲜云秀五彩,丽景耀三春。济济周行士,穆穆我朝人。感德游天泽,饮和惟圣尘。"文武天皇的《咏雪》:"雪罗囊珠起,雪花含彩新。林中若柳絮,梁上似歌尘。代火辉霄篆,爱风回洛滨。园里看花李,冬冬尚带春。"大神麻吕的《从驾应诏》:"卧病已白鬓,意谓入黄尘。不期遂恩诏,从驾上林春。松岩鸣泉落,竹浦笔花新。臣是先进辈,滥陪后车宾。"此外,押下平声十一尤韵者达 13 首,押上平声一东韵者达 10 首,通押下平声七阳八庚九青韵者亦达 13 首。因此，说它用韵有雷同化的倾向，并不是夸大事实。

形成上述特点的原因并不复杂。显而易见的一个原因是受六朝诗的影响。虽然整个平安朝时代的日本汉诗都处在刻意模仿中国古典诗歌、主动而又自觉地接受其影响的阶段，但在不同的时期，模仿的对象与接受影响的方面又有所歧异。如果说，平安朝时期的汉诗主要接受以《白氏文集》为代表的唐诗的影响的话，那么，近江、奈良朝时期（即《怀风藻》产生的时代）的汉诗则主要接受以《文选》为代表的六朝诗的影响。这并不意味着在近江、奈良朝的汉诗作者心目中，六朝诗要优于唐诗，因此更值得摹仿，而是因为他们处于诗学初唐之际，除少数受遣入唐者外，尚未能充分接触唐诗，所以便取法于六朝诗。其形式多为五言，原因正在这里。盖五言诗产生于东汉，而兴盛于六朝，成为六朝的流行诗体。唯其如此，《文选》所选录的 494 首诗歌作品（包括乐府诗）中，五言诗占 440 首，而七言诗仅 9 首。这与《怀风藻》中五言诗同七言诗的比例大体上是一致的。同样是时代风气使然，而后者显然是对前者的附和与趋同，这是一方面。另一方面，《怀风藻》中的作品多用对句，也是顺应魏晋以来，尤其是齐永明以来诗歌务求对偶的趋向。至于平仄未谐的原因，除了创作主体自身的局限外，也与他们在客观上受六朝诗浸润已久而未得及时研习唐代近体有关。江村北海的《日本诗史》即持这一看法："《怀风》《凌云》二集所收五言四韵，世以为律诗，非也。其诗对偶虽备，声律未谐，是古诗渐变为律体。齐梁陈隋，渐多其作，我承其气运者。"冈田正之的《日本汉文学史》不仅认为这一看法"深得要须"，而且进一步指出："《怀风藻》中偶有全篇或四句合乎平仄律者，犹如古乐府的《子夜歌》酷肖五绝声调、北齐萧子悫的《上之回》、庾信的《舟中得月》诸作酷肖五律声调一样，乃不期然而然也。"这似乎可备一说。

形成上述特点的又一较为明显的原因是：诗艺、诗学尚未成熟。对偶非工、平凡未谐，固然是诗艺、诗学尚未成熟的必然产物，即便五言诗多而七言诗少，从某种意义上说，也不失为诗艺诗学尚未成熟的明证之一。七言诗与五言诗孰难孰易？通常也许会认为，五言诗文字既较七言诗为少，自更需锤炼功夫。其实，这是一种误解。文字愈多，便愈难驾驭。如果不是这样的话，就很难解释何以先有四言诗、再有五言诗，然后才产生出七言诗了。事实上，初习诗者，往往也是先致力于五言，待到渐入门径、稍窥壶奥后，再转攻七言。因此，《怀风藻》的作者较多地着力于五言诗，既是受六朝影响，也是因为尚处于初兴、诗艺未备的发展阶段之故。而在五言诗中，又是八句者多，十句以上者少，显见其笔力仍欠畅达、恣肆。观乎平安朝时期的作者，则多有鸿篇巨制，正可以证明这一点。而押韵雷同，无疑也是因"黔驴技穷"故——尚不能自由驱遣韵律也。

原载于《浙江大学学报》2000 年第 6 期

从"诗臣"到"诗人"的蜕变

——论菅原道真的汉诗创作历程

菅原道真的汉诗创作历程和他的生活历程一样,是在蜿蜒中伸展、迂回中推进的——他一生的汉诗创作,经历了占尽"诗臣"风流的仕宦显达时期,初现"诗人"本色的谪守赞岐时期,游移于"诗臣"与"诗人"之间的重返台阁时期,以及"诗人"角色最终定位的贬居太宰时期。唯其如此,作为中国古典诗歌在东瀛的天才"传人",他的创作生活似乎比中国本土的古典诗人更显得丰富多彩。

一、仕宦显达时期:占尽"诗臣"风流

这一时期自咸通三年(862)至仁和元年(885),即由道真 18 岁至41 岁。道真早年的仕途是堪称一帆风顺的:18 岁进士及第,26 岁又以文章生对策及第。其后历任少内记、兵部少辅、民部少辅、文章博士、加贺权守三官兼务等职,先后被清和天皇与阳成天皇倚为股肱之臣。同时,他的冠绝一时的汉诗天才,又使他在各种宫廷诗宴上占尽风流,从而更为天皇所爱重。这种境遇不仅令才智平平的同僚因羡生妒,道真自己也因此而有些志得意满,《戊子之岁,八月十五日夜,陪月台,各分一字》透露了这一消息:

> 诗人境遇感何胜,秋气风情一种凝。
>
> 明月孤轮家万户,此间台上是先登。

把玩此诗,似乎暗寓早登台辅、先沐圣恩的快意之情。与此相印证,他的《讲书之后,戏赠诸进士》一诗则云:

> 我是茕茕郑益恩,曾经折桂不窥园。
>
> 文章暗被家风诱,吏部偷因祖业存。
>
> 劝道诸生空赧面,从公万死欲销魂。
>
> 小儿年四初知读,恐有畴官累末孙。

诗中自注:"文章博士,非材不居;吏部侍郎,有能惟任。自余祖父降及余身,三代相承,两官无失,故有谢词。"自得自矜之意,几乎溢于言表。诗末强调其子年仅四岁即已启蒙,似乎是暗示:后代必能绍己箕裘,不隳祖业。这固然表明他为人还不够含蓄、深沉,但也说明他并非老于世故者,无意韬迹晦光、装愚守拙,而愿以坦诚之心与世人相见。

尽管公事鞅掌,道真的诗兴却始终是健旺的、高昂的。这一时期,道真共留下 18 首汉诗作品。但客观地说,其中佳作甚少,因为应制奉和之作以及游戏笔墨的探韵、探题之作占有很大的比例。需要指出的是,道真对应制诗的创作并不厌倦;同时,他似乎并不以作一介"诗臣"为辱。在《早春侍内宴,同赋无物不逢春》应制一诗中,他曾以"诗臣"自称:"诗臣胆露言行乐。"唯其是"诗臣"就不能不在诗中,尤其是应制诗中做颂圣之语。其《九日侍宴同赋喜晴应制》一诗有云:

> 重阳资饮宴,四望喜秋晴。
>
> 不是金飚拂,应缘玉烛明。
>
> 无为玄圣化,有庆兆民情。
>
> 献寿黄华酒,争呼万岁声。

这已未能免俗,而有的应制诗更出以绮靡之笔,如《早春内宴,侍仁寿殿,同赋春娃无气力应制》:

纨质何为不胜衣,漫言春色满腰围。

残妆自懒开珠匣,寸步还愁出粉闱。

娇眼层波风欲乱,舞身回雪霁犹飞。

花间日暮笙歌断,遥望微云洞里归。

当然,作者并不是主动选择这样的题材以表现内心的情感冲动的,而是就既定的诗题来驰骋笔墨。同时,作品本身也不像六朝宫体那样流动着肉欲,但也没有丝毫的讽谏成分。看得出,作者对这样的题材还是有兴趣的,至少是愿意接受的。另外,无须为贤者讳,道真这一时期还有更为庸俗无聊的作品,那就是《感源皇子养白鸡雏,聊叙一绝》:

治水残片雪孤团,怪问鸡雏子细看。

养得恩荣交杵白,因君一到五云端。

这不是应制诗,格调却比一般的应制诗还要卑下,因为他是作者为取悦于皇子而主动赋写的。观诗题似属有感而作,但诗中却并没有感兴可言,一个"感"字,不过是掩盖其卑微动机的幌子。

纵观道真这一时期的汉诗创作,由于高高在上的社会地位造成了他对生活空间的狭窄和生活内容的相对单调,一帆风顺的仕宦经历又使他生活的本质和社会的阴暗面缺乏必要的体认,所以,思想的深度、情感的浓度、视野的广度以及语言的力度都是远远不够的。如果沿着这一时期的创作趋向继续发展下去的话,那么,他充其量只能成为超一流的"诗臣",而绝不可能被后人推为诗中圣哲。当然,这样说,并不意味着道真这一时期的汉诗创作一无可以称道者,至少他的一些抒情小诗是足堪讽咏的。如:

秋月不知有古今,一条光色五更深。

欲谈二十余年事,珍重当初倾盖心。

——《八月十五夜,月前话旧》

> 秋来六日未全秋，白露如珠月似钩。
>
> 一感流年心最苦，不因诗酒不消愁。

——《七月六日文会》

前诗以亘古如斯的秋月相烘托，抒写了作者笃于友谊的情怀。后诗身在文会，却不渲染文事之盛，而对月感兴，自伤流年，也是别出机杼的。当然，该诗是道真 25 岁左右所作，彼时的道真因锦绣前程已迤逦展开，是踌躇满志的，似不当有太多的忧愁需要诗酒来消释。因而，"一感流年"云云，似乎属于"少年不识愁滋味，为赋新词强说愁"之类。

不过，当这一时期行将结束，即道真年届"不惑"时，他却真的体验到了"愁滋味"，而记录了这种愁滋味的作品自然也是值得刮目相看的。如《余近叙诗情怨一篇，呈营十一著作郎，长句二首，偶然而酬，更依本韵，重答以谢》：

> 请君好吟一篇诗，唯恨无人德务滋。
>
> 谗舌音声竽尚滥，原颜脂粉镜知嗤。
>
> 云生不放寒蟾素，桂死何胜毒蠹缁。
>
> 销骨原来由积毁，履冰未免老狐疑。
>
> 生涯我是一尘埃，宿业频遭世俗猜。
>
> 东阁含将真咳唾，北溟卖与伪珍瑰。
>
> 三条印绶依恩佩，九首诗篇奉敕裁。
>
> 凡眼昏迷谁料理，丹鸦镜挂碧霄台。

作者的"怨"与"愁"，起源于谗言的诋毁。显然，他是因才高、名盛、位尊而为世俗小人所嫉恨，并受到他们的恶意中伤。这一方面使他不免含冤抱愁，另一方面，他又没有沉溺于怨愁之中，而对那些厚颜无耻的世俗小人报以愤怒的笔伐。在这首诗中,讨伐之声是多于怨愁之情的。这说明此时的道真不乏与世俗小人锋刃相向的锐气。

二、谪守赞岐时期:初现"诗人"本色

这一时期自仁和二年(886)至宽平二年(890),即由道真42岁至46岁。世俗小人的交相谗毁,终于使新近即位的光孝天皇怀疑到了道真的忠诚,而贬其为赞岐守。尽管道真对谗言有可能造成的后果早有所料,但谗言的后果竟严重到天皇问罪、放逐赞岐的地步,却是他所料未及的。唯其如此,除了震惊、愤怒外,他还感到一种前所未有的哀痛。写于赴任途中的《送春诗》云:

> 春送客行客送春,伤怀四十二年人。
> 思家泪落书斋旧,在路愁生野草新。
> 花为随时余色尽,鸟如知意晚啼频。
> 风光今日东归去,一两心情且附陈。

因是行路口占之作,不暇字斟句酌,所以对仗不甚工整,声律也偶有未谐,但诗中袒露出的哀痛情怀却是真切而深挚的,决不同于达官贵人的无病呻吟,也不同于作者前期的强为说愁。如果说此前的作者还未能形成自己的创作风格的话,那么,随着赞岐谪居生活的开始,他则进入了自己的创作风格的形成期,而这种创作风格的基本特征也许可以概括为芳悱缠绵四字。

芳菲缠绵的风格特征的表现之一是,喋喋不休地在诗中倾诉坎坷失意的牢愁和对昔日春风得意的京城生活的怀念,笔调哀婉凄切,情感沉郁苍凉。《秋天月》云:

> 千闷消亡千日醉,百愁安慰百花春。
>
> 一生不见三秋月,天下应无肠断人。

其实,又岂止是对月肠断?自然界的秋月春花,夏雨冬雪,无不牵系着他内心的"千闷""百愁",使他低回不已。《旅亭除夜》云:

> 驱策四时此夜穷,旅亭闲处甚寒风。
>
> 苦思洛下新年事,再到家门一梦中。

"洛下",此处指京华。苦思京华,是因为那里不仅有他自幼熟悉的优裕的生活环境和繁华的都市风景,有与他休戚相关、荣辱与共的亲人和在危难时能援之以手的友人,而且有他多少年为之奋斗并使他的生命热能得到最大限度释放的事业。故而,他"求之不得,寤寐思服"。在作者这一时期著力最勤的七言律诗中,同样飘逸出如泣如诉的哀婉音符。如《冬夜闲居话旧,以霜为韵》:

> 怀旧犹胜到老忘,多言且恐损中肠。
>
> 交游少日心如水,闲话今宵鬓有霜。
>
> 不恨寒更三五去,无堪落泪百千行。
>
> 相论前事故人在,只是当时我独伤。

显然,因谗见逐,天阍难启,带给作者的是中肠摧彻的忧伤,以致他常常以泪洗面,并习惯性地将"泪"字嵌入诗行,从而使他在这一时期的述怀诗中总是流溢着缠绵悱恻的情思。

不过,此时的作者虽然忧伤,并不绝望;尽管愁苦,依旧执着。因而其诗中鲜见高蹈出世之想和归隐田园之意。此外,有别于一般的迁客逐臣的是,他不愿遁迹醉乡,因此很少借酒浇愁,而习于以诗遣闷。在他看来,更能抚慰其创痕累累的"陆沉心"的是诗,而不是酒;在朗咏声中消释胸中块垒,这才是"诗人"本色。有诗为证:《冬夜闲思》既云:

“性无嗜酒愁难散，心在吟诗政不专。”《秋》亦云：“不解弹琴兼饮酒，唯堪赞佛且吟诗。”何以嗜酒如此？他的解释是：“赞州刺史本诗人。”（《题驿楼壁》）

政治地位的降落和生活空间的转移，使道真得以走向现实、走向人民，从而给他的汉诗创作注入了生生不已的活力，带来了新的具有典型性的题材和内容。道真曾感叹左迁赞州是“长断诗臣作外臣”（《三月三日侍于雅院，赐侍臣曲水之饮应制》），其实，从其汉诗创作的发展嬗变轨迹看，这句话也可修改为“长断诗臣作诗人”。这就是说，如果没有谪居赞岐这一生活中的巨大变故，他也许永远只是一介诗臣；幸赖这一变故，他才由诗臣蜕变为真正的诗人。所以，道真这一时期汉诗创作的转变，在我看来，主要便意味着由诗臣到诗人的转变。谓之真正的诗人，是因为他这时对民瘼寄予了真诚的关心和深切的同情，并试图通过对民瘼的咏叹来揭示时弊。这方面的代表作有《寒早十首》《路遇白头翁》《问蔺笱翁》，等等。在《路遇白头翁》中，作者借“行年九十八”的白头翁之口，披露了贞观以后由于吏治腐败而带来的经济萧条、民生凋敝的社会现实：

> 虽有干灾不言上，虽有疫病不哀怜。
> 四千余户生荆棘，十有一县无灶烟……

毫无疑问，只有离开宫廷台阁，介入社会底层，介入现实生活（在他只能是“介入”，而不是“深入”），他才有可能创作出这样体现了现实主义精神的作品。因此，谪守赞岐，就其政治生涯而言，当然是憾事；就其创作生涯而言，则又未必不是幸事了。生活往往给失意者以某种补偿，使他在有所失的同时也有所得。我以为，谪居赞岐的五年，在道真是“得”大于“失”的，至少从汉诗创作的角度来看是这样。

三、重返台阁时期：游移于"诗臣"与"诗人"之间

这一时期自宽平三年(891)至昌泰三年(900)，即由道真 47 岁至 56 岁。赞岐任满后，道真终得奉诏回京。宽平三年，宇多天皇许其升殿，并命其代藤原时平任藏人头。这以后，他累进参议、式部大辅、中纳言、权大纳言、右大臣等职。不仅成为台阁重臣，而且其权高威重有过于左迁赞岐前。宇多天皇在《宽平遗诫》中既称他为"鸿儒"，又褒扬他"深知政事"。这实际上是从为学、为政两方面对他的才能予以了肯定。这样，他原先晦暗、阴郁的心境便为明朗、乐观的心态所取代。他重振当年之雄风，力图有所作为。这当然也反映在他的汉诗创作中，《冬夜呈同宿诸侍中》有云：

> 幸得高跻卧九霞，同宵守御翠帘斜。
>
> 御沟碎玉寒声水，宫菊残金晓色花。
>
> 共誓生前长报国，谁思梦里暂归家。
>
> 侍中我等皆兄弟，唯恨分襟趁早衙。

"共誓"一联倾吐了作者为国事"鞠躬尽瘁，死而后已"的心声。在《游龙门寺》一诗中，作者也巧借与樵翁的对话，表明了自己对国事的专诚："樵翁莫笑归家客，王事营营罢不能。"看得出，由边荒重返台阁，虽是理所必至，道真对天皇却是感激涕零并矢志以报的。

不过，重返台阁，对道真来说，在政治上固然得到了过去所失去的，在创作上却又失去了过去所得到的。由于他位极人臣之荣，割断了与社会底层的联系，便再也无法结撰出《寒早十首》《路遇白头翁》那样的深刻反映社会现实的作品，而使汉诗创作的题材与内容重新受到拘囿。这是境遇使之然，并不意味着道真的创作宗旨的自觉转移。生

活天地的狭窄,使他习于且乐于表现与诗朋文友游乐聚会的情景:

> 鸟声人意两娇奢,处处相寻在在花。
>
> 身已迁乔来背翼,道如求友趁回车。
>
> 风温好被绵蛮唤,景丽宜哉绣羽遮。
>
> 闲计新巢红树近,苦思旧谷白云赊。
>
> 千般舌下闻专一,五出颜前见未斜。
>
> 大底诗情多诱引,每年春月不居家。
>
> ——《诗友会饮,同赋莺声诱引来花下》

公务之暇,热衷于诗酒交欢,这正是道真早年的面目。而由诗题后的自注"勒花车遮赊斜家"可知,这群诗友在会饮时不仅同赋一题,而且同勒一韵。这也与道真早年的积习相惬。当初辞别京华、远赴赞州时,道真曾慨叹将"不见明春洛下花"(《相国东阁饯席》);谪居赞州期间,又每每"苦思洛下新年事"(《旅亭除夜》)。这一"洛下事"即便不是专指与诗友花前讽咏之韵事的话,至少也应包括这一韵事在内。如今,既然这一韵事已不再属于梦幻世界,他怎能不付出加倍的热情呢?

五年的谪居生活,使道真由"诗臣"进化为"诗人";如今,在向自我皈依的过程中,他则又由"诗人"还原为"诗臣"。而"诗臣"的主要使命便是创作精美的应制诗,以点缀宫廷宴乐场面,满足崇尚风雅的天皇的审美欲求。这在道真是驾轻就熟,并不觉其艰难的。同时,在"久违"这一使命后,道真也是乐于承担它以显示自己宝刀未老的。检道真这一时期的诗作,应制诗多达47首,占全部诗作的三分之一以上。在他们中间,自然包括一些歌颂圣恩、赞扬圣德之作。然而,政治上失去的,可以全部重新得到;创作上得到的,却不会全部重新失去。仔细寻绎道真这一时期的应制诗,我们可以发现,由于有了谪守赞岐这一段惨痛经历,较之他早年的应制诗,它们又毕竟增添了一些东西,那便是沉郁之气、苍凉之感和忧患之意。这说明，道真这一时期的应制诗虽然仍带有应制诗的种种特征，却已经不是他早期的应制诗的简单重复了。换言之，道真这一时期虽然仍虔诚地扮演着"诗臣"的角色，内心世界却比早年扮演这一角色时要复杂、深沉得多了。如《重阳节侍宴，同赋天际识宾鸿应制》：

> 秋风拂拭易排虚，道路依晴稚羽初。
>
> 碧玉装筝斜立柱，青苔色纸数行书。
>
> 时霜唯痛寒频着，沙漠不知几里余。
>
> 宾雁莫教人意动，向前旅思欲何如？

用笔凝重而执着。诗中对宾鸿的孤寒处境的渲染，分明糅有作者谪居赞州时的实际体验。唯其如此，诗的感情基调是沉郁的。

应制之作尚且如此，在道真这一时期的非应制之作中，就更容易找到过去的苦难岁月所留下的痕迹了。尽管此时与早期一样平步青云、权高威重，却不像早期那般自得之意溢于言表，相反，倒能居安思危，对随时有可能前来造访的不测之祸保持警惕。这在下列两诗中得到了艺术的反映：

> 分任浮沉行路难，执鞭今到青云端。
>
> 紫宸朝谒开身早，明月夜吟入骨寒。
>
> 累卵相思长失步，衔珠欲报晚忘餐。
>
> 余香不被他人染，唯恐秋风在败兰。
>
> ——《金吾相公不弃愚拙，秋日遣怀》

> 曾向簪缨行路难，如今杖策处身安。
>
> 风松飒飒闲无事，请见虚舟浪不平。
>
> ——《闲适》

虽然"行路难"的感叹已经属于过去,眼下的作者高踞"碧云端",没有理由不产生"处身安"之感。但那一感叹的回声却长久地震荡在他的脑海中,使他不能高枕无忧,而常常设想"等闲平地起波澜"的种种可能性,以致徒有"闲适"之志,却无"闲适"之心。

四、贬居太宰时期:"诗人"角色的最终定位

这一时期自延喜元年(901)至延喜三年(903),即由道真 57 岁至 59 岁。正如道真所担忧的那样,随着其声望日隆,官位日显,权奸藤原时平再也按捺不住嫉恨之心,便向醍醐天皇诬告道真"存废立之志";其他一些世俗小人亦摇唇鼓舌,密与配合;以致天皇一时失察,将道真贬为太宰权师,且令其子女异处。于是,道真又一次开始了谪居生涯。临发京都,赋《读乐天北窗三友诗》以遣愁怀,中云:

> 自从敕使驱将去,父子一时五处离。
> 口不能言眼中血,俯仰天神与地祇。
> 东行西行云渺渺,二月三月日迟迟。
> 重开警固知闻断,草寝辛酸梦见稀。
> 山河邈矣随行隔,风景黯然在路移。
> 平到谪所谁与食,生及秋风定无衣。
> 古之三友一生乐,今之三友一生悲。
> 古不同今今异古,一悲一乐志所之。

作者此时的哀痛比首次因谗见逐时还要深巨。相传经由明石驿时,驿长见惊,道真铿尔相慰:"驿长莫惊时变改,一荣一落是春秋。"似乎有一种处变不惊的沉着,一种不计荣辱的通脱。但事实上,他却并不能超然物外,不为名场得失、仕途进退所动。一抵太宰府,他即闭门不

出，潜心于诗文创作，聊以排遣忧愤、消磨岁月——这时，他终于把自己完全定位于"诗人"这一角色。

　　道真这一时期所创作的汉诗都收录于《菅家后草》，总数为 39 首。统观这 39 首作品，感情基调与谪守赞州期间的作品相近而更见哀婉忧伤。这或许是因为谪守赞州时，作者虽然时有鬓发染霜之叹，毕竟春秋正富。加以初度遇挫，悲愤则悲愤矣，对前途却并不绝望。而今，作者已届暮年，精力较前大为衰减，又久历宦海风波，对尔虞我诈、机弩四伏的官场内幕有了更深刻的体认。大彻大悟的结果，使他对前途不复抱有希望。"哀莫大于心死"，此时的道真虽不至于心如死灰，但身心都日趋枯槁，却是无法、也无须掩盖的事实。从他渐趋于干涸的心田里流淌出来的只是苦涩而辛酸的泪水。《自咏》云：

　　　　离家三四月，落泪百千行。

　　　　万事皆如梦，时时仰彼苍。

不仅频频挥泪，而且每每仰天长吁——怨天道不公，使自己蒙冤受屈，两度沉沦。《灯灭二绝》其二用笔与此相同：

　　　　秋来未雪地无萤，灯灭抛书泪暗零。

　　　　迁客悲愁阴夜倍，冥冥里欲诉冥冥。

泪流满面之际，亦欲将一腔悲愁诉与冥苍。同时，"灯灭"在这里或许还有其象征意义。成日浸泡在泪水中，他的感觉器官却并没有麻木。晨钟暮鼓、蛙鸣雁唳，都能引起他心灵的感应，使他十分伤感，又添十分：

　　　　欲织槌风报五更，三涂八难一时惊。

　　　　太奇春夏秋冬尽，为我终无拔苦声。

　　　　　　　　　　　　　　　　　　——《听钟声》

> 我为迁客汝来宾，共是萧萧旅泊身。
>
> 倚枕思量归去日，我知何岁汝明春。
>
> ——《闻雁》

钟声终年含悲，仿佛有意为作者一诉苦情——至少在作者听来是这样，而雁声则使作者倍加自怜自伤：同样漂泊于此，大雁明春即可归去，自己却归期难卜，很可能客死这穷乡僻壤。至于春秋代序，寒暑更易，当然也都牵动着他的愁思，促使他对传统的"伤春"或"悲秋"主题进行独到的发挥：

> 黄蒌颜色白霜头，况复千余里外投。
>
> 昔被荣华簪组缚，今为贬谪草莱囚。
>
> 月光似镜无明罪，风气如刀不破愁。
>
> 随见随闻皆惨栗，此秋独作我身秋。
>
> ——《秋夜》

"草莱囚"，这就是作者对自己此时的身份的确认。正因为实际身份如此不堪，而他又执信这种身份至死也不会改变，所以在这秋风萧瑟、秋气萧条之际，所见所闻便都令他"惨栗"无已。"此秋独作我身秋"，倾吐的是一种独自摇落、独自偃蹇、独自憔悴的哀怨心声。对世道人心的极度失望，使道真有意离群索居，将自己的身心都禁锢在汉诗的世界里。《不出门》云：

> 一从谪落就紫荆，万死兢兢踣踬情。
>
> 都府楼才看瓦色，观音寺只听钟声。
>
> 中怀好逐孤云去，外物相逢满月迎。
>
> 此地虽身无检系，何为寸步出门行？

这是自我封闭的宣言，而自我封闭的结果，也就使他无法再度介入现实生活和社会底层,体察劳苦大众的更为深重的灾难与不幸,并代他们作不平之鸣,而只能长久地沉溺在一己的痛苦中不能自拔。这样,他这一时期的作品,虽然对个人的失志之痛和失路之悲的抒写或许比谪守赞岐时期更为出色,但反映社会现实的深度与广度反倒不如谪守赞岐时期了。当然,有时道真也强作自我安慰之语,以期淡化弥漫在胸臆间的愁云恨雾。《官舍幽趣》云:

> 郭中不得避喧哗,遇境幽闲自足夸。
>
> 秋雨湿庭潮落地,暮烟萦屋润深家。
>
> 此时傲吏思庄叟,随时空王事释迦。
>
> 依病扶持蔡旧杖,且啼吟咏菊残花。
>
> 食支月俸恩无极,衣苦风寒分有涯。
>
> 忘却是身偏用意,优于谊舍在长沙。

虽地处僻远,却有幽闲之境可供吟赏,又兼衣食无虞,因而作者自觉境况较贾谊流放于长沙时为优。类似的自慰之意也表露在《慰小男女》一诗中。这种世俗化的类比方法本身就是可怜复可悲的。相形之下,在《叙意一百韵》和《哭藤州奥使君》等抒情长卷中吞声饮泣、痛不欲生的道真,也许要显得更加真实、更加亲切些。由于心情的极度抑郁,延喜三年(903)二月二十五日道真终于赍志以殁,结束了其大悲大喜的一生。

考察道真的生活历程和创作历程,我们也许可以达成以下共识:如果说道真的全部生活乐章是由得意、失意、再得意、再失意这交替奏鸣的四部曲构成的话,那么,与此相对应,他在诗坛上向世人展示的面目则是"诗臣"与"诗人"的不断重复——当然不是简单的重复。每当得意时,他都自觉或不自觉地充任"诗臣";反之,每当失意时,主客观两方面的动力则都驱使他演变为"诗人"。尽管某些日本汉学家更欣赏他作为"诗臣"时的风范,我却认为生活将他造就为"诗人"后的作品才是弥足珍视的。归根结底,还是一句老话:应当感谢生活的恩赐——是独有的丰富多彩而又曲折多变的生活。使他从众多的"诗臣"中脱颖而出,成为迥拔于流俗的真正的诗人,并最终成为彪炳史册的诗坛冠冕的得主。

原载于《吉林大学社会科学学报》1998 年第 5 期

论《本朝丽藻》的时代特征

　　一条天皇御宇的正历、长德、宽弘年间,向来被誉为日本平安朝汉诗的中兴时期。尽管汉诗之走向衰微已成为不可逆转的历史趋势,但一抹晚霞却还迤逦在诗坛上空。当然,这抹晚霞已不免显现出斑驳的色彩了。反映这一时期的诗坛风貌的汉诗总集,前有纪齐名撰成于长德年间的《扶桑集》①,后有高阶积善撰成于宽弘年间的《本朝丽藻》。二书是同一时代的产儿,带有同样的与生俱来的胎记,因而堪称是"姊妹篇"。不过,相比较而言,《本朝丽藻》今见本所载录的作品数量要多于《扶桑集》现存本,而且其时代特征也更为明显:尽管以学习白居易相标榜,创作取向却与早年的白居易迥异其趣。

一

　　《本朝丽藻》(以下简称《丽藻》)的编者高阶积善,是白居易的狂热崇拜者,曾首唱《梦中同谒白太保元相公》诗,将白氏奉若神明。当时,具平亲王、藤原为时各有和作,使崇白的声浪达到高潮。虽然其生卒年不详,但可知他主要活动于一条朝,是以一条天皇为首的宫廷汉诗沙龙的主要成员,而他撰成《丽藻》的确切时间尽管史无明载,然而却不难推断出那也是一条天皇御宇期间,书中将一条天皇之作称为"御

---

① 凡16卷。完本已佚,今仅存卷七、卷九之残卷。其传本有内阁文库所藏甲、乙本,彰考馆本,静嘉堂文库藏松井本等。

制"，正透露了这一消息。书中所收录的作品，最早的结撰于圆融天皇天元五年（982），最晚的结撰于一条天皇宽弘五年（1008），因而一般认为《丽藻》撰成于宽弘七年（1010）前后。别具意味的是，《源氏物语》的作者紫式部的出生恰好略早于天元五年，而她留下的记述宫中见闻及感想的二卷《日记》所描写的中心时期又恰好是宽弘五年，因此，《丽藻》中的大部分作品所产生的时代，正是紫式部创作《源氏物语》的时代。此外，清少纳言的《枕草子》成书的时间约略也在一条天皇御宇期间。事实上，《紫式部日记》与《枕草子》中所描绘的人物形象，以一条天皇和具平亲王为首，包括藤原道长、藤原伊周、藤原公任、大江匡衡、藤原广业以及紫式部的父亲藤原为时等，都是《丽藻》的主要作者。作为汉文学的代表作的《丽藻》及《扶桑集》与作为和文学的代表作的《源氏物语》及《枕草子》同在一条朝问世，既表明这一时期文学的繁荣，同时也预示着文坛重心将发生转移：由于和文学中的长篇小说和笔记小说以矫健的姿态崛起于文坛，汉诗除继续受到和歌的强有力的挑战外，又增添了一重新的威胁，从而很难保持它作为文坛的不二重心的优势地位。虽然其内部机制并没有老化，但它的新一代作者仅能勉强做到不隳祖业，而无力遏制和文学对汉诗既有的读者市场的侵夺，当然也就无力在与和文学的角逐中获胜。这样，文坛重心之由汉文学逐渐演变为和文学，就是必然的结果了。要言之，《丽藻》作为汉和文学此消彼长时期的汉诗总集，即便从整个汉语文学史的角度看，也是决不应遭到忽略的。

《丽藻》完本已佚。其主要传本有前田家藏金泽文库本（上卷残卷写本一册）、水户彰考馆所藏本（同上）、前田家藏茶色封面本（下卷写本一册）、神宫文库藏本（同上）、上野图书馆藏青氏旧藏本（同上）、内阁文库藏弘文学士馆旧藏本（同上）、前田家藏天和书写本（同上）、静嘉堂藏松井简治博士旧藏本（同上）、山岸文库所藏本（同上）、阳明文库所藏本(同上)、德富朱一郎氏旧藏本(同上)、日本古典文学全集本(同上)、群书类从本(刊本上、下卷)、新校群书类从本(同上)等。本文所据为日本经济杂志社明治 26 年刊行之"群书类丛"本。其集名中，"丽藻"一词，或许是本于陆机《文赋》"游文章之林府，嘉丽藻之彬彬"。此外郭璞《尔雅序》有"洪笔丽藻之客"句，《文选》所录刘峻《广绝交论》亦有"遒文丽藻，方驾曹王"句，可知"丽藻"一词为六朝文人所习于使用。而平安朝诗人也对它分外垂青。空海《文镜秘府论》诗既云："贫道幼就表舅，颇学丽藻。"大江澄明《北堂文选竟宴》诗复云："胜地古时搞丽藻。"以"丽藻"名集，前虽未见，以"藻"名集者，却不一而足，如《衔悲藻》《怀风藻》等。因此，高阶积善将"丽藻"作为集名，有着充分的历史依据。而就此集的内容来考察，确乎也只有"丽藻"一词能得其仿佛。

《丽藻》共上下二卷。上卷分春、夏、秋、冬四部。今阙春、冬二部。下卷分山水、佛事、神祇、山庄、帝德、法令、书籍、贤人、赞德、诗、酒、赠答、饯送、怀旧、述怀等十五部。全集收录汉诗凡 151 首。其中，七首律诗 114 首，七言绝句 27 首，七言六韵 3 首，七言八韵 3 首，七言十韵 2 首，七言十二韵 1 首，五言四十八韵 1 首。通过这些数字的对比，可以看出：不仅五言诗在当时已被打入冷宫，杂言诗也成了流离失所的弃儿，备承恩顾的唯七言一体而已；而在七言诗中，喜获专宠的又是七言律诗。如果对历史作简单的回顾，还可以进一步看到：五言诗在近江、奈良朝乃至平安朝初期，虽然是人人致力的流行诗体，但至嵯峨天皇弘仁年间，已只能与七言诗平分秋色。自贞观、宽平期起，更逐渐被后者所压倒而退居历史舞台的一隅。到《丽藻》产生的宽弘年间，它则几乎从历史舞台上消失了踪影，成为缙绅诗人们不屑一顾的旧日黄花。偏爱某种诗体，这本身无可非议，但与此同时对其他诗体概加排斥，就不是正常的合理的现象了。这种现象在当时不是发生在某个人身上,整个创作群体都采取如是的偏颇态度,这就更不是进步的标志,而是退化的表征了——较之诗备众体的弘仁前后,此时独钟七律,以致体式单调,能说不是一种退步吗?

《丽藻》所著录的汉诗分属于 27 位作者,包括一条天皇、具平亲王、藤原道长、藤原伊周、藤原有国、藤原为时、藤原齐信、藤原公任、藤原辅尹、藤原广业、藤原敦信、大江以言、大江匡衡、源为宪、源孝道、源俊贤、菅原宣义、橘为义及高阶积善自己等。《续本朝往生传》曾描述《丽藻》及其基本作者曰:"亲王则后中书王(峰按:藤原伊周),九卿则右将军实资、右金吾齐信、左金吾公任、源纳言俊贤、拾遗纳言行成、霜台相公有国等之辈。朝抗议廊庙,夕预参风月。云客则赖定、明理……文士则匡衡、以言、宣义、积善、为宪、为时、孝道、相如、道济……,皆是天下之一物也。"这就难怪一条天皇会自诩"朕得人才,胜于延喜、天历之世"了。在这些作者中,收诗数最多的三位是具平亲王、藤原伊周及大江以言。具平亲王卒于宽弘六年七月二十八日,藤原伊周卒于宽弘七年一月二十八日,大江以言卒于宽弘七年七月二十四日,在不到一年的时间内,这三位诗坛名家相继辞世,无疑是震惊诗坛内外的事件,无妨认为,高阶积善正是为了悼念这三位德劭望隆的诗友而于宽弘七年七月前后撰成《丽藻》的。唯其如此,集中才多录该三人之作。

二

纵观《丽藻》所收录的作品,几乎看不到发轫于儒家诗教的讽喻精神和批判意识,看不到对社会现实与国家政治的关心。虽然《丽藻》的作者都把白居易奉为偶像,但由于不适当地将白居易加以神化而导致他作为积极用世的现实主义诗人的一面遭到漠视,他所倡导的"文章合为时而著,歌诗合为事而作"(《与元九书》)的创作原则也遭到摒弃。于是,《丽藻》的作者们非但无意以汉诗来补察时政、泄导人情,反倒一味地粉饰太平、无原则地颂扬圣德皇恩和不顾事实地赞美操纵摄关政治的权臣,以求实现荣达的欲望。且看《丽藻》下卷"帝德"部所录源为宪《感减诸国今年调庸及租税》一诗:

> 王泽旁流及八区,襄时击壤岂相殊?
>
> 紫泥文出仁风动,黄纸诏传惠露濡。
>
> 宰吏无征贫户税,官家不纳废田租。
>
> 九重深处得知否? 比屋黎元掩泣娱。

刻意渲染天皇减免租税的诏令带给黎民百姓的欢欣,以夸诞的笔墨描绘出一幅灾年民乐图。所谓"黎民掩泣娱"云云完全是作者幻想的、连他自己也难以为之感动的情景。而设计这些情景的目的只有一个,那就是取悦于天皇。将诗做到这种地步,真也可以说是煞费苦心了。收入《丽藻》的 29 首侍宴应制之作和 28 首陪宴应教之作未必都这般卑下,但内容空洞、思想贫乏、充彻着言不由衷的场面话、客套话,却是它们共同的无法根治的弊病。

伴随着对政治、对现实的淡漠,《丽藻》的作者比他们的前辈更加热衷于"嘲风雪,弄花草",更加兴致盎然地在"花间""尊前"倾泻其才情。试看藤原公任的《夏日同赋未饱风月思》:

> 何事词人未饱心,嘲风弄月思弥深。
>
> 嗜殊滋味吹花色,滴似词饥落水明。
>
> 翰墨难干萍未浪,襟怀常系桂华岑。
>
> 一时过境无俗物,莫道醺醺漫醉吟。

对于这群自视高雅的缙绅诗人来说,风月之思,永难饫足。他们几乎是怀着一种如饥似渴的感觉来吟赏风月。诗中所祖示的情怀应

当是真实的。但我却总觉得其中有某种矫饰的成分在。同赋此题的
还有藤原伊周、藤原为时、大江以言、源则忠等人。伊周之作首联云：
"风月结交非古今，相思未饱每年心。"为时之作首联云："未饱多年诗
思侵，清风朗月久沉吟。"以言之作首联云："由来风月思沉沉，遇境方
知未饱心。"则忠之作首联云："风月自通几客心，相携未饱思尤深。"虽
然措辞各异，但说来说去，无非表示自己如何醉心风月、如何愿与风月
结下生死之契。平心而论，前代的缙绅诗人们虽也陶醉于声色之乐，
却并不在诗中明白表露出来，因而鲜见有所不堪的笔墨。而《丽藻》的
作者则已经不注意对此加以掩饰了。大江以言《花木被人知》有句：
"匀同唐帝专房女，妆笑秦声一里兄。"以"唐帝专房女"拟写花木，真可
以说是匪夷所思。一个情趣高尚、不涉狎邪的人绝不可能如此措笔
的。当然，《丽藻》的作者也很少在诗中直接描写自己追逐声色之乐的
情景，但从侧面泄露其中消息者却不难觅得。如藤原伊周的《怜户部
出家》：

> 抚簪昔戏红楼上，对镜今愁白屋中。
> 盛者必衰今见取，剃除双鬓出尘蒙。

作者所寄怜的对象如今已抛却红尘、皈依佛门，但当年却常与粉
黛为伍，对抚簪、画眉之类的男女情事莫不熟谙，只是后来年华老大、
双鬓染霜，又鉴于盛衰之理，这才从脂粉场与名利场中奉身而退，去修
来世善缘。看得出，作者对他早年的风流行为是津津乐道并私心慕之
的。而诗中的"怜"字则转达出对其晚年的选择的无限惋惜之意，这种
惋惜意味着什么，是不言自明的。

确实，在平安朝后期，随着摄关政治的日趋腐败，前期的崇尚节俭
之风已告消歇，从皇室到朝绅，无不对生活有着种种奢欲。恣意享乐、
醉生梦死，成为弥漫朝廷内外的风气。于是，他们既陶醉于声色之乐，

也沉迷于饮宴之乐。如果说平安朝前期的诗宴,重心在"诗"而不在"宴"的话,那么,此时的缙绅诗人们则是"诗""宴"并重,甚至有时"宴"在"诗"先了。因而,《丽藻》的作者亦多言饮酒。就中,具平亲王的《唯以酒为家》虽也称道酒趣,却尚有借酒浇愁之意,所谓"榜题亦号忘忧观,一入长休毁誉声"也。而藤原辅尹的《醒时心胜醉时心》更引古证今,融入位卑官冷的身世之感:

> 醉心已胜最应甘,谁以醒时比渐酣。
>
> 与彼停杯思往事,岂如添户契交谈。
>
> 汉高祖乐频欣识,楚屈原忧未酌谙。
>
> 百虑消中疑有恨,老来官散泪难堪。

但这样的作品在当时是并不典型的。堪称典型的是高阶积善的《劝醉不如秋》和大江以言的《寒近醉人消》。后诗云:

> 凛凛互阴酒数巡,寒消难近醉中人。
>
> 刘公席绝严霜友,王氏乡占爱日邻。
>
> 兰殿宴阑花雪暖,竹林冬至玉山春。
>
> 仰恩斟酌恩无算,便识尧樽百姓亲。

醺然醉意,使得寒光冷气为之消融,一如大地春回、百花送馥。这就难怪作者要"不辞长作醉乡人"了。叶梦得《石林诗话》评晋人饮酒诗曰:"晋人多言饮酒,有至沉醉者,此未必意真在酒。盖时方艰难,人各惧祸,托言于醉,可以粗远世故。"对照《丽藻》作者的饮酒诗,大多却不是如此:盖所谓"意真在酒"者也。以言此诗即然。一句"便识尧樽百姓亲",将其得衔御杯的欣喜之情表现得淋漓尽致。一方面纵情于"色",另一方面又恣意于"酒",《丽藻》的作者较之他们的前辈的确是有些不肖了。尽管决不能将他们视同酒色之徒,但他们在冠冕堂皇的外衣下的某些作为与酒色之徒实在没有太大的区别,所不同的只是他们比一般的酒色之徒多一点优雅的风度和良好的文学修养。迷恋酒色，必然酷爱六朝宫体及元白艳体。在《丽藻》中，有不少作品活脱是六朝宫体与元白艳体的翻版。一条天皇临幸东三条道长府第时，大江匡衡、藤原道长、藤原公任、藤原为时、源时理、纪为基、源孝道、橘为义等曾同赋《度水落花舞》诗应制。藤原道长之作云：

> 花落春风池面清，舞来庭水伴歌莺。
> 趋流妆似玉簪乱，逐岸色疑罗袖轻。
> 粉妓易迷飘浦暮，伶人难辨过波程。
> 唯欢此地古今趣，再有沛中临幸情。

将一条天皇临幸己第比作汉高祖皇袍加身后荣归沛中，已属不伦。这且不去管它。值得注意的是，诗中处处以美人喻落花，而有关美人的描写又都是"玉簪乱""罗袖轻""粉妓迷"之类的容易使人想入非非的笔墨。这不是齐梁体格，又是什么？其他人的作品也都这般浓丽、香艳，见出庸俗文人的轻薄和轻薄文人的庸俗。如：

> 落花漫卜洞中晴，度水舞来妙曲妆。
> 飞过沙风红袖举，乱经岸露玉钗倾。
> 应歌妆脆逐舟去，赴节影翻趋浪行。
> 温树今迷回雪色，梨园佳妓欲相争。

在看似旖旎的风光中，回旋着的是发源于六朝宫体与元白艳体的绮靡之风，而这种创作上的绮靡之风与缙绅阶层生活的淫靡之风是紧密地联系在一起的。平安朝后期诗道之颓坏，由此或可察其端倪。

三

与超脱于现实生活之外、专心致志地"嘲风雪、弄花草"的创作趋向相适应,《丽藻》的作者所致力表现的诗题往往不是采撷自现实生活,而是摭拾自前人佳作——以前人佳作中的隽语秀句为题,在当时是一种时髦,因为在缙绅诗人们看来,这既显得十分典雅,又可以掩盖自己生活积累的不足。于是,所谓句题诗便盛极一时。当然,句题诗并非起源于一条朝,而早在六朝时即已出现。梁简文帝《同庾肩吾四咏二首》,其一题作"莲舟买荷度",另一题作"照流看落钗"。此外,刘孝威有《侍宴赋得龙沙宵明月》诗,张正见有《赋得落第穷巷士》诗,都是以句为题的例子。唐诗中其例尤多,散见于太宗、玄宗、卢照邻、骆宾王等人诗中,且其生成的处所都是朝廷及诸王举办的诗宴。另如颜粲的《白露为霜》、崔立之的《春风扇微和》等亦属其例。藤原宗忠《作文大体》有云:"唐家随物言志,曾无句题。我朝又贞观往还,多以如此。而中古以来好句题。句题者,五言七言中取叶时宜者。"曰唐无句题,显系失考。在日本,则贞观以前亦已见句题之例。如《凌云集》中有以王维诗句"三秋大有年"为题者,《文华秀丽集》中有以杨师道诗句"陇头秋月明"为题者。贞观、延喜以后,句题诗激增。《扶桑集》的重心已开始向句题诗倾斜。至《本朝丽藻》,句题诗更占了主导地位,成为人们竞骛的形式。由于白居易诗在当时具有无与伦比的权威性,因而《丽藻》中出处可考的句题,大多取自《白氏文集》。如《四月未全热》这一句题取自《白氏文集》卷七所录《泛溢水》一诗;《秋从簟上生》这一句题是取自《白氏文集》卷十四所录《夜坐》一诗;《醒时心胜醉时心》这一句题是取自《白氏文集》卷十五所录《仇家酒》一诗;《唯以酒为家》这一句题是取自《白氏文集》卷十六所录《忆微之伤仲远》一诗;《春色无边畔》这一句题是取自《白氏文集》卷廿三所录《和〈望晓〉》一诗;《寒近醉人消》这一句题是取自《白氏文集》卷廿四所录《西楼喜雪命宴》一诗;《门闲无谒客》一诗是取自《白氏文集》卷廿五所录《与僧智如夜话》一诗;《闲中日月长》这一句题是取自《白氏文集》卷三十三所录《奉和裴令公新成午桥庄、绿野堂即事》一诗;《书中有往事》这一句题取自《白氏文集》卷三十六所录《闲坐看书,贻诸少年》一诗。此外,尚有其他许多例证,恕不一一引录。《丽藻》另有一些句题,至今出处无考,如《花木被人知》《度水落花舞》《雨为水上丝》《清夜月光多》《遥山敛暮烟》《瑶琴治世音》《未饱风月思》《劝醉不如秋》,等等。其中,有的也许是公推为丽句的时人新咏,而并非采自古诗;有的则也许是由古诗稍加变化、改造而来。既然以句为题,那就只能就所据题意加以发挥,通篇也就被拘囿在既定的范围与框架内,这无异于作茧自缚、画地为牢。因此,有着丰富的生活积累和旺盛的艺术创造力,并渴望自由地驰骋诗思、倾泻诗情的诗人,也许会偶尔试手句题诗的创作,以博同道一粲,却不可能专执于此。所以,专执于句题,在我看来,既是缺乏生活实感的表现,同时也反映了创造能力的枯竭。从这个意义上说,《丽藻》中句题诗如此之多,也就是一种病理的现象,一种汉文学趋于极度衰弱的症状了。

当然,在《丽藻》中也有一二内容既无关声色,形式又不是句题,因而较具有真情实感和深旨奥义的作品,如藤原伊周的《暮春与右金吾眺望施无畏寺上方》:

> 今日引君出世尘,施无畏寺许交亲。
> 情欢偶入烟霞兴,官耻俱为献纳臣。
> 山雨钟鸣荒苍暮,野风花落远村晨。
> 此时眺望忘归路,暂作腾腾闲放人。

常年公务缠身,难得一日闲放,因而一旦暂作"腾腾闲放人",作者感到十分惬意,以致在野趣流溢的自然景色间流连忘返。但他却没有按照这类作品的惯常思路,过多地渲染自己的出世之想和归隐之志,而仅仅着力抒写自己暂得闲放的恬悦之情,因为他并不想完全脱离既往的生活轨道，抛弃多年苦苦追逐才得来的荣华富贵。这就有别于"志深轩冕而泛咏皋壤，心缠机务而虚述尘外"的假名士。我们说该诗较具有真情实感，正是着眼于此。同时，作者在诗中还吐露了他耻为献纳之臣的心声。这样，作品的意义就不仅仅在于情感的真实，而且也在于思想的叛逆了——在当时，敢于吐露这种心声，是需要有叛逆的勇气的。又如藤原为时的《重寄》：

> 言语虽殊藻思同，才名其奈昔扬雄。
>
> 更催乡泪秋梦后，暂慰羁情晚醉中。
>
> 去国三年孤馆月，归程万里片帆风。
>
> 婴儿生长母兄老，两地何时意绪通。

惜别之情，本不容造作、无须虚饰，但在《丽藻》产生的时代，诗人们却偏偏要造作之、虚饰之，这或许是因为送别、赠别之类在他们往往只是一种必须履行的义务和不得不应酬的礼节，因而其离愁别恨缺乏应有的浓度与深度，非造作与虚饰一番不可。然而，这首诗却不是如此。它所寄赠的对象是客居日本多年、而今即将返回故国的宋人羌世昌。此前，藤原为时已有《觐谒之后，以诗赠大宋客羌世昌》等作，故谓之"重寄"。诗为送别而作，笔墨的落点却不是自身的怨离伤别之情，而是对方的思乡怀归之意以及对方的幼子老母的思亲盼归之念。这样，作者便主要致力于揣摩与体会对方及其亲属的心境，并用细腻而又深婉的笔触将它展现在诗中。尽管作者并没有作"黯然销魂"式的长吁短叹，但读来却给人意绪相通、真情弥漾之感，不过，这样的作品在《丽藻》中是稀如凤毛麟角的。

四

《丽藻》所收录的作品在形式上的弊病不只是以浓丽、香艳为美和以句为题,它至少还包括探韵、次韵这一游戏之风愈演愈烈。早在奈良朝时期,探韵之风已肇其端。至嵯峨天皇弘仁年间,探韵成为诸般作诗游戏中最受缙绅诗人喜爱的一种,故而敕撰三集中探韵之作连篇累牍。到《扶桑集》和《丽藻》产生的时代,尽管以句为题这一新的游戏方式也许对缙绅诗人更具诱惑力,但他们原先对探韵的兴趣却并没有转移,至少没有完全转移,因为这两种游戏可以并行不悖。这样,在《丽藻》中,探韵之作仍占有很大的比重。其中,有的尚得体势,差可一读。如大江以言的《暮春于右尚书营中丞亭同赋闲庭花自落以心为韵》:

> 送春花下一相寻,自落闲庭助醉吟。
> 脆是天为人散地,飘非风意鸟驯林。
> 游尘红定蹊初合,行履珠归迹半深。
> 徒见多年开复落,今年初识有芳心。

从命题方式看,这是一首句题诗;从押韵方式看,这又是一首探韵诗。这意味着它是集句题诗与探韵诗于一身,即同时进行双重游戏。就探韵这一方面而言,韵字大致熨帖,强使内容适配韵字的迹象并不明显。这或许是因为作者毕竟名列"正历四家"、功力比较深厚的缘故。不过,更多的探韵之作则遍体疵瑕,不堪入目。如源孝道的《暮春于白河同赋春色无边畔诗以情为韵》:

> 春色眇焉处处生,望无边畔几多情。
> 天涯不定烟霞外,海角难分景气程。
> 四面红花风岂限,寸眸绿草境难名。
> 莫嘲乘醉沉吟苦,王泽盛中乐太平。

诗前有小序,序文不通之至,而诗作本身也为韵字所限,介乎通与非通之间。《丽藻》的作者又极喜次韵,几乎每与诗友唱和赠答,必次韵不可。可以说,次韵之风虽然此前已畅,却以此时为烈。《丽藻》所收录的具平亲王的《偷见御制有感自以次本韵》《奉读重押情字御制，不堪抃舞，敬押本韵》《和高礼部再梦唐故白太保之作》《和户部尚书同赋寒林暮鸟归》《户部尚书重赋丹字，见赠妙词，吟咏反复，欲罢不能，愸课庸弩，以尽余意》等便都是次韵之作。严羽在《沧浪诗话》中曾批评和韵、次韵之风曰："和韵最害人意。古人酬唱，不次韵。此风始盛于元、白、皮、陆。本朝诸贤，乃以此而斗工，遂至往复有八、九和者。"而《丽藻》的作者也正是如此。这类作品，很少有伴随着纯粹意义上的创作感兴的，而往往出于社交需要和游戏冲动。这注定了它们不可能厚实与诚挚。由于韵字相同，次韵者与被次韵者的诗思、诗境也就十分相近，从而使复杂的艺术创造沦为同一模型中的简单的加工改制——改制出的"产品"当然面目大同小异。《丽藻》的作者的审美趣尚既然偏于浓华、艳丽一路，带有唯美的倾向，那就必然讲究对偶、注重用典。由于《丽藻》的作者多致力于七言律诗，而七言律诗本来就有对偶方面的要求；同时，又已有人着手摘编前人及时人佳句，作为初学汉诗者的导读指南，这就更激发了《丽藻》的作者竞一句一联之巧的热情。于是，他们便竭力追求对偶的端严、整饬、工切，用丽藻艳辞来编织符合他们的审美标准的对句。尽管从总体上看，《丽藻》中的作品的对偶远未达到缙绅诗人们所追求的目标，而多有不尽如人意之处，但其中确有一些得自苦心锻炼的佳联，如源道济《水树多佳趣》中的"流清自备圣人鉴，松古唯谙君子心"；藤原齐信同题之作中的"翡翠成行烟暗色，琉璃绕地浪清音"；善为政《晴后山川清》中的"潭心月映金波涨，岭面云开翠黛纤"；源为宪《见大宋国钱塘湖水心寺诗有感继之》中的"湖中月落龙宫曙，岸上风高雁塔秋"；等等。然而，将精力过多地消耗在对偶上，则难免于完整、浑融的艺术境界有所欠焉。因此，即便是《丽藻》中的较优秀的作品，也往往有句无篇或有联无篇。称得上意境完整、浑融的作品，在我看来，或许只有具平亲王的《遥山敛暮烟》：

回望四山向暮程，红烟敛尽远空晴。

溪东唯任残阳照，岭上何妨满月生。

纨扇抛来青黛露，罗帷卷却翠屏明。

秋深眼路无纤翳，其奈香炉旧日名。

但充其量也就是意境比较完整、浑融而已，还谈不上完美、浑成，而这已经是《丽藻》中最出色的作品了。至于注重用典，也是与唯美及崇雅的倾向相联系的。本来，将富于历史与文化积淀的典故运用到诗中，应当能起到深化诗的情感内涵、强化诗的意象功能的作用。但被《丽藻》的作者强行镶嵌到诗中的典故却并没有能起到这样的作用。因为它们不仅往往是落入俗套、缺乏弹性与张力的，而且往往是游离于作品既定的思想框架和形象体系之外，因而可有可无、甚至无胜于有的。如大江匡衡、藤原道长、藤原伊周等人同赋《度水落花舞》诗应制时，都把一条天皇临幸道长府第比作汉高祖行幸沛中，道长所作即云："唯余此地古今趣，再布沛中临幸情。"伊周所作亦云："凤辇宴酣方欲幸，可怜沛老狎恩情。"这显然就属于那种不惟无助于拓展诗境、升华诗思，反倒添出一番尴尬，使作品变得不伦不类的用典。而造成这种结果的原因是：由于《丽藻》的作者太注重用典，或者说太注重用典后有可能赢得的学富才雄的赞誉，当谋篇之际搜寻不到合适的典故时，便将不那么合适，或根本不合适的也硬塞进诗中。这样，就不是典故为人所役使，反变成人为典故所役使了。说到底，这既是创造精神枯竭的表现，也是主体意识薄弱的表现。而创造精神的枯竭和主体意识的薄弱，在我看来，正是《丽藻》在思想艺术方面形成的种种病理现象的根源。

原载于《文学遗产》1999 年第 2 期

第四辑　门外谭艺

关于古典文学研究方法的思考

一

限于篇幅，我的思考和假说拟围绕古典文学的研究方法来展开。首先，让我们在现代意识的制导下，对古典文学研究的历史略加回溯和反思，以获得必要的参照。

似乎还没有谁论定过古典文学研究的起源。但较之古典文学起源于何时，这一问题并非复杂得令人感到扑朔迷离。或许，儒家始祖孔子在《论语》中对诗经的评论"诗三百，一言以蔽之曰：'思无邪'"云云，可以看作文学研究（或曰文学评论）的滥觞；而他对包括《诗经》在内的儒家六经的整理编订，大概也可以说是最早使用了古典文学研究的重要手段——校勘（如果我们不按今天的标准把校勘的定义界定得过于严格、过于狭隘的话）。倘若这一推断可以成立，那么古典文学研究的历史可谓其源亦远，其流亦长。

当然，困难不在于探寻其起源，而在于把握其流变。用句"摩登"的话来说，这需要进行"全方位的追踪"。由于儒、道两教从一开始便与文学及文学研究有着不解之缘，古典文学研究难免在很大程度上受到其规范。而在"独尊儒术"的汉武帝时期，随着儒学登上显学的宝座，古典文学研究便被纳入儒家"教化说"的轨道，成为儒家礼教的宣传工具。于是，原本充满了周世子民的"真歌哭"的"诗三百"，在《诗大序》中便硬被说成是"先王以是经夫妇,成孝敬,厚人伦,美教化,移风俗"的玩意儿,而一篇燃烧着青年男女的爱情之火的《关雎》也被强解为对"后妃之德"的颂歌。今天看来,这当是一种强迫文艺与政治联姻、为教化服务的粗暴行为。其不良影响一直绵延至今。如果说这也可以算是一种研究的话,那么这种研究的结果只能导致对作品思想意义的歪曲和艺术价值的漠视。当然,儒家的研究方法既积累有渐,自也不是一无可取。譬如孟子首倡的"知人论世""以意逆志"等原则,直至今天还被我们奉为圭臬。

和儒家的"教化说"一样,道家的"主情说"也对古典文学研究发生着作用,虽然作用的时间要稍晚于前者,作用力也较前者远逊。与儒家注重礼教,主张对人们的感情加以引导,使之合乎礼义相反,道家崇尚自然,主张让人们的感情自由流泻,使之合乎天性。这反映在文学研究上,必然对那些率心而发、天机自然、不为礼教所拘囿的作品分外珍视;同时,也必然从"任真"的角度,而非从"教化"的角度来挖掘文学作品的内在意蕴,并进而进行价值判断。从钟嵘倡导"自然",到李贽鼓吹"童心",再到袁枚标榜"性灵",都可以看到道家"主情说"的潜移默化的影响。

因此,或从儒家的教化说出发,着眼于作品的"理",或从道家的主情说出发,着眼于作品的"情",这构成了过去时代的古典文学研究的两条基本线索,这两条线索偶尔也交汇为一,但更多的时候却是以分庭抗礼的形式平行发展。至于佛教对文学创作和文学研究的影响虽然不可低估(反映在创作上是"以禅入诗",反映在研究上则是"以禅喻诗"),但毕竟不及儒道二教深远,因而似难构成独立的第三条线索。

这番粗线条的勾勒,也许并不足以显示千余年来古典文学研究的发展走向,但我们的目的并不在于纤发无遗地再现古典文学研究的全部发展过程,而在于从中汲取可供我们今天借鉴的经验教训。是的,今天看来,过去时代的古典文学研究有着太多的缺陷和弱点。姑且不论充溢于其中的陈腐的封建说教,仅就研究成果本身看,除年谱和笺注外,多为由短札和谈片汇集成的诗话、词话及笔记,而鲜见体大思精,既具科学性又具系统性的研究专著;呈现在其中的更多的是"感悟的灵光",而不是"思辨的色彩"。但这仅仅是一个方面。另一方面,我们也要看到,过去时代的古典文学研究毕竟有无数睿智的学者付诸努力,虽然由于时代的阻遏,他们坚持不懈的开拓很难达到理想的深度和广度。然而,因为他们的发扬蹈厉,过去时代的古典文学研究也形成了许多不容轻忽的特点。

其一是擅作直觉式的把握。在中国古代,无论文学创作或研究都讲究"直寻"。所谓"直寻",就是直觉式的把握。它虽然表现为感性的妙悟,而非理性的抽绎,但因为研究主体往往具有敏锐的艺术触觉和丰富的审美经验,所以每能楔入作者心灵,把握作品精髓,一针见血,一语破的。如苏轼对王维诗画的品评:"味摩诘之诗,诗中有画;观摩诘之画,画中有诗。"(《东坡题跋》卷五《书摩诘蓝田烟雨图》),虽乃"直寻"所得,却深中肯綮,因此历来被视为千古不易之论。而王世贞对苏轼诗文的品味:"读子瞻文,见才矣,然似不读书者;读子瞻诗,见学矣,然似绝无才者。"(《艺苑卮言》)虽然带有过多的主观成分,未必称得上的"评",却也不无启发意义。

其二是习用象喻式的评析。由于采用直寻式的感知方法。过去时代的研究者们很少像西方的文艺哲匠那样做抽象的逻辑思维和理论概括;即便非要进行抽象不可,这种抽象也往往是具象的抽象而非纯粹的逻辑意义上的抽象。在表达自己的感悟结果时,他们所得心应手的是象喻式的评析。如:

谢诗如芙蓉出水,颜如错采镂金。

——钟嵘《诗品》引汤惠休语

> 魏武帝如幽燕老将，气韵沈雄。曹子建如三河少年，风流自赏。鲍明远如饥鹰独出，奇矫无前。谢康乐如东海扬帆，风日流丽。陶彭泽如绛云在霄，舒卷自如。王右丞如秋水芙蕖，倚风自笑。韦苏州如园客独茧，暗含音徽。孟浩然如洞庭始波，木叶微脱。杜牧之如铜丸走坂，骏马注坡……
>
> ——敖陶孙《臞翁诗评》

不可否认，这种象喻式的评析具有某种内涵的不确定性，但绝不能与"模糊语言"等同视之。这里，"芙蓉出水""错采镂金"云云，其实都是具有"定型指义"的意象，熟悉这一类意象的读者对其"密码的破译"不会距离太远。何况采用这种象喻式的评析不仅可增加形象性、直观性、可读性，更重要的是，从接受美学的角度看，还可充分调动读者的想象力。

其三是强调历史的考察。古代学者早已注意到时代和社会环境对作家作品的制约和影响，因而他们总是将"知人"与"论世"当作文学研究系列链上的两个不可或缺的环节，紧紧联系在一起。虽然由于缺乏科学的哲学观和历史观的指导，他们在考察作家作品所处的历史背景时，容易一叶障目，惑于表象，但这种把研究对象置于"一定的历史范围内"的传统却值得珍视，而且，要从中拈出几个成功的例子也并不困难。如刘勰《文心雕龙·时序篇》对建安文学的评价：

> 观其时文，雅好慷慨，良由世积乱离，风衰俗怨，并志深而笔长，故梗概而多气也。

这段话为今天的学者所一再称引，其观察之深刻、论断之精确自毋庸置疑。

其四是重视情感的寻绎。"诗缘情而绮靡。"因而不仅古代作家将情感看作文学作品的第一要素，白居易《与元九书》即云"诗者，根情、

苗言、华声、实义",而且古代学者也往往由情感入手来寻绎作品的深层结构和作家的创作个性。叶燮《原诗·外篇》云:

> 作诗有性情,必有面目……如杜甫之诗,随举其一篇,篇举其一句,无处不可见其忧君爱国,悯时伤乱,遭颠沛而不苟,处穷约而不滥,崎岖兵戈盗贼之地,而以山川景物,友朋杯酒,抒愤陶情,此杜甫之面目也。

除此以外,在考察作家的创作动机时,古人也往往首先着眼于情感,如司马迁在《报任安书》中所说的"诗三百篇,大抵圣贤发愤之所为作也"即然。细加把玩,孟子所谓"以意逆志",正兼概了直觉式的把握和情感的寻绎这两个方面——如果我们把"志"训释为情志的话。

其五是注意视野的宏通。当前学术界很是强调宏观研究。其实我们的前贤早就注意以宏通的眼光对文学现象和文学流派作综合分析和总体把握。《毛诗序》中所说的:"治世之音安以乐,其政和;乱世之音怨以怒,其政乖;亡国之音哀以思,其民困。"不正昭示了一种开阔的视野?如果再深究一步,我们还不难发现,古人进行"宏观研究"时所擅长的手段是"通变"和"比较"。刘勰《文心雕龙》特列《通变》一章,勾画出前代文学的递嬗演变之迹。至于沈德潜《说诗晬语》对陶渊明为首的山水田园诗人的评议:"陶诗胸次浩然,其中有一段渊深朴茂不可到处。唐人祖述者,王右丞有其清腴,孟山人有其闲远,储太祝有其朴实,韦左司有其冲和,柳仪曹有其峻洁,皆学焉而得其性之所近。"则不失为一种得其神理的比较研究的成功尝试。

对古典文学研究历史的反思,亦即对传统研究方法的检验。上述诸端,稍加提炼,都可以划归传统研究方法的范畴。仅此,已足以显示传统研究方法的丰富性和相对合理性。此外,古人在探讨作品艺术结构、美学风范、体制特点等方面也颇具章法,不乏独得之秘。至于在事迹考订和古籍整理方面，前人更是"其伎不匮"。刘孝标《世说新语注》、李善《文选注》等，向为注家推崇；而乾嘉朴学的成就，也至今仍为考据学家景仰不已。

不必讳言，我之所以对历史进行回溯和反思，意在说明：在强调更新思维、变革方法的今天，我们决不能犯"幼稚狂热病"。出于改弦易辙的需要，将传统的研究方法"打入死牢"。既然其中不乏合理因素，我们应负的使命就不是轻率地否定它、抹杀它，而是挖掘它、升华它，使它在今后的古典文学研究中，发挥与新方法论相辅相成的作用。

二

那么，对新中国成立以来的古典文学研究及其方法又该怎样评价呢？

一些治古典文学的同行习惯于将我们的研究区分为"论"和"考"两部分。如果循此进行观察和总结，结论只能是：新中国成立以来，古典文学研究的成绩亦未可轻忽。就"论"而言，随着时代的更新，运用马克思主义历史观和文艺观来研究古典文学渐渐蔚为风气。由于立足点高，回旋度大，辐射力强，往往比古代学者更能窥其壶奥，察其本末。例如：根据经济基础决定上层建筑的原理来解释文学繁荣及文学运动发生发展的原因；根据文学是社会生活的反映的原理来探寻社会环境及作家的生活经历对作家创作的影响；根据人民群众是历史文化的主要创造者的原理来考察古代人民在文学活动中的作用及俗文学对纯文学的渗透；根据"扬弃"原理来观照作家对前代文学遗产的"批判继承"；根据"典型"原理来分析作家塑造形象和熔铸意境的得失，等等。凡此，总的说是比古代学者大大前进了一步。

但是，在充分肯定新中国成立以来我们所采用的研究方法的有效性的同时，我们也不能无视它在实践过程中暴露出的种种缺陷。其中最主要的，便是许多学者所共同指出的：习惯于对作家作品作社会学和历史学的评判，而很少从美学、文艺学的角度加以分析；同时，由于对历史唯物主义的理解过于偏狭，即使是作社会学和历史学的评判，也不免带有片面化、机械化和庸俗化的倾向。其表现之尤，我以为是：在勾勒文学史的发展轨迹时，以现实主义与反现实主义的斗争作为唯一线索；在衡量作家作品的成就高低时，则以是否遵循现实主义创作原则作为不二准绳；某一历史时期更发展到极端，将儒法斗争作为线索、是否执行法家路线作为准绳；乃至不免削足适履，强史就我。这是就其"荦荦大者"概乎言之，至于在具体的研究方法、研究手段上，流弊更多。例如：习惯于作历史的线性探索和平面的定向研究，而不擅于作时空合一的立体考察；习惯于作机械的罗列和简单的比附，而不擅于作由表及里的深入剖析和由此及彼的深刻观照；习惯于作单个作家的事迹考证和单篇作品的义理分析，而不擅于作特定时代的文学流派和文学思潮的综合把握；习惯于对文学繁荣的外部条件进行考辨，而不擅于对文学发展的内部规律进行探求；习惯于对作品的主题思想和艺术特点进行概念化的演绎，而不擅于对作家的审美倾向和艺术风格进行多样化的概括。这就提醒我们，我们的研究方法远非尽善尽美。与兄弟学科的横向比较，固然使我们抱愧匪浅；即便是与过去的时代作纵向比较，我们也没有自豪的理由。尽管我们所取得的成绩较之前人"未遑多让"，但我们处在一个新的时代，比前人推进一步，是理所当然的事情。

新时期的到来，无疑使古典文学研究的历史揭开了新的一页。伴随着气势磅礴的思想解放运动，许多禁区和框框都被打破，过去那种作茧自缚、画地为牢的做法越来越为人们所鄙薄。研究者们纷纷将探求的触角和耕耘的犁头，伸向新的未经开拓的领域，因而无论研究的深度和广度,还是研究著作的数量和质量,都为新中国成立后的前三十年所不及。即以"唐宋八大家"之一的曾巩而言,据统计,新中国成立后的前三十年,全国的学术报纸杂志竟没有发表过一篇关于他的研究文章,而一九八三年一月至一九八四年四月,仅仅一年多的时间里就有十一篇关于他的研究文章问世。从这一个小小的侧面,也反映了古典文学研究的进展。

然而,从严格的意义上说,这一进展的取得,主要有赖于思想解放运动所带来的研究视野和研究领域的扩大;审视研究方法本身则并没有太大的变革——虽然已经有人对系统论、信息论、控制论、统计学、模糊数学以及普里高津的耗散结构等自然科学的研究方法作了移植的尝试。这样,在当前对文艺理论批评的"第二次调整"中,我们有必要在研究方法的变革上花一番大气力。

三

说到研究方法的变革,不能不涉及在思想界和学术界引起强烈震动的新方法论。我想指出的是,对新方法论的讨论虽然称得上轰轰烈烈,但目前似乎仍然停留在理论框架的构想阶段,提倡者们较多地致力于论证新方法论本身的意义和价值,至于运用新方法论来进行具体的文艺研究,则尚未取得引人注目的实绩。林兴宅先生的《论阿Q性格系统》一文固然不失为令人耳目一新的开先声之作,但堪与比并的后继者寥若晨星。这当然不能归结为新方法论本身具有致命的弱点。究其原因,一方面,这是事物的发展过程使然。从历史上看,每当新的文学思潮、文学运动兴起时,先驱者们总是在示以具有典范意义的作品前,先提出足以鼓舞人心的理论口号,并为之大声疾呼。面对旧的思维定式的顽强阻挠,不如此便难奏"摧陷廓清"之效。另一方面,我们也不能不看到，由于急功近利思想的作祟，一些学人在移植和运用新方法论时，采取了过于粗疏的态度——在没有对新方法论进行消化之前，便匆匆忙忙地把它拿来作为分析文艺现象和文学作品的法宝，结果自难免凿枘不合，非驴非马，反倒破坏了新方法论本身的声誉。与此同时，有的同志为了证明自己有足够的能力趋附时尚，也迫不及待地采撷新方法论的名词术语来点缀自己的研究论文，仿佛这样乔装打扮一番以后便会身价百倍。如果说过去有人把从经典著作中搜寻出合适的论断来装点自己的文章当作一种时髦的话，那么，随着新的审美观念的衍生，现在有人又把上述行为当作一种难能可贵的时髦。这样的研究论文虽如"七宝楼台"般炫人眼目，但正如古人早就讥笑过的，"拆碎下来"便"不成片段"，怎能不使读者在困惑和迷惘之际"恨屋及乌"，对新方法论的实效产生不应有的怀疑？而今，有些理论界和创作界的同志善意地讥评所谓新方法论只不过是"新名词轰炸"和"概念大换班"，这虽然有些以偏概全，却也切中了新方法论移植过程中所显露出的弊病：一些研究者不是努力运用新方法来拓展思维空间，提高审美观照力，而是以名词术语的更新换代为满足。如果读一读丹晨同志的《难以下咽》一文（载《文汇月刊》1986 年第 4 期），就可以知道，这种现象已在读者层中引起多么大的"公愤"。而尤其令人在震诧之余产生杞忧的是，个别同志甚至把运用新方法论当作一条求取功名的新的"终南捷径"。这绝非我们为了与风车作战而心造的幻影，至少在古典文学界不乏其人其例。这些同志既缺乏从事古典文学研究所必需的考据学、校雠学、训诂学、音韵学等方面的基本知识和现代文艺学、美学的深厚素养，又不愿老老实实花大气力在崎岖的小路上艰苦地攀缘，便寄希望于借助新方法论来一举成名。于是，他们煞费苦心地用生造的、貌似高深的新名词及新术语，将那一点可怜的见解装饰得"花里胡哨"，并努力将它与新方法论挂上钩。这用古人的话说，是"以艰深文浅陋",用今人的话说,则是"拉大旗作虎皮"了。凡此,都是给新方法论带来不应招致的诟病的因素。

应当声明,如实地指出新方法论移植和运用过程中的弊端,并不意味着对新方法论本身的怀疑和否定,恰恰相反,这正是为了维护它的信誉、捍卫它的尊严,使它避免在日见纷纭的聚讼中过早夭折的危险。如果换个角度来表述,那就是说,对移植和运用新方法论来进行文学研究,我竭诚拥护,绝无异议;但对怎样移植和运用新方法论来进行文学研究,我则以为有冷静地想一想的必要。最近有人提到应当使新方法论在中国文学研究中"内化"。我觉得,这是一个很有理论意义和实践价值的命题。我们不妨多沿着这一方向做些思考。

四

也许我过于偏执——以我之愚见,要使新方法论在中国文学研究,包括古典文学研究中"内化",移植和运用它的人首先必须对它进行必要的反刍和消化,这是非走不可的第一步。试图直接迈出第二步,结果只会又一次证明"欲速则不达"这一容易为人们所遗忘的古训。那种在对新方法论进行科学的检验前便斥之为"野狐禅""旁门左道"的抱残守缺态度固然是非正常的,但那种在对新方法论进行必要的消化前便视之为"万能胶""灵丹妙药"的急功近利态度又何尝是正常的? 因此,我们还是应该审慎一些,"审慎"并不是"怀疑"和"踌躇"的同义语。只有先理解、消化,然后才谈得上移植、运用。边移植、边消化,或者先移植、后消化,都不是合理的顺序。过去,我们曾经讥笑那些一味泥古的人是"食古不化",现在则要防止"食洋不化"。新方法论中的系统论、信息论、控制论以及结构主义、接受美学、现象学、原型批评、符号学、语义学,等等,都是舶来品,洋玩意儿,要吃透它,恐怕不是一朝一夕之功。我们不妨发出"相见恨晚"的感叹,但感叹之余,还是要认真地啃一啃,嚼一嚼。在啃碎、嚼烂,并把它化为体内的营养之前,最好不要做其他的非分之想,否则很容易"画虎不成反类犬"。例如借鉴弗洛伊德的精神分析法来研究宋代爱国主义诗人陆游的记梦诗,或许会有新的发现。但研究主体必须先熟谙精神分析的原理和步骤。如果一知半解,那还不如干脆使用传统的"以意逆志"的手法,以免捉襟见肘,贻笑大方。我想,如果大家都能这样去做的话,或许不仅可以大大减少前一阶段的失误,而且可以加快新方法论在中国文学研究中"内化"的速度。

其次,我以为,要真正使新方法论在中国文学研究中"内化",就应当"脱略其形而求其神合"。这就是说,我们不能像那些喜欢做表面文章的人那样,满足于借用新方法论的皮毛——那些使人目眩神迷的新名词、新术语,而应当吸取其精髓——观察问题、分析问题的独特视角和独特手段。这也就是说,不能满足于用新方法论来装饰我们的研究论文的表层,而应当将它融化在我们的研究论文的深层。打个老而又老的蹩脚比喻,新方法论与我们的研究论文的关系,应当是"盐溶于水",而不是"油浮于水"。这是真移植与假移植的分野,也是真科学与假科学的分野。举个例子来说:假设我们运用系统论的方法来研究宋代的江西诗派,就应根据其基本原理,把江西诗派看作一个"其内部相互联系的有机整体",从不同方位、不同层次来进行动态考察,把握其由创立、成熟到分化、衰微的运动轨迹,揭示其清淡、瘦劲、老成的审美理想。而不应当在文章中沿用已为许多人所重复的现成的结论,仅仅穿衣戴帽似的缀以"整体性原则""结构性原则""功能质""自然质"等隶属于系统论范畴的不失新鲜的词语。现在需要澄清一种误解,即把新方法与新名词等同起来。窃以为,移植和运用新方法论,虽不免套用几个新名词,但绝不能以堆砌新名词为尚。许多新方法论都是从自然科学研究领域引进的,在大多数读者很难做到文理兼通的情况下,对其中的名词术词引用过多,势必造成读者理解的困难。虽然允许有不同的欣赏层次,但假如把古典文学研究论文搞得比远古时代的研究对象还要艰涩高深,以至不加上几十条注释便难以读懂,这样的研究无论如何不能说是成功的。我们赞赏的是既在研究论文中成功地移植和运用了新方法论,又因罕有新名词出现,而不见或少见移植和运用的痕迹,恰如"羚羊挂角"。如果做到这一步,那大概至少可以说已经接近"内化"了。

再次,要做到"内化",我以为对新方法论本身也要进行科学分析和合理择用,既入乎其内,又出乎其外,而绝不能把它奉为新的教条,一味迷信,全盘照搬。用大家熟悉的话来说,在这方面,何妨学一学鲁迅所提倡的"拿来主义",既有"拿来"的勇气,又不躺倒在其中,以至于昏酣。应该看到,除了我们进行科学研究的指导方法——马克思主义哲学外,任何研究方法都有其利弊,难能尽善,新方法论当然也不例外。而且,即便马克思主义哲学,也在发展和完善之中。因此,我们决不能将新方法论加以绝对化、凝固化。在文学研究由封闭走向开放的时代,任何理论体系也都应当是开放的。所谓"开放",就意味着可以融合、渗透、改造。而要改造,必须先对它进行科学分析,即一方面利用它进行观照,另一方面又对它本身进行观照。在较多地强调其"利"以至有可能忽略其"弊"的今天,进行这种观照,尤其显得必要。通过观照,我们就会发现,任何一种新方法,在其所显示的相对科学性和合理性之中都包含着一定的片面性。例如结构主义批评原则主张运用整体观念、转化观念和自我制约观念,对作品进行细致入微的"原文分析",突出强调了结构的自在性,较有利于把握作品的独特风格。这是其合理的一面。但它在强调系统内部关系的同时却排斥系统外部的关系,割裂了时代环境及作家遭际与作品的有机联系。这又是显而易见的片面性。因此,对新方法论,我们应在科学分析的基础上着重吸取其"合理内核"。这也是"内化"的重要一环。此外,面对五花八门的新方法论,我们还应善于根据自己的实际情况加以抉择。李泽厚先生提出:"要在多种研究方法中找到最适合自己的方法。"这是很有见地的。由于各人修养不同,情趣有异,在移植和运用新方法论时,必然得心应手于某几种,面对另外的几种则"力有未逮"。这样,从一己实情出发,对多种新方法论进行筛选,就不是一件多余的事。试想,硬着头皮勉强去移植某种使自己望而生畏的新方法,又怎能将它"内化"在文学研究中呢?

与此相关联,我觉得更重要的一点是,要做到"内化",还必须在实践过程中促使传统研究方法与新方法论互相融合。当前,怎样看待传统研究方法与新方法论的关系,是我们每个研究工作者都不可避免的问题。在我看来,它们之间并不存在根本的抵牾,倒是我们一些同志自觉或不自觉地对其抵牾作了人为的夸大。为了揄扬和倡导新方法论,便把传统研究方法说得一文不值,这虽可理解为"矫枉过正"。但"过犹不及"这句古语之所以被视为格言,想来也是有些道理的。说得明确些,对新方法论的"褒"和对传统研究方法的"贬",如果超过一定的限度,就难以令人信服。时至今日,我们不必再把"破字当头,立也就在其中"的口号奉为无往不适的真理。诚然,"若无新变,不能代雄",我们理应走出旧的思维定式;但在走出旧的思维定式以后,我们决不能将它全部废弃,而应当将其中仍然富于生命力的构件拿来组建我们所神往的新的思维定式——和那些新铸造或新引进的构件一起。事实上,新的思维定式不会凭空产生。从哲学的意义上说,它应当是对旧的思维定式进行"扬弃"的结果。因此,试图以新方法论来全盘否定、取代传统研究方法是不切实际的。只有使二者相互补充,才能收到预期的效果。例如,我们可以运用新方法论中的结构主义批评原则来分析李贺诗的"表层结构和深层结构""静态结构和动态结构",透视其诗的"奇诡"特色。但仅仅这样做还不够,作为必要的补充,我们还应当运用传统研究方法中的"知人论世"原则,从那一时代的政治环境、审美思潮及李贺本人的生活道路和美学追求来考察其"奇诡"特色形成的原因。正因为这样,某些传统研究方法完全可以与新方法论并行而不悖。我在上文之所以不厌其烦地对传统研究方法进行辨析,也正是为了说明这一点。我觉得,我们不必再徒劳地比较新方法论与传统研究方法的优劣,也不必继续在究竟是以"中学为体",还是以"西学为体"的问题上纠缠,重要的是,勾通古今中外,促使"中学"和"西学"相互融合。在融合和改造的基础上,建立起新的思维定式和方法体系。不管其中有多少外来的成分,既然经过我们的融合、改造,必定具有中国的"民族风格"和"民族气派"。在付诸艰巨的努力之后,真正这样做到了,自然也就臻于"内化"之境了。

原载于《文艺理论研究》1987 年第 2 期

宏观研究与观念更新

一

　　似乎已经很少有人能继续漠视加强古典文学宏观研究的呼吁,因为这一充满生机和活力的呼吁是那样强烈地震撼着整个古典文学研究领域。尽管人们对它做出的反应大相径庭:击节称赏乃至身体力行者有之,不以为然乃至嗤之以鼻者亦有之,但却再也没有谁能在这呼吁面前保持"处变不惊"的超然态度——即便冷眼旁观,也是一种反应。当然,在邻近学科已实现巨大跃迁的情势下,不甘后人的开拓者们才发出这一呼吁,难免给人为时稍晚的遗憾,但唯其蕴蓄已久,才显得分外急迫、亢奋和气势磅礴。伴随着这一呼吁,古典文学研究领域正酝酿和期待着新的突破。新近于《文学遗产》《文学评论》《语文导报》等期刊出的一系列宏观研究征文,虽然远非尽善尽美,有的甚至不免捉襟见肘,却昭示人们:开展宏观研究,已不仅仅是一种饱含紧迫感的呼吁,而成为实实在在的动向。

　　的确,对古典文学研究的历史流程及其走向的全方位考察,已使人们日益深刻地意识到:开展宏观研究,是推动整个古典文学研究向前跃迁的契机。因此,至少在一个相当长的时期内,宏观研究只能加强,不能削弱。而要实现古典文学研究由微观走向宏观的突进,我以为除应致力于拓宽视野、变革方法、调整格局外,更新观念更是必由之径。这样说，在有识者眼中，或许失之简单和庸常；不过，以我看来，要使宏观研究真正得到"加强"，真正具备广阔的发展前景，就必须由更新观念入手来一点一点地廓清障碍、开辟道路。

二

时至今日，还在观念问题上饶舌，似乎太不时髦，因为被人称为"观念年"的一九八六年已经过去。但对于古典文学研究这一历史悠久的传统学科来说，旧话重提，自有它的实际意义，我们没有必要讳言下列事实：开展古典文学宏观研究，在目前还存在不可小觑的阻力，这种阻力主要便来自观念的偏颇。由于对儒家"毋意、毋必、毋固、毋我"等治学戒律的信守，也由于对成就显赫的乾嘉朴学的实证精神的趋奉，同时更由于对新中国成立以来逐渐定型的以历史的线性探索与平面的定向考察为特征的研究模式的依循，古典文学研究工作者比研治现、当代文学的同行们更为讲求严谨、扎实、无暇可击。当然，讲求严谨、扎实、无暇可击，这本身不仅无可指责，而且值得揄扬，问题是，我们往往以此来作茧自缚，甚而至于把它当成一种"紧箍咒"。通常说"言之成理，持之有据"，将它生拉硬扯来概括"论"和"考"这两种最基本的古典文学研究方式似乎颇为合适。从公开的舆论看，鲜有在"论"与"考"之间强为轩轾者。其实，在古典文学研究界，更为人们所注重的却是后者，而不是前者。在许多同志心目中，所谓古典文学研究，就是持之有故的作家事迹考订和作品义理疏证，或者顶多是二者的融合。久而久之，这种看法便成为人们递相沿袭的传统观念，其根亦深，其蒂亦固。因此，在宏观研究初起之际，我们不可避免地会听到这样那样的非议，而所有非议的实质性内容归结到一点，那就是把宏观研究视为天马行空式的无根游谈，虽不必大加挞伐，却亦足一哂。无疑，这正是传统观念使然。

看来,宏观研究要获得更多的参与者和支持者,对新观念的确立与对旧观念的革除必须同步进行。正如许多有识之士早已意识到的那样,我们过去所长期从事的微观研究虽然有许多优长,在任何时期都不可偏废,但却难以对特定时代的文学流派和文学思潮作综合把握,也难以揭示各种文学体裁、文学运动发展演变的规律,在更广泛的范围内,为今天的社会主义文学提供借鉴。只有宏观研究才能担负起这一任务。因而,固守微观研究的畛域,显然无法达到古典文学研究的全部目的——如果我们不把校勘、训诂、笺释等研究手段当作研究目的的话。当今,社会上有人对我们所进行的研究的实际价值感到困惑,并加以质疑,原因之一,正在于我们过去专注于微观的解析和展示,忽略了宏观的考察和描述,虽说"吉光片羽",弥足珍视,终究不成系统,而不成系统的东西总难以得到未谙个中甘苦的人们的理解和认可。

这是说开展宏观研究有着现实的必要性。如果从另一角度看,它也有着历史的承袭性。尽管"古典文学宏观研究"这一专业术语本身出现未久,"年资尚浅",但早在几千年前,我们的先贤即已做过宏观研究的有益尝试。《毛诗序》中所说的"治世之音安以乐,其政和;乱世之音怨以怒,其政乖;亡国之音哀以思,其民困",岂不正是通过宏观研究得出的结论?诚然,这种凭借艺术直觉进行的语焉未详的评说,与我们今天所谓"宏观研究"从手段到步骤都有着明显的区别,但它至少昭示了一种宏通的视野。对前贤诸如此类的研究结论,我们不仅从未表示怀疑,而且一再征引,那么,又何必对目前正在开展的宏观研究使用别一副挑剔眼光呢?

当然,我们所耳闻的对宏观研究的批评多出自善意。一些同志担心对宏观研究的大力提倡,会导致"假、大、空"之风的盛行,而在目前的宏观研究中还不免存在的某些"幼稚病",又加深了他们的担心,这完全可以理解。但应当看到,宏观研究与"假、大、空"之间并没有必然的联系。将个别人在宏观研究过程中所表现出的草率、粗疏、武断归咎于宏观研究本身,这实在是一种善良的误解。问题可以从两方面来解决:一方面,我们在实际着手宏观研究前,必须进行必要的积累,包括材料的积累和方法的积累,切不可急于求成,粗率从事,乃至破绽百出,不攻自破;另一方面,对宏观研究初起阶段所暴露出的可以克服的缺陷,我们也不必过于敏感和恐慌。宏观研究既然是站在某一制高点上对纷纭复杂的研究对象的鸟瞰,那么,它所致力勾勒的必然是整体的轮廓,于局部的显微则未必在在逼真。打个比方来说,它所显现的是山脉的走向和河流的流程,而不是山上的每一片树叶和河中的每一朵浪花。因此,如果我们因为某一片树叶或某一朵浪花的失真,便怀疑并进而否定这样的显现的意义,那只能说明我们观念的偏颇。

观念的偏颇还表现在将微观研究与宏观研究人为地加以对立,似乎开展宏观研究必须以"牺牲"微观研究为前提。不言而喻,这仍然是一种误解。澄清这种误解本身并不困难,因为宏观研究的倡导者们始终强调:一方面微观研究无法代替宏观研究,另一方面宏观研究又有赖于微观研究所提供的坚实基础。只要我们坚持在宏观中统率微观、在微观中展现宏观,二者完全可以并行不悖。那么,困难何在?要言之,困难恰恰在于造成这种误解的偏颇观念。如果观念不加更新,即使旧的误解澄清了,也会迅即产生新的误解,不断循环往复。因此,在这宏观研究初见成效、也初闻争议之际,我们既要发愤图强,获取令人信服的成果,也应大张旗鼓地宣传宏观研究的性质、宗旨和意义(时下,我们的宣传还停留于一般的号召)。唯有实践与理论并重,在埋头实践的同时进行理论的张扬,才能尽早在统一认识的过程中实现观念的更新。

三

观念一旦更新,随之而来的必然是视野的拓展。只要不再以抱残守缺的态度自我禁锢,那就一定会萌生出摆脱旧模式旧窠臼、变苟安一隅为周流寰球的强烈愿望,登上时代的制高点,在更宏阔的背景下,对扩大了的研究对象作时空合一的立体观照。苏轼《题庐山西林壁》诗有云"横看成岭侧成峰,远近高低各不同",借用来说明古典文学研究,其深长的意味正在于:从不同角度、不同方位对研究对象进行考察,会得出各不相同的认识。尽管一鳞一爪,不废其真,但要准确把握研究对象的全貌,就必须对多角度、多方位的观照进行综合。进行这种综合,需要邃密的思辨和宏通的视野,而视野的宏通,正是宏观研究的主要标志。

说到视野的宏通,不能不提及两种倾向。一种倾向是:有人认为所谓宏观研究意味着研究范围必须无限放大,将上下几千年、纵横几万里都囊括其中,非以"中国文学史之鸟瞰"之类来命名,便称不上宏观研究。这样对宏观研究进行界说,只能导致研究课题的匮乏,最终带来宏观研究的危机。其实,宏观研究本身也可以分为不同的层次,在目前积累尚不充分的情况下,我们不妨先在较低的层次上开拓,即以那些具有较强(而非很强)的综合性及较广(而非很广)的覆盖面的文学现象作为研究对象,用某位著名学者的话来说,便是"致力走向宏观的中介",说得具体些,诸如"山水诗的美学风貌","悲秋主题的历史流变"之类的论题,虽然未必在觇缕古今的同时贯通中外,却都可以纳入宏观研究的范畴,谨以后者为例略加申议。

考察中国古典诗词的民族特质和文化精神,时下正成为研究者们竞相趋骛的课题。作为考察过程中的一个重要发现,渗透于古典诗词而植根于民族心理的"忧患意识"和"感伤主义"已引起时人越来越浓厚的兴趣。在我看来,观照这种"忧患意识"和"感伤主义",可以凭借多个观测点,其中的一个观测点是以悲秋为主题的那一类古典诗词。由悲秋主题的历史流变,我们不仅可以探测气质各异的历代诗人对"忧患"和"感伤"的心理负荷能力,而且可以透视他们在表现"忧患"和"感伤"时判然有别的审美情趣。

悲秋,说到底,是创作主体对自然物候的一种心理感应,特殊的生态环境和"按时而艺""仰天而食"的生产生活方式,使我国古代的先民们对自然物候的变化分外敏感,乃至"一叶落而知天下秋,一鸟鸣而知天下春",仅从《诗经·豳风·七月》中"四月秀葽,五月鸣蜩,八月其获,十月陨箨"等有关描写,我们也不难看出那些姓名已无可考知的通俗歌手对节候信息的接受和反馈是何等灵敏!对此,陆机《文赋》早就做过形象的概括:"遵四时以叹逝,瞻万物而思纷。"而秋天,"草木摇落而变衰",那一派浑无际涯的萧瑟景象,极易刺激人们的神经末梢,引发人们对不如意的人生、社会、时代的联想和忧伤。可以说,在古人心目中,"秋"和"愁"始终扭结在一起,乃至缔造汉字的先贤干脆以"心上之秋"作为愁字的外形建构。有感于此,宋代吴文英《唐多令·惜别》一词劈头便说:"何处合成愁,离人心上秋。"从汉代无名氏的"秋风萧萧愁杀人",到唐代张说的"惟有秋风愁杀人",再到近代秋瑾的"秋风秋雨愁煞人",深受传统文化浸润而不免多愁善感的历代诗人唱出了多少哀婉欲绝的秋歌啊!

追溯悲秋主题的源头,无疑是考察其历史流变的起点。通常人们把宋玉奉为逢秋而悲的祖师爷,而将其代表作《九辨》看作悲秋主题的滥觞。这自然有其道理,因为是他第一个在《九辨》中实实在在地发出"悲哉秋之为气也"的沉重叹息,并使之化为作品的主旋律;而那情景相生、触目兴感的笔法也成为后人纷堕其中的窠臼。不过,比这更早一些,在屈原的作品中即已明显地流露出悲秋之情,也是无可忽视的事实。"帝子降兮北渚,目渺渺兮愁予,袅袅兮秋风。洞庭波兮木叶下。"(《湘夫人》)"悲秋风之动容兮,何回极之浮浮。"(《抽思》)这至少可以说是悲秋主题的胎息。因此,明人胡应麟《诗薮》中的一段话深为我们所服膺:

> "袅袅兮秋风,洞庭波兮木叶下。"形容秋景入画。"悲哉秋之力气也,憭慄兮若在远行,登山临水兮送将归。"模写秋意入神,皆千古言秋之祖,六代、唐人诗赋,靡不自此出者。

胡氏的深到,不仅在于将屈辞、宋赋并视为千古言秋之祖,而且在于指出后代的悲秋之作无不承袭屈宋所奠定的或形容秋景,或摹写秋意,借以抒情寄兴的传统。这实际上已勾画出悲秋之作的基本发展线索。

但纵览文学史的全部史实,这条线索却又有修改和补充的必要,至少有部分的修改和补充的必要。因为对秋景这一审美客体,既有以杜甫的《登高》、李清照的《声声慢》(寻寻觅觅)等为代表的那种顺向的感应——遇秋而悲颓无已,也有以刘禹锡的《秋词》、陆游的《秋声》为代表的那种逆向的感兴——逢秋而倍思奋励。此外还有以陶渊明的《饮酒》(其五)、张孝祥的《念奴娇》(洞庭骨草)为代表的那种介乎顺向与逆向之间的感应——神合于秋季所特有的天高气清、表里澄澈的境界。这就是说,对滥觞于屈宋的悲秋主趣,后代既有因袭者,也有反拨者。今人论词,多喜使用"正变""刚柔"一类的字眼,借以说明悲秋主题,则因袭者是"正",反拨者是"变";因袭者多"柔",反拨者多"刚"。从中我们不难探究他们不同的心理机制。但问题的复杂性远不止于此。一个令人震诧的史实是:同一位诗人往往扮演着因袭者与反拨者的双重角色。即以陆游而言,他既曾吐出"人言悲秋难为情,我喜枕上闻秋声"(《秋声》)的壮语,也曾唱出"已惊白发冯唐老,又起清秋宋玉悲"(《悲秋》)的哀歌。同样矛盾的现象在李白、刘禹锡、秋瑾等人身上也表现得十分明显。对此,究竟应当怎样解释? 其中又包含着什么奥秘? 显然,只有以宏通的眼光从主客体两方面深入考察,才能做出答案,而这答案中很可能包藏着某些带有规律性的东西。我觉得,解求这一答案的过程,就是宏观研究的过程。如果把这样的课题摒弃在宏观研究以外,那就必然刚走出狭隘的领地,便又痛感领地的狭隘。

值得注意的另一种倾向是:有人把视野的宏道理解为遣词的壮阔,似乎只要在论文中点缀"横向开拓""纵向探寻""立体考察""总体把握""全方位观照"等不失弘阔、气势非凡的词语,便堂堂正正地步入了宏观研究的殿堂。殊不知这种自欺欺人的做法充其量只能获得一点虚假的心理安慰。诚然,这也许并非源于观念的偏颇,却说明认识的模糊,而模糊认识与偏颇观念往往如形影相随。因此,把更新观念看成拓宽视野的先决条件之一,似乎并没有言过其实之嫌。如果换一个角度来表述的话,那就是:即便仅仅为开拓研究视野计,观念的更新也刻不容缓,势在必行。

四

观念的更新还可以推动方法的变革,加强古典文学宏观研究,方法的变革无疑是重要一环,人们在充分肯定新中国成立以来的古典文学研究所取得的巨大成绩的同时,感到种种缺憾,除了研究领域的狭窄外,研究方法的单调也是原因之一。当今,我们所要从事的宏观研究,相对于过去的研究来说,既然是一种"突进"和"跃迁",那么,建立起新的思维定式和方法体系以与之适应,当是一项必不可少的工作。

有人把整个古典文学研究体系分为四个层次,哲学是其中最高的层次,这是很有见地的。我以为,要建立新的思维定式和方法体系,应当以哲学为基点来焊接其框架和格局。作为从具体科学中抽象出来的"超科学",哲学具有永恒的指导意义。无论微观的穿透还是宏观的把握,都需要利用哲学进行观照。过去的古典文学研究出现片面化、机械化、庸俗化的误差,决不能归咎于哲学的导航,相反,正是因为没有充分发挥哲学的导航作用——我们对哲学的理群总是那么偏狭。今天,我们在坚持和捍卫马克思主义哲学的同时,应当把它看作是一个对外开放、与时俱进、历久弥新的体系,通过挖掘中西全部哲学遗产来充实和完善它,以便为建立新的思维定式和方法体系提供必要的基点。除此而外,引进和移植新方法论亦将大有裨助。近年,关于新方法论的讨论很是轰轰烈烈,目前,各方似乎都已鸣金收兵。热过一阵子便冷却下来,这本不足为怪,但其余波却迄今仍在古典文学研究界震荡。或许,准确的说法应当是:在因为古老而不免显得分外沉寂的古典文学研究界,直到现在才开始较为普遍地对它进行反刍和反馈。在我看来,移植和引进新方法论,可以使我们的目光变得更为敏锐,视野变得更为宏通。例如用"老三论"中的系统论方法考察各种文学流派及文学运动由生成、发展到分化、衰微的运动轨迹,用"新三论"中的耗散结构理论把握古典作家的艺术高峰期与低潮期之间的内在转化规律,或许都会有"洞天石扉,訇然中开",奇界幻境、突兀而现之感——倘若能"无私于轻重,不偏于憎爱""平理若衡,照辞如镜"的话。

当然,移植和引进新方法论,并不意味着对传统研究方法的弃绝。我们所谓"变革",指的是"扬弃"。事实上,传统研究方法既已经历了几千年的积累,其中自有酌之不竭的精义,如胡应麟《诗薮》有云:"靖节清而远,康乐清而丽,曲江清而淡,浩然清而旷,常建清而僻,王维清而秀,储光羲清而适,韦应物清而润,柳子厚清而峭,徐昌谷清而朗,高子业清而婉。"这是直觉式的把握,不失精辟。敖陶孙《臞翁诗评》有云:"鲍明远如饥鹰独出,奇矫无前。谢康乐如东海扬帆,风日流丽。陶彭泽如绛云在霄,舒卷自如。王右丞如秋水芙蕖,倚风自笑。"这是象喻式的评析,亦见高妙。刘勰《文心雕龙·时序》有云:"观其时文,雅好慷慨,良由世积乱离,风衰俗怨,并志深而笔长,故梗概而多气也。"这则是知人论世、以意逆志两种方法的综合运用,尤中肯綮。诸如此类的研究方法,尽管有着很大的局限性,却可以与新方法论互相补充,一起作为新的思维定式和方法体系的构件。中唐诗人刘禹锡在《董氏武陵集纪》中这样阐述自己的文艺创新思想:"因故沿浊,协为新声",这岂不正是说变革是一种"新声"对"故音"的扬弃吗?

然而,变革也好,扬弃也好,说到底,却都有赖于观念的更新。试想:如果"满足于考订笺释这些传统的精耕细作方式,在古人锄犁所及的园圃内树藩插篱而不求超越",那么,又怎能容忍移植和引进新方法论的尝试,而不把它视为"旁门左道"和"野狐禅"? 从实践过程看,新方法论在古典文学研究界受到的抵制远比其他学科为甚。受到抵制的原因,固然与一些研究者的急功近利的做法有关——他们在没有对新方法论进行必要的消化之前,便匆匆忙忙地把它拿来作为分析文艺现象和文学作品的活宝,结果自难免凿枘不合;与此相联系,另外一些研究者不是努力运用新方法论来拓展思维空间,提高审美观照力,而是以名词术语的更新换代为满足,即不是将新方法论融化在研究论文的深层,而是用它来装饰研究论文的表层,这也给新方法论带来了不应招致的诟病。但另一方面,我们也不能不指出,许多具有深厚学术素养的同志过于恪守传统、皈依法规,以致对新方法论本能地怀有某种抵触情绪,正如他们对新方法论所切盼遇合的宏观研究怀有抵触情绪一样。而这又恰恰说明：加强宏观研究，观念更新是第一要义。

显而易见，不实现观念更新，不仅视野的拓展和方法的变革将受到强有力的阻遏，而且，所谓宏观研究也将成为"镜中之花""水中之月"。有鉴于此，如何实现观念更新，以扩大宏观研究的阵营，加速宏观研究的进程，难道还不值得我们深长思之？

原载于《语文导报》1987 年第 6 期

人生岂可无诗

——关于诗歌与人生的断想

自从高晓松在监狱中发出"生活不只是眼前的苟且,还有诗和远方"的感叹后,凭借其名人效应,"诗和远方"便成为时尚人士经常挂在嘴边的一种高雅生活指向。尽管将"诗"与"远方"相并列,未免不恰当地拉大了诗与生活的距离,但把诗定义为生活中不可缺少的内容,却不失为这位曾经马失前蹄的音乐王子试图重新振起的一种深刻感悟,对崇尚名人金句的万千粉丝发挥了启沃作用。而当余秀华以残障农妇的身份,依循"饥者歌其实,劳者歌其事"的古老定律发为歌吟,在媒体的合力炒作下,一夜间成为红遍大江南北的诗坛新秀后,人们益加觉得诗歌离我们并不遥远,通过诗歌来暴得大名似乎也具备了现实的可能性。

其实,要像余秀华一样"以诗名世",毕竟概率极小,那需要多种机缘促成,是一种不可复制的成功。但把诗歌仅仅视为成名的工具,这本身就是对诗歌的曲解,甚至是亵渎!诗歌对于人生的意义实不在此,而另有可以缕述者。要言之,诗歌是人生的反光镜,可以折射人生;诗歌也是人生的教科书,可以指导人生。借助诗歌,我们可以认识人生,体会人生,甚至改变人生。诗歌对于人生的作用实在不容小觑!

对于诗歌的功能与作用,孔子曾经做过一个非常精辟的概括:"诗可以兴,可以观,可以群,可以怨。"尽管语焉未详,却为我们提供了思考的路径和发挥的空间。由此生发开去,我认为诗歌与人生的关系,可以从以下几个视角加以考察。

首先,诗歌是理想的助推器。

诗歌不仅可以表达理想,而且可以为理想助推,替理想插上腾飞的翅膀。它以昂扬的情调、亢奋的旋律和隽永的语言,激励人们为实现理想而不懈奋斗,甚至殊死拼搏。它的励志作用是巨大的,无可替代的。

唐代诗人李白便屡屡用诗歌来激励自己踏平人生坎坷:他以"安社稷、济苍生,使寰区大定,海县清一"为己任,却因权奸当道而仕途不通、壮志难酬。在《行路难》一诗中他虽然对"欲渡黄河冰塞川,将登太行雪暗天"的现实处境深致不满,并感叹再三:"行路难,行路难,多歧路,今安在!"但篇末却以掷地有声的诗句表达了对理想前途的高度自信:"长风破浪会有时,直挂云帆济沧海!"仿佛奋力一振,便将满腹牢骚像灰尘般尽数掸落。当他痛感怀才不遇的厄运已成为不可摆脱的魔咒时,仍然在《将进酒》中不甘沉沦地高呼"天生我材必有用",借以激励自己一如既往地逆流而上,向着理想的彼岸进发。

赴京"待诏翰林"期间,他尽管有过"御手调羹、贵妃捧砚"的恩宠,并因此而名满天下,却不满仅仅被当作一介御用文人,公然挑战"君君臣臣"的封建统治秩序,始终高昂着骄傲的头颅,乃至被统治者以"赐金放还"的名义驱逐出京。痛定思痛之际,他依旧在《梦游天姥吟留别》一诗的篇末慷慨激昂地表态说:"安能摧眉折腰事权贵,使我不得开心颜!"执着地保持自己蔑视权贵、追求自由的本色。

以"致君尧舜上,再使风俗淳"为人生奋斗目标的杜甫,同样在追求理想的道路上不懈跋涉,不因险阻而却步,不因挫折而动摇,而诗歌则负荷起为其理想助推的使命。有别于李白对科举制度的不屑,他期望按部就班地通过科举考试来步入仕途,一点点向终极的理想目标逼近。但出师不利,首次进军考场便铩羽而归。此时,他没有沮丧,没有气馁,不仅登临泰山以拓展自己的胸襟,而且吟出了鼓舞后代无数有志青年向上攀登的励志诗篇,那就是至今脍炙人口的《望岳》:"岱宗夫如何?齐鲁青未了。造化钟神秀,阴阳割昏晓。荡胸生层云,决眦入归鸟。会当凌绝顶,一览众山小。"

其后因权奸李林甫等从中作梗,他又有过两次科场惨败的经历,困居长安十年之久,过着"朝扣富儿门,暮随肥马尘。残杯与冷炙,到处潜悲辛"的屈辱生活。尽管如此,他仍然热切守望理想,坚信自己的才志终将冲破重重阻力得以伸展。《奉赠韦左丞丈二十二韵》一诗历述人生际遇的种种不堪,分明心有慊慊,但结穴处却示以扫荡六合的昂扬姿态:"白鸥没浩荡,万里谁能驯?"这不是为理想助推又是什么?不难想象,此时在杜甫胸中炽燃的正是困厄无法摧灭的理想的火焰。当身处困境中的我们读到这类诗篇时,能不心潮激荡,而对眼前的挫折淡然一笑?

同理,当我们在事业上小有所成而不想故步自封时,读一读王之涣的《登鹳雀楼》"白日依山尽,黄河入海流。欲穷千里目,更上一层楼",必然平添继续奋进的精神动力。反之,假如我们不幸蒙冤受屈、无可告白时,反复吟诵刘禹锡的《浪淘沙九首》(其一)"莫道谗言如浪深,莫言迁客似沙沉。千淘万漉虽辛苦,吹尽狂沙始到金",也许就能积聚起与邪恶势力抗争到底的勇气与力量。诗人以真金自喻,对"谗言"报以凛如秋霜般的蔑视,并于自我慰勉中透露出绝不会永远遭受沉埋的信心,暗示最终被历史长河中的大浪淘去的将是那些"狂沙"般的进谗者。浸润在这样慷慨激昂的旋律中,我们还有理由自甘沉沦吗?

其次,诗歌是现实的晴雨表。

优秀的诗歌必然感应时代潮汐、折射时代精神,必然融入诗人对社会现实的真切体验。因此,阅读诗歌,就是阅读现实,从中可以感受到现实生活的阴晴风雨,有利于我们把握人生方向,主导生命流程。

将王昌龄的《从军行》和李益的《受降城外闻笛》这两首唐人边塞诗加以比较并读,我们就可以体会到这一点:

> 青海长云暗雪山,孤城遥望玉门关。
> 黄沙百战穿金甲,不破楼兰终不还。
>
> ——从军行

> 回乐峰前沙似雪,受降城外月如霜。
> 不知何处吹芦管,一夜征人尽望乡。
>
> ——受降城外闻笛

同样驻守在远离故乡、黄沙漫漫的边关,环境之恶劣、征战之残酷毫无二致,但前诗中的抒情主人公内心充满为国戍边的豪情壮志,全然不以"黄沙百战穿金甲"的艰苦遭际为意,慨然发出"不破楼兰终不还"的铿锵誓言。乡关万里,他们当然也渴望还乡与亲人团聚,但那必须是在翦灭强虏、平定边患之后。这也就意味着他们抱定必胜的信念,毫不怀疑有可能出现不利的战争结局。而这又源于对强盛国力的高度信赖。这便是后人所津津乐道的"盛唐气象"。

后诗中的抒情主人公则为思乡情绪所裹挟而无法自拔、斗志顿失——突兀而起的幽怨的笛声把他们本就难以抑制的怀乡思归之情勾逗得更加浓烈,在这个辗转难眠的月明之夜,他们无休止地重复着"望乡"这个机械而又深情的动作。字面上不见"忧伤",但其低徊掩抑、吞声饮泣之态却宛然在目。抒情基调由前诗的高昂一变而为后诗的低沉,原因何在? 这绝不能归因于诗人气质与性格的差异,而是因为经历了"安史之乱"这一沧桑巨变后,唐王朝的国势迅速由盛而衰,外夷侵扰与藩镇割据、宦官专权、朋党倾轧交相为患,戍边的将士们既痛感前途暗淡、胜负难料,又不愿为腐败朝廷战死沙场、埋骨塞外,厌战与思归之心便与日俱增,借笛声而轩露无遗了。

这也就是说,是时势的变化导致了诗人抒情基调及叙事风格的变化。那么,以此反推,由不同诗人创作于不同时期的同一题材的作品,不是也可以捕捉到判然有别的现实投影与时代折光吗? 人生风雨无定,时代阴晴难料,而这都会在诗歌中留下或深或浅的痕迹,让我们得以体认特定时代的复杂性和特定人生的丰富性。

由同一诗人创作于不同时期的作品,也能发现社会现实的激变是如何左右着诗人的情感指向并影响着他们的抒情方式。宋代女诗人李清照的创作可以划分为前后两期:前期的她过着养尊处优的贵妇人生活,唯一的憾恨是身为朝廷命官的丈夫赵明诚或不免异地任职,乃至两人无法长相耳鬓厮磨。因此她此时的词作以抒写相思之情为主,如《醉花阴》:"薄雾浓云愁永昼,瑞脑销金兽。佳节又重阳,玉枕纱橱,半夜凉初透。 东篱把酒黄昏后,有暗香盈袖。莫道不消魂,帘卷西风,人比黄花瘦。"所谓"愁永昼",其实是有些夸张的,作者心里纵有一些不爽,也是因短暂的别离所造成,既不深刻,也不沉重,而浅若流云,淡如轻烟,一旦丈夫归来,便烟消云散,重现光风霁月。

后期的她则在颠沛流离中咀嚼着国破、家亡、夫丧这三重深哀巨痛,发为歌词,也就哀婉欲绝、近乎呜咽了。如《声声慢》:"寻寻觅觅,冷冷清清,凄凄惨惨戚戚。乍暖还寒时候,最难将息。三杯两盏淡酒,怎敌他,晚来风急! 雁过也,正伤心,却是旧时相识。 满地黄花堆积,憔悴损,如今有谁堪摘? 守着窗儿,独自怎生得黑! 梧桐更兼细雨,到黄昏,点点滴滴。这次第,怎一个愁字了得!"此词亦于篇末托出一个"愁"字,这种愁远非诗人前期词中那种稍纵即逝的春愁、离愁可比,它融合了亡国之痛、孀居之悲、沦落之苦,底蕴显得格外深广与厚重。

将这两首词作相参读,社会的动荡变迁,现实的风雨晦暝不言自明。从这个意义上,把诗歌视为现实的晴雨表,不亦宜乎?品读这类诗歌,感慨之余,或许有助于我们在无常人生中增强自主意识,沐风栉雨,砥砺前行,使生命流程趋于圆转自如。

再次,诗歌是心灵的休憩所

诗歌可以为人们提供心灵的慰藉。当寂寞的灵魂在现实中感到孤独无依时,无妨把诗歌当作休憩的驿站。一旦契合于诗歌那高邈的意境,你的心灵就会得到安抚与安顿,宠辱不惊,陶然忘机,至少在阅读的瞬间,不再纠结于仕途的失意或其他种种人生的不快。

古代的高人雅士都把诗歌当作生活中如同布帛菽粟一样不可以缺少的东西,是和物质消费同样重要,有时甚至还更加重要的精神需求。读诗、写诗,是他们至上的人生快乐,是品尝无与伦比的精神盛宴,是遨游风光无限的理想王国。

中唐诗人贾岛在《戏赠友人》一诗中感叹说:"一日不作诗,心源如废井。"似乎失去了诗歌这股甘泉的滋润,他的心田立刻就会干涸。唯其如此,他才会片刻不敢停歇地以"笔砚为辘轳,吟咏作縻绠"来保持心灵的水分,也才会纠结于"僧敲月下门"(《题李凝幽居》)一句的措辞,反复比较"推""敲"二字的优劣,长久地为之举棋不定,乃至给后人留下"推敲"这一具有多重启示意义的典故。"二句三年得,一吟双泪流。"(《题诗后》)这是他的自道甘苦之辞,与卢延让的"吟安一个字,捻断数茎须"(《苦吟》)意思相近。这既映射出其创作态度的认真,也可借以发现诗歌是怎样牵系着他们的悲欢,制约着他们的情感世界。

对这类以"苦吟"而著称的诗人,后世颇有不以为然者,譬如苏轼就形容与贾岛齐名的诗人孟郊说:"诗从肺腑出,出辄愁肺腑。有如黄河鱼,出膏以自煮。"(《读孟郊诗二首》其一)金人元好问似也语含不屑:"东野穷愁死不休,高天厚地一诗囚。"(《论诗三十首》其十八)但他们其实都已注意到一个不争的事实,那就是至少在吟咏之际,诗歌是占据着贾岛、孟郊的全部心灵,并使其生命得以燃烧的。当然,他们忽略了另一点:在与诗歌的和谐共振中,贾岛、孟郊被苦难人生啮咬得千疮百孔的心灵得到了修复与休憩,以及别样的安抚。

与贾岛、孟郊约略同时,却崇尚平易通俗的白居易,也把诗歌当作心灵停泊的港湾和休憩的会所。他在《北窗三友》一诗中说:"今日北窗下,自问何所为?欣然得三友,三友者为谁?琴罢辄举酒,酒罢辄吟诗。三友递相引,循环无已时。"将诗、琴、酒相并列,认定为自己递相循环、永不离弃的挚友。

而在奉白居易为偶像、奉白居易诗为经典的东瀛,当它处在汉文化的笼盖之下时,与中国古典诗歌同根同源且同貌的汉诗应运而生。以风雅自命的日本汉诗作者,和他们瓣香的偶像白居易一样,对诗歌极度痴迷。藤原为时《春日同赋闲居唯友诗》有句:"闲居希有故人寻,益友以诗兴味深。"由诗题可知,作者把诗歌视为闲居生活中唯一的友人,更加突出了它对心灵的慰藉作用,较之白居易的"北窗三友"说,又提升了一大步。不仅如此,"春日同赋"云云还昭示我们:这非独是作者一个人的看法,而是一同吟咏这一诗题的所有文友的共识。"若不形言兼杖醉,何因安慰陆沉心。"这同样不只是藤原为时作为个体的感慨,而代表了整个创作群体对诗歌之静心、清心、暖心功能的认知。

唐代长才短命的诗人李贺则将诗歌与自己的生命扭结在一起:所有的生命热能都在诗歌中消耗,因为只有诗歌能给予他希望与光明,而创作诗歌也就成为他生存的全部意义。这个本来想经由进士考试而步入通衢的有志青年,却因为才高见妒,被无耻小人用"避讳说"硬生生剥夺了考试资格:他的父亲名叫李晋肃,而"晋"字恰好与"进士"的"进"同音。如此荒唐的理由居然大行其道,最终迫于舆论的压力,他只好放弃登龙之想,转而倾全力于诗歌创作,立下"唯留一简书,泥金泰山顶"(《咏怀二首其一》)的宏愿,不惜为之废寝忘食、呕心沥血,乃至老母亲心疼不已地惊叹"是儿要当呕出心乃已尔"(李商隐《李长吉小传》)。但他自己却甘之如饴,因为诗歌不仅激活了他当下的生命,消释了他胸中的块垒,还将他的心灵世界与艺术世界合二为一,永垂不朽!

第四,诗歌是情感的传声筒。

诗歌是抒情艺术,以真实而又艺术地传导人们的喜怒哀乐为第一要义。在诗歌中,人们可以自由地欢唱,也可以毫无顾忌地呻吟;可以直率或含蓄地说出自己的爱,也可以不加掩饰或曲折有致地表达自己的恨。从某种意义上说,诗歌是最适合、最方便抒情写意的艺术载体,没有之一。

诗歌不仅可以摄录世间万象,更可以言说人生百味。它可以用深婉之笔表现爱情的忠贞、热烈及难言之隐,如李商隐《无题》:

> 相见时难别亦难,东风无力百花残。
> 春蚕到死丝方尽,蜡炬成灰泪始干。
> 晓镜但愁云鬓改,夜吟应觉月光寒。
> 蓬山此去无多路,青鸟殷勤为探看。

相见不易,离别时才格外难分难舍。这就暗示男女主人公之间横亘着一座有形或无形的壁垒,以致无法自由交往。但这却无妨他们两情深笃、至死不渝。"春蚕"二句作为最经典的爱情盟誓,远胜《长恨歌》中的"在天愿为比翼鸟,在地愿为连理枝"。"晓镜"二句悬想对方别后应容颜不整、寂寞难耐,亦见深情缱绻。最后寄望于"青鸟"频繁往来,为他们传递爱的信息,聊慰如饥似渴的相思之情。曲折婉转的情感音波,借由精严的韵律和优美的语言的传导,感动了后世多少痴情男女!而"春蚕"二句还被转用来形容对事业及信仰的忠诚。

它也可以千回百转地抒写"悼亡"的无尽忧伤,如苏轼的《江城子·乙卯正月二十日夜记梦》:

> 十年生死两茫茫,不思量,自难忘。千里孤坟,无处话凄凉。纵使相逢应不识,尘满面,鬓如霜。　　夜来幽梦忽还乡,小轩窗,正梳妆。相顾无言,惟有泪千行。料得年年肠断处:明月夜,短松冈。

这是苏轼为悼念亡妻王弗而作。幽明永隔的痛苦与仕途蹭蹬的怅恨融合在一起,使这篇作品具有了一种沁人心脾的感染力。"不思量",貌似无情;接着说"自难忘",则见出死生契阔而未尝一日忘怀。这种思念该是怎样刻骨铭心!"尘满面,鬓如霜",暗示暌离十年来宦海浮沉,南北流徙,从容颜到心境都显得特别苍老,早已无复当年模样。悼亡之情与身世之感在这里已水乳交融。"相顾无言,惟有泪千行。"梦境中的意外重逢,使两人不仅失态,而且失语,悲喜交集之际,对视良久,泪下如雨,彼此的心声就流溢在这积聚了太久的泪水中。

当然,最值得赞赏的那一类抒情诗歌,是将一己的情感与祖国的盛衰和人民的悲欢紧紧联系在一起,与祖国同呼吸、与人民共命运。杜甫的诗歌就是这样:他的心律始终呼应时代脉搏的跳动,当祖国大地弥漫着血雨腥风时,他的诗歌旋律就无比滞重,情感基调也哀婉欲绝。如《春望》:

> 国破山河在，城春草木深。
>
> 感时花溅泪，恨别鸟惊心。
>
> 烽火连三月，家书抵万金。
>
> 白头搔更短，浑欲不胜簪。

当时作者被安史叛军羁押在沦陷后的京城长安。春天花开鸟鸣，本是赏心乐事，作者却看花溅泪、闻鸟惊心，那是因为触景伤情：鲜花著锦般的盛唐气象已消散殆尽，花好月圆的幸福时光也已一去不返；连天战火使得家人如鸟兽四散，而身为战俘的自己则似鸟入樊笼。正所谓"以我观物，则物皆著我之色彩"。全诗吞声呜咽，极沉郁顿挫之致。

当祖国即将走出泥泞、走向新生时，他的诗歌旋律就变得无比轻快，情感基调也就变得喜气洋洋了。如《闻官军收河南河北》：

> 剑外忽传收蓟北，初闻涕泪满衣裳。
>
> 却看妻子愁何在，漫卷诗书喜欲狂。
>
> 白日放歌须纵酒，青春作伴好还乡。
>
> 即从巴峡穿巫峡，便下襄阳向洛阳。

听到官军收复失地的喜讯，"漂泊西南天地间"的作者欣喜欲狂，不仅放声高歌，而且陡然产生了"纵酒"的愿望。他的家人也洗去忧愁，尽现欢颜。他甚至已经开始设计返乡路线，想象一路春色相伴、笑语盈耳的情景。突然而来的胜利消息，触发了他内心久已尘封的喜感，使他唱出这样奔放欢畅的心曲。《春望》中写到了"泪"，此诗中也写到了"泪"，同样是"泪"，前诗是悲极而流，此诗则是喜极而飞。但无论悲喜，都及时而又执着地感应着祖国命运的节拍，表达着"经冬复历春"的广大人民的共同心声。

第五,诗歌是生命的加油站。

诗歌可以为我们的生命喝彩,也可以为我们的生命加油。当我们步入生命的暮年后,诗歌将一次次为我们日渐衰朽的生命增添油料,使它不断获得新的能源,新的动力,继续开足马力,一路欣赏美丽的风景,驶向生命的终点。

年届老暮,人们往往不仅会老态龙钟,步履迟缓,而且还往往会意志消沉、锐气衰减,发出"甚矣吾衰矣"的无奈喟叹。然而,毕竟也有"不知老之将至"者在。曹操《龟虽寿》一诗中的名句"老骥伏枥,志在千里;烈士暮年,壮心不已",就表现了一种不服老迈、自强不息的精神。这种精神在唐代诗豪刘禹锡晚年的许多诗篇中则表现得更为突出。如《酬淮南廖参谋秋夕见过之作》有句:"初服已惊玄发长,高情犹向碧云深。"作者虽自觉两鬓染霜,却高情不减当年,所向往的仍是像雄鹰那样展翅高飞。《罢郡归洛阳闲居》有句:"闻说功名事,依前惜寸阴。"作者壮志未酬,始终憾然于心,为求在垂暮之年还能有所作为,他格外珍惜这稍纵即逝的时光。《早秋集贤院即事》有句:"早岁忝华省,再来成白头。幸依群玉府,有路向瀛洲。"作者重临"华省",已成一介白发老翁,却仍为功名有望而感到欣幸,真可谓:"穷且益坚,不坠青云之志;老当益壮,宁移白首之心。"(王勃《滕王阁序》)

刘禹锡晚居洛阳时,多与白居易唱和,所表现出的情调和识度却与白居易诗迥异。《赠乐天》说:"在人虽晚达,于树似冬青。"作者不以晚达为憾,但求身如冬青,沐风栉雨,不改苍翠之色。白居易酬以《代梦得吟》,中间说"不见山苗与林叶,迎春先绿亦先枯",似有不胜宦途荣悴之感。于是,刘禹锡又写下《乐天重寄和晚达冬青一篇,因成再答》一诗,对老友再致慰勉:

> 风云变化饶年少，光景蹉跎属老夫。
>
> 秋隼得时凌汗漫，寒龟饮气受泥涂。
>
> 东隅有失谁能免，北叟之言岂便诬？
>
> 振臂犹堪呼一掷，争知掌下不成卢？

作者指出，年少者叱咤风云，老暮者蹉跎光阴，这诚然是一般的规律。但也不尽然。要从不利条件中看到有利的因素：衰秋和寒冬不是反倒为善假于物的雄鹰和神龟提供了翱翔或饮食之便吗？这番独具卓见的议论显然意在为自己及老友的生命加油。《酬乐天咏老见示》一诗题旨相同：

> 人谁不顾老，老去有谁怜。
>
> 身瘦带频减，发稀冠自偏。
>
> 废书缘惜眼，多炙为随年。
>
> 经事还谙事，阅人如阅川。
>
> 细思皆幸矣，下此便翛然。
>
> 莫道桑榆晚，为霞尚满天。

当时，刘、白同为眼病和足疾所苦。白的赠诗中有"与君俱老也，自问老如何？眼涩夜先卧，头慵朝未梳"等语，隐隐流露出老病见迫、心志已灰的悲观情绪。刘的酬答并不否认老病会使人心力交瘁，也不讳言"顾老"是人之常情。然而，他更辩证地看到了老年人的得天独厚之处：他们阅历丰富，深谙世故。作者认为，只要想想这些，就能破忧为喜、翛然自乐了。"莫道桑榆晚，为霞尚满天。"不是吗？那迤逦到天边的灿烂的晚霞不也足以炫人耳目吗？叶剑英《八十抒怀》中的超迈诗句"老夫喜作黄昏颂，满目青山夕照明"，正由此脱化而来，措辞虽异，却都在各自的时代背景下发挥着生命加油站的功用，让无数叹老忧生者眼前为之一亮。

最令人豪情激荡、血脉偾张的生命歌吟是陆游的《十一月四日风雨大作》：

> 僵卧孤村不自哀，尚思为国戍轮台。
>
> 夜阑卧听风吹雨，铁马冰河入梦来。

以"上马击狂胡，下马草军书"为己任的南宋爱国诗人陆游一生志在恢复，屡遭贬斥而初心不变。暮岁僻居山阴故里，体瘏足僵，经年卧榻。但他却不作自伤自怜之态，萦绕在他心头的依然是渴望为国戍边的坚定意念。风雨交加的深夜，他辗转良久，终于酣然入梦，而横亘于梦境中的则是"铁马冰河"的战争场景。这就再清楚不过地表明他日思夜想的唯有抗金救国大业。一念在兹，生命不息，回旋无已！捧读这样的壮怀激烈的诗歌，我们纵已步入老境，又怎能不兴"老骥伏枥"之思，在余生中奉献出更多的光与热?！

第六，诗歌是人脉的润滑剂。

诗歌也是人际交往的重要工具，有助于调节和改善人际关系。凭借诗歌，人与人之间的隔阂可以得到消除，人与人之间的冲突也可以得以缓解。诗歌可以广泛地介入我们的生活，成为现实生活中的敲门砖与试金石。

中唐时期，手握重兵的藩镇李师道图谋不轨，想拉拢一批文坛高手为自己树碑立传、涂脂抹粉，而张籍赫然也在其拉拢之列。面对李师道伸出的橄榄枝，张籍既不愿与其同流合污，又不想犯其龙鳞，惹祸上身。因此，以比兴手法赋成《节妇吟》一诗予以委婉拒绝：

> 君知妾有夫，赠妾双明珠。
>
> 感君缠绵意，系在红罗襦。
>
> 妾家高楼连苑起，良人执戟明光里，

> 知君用心如日月，事夫誓拟同生死，
>
> 还君明珠双泪垂，恨不相逢未嫁时。

　　拒绝其实也是一门艺术，既要敢于拒绝，也要善于拒绝。这样才有可能避免给人际关系造成永远无法修复的创伤。张籍此诗可谓典范：作者自托为一位"事夫誓拟同生死"的"节妇"，暗示自己对唐王朝忠贞不二，绝不可能惑于荣利而变节，任何"诱降"的企图都是痴心妄想。但他却又不直斥对方的险恶用心，反倒故作憨态地说："知君用心如日月。"诗的最后更以"恨不相逢未嫁时"来虚与委蛇：深感君之真情，怎奈妾身有主；既已错失时机，何必苦苦纠缠？诚然，"恨不"云云的本意在忽悠对方，但情辞恳切，令人动容，对方纵有不满，读之也会意有所解；即使参得其中玄机，也无法堂而皇之地前来问罪。拒绝了对方，同时又保护了自己，这样的作品不正起到了润滑人脉的作用吗？

　　在"行卷干谒"之风盛行的中唐时期，诗歌更是联通并进而润滑人脉的有效工具。许多诗人凭借这一工具，与素昧平生的"当世显人"建立起友谊，在后者的引荐下，叩开了科场的大门。这也就是所谓"以诗结缘"。如白居易在参加进士考试前，便曾以诗歌向著作郎顾况行卷。顾况先是调侃说："长安米贵，居大不易。"待得打开卷首篇章《赋得古原草送别》，"野火烧不尽，春风吹又生"二句一下子跃入其眼帘。这岂止是咏草，更象征着青年白居易奋发向上、百折不挠的精神风貌！激赏之余，顾况的语气变了："道得个语，居则易矣！"随后，他便向主考官力荐白居易。正是在他的奖掖鼓吹下，白居易得以顺利登第。

　　另一位才华横溢的诗人朱庆余则向水部员外郎张籍献诗，诗题为《近试上张水部》：

> 洞房昨夜停红烛，待晓堂前拜舅姑。
>
> 妆罢低声问夫婿：画眉深浅入时无？

这实际上是"投石问路"：以我此诗之水准，上榜是否有望？恳请前辈明示并予以提携。但他并没有直说，而仿效张籍《节妇吟》的笔法，自托为一个"新妇"，写其在拜见公婆之前内心极为忐忑不安，精心梳妆打扮之后，仍缺乏自信，悄声问询新郎：我的妆容是否合乎时尚？能否入公婆法眼？张籍当然明白，这是向自己打听，在"以诗取士"的背景下，其诗才与诗识有没有达标？能否在多如过江之鲫的竞争者中脱颖而出？而他仅凭这首设譬新奇、用笔灵动的诗作，就认定此生非同凡俗，值得他来助推。于是，便同样采用比兴手法回赠一首说："越女新妆出镜心，自知明艳更沉吟。齐纨未是人间贵，一曲菱歌敌万金。"赞赏与鼓励之意尽在其中。自此，朱庆余便成为他乐于为之"说项"的可畏后生，在他一路汲引和护持下跻身诗坛与政坛。而他们以诗订交的过程也就成为一段文坛佳话，诠释着诗歌对人际关系的建立与巩固如何发挥着其独特作用。

既然如此，正像诗歌不可能脱离人生而凭空产生一样，人生如果失去了诗歌，该是何等苍白无力和枯燥无味?！不仅如此，没有诗歌，我们的人生便会减弱动力和缺少养料，甚至有可能迷失方向。因此，我们有充足的理由说：人生岂能无诗？

原载于《书城》2020 年 2 月号

略议中国古代的廉政诗歌

中国古典诗歌题材广泛，风格多样，涉及社会生活的方方面面。其中颇有一些篇章关乎"廉政"这一当今的热门话题。披览这类诗歌，既可以从中得到思想层面的感悟，也可以从中得到艺术层面的熏陶，收获将是双重的。

加强廉政文化建设，当然必须以习近平治国理政的思想为指导、以社会主义核心价值体系为准绳，但同时也有必要从中华民族优秀的传统文化，包括古典诗歌中汲取丰富的营养。各地的纪检部门早已意识到这一点，纷纷从事古代廉政诗歌的编选工作。入选作品无一例外地包括明代于谦的《石灰吟》："千锤万凿出深山，烈火焚烧若等闲。粉身碎骨全不怕，要留清白在人间。"①清代郑燮的《题画·竹石》入选频率也很高："咬定青山不放松，立根原在破岩中。千磨万击还坚劲，任尔东南西北风。"②不过，有的作品虽然有幸厕身其间，却不无牵强。比如唐代李绅的《悯农》："锄禾日当午，汗滴禾下土。谁知盘中餐，粒粒皆辛苦。"③此诗的主题正如标题所昭示的那样是"悯农"，并无"反腐倡廉"的意旨。以之作为破除奢靡之风的辅助读物固无不可，硬要给它贴上"廉政诗歌"的标签却未必合适。再如文天祥的《过零丁洋》："辛苦遭逢起一经，干戈落落四周星。山河破碎风抛絮，身世飘摇雨打萍。

---

①　于谦研究会、杭州于谦祠编，魏得良点校：《于谦集》，中国文史出版社 2000 年版，第 503 页。

②　卞孝萱编：《郑板桥全集》，齐鲁书社 1985 年版，第 221 页。

③　彭定求等编：《全唐诗》，中华书局 1960 年版，第 5494 页。

皇恐滩头说皇恐,零丁洋里叹零丁。人生自古谁无死,留取丹心照汗青。"①各种版本的《古代廉政诗歌选》都对其分外垂青。然而,就其类型而言,与其说这是一首廉政诗歌,莫若把它定义为爱国诗歌。选录它,或有凑泊之嫌。而这又表明编选者的专业化、学术化程度还有待提升。

其实,如果不是仅仅聚焦于几近家喻户晓的名篇,而将搜检的视野拓展开去,那么,就会有令人惊喜的发现:中国古代的廉政诗歌虽不能说汗牛充栋,却也大有披览与筛选的余地。诚然,"廉政"是一个对于古人来说完全隔膜的现代概念,以"廉政诗歌"来命名这类作品,也许并不十分妥帖,甚至有可能招致以当代话语体系来牵系与拘囿古人的讥评,但可以肯定的是,这类诗歌对今天的廉政建设不无裨益,理当成为丰富多彩的廉政文化的构成元素。我们没有必要纠结于概念的名实之辩,而应本着循名求实的方针,深入挖掘这类作品中有助于廉政建设的实质性内涵,进而有效发挥其鉴戒与启迪的功用。

追溯中国古代廉政诗歌的源头,我们或可锁定于《诗经·魏风·硕鼠》:

> 硕鼠硕鼠,无食我黍!
> 三岁贯女,莫我肯顾。
> 逝将去女,适彼乐土。
> 乐土乐土,爰得我所!
>
> 硕鼠硕鼠,无食我麦!
> 三岁贯女,莫我肯德。
> 逝将去女,适彼乐国。

① 北京大学古文献研究所:《全宋诗》,北京大学出版社 1991 年版,第 43025 页。

乐国乐国，爰得我直！

硕鼠硕鼠，无食我苗！

三岁贯女，莫我肯劳。

逝将去女，适彼乐郊。

乐郊乐郊，谁之永号！①

　　这是古代廉政诗歌的发轫之作：它把批判的矛头直指侵食百姓利益的贪官污吏，在一唱三叹中，托出了受侵占、受损害的底层民众的不平之鸣。自此，"硕鼠"便成为不守纲纪、恣意妄为的贪官污吏的代称，一直沿用至今。"三岁贯女，莫我肯顾"，点出双方予取予夺的不对等——抒情主人公多年鞍前马后地侍奉对方，却得不到任何回报，遑论额外的看顾？这就暗示硕鼠不仅在经济利益上巧取豪夺，而且在精神层面上也造成抒情主人公心灵的严重摧伤。笔触直接抵达了人性的深处。约略同时问世的《诗经·魏风·伐檀》中也有愤怒的责问和激烈的批判："坎坎伐檀兮，置之河之干兮，河水清且涟猗。不稼不穑，胡取禾三百廛兮？不狩不猎，胡瞻尔庭有县貆兮？彼君子兮，不素餐兮！"②但细予品味，其主旨在于反剥削、反压迫，抨击奴隶主的不劳而获，而并不具有"反腐"的意图。《硕鼠》则不同：鼠类是不见阳光的，只能逞其伎俩于暗室，其最大特点是"偷食"。因此，喻其为"硕鼠"，指斥对方凭借权势"窃占"的本意就不言而喻了。我们视其为最早的"反腐"诗歌，正是着眼于此。当然，它还仅仅涉足于反腐的边缘，或者说，还只是意味着廉政诗歌已开始悄悄萌芽。

　　纵览中国古代的廉政诗歌，大致可以划分为以下三种类型。

① 程俊英、蒋见元：《诗经注析》，中华书局 1991 年版，第 304—305 页。
② 程俊英、蒋见元：《诗经注析》，中华书局 1991 年版，第 300 页。

其一,剖白心志——借隽永之辞句,示廉洁之情怀

这类诗歌的作者都正道直行,心系黎庶,尽瘁国事,但在朝纲松弛、朝政腐败之际,往往遭受不公正的处置,或者个人的仕途虽然相对平顺,却对腐败现象深恶痛绝,不愿与贪腐者同流合污。于是,他们便赋诗言志,借助旨趣隽永、耐人寻味的诗句来剖白自己不染尘垢的磊落心迹,袒露自己不苟流俗的廉洁情怀。如王昌龄的《芙蓉楼送辛渐》:

> 寒雨连江夜入吴,平明送客楚山孤。
>
> 洛阳亲友如相问,一片冰心在玉壶。①

据《唐才子传》及《河岳英灵传》记载,王昌龄曾因不拘小节而招致物议,并贬窜遐荒。在担任江宁丞之际,亦是"谤议沸腾"②。诗人深知众口铄金,便在饯别友人时将自己的一颗赤心和一身正气披示于世人。"平明送客楚山孤",以一"孤"字形容楚山,显然是为了凸现自己孤介傲岸、浊世独立、因而不为人喜的性格。"一片冰心在玉壶",则是更带有剖白意味和傲兀色彩的绝妙自况。"冰心"本自晶莹剔透,纯洁无瑕,再置之以通体透明的"玉壶"之中,那自然是冰清玉洁,表里澄澈,所有对它的指摘都只能是无损其清白的妄议。作者以此来写照心志,既贴切又形象。尽管在六朝诗人鲍照的《代白头吟》中已出现"清如玉壶冰"③的描写,或为此诗所本,但既经王昌龄重新提炼与熔铸,使之成为照亮全篇之诗眼,韵味便全然不同,不仅成为脍炙人口的妙语,更成为千古讽咏、递相引用的警句。

---

① 王昌龄著,李云逸注:《王昌龄诗注》,上海古籍出版社1984年版,第159页。

② 傅璇琮编撰:《唐人选唐诗新编》,陕西人民教育出版社1996年版,第183页。

③ 鲍照著,钱仲联增补集说校:《鲍参军集注》,上海古籍出版社1980年版,第156页。

同样是剖白心志，韩愈的《左迁至蓝关示侄孙湘》工巧或有不及，却显得更加深沉与厚重：

> 一封朝奏九重天，夕贬潮州路八千。
>
> 欲为圣朝除弊事，肯将衰朽惜残年。
>
> 云横秦岭家何在，雪拥蓝关马不前。
>
> 知汝远来应有意，好收吾骨瘴江边。[①]

韩愈生活在唐王朝由盛转衰后的中唐时期，以振兴大唐为己任。面对佛教势力日益膨胀的社会现实，他力倡"儒学复古运动"，试图将儒家思想重新推向汉代以后逐渐偏移的主导地位。文学史上盛赞的"古文运动"，实际上只是"儒学复古运动"的配角，韩愈发起它的终极目的是更加自由畅达地宣传儒学复古的主张。当唐宪宗在另有图谋的奸佞之徒的怂恿下，准备在京城举行祭祀佛骨的盛典时，韩愈毅然挺身而出，慷慨上书，大唱针对贪腐行为的反调。岂料他义正词严的《论佛骨表》却触怒了笃信佛教的唐宪宗，乃至命运在朝夕之间发生逆转：由地位清要的监察御史"左迁"为远离政治中心的潮州刺史。此诗为赴任途中所作。颔联为一篇"警策"：在奋不顾身、正言直谏的勇气中交织着无辜被贬的忧愤，掷地有声，义薄云天！"欲为""肯将"云云，采用流水对的方式，昭示了自己与邪恶势力及腐败分子抗争到底的决心——宁可舍弃这副残躯，也要履行好"除弊事"的神圣职责。后来，林则徐的名句"苟利国家生死以，岂因祸福避趋之"[②]冒死报国的旨意更为显豁，却是由此诗脱化而来。

刘禹锡《浪淘沙九首》其一的剖白方式又有所不同：

---

① 彭定求等编：《全唐诗》，中华书局 1960 年版，第 3859—3860 页。

② 上海师范大学历史系中国近代史组：《林则徐诗文选注》，上海古籍出版社 1978 年版，第 295 页。

> 莫道谗言如浪深，莫言迁客似沙沉。
>
> 千淘万洒虽辛苦，吹尽狂沙始到金。①

作者也是志在挽狂澜于既倒的有识之士，但他为病入膏肓的唐王朝开具的药方却是自上而下地掀起一场声势浩大的政治革新运动，他自己也因此成为政治革新运动的中坚力量。这场具有历史进步意义的政治革新运动，史称"永贞革新"。但它并未能摆脱中国历史上所有革新运动都无以幸免的厄运，很快就以失败而告终。作者也就作为一介罪臣，长期流徙于穷乡僻壤。但他始终不忘初心，砥砺前行。在横眉冷对政敌的无端加害时，他也致力于剖白心志、倾吐心声。此诗中，"莫道""莫言"，以否定语气表达坚定信念，斩钉截铁，力透纸背。"谗言如浪深"，极言流言猖獗一时，犹如浊浪排空，骇人视听，难免有污自己的清白。"迁客似沙沉"，拟写自身遭际：屡遭贬谪，好似沙沉江底。"千淘万漉"，形容"迁客"历尽摧残、折磨，其中融入多少曲折、多少隐痛？"吹尽狂沙"，喻指进谗者有朝一日必将销声匿迹、身败名裂。"始到金"，亦于沉着中见出高度自信：拂去历史的尘垢后，自己终将如真金般再度熠熠闪光。这是自证清廉的辩白，也是对未来的光明结局的充满豪情的展望。

这类以隽永之辞句、示廉洁之情怀的作品，有相当一部分出自古代政声卓著的清官廉吏笔下。宋代享有"包青天"美誉的包拯，所作《书端州郡斋壁》就属于严格意义上的廉政诗歌：

> 清心为治本，直道是身谋。
>
> 秀干终成栋，精钢不作钩。
>
> 仓充鼠雀喜，草尽兔狐愁。

---

① 刘禹锡著，瞿蜕园笺证：《刘禹锡集笺证》，上海古籍出版社 1989 年版，第 864 页。

　　　　　史册有遗训，毋贻来者羞。①

　　就诗论诗，在艺术上固然平平无足称道，但它所表现出的尚清崇廉的高风亮节却足以振聋发聩、垂范后人。诗以"清心""直道"对举开篇，说明作者把清心寡欲和正道直行视为理政及谋生的基本要求，这是为自己立下不可逾越的规矩。"精钢不作钩"，则是宁折不弯的反腐誓言，宣示自己绝不会与贪官污吏及其身后的政治靠山妥协。"仓充鼠雀喜"，流露出对蚕食国库、侵吞民脂民膏的贪官污吏的鄙夷与愤慨，而与其势不两立的意向也包蕴于句中。"史册有遗训，毋贻来者羞"，这该是抒写自己秉承古训、从严执法、绝不贻羞后代的心志了。全诗直抒胸臆，不事藻饰，正气凛然。不过，更能发人深省的还是明代于谦的《入京诗》：

　　　　　绢帕蘑菇与线香，本资民用反为殃。
　　　　　清风两袖朝天去，免得闾阎话短长。②

　　于谦另有《石灰吟》和《咏煤炭》，亦属剖白心志、旨趣隽永的作品，屡蒙后代选家瞩目。此诗为其盛名所掩，未能得到广泛传播，但其中的"清风两袖"却衍化为"两袖清风"这一贮满褒义，且家喻户晓的成语。但如果仅仅注目于此，未免忽略了它更深层面的启发与警示意义：年底作者按惯例将入京述职，僚佐觉得这是一个"跑官要官"的绝佳机会，便建议他带些当地出产的绢帕、蘑菇与线香作为公关用的"伴手礼"。作者却断然拒绝，坚定地认为这些土产应当资于民用，而不能用来行贿，败坏官场风气。在骤栝这一背景并表达自己的看法后，作者才托出自己"清风两袖朝天去"的现实选择。这是逆潮流而动，却又是循正道而行。作者觉得，只有这样，才能生前无愧于天地，死后免责

---

①　北京大学古文献研究所：《全宋诗》，北京大学出版社 1991 年版，第 2641 页。

②　于谦研究会、杭州于谦祠编，魏得良点校：《于谦集》，中国文史出版社 2000 年版，第 503 页。

于百姓。这种从细微处自觉抵制不正之风的态度,直到今天仍不失榜样作用。

以此诗为圭臬,后来又衍生出托名于况钟的《正统四年冬,考满赴京,七邑耆民践送者数百里弗绝,作此口占四首,遍贻耆民以志别》其二:

> 清风两袖去朝天,不带江南一寸棉。
>
> 惭愧士民相饯送,马前酾泪密如泉。①

况钟是因"十五贯"而闻名遐迩的明代清官。此诗未见古籍载录,却活跃于乡邦传闻之中,有可能是一种善意的附会。归在他名下的还有一首《正统四年冬,考满赴京,七邑耆民践送者数百里弗绝,作此口占四首,遍贻耆民以志别》其三:

> 检点行囊一担轻,长安望去几多程。
>
> 停鞭静忆为官日,事事堪持天日盟。②

是否真为他所作,亦可存疑。但抒情主人公廉洁从政、不蓄私产、身无余财的精神风范却令人钦敬。类似的作品不一而足,如明代胡寿安的《任满谒城隍神》:

> 一官来此几经春,不愧苍天不负民。
>
> 神道有灵应识我,去时还似到时贫。③

又如吴讷的《题贿金》:

> 萧萧行李向东还,要过前途最险滩。
>
> 若有赃私并土物,任教沉匿碧波间。④

---

① 吴奈夫、张道贵、丁凤麟校点:《况太守集》,江苏人民出版社 1983 年版,第 163 页。
② 吴奈夫、张道贵、丁凤麟校点:《况太守集》,江苏人民出版社 1983 年版,第 163 页。
③ 汝南县志编纂委员会:《重修汝宁府志》,1983 年,第 635 页。
④ 吴文治主编:《明诗话全编》,江苏古籍出版社 1997 年版,第 4095 页。

前诗针对"三年清知府,十万雪花银"的时谚,声明自己任期内并未敛财,因而迄犹一贫如洗。后诗在舟行险滩时指天为誓:如有贪腐行为,则溺毙于此。都将清廉为官、不谋私利的襟怀披露无遗。不过,因过于直白,多少减却了诗的情韵,难以成为沁人心脾的传世之作。相形之下,还是郑燮的《予告归里,画竹别潍县绅士民》饶有余味:

> 乌纱掷去不为官,囊橐萧萧两袖寒。
> 写取一枝清瘦竹,秋风江上作渔竿。①

"两袖寒",即"两袖清风"之意,但以"囊橐萧萧"饰之于前,却更见生动,而且抹去了袭用的痕迹,唯见点化之妙。后两句采用比兴手法,以"清瘦竹"自况,曲折有致地喻示了自己的高标与劲节。较之传诵更广的《题画·竹石》,至少含蓄有以过之。

其二,托古讽今——借古人之针砭,刺当代之痼疾

这一类作品旨在抨击时政、揭露时弊,甚至有意剑指最高统治者,但又顾忌开罪权臣、触怒皇上,给自己带来无妄之灾乃至杀身之祸,于是,便运用托古讽今这一传统手法,煞费苦心地给自己的作品披上一件咏史怀古的外衣,而不着痕迹地将芒刺楔入其中。看起来,其讽刺与批判的是历史事件和历史人物,实际上由于历史与现实有着惊人的相似,在历史这面镜子中,完全可以照见现实中类似的腐败行为,为有心正风肃纪、反腐倡廉者提供必要的鉴戒。这就是所谓"借古人之针砭,刺当代之痼疾"。

晚唐诗人李商隐虽以爱情诗名世,却也高度关注现实,长于托古

---

① 卞孝萱编:《郑板桥全集》,齐鲁书社1985年版,第204页。

讽今,创造性地把总结历史与批判现实结合起来。"历览前贤国与家,成由勤俭破由奢。"①紧承此二句的"何须琥珀方为枕,岂待珍珠始是车"②,虽然是指斥历史上的奢侈腐败案例,又何尝不具有现实指向? 他的《贾生》看似以汉文帝为寄讽对象,其实亦含有影射今上之意:

> 宣室求贤访逐臣,贾生才调更无伦。
>
> 可怜夜半虚前席,不问苍生问鬼神。③

贾谊独秉治国平天下的经纶之才,在当时无人可与比肩。但才高见妒、名盛遭谗,几乎是这类政治家的宿命。汉文帝登基后,展示出唯才是求的姿态,被放逐多年的贾谊才得以重返京都。文帝对其一见倾心,长谈至深夜,并不断前移坐席,缩短君臣本应保持的距离。然而,他向贾谊热切咨询的并非治国安民的方略,而是鬼神之事。这就说明他完全没有心系国计民生,感兴趣的只是如何通灵鬼神,获致长生。从表面上看似乎求贤心切,实际上对贤才却用非其所,或者仅仅把贤才用作谋求实现个人长生幻想的津梁与工具。这是另一种意义上的腐败。作者以"可怜"二字对此深致叹惋。汉文帝还属于历史上的所谓"明君",尚且如此,等而下之的晚唐诸帝多以佞佛为事,把求神拜佛当作日常生活内容之一,就更加令人不堪了。此诗作于唐宣宗御宇的大中二年(848),作者在这里显然已将历史与现实贯通,明讽汉文帝而暗讥唐宣宗。不独《咏史》和《贾生》如此,《隋宫》也以穿越古今的诗笔,告诫统治者要杜绝奢侈腐败行为:

---

① 刘学锴、余恕诚:《李商隐诗歌集解》,中华书局 1988 年版,第 383 页。
② 刘学锴、余恕诚:《李商隐诗歌集解》,中华书局 1988 年版,第 383 页。
③ 刘学锴、余恕诚:《李商隐诗歌集解》,中华书局 1988 年版,第 1689 页。

紫泉宫殿锁烟霞，欲取芜城作帝家。

玉玺不缘归日角，锦帆应是到天涯。

于今腐草无萤火，终古垂杨有暮鸦。

地下若逢陈后主，岂宜重问后庭花？[①]

作品对历史上以荒淫著称的隋炀帝极尽讽刺挖苦之能事：如果政权没有被李渊夺去的话，他哪里会只在扬州修建美轮美奂的行宫？其龙舟恐怕会挟奢靡之风驶遍天涯海角。然而，曾几何时，他便沦为历史风烟中的一抔尘土，而他当年纵欲的行宫也成为只有"腐草""垂杨"及"暮鸦"相伴的废墟。嘲讽意味最浓的是尾联：南朝陈后主的自度曲《玉树后庭花》，被后人视为亡国之音，杜牧《泊秦淮》便说："商女不知亡国恨，隔江犹唱后庭花。"[②]隋炀帝生前亦是《玉树后庭花》的狂热爱好者，而今与陈后主一样成为短命而终的昏聩帝王，九泉之下如与陈后主偶遇，他还有何颜面与其谈论"后庭花"的话题呢？流利而又灵动的笔调，使这种不动声色的讽刺显得格外辛辣。在这里，隋炀帝分明已不是纯粹的"自然人"，而是所有因"逸豫而亡国"的统治者的化身。作者塑造这一典型形象，当然具有借古鉴今、一石二鸟的意图。

咏史诗在唐代趋于繁荣。除了杜牧、李商隐外，杜甫、刘禹锡等也是个中高手。如果说杜甫、杜牧的咏史诗，主旨还在于借古抒怀而不是托古讽今的话，那么刘禹锡的咏史诗则和李商隐一样把托古讽今作为着眼点和着力处了。且看刘禹锡的《西塞山怀古》：

王濬楼船下益州，金陵王气黯然收。

千寻铁锁沈江底，一片降幡出石头。

---

① 刘学锴、余恕诚：《李商隐诗歌集解》，中华书局 1988 年版，第 1551 页。

② 吴在庆撰：《杜牧集系年校注》，中华书局 2008 年版，第 517 页。

人世几回伤往事？山形依旧枕寒流。

今逢四海为家日，故垒萧萧芦荻秋。[1]

首联以晋军的浩大声势反衬东吴的衰飒气运。颔联借史实以明事理：东吴统治者不修明政治、惩治腐败，而企图恃险固守，只能是枉抛心力。颈联由"往事"折回到眼前的山川风物。一个"伤"字既带有反思历史所产生的感慨，又饱含审视现实所引起的忧虑。"几回"，点出建都金陵、雄踞江东却终因荒淫腐败而亡国者非独东吴而已，将诗境又向深处拓进一层，托古讽今之意也更加明显。尾联在讴歌天下一统局面的同时，借渲染历史陈迹，揭示现实隐患，用笔深曲，发人警醒。刘禹锡还有不少作品直接涉笔于前代帝王的恬嬉失政、荒淫误国，并表示自己的感愤，试图以之来规讽当朝天子。如《台城》：

台城六代竞豪华，结绮临春事最奢。

万户千门成野草，只缘一曲后庭花。[2]

六朝君主以豪华相竞，而陈后主后来居上，奢侈尤甚，成日在结绮、临春二楼里过着纸醉金迷的生活。于是，在《玉树后庭花》的靡曼音调中，大好河山丧失殆尽，千家万户沦于野草。作者用典型化的手法，艺术地再现了这一历史事实，形象地揭示了淫佚与亡国之间的因果联系。与此异曲同工的有《馆娃宫在旧郡西南砚石山前瞰姑苏台旁有采香径梁天监中置佛寺曰灵岩即故宫也信为绝境因赋二章》：

宫馆贮娇娃，当时意太夸。

艳倾吴国尽，笑入楚王家。

月殿移椒壁，天花代舜华。

---

① 吴奈夫、张道贵、丁凤麟校点：《况太守集》，江苏人民出版社 1983 年版，第 669 页。

② 刘禹锡著，瞿蜕园笺证：《刘禹锡集笺证》，上海古籍出版社 1989 年版，第 712 页。

唯馀采香径，一带绕山斜。①

"馆娃宫"乃吴王夫差为西施所建。作者意在讽刺吴王宠幸西施，废弛纲纪，不理朝政，以致倾国亡身，却不从正面说破，而从"馆娃"着笔作侧面暗示，这是诗家的惯技。同时，明眼人也不难看出，讽刺吴王与针砭今上在诗中是互为表里的。这类以劝喻为宗旨、针砭为手段的咏史诗，习于撷拾的史料便是"吴王"和"六朝"故事，代代相沿，循环无穷，而各有拒腐戒奢的功用。如：

> 香径长洲尽棘丛，奢云艳雨只悲风。
> 吴王事事须亡国，未必西施胜六宫。②

> 登临送目。正故国晚秋，天气初肃。千里澄江似练。翠峰如簇。归帆去棹残阳里，背西风、酒旗斜矗。彩舟云淡，星河鹭起，画图难足。念往昔、繁华竞逐。叹门外楼头，悲恨相续。千古凭高，对此谩嗟荣辱。六朝旧事随流水，但寒烟、芳草凝绿。至今商女，时时犹唱，后庭遗曲。③

> 朝朝《琼树后庭花》，步步金莲潘丽华，龙蟠虎踞山如画。伤心诗句多，危城落日寒鸦。凤不至空台上，燕飞来百姓家，恨满天涯。④

陆龟蒙诗在前人多方寄讽的基础上，对吴王再作鞭挞。当年萦绕着吴宫的"奢云艳雨"已荡然无存，只有悲风长啸，荆棘丛生。谓之"奢

---

① 刘禹锡著，瞿蜕园笺证：《刘禹锡集笺证》，上海古籍出版社 1989 年版，第 1449 页。
② 彭定求等编：《全唐诗》，中华书局 1960 年版，第 7219 页。
③ 唐圭璋编纂，王仲闻参订，孔凡礼补辑：《全宋词》，中华书局 1999 年版，第 263 页。
④ 张可久著，吕薇芬、杨镰校注：《张可久集校注》，浙江古籍出版社 1995 年版，第 512 页。

云艳雨",对其荒淫腐败的愤慨之情已跃然纸上。但作者的批判并没有停留于此,后两句托出更加尖锐的讽刺:吴王导致亡国的腐败劣迹多矣,岂止是专宠西施?而西施的美貌也未必胜过六宫粉黛,只不过吴王色迷心窍、不辨妍媸而已。王安石词在描写长江秋景后,转入对六朝帝王穷奢极欲而相继败亡的历史往事的追叙。"繁华竞逐",揭出六朝国祚难以延续、国运无法持久的根本原因。"门外楼头",形象化地再现了六朝末代帝王陈后主覆亡时的情景,并将它作为那一幕幕亡国惨剧的艺术缩影。结穴"至今商女"二句化用杜牧诗句,表达叹古伤今之旨,感慨当代统治者尚未从覆亡中吸取教训,照旧淫佚无度。张可久词也以六朝为箭靶,将南齐东昏侯及陈后主等荒淫帝王再次钉上历史的耻辱柱。金陵本为"龙盘虎踞"之地,却因文恬武嬉、上下俱腐而堕落为荒芜的"危城",这令人何其痛心!要避免这一历史悲剧重新上演,就必须铭记历史教训,不让腐败现象在现实生活中蔓延。

与"吴王"及"六朝"一起频繁成为托讽对象的还有"玄宗"。唐玄宗早年不失为一个励精图治的明君,但在位既久,则逐步走向昏庸与荒淫。建华清、纳贵妃、贡荔枝等一系列行为,无不涉嫌腐败。最终导致安史之乱爆发,使唐王朝从繁荣的顶点直线坠落,陷入血雨腥风之中。南宋杨万里的《浯溪磨崖怀古》就将讽刺与批判的矛头直指玄宗:

> 中兴当时颂大唐,大唐家国天为昌。
>
> 妖环忽见诚非祥,土花失色悲寿王。
>
> 明皇父子紊大纲,从此晏朝耽色荒。
>
> 天下黎庶暗雁殃,击损梧桐按霓裳。①

---

① 杨万里著,薛瑞生校证:《诚斋诗集笺证》,三秦出版社 2011 年版,第 2996 页。

作者生当南宋国势危殆之际,对"山外青山楼外楼,西湖歌舞几时休"①的淫靡现状深恶痛绝,却因身为朝廷命官,不便像布衣林升那样直言不讳、愤切其辞,只能指桑骂槐地借玄宗说事。但其抨击的力度却超过了既往谴责玄宗的作品,既不像白居易的"春宵苦短日高起,从此君王不早朝"②那样温婉,也不像元稹的"白头宫女在,闲坐说玄宗"③那样深曲。"从此晏朝耽色荒",虽由白诗衍化而来,措辞却较白诗远为激烈。"天下黎庶暗罹殃",全无"为尊者讳"之意,明言百姓遭殃乃因玄宗的腐败所导致。这实际上是讽喻当代统治者:腐败的后果不仅会葬送自身,还将祸国殃民。

其三,直陈时弊——揭现实之疮痍,促朝廷之警醒

这一类作品不是采用言此意彼的讽托手法,而是直接将镜头对准现实生活中的腐败现象,把它们摄录下来加以披露,促使最高统治者正视眼前的疮痍,并意识到默许其存在的隐患而幡然醒悟,痛下决心予以割除。创作这一类作品的大多是志在兼济、执着用世且以批判现实、揭露时弊为己任的诗人,而杜甫与白居易则是其中的杰出代表。

杜甫曾经困居长安十年,"朝扣富儿门,暮随肥马尘。残杯与冷炙,到处潜悲辛"④。这一惨痛的体验,使他对时政的弊端产生了深刻的体认,从而不禁叹息个人的不幸,还将视线越过个人不幸的狭小范围,落在比他更不幸的广大下层人民身上,并且敏锐地发现了造成不

---

① 北京大学古文献研究所:《全宋诗》,北京大学出版社 1991 年版,第 31452 页。

② 谢思炜撰:《白居易诗集校注》,中华书局 2006 年版,第 943 页。

③ 元稹撰,冀勤点校:《元稹集》,中华书局 1982 年版,第 169 页。

④ 浦起龙:《读杜心解》,中华书局 1961 年版,第 5 页。

幸的根源是执政者的腐败。于是,他毫不迟疑地在描写民生疾苦的同时,向执政者的腐败亮出了匕首。试看《石壕吏》:

> 暮投石壕村,有吏夜捉人。
> 老翁逾墙走,老妇出看门。
> 吏呼一何怒,妇啼一何苦!
> 听妇前致词:三男邺城戍。
> 一男附书至,二男新战死。
> 存者且偷生,死者长已矣!
> 室中更无人,惟有乳下孙。
> 有孙母未去,出入无完裙。
> 老妪力虽衰,请从吏夜归。
> 急应河阳役,犹得备晨炊。
> 夜久语声绝,如闻泣幽咽。
> 天明登前途,独与老翁别。①

早在此前的《自京赴奉先咏怀五百字》中,杜甫已将贫富悬殊、两极分化的现象概括为令人惊心动魄的诗句:"朱门酒肉臭,路有冻死骨!"②反差如此之大,彰显出的正是执政者的腐败。这种腐败之风严重侵蚀着唐王朝原本健康的肌体,并正在自上而下地蔓延开来,渗透进国家的基层组织。这首《石壕吏》所显影的就是基层官吏的腐败,而由一起征兵事件入手。为了平定安史之乱,征兵本不可免。问题是朝廷的征兵政策在贯彻过程中却被基层的贪腐官吏肆意歪曲,乃至成为他们索贿和渔利的手段,征抑或不征,多征抑或少征,只有一个标准,那就是对他们"孝敬"与否。诗中所描写的这户人家就因不谙其中机

---

① 浦起龙:《读杜心解》,中华书局1961年版,第54页。
② 浦起龙:《读杜心解》,中华书局1961年版,第21页。

关而家破人亡：三个儿子已全部被送上战场，竭泽而渔的"石壕吏"犹自不肯罢休，深夜破门而入，想"捉"走家中仅存的男丁——老翁。幸亏在这兵荒马乱的岁月里，老百姓的感应神经已被磨炼得极其敏锐，一有风吹草动，便及时遁离。在"老翁逾墙走"之后，如狼似虎的官吏对"老妇"苦苦逼问。作者采用"藏问于答"的艺术手法，仅仅着笔于"老妇"字字血声声泪的哭诉，而将官吏持续不断的咆哮般的拷问隐匿于其中，让读者通过想象来还原这被省略的环节。作者未对整个事件着一字褒贬，而只是作冷静的客观叙述，让事件本身释放出批判的力量。随着叙事的有序推进，石壕吏欺压良善、鱼肉乡民的狰狞面目纤毫毕现地暴露在光天化日之下。而作者将其曝光的目的，不只是希望惩处当事者，更期盼能上达圣听，引起最高统治者的关注，从而有可能重新审视现行征兵制度的合理性，惩治征兵过程中高发的腐败事件。

白居易曝光腐败事件和腐败行为的频率与力度较杜甫有过之而无不及。这与唐代舆论环境的相对宽松是分不开的。洪迈《容斋续笔》卷二"唐诗无讳避"条说："唐人歌诗，其于先世及当时事，直辞咏寄，略无避隐。至宫禁嬖昵，非外间所应知者，皆反复极言，而上之人亦不以为罪。"①白居易那些锋芒毕露的反腐诗歌正是在这样的政治氛围里应运而生。他追述自己的创作动机说"忆昨元和初，忝备谏官位。是时兵革后，生民正憔悴。但伤民病痛，不识时忌讳"②。他要求自己创作的乐府诗"篇篇无空文，句句必尽规。功高虞人箴，痛甚骚人辞。非求宫律高，不务文字奇。惟歌生民病，愿得天子知"③。这样，耳闻目睹的腐败事件和腐败行为便为他毫不留情地加以鞭笞。如《轻肥》：

---

① 洪迈撰，孔凡礼点校：《容斋随笔》，中华书局 2005 年版，第 239 页。
② 谢思炜撰：《白居易诗集校注》，中华书局 2006 年版，第 86 页。
③ 谢思炜撰：《白居易诗集校注》，中华书局 2006 年版，第 78 页。

意气骄满路，鞍马光照尘。

借问何为者，人称是内臣。

朱绂皆大夫，紫绶或将军。

夸赴军中宴，走马去如云。

罇罍溢九酝，水陆罗八珍。

果擘洞庭橘，脍切天池鳞。

食饱心自若，酒酣气益振。

是岁江南旱，衢州人食人。①

　　"轻肥"一辞，出自《论语》，指代轻裘肥马的豪奢生活。作者全然不顾有可能招致的报复，义无反顾地揭露朝中权臣的奢华行径，而将镜头锁定于他们举办的一次天价豪宴。开篇"意气骄满路"以下八句先声夺人，渲染赴宴者气焰的嚣张和车马的富丽。"鞍马光照尘"，仅此一笔，其穷奢极欲的做派已尽现端倪——本来，尘土飞扬，应当使鞍马为之黯然失色；而今，却是鞍马那耀眼的光泽照亮了尘土，可知其鞍马该是何等金碧辉煌！接着，"罇罍溢九酝"以下六句别具匠心地聚焦于这次宴会的食谱，点出从酒水到食材无不是价格昂贵的人间至上美味。"脍切天池鳞"，要将在天池中捕获的鲜鱼火速运送到京城，成为这些达官权贵餐桌上的生鱼片，不知要耗费多少人力财力！最后，"是岁江南旱"二句，画面陡然切换到数千里之外的江南旱乡衢州：彼地当年一片赤土，颗粒无收，老百姓迫于极度饥饿，吃尽草根树皮后，竟然出现了相互蚕食的人间惨剧。前后两个场面形成鲜明的比照和猛烈的冲撞，读者从中可以悟得这次烹金馔玉的豪宴并不是发生在老百姓丰衣足食之后，而恰恰出现于老百姓转死沟壑之际。在"人食人"的大旱之年，他们还如此挥金如土、极尽奢侈，该已经腐败到了何种程度！

---

① 谢思炜撰：《白居易诗集校注》，中华书局 2006 年版，第 174 页。

既然作者创作时"愿得天子知",那么,它除了讽刺和批判外,应该还具备"检举"的功用。同类作品还有《伤宅》《歌舞》《买花》等。《歌舞》在结构上与《轻肥》如出一辙:

> 秦中岁云暮,大雪满皇州。
>
> 雪中退朝者,朱紫尽公侯。
>
> 贵有风云兴,富无饥寒忧。
>
> 所营唯第宅,所务在追游。
>
> 朱轮车马客,红烛歌舞楼。
>
> 欢酣促密坐,醉暖脱重裘。
>
> 秋官为主人,廷尉居上头。
>
> 日中为一乐,夜半不能休。
>
> 岂知阌乡狱,中有冻死囚。①

岁暮时分,大雪纷飞,天寒地冻,但在达官权贵们的豪宅中却是红烛高照,彻夜歌舞,温暖如春。"日中为一乐,夜半不能休",这不是恣意寻欢、醉生梦死又是什么? 而在同一时刻,阌乡的监狱里又有冤魂冻死。两幅画面,形同霄壤。转折跌宕之间,作者对朝中高官们"所营唯第宅,所务在追游"的腐败行为的谴责之意已呼之欲出。

白居易剑戟所向,不只是官员个人的贪腐行为,还包括朝廷正在施行的弊政。他在《新乐府》的序言中说:"首句标其目,卒章显其志,《诗》三百之义也。其辞质而径,欲见之者易谕也。其言直而切,欲闻之者深诫也。其事核而实,使采之者传信也。其体顺而肆,可以播于乐章歌曲也。总而言之,为君、为臣、为民、为物、为事而作,不为文而作也。"②这是对其创作宗旨的公开声明。既然首先是"为君"所作,且

---

① 谢思炜撰:《白居易诗集校注》,中华书局 2006 年版,第 179 页。

② 谢思炜撰:《白居易诗集校注》,中华书局 2006 年版,第 267 页。

欲其闻之而"深诫",那就不可能不触及朝廷的某些施政举措,把它当作滋生腐败行为的温床来加以指摘。《阴山道》题下自注"疾贪虏也"①,《杏为梁》题下自注"刺居处奢也"②,《黑潭龙》题下自注"疾贪吏也"③,诸如此类,还只是鞭笞贪腐行为。至于《卖炭翁》题下自注"苦宫市也"④,《骠国乐》题下自注"欲王化之先迩后远也"⑤,则显然是挞伐朝廷弊政了。《卖炭翁》写道:

> 卖炭翁,伐薪烧炭南山中。
>
> 满面尘灰烟火色,两鬓苍苍十指黑。
>
> 卖炭得钱何所营?身上衣裳口中食。
>
> 可怜身上衣正单,心忧炭贱愿天寒。
>
> 夜来城外一尺雪,晓驾炭车辗冰辙。
>
> 牛困人饥日已高,市南门外泥中歇。
>
> 翩翩两骑来是谁?黄衣使者白衫儿。
>
> 手把文书口称敕,回车叱牛牵向北。
>
> 一车炭,千余斤,宫使驱将惜不得。
>
> 半匹红纱一丈绫,系向牛头充炭直。⑥

所谓"宫市"是直接掠夺百姓财物的一种残酷而无赖的方式:本来,宫廷中需要的生活日用品,都由官府向民间采购。到德宗贞元末年,改由太监来办理。他们招摇过市,看到中意的东西,便以"宫市"为名,强迫货主送进宫去。有时装模作样地偿与一些钱物,有时非但分文不付,还要将货主的运载工具抢走。王叔文、刘禹锡、柳宗元发起

---

① 谢思炜撰:《白居易诗集校注》,中华书局 2006 年版,第 399 页。

② 谢思炜撰:《白居易诗集校注》,中华书局 2006 年版,第 416 页。

③ 谢思炜撰:《白居易诗集校注》,中华书局 2006 年版,第 434 页。

④ 谢思炜撰:《白居易诗集校注》,中华书局 2006 年版,第 393 页。

⑤ 谢思炜撰:《白居易诗集校注》,中华书局 2006 年版,第 347 页。

⑥ 谢思炜撰:《白居易诗集校注》,中华书局 2006 年版,第 393 页。

"永贞革新"时曾将"宫市"作为一项突出的弊政加以革除。这里，作者通过描写一位卖炭翁的悲惨遭遇，也对宫市制度予以彻底否定。在《新乐府》中，此诗对人物形象及心理的刻画最为成功。如"可怜"二句写卖炭翁为了最微末的生活愿望而不惜忍受寒风刺骨的痛苦，付出最大的牺牲。"手把"二句五个动作连续发生，一气呵成，见出宫使抢劫时是那样得心应手，可知其老于此道、娴于此技。这就暗示了宫市制度的实施之久与为害之烈。同时也就点出，这样的公开抢劫，绝不仅仅是几个宫使的胡作非为，而恰恰暴露了制度建设的弊端。正是完全无视惩防体系建设的弊政，放任了官吏的贪腐行为，带来了底层人民生活的困顿和精神的痛苦。像这样的作品，谓之"廉政诗歌"，不亦宜乎？

原载于《浙江社会科学》2018 年第 5 期

中国梦的历史脉络

  时至今日,"中国梦"早已超越了概念阐发的阶段,而成为一种凝聚民心、振奋斗志的全新理念和民族复兴大业必将告成的坚定信念。但畅谈"中国梦"的国人未必都了解,"中国梦"其来有自,并非凭空产生。唯其如此,梳理一下其历史脉络、考察一下其前世今生,似乎既不无学术价值,亦富于现实意义。

一

  从某种意义上说,中国其实是一个梦的国度。与梦有关的历史传说和历史文献汗牛充栋,昭示着我们的祖先始终与梦有着不解之缘。在我看来,影响最大、流传最广的经典文本有两个。

  一个是庄周梦蝶,典出《庄子·齐物论》:"昔者庄周梦为蝴蝶,栩栩然蝴蝶也,自喻适志与!不知周也。俄然觉,则蘧蘧然周也。不知周之梦为蝴蝶与,蝴蝶之梦为周与?周与蝴蝶,则必有分矣。此之谓物化。"作为战国时期道家学派的主要代表人物,庄子运用匪夷所思的想象力,通过描述自己在梦境中幻化为蝴蝶、梦醒后又还原为自己的过程,提出人不可能确切地区分真实与虚幻的哲学命题。文字虽极简短,却在浪漫的外衣下,包蕴了庄子诗化哲学的精义,渗透着庄子对人生哲学的独特思考,因而引发了后代无数骚人墨客的共鸣,成为他们习于谈论并乐于吟咏的话题,如晚唐诗人李商隐的《锦瑟》:"庄生晓梦迷蝴蝶,望帝春心托杜鹃。"而在浙江这块文化沃土上广为传播的"梁祝化蝶"的传说也由此脱化而来。

"蝴蝶梦"在后世渐渐凝定为一种递相沿袭而又光景常新的诗歌意象,而其既定的情感指向则是咏叹人生如梦似幻。比如经历了"乌台诗案"之后的苏轼,便频频将"蝴蝶梦"嵌入诗词,既说"人间如梦"(《念奴娇》)、"古今如梦"(《永遇乐》)、"万事到头都是梦"(《南乡子》),又说"世事一场大梦"(《西江月》)、"未转头时皆梦"(《西江月》)。这些融有"蝴蝶梦"的词句固然寄托了诗人仕途受挫、壮志难酬的身世之感,同时却也袒露了诗人传承自老庄哲学的通达超迈的人生态度,诗情与哲思在这里是水乳交融的。

另一个是黄粱美梦,典出唐人沈既济《枕中记》。这篇传奇小说记叙卢生落第后投宿于邯郸某旅店,得道士赐一奇枕,枕之入梦后享尽荣华富贵,醒来时黄粱米饭尚未煮熟。卢生从中悟得富贵无常的人生真谛而不复快快。所谓"黄粱梦",即由此推衍而出,后又衍化为"邯郸一梦""南柯一梦"。据此改编的小说及戏剧作品层出不穷,唐代有《南柯记》,宋代有《南柯太守》,元代有马致远的《邯郸道省悟黄粱梦》,明代有汤显祖的《邯郸记》,清代有蒲松龄的《续黄粱》。

和"蝴蝶梦"一样,"黄粱梦"也是历代诗人喜欢撷拾入诗、借以自嘲或自慰的意象。宋哲宗绍圣元年(1094),年近花甲的苏轼,由定州(今河北定县)知州贬往英州(今广东英德)为职。赴任途中写下《被命南迁途中寄定武同僚》一诗,中间说:"只知紫绶三公贵,不觉黄粱一梦游。"将"紫绶三公"与"黄粱一梦"相比照,凸现了自己失意之际参透人生玄机的复杂感受。而在此之前,唐宿州太守陈璠的《临刑诗》说:"积玉堆金官又崇,祸来倏忽变成空。五年荣贵今何在?不异南柯一梦中。"在即将命丧黄泉之际,终于领悟到原先苦苦挣来的富贵不过是"南柯一梦"而已。在此之后,金代诗人元好问的《过邯郸四绝·题卢生庙》从另一视角作冷峻的观照:"死去生来不一身,定知谁妄复谁真。邯郸今日题诗者,犹是黄粱梦里人。"更具反讽意味的则是清代一位落第书生的题壁诗:"二十年来公与侯,纵然是梦也风流。我今落魄邯郸道,要向先生借枕头。"明知梦醒即风流云散,却仍然渴望能在梦中体验锦衣玉食的公侯生活,哪怕只是短暂的一瞬。这就别饶意味地显示了"黄粱梦"难以抗拒的魅惑,见出构思之新奇。

这两个记梦、解梦的文学经典,和我们今天所追求的"中国梦"虽然没有直接的关联,内涵更是天差地远,却是我们在追溯"中国梦"的历史渊源和发展脉络时不可回避的环节之一,它们和其他许多经典一同,汇为"中国梦"的纷纭繁复的历史基因。

二

如果有理由认为中国是梦的国度的话,那么,诗歌则不失为梦的世界。记梦、述梦及解梦、圆梦是中国古典诗歌的一个重要题材领域,而这类可以被统称为"记梦诗"的作品,既是"巍巍乎高哉"的中国文化大厦的不可或缺的构件,也是启沃与沾溉"中国梦"的历史源头之一。

任何时空中的生命个体,都难免体验到生存环境的不尽如人意,而产生某种挫败感、失落感。他们本能地希望能以某种方式得到心理补偿和精神慰藉,于是,善于舞文弄墨的诗人便通过用诗歌营建幻想世界,即梦境的方式,来达到对自己失衡的身心进行补偿与慰藉的目的。这是古代记梦诗长盛不衰的根本原因。

在我国最早的诗歌典籍《诗经》中,"梦"已经粉墨登场了:"乃寝乃兴,乃占我梦。"(《小雅·斯干》)"牧人乃梦,众维鱼矣。"(《诗经·小雅·无羊》)当然,这还不是完整的记梦作品。待到继之而起的楚辞时代,传为宋玉所作的《高唐赋》已将楚襄王梦见神女的全程描述得完整而又详密了,其中"妾在巫山之阳,高邱之阻。且为朝云,暮为行雨。朝朝暮暮,阳台之下"云云,更成为后人屡屡袭用且不断翻新的名典,如李商隐《有感》"一自高唐赋成后,楚天云雨尽堪疑";元稹《离思五首·其四》"曾经沧海难为水,除却巫山不是云"。后代的言情小说,凡涉笔男女情事,则无一例外地写道"共赴巫山云雨",或者"不免云雨一番",如《红楼梦》第六回"宝玉初试云雨情"。不过,这已逸出"记梦"的范围,与我们的话题无关了。

古代记梦诗的主题之一是抒写兴亡之感,在梦境中一掬凭吊历史遗迹的伤心之泪。如李白《江夏赠韦南陵冰》说:"赤壁争雄如梦里,且须歌舞宽离忧。"此时的李白在长流夜郎的途中刚刚遇赦东归,侥幸脱却罗网的欣喜与功名毁于旦夕的悲慨糅合在一起,使他顿觉"赤壁争雄"的历史盛事已成梦幻。在且歌且舞、以宽离忧的自我劝勉中,触摸到的是往事不堪回首的深沉感慨。杜甫《咏怀古迹五首》其二说:"江山故宅空文藻,云雨荒台岂梦思。"这是诗人漂泊夔州期间因感怀宋玉事迹而作。诗人明言牵系其"梦思"的并不是世俗之人所艳羡的"云雨荒台",可知他在其中寄托了更为深刻的历史感悟和更为浩茫的家国情怀。而韦庄的《台城》则说:"江雨霏霏江草齐,六朝如梦鸟空啼。"诗人身处唐王朝大厦将倾之际,悲悼相继建都金陵却全部短命而终的六朝,其鉴戒之心实已跃然纸上。

古代记梦诗的又一主题是抒写相思之情。现实生活中不得与心上人长相厮守,便托之于梦,在梦中对诉款曲、曲尽缠绵。如韦庄《女冠子》:"昨夜夜半,枕上分明梦见。语多时。依旧桃花面,频低柳叶眉。半羞还半喜,欲去又依依。觉来知是梦,不胜悲。"梦中稍纵即逝的欢愉,益衬出梦后绵延不绝的相思之苦。又如张泌《寄人》:"别梦依依到谢家,小廊回合曲阑斜。多情只有春庭月,犹为离人照落花。"梦魂穿过曲折幽深的回廊,好不容易来到心上人身边,但见她独对落花,不胜怅惘,唯有多情的春月映照着她凄苦的容颜。而诗人的无限伤感正弥漾在对梦境的艺术刻画中。

记梦诗涉及的主题还包括怀乡、忆昔、悼亡、览胜等。怀乡如皇甫松的《梦江南》:"兰烬落,屏上暗红蕉。闲梦江南梅熟日,夜船吹笛雨萧萧。人语驿边桥。"诗人选取笛音、雨声、人语这三个诉诸听觉的意象,造成梦境与现实的融合,既展示了江南的朦胧美景,又寄托了其浓郁的怀乡之情。忆昔如李煜的《望江南》:"多少恨,昨夜梦魂中。还似旧时游上苑,车如流水马如龙。花月正春风。"亡国之君内心的深哀巨痛借由追忆往日鲜花著锦般的豪奢生活一泻无余,而梦境是其贯通今夕的津梁。悼亡如苏轼的《江城子·乙卯正月二十日夜记梦》:"十年生死两茫茫。不思量,自难忘。千里孤坟,无处话凄凉。纵使相逢应不识,尘满面,鬓如霜。夜来幽梦忽还乡。小轩窗,正梳妆。相顾无言,惟有泪千行。料得年年断肠处,明月夜,短松冈。"梦中的夫妻重逢,清楚地打上了生死之别的烙印。"尘满面,鬓如霜",暗示诗人宦海浮沉,辗转南北,身心俱已垂垂老矣。"相顾无言,惟有泪千行",点出亡妻亦难抑阴阳两隔、生死暌离的无边哀痛。生活的磨难,对于梦境的影响可谓潜在而又深刻。

至于抒写览胜旷怀的记梦诗,则往往"表里不一",梦中的幻境与梦外的现实有着巨大的反差。诗人刻意凸现这种反差,以表达他对现实的强烈不满。如李白《梦游天姥吟留别》:

> 海客谈瀛洲,烟涛微茫信难求。
>
> 越人语天姥,云霓明灭或可睹。
>
> 天姥连天向天横,势拔五岳掩赤城。
>
> 天台四万八千丈,对此欲倒东南倾。
>
> 我欲因之梦吴越,一夜飞渡镜湖月。
>
> 湖月照我影,送我至剡溪。

谢公宿处今尚在，渌水荡漾清猿啼。

脚著谢公屐，身登青云梯。

半壁见海日，空中闻天鸡。

千岩万壑路不定，迷花倚石忽已暝。

熊咆龙吟殷岩泉，栗深林兮惊层巅。

云青青兮欲雨，水澹澹兮生烟。

列缺霹雳，丘峦崩摧。

洞天石扇，訇然中开。

青冥浩荡不见底，日月照耀金银台。

霓为衣兮风为马，云之君兮纷纷而来下。

虎鼓瑟兮鸾回车，仙之人兮列如麻。

忽魂悸以魄动，恍惊起而长嗟。

惟觉时之枕席，失向来之烟霞。

世间行乐亦如此，古来万事东流水。

别君去兮何时还？且放白鹿青崖间，须行即骑访名山。

安能摧眉折腰事权贵，使我不得开心颜！

诗人借助非现实的梦中境界，表现了他对理想的追求和自由的渴望，寄托了他蔑视权贵、捍卫本真的反抗精神。梦中的诗人面对瑰丽的奇山胜景，越是心旷神怡、流连忘返，便越是透露出他在现实中彷徨失路、进退维谷。不独李白，这类记梦诗的抒情主人公大多在吟赏画山绣水时，着意披露自己不苟流俗、高蹈出尘、陶然忘机的旷达情怀，以求现实带给他的不平与怨愤得以消释于自然胜境中。理想与现实的龃龉，是这类记梦诗生成的原因。作者无力改变现实，便企求遁离现实、寄情山水，即使只能在虚无缥缈的梦中。这样，他们对梦境的艺术再现，就多少带有理想化的成分，并不无夸张之笔了。而不屈不挠地追求理想，这与我们今天所倡言的"中国梦"正有着共通之处。

三

不过,更加尖锐地表现理想与现实的冲突,同时也更能显现诗人的人格力量的,还是以抒写报国之志为主题的那类记梦诗。这是中国古代记梦诗中最为光彩夺目、最具震撼力的部分,当然,也对今天的"中国梦"发挥着巨大的影响。阙失了这类记梦诗,即使不能说"中国梦"成了无源之水、无本之木,至少可以说"中国梦"的历史脉络出现了断裂,其内涵也将显得有点空洞、不够圆融。

从总体上看,强国愿景与报国情怀是中国古典诗歌的主旋律之一,它有如一条红线贯穿于华夏民族的整部诗史中,也是古代记梦诗的核心内容。尤其是在外敌入侵、国势危殆的关键时刻,爱国诗人们挽狂澜于既倒、拯时局于已溺的报国热情便会不绝喷发,吟唱出惊天地、泣鬼神的时代心声。然而,由于权奸当道、执政昏聩,他们御侮抗敌的报国壮志往往受阻于残酷的现实而不得实现,这时,他们重整金瓯、驱逐强虏的强烈愿望便只能在梦中幻化为"金戈铁马,气吞万里如虎"的画面,久遭压抑而不得自由舒展的豪情壮志也只能在梦中尽显奇崛之态。于是,古代记梦诗中便平添了一道最为亮丽的风景线。

陆游是这类爱国诗人的杰出代表。他既是中国文学史上大力创作记梦诗的第一人,也是以记梦的方式曲折有致地抒写报国之志的第一人。清赵翼《瓯北诗话》曾为陆游做过一个很不精确的统计:"即如记梦诗,核计全集,共九十九首。"实际上,据今人仔细勘验,在洋洋洒洒的《剑南诗稿》中,仅题目标明"记梦"二字的就有 184 首。这些记梦诗几乎都是对其爱国情志的生动写照和艺术演绎。对此,钱锺书在《宋诗选注》中有过精辟的论断:"爱国情绪饱和在整个生命里,而且这股热潮冲出他白天清醒生活的边界,还泛滥到他的梦境里去。"

有人说"陆游的梦是与生活协调一致的,保持着不即不离的状态"。其实,更准确的说法应当是,陆游的梦与他的生活是紧密呼应、频繁互动的,却是一种逆向的呼应和反常的互动,它围绕着现实风雨的阴晴变化而剧烈地波动,呈现出一条大起大落、大开大合、变幻不定、成分复杂的情感曲线,折射出诗人"经冬复历春"的心灵的光谱。在陆游的记梦诗中,梦从来就不是一种无意识的行为和无意义的现象,而是其执一而求却又色调丰富的精神世界的艺术投影。他的梦境,以高度的幻想,浇灌理想之花,展现出对现实的毫无顾忌地异动,甚至是反动,让摧残其理想的黑暗现实在梦中得到矫正,而其报国之志则得到伸展与实现的广阔空间。较之"长歌当哭",这更能平衡他在现实中因报国无门失落到极点的心态。且看《楼上醉书》:

> 丈夫不虚生世间,本意灭虏收河山。
> 岂知蹭蹬不称意,八年梁益凋朱颜。
> 三更抚枕忽大叫,梦中夺得松亭关。
> 中原机会嗟屡失,明日茵席留余潸。
> 益州官楼酒如海,我来解旗论日买。
> 酒酣博簺为欢娱,信手枭卢喝成采。
> 牛背烂烂电目光,狂杀自谓元非狂。
> 故都九庙臣敢忘? 祖宗神灵在帝旁。

夜半抚枕大叫,是因为梦中终于得到请缨杀敌的机会,一路斩关夺隘、收复失地。而这正是诗人在现实中百般争取却不可得的。这就难怪他对梦境如此钟情了。赵翼《瓯北诗话》说:"人生安得有如许梦?此必有诗无题,遂托之于梦耳。"此语谬矣! 还是王士禛的《带经堂诗话》一语中的:"梦寐思建功立业。"唯因建功立业的愿望极度迫切,而又只有梦境才能为他提供建功立业的舞台,他才乐此不疲。再看《夜游宫》：

> 雪晓清笳乱起，梦游处，不知何地。铁骑无声望似水。想关河，雁门西，青海际。　　睡觉寒灯里，漏声断，月斜窗纸。自许封侯在万里。有谁知，鬓虽残，心未死？

词调下自住"记梦，寄师伯浑"。在诗人梦游的处所，铁骑肃立，整装待发，那是将与侵略者决一死战的雄师。但寒灯下一梦醒来，唯见"月斜窗纸"，诗人的沮丧可想而知。尽管如此，篇末他仍慷慨明志："鬓虽残，身未死！"诗人的难能可贵之处就在于：虽然梦境与现实的激烈冲突不免让他黯然神伤，却绝不气馁、绝不动摇、绝不放弃，无论身处何种境地，都固守救国理想和报国情怀，即便在老态龙钟乃至无法动弹的垂暮之年，他的记梦诗依然萦绕着抗金救国的未竟事业。其中，最为感人的是《十一月四日风雨大作》：

> 僵卧孤村不自哀，尚思为国戍轮台。
> 夜阑卧听风吹雨，铁马冰河入梦来。

深夜风狂雨骤，将诗人牵引入梦，而梦中呈现的则是"铁马冰河"的抗战场面。可见其报国之志老而弥坚、至死不渝。这在精神实质上与我们所理解的"中国梦"是息息相通的。钱锺书《谈艺录》说："放翁有二痴事：好誉儿，好说梦；儿实庸才，梦太得意，读之令人生厌。"这未免有点苛求古人。诗人梦中"得意"，盖因其救国理想以一种超越现实的自欺、自慰方式得到了实现："杀气昏昏横塞上，东并黄河开玉帐。昼飞羽檄下列城，夜脱貂裘抚降将。"（《九月十六日夜梦驻军河外，遣使招降诸城，觉而有作》）诗人在梦中成了所向披靡、令敌寇闻风丧胆的飞将军，何妨稍露"得意"之态？

岂止陆游的记梦诗如此，稍后于陆游的南宋爱国词人辛弃疾同样经常通过描写梦境与现实的背反，来倾诉自己报国无门的悲愤。如

《破阵子》：

> 醉里挑灯看剑，梦回吹角连营。八百里分麾下炙，五十弦翻塞外声。沙场秋点兵。　　马作的卢飞快，弓如霹雳弦惊。了却君王天下事，赢得生前身后名。可怜白发生！

前七句再现梦境，把"沙场秋点兵"的盛况渲染得何等雄壮：伴随着响彻军营的号角声，骏马疾驰，弯弓劲射，显现出无坚不摧、无往不胜的气势。由此，诗人益增澄清天下、建立不朽功业的豪情壮志。然而结句陡然一转，诗人从梦境跌入现实——现实中的他鬓发已白，却只能投闲置散。在那个投降派主导政局的专制时代，诗人的救国梦虽然激情四射、豪气干云，却终究只能是无法实现且难以持续的梦想而已！

贯穿在宋代记梦诗词中的爱国主义精神命脉绵延不绝，在风雨飘摇的晚清之际再度得到生动而又深刻的艺术表现。发出"苟利国家生死以，岂因祸福避趋之"（《赴戍登程，口占示家人》）的铿锵誓言的林则徐，也热衷"记梦"。《次韵答陈子茂德培》一诗写道：

> 送我凉州浃日程，自驱薄笨短辕轻。
> 高谈痛饮同西笑，切愤沉吟似北征。
> 小丑跳梁谁殄灭？中原揽辔望澄清。
> 关山万里残宵梦，犹听江东战鼓声。

他把侵我主权、掠我财富、辱我尊严的列强视为跳梁小丑，表现出极度的轻蔑，而将自己无辜被贬流徙，比作杜甫的"北征"，忠愤之情溢于言表。即便已沦为一介"罪臣"，途中"揽辔"，他仍然以扫荡妖氛为念，梦见关山万里，无处不震荡着驱逐强虏的战鼓声声。这种不计个人荣辱升沉而一心报国的情怀与前代的陆游、辛弃疾等志士仁人无疑是一脉相承的。

　　站在历史与现实的交汇处来审视"中国梦",可以说,中国梦有着丰富的历史积淀和清晰的历史脉络。它是富国梦、强国梦,基本内涵是国家富强、民族振兴、人民幸福的和谐统一。将其历史脉络铺展开来,我们可以看到,它实际上凝聚了历代以社稷苍生为重的志士仁人的理想抱负,是强国愿景与报国情怀在新的时代条件下的有机融合与升华,是矢志实现民族振兴的中国共产党人对前贤未竟事业的发扬蹈厉。它既是一张着眼于未来的理想蓝图,又是一幅致力于当下的现实画卷,应该成为我们在新长征路上奋力前行的精神动力。

原载于《浙江社会科学》2017 年第 7 期

凌云健笔意纵横

——潘天寿感怀诗探析

自从苏轼以"诗中有画""画中有诗"评鉴王维诗、画的艺术特征并成为千古不易之论后,"诗画相通""诗画一律"云云,便成为后代学者津津乐道的话题。由于王维、苏轼这样的兼擅诗画的艺术大家的相继横空出世,在许多人的印象中,诗与画这两种艺术门类之间似乎已不再存在难以逾越的"楚河汉界",诗人与画家似乎也消弭了各自的身份局限,隐然成为可以自由驰骋于两个相邻畛域的艺术全才。其实这是一种错觉。纵观中国艺术史,一个不争的事实是:诗人"能"画或画家"能"诗者众矣,而诗人"工"画或画家"工"诗者则鲜矣。这又意味着什么呢? 也许,其意味就在于:诗艺与画理虽有其相通之处,无妨相互渗透、相互借鉴,但二者毕竟各有其艺术壶奥,邻里高手傍其门墙易,登堂入室难!

唯其如此,那些屈指可数的诗画俱工者才显得格外卓荦不凡。也正是在这一意义上,我们需要对跻身于这一行列的潘天寿先生刮目相看。

一

毋庸讳言,在现当代艺术史上,潘天寿以画名世,其诗名久为画名所掩。在绘画领域里,其一代宗师的地位早已得到确认。在古典诗歌研究领域里，情形则不免有些尴尬：遑论普通读者，即便是专业研究人员，也只是在景仰其炉火纯青的绘画艺术的同时粗闻其诗名，并没有循其名求其实，"深度介入"其诗歌作品，对其诗歌创作才华获得较为系统、全面的认知。于是，在这一传统更为悠久的领域里，他也就"令名不彰"了。很难说这是一种不公，但至少这是一种遗憾——在通读《潘天寿诗存校注》①一书后，我不能不产生这样的感觉，因为掩卷沉思，我深感潘天寿的诗名虽不足与画名相埒，其诗才却绝非泛泛；较之某些浪得虚名的诗坛耆宿，其诗实有令人流连忘返的风光旖旎处；读其诗与观其画，可以产生同样的艺术快感。因此，知其画，不可不知其诗，一如知其诗不可不知其画。否则，兼擅诗画的艺术大家潘天寿就有可能遭到偏狭的解读。

潘天寿创作的古典诗歌题材广泛，而多聚焦于身边景和身边事，即兴生发，意到笔随。他以绘画之余力而作诗，诗歌作品的数量并不綮然可观。但其"感人亦深，移人亦远"，释放出的艺术魅力为文学史上的某些高产诗人所难以企及。《诗存》共收诗 316 首，校注者将其归纳为四类，即"感怀咏物 53 首，记游 130 首，题画、论画、论诗 91 首，杂咏 42 首"。其实，这四类作品的边界并不清晰，其间颇有交叉者。某些作品题为"记游"而旨在"感怀"，如何定其归属，难免仁智相左。同时，"杂咏"本身也不具备明显的题材属性，能否自立门户，尚可商榷。而将"感怀"与"咏物"归并为一类，似乎又忽略了它们各自的特征。但可以肯定的是，各类题材均有独出机杼的精品佳什，令人或耳目一新，或心旷神怡，或血脉偾张，或茅塞顿开。当然，在我看来，最富于艺术感染力的还是创作于抗日战争前后的感怀诗。

---

① 卢炘、俞浣萍校注：《潘天寿诗存校注》，中国美术学院出版社 1997 年版。

二

潘天寿这类感怀诗几乎都是感时伤世、忧国忧民之作。在这类感怀诗中,作者从不间断甚至从不间歇地抒发着自己刻骨铭心的黍离之悲,抒发着对祖国蒙尘、人民蒙难的惨痛现实的无尽忧思,从中触摸到的是作者始终与祖国和人民同呼吸、共命运的赤子情怀,以及穷且益坚、百劫不隳的志士操守。且看作品:

一

掠波燕子势无伦,翠壁丹岩绝点尘。
四塞烽火谁极目?江风吹上独吟身。

二

感时哀世意未安,临风无奈久盘桓。
一声鸿雁中天落,秋与江涛天外看。

三

虎踞龙蟠扼上游,剧怜千古帝王州。
欲因今夜矶边月,铁板铜琶吊石头。

四

泥马君王事劫灰,平沙无际水潆洄。
莫教此暂分南北,尽遣金人铁骑来。

——《登燕子矶感怀》

这组七绝为 1933 年作者登临南京燕子矶时的感怀之作,从题材类别看,当属由"咏史"脱化而来的"咏怀古迹"一类。唐代诗人杜甫、刘禹锡、李商隐等均擅长此类题材。就中,刘禹锡不仅在咏史与咏怀的结合上效法左思,而且继杜甫之后,将咏史诗导向"怀古""述古""览古"

"咏怀古迹"的方向,从历史胜迹和地方风物起笔来评论史事、抒发感慨,常常借古人之针砭,刺现实之痼疾;征前代之兴亡,示不远之殷鉴。从而赋予传统的咏史诗以更宽广的外延和更深刻的内涵。耐人寻味的是,其代表作《金陵五题》所咏风物及情境恰与潘天寿这组七绝相仿佛。燕子矶是六朝旧都金陵的名胜之一。值此"九一八"事变之后,置身历史圣地,怀想前贤名篇,作者油然而兴黍离之悲,于是将胸中沟壑尽化为笔底风雷,恣肆于字里行间。较之刘禹锡的《金陵五题》,神韵或有所不及,而感慨实有所过之。"感时哀世"云云,在某些力主"神余言外,寄有于无"的诗论家看来也许过于直白,但国事危殆,非如此不足以披沥肝胆和警醒世人。难能可贵的是,作者独立苍茫之际,虽也"无奈盘桓",且未能与"哀婉"绝缘,却不做悲伤态、颓唐语。"欲因今夜矶边月,铁板铜琶吊石头。"其胜处不惟在贯通古今和融合情景,更在于内蕴锋芒,别饶气骨。与刘禹锡《金陵五题》之一《石头城》中的名句"淮水东边旧时月,夜深还过女墙来"相比较,刘句不动声色地渲染了一种历史沧桑之感,以情思深沉见长;潘句则直抒胸臆,以壮怀激烈称胜。"莫教此堑分南北,尽遣金人铁骑来。"意存激励,而雄心可昭。虽为感怀之作,沁入读者心脾的却不是浅栖于草间的虫鸣之音,而是深潜于潭底的龙吟之声。

虽然忧伤,不失气骨;尽管彷徨,犹见伟岸。这就是潘天寿此类感怀时事之作的共同特征。读者从中更多地感触到的不是儿女态,而是志士情、英雄气。如:

> 劫灰难遣古今平,汉武旌旗尚有声。
>
> 不道仍多遗恨在,久疏跨海制长鲸。
>
> ——《雨中渡滇海》其三

岸天烟水绿粼粼，一桨飘然离乱身。

芳草满江歌采采，忧时为吊屈灵均。

——《渡湘水》其一

每忆秋中节，清光无等伦。

料知今夜月，怕照乱离人。

血泪飞鼙鼓，江山泣鬼神。

捷闻终有日，莫负储甘醇。

——《戊寅中秋避乱辰州，清晨细雨恐夜间无月作此解之》

日寇猖獗，国土破碎，生灵涂炭，满目疮痍。这一令人不堪直面的现实图景给这三首诗抹上了暗淡的底色。"不道仍多遗恨在"，"一桨飘然离乱身"，"血泪飞鼙鼓，江山泣鬼神"云云，传导出身处漂泊流离中的作者心底的颤音，其中也不免夹杂着几许怅恨、几多哀痛。但旋律低回，终不掩渴望恢复的志士情怀和同仇敌忾的英雄气概。"汉武旌旗尚有声"，化用杜甫《秋兴》诗"昆明池水汉时功，武帝旌旗在眼中"句，意在以汉武帝征讨南诏的历史事实激发时人的抗战勇气与信心。"久疏跨海制长鲸"，以"长鲸"喻日寇[1]，意谓制胜敌寇的消息已久未听闻。这自然是失望之辞，但失望的灰烬中仍跳跃着希望的火焰。"捷闻终有日，莫负储甘醇"二句便昭示了作者始终固守的抗战必胜、中国必胜的坚定信念。其中，"莫负"二字，囊括了多少难以直说的婉曲？又包含着多么殷切的期盼！"芳草满江歌采采，忧时为吊屈灵均。"作者凭吊爱国诗人屈原，不只是为了一掬伤心之泪，更是希望以屈原"虽九死其犹未悔"的爱国情操来唤醒世人、激励世人。这样的作品，谓之

---

[1] 唐刘知几《史通》卷五《叙事第二十二》："称巨寇则目以长鲸。"见上海古籍出版社 2008 年版吕思勉评点本。

"柔中有刚,刚柔并济",不亦宜乎?

三

河山沦陷、哀鸿遍野的人间惨剧,毕竟让作者触目神伤。于是,他便沉湎于史事,醉心于"读史""咏史",试图借古人之酒杯,浇胸中之块垒。《读史偶书》云:

> 半壁河山任小看,非关天堑限层澜。
>
> 恐扪虮虱闲王猛,故展棋枰付谢安。
>
> 三楚沙虫飞浩劫,八公风鹤奏奇寒。
>
> 炎黄帝胄原神种,牧马如何问马鞍?

此诗咏淝水之战,而淝水之战是中国战争史上以少胜多、以弱胜强的著名战例之一。"读书破万卷"的作者从浩如烟海的史籍中独拈出"淝水之战"一例加以吟咏,其用意是显而易见的:在部分国人尚有畏战情绪之际,以浓墨重彩渲染以弱胜强的历史特例,正是为了鼓舞国人不畏强暴、奋起抗争,亦即为了激发士气、激励斗志。"炎黄帝胄原神种,牧马如何问马鞍?"以反诘句式表达了作者对代代相挑的民族传统、民族精神和民族气节的极度信赖以及对自以为不可一世的日本侵略者的极度蔑视。

同一历史典故还被运用在《顾有》一诗中:

> 顾有头颅在,敢忘国步危。
>
> 八公皆草木,何处不旌旗。
>
> 人事原知愧,天心自可期。
>
> 蕾腾倚长剑,起视夜何其。

"八公"二句化用名典而另番新意,以充满理想与激情的夸饰之笔描绘出中国大地草木皆兵、抗战旌旗无所不在的现实愿景。与此相应，全诗无处不显示出作者以拯救民族危难为己任的昂扬姿态。"顾有头颅在，敢忘国步危。"开篇即披露了作者只要一息尚存便不会忘却国家危难的胸襟，有甘抛头颅、甘洒热血之意，与一味溺于感伤者判然有别，令人读之心潮澎湃，豪情激荡。"蹔腾倚长剑，起视夜何其。"以半梦半醒之中拔剑而起、怒视夜空的自我形象写照收束全诗，使得十分慷慨，又添十分。

当然，作者终究只是手无缚鸡之力的一介书生，既乏平戎之策，又无征虏之力，唯有企盼英雄再世，只手擎天，挽狂澜于既倒，拯时局于已溺。然而，放眼天下，英雄安在？君不见，披坚执锐的国军将领中固有"捐躯赴国难，视死或如归"者，亦多畏敌如虎、明哲保身、首鼠两端者。抚今追昔，作者不能不大声呼唤：

> 浪沙淘尽几英雄，倒海潮声岁岁同。
> 铁板铜琶明月夜，更何人唱大江东？
>
> ——《题江州夜泊图》其三

他多么希望在沧海横流之际能有更多的像苏轼那样高歌"大江东去"的雄壮节拍的人物挺身而出，显其英雄本色！《渡嘉陵》其二亦借古讽今："江涛终古挟云奔，一舸谁同祖逖论。"感叹时下缺乏祖逖那样击楫中流、矢志匡复的慷慨之士。在这里，历史与现实固然已浑然一体，鞭挞与激励也已惝恍难分。

四

"位卑未敢忘忧国"，此时的潘天寿既非权高位重的"显宦"，也非德高望重的"名绅"，而只是在艺术领域里崭露头角的一介布衣。然而,其爱国之烈、忧国之深,绝非那些显宦名绅们所能望其项背。在国难未已的日子里,他无时无刻不心系国事、情牵时局。于是,登山临水,原本为赏心乐事,他却了无心旷神怡之感:

> 直上最高顶,群峰眼底扫。
> 避世吾何敢,寻山愿不违。
> 岩花明谷雨,苔色上征衣。
> 欲求铸剑处,惟有白云飞。
>
> ——《登莫干》

> 为爱莫干好,重来云上岑。
> 时闻流水声,不觉入山深。
> 剑气回风冷,吴王霸业沉。
> 感时与怀古,微雨意萧森。
>
> ——《重游莫干》

自从孔子作出"仁者乐山,智者乐水"的经典论断以后,文人墨客无不"一生好入名山游"(李白《庐山谣寄卢侍御虚舟》),且大多"登山则情满于山"(刘勰《文心雕龙·神思》)。但潘氏登临浙江境内的莫干山,却似乎不仅仅是为了体验"仁者之乐",或者说不仅仅是为了修身养性和娱情遣兴。他应当还有更深的用意在。莫干山是春秋时著名工匠干将和莫邪铸剑之处,有着丰富的历史传说。他自然不会只着眼于它作为避暑胜地的绝佳风景,而更多的属意于它积淀千年的人文底蕴,试图由其一端引申开去,借以抒发别有寄托的情怀。作者亦复如此。"避世吾何敢,寻山愿不违。"不敢"避世",意即希求入世、渴望用世。在"暗淡了刀光剑影,远去了鼓角争鸣"的名山深处,始终以"入世""用世"为念,岂不表明作者胸中潮汐与笔底波澜始终与国事相呼应，没有一刻敢淡忘国耻、泯却国仇？"岩花明谷雨，苔色上征衣。"以"征衣"形容自己登山时的穿着，既不动声色地渲染了烽火连天、征战频仍的时代背景，又隐然有以"征人"自命之意，暗示自己随时愿意听从征召，为国效力。"欲求铸剑处，惟有白云飞。"时移世迁，几度兵燹，传说干将、莫邪铸剑之处，如今已无从访求；而作者希求利剑以斩凶顽的游山初衷，终究只是不切实际的一厢情愿。无疑，这中间糅合了诗人天真的幻想，甚至也不无书生的偏执和迂腐。但祖露给读者的却是一颗永远与祖国的脉搏一起跳动的赤诚之心。这是我们从前一首诗中解读到的。至于后一首诗，同样值得玩味。"剑气"一联谓历史的回风中剑气尚存，寒光照人，仿佛警示后人奋起；而当年雄霸天下的吴王则早已沉沦为世人不屑的一抔黄土，成为妄图屠戮邻国、称霸一时的侵略者的可耻写照。其中自有微言大义在。"感时与怀古，微雨意萧森。"揭示其登山之旨既为"怀古"，更为"感时"，而非属意山水本身也。"萧森"，语本杜甫《秋兴》诗"玉露凋伤枫树林，巫山巫峡气萧森"，恰到好处地点染了庄严肃穆的氛围，将作者"怀古"之幽思与"感时"之深意烘托得更加邈远。诸如此类的作品，目之为记游诗，或未脱皮相之见。窃意视之为感怀诗，才能搔着痒处。

确实，作者的爱国情思与生俱来，已不可磨灭地植根于其心灵深处，甚至已直接凝成其骨肉、化为其血脉。无论何时何地，只要祖国依然呻吟在血雨腥风中，遭受异族铁蹄的蹂躏，他就夜不能寐，情难自已。在十四年抗战的日子里，他曾多少回心系离黍，彻夜无眠！《丁丑冬避寇建德姜坞，梦醒闻雨感别》有云："闲情莫复问芭蕉，别后空山信寂寥。梦醒一灯青欲炝，不眠如昨雨潇潇。"此即为明证之一。即使在避难异国时，他也无法短暂地安憩忧念祖国的拳拳之心，自然界的一草一木，人世间的一笑一颦，莫不牵系着他敏感的神经，让他忧从中来，悲不自胜。《晚抵河内闻屐声作》诗云：

> 足趾相交记旧名，河山如昨世情更。
>
> 谁多彼黍离离感，一片晚风木屐声。

山河依旧，世事全非；万籁有声，莫不关情。"木屐"是日本民族习于穿着的鞋具。作者身在越南，听到晚风传来的阵阵木屐声，立即联想到正遭受日本侵略者践踏的祖国，心猛然为之揪紧，而流离失所的悲慨也就一发不可收拾了。

通读潘氏创作于抗战期间的感怀诗，鲜见不涉国事、无关时局者。作者的爱国情思往往如"万斛泉源，不择地而出"，汩汩流逝，化为或悲愤或雄健的歌哭。《读八大石涛二上人画展后》有云："气可撼天地，人谁识歌哭？离离禾黍感，墨渖乱滂沱。"作者推崇八大山人和石涛的绘画，盖因他们具有世俗之人难以解悟的真气节和真性情。在作者看来，他们的画作泼墨淋漓，正是为了倾泻黍离之感。《病余》有云："未谢围棋劫，敢忘蓄艾谋。"尽管自身命运像围棋打劫一样翻覆无定，作者却不忘积蓄力量，以期日后为国家效绵薄、为百姓谋福祉。这正是"位卑未敢忘忧国"的典型例证。《看明月桥晚步》有云："蓦然有所忆，何日靖烟尘？""举头望明月"之际，忆及家事、国事、天下事，作者惘然若失，怅触百端，不禁发出何时才能平息战乱的诘问。《答个簃海上》有云："何时烽火熄，抵掌共谈诗？"志同道合的友人天各一方，心曲难通；待得干戈止息，彼此抵掌夜话，共同探求诗中三昧，该是何等赏心乐事！同样表达了作者对胜利捷报的热切期盼。《流香涧》其二有云："团蕉何处可安身，剩水残山万劫余。"作者曾挥毫创作《残山剩水图》，寄寓国土破碎的忧愤。而在诗中也屡屡以"剩水残山"一词讽刺国军丢城失地、御敌无方乃至金瓯残缺的现实。《日久未得家书作此寄之》有云："海色秋驮千里雁，乡情云滞万金书。"在精妙的造句和工整的对偶中，曲折有致地抒发了"烽火连三月，家书抵万金"的忧国思家之情。其内蕴极为厚重，而艺术表现也几乎臻于炉火纯青的境地。《夜宿普陀息耒禅院南楼》有云："婆心岂惜杨枝水，不洗中原万劫尘。"由诘问苍天转为质疑观世音菩萨：既然以慈悲为怀、以济世为旨，为什么要吝惜净瓶中的"杨枝水"，不将它洒向神州大地，洗尽人间劫难呢？这貌似痴绝的问难，正见出作者因战乱无已而日益缭乱难理的心绪。《梦渡黄河》有云："时艰有忆田横士，诗绝弥怀敕勒歌。"时世艰危，作者格外缅怀田横那样慷慨赴难的忠义之士；而在诗祚中绝、众声嘶哑之际，作者更加渴望听到《敕勒歌》那般于悲壮苍凉中透出高亢雄健的时代强音。《登天台莲华峰拜经台作》其五有云："为问人天千万劫，忍将无语证莲华。"佛经中有《妙法莲华经》，此处之"莲华"，语意双关。天意难测，人间多劫。作者苦思不得其解，唯有去佛经中寻求答案。同时，栖心释梵，又何尝不是对现实苦难的一种消解呢？

五

报国无门，回天乏术。作为蕴蓄着无穷的艺术创造力的画家兼诗人，要宣泄内心的郁积，潘氏除了借助手中的画笔，便只有以诗遣兴了。于是，抗战前后，便成为他一生诗歌创作的黄金时期。他把诗歌当作残损的心灵的黏合剂和饱受折磨的精神的遁逃薮，当作如同布帛粟米一般不可须臾离开的生活必需品。他俨然自命为诗国的囚徒。《徒尔》诗云：

> 至道牛驮去，荒兵马未休。
>
> 劫深沧海立，天老塞鸿秋。
>
> 已尽三年哀，难医百世愁。
>
> 寂寥孟东野，徒尔作诗囚。

前四句慨叹至道无存，兵连祸结，面对人世间如此深重的灾难，天若有情,天亦老矣!"已尽"二句语本《孟子·离娄》:"今之欲王者,犹七年之病,求三年之艾也,苟不为蓄,终身不得。"作者化用此典,意谓自己内心郁积了太多的牢愁,轻易不能排解,犹如病重药少,难以治疗。"寂寥"二句以中唐苦吟诗人孟郊自况。元好问《论诗三十首》评说孟郊云:"东野穷愁死不休,高天厚地一诗囚。"潘氏早年诗风本近以雄峻奇险为归的韩孟诗派一路。张宗祥《潘天寿诗存序》以为"其古诗全似昌黎、玉川"。因此,与韩愈介乎师友之间的孟郊亦属其心仪的人物。在愁肠百结、化解无方的情况下,作者只有追步孟郊,自囚于诗了。"徒尔"点出其实不甘如此却又只能如此的无奈。

换一种视角来考察,潘氏这一时期的感怀诗固然是为自抒胸臆而创作,客观上却也映现出那一动乱时代的真实面影,折射出身处那一动乱时代的有良知、有抱负的知识分子的共同心态。这就具有了典型化的意义。誉之为"诗史",因其缺少杜甫《北征》《自京赴奉先县咏怀五百字》那样的鸿篇巨制,或许稍稍有些言过其实,但熟谙杜甫生平事迹的潘氏却是有心师法这位自己敬仰的诗圣,着意将诗史的元素更多地糅入诗中的。

诚然,以"诗囚"自命的潘氏,呈现出多样化的创作风格,并不"一味霸悍"。一个涉猎多种题材与体裁的诗人,如果执着于某种固定的风格,终非大家气象。因此,张宗祥氏所谓"陵峭横肆"固然是切合于某种题材与某种体裁的方家之言,却难以概括潘氏诗作的全貌。潘氏《论诗》诗有云:"汉魏递晋唐,辗转万门户。既贵有所承,亦贵能跋扈。"时人习以"跋扈"一词概括潘天寿诗之风格,或许源出于此。其实,细加寻绎,此间之"跋扈"并无"一味霸悍"之意,实可由其引申义训释为"突破""超越"。既要继承传统,转益多师,又要勇于突破,敢于超越。这是潘天寿的论诗主张之一,虽非未经人道的"独家秘诀",却是他一生固守的创作圭臬。

事实上,潘氏正是在转益多师、兼收并蓄中寻求突破与超越。这既是其不拘一格的艺术追求所促致,同时也是出于特定时空背景下心灵解脱的需要。《夜宿黄山文殊院东阁》其二有云:"极巅何碍群峰小,妙悟方知我佛空。""极巅"句乃由杜甫《望岳》诗"一览众山小"化出,隐约可见登高望远、积极入世的儒者情怀。"妙悟"句却又一脚跨入佛门,宣讲起万般皆空的佛家哲学。这二者看似不谐,其实并无抵牾。因为这正好从一个侧面揭示了渴望用世的作者自觉无力济世、却又不愿避世的矛盾心态。而要真切、自然地表现这种矛盾纠结的心态,只能采用"杂糅""兼祧"的取资方法。这也就决定了作者不可能专于一格或泥于一家,而必然转益多师,融合百家。

不过,潘氏创作于抗战时期的感怀诗却更多地师法以"沉郁顿挫"著称的杜甫,因为杜甫在安史之乱期间颠沛流离的遭际和忧国忧民的情怀恰与他相仿佛,而集大成的杜诗也为他感时伤世提供了诗史式的学习范本。这样,在他的感怀诗中也就经常能捕捉到杜诗的投影了。《其奈》诗有云:

> 甫也行歌陵谷迁,支离夔府又经年。
> 书空乞米天为帖,叱指点金人未仙。

"甫也"句意谓杜诗每能反映沧桑巨变,弥足效法,暗示自己是"萧条异代不同时"的追随者。"支离"句兼融杜甫《咏怀古迹》诗"支离东北风尘际,漂泊西南天地间"及《秋兴》诗"夔府孤城落日斜,每依北斗望京华"句意。"书空"句化用杜甫《对雪》:"数州消息断,愁坐正书空。"句句脱化于杜诗,却又了无痕迹,宛如己出,令人不禁赞叹其艺术功力的深湛。这种援典入诗的做法,可以有效地扩充诗歌的容量与张力,既为作者拓展了情感回旋的空间,也为读者预设了越界想象与寻绎的余地。而潘氏能做到如此出神入化地活用杜诗,一则因为这是大匠运斤;二则因为作者胸罗万卷,对包括杜诗在内的各种文史典籍可以信手拈来,随意挥洒。这在现代艺术家中,自然不能说是绝无仅有的,但恐怕可以说是罕有其伦的。

直到新中国成立以后,潘氏瓣香杜诗的行为,还作为一种积习,左右(或者说影响)着他的创作。《展旗峰晚眺》诗作于百废俱兴后的1955年,居然也以学杜相标榜:

> 如此峰峦信绝奇,写来出塞少陵诗。
>
> 不禁我亦思名马,一抹斜阳展大旗。

杜甫自号"少陵野老",有《前出塞》《后出塞》诗。《后出塞》有句:"落日照大旗,马鸣风萧萧。"眼前的奇绝山景,唤起了作者对早已逝去的战乱岁月的深刻记忆,于是他又沉浸在杜诗所描绘的战马嘶鸣、战旗招展的意境中,再度向往起"上马击狂胡,下马草兵书"的战士生活。而这又说明那段记忆虽然苦涩不堪,却也掺杂着一份"光荣与梦想",因而挥之不去,历久弥新。

潘氏创作于抗战时期的感怀诗,不乏通篇酷肖杜诗者。如《惊心》:

> 杜子支离鬓久丝,怎能了不为秋悲?
>
> 苍天真死黄天立,泥马已骖铜马驰。
>
> 但有河流清可俟,未容海渴止无期。
>
> 惊心涕泪衣裳满,闻会东南百万师。

首联与尾联均化用了杜诗名篇,依次为《咏怀古迹》:"支离东北风尘际,飘泊西南天地间。"《登高》:"万里悲秋常作客,百年多病独登台。"《闻官军收河南河北》:"剑外忽传收蓟北,初闻涕泪满衣裳。"《春望》:"感时花溅泪,恨别鸟惊心。"不过,如果与杜诗只有字句上的关联,那充其量仅仅是"形似"。此诗能与杜诗形神俱肖,还在于情感基调相同,情感趋向相近,即两诗都抒发了对艰危时局的忧愤和对胜利捷报的殷切期待。不仅如此,两诗还都运以"沉郁顿挫"之笔,起承转合间,既见意脉圆转,又见潜流暗涌。当然,需要指出,因为气性有别,就总体而言,潘氏的感怀诗有杜诗之沉郁,却鲜见杜诗之悲怆。虽然偶尔亦可见"谁问九疑青似昨,泪痕犹湿万花飞"(《渡湘水》其二)一类的哀恸诗句,却不似杜诗极其频繁地"凭轩涕泗流"。沉郁中见雄健,委曲中显峥嵘,这是潘氏感怀诗的独特个性。

在有关潘天寿诗风格特征的有限的评说中,"其古诗全似昌黎、玉川"的论断,似乎得到较多的认同。对此,我不敢表示异议;但说到以近体为主的感怀诗,我倒觉得其风格渊源确乎是近杜而非类韩了。

"凌云健笔意纵横",这是杜甫在《戏为六绝句》中对融合南北朝诗风的庾信的称许之辞。其实,也可以用来评说潘天寿诗,尤其是他的感怀诗。他以横绝诗、画两境的"凌云健笔"抒情言志,自然是纵横捭阖,莫不尽意。有诗如此而不予关注,岂非辜负斯文、唐突方家乎?

原载于《浙江社会科学》2010 年第 8 期

第五辑　书山览胜

评《唐宋词通论》

《唐宋词通论》(吴熊和著,浙江古籍出版社出版,以下简称《通论》)荟萃了吴熊和教授数十年研究所得,不惟"体大"——篇幅长达三十余万言,更兼"思精"——不乏真知灼见。庶几可为唐宋词研究补一空白。

但仅仅视《通论》为填补空白之作,似还对其学术价值估量不足。作者的结撰宗旨决不限于填补空白,而是力图在前人多方开拓的基础上,对唐宋词研究中各种言人人殊的问题做出总结性的说明,把唐宋词研究推向新的深度和高度,从而为治词者"导夫先路"。

《通论》凡七章。第一章"词源"先从词与燕乐的关系,探讨了"我国诗、乐结合的新传统";然后对唐五代词调的渊薮——唐教坊曲详加分析;接着又深入考察了词体的形成过程——从"选词以配乐"到"由乐以定辞"。第二章以下分别以"词体""词调""词派""词论""词籍""词学"为目,对唐宋词及其研究、评论工作作面面观,或"沿波探源",或"拨乱反正",或"张皇幽眇",或"蕴扬义理",所论多令人信服。本文不拟对《通论》多方面的学术成就条陈缕析,而仅就其突出的两个特点加以评述。

其一,历史感与时代感的融合——通古今之变,究因革之理。《通论》不仅以鸟瞰的方式从纵横两方面加以考察,勾勒出唐宋词发展演变的线索,而且站在今天时代的高度做出恰如其分、不偏不倚的审美评判,并进而揭示出包蕴于其间的客观规律。既不苛求古人,又不唐突今人;既还历史的本来面目,又为今天的社会主义文艺提供弥足珍贵的借鉴。《通论》的作者在这方面是做了卓有成效的努力的,即不是满足于历史现象的简单罗列和机械组合,而试图以马克思主义哲学、历史学、文艺学为指南,在由此及彼、由表及里地考察当时的社会背景之后,拨开历史的疑云迷雾,捕捉并显示唐宋词递嬗演变的轨迹,对其间的因革之理做出科学的阐释。作者以"通论"为书名,我想应当是包含"通古今之变"的意思在内的。这在第三章"词调"、第四章"词派"、第五章"词论"中体现得尤为明显。"词调"章不仅以大量确凿的材料,逐一论证了词调的来源、曲类与词调的关系、词调的异体变格、选声择调的具体内涵,而且运用"散点透视"与"定向开掘"相结合的多重分析方法,深入探讨了词调的演变过程。作者认为:"词调的演变反映着乐曲的因革和兴衰。"乐曲有着很强的时代性,随着时代风气的转移,乐曲总是代有新变,"即便是风靡一时的名曲,其流行的时间和地域亦有限。唐宋时期传唱百年、历久不衰的曲调,屈指不多。往往前一时期其声广被、妇孺皆知的,到后一时期不但响歇音沉,甚至连曲谱、歌法尽湮没无闻"。据此,作者抽绎出了唐宋时期词调演变的基本线索:唐五代及北宋时期,是词调创作最活跃、最丰富多彩的时期。唐五代词调以小令为主,齐言、杂言并存。北宋新声竞繁,众体兼备,词调大盛。而至南宋,由于出现了新的乐种、曲种、剧种,音乐文艺的重心发生了转移;同时由于南宋词崇高雅、严音律、同民间新声断绝联系,堵塞了词调的新来源,因此除词人自度曲外,"南宋词调发展呈现停滞,最后衰落"。这一合乎历史真相的见解启示我们:文学艺术的发展,既有外部原因可究,又有内部规律可循。"词派"章以"叙源流""论正变"为着眼点,将析派与辨体熔于一炉。作者认为,"词亦有史",词派就是词史的重要部分,或者说是词史的骨骼。因此,他试以敦煌曲、《花间》词、南唐词,宋代柳永、苏轼、周邦彦、李清照、辛弃疾、姜夔、吴文英诸家,以及宋亡后遗民词,分别代表唐宋词发展中的各个阶段和各个派别,兼派、体论之,而以论派为主,通过对其各师成心、迥不犹人的风格特征的甄别和递相祖述、代有新变的因革关系的辨析,使唐宋词的发展脉络跃然纸上,如可目接。作者的结论性意见是:"'江到浔阳九派分',唐宋词发展到一定阶段,就产生多派现象,这是很自然的。尤其是北宋中叶至南宋中叶这一个半世纪中,名家辈出,齐足并驰。他们都渊源有自,各称一格,绝不以婉约、豪放自限。因此,论唐宋词派,应该承认它的多元化;论唐宋词体,应该承认它的多样化,并从这个基本事实出发,来叙述唐宋词的历史发展。"这两个"承认",正是作者在该章写作中一以贯之的指导思想。就囊括的内容言,该章具有高度的浓缩力,稍加扩充和增衍,便可成为一部颇有分量的唐宋词史。"词论"章则致力于对两宋词论词评的钩稽和疏说。两宋词论词评是宋代词学的重要部分,也是我国古代诗歌理论批评的一个别开生面、自成体系的旁支,但现有文学批评史于此概付阙如。作者说该章"不过为现今一些批评史中的阙史权作补白而已",实际上,其钩稽既广,疏说亦详,且于递嬗演变之迹把握甚准、阐发甚力。如果说前章无愧于"词史"之称的话,那么,该章则足当"词论史"之名。"文变染乎世情,兴废系于时序。"作者充分注意到时代因素对词论家的审美心理的调制作用,把两宋词论词评放在广阔的时代背景上来观照和审视,以疏密相间的线条、详略有致的笔法,勾画出两宋词论词评与时俱移的演进轮廓,使读者获得对两宋词论词评形成、发展过程的完整认识和科学把握,了解到:唐代评论罕及于词,后蜀欧阳炯的《花间集叙》,或可视为词论之权舆;宋人词话始于元丰初杨绘的《本事曲》,多数偏于记事,重在品藻与议论的则较后起;苏门始盛评词之风,对推尊词体和推进词的评论起了重要作用;李清照创词"别是一家"之说,阐明了词体的音律、风格特点,为诗、词之别立下界石;

靖康之变后,词风慷慨任气,论词亦多重在家国之念、经济之怀;南宋后期论词,重点转向讲习与传授词法,这一过程始于姜夔,而备于张炎;鼓吹苏辛词风的,不如姜张后学之盛,但在金元末及南宋末,也并不寂寞;张炎《词源》是周邦彦、姜夔一派词学的总结,它同时反映了宋词的最终衰落——《词源》"过尊白石,但主清空",而身处国破家亡的时代巨变,却一味醉心于"清空",只能看作是逃避现实之一途。因此,"清空"之说是宋末词风之弊在理论上的表现之一。显然,只有具有深沉的历史感和鲜明的时代感,并将二者糅合为一,才能做出如是审慎而又精当的论断。这也正是此著比吴梅先生的《词学通论》、胡云翼先生的《宋词研究》和《中国词史大纲》等书的新颖之处。

其二,网罗力与品鉴力的融合——集诸家之成,立一家之说。所谓"网罗力",是指独具"只手",善于旁搜远绍,爬梳剔抉;所谓"品鉴力",则是指独具"只眼",善于赏奇析疑,擘肌入理。《通论》所论列者,几乎兼该了唐宋词研究中的所有问题,这就需要"大量的、批判地审查过的、透彻地掌握住了的历史资料"(恩格斯《论马克思的〈政治经济学〉》)作为推论的基础。为此,作者积数十年之精力,"口不绝吟于六艺之文,手不停披于百家之编",钩沉辑佚,博采众收,以图聚沙成塔,集腋成裘。据粗略统计,《通论》参考及征引古今图书近千种,堪称搜罗宏富。即从"词籍"章而言,作者据宋人载籍、书目及今传宋本,辑得丛刻、总集、别集、词话、词谱、词韵等各类词籍百余种,细加考订,自版本源流至内容异同,无不详为甄辨,务求审核。作为集成之著,《通论》对自宋及今历代词学家的研究成果,概加吸收,而又决不盲从,该补充者补充,该辨正者辨正,该献疑者献疑。如"词源"章论唐曲,多引崔令钦《教坊记》及任二北《教坊记笺订》为证,但同时又指出,该书"所记曲名,有些可能为后人增补,未必尽是盛唐时曲,个别或出于中晚唐,对这些乐曲的时代,还须慎重考核"。"如《奉圣乐》,《新唐书·礼乐志》谓贞元中南诏所献;《泰边陲》《杜阳杂编》谓唐宣宗制;《别赵十》《忆赵十》,《诗话总龟》引《卢氏杂说》,乃懿宗朝恩泽曲子。"虽仅片言只语,似信手拈来,却可纠前书之失。又如"词派"章论柳永,既谓唐圭璋先生《柳永事迹新证》"从宋人笔记、宋元方志中搜讨其仕履事迹,略可窥其生平",又抉出若干遗留问题,粗陈疑窦,诸如"定柳永的生年为雍熙四年(987),似乎稍迟";"定柳永为景祐元年(1034)进士,亦嫌稍迟";等等。为示无掠美之意,凡引用他人成说,作者一律于行文中点出或注释中标明。正因博采众家、细大不捐而又"明其义类,约以用之",就占有的材料而言,《通论》已臻于完备和精审的程度,似为前此的词学专著所不及。

但"集成"并非作者撰著《通论》的全部意图。作者一方面力图"收百世之阙文,采千载之遗韵",集诸家之成;另一方面又力图"谢朝华于已披,启夕秀于未振",立一家之说,即见前人之所未见,发前人之所未发。因此,《通论》既是集成之著,又是创新之著。作者深以"寄人篱下而拾其余唾"为耻,凭借其深刻的观察和敏锐的思辨,每能于前人或他人不到处别生只眼,寄妙理于陈规之外,出新意于故纸之中。纵览全书,但觉灵采焕发,新见如涌。例如评述词家巨擘苏轼的不世之勋,称道其"扩大词境""提高词品""改变词风",虽然语工意切,颇见整饬之美,终究早已为他人所言及,非属创见。但继而赞扬其"推进词律",则乃作者灵光独运。作者认为:诚然,苏轼不善唱曲,因而其词有不入腔处;但苏轼并非不能歌,他曾自歌《古阳关》,其词有不少是协律合腔、传唱不衰的。他要突破《花间》、柳永樊篱,在用调上自也不能不另辟蹊径,以求声、辞相合。"他着重引进了不少慷慨豪放的曲调为词,像《沁园春》《永遇乐》《满庭芳》《洞仙歌》《贺新郎》《念奴娇》《水调歌头》《哨遍》《醉翁操》这些词调,有的是自度腔,有的是他最先使用,有的则是经他运用而后获得流传与推广的。它们后来都成为词人习用的熟调，就是通过苏轼的媒介的。"因此，"他对北宋慢词的兴盛，也有草创与开拓之功，其作用也许不在柳永之下。""苏轼作词，'曲子束缚不住'，在大体遵守音律的基础上，对词的句法、叶法时作个别变动。这当然是词律所允许的。但也表明苏轼词以意为主，不拘守词调原有词律句法的特点。""同时，苏词中一调多体的现象也较多，这对发展词调、打破词律的僵化和词调的凝固化，也有其积极意义。"这些精湛的议论，尽管治词者未必皆予首肯，但作为持之有据、言之成理的一家之说，却足以使人耳目一新。又如论苏轼词风，作者也独持新见，深中肯綮地指出：前人以"豪放"或"韶秀""清雄"论定苏词，实有以偏概全之嫌。"但一鳞一爪，不失其真，诸家所见，应该并存而不废。"揆之苏词，"豪放与婉约两种风格并不互相排斥。若以刚柔论词，倒是体兼刚柔，刚柔相济的。""刚健含婀娜"，这一苏轼自评其书语，实可移用于其词——"刚健是苏轼词风的主导方面，婀娜则是其词不可或缺的成分。"较之前人旧说，这一论断显然是搔着了痒处的。再如论温庭筠词，作者自段成式《嘲飞卿七首》中觅得明证，强调温庭筠以宫体与倡风入词，并非"空中传恨"，而是以他的"狭邪狂游"为背景，以他的青楼恋情为内容的。这一点过去未引起注意，但读温庭筠词却不能不知。立此一说，温词研究中的若干疑点便迎刃而解、昭然大白。对词人、词派的研究，作者颇多创见；对词作、词籍的研究，也时有发明。如辨别托名李白的《菩萨蛮》《忆秦娥》二词的真伪，所举诸条理由，皆出前人视野之外，足备一案；探测宋人词话的滥觞，则一反李调元《雨村词话》和沈曾植《护德瓶斋涉笔》之说，论定杨绘《本事曲》为宋人词话之始。诚然，梁启超《记时贤本事曲子集》已称《本事曲》为"最古之词话"，但语焉未详，不似《通论》言之凿凿，因而未足为凭。诸如此类，殆难枚举。显然，作者是达到了其既定宗旨的。

"操千曲而后晓声,观千剑而后识器。"《通论》的作者积年从事诗词教学、研究和创作,深明诗词鉴赏之道,故而对行文所涉及的唐宋词名篇,每能探其胜概,揭其意蕴,析其精微,"接古人思绪于千载之上,得名理慧解于艺海之中","为读者指引进入古代作家艺术之门的津梁"(吴熊和、蔡义江、陆坚合著《唐宋诗词探胜·前言》)。作者的"品鉴力"于此亦可见一斑。如析柳永《望海潮》(东南形胜)云:

> 首起一句叙形势之胜,"烟柳"三句状都市之盛,"云树""怒涛"言钱江壮阔,"珠玑""罗绮"言士民殷富。下片前半段专咏西湖,从湖山全景、四时风光、昼夜笙歌、湖中人物四个方面写西湖美景。最后则作颂词,归美郡守,词中有总叙,有分写,亦可谓铺张扬厉了。

析苏轼《念奴娇·赤壁怀古》云:

> 从长江的滚滚东流,感到时光的流逝和历史的演变,忆想起一代又一代的风流人物,把眼底心头的江山、历史、人物一齐推出,而又完全熔铸在一起,视野之大,胸次之高,在词中是空前的。

析辛弃疾《摸鱼儿》(更能消几番风雨)云:

> "何意百炼钢,化为绕指柔。"《摸鱼儿》也是辛词正体之一,它以雄豪之气驱使花间丽语,在悲凉的主旋律上,弹出百转千回、哀怨欲绝的温婉之音,"与粗犷一派,判若秦越"。

析姜夔词中名句云:

> 这些词句,既不施朱傅粉如柳、周,又不逞才使气似苏、辛,韵度高绝,辞语尔雅,为宋词带来了新的意境格调。南宋后期,对姜

夔一时靡然从风，主要就是被他这种词风所吸引。

从上引诸例可以看出，作者鉴赏、解说词作时，不仅"无私于轻重，不偏于憎爱"，"平理若衡，照辞如镜"，而且，宏观研究与微观分析是并行而不悖、相得而益彰的。每能入词人之毂，发词意之隐，给读者立体式的感受。无疑，只有深受马克思主义美学濡染的新时代的词学家，才能有如此识见，如此笔力。仅此一端，就使由宋至清的旧词学相形见绌。

就文字言，《通论》既是"信"文，又是"美"文。作者具有娴熟自如地驾驭文字的技巧，每每意到笔随，思发辞至，以凝练、省净、整饬、优美的语言启人深思，引人入胜。不妨随拈一例，以飨读者。如论辛弃疾《沁园春》(叠嶂西驰)的一段文字：

> 这时他投闲乡居多年，但视群山如万马回旋，视长松如部曲森然，在庵中观赏绵亘百里的山势和遍山的长松茂林，犹如一个威重的指挥官在检阅他那训练有素、部伍严整的旧部一群，令人记起他曾是个叱咤风云的嘈唶宿将。

> 辛弃疾的这种词风，主要来源于他的时代与他的思想性格。在需要长枪大戟战斗的时代，他忠怀忧国，慷慨论兵，必然创造出一种踔厉风发，暗呜沉雄的新的词风。即使屡遭谗沮，也不夺其志，发为郁怒悲壮的英雄感怆，绝不是通常那种"士不遇赋"……

不仅迸发出熠熠的思想火花，而且笔墨酣畅，文彩炳焕，从而增强了可读性，给人运斤成风、游刃有余之感。这在较易流于枯燥、平板的学术著作中，似乎尚不多见。或许，这也可视为《通论》的特色之一。

　　自然，"学无涯，思亦无涯"。《通论》固已取得可喜可贺的成就，但随着唐宋词研究的进一步深入，尚可续写出新的篇章。因此，我们殷切期望作者以继往开来为己任，倍思奋励，不惮其难，早日结撰出广度、深度及高度更有过于《通论》的新的词学专著。同时我们也衷心希望以《通论》的出版为开端，唐宋词研究领域能呈现新气象、开创新局面。

原载于《文学评论》1985 年第 6 期

评《唐宋词史》

　　审视词学研究的历史流程及其走向，我们不无振奋地发现：肇于宋而盛于清的词学，正借助整个文学理论界变革观念和方法的热潮，酝酿着由微观走向宏观的突破。其显著标志是，一批富于开拓精神的词学研究工作者不再满足于对单个词人的考辨及单篇词作的疏证，而力图运用整体观念和系统思想，对唐宋词研究领域的一些覆盖面较大的问题进行全方位的观照，不仅勾勒出唐宋词递嬗演变的轨迹，而且揭示出其中的某种特殊规律。作为其突出成果，杨海明同志《唐宋词史》（江苏古籍出版社 1987 年出版，以下简称《词史》）的问世，昭示了这种开拓的蓬勃生机和广阔前景。

　　这是继《唐宋词通论》之后出版的又一部词学研究力著。我们对它"刮目相看"，不仅仅是因为它具有"填补空白"的意义，更重要的还在于它对计划撰写中的宏观文学史起到了奠基作用。正如人们已经意识到的那样，新中国成立以来编写的各种中国文学史，作为微观研究的累积，大多是作家作品论的块状堆砌物，缺乏贯通的脉络和完整的体系。有鉴于此，编撰出一部从总体上把握各种文学体裁、文学思潮、文学流派的发展演变规律的宏观文学史，已成为一种饱含焦灼感和紧迫感的普遍呼声，而这又恰恰是时下方兴未艾的古典文学宏观研究的主要任务之一。诚然，产生这样一部宏观文学史的时机目前尚未成熟，但由于许多研究者的辛勤开拓，通往宏观文学史的道路正一点一点地向前延伸。而《词史》虽然也许还不足以构成未来的宏观文学史的主干部分,但作者的着力点却恰好是在走向宏观的中介处。因而,它对未来的宏观文学史所起到的奠基作用是毋庸置疑的。从这一角度来考察,《词史》出版的意义岂不更为深远?

其实,这种走向宏观的努力,在作者的《唐宋词风格论》一书中已奏其效。因此,《词史》只是作者的一次更全面、也更成功的尝试。全书四十余万言,除后记外,凡十四章,几乎每一章都给人视野宏通、别开生面的观感;而所谓宏观研究,视野宏通、别开生面应当是其最主要的标志。我们将《词史》与未来的宏观文学史联系在一起,正源出于此。

视野的宏通,首先表现在作者不仅注意将研究对象放大,而且注意对放大了的研究对象进行多角度、多方位的综合考察。唯其如此,我们所看到的《词史》便不是彼此割裂的作家作品论的简单连缀、拙劣拼合或生硬迭加,而以其紧密的内在联系,构成一个有机的整体,呈现出"史"的继承性和发展性。在第一章"序论"中,作者便欣然亮出他对于唐宋词的"整体观"。在作者看来,词作为一种"狭深文体"和"心绪文学",能在"更深的层次上揭示深蕴在人类心灵底层的某些情感",同时也能在"更为细腻和窈深的意境中显示人类长期凝贮起来的心理积淀"。而所谓"词境""词心",构成其内核的便是对于人生、社会及宇宙的忧患意识。由于唐宋词与忧患意识的关系殊为密切,整部唐宋词的发展史便不可避免地带有"悲剧性"和"伤感性"的总体特色。涉笔至此,作者又从"地域文化"的角度进一步加以考察,于是发现:"江南多水"帮助造就了词境的柔媚性,"斜桥红袖"帮助造就了词情的香艳性,"江南小气"帮助造就了词风的软弱性。这样,唐宋词在其整体上便又表现出南方文学的特性,其主体风格属于"柔美"类型。依赖于这种"整体观",作者不仅透视了词境由诗境伸延、衍化而出的历史过程,而且对唐宋词由"少"到"老"、由"春"到"冬"的发展轨迹进行了科学的显影。随着作者的广角镜的推移,我们有幸了解到:唐宋词史,约略可以分为前后两期,而以宋室南渡为分水岭。前期犹如它的少年和青年时代,又如它的春夏两季,其词多写"少年心""风流情",风格偏于嫩、艳、婉,后期犹如它的中年(壮年)和老年时代,又如它的秋冬两季,其词多写比较广泛的人生感慨,风格趋于老成、雅净并部分地转入劲直。前者犹如春葩初放、繁花盛开,在艳丽中吐露出青春的芳泽;后者犹如秋叶茂盛、冬叶衰飒,在"橙黄橘绿"和"木叶脱尽"中传递出成熟和衰落的信息。而这种由"春"到"冬"、自"少"及"老"的转变契机,则是由北宋中后期的两位大词人——苏轼、周邦彦所表现出来的。显然,这正是作者将唐宋词发展的全部历史事实纳入视野加以立体式的鸟瞰后所获致的认识。尽管它能否成为人人首肯之论尚难遽断,但至少在拓展读者的思维空间方面,它具有"导夫先路"的意义。

宏通的视野,不仅表现在对于唐宋词的"整体观",即便是对唐宋词发展链条上的每一细微环节,作者也绝不作孤立的静态描述,而力求在有机的动态考察中进行宏观的把握,抽绎出其"发展""演变"的线索,显示出"史"的过程与趋向。这样,便避免了环节之间的脱钩,使得环环相扣、节节相续。例如在考察唐五代民间词时,作者便通过动态的透视,将"这些前后跨越三百多年历史的作品",衍化为一段流动的发展简史,并披示了其三方面的发展趋势:其一,民间词的"产地"有农村,有边塞,但是似乎已经有了向城市,特别是向商业发达的城市集中的趋势;其二,在唐五代的民间词中,叙事的成分还保留得较浓,但"言情"和写景的成分却也有了很大程度的发展,这预兆着词将沿着"深"和"细"的抒情方向发展而去的趋势;其三,民间词的风格以质朴、清新为主,但由于经过文人作者的润色和影响,也呈现出"由朴向华""由粗到细"的发展趋势。作者以为,正是由民间词中的这三股发展趋势,引出了唐代文人词所具有的种种特征和特色。与此相映带,作者对唐五代文人词亦加以全方位的扫描,使存在于其间的两条发展线索从纷繁的头绪中凸现出来。这两条线索,一是由爱情意识的萌生、"发动"始,到忧患意识的潜入、"勃发"止,所谓"乐极而生悲也";一是由"类型风格"的奠基始,到"个人风格"的建立止,所谓"变伶工之词为士大夫之词"也。作者敏锐地发现:整个晚唐五代词的"主思潮",便是由爱情意识和忧患意识交织而成的。它们既"交叉""交互",又"交替""交换"。由于"交叉"与"交互",所以它们常在痛苦中写甜蜜,在甜蜜中写痛苦;在绮情中写哀怨,在哀怨中写绮情;在冬天里写春天,在春光中写悲秋。这就使它呈现出一种复合的立体的抒情风格。又由于"交替"与"交换",所以花间词多写欢乐,南唐词多写苦闷;而这两者又都深刻地影响到了后来的两宋词坛。这一发现,岂不是作者的宏通视野和深刻识鉴的又一令人信服的佐证?

同样,对于单个词人及单篇词作,作者也努力把它们放到唐宋词发展的历史长河中加以观照,逐一阐明其继往开来地位和承先启后作用,而不是平面地机械地对其思想艺术特色进行概念化、公式化的演绎。虽然作者更多地"以作家和流派的群体组合作为论述的对象",但由于构成唐宋词史的最小单元毕竟是具体而微的词人词作,所以作者不能不对此也投放较多的注意力。如果机械地对"微观"和"宏观"加以界定,对单个词人及单篇词作的论列当然属于微观研究的范畴,但作者既然不仅注意审定他们在漫漫历史长河中的位置,而且致力于考察它们如何与当时的社会心理、时代意识、审美思潮"风云际会",这便又带有宏观研究的性质,同样可以见出作者宏通的视野。如第七章论述苏轼词时,作者既对其"士大夫化"的特征加以条分缕析,更通过"上下求索",揭示出这种特征的生成及嬗变之迹:在苏轼以前,词坛上实际早就有了某种程度的"社会化"倾向,苏轼的完成"士大夫化",正是这种倾向继续发展的产物。而所谓词的"社会化"倾向,是相对于词的

"艳科化"而言的。由"艳科化"到"社会化"的演进,可以视为具有"嗜土"本性的词向社会生活土壤的一种回归。随着北宋社会矛盾的进一步激化,这一回归运动加速向前发展。它们集中而突出地表现在苏轼词中,从而形成了它的"士大夫化"的特征。这里,既有"点"的透视,也有"线"的观照,更有"面"的扫描。第六章论述柳永词时,作者则聚焦于其"以俗为美"的特色——这种特色正是将词从贵族的"文艺沙龙"引向市井坊曲的结果。由此生发开去,作者又将视网移向柳词对于传统词风的"放大"和"深化"——这正是柳永在唐宋词发展史上的主要贡献之一。于苏轼、柳永这样的大家、名家固然如此,即便是对张舜民、李光等鲜为人知的小家,作者也每每将微观的分析、解剖与宏观的考察、描述"打成一片",在宏观中统率微观,在微观中展现宏观。而要做到这一点,既需要"纳须弥于芥子"的笔力,也需要"察秋风于青萍"的识力自不待言。

或许,正因为作者具有超越时空的宏通视野,善于沿波探源,蹑迹追踪,所以每能在他人不到处别生只眼,洞察幽微,推见至隐。披览《词史》,我们不能不为作者挥洒在字里行间的真知灼见所深深地吸引。如第三章指出李煜《浪淘沙》词由"郁结"开始、以"奔放"收尾,由"沉着"开始、以"飞动"收尾;这种写法"正表现了他内心巨大的感情悬差和那大开大合的沉雄笔势"。第五章以为晏几道词在抒情方面的特点是多以"追忆"的手法,向读者敞开其内心的创伤,又多以感情"外射"于物的手法,反照其内心的悲感。第八章强调周邦彦好用历史典故和前人成句的做法,是婉约词发展到周词阶段因其"真情稍衰"而产生的"补偿性"现象——因为内容上相对贫乏,作词者便不得不向前人的诗歌中去乞讨意境,捋扯词藻。第十二章评述姜夔把传统的宛如"柳枝"一般的香软词风,"嫁接"以"梅花"一般的高雅品性,于是形成了柳品与梅品相统一的"幽韵冷香"式的新词品。诸如此类,都是富于创造性的见解,不失为作者的"独得之秘",足以使读者耳目一新。而说到底,这当然也有赖于作者的宏通视野。

那么,宏通的视野又从何而来?窃以为首先来自作者的哲学意识和审美意识。有识者曾经指出,古典文学研究包含两个层次:"第一是现象描述的层次,第二是哲学抽象的层次。"所谓"哲学抽象",从普泛的意义上说,它是一种超越时空的理性思维,最终导向艺术哲学的最高建构。无论是微观的穿透,还是宏观的把握,都需要进行哲学抽象。而一部《词史》,正深深浸润着哲学意识。即便仅从"升平时代的两大侧面""北宋文化的两大层次""北宋文人的多重人格"等小标题,也可以看出这种哲学意识是怎样拓展着作者的视野,又是如何贯穿着《词史》的血脉。至于审美意识,则使作者跳出了社会学、伦理学的窠臼,获得了新的观照角度:不是对唐宋词进行道德上的评判,而是对它进行美学上的探究,透过光怪陆离的现象,准确、精当地揭示其美学内涵,并进而折射出那一时代的审美心理。除此而外,恰当地移植和借鉴新学科、新方法,也对拓展作者的视野不无裨益。看得出,在论列过程中,作者吸取并融化了心理学、地域学、民俗学等其他学科的研究方法,从而使"批判的武器"得到多方砥砺,更富于开拓性和穿透力。与此相适应,作者用以描述的语言不仅生动、优美,而且带有浓郁的时代气息。这由用作小标题的"爱情意识在文学领域里掀起的'第三次浪潮'——从《香奁》诗到《花间》词的过渡""被时代所召唤回来的'男子汉风格':辛派爱国词"等语即可稍窥一斑。

毫无疑问,视野宏通,才能别开生面。作为一部视野宏通、别开生面的填补空白之著,《词史》充分体现了作者在从事宏观研究方面的优势。诚然,如果根据研究对象的不同,将古典文学研究这块古老的领地划分为几个区域的话,那么,唐宋词研究区域因为研究者们过去着力较多、开拓较深而显得格外古老。这意味着由于微观研究的深广,一方面在这一区域很难找到新的一隅来树藩插篱,另一方面在这一区域开展宏观研究也有着更坚实的基础和更便利的条件。《词史》一书,正是作者凭借其敏于鉴察、善于发明、长于融合的优势,对宏观研究的大胆实践。既然是带有一定首创性的实践,不免偶有力不从心或失察之处。如第一章在显现唐宋词史从"少"到"老"、由"春"到"冬"的发展过程时,作者固然显得游刃有余,但论及推动这一发展过程的主要原因之一"时代风会"时,尽管同样不失高屋建瓴的气势,却稍稍给人以浮泛之感。又如第二章为"宋代民间词"专列一节,是其独到之处,但其中所列词作,如《水调歌头》(平生太湖上)等篇似无民间词况味,或许视为佚名文人所作更为恰当。不过,这一小小的缺憾倒使我们更清醒地意识到其实践的艰巨程度。我想,如果有更多的研究者踵武其后,以宏通的视野、邃密的思辨,在走向宏观的中介处开拓,那就必将大大加快宏观文学史的编撰进程。我之所以对《词史》的诸多特色姑置不论,而仅着眼于其走向宏观的努力,应该说,正是出于这样的考虑。

原载于《文学评论》1989 年第 3 期

评《千首宋人绝句校注》

倘若顺乎时尚，以"宏观"和"微观"来划分古典文学研究领域的话，那么，"校注"无疑属于微观研究的领域。尽管从终极的意义上说，校注的作用在于为宏观把握艺术世界廓清障碍，但如果仅仅将校注视为古典文学研究的辅助手段，则未免低估了它实际占有的地位。这门学问早在汉代即已发轫，积于今，自是名家辈出，名著如林，而李善《文选注》、仇兆鳌《杜少陵集详注》、钱锺书《宋诗选注》等则为其中翘楚。进入新时期以来，随着古籍整理热潮的兴起，校注这门学问在新的历史条件下得到了进一步的发扬。其标志之一是，数百种颇具特色的古籍校注本相继刊行。就中，吴战垒新著《千首宋人绝句校注》（浙江古籍出版社 1986 年出版，以下简称《校注》）则是引人注目的一种。

引人注目的一个原因是，作者所校注的《千首宋人绝句》不失为别具识见的宋诗选本。编选者清人严长明仿南宋洪迈《万首唐人绝句》之例，而去其尚奢之弊，严加拣别，精为甄采，尽管宋人绝句的数量远过于唐人，却仅入选千首。清代诗论家潘德舆认为它"较之洪容斋《万首唐人绝句》，纂次较核，所选诗皆有可观，亦较胜王渔洋《万首唐人绝句选》本"。（《养一斋诗话》）诚然如此。严氏视野开阔，不拘于某家某派，所选 365 家诗，包括不同社会阶层和不同风格流派的佳作，较为客观地反映了宋人绝句的风貌和成就。该书初刻于乾隆三十五年(1770)。1927 年，商务印书馆出版线装排印本，至 1936 年，共印四版，可见颇受读者欢迎。然而，新中国成立后，作为对历史上的唐宋诗之争的一种不无偏颇的继续和发展,学术界在膜拜唐诗的同时,对宋诗作了不恰当的贬抑。一时风气如此,该书之遭受冷落也就不足为奇了。近几年,由于解除了精神桎梏,人们开始有意识地纠正过去的偏颇,宋诗的地位随之回升,对宋诗的研究也日见加强。在这种情势下,该书校注本的付梓行世,自当成为宋诗研究方兴未艾的一个信号而受到特别的关注。

但这仅仅是《校注》引人注目的外部原因,更深刻的内因则在于《校注》本身的学术价值。《千首宋人绝句》向无校注本,宋诗注本亦寥寥可数。这意味着作者在从事这项巨大工程时可取资者甚少;其成书之不易,一如"筚路蓝缕,开启山林"。而尤为不易的是,作者并不以成书为满足,而力图独运灵光,使之成为精义层见叠出的扛鼎之著。因此,说"唯精是求"是作者结撰本书的一个重要宗旨,也许并非妄测之词。事实上,凭借深厚的功力和修养,作者是实现了这一宗旨的。当然,从另一方面看,前代注家所积累的丰富经验,使作者得以左右逢源地参酌借鉴,这也为他实现这一宗旨提供了条件。

尽管"精"字并不足以概括《校注》的学术价值,但纵观全书,它确实当得起一个"精"字。无论是史实史料的考订和征引,还是诗旨诗意的注释和品鉴,都以"精"见长,令人叹赏。谨就管窥所及,略陈其"精"之概。

其一曰考订精审

《千首宋人绝句》乃严氏出乎"一时寄兴",仓促编选而成,因而对入选的作品未能细加校勘,讹失自不可免。举其大者而言,约有编次失当、误署作者、他诗牵合入题、非绝句而入选诸端。至于其他字句讹失,更是不一而足。对此,作者逐一进行精细而又审慎的考订,力求匡谬纠失,补苴罅漏。例如严氏将卷三张方平《送苏子由监筠州酒税》一诗置于苏子由(即苏辙)的追和之作以后,而无论就辈分还是科第考察,张方平都在二苏之前。对这一类次第错乱现象,作者尽其所能,在注文中加以订正。因严氏原书"以登第年代分卷",所以作者特别于各家小传标出登第年代,读者稍加比观,即可辨明其间是非。又如归于曾巩名下的《将行陪贰车观灯》,不见于《元丰类稿》,实为晁补之所作,见《鸡肋集》。清王士祯《居易录》《香祖笔记》均加称引,且明言其为晁补之离齐州守任时所作。严氏未及见此,致误以曾巩为作者。卷四归于苏过名下的《金陵上吴开府两绝句》,则为刘过之作,见于《龙洲集》。清卞永誉《式古堂书画汇考》收此二诗。原迹署名只一"过"字,而未著其姓,严氏遂误以为苏过作。卷七韩璘,为南归宋人,其归宋始末并所作诗均见叶绍翁《四朝闻见录》,严氏原书却误署"高丽使者"。这些,也概在作者考订之列。考订过程,具见校记,读者可一目了然。其着力之勤、闻见之广、辨析之精,皆令人折服。

《校注》作者不仅对原书的讹失力求匡正,而且对作家小传及注文中所涉及的其他古人著作的谬误也不辞其劳、不惮其烦地加以甄辨。如卷二所收刘敞《赠别长安姑茶娇》一诗,作者在考释其本事后,顺带指出:《宋诗纪事》归此诗于刘攽,乃沿范公偁《过庭录》之误。《过庭录》所记在长安挟妓宴饮者实为刘敞(字原父),而非刘攽(字贡父),兄弟互易,或记忆所误。此种说明,决非无谓的旁骛,而是连类而及的重要考订,具有举一反三、以正视听的意义。另如卷一王伸小传也指出:王伸,乾德中以左补阙知永州。《宋诗纪事补遗》谓其熙宁中为岐山宰,大谬。因为自乾德末至熙宁初,相距已百年之久,两者殆非一人。这同样不失为精审的考订。进行这样的考订,必须熟谙史料并善于蹑迹追踪、融会贯通,自不待言。

更为难得的是,所选诗人,作者均为之撰写小传,以补原书之阙。

材料自有关总集、别集、史传、年谱等采录，并参考了今人有关著述，从而使读者能在读其诗之际略知其人。在许多诗人生平缺考的情况下，一无依傍地进行这项工作，其艰难可以想见。在这过程中，深厚的素养固然使作者游刃有余，但如果不付出艰巨的劳动，也将难奏其效。审视各家小传，不惟于其生平仕履之迹勾画甚明，而且对其创作特点多有所揭橥，尽管三言两语，却文彩炳焕，且深中肯綮。如谓欧阳修"诗矫西昆体之流弊，以气格为主，语言流动潇洒，韵致天然，其畅达处亦开宋诗散文化之倾向"；谓王安石"散文雄健峭拔，诗歌遒劲清新，尤擅绝句，晚年所作，精深华妙，一唱三叹，有'荆公绝句妙天下'之称"等等皆然，从中不难窥见作者的学术根柢。

其二曰征引精赡

《校注》的作者为考释作品本事、典故出处及难解词语等，自不免对有关资料广所征引。谓之"精赡"，是因为作者不仅将诸家之说一一录以备考，见出搜罗之宏富，而且每能参以己见，或作必要考辨，以便于读者择取。唯其如此，本书颇近钱锺书《宋诗选注》之风范：博洽而又圆通。如卷二所选苏轼《书李世南所画秋景》一诗，作者在考释其中的"浩歌一棹归何处"一句时，先广征各种宋诗版本，加以校勘，指出：诸本皆作"扁舟"，唯《画继》卷四作"浩歌"。接着引录纪昀校注"如不出'扁舟'字，则'浩歌'一曲茫然无着，不见定是鼓枻。此必后来改定，不得执墨迹驳之"。然后再酌加按语："'扁舟'、'浩歌'、义各可取，必谓不出'扁舟'字，则'浩歌'茫然无着，此亦不然。盖'浩歌'下有一'棹'字，正示扁舟鼓枻之意也。纪说未谛。"这样既录以他语，又出以己意，正其精赡之处。又如卷一范仲淹《怀庆朔堂》一诗，宋吴曾《能改斋漫录》、姚宽《西溪丛语》以为是赠妓之作：范仲淹贬知饶州时，悦乐籍一小妓,移官后作此诗寄给后任魏介。果如此,诗中所咏庆朔堂之花,是暗喻所悦乐妓。但宋徐度《却扫编》却认为此诗所寄意者乃天庆观一道士。该道士为范仲淹在郡时相过从的朋友,其居室名"春风轩",故末句"只托春风管领来"云云,即请其代为护持花木。而清陈焯《宋元诗会》既斥前说之妄,复辨后说之非,另立新见:"按志,公曾植九松于堂前,间以杂卉。未几即移润州,故作此诗。所谓芝产三茎、松栽百尺者是也。而稗史谓公别有属意,岂其然乎?"作者对三家之说皆加征引,并肯定三说中以陈说较为允当。由此亦可见其网罗力和识鉴力。再如卷一陈尧佐《吴江》一诗"西风斜日鲈鱼乡","乡"一作"香"。宋胡仔《苕溪渔隐丛话》、吴曾《能改斋漫录》等认为"乡"远胜于"香",宋王楙《野客丛书》、明杨慎《升庵诗话》等则以为"乡"远逊于"香",且各持之有故,言之成理。因此,作者不仅俱加征引,而且认为两说不妨并存,为了阐明这一点,作者又拈来苏轼《初到黄州》《南园》等诗作为佐证,深刻地揭示出其闻的奥秘:"类皆诗人想象之词,以抒其独特之敏感,不得以违情悖理目之。"

在考订本事、校勘异文时,作者固然注意旁搜远绍,广为征引,在阐释诗意、辨析做法时,作者也往往就披览所及,将相类似的文学现象和文学作品尽皆标举于后,作为读者进行艺术鉴赏时的参照。例如卷五释陆游《剑门道中遇微雨》一诗中"此身合是诗人末? 细雨骑驴入剑门"二句时,即将有关唐代诗人骑驴的佳话一一点出:李白骑驴过华阴,孟浩然雪中骑驴,李贺骑驴觅句,孟郊骑驴苦吟,郑綮说"诗思在灞桥风雪中驴子背上",等等。作者认为,这些都是陆游内心的深沉感慨的触媒。而标举这些,其意当在拓展读者的思维空间,强化读者的联想功能。

其三曰注释精当

高出于许多同类著作的是,《校注》的作者在注解诗中的典故和语辞时,不只是对有关资料及前人评论作獭祭式的罗列,而力图蕴扬其义理,阐发其真谛;对诗意虽不做烦琐串讲,却多以简练之笔扼要揭出;至若注文,则既求周至详明,更求剀切精当,使读者览于目而会于心,观乎辞而明乎理。如卷二苏轼《和文与可洋州园池·望云楼》中"白云还似望云人"一句,作者注释道:"这句是说白云出入无心,舒卷自由,正与文与可出处淡然、对官场无所系恋的人品相似。不说人如白云,而说白云如人,颠倒设喻,正以称美其人。"卷三张耒《雨中题壁》中"白发天涯叹流落,今宵听雨古宣州"二句,作者则注解道:"这两句感叹晚年辗转流徙,不遑宁处。"卷九罗公升《秋怀》中"幽怀耿无寐,邻客终夜语"二句,作者更以为须作数层解会:"其一,因自己不眠而听到邻客夜语;其二,因邻客夜语而引起自己不眠;其三,既点出'邻客',可见彼此同在客中,羁旅秋怀,宜其相似,则耿耿不眠,亦出同源。"或直接切入,一语破的;或辗转生发,环环相扣。诸如此类者,谓之"精当",不亦宜乎?

更值得一提的是,作者不仅致力于解析作品文字表层的含义,而且注意透视作品的深层结构,揭示作品的深层意蕴。如卷三陈师道《谢赵生惠芍药》中"一枝剩欲簪双髻,未有人间第一人"二句,作者既指出这是说"很想折下一枝芍药,簪在美人的发髻上,可惜找不到这样的绝代佳人",更指出此乃"借花寄意,感叹理想的人才难得"。这就兼及其表层和深层、本意和喻义,可谓披文入情,推见至隐。又如卷二苏轼《六月二十七日望湖楼醉书》中"吴儿不识楚辞招"一句,作者所酌加的注解是:"这句是说吴儿自觉江南之乐,根本不理会《楚辞》招魂的哀怨;作者以之反衬自己滞留江海,心怀朝廷,隐然有以屈原自况之意。"同样深得个中神理,显非肤廓之论、浮泛之语。除此而外,对作品形式方面的特点,作者也尽量在阐释其意后一并注明,使读者在叹赏其"质"之胜的同时领略其"文"之美。譬如卷四注解陈与义《雨过》中"梦里不知元是雨,卷帘微湿在荷花"二句说:"睡梦中感到凉意,却不知外面在下雨;醒来卷帘,看到沾湿的荷花,才知道下过雨。这是举果知因句法,点明题意。"卷二注解李觏《绝句》说:"诗写游子望乡,出语吞吐蝉联,用意层层推进,曲曲写出目尽而思不穷的意境。"皆属其例。注解剀切而又精当若此,几乎可以说是"毫发无遗憾"。

其四曰品赏精妙

作者潜心研讨鉴赏之道有年,深谙诗家三昧,雅善谈艺。其专著《听涛集》(福建人民出版社)立足于审美实践以总结文艺鉴赏规律,所论多为作者沉浸浓郁、含英咀华的甘苦之言,因而出版后雅俗共赏,深受好评。在《校注》一书中,为体例所限,作者虽然不可能尽情地驰骋才思,进行艺术鉴赏,却也每每扬其所长,努力做到校注与鉴赏相结合,具体与抽象相结合,感性与理性相结合。这方面的例子不胜枚举。如卷八司马光《瞑目》一诗,作者先诠释其意说:"此诗写闭目凝神,思通千古,体验到在无际的时空中个人存在的渺小,对山川等物质世界的永恒和人世社会的递变进行哲理性的沉思。"然后便将它与唐人陈子昂的《登幽州台歌》加以比照并观,品鉴出其间的异同:"两首诗所抒发的历史人生感慨有相似之处,但一个登高远眺,情见乎辞;一个闭目沉思,不动声色,从中也可窥见唐宋诗分际之一端。"卷七严廷高《馆娃宫》一诗,作者也要言不烦地对其艺术匠心略作品鉴:"全诗以句践卧薪励志与夫差软卧香红相对比,先渲染三句,再逆挽一句,点明主旨,用笔冷隽而有力。"寥寥数语,而诗人的艺术匠心昭然若揭,品之既精,赏之亦妙。

在鉴赏作品时,作者特别注重对艺术规律的总体把握和揭示,往往由此及彼,由表及里,著笔成春,联类无穷。这虽非有意踵武钱锺书《宋诗选注》,取径却与《宋诗选注》相仿佛。如卷八孔平仲《晓行》一诗,作者不仅点明"此诗写晓行情景,纯以白描出之。离人枕上鹃声,杏花枝头残月,只须淡淡勾勒,已觉别情难堪",而且联系唐释无闷《暮春送人》、温庭筠《碧涧驿晓思》、戎昱《别离作》、张曙《浣溪沙》等同类作品进行散点透视,从而发现了一种带有规律性的艺术现象,并将它清晰地展示在读者眼前:上述作品所写离别相思情景,均以杜鹃、杏花、明月作为触媒和特征性的意象,蕴蓄于其中的情感内容,已超出个人的体验的范围,而带有某种普泛性和典型性,"它无须点破,却能自然地唤起读者有关的情绪记忆和联想,从而达到某种默契或神会"。这对读者领悟艺术三昧,自不无启迪。又如卷三黄庭坚《题李伯时〈阳关图〉》一诗中"断肠声里无形影,画出无声亦断肠"二句,作者在解释其意后以鉴赏家的慧眼特别指出:"这里涉及作为时间艺术的音乐与空间艺术的绘画之间的转化关系和艺术效能问题。"虽只轻轻一点,而要言妙道,尽在其中。诸如此类的即兴发挥之处,读来非但不觉烦冗累赘,反倒给人精妙之感。有鉴于上述诸端,将《校注》视为继钱锺书《宋诗选注》之后又一部独运灵光、唯精是求的宋诗选著,或许并非仅仅出于我的偏爱。

原载于中华书局《古籍整理出版简报》1987年9月号

《民国教授与民国词坛》序

　　民国教授的学术风范与学术成就，时下正成为学人们津津乐道的话题。在那样一个战乱频仍、生灵涂炭的时代，很难想象在华夏大地上能安放下一张平静的书桌，但一大批对学术抱着"之死矢靡它"的不二情怀的民国教授却偏能在板荡之际，潜心拓荒于浩浩莽莽的学术原野之中，纵然颠沛流离，甚或饥寒交迫，也笔耕不辍。或许，这些手无缚鸡之力的穷书生们自度不可能建功边塞，像李贺所热望的那样实现"收取关山五十州"的梦想，更现实的人生选择还是致力于著书立说的"名山事业"，探究前贤尚未破解的学术壶奥，通过"为往圣继绝学"的方式，从一个小小的支点来渐次达成"为万世开太平"的目的。于是，他们非惟乐此不疲，简直九死未悔了。而这恰好汇成了中国学术史上的一种奇观。赵翼《题遗山诗》有句："国家不幸诗家幸，赋到沧桑句便工。"这是说国家的乱离局面可以成就一代诗人，使他们的诗歌创作逐渐臻于至境化境。杜少陵、元遗山等都是如此。我们当然不便贸然推而广之，说国家的荣枯与学术的盛衰也构成一种反向的互动，但在民国那样一种积衰动乱的岁月里，学术的火种不仅没有湮灭，反倒呈现出炽燃的状态，虽未能形成燎原之势，却使整部中国学术史在有可能出现空白时不仅没有缺页还平添一抹亮色，这就不能不让人痛感对刘勰"文变染乎世情，兴废系乎时序"的论断不宜作偏狭地理解了。学术与时代的双边关系是那样复杂，那样吊诡，殆难一言以蔽之。

　　同样令当代学人感佩的是，在学术研究领域中游刃有余的民国教授们，往往同时涉足文学创作园地，并在其间信马由缰，左右逢源。这也就意味着他们中的很多人拥有学者兼作家的双重身份，如闻一多、朱自清等。如果将视野缩小到词学研究一隅，那么，我们更可以发现，几乎所有以研词治词为业的民国教授，都是填词写词的高手，不失为承前启后的一代词人。不仅如此，许多术业另有专攻，并不涉猎词学的民国教授，也将填词写词当作一种终生不渝、老而弥笃的业余爱好，而倾注以绵绵不绝的才思，为今人留下了大量的精美词作。这一文学现象以及蕴含于其中的种种玄机，需要得到系统的梳理、发掘、提炼与总结，需要当代学人站在历史与现实的交汇处对它进行由此及彼、由表及里的深入考察和总体研究。可喜的是，这项期待中的学术工程不仅早就破土动工，而且已有楼宇落成了——把李剑亮教授的新著《民国教授与民国词坛》视为这一研究畛域中率先拔地而起的楼宇，应该没有言过其实之嫌吧？

剑亮教授聚焦于民国教授与民国词坛这一可以无限生发的专题，旁搜远绍，爬罗剔抉，凭借充足的第一手资料，井然有序地展开论述，先对"词学视域中的民国教授"进行整体观照，接着依次评析民国教授的"读书词""题画词""抗战词""爱情词""科学词"。在此基础上，作者又进而围绕"高校迁徙与民国教授的词创作""民国教授与民国词社""民国教授的词话""民国教授与词籍文献""民国教授的词学教学""民国教授的词史地位"等富于学术含量的话题，加以深究细研，力图在历史还原、文学显影和哲学抽象的融合中表达自己对研究对象的独特思考、独特感悟和独特解会。这就不仅彰显出本书的系统性和逻辑性，也昭示了作者不同凡响的学术追求。

我饶有兴趣地通读了全书。因为多年执教于高校的缘故，对第十一章"民国教授的词学教学"，我读得尤为细致。读到评述俞平伯的文字时，我不禁想起了关于此老的一个未经证实的传说：此翁对唐宋词造诣很深,但不擅言表,又笃信"意会不可言传"的古训,所以在给学生讲解唐宋词时,都是先将作品吟诵一遍,闭目回味良久后,赞叹一声"好"。学生正等着他分析究竟好在何处,他已经开始摇头晃脑地吟诵下一篇作品了。吟诵完毕,照例微闭双目做沉思状,猛地大喝一声"真好"。如何"真好",又一字不提,接着吟诵第三篇作品。这回合眼神游得时间更长,仿佛已穿越浩瀚的时空,正与心契的词人对话,那真叫一个爽啊! 回头拍案高呼一声"太好了",就结束了全部讲解,让学生一阵又一阵发愣。这叫什么? 这就叫风格! 大师巨匠的独特风格! 后人提到它时,只觉得趣味盎然,并不因此而判定俞老夫子没有学问,或不适合为人之师。有位文学博士曾经设想,假使自己今天像俞平伯一样上课,做出"悠然心会,妙处难与君说"的自得其乐模样,会不会被学生轰下讲台呢? 他不敢提交答案,宁愿无解。这类不足登大雅之堂的逸闻,自然不可能被剑亮教授写进务求严谨的本书,但即便它是后学的曲意附会,于平伯老也绝无唐突或冒犯之处,因为透过貌似可笑的表象,它凸现出的是民国教授不苟流俗、不畏时讥的精神气质与学术禀赋。仅此一例,民国教授的风采便令人不胜怀想!

剑亮教授是词学名家吴熊和先生的入室弟子,而吴熊和先生又曾得"一代词宗"夏承焘(瞿禅)先生亲炙。瞿禅翁本亦民国教授,为本书以浓墨重彩展示的词坛翘楚之一,自是兼擅研究与创作。熊和先生及剑亮教授与其一脉相承,亦熟谙吟事,工于诗词。兹拈出三人词作各一首,以略窥剑亮教授的学术门径与艺术渊源。瞿禅翁《玉楼春》云:"意行深坐还孤笑,酒兴阑珊愁窈窕。吟成水色远连天,梦觉鹃声啼到晓。　苏堤车马休相召,寒食清明都过了。尊前谁道已非春,应信明朝春更好。"熊和先生《蝶恋花》云:"海外仙山双凤阙。青鸟殷勤,一夜度吴越。枕上沉沉春梦阔。窗前犹照秦时月。　准拟佳期圆又缺。未绾同心,已绾相思结。吹尽杨花风乍歇。从今不放箫声咽。"(题下自注:"1993年4月应台湾文哲研究所邀请初访台北,书赠林玫仪教授。")教授剑亮《浣溪沙·西溪怀古》云:"溪水无情日夜流。一声留下几经秋。斜阳依旧照孤舟。　　泪湿罗巾曾执手,碧空远影不言愁,夜阑新月又梢头。"纵观三人的词作,有一个共同的特点,那就是叙事性较强,且均属有感而发,或有感于时代变迁,或有感于两岸情谊,或有感于如烟往事。风格上或有细微差异,师承脉络却是令人一目了然的。

仅从这一点着眼,剑亮教授也是撰著"民国教授与民国词坛"的最合适人选之一。同时,这一史实所蕴含的意义还在于,它从一个小小的侧面昭示本书的读者:剑亮教授的学术禀赋、艺术修养及精神气质,与民国教授是相通的。换言之,在剑亮教授身上,我们还能看到民国教授的某种风范。

《民国教授与民国词坛》,李剑亮著,浙江大学出版社2017年10月第1版

《唐五代诗考论》序

　　彭万隆博士所著《唐五代诗考论》收入浙江大学出版社"中国诗词曲赋研究丛书",即将出版,索序于我。固辞不得,聊书寸感,以贺其成。

　　唐诗研究向为中国古典文学研究的热点之一,开拓既深,创获亦多,在前贤时彦早已精耕细作的情况下,拓展出一片新的学术空间来树藩播篱,实属不易。万隆硕士阶段师从著名唐诗研究专家刘学锴、余恕诚教授,得其指画,茅塞已开。硕士学位论文《五代诗歌研究》当时已属拓荒之作,其部分章节以"引商刻羽　风流未泯——五代诗歌的思想内容"及"逸韵流风　踵唐启宋——五代诗歌的艺术特征"为题发表后,或被人大复印资料全文转载,或收入《唐代文学研究年鉴》,实已为学界所注目。另文《黄滔行年考》则填补了唐末五代作家考证中的一项空白,亦为学界所称引。随后从我攻读博士学位。虽然师门偪仄,未易腾身,而其好学深思,锐意进取,却一如旧时。其研究畛域大抵仍以唐五代为限,而尤聚焦于元和前后。其博士学位论文题为《元和诗歌研究》,当时深得答辩委员会好评,依稀记得决议中有"取精用弘""创获良多"等语。

　　本书即以《元和诗歌研究》为主干连缀而成。避熟就生,视角独到,是其主要特色之一。譬如,元和诗歌虽然代有研究,近二十年间专题论著更是屡见不鲜,但多为拘囿于韩、孟、元、白之伦的作家作品论,或锁定于怪僻、平易、豪雄、诡谲之畴的风格流派论;对于作为中国古典诗史流程之关键性时期的元和诗歌的整体研究,固亦有着先鞭者,但有待深入研辨的问题仍多,换言之,仍有较大的拓展空间。作者试图对元和诗歌进行总体观照和全面把握,却不做面面俱到式的条分缕析,有意避开他人已论述较多的元和诗歌的新变、游幕之风与元和诗歌的关系等问题,而致力于探讨他人较少涉及的传统、经典与元和诗歌以及元和削藩与元和诗歌的不解之缘,堪称于他人不到处独生只眼。

从事中国古代文学研究,除了要有扎实的考据功底以外,还须具备洞幽烛微的作品解构能力,以及穷理究源的理论推导能力,所谓考据、辞章、义理三者兼擅。当然,并不是所有学者都能达到这一境界的。我自度离这一境界尚遥,也不敢说万隆已际其边沿。但《唐五代诗考论》一书却显示出作者对这一境界的追求。本书独特的研究格局是建立在对材料的充分占有和精心梳理的基础之上的,颇见旁搜远绍之功。作者融合旧学新知,在研究方法上努力做到文史贯通,考论结合,注重实证,言必有据。我不便对他的研究能力妄加评判,但我可以肯定他的学风是端正甚至严谨的。

万隆博士毕业以后,就职于浙江工业大学。不久,我也被上级组织部门由浙江大学调遣到该校从事管理工作。而孙力平教授、李剑亮教授、万晴川教授等8位具有博士头衔的同仁亦先后加盟。经过几年的努力,我们所在的"中国古代文学"学科继获得硕士学位授予权之后,又被遴选为重点学科及浙江省人文社科重点研究基地,去年还荣膺"国家级精品课程"称号。万隆此书的出版,既映现出他在学术道路上跋涉的屐痕,也多少折射出我们学科成长的履印。唯其如此,我欣为之序。

《唐五代诗考论》,彭万隆著,浙江大学出版社2006年6月第1版

《荆公新学研究》序

在当代青年学人中，成国博士虽然目前还"令名不彰"，但他的早熟已令诸多师友欣羡不已。孔子云"三十而立"，成国年方二十有七，便已拥有了"博士后""副教授"等头衔。这也许不能排除命运之神出于对他的偏爱而造就的某种机缘，然而，在我看来，他的学术生涯能有今天的良好开局，主要还应归因于他的自强不息、锐意进取。

成国是我在浙江大学先后招收的三名"硕、博连读"的学生之一。他用五年的时间完成了硕、博士阶段的所有课程，并以优秀成绩通过了博士学位论文答辩，看起来十分顺畅；但局外人却很难得知他在这一过程中付出了怎样的艰辛！在如今的博士研究生中，颇有因种种"远虑""近忧"而用心不专者。"著书不为稻粱谋"，这当然是一种应该倡导的境界，但在当今的情势下，能够企及这一境界的，只怕已是寥若晨星。我无法确定成国的从学、治学动机是否有涉于功利（事实上，我虽冥顽不灵，尚知"与时俱进"，并没有冬烘到完全排斥功利的地步，只是反对急功近利），不过，他的"沉潜"，在我眼里倒是罕有其伦的。当"浮躁"成为一种时代通病的时候，要做到心无旁骛，是需要定力的。让我感到欣慰的是，成国恰恰在一定程度上具备了这种定力，于是，他也就能追步前贤，做到"焚膏油以继晷，恒兀兀以穷年"了。与青灯黄卷相伴的生活不免单调乏味，成国却甘之如饴，因为他实实在在地体会到了沉潜于学术的快感。当然，这是要付出代价的。成国身材颀长，本有"玉树临风"之状，却因案牍劳形而略显清癯。有时，也难免示人以一脸倦容，多少有损翩翩美少年的风采。但每次与其交谈，我都能感触到蕴蓄在其体内的充沛活力，从而总是不由自主地联想起李贺的诗句："向前敲瘦骨，犹自带铜声。"

成国的博士学位论文以《王安石研究》为题，取精用宏，创获良多，受到了答辩委员会的一致好评。其后，他又不远千里，负笈成都，在四川大学中文系博士后流动站继续进行科研工作。呈现在读者眼前的这本《荆公新学研究》，便是他在博士学位论文的基础上进一步探索、修订而成的博士后出站报告。

宋代的文人往往集官僚、作家、学者于一身，而王安石尤为显例。从政治的角度对作为官僚的王安石，以及从文学的角度对作为作家的王安石，人们审视已久、捃扯已久，但从学术的角度对作为学者的王安石则还认知未深、论析未透。《荆公新学研究》聚焦于此，却又不拘囿于王安石其人其学，而由此拓展开去，将荆公新学这一北宋后期最大的学术流派纳入视野，进行综合研究与系统考察，对其形成原因、成员构成、代表著述、学术建构、盛衰历程以及对宋代学术思想史的影响等诸多方面，逐一予以深入探讨和详细考释。作者没有满足于将前人及今人业已取得的认识加以系统化、逻辑化，而力图借助新的研究视角和研究方法，获致出乎前人及今人视野之外的独到见地。在研究过程中，则注意融合旧学新知，从而既避免了由于旧学不足所容易导致的天马行空、游谈无根的弊病，又避免了由于新知匮乏所容易产生的画地为牢、局促一隅的阙失。当然，其学术价值如何，还有待于同道评判。我无意强作解人，误导读者，而只想肯定一点：作者是热爱学术并有自己的学术追求的。

《荆公新学研究》是成国的第一部学术专著。它的出版意味着刚刚"出道"的作者被推向了新的学术起点。此前一帆风顺，自然有助于作者树立学术信心。但在学术道路上跋涉，不可能尽履康庄，有时也会遭遇崎岖的羊肠小径。对此应有充分的估计。我相信成国的学术潜力，也不怀疑他的学术毅力，希望他以本书的出版为契机，倍思奋励，精进不辍。

《荆公新学研究》，刘成国著，上海古籍出版社 2006 年 1 月第 1 版

《唐诗与女性》序

在从我问学的博士生中，俞世芬是唯一由"现代文学"转攻"古代文学"的。中途改换门庭，不仅意味着学术方向和学术空间的转移，而且由于与研究对象的时空距离被骤然拉远，研究视角和研究手段也必须作相应的调整。但这一转型的过程虽然不免带有一丝苦涩，却为时短暂，至少比当时还缺乏足够自信的她自己的估计要短暂。这或许要归因（或曰归功）于她的勤勉与聪慧。

难得的是，她始终保持着这种勤勉的作风。她是在职攻读博士学位的，所供职的学校并没有为她减免多少课务。因而她必须在"生"与"师"这两种角色的不断转换中承受双重的负荷。当然，这也就意味着她必须加倍努力。同样以疲惫而又亢奋的姿态腾挪于两条战线的博士生中，常有因不堪重负而将原本三年的学制延长为四至六年甚至八年者。而她却在既定的三年时间里如期完成了博士学位论文的写作与答辩，让我不能不对她刮目相看。从中我又一次感触到了她的拔乎侪类的勤勉，同时也意识到她在追求早已规划好的人生分阶段目标时是全力以赴、从不懈怠的。

世芬博士的勤勉，既表现在勤于披览，更表现在勤于思考。因为硕士阶段较少接受古典文献学方面的严格训练，以史料考辨为基础的实证研究或许非其所长。无可否认，从事中国古代文学这一行当的人往往强调文史互证，考论结合。这已是业界所通晓并依循的法则。但由于每一位学人或有着学术背景、学术根柢的差异，或有着学术取向、学术门径的区别,在研究过程中往往会出现重心的偏移,或侧重于考,或侧重于论。对照传统的标准,这肯定不是理想的学术形态,但因为受制于学养及气性,年轻一代学人在起步阶段通常难以脱离这一学术形态。不过,如果换一个角度来审视,对于学人来说,学术形态及学术方法其实本没有高下或优劣之分,唯适用与否而已。只有在诸多形态、方法中,找到最适合自己扬长避短的形态与方法,才能彰显自己的特色和优势,有所发明,有所创获。世芬博士即善于扬长避短——她更多地致力于自己所擅长的理论思辨,致力于对研究对象的整体把握和系统考察,致力于借鉴与融合舶来的新方法论,为传统的古代文学研究提供另一种视角和另一种理路。而这当然不仅要以史料的广泛搜罗和精细考释为依托,而且有赖于对研究对象的独特思考和独特感悟。思考既勤,感悟既深,读世芬博士的文章,便往往能捕捉到思想的火花和思想者的屐痕。本书亦然。

本书在其博士学位论文的基础上增订而成。"增订",不惟意味着篇幅的扩充,同时也包含勘误正讹、去伪存真、着彩润色等多层意思在。这不是一个简单的工程。全书论述的内容其实不外乎两方面,一是唐诗塑造的女性,一是女性创造的唐诗。但作者似乎不屑于作如此庸常的表达。于是,借助现代批评理论的魔杖,她精心熔铸出一个有别于传统思维方式及研究模式的理论框架,并努力赋予它可以自圆其说的逻辑内核,令人在目眩神迷之际,感触到理性的灵光。这差不多可以用"高揭慧火"来形容了。不过,理性的观照,是与感性的赏析相伴而行的。在宏通的视野和宏大的格局中,充溢着来自敏锐而又细腻的艺术感觉的精彩笔墨,让人折服于作者对文本的独到解读。有些苛刻的读者或许会质疑其逻辑链条上的某一个环节不够严丝合缝,但大概都会认可其飞扬的藻思和灵动的文字。

在唐诗的舞台上,女性一身二任,始终扮演着最重要的角色:既是唐诗描摹的客体，也是写作唐诗的主体。两种身份，双重使命，衍生出唐诗与女性间复杂多变的双边关系。透视这种双边关系，需要不断转换视角、调整焦距，而更重要的是，要能既入乎其内，复出乎其外。在我看来，作为一个颇具诗人气质的女性学者，世芬博士入乎其内易，出乎其外难。因为唐代女性诗人的绝世才情和坎坷际遇极易引发身处时代变革中的她"萧条异代不同时"的悲慨，而不自觉地模糊了视线、迷失了标准。但她却并没有陷入难以自拔的泥沼。充满爱怜与同情的叙述文字中，包蕴着的是"超然物外"的冷静分析与客观评价。

从这一意义上说，本书既为我们勾勒出由唐诗和女性构成的一个精彩世界，也向我们展示了世芬博士自己的学术世界，尽管后一世界才刚刚掀开一角，还不能尽窥其间的旖旎风光。

《唐诗与女性》，俞世芬著，人民出版社2012年2月第1版

《中国文学史歌》序

在从我问学的几十位弟子中,彭庭松博士的特点是很明显的,我可以不假思索地列举出若干条来。但其中最显著的特点该是笔耕特别勤勉、文思格外敏捷吧?这也是他的同门十分欣羡的。工作之余,他几乎把全部时间与精力都用来吟诗作文,仿佛所有的生活乐趣都蕴蓄在字里行间,舍此便迷失甚至泯灭了自我,至少无法凸显自我、展示自我。即使去食堂的路上,他也不废吟哦,往往买好饭菜、未待坐定,而一诗已成。不知当时是否曾"手之舞之足之蹈之",口占之作却是必定会发到朋友圈让大家分享的。于是,我也常常有幸得到佐餐的调料。这类无暇推敲的急就章是不必以工拙论的,我赞赏的是作者从不衰歇的创作激情以及如泉涌般"不择地而出"的诗思。贾岛说:"一日不作诗,心源如废井。"我想,这移用到庭松身上也是合适的,尽管他没有公开做过类似的表达。不过,贾岛"二句三年得,一吟双泪流"的感慨,他大概是无从体验的,因为他似乎更倾向于"短平快"式的创作,作诗方式与贾岛一类苦吟诗人是轨辙殊异的。

庭松的博士论文题目是《杨万里与南宋诗坛》,主持答辩的复旦大学文科资深教授王水照先生颇为嘉许,认定他是深具学术潜力的。但他的学术潜力却未能觅得适宜释放的学术环境。当时,杭州高校已一职难求,而他又有爱人及女儿的户籍等需要连带解决,这就益增其难了。最后他在杭州城郊的浙江林学院安身立命至今。浙江林学院早已更名为浙江农林大学,而他也已由当年不谙世事的"青椒"成长为举止有度、世事洞明的文法学院副院长,中文学科的边缘化地位却迟迟未见改变,《大学语文》《大学写作》等公共课取代了他所期望的专业化教学,迫使他的教学与研究长期处于割裂状态,而应接不暇的课务及种种杂务又使得他无法像读博时那样心无旁骛地在专业领域里深耕厚植,这样,他在学术上的进境与自己的预期就不尽吻合了。我们无法忽略环境对一个人的学术发展的制约作用,设若庭松毕业后便被投放到更高的学术平台上,融入同气相求、砥砺前行的学术团队,那么,以他的资质与勤勉,他今天的学术成就将不会淹留于现在的刻度。换言之,他就不会是以博通见长的杂家,而是囿于一域、精于一技的专家了。杂家与专家各有所长,亦各有其现实需求,社会形态与学术生态本来就是多元化的,不必执一而求,更无须妄加轩轾,但庭松自己却似乎是意有所憾的。

庭松同时打理着几个微信公众号,他极用心地经营和维护它们,更新的速度很快,关注者也越来越多,其中有不少成为他的铁杆粉丝。每篇网文都能得到很多点赞,而这又进一步激发了他的写作积极性,乐此不疲,欲罢不能。这牵制与耗费了他大量的精力。而他对行政管理工作又从不懈怠,为推进《大学写作》课程改革,数度赴清华大学等校学习交流,并身体力行,多次撰文表达自己的改革思路与创新理念。此外,对高校理应承担的社会服务使命,他亦在学院内率先垂范,为提升临安、余杭等地的乡村文化建设水平而建言献策、殚精竭虑。如此多的事务加诸一身,可以想见他的忙碌,焚膏继晷、挑灯夜战也就成为他生活中的常态了。

多歧亡羊,这本是一般规律,但庭松却似乎是个例外。这些年,他在古代文学研究领域中依然不失为一位力耕者,收获或不能以"粲然可观"来形容,提交给多个国际学术研讨会的论文却颇有可圈可点之处。而他不断圈粉的网文，有不少也以古代诗人诗作为话题，在宽泛的意义上，仍不脱古代文学研究的范畴，只是行文风格为之一变而已。在对中国诗歌发展流程进行考察与梳理的过程中，他萌生了创作《中国文学史歌》的想法并付诸实施，于是便形成了这个别具风貌的读本。

对这些诗歌本身，尤其是它的艺术层面，作为他当年的导师，我不便评说，读者诸君自有明鉴。我想说的是，以歌行体（或曰准歌行体）的形式逐一评说由先秦迄两宋的 80 余位古代诗人，要言不烦地揭示其生平概况及创作风貌，锱铢累积，都于一集，此前尚未见有人尝试。因而这不失为一种挑战，至少是检验自己的解读与概括能力的一种挑战。从创作的角度看，写成一篇或几篇也许不难，要写成 80 多篇就绝非易事了。从中足以见出作者攻坚克难、坚韧不拔的毅力。可以想象，在写作过程中，他肯定会遇到诸多棘手的问题，比如如何避免结构及语言的重复，如何删繁就简、举重若轻？我不知他是否想到过放弃，但事实上他却没有放弃。"驽马十驾，功在不舍"，他本来就不是驽马，又有着锲而不舍的精神，终得了结心愿，对中国文学史进行了一种有别于传统方式的评述。这至少也是一种新的探索。

恕我妄加揣测，庭松写作本书，绝对不是出于闲情逸致，也不会是为了自娱自乐。他当然希望自己的作品能雅俗共赏，但他期待的读者对象肯定不是熟谙文学史实的专业人士，更不会是引领学术风尚的名家硕儒，而是尚未步入学术殿堂的文学史爱好者与学习者，尤其是准备考研的大学生朋友。对于这些读者来说，一卷在手，或可对中国文学史上的重要作家的创作风貌了然于胸，明其梗概，察其特征，进而连点成线、扩线成面，全面掌握中国文学的发展历程。这样的易记易诵的"辅导书"，可为他们认识与把握中国文学的历史脉络指引津梁，不失为他们入门的拐杖,所以应该是深受他们欢迎的。从他诸多粉丝不胜推崇的留言可以明了这一点。唯其如此,我觉得撇开其学术性姑置不论,仅就普及功用而言,其价值也是毋庸置疑的。

这也是我乐意为其撰序的原因。

《中国文学史歌》,彭庭松著,浙江大学出版社 2021 年 4 月第 1 版

后　记

这是我的第一本学术文选。

独力撰写的学术专著迄今已出版多种了，包括《日本汉诗发展史》（第一卷），以及《多情自古伤别离——古典文学中的别离主题》《中国古典诗歌在东瀛的衍生与流变研究》《刘禹锡诗论》《刘禹锡诗传》《刘禹锡新论》，等等。合作撰写的学术专著也已有《晚唐政治与文学》《西湖文学史》等付梓。近年来不务正业，以笔名"晓风"兼事文学创作，先后刊行了中篇小说集《弦歌》《儒风》《静水》（合为大学三部曲），长篇小说《回归》《湖山之间》，以及非虚构文学《青葱岁月的苔迹》。但我从没有为自己编选过论文集。究其原因，除了不想为此耗费精力外，也因无意灾梨祸枣。约略同时出道的学界朋友已经鲜见未曾出版过论文集（或曰"学术文选"）的了，所以，近年来，颇有一些同行建议我把编选论文集的事纳入计划并早日实施。这也是不少门生的诉求。于是，原本羞于回望来径、重审旧作的我便打消顾虑，不揣浅陋地编辑了这本学术文选。

在将近四十年的学术生涯中，先后发表的论文已逾百篇。编选时首先遇到的问题是，选录其中最具有学术独创性和学术影响力的，还是兼顾不同时段与不同畛域，各采择若干篇章以反映本人学术研究的全貌及进阶？我选择了后者。这也就意味着，本书不以萃取学术精品为旨归（事实上所有的拙作也都难乎"精品"之称），而以贯通学术时空为方略。基于这一考虑，我选录了一些 20 世纪 80 年代初自己攻读硕士学位期间撰写与发表的论文,虽然用今天的学术眼光来打量,那是很不成熟的"少作"。与此相关的问题是,要不要对这些"少作"做必要的充实、完善与修润?尤其是对其中偶见的疏漏,要不要加以补苴?斟酌再三,我最终的决定是一仍其旧。扬雄也只是"悔其少作",并没有对"少作"加以修润涂饰,当然也没有毅然决然地将"少作"毁于一炬,今人张震泽《扬雄集校注》收录的作品中是包括其"少作"在内的。

涉笔至此,或许该对"悔其少作"这一说法稍做辨析。从文献遗存看,它的出处是杨修的《答临淄侯笺》:"修家子云,老不晓事,强著一书,悔其少作。"窃以为将"悔其少作"解读为"后悔年少时写下的稚拙作品",不仅是对扬雄本意的曲解,也或多或少错会了杨修的表述。杨修所谓"悔其少作",盖本于扬雄《法言·吾子》:"或问:'吾子少而好赋?'曰:'然。童子雕虫篆刻。'俄而曰'壮夫不为也。'"显然,扬雄本意在追悔年轻时把精力耗在了辞赋写作这类雕虫小技上,也就是说他否定或贬抑的是自己的全部辞赋作品,而并未区分创作时段。杨修引申为"悔其少作",其实也是笼统而言,并没有刻意从其作品中剔出"少作"而追悔之意,换言之,他只不过对扬雄的原话做了更凝练的表达。而且,他对扬雄后悔年轻时从事辞赋创作的行为是不以为然的,毫不容情地斥其为"老不晓事",态度是很鲜明的。

将"悔其少作"训释为我们今天通常理解的那一层意思,或许肇始于鲁迅的《〈集外集〉序言》:"听说:中国的好作家是大抵'悔其少作'的,他在自定集子的时候,就将少年时代的作品尽力删除,或者简直全部烧掉。我想,这大约和现在的老成的少年,看见他婴儿时代的出屁股、衔手指的照相一样,自愧其幼稚,因而觉得有损于他现在的尊严——于是以为倘使可以隐蔽,总还是隐蔽的好。但我对于自己的'少作',愧则有之,悔却从来没有过。"这分明是根据自己的理解加以发挥,与扬雄及杨修的原话有较大的出入。但以鲁迅在现、当代文坛地位之尊崇,发为斯语,影响力自然要远过于扬雄与杨修,于是,时人对"悔其少作"的解读与应用也就大多入其彀中了。

我无意妄议前贤,不过读书献疑而已。回到既定的话题上来,既然鲁迅都不悔"少作",我辈就更不必羞将"少作"示人了。而示人以原貌,既是对少作本身的尊重,也是对个人学术史的尊重。诚如我在《刘禹锡诗论》修订版后记中所说的那样:"这既是为自己保留一份接近原始面貌的学术记录,或许还可借以观照我们这一代学人在学术道路上跋涉的屐痕。"

另一问题是,在几近四十年的时间跨度里,学术的规范化要求不断提高,包括征引文献的标注方法。尽管在急功近利之风越演越烈的时代症候下,学术不端和学术失范的案例时见披露,但学术的整体进步,尤其是技术层面的进步,是谁也无法抹杀的事实。我们无妨感怀民国学人不惮时艰、奋力耕耘的学术风范,并为他们在那样的环境里居然能取得非凡的治学成就而惊叹,但若论学术的规范化,在经过多年的制度建设后,今人非但"未遑多让",而且颇有"后来居上""后出转精"之势。我虽不敏,也在潮流裹挟下,自觉或不自觉地与时俱进,提高了学术规范化程度。对引文的标注也是如此。以今天的学术眼光与学术标准来检视 20 世纪八九十年代的论著,其他姑置不论,引文的标注就大有不合规处。于是,所有"跨世纪"的学者在编纂论文集时都无可回避的又一问题是:要不要对引文重新加以标注?在我的印象里,学者们的选择大约各居其半。似乎都能找到合理的解释。我的选择是,除了统一易为脚注外,其他暂不做更动。这除了有点图省事、想偷懒外,还有一个堂皇的理由就是,一如前述,不愿意以拙劣的整容术来糟蹋它们的原始面目。

本书收录本人由 20 世纪 80 年代迄今的部分论文,均曾公开发表。其中,6篇发表于《文学评论》,5篇发表于《文学遗产》,其余分别发表于《文艺理论研究》《社会科学战线》《浙江社会科学》《杭州大学学报》等刊。编录时按研究对象析为5组:第一组为唐诗研究,第二组为宋代诗词研究,第三组为日本汉诗研究,第四组是对有关研究方法及若干诗学问题的思考,第五组是书评与书序。以下谨略加疏解。

我是以唐诗研究为起点开始自己的学术生涯的。收入第一辑"唐苑拾翠"的7篇论文都是我辨识唐音的小小心得。就中,除了《白居易与日本平安朝诗坛》与《刘禹锡与洛阳"文酒之会"》外,都写于我攻读硕士学位期间,是地地道道的少作。那时,张松如(公木)、郭石山、赵西陆、喻朝纲、王士博等5位恩师联袂指导我们阅读经典。率先启沃我们的是王闿运先生的再传弟子郭石山教授。一入学,他便引导我们依次精研细读李白、杜甫、白居易集,并硬性规定每读罢一集都要提交一篇作业。有关李、杜、白的4篇文章就是据当时连续数月挑灯夜读的作业修订而成。《论刘禹锡诗的个性特征》则是我的硕士学位论文的一部分,毕业两年后蒙陈祖美先生垂青,得以刊发于《文学评论》。那以后,刘禹锡及其诗歌成为我治学的重点畛域,先后撰写出版了三部专著,分别为《刘禹锡诗论》(修订版)、《刘禹锡诗传》、《刘禹锡新论》(浙江大学出版社2013、2014、2020年)。它们的主要章、节都曾发表于各学术期刊,约略计其数,不少于40篇。如《刘禹锡新论》下编"试从嘤鸣探诗心"中的八章(《论刘禹锡与白居易的唱和诗》《论刘禹锡与柳宗元的唱和诗》《论刘禹锡与元稹的唱和诗》《论刘禹锡与韩愈的唱和诗》《论刘禹锡与裴度的唱和诗》《论刘禹锡与李德裕的唱和诗》《论刘禹锡与令狐楚的唱和诗》《论刘禹锡与牛僧孺唱和诗》),就分别发表于《社会科学战线》《浙江社会科学》《浙江大学学报》《浙江学刊》《河南大学学报》《云南师大学报》《云梦学刊》《宁波大学学报》等刊。因为已集中收录于专著付梓,所以我仅从中选取了《刘禹锡与洛阳"文酒之会"》一篇,以与处女作《论刘禹锡的个性特征》前后映照。两文写作时间正好相隔 30 年,彼此参读,不知是否可以看出,随着老境见迫,我在学术上也稍稍老成了一些。

第二辑"宋圃掇英"所收录的 6 篇论文是有关宋代诗词的。其中,《重评〈西崑酬唱集〉中的杨亿诗》和《论淮海词》,也是我攻读硕士学位期间的作业。在学术环境的净化度远高于今天的 1983 年,我这个不知天高地厚的初生牛犊,居然把《重评〈西崑酬唱集〉中的杨亿诗》这篇翻案文章斗胆投寄给了心仪的权威刊物《文学遗产》。本不敢抱登龙之奢望,只不过想借以试探一下编辑部对青年学子来稿的态度。始料未及的是,不到两个月便收到了编辑部的回复。那是深中肯綮的 6 条修改意见,用工笔书写了整整一页纸。落款是"《文学遗产》编辑部"。修改稿寄出后,在杳无反馈信息的状况下,望眼欲穿的我忽蒙同窗告知,拙作已于《文学遗产》1984 年第 1 期刊出。当时尚无在文末注明责任编辑的做法,所以,直到五年后,我才在很偶然的场合得知,那位度我以金针、济我以舟楫却深隐其名的责编原来是张展先生。而我在该刊发表的第二篇论文《论陆游诗的意象》也是由他负责编发的。其间,他曾两度来杭州公干,却都对我封锁消息,不愿给我略尽地主之谊的机会。这是我始终铭感于心的。我的宋代文学研究以此为起点,不可不谓幸运。惭愧的是,我后来的治学兴趣却偏移于以刘禹锡为中心视点的唐诗与海外汉诗,于宋代文学甚少创获,乃至因"地势"使然忝任中国宋代文学学会副会长后,一直怀有滥竽充数、尸位素餐的愧疚感。收入此辑的 6 篇论文,有 4 篇发表于《文学评论》与《文学遗产》,尽管成果的数量与质量与专治宋代文学的同行比,有霄壤云泥之别,但它们或许可以表明,我对宋代文学终究还是有所着力的。

第三辑"东瀛探骊"收录的是我研究日本汉诗的 6 篇论文。日本汉诗是我治学的又一重点领域。我在拙著《日本汉诗发展史》(吉林大学出版社 1992 年 5 月)的后记中曾备述其缘起。该书出版后,谬承学界称许,被推为国内第一部系统研究域外汉诗的学术专著,我便以此为基础,申请到教育部人文社科基金项目"中国古典诗歌在东瀛的衍生与流变",从另一视角对日本汉诗进行深入考察。后撰写出版了同名著作。我的习惯是,把著作的每一章节都当作论文来写,所以,这部著作和《刘禹锡新论》等书一样,所有章节都得以在学术刊物上先期呈现其面目。后来,又就此前锄犁未及者零星写了一些文章。我从中选录了 6 篇,兼涉总体思考与个案研究。如今,对域外汉籍与汉诗的研究已渐成气候,作为最早涉猎该领域的研究者之一,我觉得其学术空间颇有进一步拓展的余地。就我个人而言,目前仅对日本汉诗中的王朝汉诗用力稍勤,于容量更大的五山汉诗、江户汉诗、明治汉诗只有浮光掠影的了解。对朝鲜汉诗、越南汉诗就更加隔膜,不过粗粗浏览了《箕雅》《松江汉诗》等有限几本诗集并略志观感而已。所以,我颇有推进与拓展既往的研究的意愿。但深知精力不逮、多歧亡羊,暂时还无法列入写作计划。倘若天假以年、余生尚丰,我会及时给这一意愿设定"时间表"与"路线图"的。

第四辑"门外谭艺"所收录的 6 篇文章,囊括的内容要相对繁复些,或多或少都染有"时文"的色彩。编辑时,我不由自主地想起白居易所倡言的"文章合为时而著,歌诗合为事而作"。坦率地说,"为时""为事",确是这些篇章的写作动因。20 世纪 80 年代中期,学术界曾围绕文学观念和研究方法问题进行过波及范围很广的讨论,我也技痒难耐地被卷入其中,斗胆发表了一通议论。《关于古典文学研究方法的思考》与《宏观研究与观念更新》二文便写作与发表于彼时。虽有应景趋时之嫌,却也是融入了自己的思索、感悟与解会,而绝无拾人余唾之弊的。近十年里，由于本人处在一个特殊位置，常常要履行"社会服务"这一高校职能，结合自己的专业，面向社会大众开设一些讲座，多次作客"浙江人文大讲堂""杭州清风讲坛"等。谈的都是关乎时政的话题，却致力于另辟蹊径，因而尚受听众欢迎。讲座 PPT 及听课记录在未经本人许可的情况下不胫而走，乃至以讹传讹、谬种流传。为了维护本人的知识产权，更为了纠谬订错，我将原本不免粗浅的讲稿整理并提炼为学术论文，予以公开发表。这就是《人生岂可无诗——关于诗歌与人生的断想》《略议中国古代的廉政诗歌》《中国梦的历史脉络》三文的由来。在有识者眼里，或许卑乎无甚高论，却涵盖了我这些年学术性写作的一个方面，选录它们至少有"立此存照"的世俗意义。另外，在我的学术生涯中，也曾多次因盛情难却而参加自己原本兴趣不大的一些学术研讨会（当然，婉辞或坚拒的更多）。尽管主办方常常并不强求提交论文，但如果不按惯例携论文与会，既失以文会友之旨，亦难免贻人倚老卖老之讥。所以，我还是尽可能在会前撰写出切合会议主题的论文。《凌云健笔意纵横——潘天寿感怀诗探析》一文便结撰于应邀参加"潘天寿诗歌高峰论坛"之际。潘天寿是我喜欢的画家，对他的诗歌此前则殊无了解。然而，通读其诗集后却肃然起敬：原来其诗才亦非泛泛，有足堪寻绎者。所以，该文的写作缘起虽应参会之需，但在写作过程中探求的兴趣却越来越浓，深感这是一个不该错失的论题，理当在诗国里给这位诗名为画名所淹的艺术全才以一席之地。以上论文都逸出了我既定的研究计划，甚至在一定程度上跨越了我的专业领域：不研究"文论"，而妄议"方法""观念"；不研究廉政文化，而侈谈"廉政诗歌"；不研究绘画理论，而胡诌"诗画一律"。所以，我将此辑命名为"门外谭艺"。

第五辑"书山览胜"收录了 3 篇书评和 5 篇书序。它们当然不是学术论文，却属于"学术性写作"，不无学术含量。20 世纪八九十年代，当我还是初出茅庐的青年学子时，曾应长者之命，写过不少学术性书评。我努力体会其胜处而予以揭示，从中获益匪浅。我有幸评论过的这些著作，有不少后来成为学术经典，如吴熊和先生的《唐宋词通论》、杨海明先生的《唐宋词史》、吴战垒先生的《千首宋人绝句校注》等。书评写作的过程，实际上也是我接受学术训练的过程，不仅得以含英咀华，而且借以初窥学术门径，悟得"名山事业"的若干真谛。因此，我觉得有必要从中选录一二代表作，以完整地映现自己的学术写作。基于同样的理由，我还选录了 5 篇书序。也是应请而作，却在马齿徒增之后。这 5 部著作也都独出机杼，各有胜概，我庆幸自己能先睹为快。唯一憾痛的是，《唐诗与女性》一书的作者俞世芬博士已于 2020 年冬季不幸染恙辞世。英年早逝的故事，曾经听说过很多，也不免为之唏嘘良久，但发生在自己弟子身上，才真的会感受到一种锥心之痛。她是一个非常纯粹的学者，对学术以外的事情茫然无知，甚至全然没有了解的兴趣。可以说，学术是她的唯一追求、唯一兴趣。她对纷纭复杂的世事更多地感受到的不是不平，而是不解。我从没听到她对学界的不良风气表示愤慨并加以抨击，一如许多因事业不顺而滋生愤世嫉俗情绪的青椒那样。印象中的她总是如闻天方夜谭般睁大一双清澈的眼睛发问："真的是这样吗？""怎么会这样呢？"表现出与她的年龄不相称的懵懂。这时我总觉得她就像个涉世未深或者说完全没有入世的孩子，还保持着如今在学者身上已难得一见的童真。这也常常让我感到讶异。选录这篇书序，并旁骛一笔，为她留下一帧小小的剪影，自然也有缅怀与纪念的用意。

我在少年时代很喜欢鲁迅的《题〈彷徨〉》一诗："寂寞新文苑，平安旧战场。两间余一卒，荷戟独彷徨。"在编纂本书时，我竟毫无来由地又想起了它。它的生成环境似乎与我完全不搭，但作者带点迷茫、孤独却始终有所追求、不甘沉沦的影像，在我脑海里一直挥之不去。这或许因为这些年我也在新旧文苑之间游走,同时也常以过河卒子自命吧？不过,尽管新近混迹于小说家之列,我还是将涉足已达四十年的诗国看作自己学术生命的原点与归宿。我是体制中人,不敢说自己是游兵散勇,却没有在诗国里选择某一块沃土安营扎寨、精耕细作,而如"逐水草而居"的游牧民族般不时转移营地。唯其如此,本书名曰"诗国游弋",不亦宜乎？

图书在版编目(CIP)数据

　　诗国游弋 / 肖瑞峰著. —杭州：浙江大学出版社，
2022.7
　　ISBN 978-7-308-22716-2

　　Ⅰ.①诗… Ⅱ.①肖… Ⅲ.①古典诗歌－诗歌研究－
中国－文集②汉诗－诗歌研究－日本－文集 Ⅳ.①
I207.2－53②I313.072－53

　　中国版本图书馆 CIP 数据核字(2022)第 100600 号

诗国游弋

肖瑞峰　著

责任编辑	吴　超	
责任校对	吴　庆	
封面设计	周　灵	
出版发行	浙江大学出版社	
	（杭州市天目山路 148 号　邮政编码 310007）	
	（网址：http://www.zjupress.com）	
排　　版	浙江时代出版服务有限公司	
印　　刷	浙江全能工艺美术印刷有限公司	
开　　本	710mm×1000mm　1/16	
印　　张	30	
字　　数	362 千	
版 印 次	2022 年 7 月第 1 版　2022 年 7 月第 1 次印刷	
书　　号	ISBN 978-7-308-22716-2	
定　　价	158.00 元	